中国社会科学院文学研究所 编

中国文学的现代转型与中国经验研究

中国社会科学院文学研究所学术专辑

社会科学文献出版社
SOCIAL SCIENCES ACADEMIC PRESS (CHINA)

缘 起

自2011年，中国社会科学院实施中国哲学社会科学创新工程之始，文学研究所在逐步将各研究领域纳入创新工程机制的过程中，也在逐步完善科研队伍的创新结构并激发学术创新点，五年来的研究工作自是一番风生水起。

文学研究所在实施创新工程的方案中，根据各学科特点，对学科片进行了整合，组建了三大创新团队，分别是“中国文学：经典传承与多元选择”的古代文学与近代文学研究团队，“中国文学的现代转型与中国经验研究”的现代文学、台港澳文学与民间文学研究团队，以及“当代文学理论与批评”的文学理论与当代文学研究团队。三大团队的有机组合，打破了传统研究室的界限，也突破了完全个人化的传统研究模式。以创新项目为核心组建团队，创新首席的作用更加突出，团队共同调研，以及多次的小组讨论和工作坊以不同形式的交流研讨，都使得专题化的研究能够非常有力且有深度地推进下去。

在这样的科研背景下，各个创新团队陆续推出自己的研究成果，如古代文学学科片以经典传承与多元性进程为视角，融入了民族、地域与文化的差异性研究，探讨了中国文学史的发展规律；转型期文学史研究、民间视角与经验研究、文学经验与价值研究、域外与本土深度互动四个主题构成了中国现代文学与民间文学、比较文学的研究区域，并融入了社会史和思想史的研究理路，重新检视了20世纪中国文学的发展脉络；当代文学创作与文学理论的研究从来都是热点，因为与我们当下的社会文化息息相关而充满了时代的张力，研究者对这些时代主题的探讨并没有浮在表层而是进行了深度开掘和理论思辩，体现了当代文学理论研究者的素养与学识。

文学理论研究在创新视野的观照下，把研究触角延伸到海外汉学领域以及与东亚国家的多边交流活动中。文学研究所于成立六十周年之际，与日本大东文化大学共同举办了“东西方文化交流时代的中日文学、语言、教育、历史与思想”国际学术研讨会，该次会议从学术角度对近代以来的东西方文化交汇时代的中日两国文学、语言、教育、历史和思想等方面的问题与关系展开深入探讨，并将这些成果汇集成册，不啻为双方留下一份很好的共同纪念。伴随国际学术交流的日益频繁，中国古典文学研究逐渐受到海外汉学家的广泛关注，文学研究所古代学科的同人有意识地对这些国外汉学研究成果进行译介和讨论，并于 2013 年 12 月举行了第一次“海外汉学名著评论”论坛，与会学者在翻译和评论过程中都有很丰富的收获，现在也将这次论坛的论文以及各位学者历年积累的海外论著评论、学术史研究、学术动态介绍和学者访谈等成果汇为一辑，作为海外中国古典文学研究的一次集中展示，这不仅有抛砖引玉之意，而且希望将这样的交流能够拓展并深入下去。

五年来，文学研究所的创新成果是有目共睹的，很多阶段性成果都以论文的形式发表在学术刊物上。为了能够集中展现文学研究所在创新工程中的成就，我们将近几年来各团队的优秀成果汇集成册，辑成目前的“中国社会科学院文学研究所学术专辑”丛书，以之作为五年来研究工作的一份总结和纪念。

· 目 录

第一编 转型期文学史研究

第二编　民间视角与经验研究

第三编　文学经验与价值研究

第四编　域外与本土深度互动

第一编　转型期文学史研究

《天演论》与《民约论》

赵稀方

在马克思主义进入中国之前，《天演论》与《民约论》被认为是对中国近代思想影响最大的两部译著。《天演论》是严复译赫胥黎的著作，《民约论》即卢梭的《社会契约论》。两本书的翻译出现在同一年，即1898年。《民约论》宣传天赋人权，属于18世纪的启蒙主义思想。《天演论》宣传进化论，属于19世纪的经验主义传统。似乎很少有人注意到，两者在理路上是互相对立的。不过，经由特定的历史理解和翻译，这两本理路对立的著作却在中国的特定时刻产生了奇妙的兼容，并极大地影响了中国社会。而随着历史的变化，这种兼容又发生解体和断裂，两种思想的命运随之产生变化。从翻译的角度分析《天演论》与《民约论》在中国的理论旅行，再从当代思想回望历史，会让我们对于20世纪中国思想历程有新的体认。

第一节 《天演论》

严复的《天演论》先于1897年12月至1898年2月以《天演论悬疏》为题刊于《国闻汇编》第2、4～6册上，1898年4月由湖北沔阳卢氏慎始基斋木刻出版，同年10月天津出版嗜奇精舍石印本。《天演论》的翻译底本是英国生物学家、哲学家托马斯·亨利·赫胥黎（Thomas Henry Huxley）的著作《进化论与伦理学及其它论文》（Evolution and Ethics and Other

Essay)。不过，要将这两本著作进行逐句对照研究，却很困难，原因是严复《天演论》并没有逐句翻译《进化论与伦理学及其它论文》，而是把这本书的前两章打乱了，自己分别以不同的题目进行翻译、概述和评点，所以有人认为，严复的《天演论》并不就是赫胥黎的《进化论与伦理学及其它论文》。冯友兰先生曾说过："严复翻译《天演论》，其实并不是翻译，而是根据原书的意思重写一过。文字详略轻重之间大有不同，而且严复还有他自己的按语，发挥他自己的看法。所以严复的《天演论》，并不就是赫胥黎的《进化与伦理》。"① 说严复的《进化论》并不是赫胥黎的《进化论与伦理学及其它论文》，多少有点极端，严复只不过在翻译时对原文进行了增删改动，并附以长长的"按语"，以此传达了自己的思想。讽刺的是，严复正是在《天演论》的"译例言"中提出了中国翻译史上最重要的翻译原则"信、达、雅"，然而《天演论》本身却没有贯彻这一原则。严复自述：此书的翻译，"译文取明深义，故词句之间时有所颠倒附益，不斤斤于字比句次，而意义则不倍本文"。他因此自嘲："题曰达旨，不云笔译，取便发挥，实非正法。什法师有云：'学我者病。'来者方多，幸勿以是书为口实也。"②

赫胥黎出生于1825年，是英国著名科学家，担任过英国皇家学会主席等职。他是达尔文进化论的坚决捍卫者，自称为"达尔文的斗犬"。1860年6月30日，赫胥黎曾与牛津主教威尔伯福斯（Samuel Wilberforce）展开过一场著名论战，为进化论的公共接受立下汗马功劳，他也因此扬名天下。1893年5月18日，赫胥黎又在牛津大学罗马尼斯讲座上做了一次演讲，题为《进化论与伦理学》。这次演讲很成功，事后演讲稿以小册子形式发行，受到读者欢迎。1894年，赫胥黎新写了一篇"导论"，再加上其他文章，题名为《进化论与伦理学及其它论文》，由英国麦克米伦公司正式首版。在这本书中，赫胥黎将达尔文的生物进化论扩至宇宙论，简明通俗地论述了宇宙间"适者生存"的道理。不过，他却反对将进化论应用于人类社会。相反，他认为伦理过程与宇宙过程相反，人类文明与社会进步

① 冯友兰：《〈天演论〉的原名》，《光明日报》1961年3月8、9日。

② 严复：《天演论·译例言》，王栻主编《严复集》第5册，中华书局，1986，第1321页。

恰恰是在伦理抵抗宇宙的过程中实现的。

严复欣赏赫胥黎对于进化论的生动论述，不过却不同意赫胥黎反对将进化论应用于人类社会的思想，在后一点上，他赞成受到赫胥黎批评的斯宾塞（Herbert Spencer）的社会进化论观点。因而，严复在译文中灵活地翻译赫胥黎，并常以斯宾塞质疑赫胥黎，综合二者形成自己的观点。

《进化论与伦理学：导论》的开头如下：

> It may be safely assumed that, two thousand years ago, before Caesar set foot in southern Britain, the whole country-side visible from the windows of the room in which I write, was in what is called "the state of nature".

现代译文：

> 可以有把握地设想，两千年前，在凯撒尚未登陆英国南部时，如果从我写作的屋子往窗外看，整个原野还处在所谓的"自然状态"。①

严复译文：

> 赫胥黎独处一室之中，在英伦之南，背山而面野。槛外诸境，历历如在几下。乃悬想二千年前，当罗马大将恺彻未到时，此间有何景物。②

这是严复译《天演论·导言一·察变》的开头。我们看到，严复在这里把第一人称改成了第三人称，这个看似微小的人称变化，具有重要意义。它意味着，不再是赫胥黎在叙述，而是译者严复在叙述，赫胥黎成了被叙述的对象。译者站在更高的全能的立场上，介绍、修正和评述赫胥黎。

---

① 〔英〕赫胥黎：《进化论与伦理学》（全译本），宋启林等译，北京大学出版社，2010，第3页。

② 严复：《天演论·导言一·察变》，王栻主编《严复集》第5册，中华书局，1986，第1323页。

赫胥黎接下来介绍宇宙进化及生物竞争自存的段落，严复以优美的文言予以了翻译，并借中国古代典故加以渲染，“怒生之草，交加之藤，势如争长相雄，各据一抔壤土，夏与畏日争，冬与严霜争，四时之内，飘风怒吹，或西发西洋，或东起北海，旁午交扇，无时而息。上有鸟兽之践啄，下有蚁蝝之啮伤，憔悴孤虚，旋生旋灭，菀枯顷刻，莫可究详。是离离者亦各尽天能，以自存种族而已”。其后，赫胥黎说：

能够持久存在的，不是生命形态这样或那样的结合，而是宇宙过程本身产生的过程，而生命形态的各种结合不过是昙花一现而已。在生物界，这种宇宙过程最典型的特征之一就是生存斗争，即每一个个体和整个环境的竞争，其结果就是选择。也就是说，那些存活下来的生命形态，总体上最适应于某个时期存在的各种条件。因此，就这一点而言，也仅仅就这一点而言，它们是最适者。丘陵上的植被被宇宙过程推向顶点，结果就产生了夹杂着杂草和金雀花的草皮。在现在条件下，杂草和金雀花在斗争中胜出——它们能够存活下来，就证明它们是最适于生存的。①

严复译文：

虽然，天运变矣，而有不变者行乎其中。不变惟何？是名“天演”。以天演为体，而其用有二：曰物竞，曰天择。此万物莫不然，而于有生之类为尤著。物竞者，物争自存也，以一物以与物物争，或存或亡，而其效则归于天择。天择者，物争焉而独存。则其存也，必有其所以存，必其所得于天之分，自致一己之能，与其所遭值之时与地，及凡周身以外之物力，有其相谋相剂者焉。夫而后独免于亡，而足以自立也。而自其效观之，若是物特为天之所厚而择焉以存也者，夫是之谓天择。天择者择于自然，虽择而莫之择，犹物竞之无所争，

① 〔英〕赫胥黎：《进化论与伦理学》（全译本），宋启林等译，北京大学出版社，2010，第4页。

> 而实天下之至争也。斯宾塞尔曰:“天择者,存其最宜者也。”夫物既争存矣,而天又从其争之后而择之,一争一择,而变化之事出矣。①

赫胥黎的这段话,是为严复所欣赏的,严复按照自己的理解对此进行了概括和发挥。赫胥黎事实上只是笼统地谈了生存竞争,严复将此总结为“天演”之下的“物竞”与“天择”两种,并且将其置于中国传统的“体”“用”范畴之中。他没有翻译杂草和金雀花种种实例,而是另外对于“物竞”与“天择”进行了阐释和发挥。严复在这里的发挥,是着重强调了“天择”的概念。赫胥黎只是从物种竞争的角度提到了“选择”(selection),并没有提出“天”的概念。严复却将其看作“天”淘汰万物的主动行为,显示竞争的严峻性。为弥补赫胥黎的不足,严复添上了原文所没有的斯宾塞有关“天择”的说法——“天择者,存其最宜者也”,并解释说:“夫物既争存矣,而天又从其争之后而择之,一争一择,而变化之事出矣。”

严复对于天演的理解,事实上与赫胥黎并不完全一致。严复所理解的天演就是进化论,赫胥黎的宇宙过程不但包括进化,同时也包括退化。赫胥黎在这一段的下面,接着清楚地阐述了他的“进化”概念:

> “进化”一词,现在一般用于宇宙过程,曾经有过一段独特的历史,并在不同的意义上被使用。就其通俗的意义而言,它指前进性的发展,即从相对单一的情况逐渐演变到相对复杂的情况,但该词的内涵已扩展到包括退化现象,即从相对复杂到相对单一的演变过程。

这样一段对于“进化”论的概念阐述,本来应该是严复所需要的内容,但由于这种包括“退化”在内的解释,不符合严复的预期,因此他并没有翻译这一段。严复又自制了长长的按语,对于进化论的历史和概念进行重新追溯。

---

① 严复:《天演论·导言一·察变》,王栻主编《严复集》第5册,中华书局,1986,第1324页。

在这篇“复案”中，严复将进化论追溯到达尔文的《物种起源》一书，并引用赫胥黎的话称赞达尔文的贡献：“盖自有歌白尼而后天学明，亦自有达尔文而后生理确也。”不过，在达尔文以后的科学家中，他所推崇的并非他所翻译的赫胥黎，而是斯宾塞。在“复按”中，严复大力推荐了斯宾塞的著作《天人会通论》，称赞这本书“精辟宏富”“欧洲自有生民以来，无此作也”。严复对这本著作的几卷内容分别进行了介绍：“其第一书开宗明义，集格致之大成，以发明天演之旨；第二书以天演言生学；第三书以天演言性灵；第四书以天演言群理；最后第五书，乃考道德之本源，明政教之条贯，而以保种进化之公例要术终焉。”① 斯宾塞的进化，是由简至繁前进式的，并且涉及无机、有机及社会一切领域，这显然更符合严复的要求。斯宾塞在《天人会通论》中，将天演运用于社会、道德、政教，以达到“保种进化”的目标，这正是严复想要表达的。

《导言二·广义》翻译的是赫胥黎《进化论与伦理学：导论》第一部分的后一半。在这里，赫胥黎谈到，进化论排除了创世说及各种超自然的力量，即使最初有某种超自然力量的推动，它在宇宙进程的过程中也完全被排除了。宇宙的过程只是进化，科学知识让我们越来越相信，不仅仅是植物，还有动物，还有地球、太阳系、各个星体，都处于进化的过程之中。我们看到，赫胥黎严格地将进化限制于植物、动物及宇宙空间里，并不涉及人及社会。严复的翻译则进行了变动，“是故天演之事，不独见于动植二品中也，实则一切民物之事，与大宇之内日局诸体，远至于不可计数之恒星，本之未始有始以前，极之莫终有终以往，乃无一焉非天之所演也”②。显然，天演延及“一切民物之事”是严复加上去的，并不是赫胥黎的意思。

为补充赫胥黎的不足，严复在按语中用很长的篇幅重新介绍了斯宾塞有关进化论的观点，“天演者，翕以聚质，辟以散力”，“所谓质力杂糅，相剂为变者，亦天演最要之义”等。而在文末，严复专门强调：“天演之事，所苞如此。斯宾塞氏至推之农商工兵、语言文学之间，皆可以天演明

① 严复：《天演论·导言一·察变》，王栻主编《严复集》第五册，中华书局，1986，第1325页。

② 严复：《天演论·导言二·广义》，王栻主编《严复集》第五册，中华书局，1986，第1326～1327页。

其消息所以然之故。”[①] 严复借斯宾塞之口，强调进化不仅仅适用于动植界，同样也适用于人类社会。

在《导言五・互争》中，赫胥黎谈人力与宇宙过程相克的道理，严复在“复按”中介绍了与之相反的斯宾塞的观点，并评述了赫胥黎的观点：“于上二篇，斯宾塞、赫胥黎二家言治之殊，可以见矣。斯宾塞之言治也，大旨存于任天，而人事为之辅，犹黄老之明自然，而不忘在宥是已。赫胥黎氏所著录，亦什九主任天之说者，独于此书，非之如此，盖为持前说而过者设也。”[②] 尽管介绍了赫胥黎与斯宾塞两家“言治之殊”，不过严复在此还是强调两者的共同性，认为斯宾塞是大旨“任天”，但人事为辅，赫胥黎的著述，也十有八九“任天”，独于此书为救“任天”之说过者而著。

到了《导言十五・最旨》，赫胥黎与斯宾塞已经截然相对了，而严复明确地倾向于斯宾塞。《最旨》总结了前十四章的内容，然后得出结论：“今者统十四篇之所论而观之，知人择之术，可行诸草木禽兽之中，断不可用诸人群之内。姑无论智之不足恃也，就令足恃，亦将使恻隐仁爱之风衰，而其群以涣。”[③] 意思是说，竞争只能运用于“草林禽兽”，而绝不能运用于人类社会，那样会败坏仁爱之风，而使得社会涣散。严复忠实地译完赫胥黎文，接着按捺不住在“复按”中详细介绍斯宾塞与之相反的观点，批判赫胥黎。在斯宾塞看来，进化同样适用于人类社会，否则族群无从存在和发展：“天惟赋物以孳乳而贪生，则其种自以日上，万物莫不如是，人其一耳。进者存而传焉，不进者病而亡焉，此九地之下，古兽残骨之所以多也。一家一国之中，食指徒繁，而智力如故者，则其去无噍类不远矣。”意思是，天赋予生物的特性是繁殖和贪生，生物借此长进，生物都是如此，人只是其中一种。进步的得以生存和繁殖，不进步的就此灭亡，这就是地下深处古兽残骨多的原因。一个家庭和国家之中，人口徒然增多，智力却无长进，这就离灭绝不远了。严复指出，西方谈论进化论的

① 严复：《天演论・导言二・广义》，王栻主编《严复集》第五册，中华书局，1986，第1328页。

② 严复：《天演论・导言五・互争》，王栻主编《严复集》第五册，中华书局，1986，第1334页。

③ 严复：《天演论・导言十五・最旨》，王栻主编《严复集》第五册，中华书局，1986，第1349～1350页。

人，十有八九都宗师于斯宾塞，他个人当然也佩服斯宾塞，“斯宾塞氏之说，岂不然哉？”[①]

在《导言七·善败》中，严复曾将中国人与欧洲人进行对比：近代以来，欧洲的荷兰、西班牙、葡萄牙等国，“皆能浮海得新地”，获得殖民地；英国更不用说。中国人出海，却毫无所获，被人驱赶，“吾闽粤民走南洋非洲者，所在以亿计，然终不免为人臧获，被驱斥也。悲夫！”不过，严复称赞欧洲人的种族强盛，目的不在于为西方殖民侵略辩护，而是要让生活在天朝大国梦想之中的中国人感觉到生存的危机，为“自强保种”而奋斗。

这一点，在《导言三·趋异》的按语中，表现得非常明显：

> 嗟夫！物类之生乳者至多，存者至寡，存亡之间，间不容发。其种愈下，其存弥难，此不仅物然而已，墨澳二洲，其中土人日益萧瑟，此岂必虔刘朘削之而后然哉？资生之物所加多者有限，有术者既多取之而丰，无具者自少取焉而啬。丰者近昌，啬者邻灭。此洞识知微之士，所以惊心动魄于保群进化之图，而知徒高睨大谈于夷夏轩轾之间者，为深无益于事实也。[②]

万物种类很多，能够存活下来的很少，“存亡之间，间不容发”。在这种情形下，品种越低的，生存就愈加困难。美洲、澳洲土人所剩无几，正是这种生存竞争的结果。生存资源有限，善于生存的人获取资源而日益丰足，不善于生存的人则会接近灭亡，生存进化竞争之惨烈是惊心动魄的。让人感叹的是，当时的中国人依然在那里大谈夷夏之别，生活在天朝美梦之中，这是很让人后怕的。我们看到，严复虽然在这里谈论“种族”品质高低，但他并不希望作为劣种的中国被世界淘汰，因此他还是在强调人为进取。他最终并不能完全同意斯宾塞的社会进化论，而是强调可以以人抗天，强调社会进化与自然进化的差别，这样就又回到了赫胥黎的理论。赫

① 严复：《天演论·导言十五·最旨》，王栻主编《严复集》第五册，中华书局，1986，第1351～1352页。

② 严复：《天演论·导言十五·最旨》，王栻主编《严复集》，第五册，中华书局，1986，第1331页。

胥黎在《进化论与伦理学》一书中强调人类抗拒宇宙过程的思想，严复在译文中都十分欣赏，并在翻译中加以阐释。

在《导言六·人择》中，严复翻译了赫胥黎对于社会进化与自然进化的基本看法："天行人治，常毁而不相成固也矣。然人治之所以有功，即在反此天行之故。"赫胥黎认为，"天行"与"人治"是互相对立的，而人治之成功，恰恰在于对于"天行"的克服。赫胥黎列举植物之例，说明"天行"与"人治"的关系。从自然进化来看，各种植物在大自然中互相竞争，自生自灭。从人类来看，大自然存留下的植物不一定符合人类的需要。人类从自己需要出发，选择树种，精心养育，抗拒大自然中的破坏因素，如除草除虫，躲避风雨等，使得这些树得以长成存留下来，这就是"人胜天"之说。一旦人放弃了经营，这些树就可能被流水风沙等毁灭，这就是"天胜人"之说。因此，在赫胥黎看来，天人之间，相互制胜，人类应该发挥自己的智慧和勇气，在利用自然的基础上，克敌制胜，"所谓人治有功，在反天行者，盖虽辅相裁成，存其所善，而赖天行之力，而后有以致其事"①。在"复按"中，严复列举了达尔文《物种由来》一书的理论，支持赫胥黎的看法。

赫胥黎认为人治与植物的情形是一致的。人为了自己的生存，必须驱赶本地的竞争对手，无论是野兽或植物，同时减少内部竞争。建立文明，以求得人自身的生存发展，如添置衣物、建造房屋、筑路修桥、卫生预防等。为此，必须增加人的素质，激励人的斗志，这样才能达到目标。有关于此，赫胥黎只是简单地说：

> In order to attain his ends, the administrator would have to avail himself of the courage, industry, and co-operative intelligence of the settlers.

现代译文：

> 为了达到目的，行政长官就必须利用移民的勇气、勤勉和集体智慧。②

---

① 严复：《天演论·导言十五·最旨》，王栻主编《严复集》第五册，中华书局，1986，第1336页。

② 〔英〕赫胥黎：《进化论与伦理学》（全译本），宋启林等译，北京大学出版社，2010，第9页。

严复却在译文中自己另行增加了不少文字，变成了一大段：

> 且圣人知治人之人，固赋于治于人者也。凶狡之民，不得廉公之吏；偷懦之众，不兴神武之君。故欲郅治之隆，必于民力、民智、民德三者之中，求其本也。故又为之学校庠序焉。学校庠序之制善，而后智仁勇之民兴。智仁勇之民兴，而有以为群力群策之资，夫而后其国乃一富而不可贫，一强而不可弱也。嗟夫！治国至于如是，是亦足矣。①

严复借赫胥黎之口，阐述自己的有关兴“民力、民智、民德”及兴办教育的思想。只有经由教育，才能培养出“智仁勇”之民。有了这种国民，一个国家才能富有和强大。有趣的是，在“复按”中，严复指出：“此篇所论，如‘圣人知治人之人，赋于治于人者也’有下十余语最精辟。”事实上，这“十余语”全部是严复自己增加的文字。在“复按”中，严复对此又进行了发挥，“盖泰西言治之家，皆谓善治如草木，而民智如土田。民智既开，则下令如流水之源，善政不期举而自举，且一举而莫能废”。他再次强调“民智”的重要性，认为只要“民智”开了，民众觉悟提高了，一切都会从善如流。

事实上，斯宾塞虽然强调社会进化，但同样强调人类自强抗争。正因为竞争的严酷性，人才需要发挥能动性，否则就会被淘汰。《导言十五·最旨》在强调了优胜劣汰之后，所得出的结论恰恰就是竞争自存。在斯宾塞看来，人天生好逸恶劳，如果没有竞争，人的“耳目心思之力”都会退化。在这种情形下，人必须克服惰性，在竞争中生存，“人欲图存，必用其才力心思，以与是妨生者为斗。负者日退，而胜者日昌，胜者非他，智德力三者皆大是耳”。因此，尽管在自然进化是否可以运用到人类社会领域这一点上，赫胥黎和斯宾塞的意见是相反的，但是在竞争自存这一点上，

① 严复：《天演论·导言十五·最旨》，王栻主编《严复集》第五册，中华书局，1986，第1339页。

两者又是一致的。这大概是严氏能既欣赏赫胥黎又欣赏斯宾塞的原因。

《天演论》的时代影响是巨大的，可以说引领了一代社会风气。我们知道，《天演论》影响的核心内容，可以用“物竞天择，适者生存”来代表。用胡汉民 1905 年在《述侯官严复最近之政见》中的话来说是：

> 自严氏书出，而物竞天择之理，厘然当于人心，而中国民气为之一变。[①]

胡适在《四十自述》中，曾回忆 1905 年他在上海澄衷学堂时，国文老师教他们《天演论》的情形。他在谈到《天演论》的影响时说：

> 读《天演论》，做“物竞天择”的文章，都可以代表那个时代的风气。
>
> 《天演论》出版之后，不上几年，便风行到全国，竟做了中学生的读物了。读这书的人很少能了解赫胥黎在科学史和思想史上的贡献。他们能了解的只是那“优胜劣败”的公式在国际政治上的意义。

至于《天演论》所宣讲的“物竞天择，适者生存”何以在当时产生如此大的影响，无须多加解释，胡适接下来的解释简单明了：

> 在中国屡战屡败之后，在庚子、辛丑大耻辱之后，这个“优胜劣败”的公式确是一种当头棒喝，给了无数人一种绝大的刺激。几年之中，这种思想像野火一样，延烧着多少年轻人的心和血。“天演”“物竞”“淘汰”“天择”等等术语都渐渐成了报纸文章的熟语，渐渐成了一班爱国志士的口头禅。还有许多人爱用这种名词做自己或儿女的名字。陈炯明不是号竞存吗？我有两个同学，一个叫做孙竞存，一个叫做杨天择。我自己的名字也是这种风气底下的纪念品。[②]

---

① 胡汉民：《述侯官严氏最近之政见》，《民报》1905 年 12 月第 2 号。

② 胡适：《四十自述》，亚东图书馆印行，中华民国 22 年 9 月，第 98～99 页。

需要说明的是，严复的《天演论》是赫胥黎《进化论与伦理学及其它论文》一书的翻译，这种翻译是不准确的，因为“优胜劣败”恰恰是赫胥黎的这本书所反对的。赫胥黎所强调的，是以“人治”战胜“天行”。严复将斯宾塞引进来，纠正赫胥黎，希望用“物竞天择”铁律来唤醒国人。然而，他最终也不能完全屈服于社会进化的铁则，所以又反过来希望以赫胥黎“救斯宾塞任天为治之末流”。严复的翻译，看起来十分纠结。

第二节 《民约论》

卢梭的《社会契约论》（*The Social Contract* written by Rousseau）面世于1762年。日本对于卢梭《社会契约论》的翻译，早于中国。日本最早的译本，是1882年中江兆民的古汉语译本，名为《民约译解》。1898年，上海同文书局刻印了中江兆民《民约译解》第一卷，题为《民约通义》，这是卢梭《社会契约论》在中国的第一次面世。然而，这终非中国人的翻译。中国人对于《社会契约论》的首次翻译，是1900~1901年杨廷栋在《译书汇编》上连载翻译的《民约论》。《译书汇编》是中国留日学生界最早出版的月刊之一，冯自由称之为“留学生界杂志之元祖”，张静庐称其“促进吾国青年之民权思想，厥功正伟”。[①] 不过，这个刊物却一直湮没无闻，虽经吴湘相先生多处搜求，至今只能看到寥寥几期。笔者所看到的《民约论》译文只是前九章，也就是说，是原书的第一卷。1902年，杨廷栋所译全文由文明书店刻印、开明书店和作新社发行，改名为《路索民约论》。这是中国人翻译的第一种《社会契约论》版本。

杨廷栋的《民约论》译本是根据日本原田潜的《民约论复议》（1883）意译而来的，翻译之中并不严格对应于原文，而是颇多发挥以至改写之处。下面我以《译书汇编》上连载翻译的《民约论》前九章为对象，分析卢梭《社会契约论》初入中土“理论旅行”的情形。

《社会契约论》第一卷开头，卢梭就申明自己写作这本书的意图：

① 吴湘相：《译书汇编·序》，坂崎斌编《译书汇编》，台湾学生书局，1966影印本，第1页。

My purpose is to consider if, in political society, there can be any legitimate and sure principle of government, taking men as they are and laws as they might be. In this inquiry I shall try always to bring together what right permits with interest prescribes so that justice and utility are in no way divided.

何兆武译文：

我要探讨在社会秩序之中，从人类的实际情况与法律的可能情况着眼，能不能有某种合法的而又确切的政权规则。在这一研究中，我将努力把权利所许可的和利益所要求的结合在一起，以便使正义与功利二者不致有所分歧。①

杨廷栋译文：

正道公益，经纶天下，不可偏废。以之立法，则得其当，而众人亦因之以安。吾辈推究世之所谓光明正大之国政者，无他，端在保全众人各自之权利，及众人一体之利益而已。②

卢梭表明，《社会契约论》一书要探讨的是“政权规则”，它的英文是 principle of government，也可以译为“政府规则”或“政治规则”等，而研究这一规则的核心是处理“人的实际状态和法律的可能性”（taking men as they are and laws as they might be），理想的状态是使得“正义”（justice）和“功利”（utility）不会出现分歧。杨廷栋的译文却出现了较大偏差，他只是强调对于个人及集体的“权利”“利益”的保护，呼吁一个“光明正大之国政”。而在如何达到这一国政的途径上，译文只是泛泛地提出了一个中国式的“正道公益，经纶天下”的观念。译者杨廷栋处于晚清时代，面临的是暴政和压迫，因此卢梭式的政治理论探讨变成了对于权利

① 〔法〕卢梭：《社会契约论》，何兆武译，商务印书馆，2003，第3页。

② 〔法〕卢骚：《民约论》，杨廷栋译，《译书汇编》第一期，日本明治三十三年，第85页。

的保护和对于公道政治的呼吁。

《社会契约论》第一卷第一章“第一卷的题旨”的开始，是如下名言：

> Man is born free; and everywhere he is in chains. One thinks himself the master of others, and still remains a greater slave than they. How did this change come about? I do not know. What can make it legitimate? That question I think I can answer.

何兆武译文：

> 人是生而自由的，但却无往而不在枷锁之中。自以为是其他一切的主人的人，反而比其他一切更是奴隶。这种变化是怎样形成的？我不清楚。是什么才使这种变化成为合法的？我自信能解答这个问题。①

杨廷栋译文：

> 人生天地之间，于事物之轻重，行为之取舍，皆不必假手他人，一唯我之所欲，此所谓自由权也。然人或不能保有此权，每至事物行为不能任我自由，而为他人所牵制，即如仰于君长之人，其事物行为较之常人已多束缚。何也？所谓自由权者，皆有不羁独立之性，一旦为人干涉，则大而生死荣辱，小而起居食息，俱不得少参己见。桎梏之苦，无甚此者。而人或有习不为怪者，窃为余所不解也。②

人生而自由（Man is born free），杨廷栋的译文事实上全部在解释卢梭的这第一句话，即有关于个人自由权利的思想，此后的内容都一概不见了。卢梭的“无往而不在枷锁之中”（and everywhere he is in chains）只是一句泛泛而论，却被译者具体化和历史化了。枷锁的来源具体成为“君长

---

① 〔法〕卢梭：《社会契约论》，何兆武译，商务印书馆，2003，第4页。

② 〔法〕卢骚：《民约论》，杨廷栋译，《译书汇编》第一期，日本明治三十三年　第86页。

之人"，而人的独立受到干涉的痛苦，则得到额外的强调，"一旦为人干涉，则大而生死荣辱，小而起居食息，俱不得少参己见。桎梏之苦，无甚此者"。很显然，杨廷栋的翻译对原文进行了切割，他所感兴趣的主要是有关于天赋人权的部分，强调个人自由及其个人自由不能实现而带来的后果。至于"自以为是其他一切的主人的人，反而比其他一切更是奴隶"这一说法，乃至卢梭试图由此出发进行理论解释的企图，译者并无兴趣。

《社会契约论》第一编第二章"The First Societies"谈到，家庭可以视为政治社会的原始模型，首领是父亲，人民是孩子。不过差别是，父亲是爱孩子的，而统治者却没有这种爱，因此发号施令的乐趣就取代了这种爱。"发号施令的乐趣"（the pleasure of commanding）这个简单的词，在杨廷栋的译文中被敷衍成了下面一大段：

> 君则异是，始也不爱其民，己居于上，民驱于下，作威作福，妄自尊大，而独自解曰："犹子也。"是亦悖理之甚者也，非特无益于民，直谓之虐民而已矣！①

在涉及统治者的时候，译者心目中的对象应该是晚清统治者，因此译文来了一段义愤填膺的发挥，谴责晚清统治者的"作威作福，妄自尊大"，指出他们不但无益于民，简直就是"虐民"。

《社会契约论》第六章 The Social Pact 的开头，在论述社会契约的起源的时候是这么说的：

> 我设想，人类曾达到过这样一种境界，当时自然状态中不利人类生存的种种障碍，在阻力上已超过了每个个人在那种状态中为了自存所能运用的力量。于是，那种原始状态便不能继续维持，并且人类如果不改变其生存方式，就会消灭。
>
> 然而，人类既不能产生新的力量，而只能是结合并运用已有的力量；所以人类便没有别的办法可以自存，除非是集合起来形成一种力

① 〔法〕卢骚：《民约论》，杨廷栋译，《译书汇编》第一期，日本明治三十三年，第87页。

量的总和才能够克服这种附图，由一个唯一的动力把它们发动起来，并使它们共同协作。①

杨廷栋的译文如下：

翳古以来，天灾人祸，流行不息。群天下之人，厄于暴君污吏者，数千百辈。夫天地生物，固无高卑之可别。历古既久，遂大悖其初心，并一人固有之权利，亦屈而不伸，是必有阻我之物在也。于此阻我之物，去之不竭其源，拔之不绝其本。则不特不能复我固有之权利，人类亦几于绝灭。为今之计，世人所孜孜不可少缓之。急务唯在变革事势，复我曩昔所失之权利，为世界之完人而已。

人欲复我固有之权利，不得不尽去阻我之物。然一人之力有限，以有限之力而当无穷之阻我之物，是犹蚍蜉而撼大树，事之不济，无待著龟矣。必也人人竭其能尽之力，集合一气，分而不散，誓尽去之而后已。前者方仆，后者踵至。所谓众志成城，必有偿我所欲之一日。语曰："匹夫不可夺志也"，况芸芸者如此其众乎。舍是道也，有甘世为奴隶，用供人驱策而已。其谓犹有他说，可去阻我之物者，非余所敢知矣。②

很明显，在中国的历史语境所导致的逻辑中，译者杨廷栋对于原文进行了彻底的背离。卢梭谈的是，在原始社会，在个人如果不联合起来就无法战胜自然的时候，订定社会契约的必要性就出现了。在这里，阻碍人类生存的东西，卢梭用的词是 obstacle，意思是"障碍"，是一个中性词。从上下文看，阻碍人类生存的东西，应该来自于大自然。译文却将这种阻碍自行理解成文明社会中的"暴君污吏"，并且已经压迫了百姓"数千百辈"。反抗的理由也被译者改变了，不是像卢梭所说的为了战胜自然而图自身的生存，而是因为个人固有之"权利"，"复我固有之权利"，"复我

① 〔法〕卢梭：《社会契约论》，何兆武译，商务印书馆，2003，第 18 页。

② 〔法〕卢骚：《民约论》，杨廷栋译，《译书汇编》第二期，日本明治三十四年，第 69～70 页。

曩昔所失之权利”。在译者看来，在这种“暴君污吏”的压迫之下，个人的有限反抗力量很微小（这里用了一句中国成语“犹蚍蜉而撼大树”），所以大家应该联合起来进行斗争（这里又用了一句中国成语“众志成城”），这样必有成功的一日。译文最后以中国古语勉励大家，“‘匹夫不可夺志也’，况芸芸者如此其众乎”，目的是为了不再成为奴隶。译文简直是一篇推翻满清帝制的革命宣言，也很像后来的“个人—集体”的阶级斗争革命叙事，它离卢梭的本意委实已经很远了。

杨廷栋是中国最早的留日学生之一，而日本彼时是晚清革命党的重要阵地。那一时期，已经有大量的鼓吹革命的报刊出现。《译书汇编》的价值在于，它以翻译西方政治理论为使命，诸如卢梭、孟德斯鸠等很多政治理论家的名著都首次在这里被翻译过来。该刊的“简要章程”提到：“政治诸书乃东西各邦国之本原”，“是编所刊以政治一门为主”。[①] 不过，革命党人翻译政治理论具有明确目的，即为清朝革命提供理论支持，寻找中国革命的政治合法性。在20世纪初的时代背景下，在晚清翻译并不拘泥原文的风气下，杨廷栋对于卢梭的《社会契约论》作了革命式的理解和改写，并不奇怪。可以看得出来，晚清革命党人最重视的是卢梭的“天赋人权”及由此而来的革命思想。既然人生而自由、平等，那么君权神授就是不合理的，中国的皇权帝制的存在也就是不合理的。这种“天赋人权”的观念对于晚清国人的震动是巨大的，成为国人反抗清朝、进行民族革命的理论根据。卢梭的《社会契约论》中有一段名言：“当人民被迫服从而服从时，他们做得对；但是，一旦人民可以打破自己身上的桎梏而打破它时，他们就做得更对。因为人民正是根据别人剥夺他们的自由时所根据的那种同样的权利，来恢复自己的自由的，所以人民就有理由重新获得自由，否则别人当初剥夺他们的自由就是毫无理由了。”这段话简直就是为晚清革命而说的，有什么比它更适合激励晚清革命者呢？不过，卢梭《社会契约论》的主要内容其实在于探讨一种理想的社会制度，并不在鼓吹革命。在杨廷栋的笔下，革命的“先见”决定了他对于原文的曲解。原文对于个人与集体、自然权利与政治体制的均衡关系的探讨，变成了对于压制个人的专制

① 〔法〕卢骚：《民约论》，杨廷栋译，《译书汇编》第一期，日本明治三十三年，第2页。

制度的声讨，变成了对于革命的呼吁。

前文我们提到，中国的第一个《社会契约论》译本，是中江兆民的古汉语译本《民约通义》。这个译本不太为人所知。据日本学者狭间直树考证："由兆民亲手翻译，忠实于原文的民约论汉译本对中国人的影响却并不大。"[①] 中江兆民的译本，直至1909年《兆民文集》出版问世后，才较多为国内所知。在辛亥革命之前，流行的主要是杨廷栋译本，"在辛亥革命前，它流传较广，影响也最大"[②]。20世纪前十年，晚清社会对于《社会契约论》的理解，主要来自杨廷栋译本。

杨廷栋对于《社会契约论》的翻译，一方面体现了晚清社会对于卢梭的独特理解，另一方面译文本身又建构和巩固了晚清社会对于卢梭的革命化理解。

1902年，蒋智由《卢骚》一诗有云：

世人皆欲杀，法国一卢骚。
民约倡新义，君威扫旧骄。
力填平等路，血灌自由苗。
文字收功日，全球革命潮。[③]

"世人皆欲杀，法国一卢骚"来自于杜甫写李白的诗句"世人皆欲杀，我意独怜才"，旨在突出卢梭的社会反抗和为世所不容。"民约倡新义，君威扫旧骄"一句说明卢梭的代表性思想在于"民约"，而"民约"的新义在于一扫了君主的骄横。"力填平等路，血灌自由苗"，标出了诗人所理解的卢梭思想的核心："平等""自由"。"文字收功日，全球革命潮"，最后一句点出了"革命"的主题，不但是中国革命，还有全球革命，只有到这个时候，才是诗人文字收功的日子。这首诗的关键词"民约""平等""自由""革命"，较为全面地体现了晚清社会对于卢梭的理解。

---

① 狭间直树：《中国人重刊民约译解》，《中山大学学报论丛》1991年第6期。

② 夏良才：《〈民约论〉在中国的传播》，袁贺、谈火生编《百年卢梭——卢梭在中国》，吉林出版集团有限责任公司，2009，第360页。

③ 《新民丛报》第3号，1902。

1903年，柳亚子《放歌》一诗中有云：

卢梭第一人，铜像巍天阊。
《民约》创鸿著，大义君民昌。
胚胎革命军，一扫秕与糠。
百年来欧陆，幸福日恢张。①

柳亚子把卢梭当成当今思想界“第一人”，代表其思想的著作是《民约论》，是其中有关君与民的论述，而其影响效果则是胚胎了“革命军”，扫除了象征着专制黑暗势力的“秕与糠”，如此百年以来的欧陆才获得了幸福。在柳亚子这里，“革命”进一步演化成了行动的“革命军”，中国正需要这样的“革命军”。

正是在1903年5月，邹容的《革命军》由柳亚子等人集资在上海大同书局正式出版。《革命军》被誉为近代中国的“人权宣言”，鲁迅曾说过：“倘说影响，则别的千言万语，大概都抵不过浅近直截的‘革命军马前卒’所做的《革命军》。”②《革命军》中的革命思想，与卢梭的关系十分密切。在《革命军·自叙》中，邹容在谈到自己的思想渊源时，第一个提到的人就是卢梭：“吾但信卢梭，华盛顿、威曼诸大哲于地下有灵，必哂曰：‘孺子有知，吾道其东’！”“孺子有知，吾道其东！”③一句表明，邹容公然以卢梭等人在中国的继承者自居。在《革命军》第一章“绪论”中的倒数第二段，邹容说：“我幸夫吾同胞之得卢梭《民约论》”；在最后一段，邹容说：

夫卢梭诸大哲之微言大义，为起死回生之灵药，返魄还魂之宝方，金丹换骨，刀圭奏效，法美文明之胚胎皆基于是。我祖国今日病矣！死矣！岂不欲食灵药投宝方而生乎！苟其欲之，则吾请执卢梭诸

① 柳亚子：《磨剑室诗初集卷一（1903）》，《柳亚子文集·磨剑室诗词集》，上海人民出版社，1985，第17页。
② 鲁迅：《坟·杂忆》，《鲁迅全集》第一卷，人民文学出版社，1980，第221页。
③ 邹容：《革命军》，冯小琴评注，华夏出版社，2002，第5页。

大哲之宝幡，以招展于我神州上空。不宁惟是，而况又有大儿华盛顿于前，小儿拿破仑于后，为吾同胞革命独立之表木。嗟乎！革命！革命！得之则生，不得则死。毋退步，毋中止，毋徘徊，此其时也，此其时也，此吾所以倡言革命，以相与同胞共勖，而实行此革命主义也。①

卢梭的思想，在这里已经被视为"起死回生之灵药，返魄还魂之宝方"，用以医治祖国之病。作者要执卢梭之"宝幡"，为中华民族招魂，所招之魂则是"革命"，"得之则生，不得则死"。在邹容眼里，"革命"是卢梭思想的灵魂。

恰巧，1905年，有一部名为《卢梭魂》的小说出现。我们可以由这部小说确认，晚清社会的"卢梭魂"到底意味着什么。《卢梭魂》由怀仁编次，天民作序，共计十二回。这是一部幻想小说，写卢梭死后真魂来到中国，在中国宣传民权，鼓动反抗清朝统治的革命。小说一开头从卢梭写起：

欧洲西境，法兰西国，有一名儒，唤作卢梭。论起他的学问，在那法国也要算是数一数二的。远者天文地理，近者物理民情，以及各国语言文字，他却无一不晓，无一不精。因此，一生著述不下数十种。其中最有势力的，就是那一篇《民约论》。后来欧美两洲掀天揭地的革命军，便是这篇文字播的种子。②

这第一段介绍文字所体现的对于卢梭的理解，在晚清社会具有相当的代表性。所推荐的卢梭著作，只有《民约论》；而这篇文字的核心，乃是"革命军"。

小说接下来写卢梭在法国不被理解，自尽身亡，英灵不散，随风飘到中国。路上见到明末清初的黄宗羲和春秋时代的展雄正在抨击时政，卢梭

① 邹容：《革命军》，冯小琴评注，华夏出版社，2002，第10页。

② 怀仁编述《卢梭魂》，阿成仁校点，《中国近代珍稀本小说》，春风文艺出版社，1997，第9页。

加入其中，“将那《民约论》上的道理，仔仔细细的发挥了一回”[①]。黄、展二人听了很高兴，遂留卢梭住在一起。后来秦朝农民起义领袖陈涉又加入进来。陈涉佩服卢梭的思想，到城里城外向百姓宣传：

> 他真个偷着空儿去到城里城外，把卢梭的议论播扬起来，引诱那些青年。没有几天，沿街遍巷，也有索读卢梭文字的，也有极口夸赞卢梭议论的。便是那些不成正气，鬼头鬼脑的，也自随声附和，嘴头上播出“民权”二字。卢、黄诸人见了这般光景，大喜。便将陈涉邀来，密密的商议去联络他们，预备动手。[②]

小说结尾，独立峰头香烟缭绕，仙乐悠扬，一个古冠古服的人影，双手秉着圭璋。大家见，忙三跪九叩，山呼起来，正是“汉山俎豆千秋社，唐国衣冠万古存”。汉山出现这样的景观，十分轰动，大家纷纷来看。其中有一个学究，名怀仁，正是本书的作者，也来看热闹。他恍恍惚惚来到天宫，只见宝殿上坐着龙衮，龙衮拿出一部蟠龙镶凤的书套，取出一卷书，让怀仁到世上去讲“好教人间知俺唐人也能经文纬武，辅世安民，不是那一等做奴、做隶、做牛、做马，永受外国羁绊的”[③]。怀仁偷眼一看，书名正是《卢梭魂》。怀仁悄悄揭开偷看，看到一行字，正是第五回的题目“听自由钟汉山倡义，布独立檄唐国胜欢”。却听当驾官大喝一声，“预泄天机，该当何罪！”[④] 这一喝，喝得怀仁一跤跌醒，却是一场大梦，然而《卢梭魂》却还在手里。

在这里，卢梭与中国历史上的革命者走到了一起，为推翻清朝的统治而战。卢梭在这里，担当着一个启蒙者的角色，将中国传统改朝换代式的

① 怀仁编述《卢梭魂》，阿成仁校点，《中国近代珍稀本小说》，春风文艺出版社，1997，第11页。
② 怀仁编述《卢梭魂》，阿成仁校点，《中国近代珍稀本小说》，春风文艺出版社，1997，第13～14页。
③ 怀仁编述《卢梭魂》，阿成仁校点，《中国近代珍稀本小说》，春风文艺出版社，1997，第106页。
④ 怀仁编述《卢梭魂》，阿成仁校点，《中国近代珍稀本小说》，春风文艺出版社，1997，第107页。

革命转换成卢梭式的民权革命。不过，最终拯救卢梭的，却是中国的黄帝。卢梭的权威是中国神授的，于是，革命的终极起源仍然来自于中国。从小说《卢梭魂》中，我们看到，卢梭及其《民约论》成为晚清社会新的时代革命的象征。

第三节 《天演论》VS《民约论》

《民约论》和《天演论》在西方思想史上是两种理路对立的著作，代表的是西方两种不同的思想传统。它们能够同时影响于20世纪初期的晚清社会，是一件异乎寻常的事情。是中国特定的历史语境及其所带来的翻译形塑，使得《天演论》与《民约论》能够互相兼容，共同作用。不过，这种统一只是暂时的，随着改良和革命的分裂，这两种不同的理论终于分道扬镳。

从思想史角度看，西方存在着两种不同的自由主义思想传统。《民约论》代表的是18世纪以来法国理性主义传统，《天演论》代表的是19世纪以来的英国经验主义传统。我们可以将其简称为法国传统和英国传统。法国传统的代表人物是笛卡儿、卢梭等人，英国传统的代表人物是休谟、亚当·斯密等人。

法国传统认为：人生而具有智识和道德的禀赋，理性具有至上的地位，因此凭借理性就可以形构理想的社会制度。卢梭的理论正是如此。卢梭认为，人生而自由，只是因为文明制度的不合理，人才失去了自由。他设计了一种制度，即每个人都向集体全部让渡自己的权利，而集体意志成为每个个人意志的体现。如此，个人既成了主权者，同时又是国家的成员。这样一个体现了全体个人的公共人格，就是共和国。卢梭试图通过这样一种理性设计，一劳永逸地建立起完美的政治制度。这种设计的问题在于，体现全体个人意志的公意只能由部分个体来承担，这部分主权者如何能够体现公意而不是他们的个人意志呢？彻底的民主可能演变成完全的极权，这是卢梭后来受到诟病的原因。

英国传统却认为，人的理性是有很大局限的，只有在累积性进化的进程中，人的理性才能得到发展。文明只是经验的总和，是不断试错而获得的结果。英国传统反对启蒙主义的理性设计，认为社会制度的生成并非发明设计的结果，而是由未曾自觉的行为构成的，是适应性进化的结果。在这一点上，进化论为英国传统提供了基础。他们借重了“自然选择”（natural selection）、“生存竞争”（struggle for existence）、“适者生存”（survival of the fittest）等概念，强调进化积累。当然，在英国传统看来，社会进化与自然进化并不完全相同，在社会进化中，具有决定意义的并不是个人遗传等生理因素，而是模仿成功有效的制度而做出的选择。

哈耶克认为，在西方近代历史上，这两种传统有巨大的差别。他借用J. L. Talmon的概括来释述两者之间的区别：“一方认为自生自发及强制的存在乃是自由的本质，而另一方则认为自由只有在追求和获致一绝对的集体目的的过程中方能实现”；“一派主张有机的、缓进的和完全意识的发展，而另一派则主张教条式的周全规划；前者主张试错程序，后者则主张一种只有经强制方能有效的模式”[①]。在这两种传统之中，哈耶克本人无疑是赞成英国传统的，然而不幸的是，“由于法国传统的论辩相当唯理，像是有理，似合逻辑，又极为夸张地设定了人的理性具有无限的力量，所以渐渐赢得了影响并为人们所欢迎，但是英国的自由传统却未曾阐释得如此清楚，也不那么明确易见，所以日渐式微”[②]。

这两种本来互相冲突的西方思想，在中国却由于翻译的变形而奇妙地融合起来了，统一于晚清的政治需要之中。《天演论》与《民约论》翻译到中国的时间，正是中国历史上的危急时刻。1894年清政府败于甲午战争，1895年被迫签订《马关条约》，1900年八国联军攻入北京，1901年清政府被迫签订《辛丑条约》。经受了这一系列灾难的国人，深受刺激。他们正是在批判和反抗这一点上，去吸取《天演论》与《民约论》的思想资源的。国人在《天演论》中所看到的，是生存竞争；在《民约论》中所看到的，是为自由平等的权利而战。如此，《天演论》与《民约论》就配合起来了：《天演论》昭示了国人的生存压力，《民约论》则提供了批判的根

① 〔英〕弗里德利希·冯·哈耶克：《自由秩序原理》，邓正来译，生活·读书·新知三联书店，1997，第64页。

② 〔英〕弗里德利希·冯·哈耶克：《自由秩序原理》，邓正来译，生活·读书·新知三联书店，1997，第62页。

据和行动的合理性。

梁启超一方面宣传进化论，另一方面同时宣传《民约论》，丝毫没觉得其间的矛盾。梁启超认为卢梭的《民约论》是医治中国最好的良方。1899 年《自由书》有云："欧洲近世医国之手，不下数十家。吾视其方最适于本日之中国者，其惟卢梭先生之《民约论》乎！是方也，现在世纪及今世纪之上半，施之于欧洲全洲而效；当明治六、七年至十五、六年之间，施之于日本而效。今先生于欧洲与日本既已功成而身退矣，精灵未沫，吾道其东，……呜呼！《民约论》，尚其东来。东方大陆，文明之母，神灵之宫。惟今世纪，地球万国，国国自主，大家独立，尚余此一土以殿诸邦。此土一通，时乃大同。呜呼！《民约论》兮，尚其来东！大同大同兮，时汝之功！"1901 年，梁启超在《清议报》发表《卢梭学案》一文，大力介绍赞扬卢梭的学说。1902 年，梁启超在《论学术势力之左右世界》一文中，这样高度称赞卢梭学说："自此说一行，欧洲学界，如旱地起一霹雳，如暗界放一光明，风驰云卷，仅十余年，遂有法国大革命之事。自兹以往，欧洲列国之革命，纷纷继起，卒成今日之民权世界。《民约论》者，法国大革命之原动力也；法国大革命，十九世纪全世界之原动力也。卢梭之关系于世界何如也！"① 梁启超对于严复翻译的《天演论》，同样称颂备至。他后来还专门撰文介绍进化论的始祖达尔文，并像严复一样，强调进化适用于一切领域，"所谓天然淘汰、优胜劣败之理，实普行于一切邦国、种族、宗教、学术、人事之中，无大无小，而一皆为此天演大例之所范围。不优则劣，不存则亡，其机间不容发，凡含生负气之伦，皆不可不战兢惕厉，而求以适存于今日之道云尔"②。

在批判与反抗的时候，《天演论》与《民约论》是可以互相配合的，不过在涉及建设的时候，两者的差异就出现了。梁启超等改良派这个时候才发现，他们需要的是进化论，而不是卢梭的《民约论》。

以 1903 年的"拒俄义勇军事件"和"苏报案"为标志，晚清革命派的思想开始浮出历史地表，而改良派和革命派的分裂也由此开始。晚清改

① 梁启超：《论学术之势力左右世界》，《新民丛报》1902 年第 1 号。

② 梁启超：《天演学初祖达尔文之学说及其略传》，《新民丛报》1902 年第 3 号。

良派与革命派的主要分歧在于：一者主张渐进改良，一者主张民族革命；一者主张君主立宪，一者主张共和政体。正是在1903年，梁启超发表《政治学大家伯伦知理之学说》一文，对于卢梭的态度来了一个一百八十度的大转变，由赞美变成了批判。梁启超幡然悔悟，认为卢梭来中国这些年，并没有产生正面的作用，“顾其说之大受欢迎于我社会之一部分者，亦既有年；而所谓达识之，其希望之目的，未睹其因此而得达于万一，而因缘相生之病，则已渐萌芽，渐弥漫一国中。现在未来不可思议之险象，已隐现出没，致识微者慨焉忧之。噫，岂此药果不适于此病耶？抑徒药不足以善其后耶？”[①] 梁启超的抱怨，事实上来自于这样一个事实，即卢梭的思想构成了革命共和派的源头。

在这篇文章中，梁启超借伯伦知理之口对于卢梭进行了全面清算。伯伦知理认为，欲实现卢梭所构想的民约论，民众须具备三种条件：一是“其国民皆可各自离析”；二是“国民必悉立于平等之地位”，三是“其国民必须全数画诺”。做到这三点是不可能的，因而卢梭的国家论是不能成立的。梁启超赞同伯伦知理的说法，认为他“取卢氏之立脚点而摧陷之者也”。至于中国，梁启超认为卢梭的国家学说更不可能。在他看来，卢梭之药在于医欧洲过度干涉之病，而中国之问题恰恰相反，在于过度散漫。梁启超借助于伯伦知理的“国家有机体说”，认为中国的当务之急不是争取自由平等，也不是革命，正相反，是铸就国民，造成国家“有机之统一和有力之秩序”。接下来，梁启超阐述了伯伦知理有关“国民和民族”的理论，论证中国排满革命的不可行。再接下来，梁启超翻译介绍了伯伦知理和德国波伦哈克有关君主立宪与共和政体的政治主张，领悟到共和政体在中国的不可行，其原因是中国国民不具备共和国民的资格，“译者曰：吾心醉共和政体也有年，国中爱国踸踔之士一部分，其与吾相印契而心醉共和政体者亦既有年。吾今读伯、波两博士之所论，不禁冷水浇背，一旦尽失其据，皇皇然不知何途之从而可也。如两博士所述，共和国民应有之资格，我同胞虽一不具，且历史上遗传性习，适与彼成反比例，此吾党所不能不为讳者也。今吾强欲行之，无论其行而不至也”。在伯伦知理看来，

① 梁启超：《政治学大家伯伦知理之学说》，《新民丛报》1903年第32号。

卢梭认为主权不在统治者，而在于公民全体，但统一的公民意志是不可能的，由此，“专制君主主权，流弊虽多，而犹可以成国；专制国民主权，直取已成之国而涣之耳”。卢梭主权在民的结果，最后只能变成部分公民号称自己代表公意，于是演成大革命之祸。

严复深谙西学，早年就宣扬卢梭的“天赋人权”等思想，对晚清社会进行启蒙教育。《论世变之亟》有云：“夫自由一言，真中国历古圣贤所深畏，而从未尝立以为教者也。彼西人之言曰：唯天生民，各具赋畀，得自由者乃为全受。故人人各得自由，国国各得自由，第务令毋相侵损而已。侵人自由者，斯为逆天理，贼人道。其杀人伤人及盗蚀人财物，皆侵人自由之极致也。故侵人自由，虽国君不能，而其刑禁章条，要皆为此设耳。”① 所谓“西人之言曰：唯天生民，各具赋畀，得自由者乃为全受”，显然是卢梭“人生而自由”思想的阐发。严复在这里追随卢梭，将自由视为人的天性，虽国君也不能剥夺，这在当时的晚清社会无异于石破天惊之言。正如严复所指出的，中国恰恰缺乏这个传统，“自由”这个词为中国历代圣贤所畏惧。在《原强》一文中，严复提出了西方的“自由平等”观，及“以自由为体，以民主为用”的思想②。在《辟韩》一文中，严复再次提出：“民之自由，天之所畀也，吾又乌得而靳之！”③

不过，到了1906年，在晚清政治“近日将有立宪盛举”的形势下，严复对于卢梭的态度却发生了很大的变化。在《政治讲义》一文中，严复指出：在卢梭看来，政权有两种：一种是自上而下的，是为专制统治；另一种是自下而上的，是为民主政体。后一种政体，正是卢梭的《民约论》所主张的，“假使其人其事，与社众之主义背驰，乃至群情不合者过半，斯其人义应告休，否则逐之可也。此等义法，卢梭《民约》，推勘最详。自其说兴，革命风潮，因之大起，此所谓国民无上之义是已。故挽近欧洲，以民主为最正之治制”④。但在严复看来，这种二分法却是不成立的。

---

① 严复：《论世变之亟》，《严复集》第一册“诗文（上）”，中华书局，1986，第1页。

② 严复：《原强》，《严复集》第一册“诗文（上）”，中华书局，1986，第11页。

③ 严复：《辟韩》，《严复集》第一册“诗文（上）”，中华书局，1986，第33页。

④ 严复：《政治讲义》，《严复集》第五册“著译、日记、附录”，中华书局，1986，第1306～1307页。

他认为，权力都是自下而上的，即便专制政体也是这样，“见凡专制之君，未有不俟民心之归，众情之戴而能立者”。关键在于拥护者的多少，“其所俟之多寡强弱不同，而即以此判成败”。因而，卢梭之论是不能成立的，“然则卢梭诸公，分政府为二等：一谓权发诸上，一为权发诸下者，其义荒矣”。因为“权未有不发诸下者也”[①]，所以“独治”与“众治”的区别也并不存在。进一步，自由与否事实上与民主或专制政体也并无关系，“但考论各国所实享自由时，不当问其法令之良，亦不当问其国政为操于议院民权，抑操于专制君权。盖此等歧异，虽所关至巨，而实与自由无涉”。在严复看来，时人动辄将自由与国富民强，与政体联系起来，是不恰当的。他认为，“民之自由与否，其于法令也，关乎其量，不关其品也。所问者民之行事，有其干涉者乎？得为其所欲为者乎？抑既干涉矣，而法令之施，是否一一由于不得已，而一切可以予民者，莫不予民也。使其应曰然，则其民自由。虽有暴君，虽有弊政，其民之自由自若也。使其应曰否，则虽有尧舜之世，其民不自由也”[②]。很明显，严复态度的变化，与他评论立场的变化有关。当年，在他以西学为参照进行社会批判时，他会运用“天赋人权”、自由平等的启蒙思想。1906 年的《政治讲义》则是站在立宪政治的角度说话的，因此会考虑限制自由。有关于这一点，他在《政治讲义》“第五讲”的开头说得很清楚：西人爱谈民权自由，国人也崇拜自由，咸与维新，但是，“独惜政治所明，乃是管理之术。管理与自由，义本反对。自由者，惟个人之所欲为；管理者，个人必屈其所欲为，以为社会之公益，所谓舍己为群是也”[③]。

值得注意的是，严复在《政治讲义》中涉及了法国传统和英国传统的差异。严复在“第一讲”中提到：“须知十八世纪以前，已有言治不由历史者，希腊时如柏拉图，最后如卢梭。此二人皆诸公所习知，其言治皆本心学，或由自然公理，推引而成。是故本历史言治，乃十九世纪反正之

① 严复：《政治讲义》，《严复集》第五册“著译、日记、附录”，中华书局，1986，第 1310 页。
② 严复：《政治讲义》，《严复集》第五册“著译、日记、附录”，中华书局，1986，第 1288 页。
③ 严复：《政治讲义》，《严复集》第五册“著译、日记、附录”，中华书局，1986，第 1279 页。

术，始于孟德斯鸠，至于今几无人不如此矣。”说的是政治与历史之关系，其实就是政治设计的不同方式。柏拉图、卢梭代表的理性衍推的传统，在严复看来，已经被始于孟德斯鸠的经验主义的渐进变革的英国传统所代替。这种始于十九世纪经验主义传统的思路，用严复的话来说，就是“盖天生人，予以灵性，本无与生俱来预知之知能。欲有所知，其最初必由内籀”。“一人之阅历有限，故必聚古人与异地人之阅历为之。”[①] 也即不相信天生理性，而相信经验的积累归纳。社会就像生物一样，是逐渐进化发展的，“人类相合为群，由质而文，由简入繁，其所以经天演阶级程度，与有官生物，有密切之比例。故萨维宜谓国家乃生成滋长，而非制造之物。而斯宾塞亦云，人群者，有机之大物，有生老病死之可言，皆由此义也”[②]。就此而言，卢梭的社会契约论不过是主观虚构的，社会和国家只能是进化演变的结果。

到了辛亥革命之后，共和梦断，严复更有理由谴责卢梭了。1913 年，严复受梁启超之约，为《庸言报》撰写批判卢梭的文章。严复在给熊纯如的信中这样说：“昨梁任庵书来，苦督为《庸言报》作一通论。已诺之矣。自卢梭《民约》风行，社会被其影响不少，不惜喋血捐生以从其法，然实无济于治，盖其本源谬也。刻拟草《民约平议》一通，以药社会之迷信。报出，贤者可一观之而有以助我。”[③] 后来严复写出长篇《民约平议》，发表于《庸言》1914 年第 25 -26 号合刊上。如果说，1903 年梁启超只是担心卢梭的负面影响，那么 1914 年的严复则已经在肆意攻击卢梭的恶劣后果，“《民约论》之出，穷檐委巷，几于人手一编。适会时世，民乐畔古，而卢梭文辞，又偏悍发扬，语辩而意译，能使听者入其玄而不自知。此遂见于美之独立，法之革命。嗣是以来，风声所施，社会岌岌，笃其说者，或不惜捐躯喋血，国量死者以求之。然而经百余年，诸种之民，用其法以求之。而所求者卒未至也。欧美言治之家，于卢梭各有所左右，亦大抵悟其说之不可行。顾旋死旋生，生则其祸必有所中”。

① 严复：《政治讲义》，《严复集》第五册“著译、日记、附录”，中华书局，1986，第 1243 ~ 1244 页。

② 严复：《政治讲义》，《严复集》第五册“著译、日记、附录”，中华书局，1986，第 1267 页。

③ 严复：《政治讲义》，《严复集》第三册“书信”，中华书局，1986，第 614 页。

在《民约评议》一文中，严复列举出卢梭的三条“大经大法”，一一加以批驳。(甲)“民生自由者，其于群为平等”。严复认为：新生儿“累然块肉”，非抚养不能长大，天生具有种种差异，何来自由平等？而在中国，“今之所急者，非自由也，而在人人减损自由，以利国善群为职志”。(乙)“人人不得有私产业，凡产业皆篡者，将不攻而自破矣。”严复认为，这一条是空想，“卢梭之说，仁则仁矣，而无如其必无是也，则奈何欲乱人国以从之乎？”(丙)“其最重要者，莫若消灭战胜之权利。而云物之以兵力而取者，义得以兵力复夺之。”这一条严复也认为不符合历史，“第必如其法，凡人得一切权利，必待一切人类之公许而后成，此不独于实事为难见，即在理想，亦有可疑”。

当时身为革命派的章士钊，立即撰文回击严复对于卢梭的批评。章士钊在1914年5月10日《甲寅杂志》第一期以秋桐为名发表《读严几道〈民约平议〉》一文，认为“初不宜挟一先入之成见，硬坐卢梭之说，邻于虚诞，遂视为洪水猛兽而排之也”。严复对于卢梭三条“大经大法”的批判，章士钊一一加以驳回。第一点，章士钊认为严复“由天生之生，转入生育之生，并为一谈，以欺庸众”。第二点，章士钊认为，卢梭主张财产的平等，是“卢梭之于富亦特恶其太甚而已，此观于欧洲封建之弊，地主之横，遽谓其说之不当有，未免过当”。第三点有关于权力和革命，尤其是重点。章士钊认为，严复以汤武革命为例说明征服者的权力，是不恰当的，“汤武革命，可曰光复，而不可曰征服”。另外，章士钊指出，严复在批判第三点时“驳其一而遗其二”，忽略了后面一句，即“以兵力而取者，义得以兵力复夺之”。他认为这一点很重要，“由是汤有诸侯三千，资以黜夏，武有诸侯八百，资以胜殷。正所谓‘义得以力而夺之’，光复旧物，正指此也，吾中华民国之所由来，亦惟此义足自立，是严先生汤武征诛之说，卢梭之所乐闻也”。章士钊以汤武革命为例，以卢梭的理论为依据，说明“中华民国”的合法性。不过，章士钊在文章的开头就已经指出，“中华民国”名为共和，实际上仍是专制，“惟今居反动时代，名为共和，一切惟还乎专制是务，于是有无论何国所不能不备之质，而以为貌似共和，不免挟其雷霆万钧之力，以挤而去之焉”。因此，严复对于共和的攻击，事实上是攻错了对象。

有趣的是，革命派虽然批判改良派，拥护《民约论》，却并不攻击进化论。革命派并没有把进化论看成是改良派的专利，而是把进化论与革命联系到了一起。“革命者，天演之公例也”，邹容《革命军》中的这句话，将进化论与革命奇特地结合起来。在西方作为英国传统思想基础的进化论，在中国革命派手里，反倒成了革命的依据。于是有了革命进化论。章太炎相信进化论思想，他在《訄书·族制》中说：“夫自然之淘汰，与人为之淘汰，优者必胜，而劣者必败。”① 但在他心目中，革命是进化的手段，《驳康有为论革命书》有云：“人心之智慧，自竞争而后发生，今日之民智，不必恃他事以开之，而但恃革命以开之。”“人心进化，孟晋不已。以名号言，以方略言，经一竞争，必有胜于前者。今之广西会党，其成败虽不可知，要之继此而起者，必视广西会党为尤胜，可豫言也。然则公理之未明，即以革命明之；旧俗之俱在，即以革命去之。革命非天雄大黄之猛剂，而实补泻兼备之良药矣。”② 孙中山早年研读进化论，十分推崇，认为：“自达尔文之书出，则进化之学，一旦豁然开朗，大放光明，而世界思想为之一变，从此各种学术皆归依于进化也。”③ 不过，他却反对康有为的渐进改良，而主张革命“突驾”。康、梁认为“各国皆由野蛮而专制，由专制而君主立宪，由君主立宪而始共和，次序井然，断难躐等；中国今日亦只可为君主立宪，不能躐等而为共和。”孙中山认为：“此说也谬”，“是反夫进化之公理”④。孙中山这里所说的进化，已经走到了英国传统的反面。

我们知道，在改良派与革命派的斗争中，革命派胜出，改良派衰落。革命进化论成为1903年至五四时期的主流话语。五四以后，革命进化论则直接为唯物史观、阶级斗争学说所代替，陈独秀、李大钊、鲁迅等人都从进化论者转变为阶级论者。代表法俄革命传统的卢梭《民约论》引领了整个20世纪中国革命思潮，而代表了19世纪英国经验主义传统的《天演

① 章炳麟：《訄书》，胡保希述注，辽宁人民出版社，1994，第102页。

② 章太炎：《驳康有为论革命书》，《革故鼎新的哲理——章太炎文选》，上海远东出版社，1996，第100~101页。

③ 孙中山：《建国方略》，《孙中山选集》，人民出版社，1956，第155页。

④ 孙中山：《在东京中国留学生欢迎大会的演说》，《孙中山选集》，人民出版社，1956，第73页。

论》却被“革命”所改编，成了革命进化论，由严复、康梁所代表的英美自由主义传统从此隐没不显。

在《道德理想国的破灭》的开头，朱学勤描绘了卢梭对于20世纪中国革命的决定性影响，“大学历史课堂不断提及那个激动人心的时代，使得一代又一代的中国学生为之神往，心魂飘荡；每当民族危亡人心动荡的年代，马赛曲的歌声总是在知识分子的救亡曲中首先唱响——塞纳河畔飘来的旋律既融进了国际歌，也融进了中华民族的国歌，它最好不过地证明：法兰西风格的政治文化已经融进了中华民族的政治血液、政治性格”①。然而，朱学勤却是从批判的角度对卢梭进行清理。在他看来，正是卢梭的召唤，引起了中国现代一场场血腥的革命。直接引起他批判卢梭的动因，是他所经历的文化大革命。朱学勤自述，他写作这本书的动力是思考这样一个问题，即“为什么法国革命与文化革命如此相近?”② 朱学勤觉得这是一个重要的发现，于是对这一议题进行了历史考察，但他只提到了陈寅恪1919年8月31日的日记中对于中法习性相近的记录，还有1973年4月29日的一则顾准笔记中有关基督教传统和共产主义在“至善”追求上的相似说法。朱学勤的《道德理想国的破灭》一书，在中国大陆引起了广泛的反响，引领了学界对于20世纪革命传统的重新反思。

与朱学勤有师生之谊的王元化先生，自述受到朱学勤这本书的影响，开始进行理论回溯。他惊讶地发现，我们历来只知道卢梭的革命思想，却从来没注意西方自由主义传统的另外一支，即“英国经验主义”“苏格兰启蒙学派”等。他在《对于“五四”的再认识答客问》一文中说：“与民主问题关系密切的国家学说，过去我们往往只知道一家之言，这就是卢梭的社约论。我们不知道与他同时的法国百科全书派伏尔泰、狄德罗、达朗贝尔等的学说与他有什么不同，更不知道英国的经验主义，如洛克的政府论又和他有什么不同。至于在大陆尚未被介绍的苏格兰启蒙学派的理论是怎样，就更加茫茫然了。我们对这些一概不知不晓，只

① 朱学勤：《道德理想国的覆灭——从卢梭到罗伯斯庇尔·序》，上海三联书店，1994，第1页。

② 朱学勤：《道德理想国的覆灭——从卢梭到罗伯斯庇尔·序》，上海三联书店，1994，第11页。

知道一种卢梭的民主学说，而且就是对这一种也还是一知半解。甚至连一知半解也谈不上。试问，以后要建设我们的民主，又用什么去建设呢?"[①] 晚清以来一直隐没不现的英国传统，在差不多一个世纪以后，终于被重现发掘出来，并让学界如获至宝，成为反省"革命"的知识根据。

紧接着1994年出版的朱学勤的《道德理想国的破灭》，1995年李泽厚与刘再复在香港出版了《告别革命》一书。后者影响巨大，"告别革命"从此成为批判20世纪革命传统的流行术语。在《告别革命》一书中，李泽厚提出：他早在1978年就明确地提出了"英国传统"与"法国传统"的两种路径，"早在一九七八年，我就提出'法国式'与'英国式'之分，我赞成'英国式'的改良，不赞成法国式的、暴风骤雨式的大革命，这种革命方式付出的代价太沉重了"[②]。并且，李泽厚追溯了晚清改良和革命的两种传统，认为对此应该进行重新评价："对这个世纪康有为、梁启超和革命派的争论，现在就不要简单地认为康梁的主张是错的，我看康有为那种'君主立宪''虚君共和'的思想在当时很有道理，这个大案似乎可以翻一翻。在临近这个世纪末才能谈论这个世纪初的案，真让人感到辛酸和滑稽。历史似乎太无情了。"[③]

在将近一个世纪的"革命传统"被质疑后，人们才发现被历史湮没的"英国传统"，历史的确太无情了。在这湮没的过程中，翻译的改写无疑是最初的源头。在卢梭的《民约论》中，仅仅有一段话提到，人民有权利打破自己身上的桎梏、获得自由，但它并不是《民约论》的主旨。《民约论》本身探讨的是合理政治秩序的规则，并不号召革命。然而，杨廷栋的译文却牢牢抓住了这一句，作为主旨，从人民的自由和权利出发，鼓吹推翻专制政府。《天演论》仅仅强调了"物竞天择""适者生存"的一面，因而很容易与"革命"联系起来，而进化论所具有的渐进变化的英国经验主义

① 王元化：《对于"五四"的再认识答客问》，李辉、应红编《世纪之问：来自知识界的声音》，大象出版社，1999，第24页。

② 李泽厚：《革命与改良——世纪性的痛苦选择》，《李泽厚、刘再复对话录：告别革命》，香港天地图书公司，1995，第60~61页。

③ 李泽厚：《革命与改良——世纪性的痛苦选择》，《李泽厚、刘再复对话录：告别革命》，香港天地图书公司，1995，第68页。

的一面，却没有展示出来。严复后来颇为后悔《天演论》的影响，欲以主张社会有机演进的《君学肆言》进行补救，可惜已晚。严复在给他人的书信中指出："仆虽心知其危，故《天演论》既出之后，即以《群学肄言》继之，意欲锋气者稍为持重，不幸风会已成。"① 李泽厚指出："当时严复、梁启超所接受的便是'生存竞争'的观念，以为中国就要被淘汰，所以非急剧变化不可。但康、梁都没有'飞跃'的观念，所以还比较保守，不赞成革命。我们后来批判进化论的自然演进，即和平进化的观念，强调残酷斗争，你死我活，强调进化中的所谓'飞跃'，也就是革命。从理论到实践，形成了一整套，久而久之，变成了思维模式，积习难除了。"康、梁本人固然没有"飞跃"的思想，不过，"生存竞争"的压力却推导出了革命，由不得他们，进化论本身所具有的"和平进化"反而受到了批判。

很明显，《天演论》和《民约论》的翻译，导致了晚清法国传统的壮大，也导致了英国传统的湮灭。当然，翻译的误读，并非偶然，它植根于历史与文化的深处。

① 严复：《与熊纯如书·63》，《严复集》第三册"书信"，中华书局，1986，第679页。

鲁迅留日时期的文明观

——以《文化偏至论》为中心

董炳月

鲁迅留日时期的《文化偏至论》《摩罗诗力说》《破恶声论》等文章曾经大量使用“文明”一词，对于青年鲁迅来说“文明”是一个词也是一种观念。这一事实已经被中日两国学者注意到。1983 年，日本的鲁迅研究家伊藤虎丸（1927～2003）在《鲁迅与日本人》一书中精辟地指出：撰写《摩罗诗力说》时期的鲁迅“自己也想当一名作为‘精神界之战士’的文明批评家，其实践便是他当时的文学运动。包括前面提到的言及柯尔纳的《摩罗诗力说》在内，鲁迅留日时期的全部文章都贯穿着文明批评性态度。”[①] 2003 年，高远东在论文《鲁迅的可能性——也从〈破恶声论〉寻找支援》中，将《摩罗诗力说》对人的精神生活的强调（所谓“主观与自觉之生活”）视为“鲁迅的文明论的主题”。[②] 高远东撰写此文是为纪念当时刚刚去世的伊藤虎丸，大概是因受伊藤氏的影响而注意到鲁迅早期文章中的“文明”问题。

不过，鲁迅的文明观似乎尚未得到正面论述，某些相关的重大问题亦

① 〔日〕伊藤虎丸：《鲁迅与日本人——亚洲的近代与“个”的思想》，李冬木译，湖北教育出版社，2011，第 19 页。后同。

② 高远东：《鲁迅的可能性——也从〈破恶声论〉寻找支援》，《鲁迅研究月刊》2003 年第 7 期。

被长期搁置。因此，本文旨在以《文化偏至论》为中心，结合明治时期日本社会的思想文化状况和同时代东京华人界的话语状况，考察、分析鲁迅留日时期的文明论，重新解释鲁迅与明治日本、与夏目漱石的关系及其在《两地书》中提出的“文明批评”概念。

一 《文化偏至论》的个人主义文明观

鲁迅1902年3月赴日本留学，翌年开始发表文章。留日之初的文章已经使用“文明”一词，包含着自觉的文明意识。且看1903年10月发表的《中国地质略论》。[①] 文章第一节“绪言”部分开头曰：

> 觇国非难。入其境，搜其市，无一幅自制之精密地形图，非文明国。无一幅自制之精密地质图（并地文土性等图），非文明国。不宁惟是；必殆将化为僵石，供后人摩挲叹息，谥曰绝种Extract species之祥也。
>
> 吾广漠美丽最可爱之中国兮！而实世界之天府，文明之鼻祖也。〔后略〕

这里两次使用“文明国”的概念，并且视中国为“文明之鼻祖”。文章将对地质的认识程度作为判断一个国家是否为“文明国”的标准，于是地质问题转化为文明问题。“绪言”之后，文章用四节（第二节至第五节）展开了对中国地质的论述，到了第六节“结论”的结尾处，“文明”一词又出现了。曰：“况工业繁兴，机械为用，文明之影，日印于脑，尘尘相续，遂孕良果，吾知豪侠之士，必有恨恨以思，奋袂而起者也。”由此看来，青年鲁迅撰写《中国地质略论》的时候不仅具有自觉的文明论意识，而且是将地质问题置于“文明”的框架之中来认识。青年鲁迅既然是把对地质的认识程度作为判断一个国家是否为“文明国”的标准，那么，他作为中

① 发表于1903年在东京出版的《浙江潮》第8期。本文对《中国地质略论》的引用出自《鲁迅全集》第8卷第3~17页。本文所用《鲁迅全集》为人民文学出版社1981年第1版。后不另注。

国人撰文探讨地质问题这种行为本身，也是在证明中国为文明国。在此意义上，对于留日之初的青年鲁迅来说，文明意识与国家民族意识是共生的。

“文明”论述在《中国地质略论》中仅仅是牛刀小试。集中展示留日时期鲁迅文明观的，还是1907年撰写的《文化偏至论》。《文化偏至论》题为“文化偏至论”，但行文过程中更多使用的实际是“文明”一词以及相关的“文野”等词汇。例如：“后有学于殊域者，近不知中国之情，远复不察欧美之实，所以拾尘芥，罗列人前，谓钩爪锯牙，为国家首事，又引文明之语，用以自文，征印度波兰，作之前鉴。夫以力角盈绌者，于文野亦何关?”① 这里不仅使用了“文明”一词，并且使用了“文野”一词。“文野”实为“文明野蛮”的略语，与“文明”一词密切相关。再如：“意者文化常进于幽深，人心不安于固定，二十世纪之文明，当必沉邃庄严，至与十九世纪之文明异趣。”在这段话中，“文化”一词自然而然地转换为“文明”一词。文章最后对于“号称志士者”提出的三个根本性的问题，均为“文明”问题而非“文化”问题。曰：“将以富有为文明欤”，“将以路矿为文明欤”，“将以众治为文明欤”，等等。从“文明”一词的大量使用来看，在《文化偏至论》中“文明”是“文化”的同义词并且取代了“文化”，文章讨论的其实是“文明偏至论”。在此意义上文题改为“文明偏至论”更为恰当。

比大量使用“文明”一词更为重要的是：作为《文化偏至论》之主题的个人主义问题是被作为文明问题表述出来的。且看鲁迅的原文：

> 呜呼，古之临民者，一独夫也；由今之道，且顿变而为千万无赖之尤，民不堪命矣，于兴国究何与焉。顾若而人者，当其号召张皇，盖蔑弗托近世文明为后盾，有佛戾其说者，辄谥之曰野人，谓为辱国害群，罪当甚于流放。第不知彼所谓文明者，将已立准则，慎施去取，指善美而可行诸中国之文明乎，抑成事旧章，咸弃捐不顾，独指西方文化而为言乎？物质也，众数也，十九世纪末叶文明之一面或在

① 本文对《文化偏全论》的引用皆出自《鲁迅全集》第1卷第44~57页。后不另注。

> 兹，而论者不以为有当。盖今所成就，无一不绳前时之遗迹，则文明必日有其迁流，又或抗往代之大潮，则文明亦不能无偏至。诚若为今立计，所当稽求既往，相度方来，掊物质而张灵明，任个人而排众数。人既发扬踔厉矣，则邦国亦以兴起。奚事抱枝拾叶，徒金铁国会立宪之云乎？（着重号为引用者所加）

这里“文化”一词只用了一次，而“文明”一词用了六次。“掊物质而张灵明，任个人而排众数”的核心主张是在“文明”的语境之中被提出。

如同研究者们已经充分论述的，鲁迅的《文化偏至论》阐述的是其个人主义思想。但是，从鲁迅自觉的文明意识来看，《文化偏至论》显然又是一篇文明论，阐述的是个人主义文明观。文明的个人主义与个人主义的文明，是《文化偏至论》的两个互为前提的主题。个人主义问题与文明问题在文中紧密地结合在一起。

众所周知，《文化偏至论》提出的个人主义主张，在与《文化偏至论》同年（1907）所作、晚一年（1908）发表的《摩罗诗力说》中得到了更充分的阐发。《摩罗诗力说》褒扬“立意在反抗，指归在动作”的摩罗诗人，誉之为“精神界之战士”。这里要强调的是，由于在《文化偏至论》中个人主义问题是被作为文明问题提出的，因此，在《摩罗诗力说》中“摩罗诗力”同样与“文明”密切相关，并且被置于“文明/野蛮”的框架之中来论述。且引两段原文。一曰：“尼佉（Fr. Nietzsche）不恶野人，谓中有新力，言亦确凿不可移。盖文明之朕，固孕于蛮荒，野人狉獉其形，而隐曜即伏于内。文明如华，蛮野如蕾，文明如实，蛮野如华，上征在是，希望亦在是。”这段文字是从尼采引起话题，讨论的是文明与野蛮（蛮野）的关系。二曰：“由纯文学上言之，则一切美术之本质，皆在使观听之人，为之兴感怡乐。文章为美术之一，质当亦然，与个人暨邦国之存，无所系属，实利离尽，究理弗存。〔中略〕约翰穆黎曰，近世文明，无不以科学为术，合理为神，功利为鹄。大势如是，而文章之用益神。所以者何？以能涵养吾人之神思耳。涵养人之神思，即文章之职与用也。”①

① 本文对《摩罗诗力说》的引用皆出自《鲁迅全集》第1卷第63~100页。后不另注。

在这段论述中，基于个人主义精神的“摩罗诗力”是与“近世文明”相对立的。那么，在文明论的层面上，鲁迅宣扬“摩罗诗力”就是在宣扬一种非“近世文明”的文明观。

在1908年撰写的未完成稿《破恶声论》中，“文明”问题同样存在。从文中的“文明之谊何解”一语来看，对“何谓文明”的追问乃文章主题之一。文章曰：“聚今人之所张主，理而察之，假名之曰类，则其为类之大较二：一曰汝其为国民，一曰汝其为世界人。前者慑以不如是则亡中国，后者慑以不如是则畔文明。〔中略〕二类所言，虽或若反，特其灭裂个性也大同。总计言议而举其大端，则甲之说曰，破迷信也，崇侵略也，尽义务也；乙之说曰，同文字也，弃祖国也，尚齐一也，非然者将不足生存于二十世纪。至所持为坚盾以自卫者，则有科学，有适用之事，有进化，有文明，其言尚矣，若不可以易。特于科学何物，适用何事，进化之状奈何，文明之谊何解，乃独函胡而不与之明言，甚或操利矛以自陷。”① 在这里，无论是“国家”还是“世界”，均被视为“灭裂个性”之物。这里所谓的“个性”显然与《文化偏至论》中的“个人”同义，且为《摩罗诗力说》中的摩罗诗人们应有之品格。这也正是鲁迅所阐述的“文明”的核心内容。

鲁迅弃医从文、从仙台医专退学返回东京是在1906年二三月间，第二年（1907）至第三年（1908）撰写《文化偏至论》《摩罗诗力说》《破恶声论》等文均讨论或涉及个人主义问题与文明问题。因此可以说，开始文学活动之初的青年鲁迅是个人主义者同时又是文明论者。

二 鲁迅文明论的背景及其批判性

1907年青年鲁迅在东京讨论文明问题并阐述个人主义文明观并非偶然，而是与明治日本的话语状况密切相关。文明论正是明治日本社会的主流话语。

“文明”一词在中国古已有之，但它获得新的意义、成为现代词汇是

① 本文对《破恶声论》的引用皆出自《鲁迅全集》第8卷第23～34页。后不另注。

在被日本人用于翻译“civilization”一词之后。[①] 现代汉语中的“文明”一词是日语借词，即自日语汉字词汇中借用的词汇。近代日本人将“文明”与“开化”一词组合，制造了“文明开化”一语。槌田满文在《明治大正之新语·流行语》中解释“文明开化”一词时指出：“‘文明开化’作为英语 civilization 的译语，是出自《书经》《易经》的‘文明’与顾恺之《定命论》中‘开化’一词的组合，从幕府末年至明治初年被作为新词使用。理由大概如木村毅《文明开化》（昭和二十九年）所解释的：‘将西洋的新生命注入中国固有的旧汉字，宛如用旧瓶装新酒’。”[②] 对于明治日本来说，“文明开化”具有国家意识形态的性质，至关重要。这有两个显著标志：一是日本近代启蒙思想之父福泽谕吉（1834 - 1901）的代表作之一为《文明论概略》，二是明治维新的三大政策之一为“文明开化”。福泽谕吉的《文明论概略》出版于 1875 年，那正是日本刚刚开始明治维新的时候。该书对于明治维新的决定性影响已经被研究者充分论述，如子安宣邦所言：“若不提及此书，则无法谈论日本现代，尤其是日本的现代化。若将日本的现代化视为文明化（即西洋文明化），那么便可以说《文明论概略》是现代化的法典。”[③] 作为明治日本之国策的三大政策为文明开化、富国强兵、殖产兴业，实际上后二者是处于“文明开化”的框架之中，乃达成“文明开化”之具体手段。

作为明治日本主流话语的“文明开化”，自然地并且是必然地直接影响到明治末年留日、旅日的中国人。且以当时影响甚大的梁启超、邹容为例。“文明/野蛮”的模式成为梁启超流亡日本时期的思维框架之一。《自由书》（1899）中的《文野三界之分》一文开头即云：“泰西学者，分世界人类为三级。一曰蛮野之人，二曰半开之人，三曰文明之人。其在春秋之义，则谓之据乱世、升平世、太平世。皆有阶级，顺序而升。此进化之

① 参阅《跨语际实践》第 408 页、《现代汉语外来词研究》第 83 页。前者为刘禾著、宋伟杰等译，生活·读书·新知三联书店，2002；后者为高名凯、刘正埮著，文字改革出版社，1958。

② 《明治大正之新语·流行语》，东京，角川书店，1983，第 26 页。引用者翻译。

③ 〔日〕子安宣邦：《福泽谕吉〈文明论概略〉精读》“中文版序”，陈玮芬译，清华大学出版社，2010。后同。引用者对译文做了调整。

公理，而世界人民所公认也。”[1] 这里使用的文明论框架与福泽谕吉《文明论概略》中的文明论框架完全相同。福泽在《文明论概略》中就是把野蛮、半开化、文明看作当时国家状态的三种类型，曰：“文明开化这个词也是相对的。现代世界的文明状况，要以欧洲各国和美国为最文明的国家，土耳其、中国、日本等亚洲国家为半开化的国家，而非洲和澳洲的国家算是野蛮的国家”；“文明、半开化、野蛮这些说法是世界的通论，且为世界人民所公认。那么，为什么能够这样呢？因为人们看到了明显的事实和确凿的证据”[2]。梁氏在《新民说》《论政府与人民之权限》等著作中建构“国民”的时候，同样采用了文明论的视角。[3] 邹容的《革命军》是20世纪初影响最大的革命著作，在该书中，“革命”亦与“文明”密切相关，“革命”本身甚至就是“文明”问题。“革命”不仅被表述为达于“文明”的过程——所谓“革命者，由野蛮而进文明者也”[4]。是否“文明”也被邹容作为划分不同类型之“革命”的标准——所谓“有野蛮之革命，有文明之革命”[5]。在邹容笔下和在梁启超笔下一样，“文明”是一种现代价值。就词性而言，他们的“文明”既是名词又是形容词。

结合上述背景来看，1907～1908年的鲁迅在《文化偏至论》等文章中展开其文明论，无疑是直接受到了明治日本主流话语和东京中国人言论界的影响。鲁迅对于日本明治维新有所了解是在南京求学时期。他在1922年12月所作《呐喊》“自序”中谈到南京求学时期的生活，说：“从译出的历史上，又知道了日本维新是大半发端于西方医学的事实。”留日之后置身已经完成明治维新的东京，并且阅读流亡日本的梁启超创办的《清议报》《新民丛报》等，直接受到梁启超的影响。1903年3月，他甚至把《清议报汇编》等书刊邮寄给尚在南京读书的周作人。[6] 鲁迅留学东京时经常购

① 梁启超：《梁启超全集》第一册，北京出版社，1999，第340页。着重号为引用者所加。

② 〔日〕福泽谕吉：《文明论概略》，北京编译社译，商务印书馆，1992，第9页。后同。

③ 相关问题可参阅笔者在《“同文”的现代转换——日语借词中的思想与文学》第三章第一节中的论述。昆仑出版社2012年7月出版。

④ 《革命军》第一章“绪论”，《革命军》，华夏出版社，2002，第8页。后同。

⑤ 《革命军》第三章“革命之教育”，《革命军》，第35页。

⑥ 参阅周作人的文章《鲁迅与清末文坛》，《鲁迅的青年时代》，河北教育出版社，2002，第72页。

物的杂货铺，也是在神田的一座名叫“维新号”的大楼的楼下。[①] 1936 年 10 月 19 日鲁迅逝世后，曾与鲁迅交往的日本记者山本实彦在悼念文章中说鲁迅在东京的时候“极喜研究日本的维新”[②]。关心日本的明治维新并且置身“维新”之中的青年鲁迅，无疑十分了解日本的文明开化。事实上，《摩罗诗力说》的最后一节连续三次谈及维新。

不过，尽管同样是阐述文明问题，但青年鲁迅的文明观与福泽谕吉的（也是明治日本的）文明观大不相同，具有多方面的差异乃至对立。这种差异或对立主要体现在如下三个方面。

其一，如前引文明国家、半开化国家、野蛮国家这种区分显示的，福泽谕吉视“文明”为单向性的过程，即认为“文明”是由“野蛮”经“半开化”进化而来。但鲁迅不同，鲁迅的文明观是文明发展观，即文明自身是在发展变化的——所谓“文明必日有其迁流”。他视“物质”与“众数”为 19 世纪末叶文明之一面，提出“掊物质而张灵明，任个人而排众数”的主张，意味着该主张是与“十九世纪末叶文明”相对并且相反的另一种文明，即 20 世纪文明。

其二，鲁迅的文明观是多元文明观。即中国有中国的文明，西方有西方的文明，没有绝对的、唯一的文明。唯其如此，他才会在福泽谕吉视中国为半开化国家的情况下，视中国为“文明之鼻祖”（《中国地质略论》）。《破恶声论》又赞中国文明曰：“然中国则何如国矣，民乐耕稼，轻去其乡，上而好远功，在野者辄怨怼，凡所自诩，乃在文明之光华美大，而不借暴力以凌四夷，宝爱和平，天下鲜有。”[③] 实际上，鲁迅的文明发展观之中也包含着文明相对观的因素，即既有注重“物质”与“众数”的文明，也有“掊物质而张灵明”的文明。从《摩罗诗力说》所谓“文明如华，蛮野如蕾，文明如实，蛮野如华”这种比喻中的逻辑来看，在青年鲁迅这里“野蛮”与“文明”甚至是相辅相成的。

其三，福泽谕吉文明观的核心是强调国家的重要性，而鲁迅文明观的

---

① 参阅周作人的文章《维新号》，《鲁迅的故家》，河北教育出版社，2002，第 321 页。

② 《鲁迅的死》，陈琳译，引自《鲁迅与中日文化交流》，湖南人民出版社，1981，第 502 页。

③ 《鲁迅全集》第 3 卷，第 32 ~ 33 页。

核心是强调个人的重要性。福泽谕吉所谓的“文明”是一个内涵丰富、复杂的概念。在《文明论概略》第三章“论文明的涵义”中，他说“文明”的含义有广义和狭义之分，“若按狭义来说，就是单纯地以人力增加人类的物质需要或增多衣食住的外表装饰。若按广义解释，那就不仅在于追求衣食住的享受，而是要砺志修德，把人类提高到高尚的境界”。“因此，归根结蒂，文明可以说是人类智德的进步。”但是，福泽谕吉实际追求的并非此种“文明”。在福泽追求的“文明”中，“国家”占据的位置最为重要。福泽说：“文明一词英语叫做‘civilization’，来自拉丁语的‘civilidas’，即国家的意思。所以‘文明’这个词，是表示人类交际活动逐渐改进的意思，它和野蛮无法的孤立完全相反，是形成一个国家体制的意思。”① 由此可见其所谓“文明”的本质为国家体制。换言之，福泽谕吉的“文明”实质是国家体制逐渐形成的过程。正因为如此，《文明论概略》对于文明问题的阐述才最终归结为日本的独立问题。该书最后一章（第十章）题为“论我国之独立”，福泽在该章中强调说：“国家的独立是目的。现阶段我们的文明就是达到这个目的的手段。”“国家的独立也就是文明，没有文明就不能保持国家的独立。这样，文明与独立二者，似乎没有什么区别，但是用独立二字，能使人在认识上，界限明确容易了解。”② 在晚年的口述自传中，福泽谕吉更明确地表达了其文明论与国家的关系。他说：“我只希望能用什么办法使一般国民走进文明开化的大门，以便把我们这个日本国缔造成一个兵力强盛、商业繁荣的大国，那才是我的本愿。”“我就乘此形势更加大力鼓吹西洋文明，想从根底上扭转全国人心，以便在遥远的东洋创建一个新的文明国家，形成东有日本，西有英国，彼此相对互不落后的局面”。③ 在鲁迅的文明论中，“个人”同样与“国家”相关，所谓“人既发扬踔厉矣，则邦国亦以兴起”。但是，在鲁迅这里，个人具有作为目的的主体性。如前面出自《破恶声论》的引文显示的，这种个人主体性拒绝外在的“国家”“世界”等群体性概念的压抑。

在上述三项差异或对立之中，第三项尤为重要。由于福泽谕吉的文明

---

① 以上引自《文明论概略》，第 30、32 页。

② 《文明论概略》，第 192 页。

③ 《福泽谕吉自传》，马斌译，商务印书馆，1980 年，第 267、277 页。

论是以“国家的独立”为目的，因此其“文明开化”的实践过程自然表现为追求物质利益与国家权力的过程。《文明论概略》第十章“论我国之独立”说得明白：“从今天的文明来看世界各国间的相互关系，虽然在各国人民的私人关系上，也可能有相隔万里而一见如故的例子，但国与国之间的关系，则只有两条。一条是平时进行贸易互相争利，另一条就是一旦开战，则拿起武器互相厮杀。”① 明治日本国策中“富国强兵”“殖产兴业”二者与“文明开化”的一体化，也是这种文明观的逻辑显现。而鲁迅的个人主义文明观将个人置于首位，因此导向了对于“物质”（产业）与“众数”（“众治”）的否定。

明白了上述差异，对于《文化偏至论》中的“金铁国会立宪”一语就能有更全面的理解。“国会立宪”指现代国家制度，无须多论，关于“金铁”一词，人民文学出版社 1981 年版《鲁迅全集》的解释是：

> 指当时杨度提出的所谓“金铁主义”。一九〇七年一月，杨度在东京出版的《中国新报》，分期连载《金铁主义说》。金指“金钱”，即经济，铁指“铁炮”，即军事。这实际上是重复洋务派“富国强兵”的论调，与当时梁启超的君主立宪说相呼应。②

不过，这种解释并非唯一的解释，另有鲁迅研究家王士菁的解释。王士菁的解释没有限于杨度或梁启超等具体人，更宽泛一些，曰：“‘金’，金钱；‘铁’，武器，指清朝末年洋务派所谓‘富国强兵’的主张。”③ 这两种解释都有根据，但是，结合《文化偏至论》一文的写作背景和文中观点的普遍性、理论性来看，两种解释都忽视了鲁迅撰写此文时身处日本社会这一重要事实，因此有意无意地将鲁迅文明论的批判意义狭窄化了。应当说，《文化偏至论》一文直接构成了对明治日本社会主流话语的批判，即对“文明开化”的批判，包括对富国强兵、殖产兴业政策的批判。因此，文中的“金铁”同样应当理解为明治日本的富国强兵政策。

---

① 《文明论概略》，第 174～175 页。

② 《鲁迅全集》第 1 卷，第 58 页。

③ 王士菁：《鲁迅早期五篇论文注释》，天津人民出版社，1978，第 115 页。

青年鲁迅的个人主义文明观体现在其国家观念上，是对“兽性爱国”的批判和对北欧弱小民族命运的关注。这与福泽谕吉视欧美为文明国并将西洋文明作为日本追求的目标截然不同，与明治日本建设现代国家的帝国主义逻辑也截然不同。福泽谕吉的文明观具有歧视性，包含着弱肉强食的逻辑，与“脱亚入欧”的主张具有逻辑上的必然联系。子安宣邦指出：“‘脱亚论’并不是福泽在明治十八年（1885）提倡后，仅流行于一时的言论，它其实是一个以西洋文明为目标的文明论或文明化论本身所具备的品格。”①

鲁迅曾经留日 7 年，在日本度过了 22～29 岁的宝贵青春，但他后来很少谈论日本。鲁迅的文字中，专写日本人的只有《藤野先生》（1926）一篇（如果能够把“藤野先生”简单地等同于“日本人”的话）。此外称得上“日本论”的，就是 1925 年 12 月 3 日所作《〈出了象牙之塔〉后记》，表扬日本“虽然采取了许多中国文明，刑法上却不用凌迟，宫廷中仍无太监，妇女们也终于不缠足”，1930 年代初在与内山完造交谈的时候赞扬日本人“认真”，等等。对于日本，鲁迅从未有过周作人式的认同感，即使是在留日期间，他也主要是关心欧洲思想与文学，翻译俄罗斯与北欧的文学作品。换言之，鲁迅基本上是将日本置于自己的沉默之中。这沉默可以理解为一种拒绝的态度，即“默杀”。从鲁迅留日时期的文明观来看，他“默杀”的是在现代化道路上狂奔、“文明偏至”的现代日本，这种“默杀”起源于明治日本的国家主义文明观与鲁迅的个人主义文明观之间的冲突。

三　青年鲁迅与夏目漱石的连接点

“默杀”现代日本的鲁迅，对日本作家夏目漱石（1867－1916）却情有独钟。周作人在《鲁迅的故家》第十六节“画谱”中谈及留日时期的鲁迅，说：“他对于日本文学不感什么兴趣，只佩服一个夏目漱石，把他的小说《我是猫》《漾虚集》《鹑笼》《永日小品》，以至干燥的《文学论》

① 《福泽谕吉〈文明论概略〉精读》，第 150～151 页。

都买了来，又为读他的新作《虞美人草》订阅《朝日新闻》，随后单行本出版时又去买了一册。”[①] 关于鲁迅与夏目漱石的关系，中日两国学者已经进行了长期的、多方面的研究，无须赘述。这里要阐述的是鲁迅与夏目漱石在文明观方面的高度一致性。

夏目漱石的小说创作是从质疑、讽刺明治日本的文明开化开始的。1904 年创作、1905 年发表的第一部长篇小说《我是猫》[②] 就包含着这方面的内容。小说主人公为中学英语教师苦沙弥，他在与友人迷亭、寒月和东风聊天儿的时候，一再表达对现代文明的不满，曰：“所谓现代人的自觉意识，指的是对于人际间存在着截然不同的利害鸿沟了解得过细。并且，这种自觉意识伴随着文明进步，一天天变得更加敏锐，最终连一举手、一投足都要失去天真与自然了。”“现代人不论是醒来还是梦中，都在不断地盘算着怎样对自己有利或不利，自然不得不像密探和盗贼一样加强个人意识。他们整天贼眉鼠眼，胆战心惊，直到进入坟墓，片刻不得安宁。这便是现代人，这便是文明发出的诅咒。简直是愚蠢透顶!”就是说，在苦沙弥看来，人类失去天真、自然的天性而变得自私、贪婪、狭隘，是现代文明发展的结果。苦沙弥甚至发出叹息，道：“总之，在这文明日益昌盛的今天，我是活腻了。”[③] 不言而喻，小说中这位作为现代文明批判者的苦沙弥，在很大程度上是小说作者夏目漱石的自况。开始于《我是猫》的文明批评贯穿了漱石的整个小说创作过程。在明治三十九年（1906）九月开始发表的长篇小说《草枕》[④] 中，漱石用文学性的比喻批判现代文明对人的个性的戕害，将现代文明比喻为火车，曰：“不会有像火车这种代表 20 世纪文明的东西。数百人被装在同一个箱子里，轰然通过，毫不留情。被装进去的所有人，用同样程度的速度和力量，前往同一个车站，而且必须同样沐浴机车蒸汽的恩泽。别人说是乘火车，我说是被堆进去。别人说是乘火车去，我说是被搬运。再也不会有像火车这种轻蔑个性的东西。”因此

① 周作人：《鲁迅的故家》，河北教育出版社，2002，第 315 页。

② 1905 年 1 月开始在杂志《杜鹃》（ホトトギス）上连载。

③ 以上引文见〔日〕夏目漱石《我是猫》，于雷译，译林出版社，1993，第 355 ~ 356 页、第 358 页。

④ 1906 年 9 月 1 日开始在春阳堂出版的《新小说》上连载。

他发出警告："危险！危险！必须当心！这样危险的现代文明充满世界，到了几乎将人们淹没的程度。盲目地向漆黑一团的前方行驶的火车，是一个危险的标本。"①

前引周作人的回忆证明青年鲁迅读过夏目漱石的《我是猫》《草枕》等作品。周作人是在1906年9月随鲁迅往日本留学，因此其记忆中的鲁迅对漱石作品的阅读应当是发生在1906年秋冬之间。《草枕》明治三十九年（1906）九月发表之后收入小说集《鹑笼》，而《鹑笼》是在明治四十年即1907年1月1日由春阳堂出版发行。恰恰是在1907年，青年鲁迅撰写《文化偏至论》与《摩罗诗力说》，讨论个人主义、文明等问题，阐明了独自的文明观。这种时间的一致绝非偶然。至少，青年鲁迅曾经共鸣于漱石《我是猫》《草枕》等作品中的文明批评，这种共鸣成为他撰写《文化偏至论》与《摩罗诗力说》的动因之一。如前文出自《我是猫》《草枕》的引文显示的，漱石对现代文明的质疑与批判与其对个性的强调紧密结合在一起。无独有偶，青年鲁迅在《文化偏至论》中阐述的也是个人主义文明观。

对于夏目漱石来说，文明批判问题、个人主义问题是后半生一直面对的大问题。在创作《我是猫》《草枕》等作品五年之后，他在讲演中更明确地对相关问题表达了自己的看法。明治四十四年（1911）他在和歌山发表讲演《现代日本的开化》，声称讲演的主题是说明"日本的开化那样不行、为何那样不行"，指出"西洋的开化（即一般的开化）是内发式的，而日本的开化是外发式的"②。这里的"开化"是"文明"的同义词，因为在近代日本的语境中"文明开化"本来就是一个词。大正三年（1915）十一月发表讲演《我的个人主义》，专门讨论个人主义问题，漱石将其"个人主义"归结为三条："第一，若欲完成自己个性的发展，同时也必须尊重他人的个性；第二，若欲行使自己拥有的权力，必须明确意识到那种权力附带的义务；第三，若欲展示自己的金钱之力，须注重与金钱之力相

① 引自〔日〕夏目漱石：《漱石全集》第2卷，岩波书店（东京），1994，第167、168页。引用者翻译。

② 收入朝日新闻合资会社1911年11月出版的《朝日讲演集》。引自〔日〕夏目漱石：《漱石全集》第16卷，岩波书店（东京），1995，第429、430页。引用者翻译。

伴随的责任。”[①] 遗憾的是，漱石发表这两篇讲演的时候，鲁迅已经结束留日生活回到中国。否则，曾与漱石先后居住在东京的同一处房子、早在1907 年就阐述了个人主义文明观的鲁迅，或许有可能直接与漱石进行更有生产性的对话。

留日时期的青年鲁迅是文明论者，但其文明意识并未随留日生活的结束而消失。这与漱石后半生一直进行现代文明批判相映成趣。1920 年代前期，即著名作家“鲁迅”诞生之后，“文明”一词依然不时出现在鲁迅笔下。1921 年 12 月所作小说《阿 Q 正传》写及阿 Q 的“永远得意”，道：“这或者也是中国精神文明冠于全球的一个证据了。”[②] 这里使用了我们现在耳熟能详的“精神文明”一词。鲁迅在 1925 年 4 月 28 日写给许广平的信中表达对当时中国文坛的不满，提出了“文明批评”和“社会批评”的概念，曰：“中国现今文坛（？）的状况，实在不佳，但究竟做诗及小说者尚有人。最缺少的是‘文明批评’和‘社会批评’，我之以《莽原》起哄，大半也就为了想由此引些新的这一种批评者来，虽在割去敝舌之后，也还有人说话，继续撕去旧社会的假面。”[③] 1925 年 12 月 3 日所作《〈出了象牙之塔〉后记》谈论日本与中国的差异，又言及文明问题，曰：

> 他们的遣唐使似乎稍不同，别择得颇有些和我们异样趣。所以日本虽然采取了许多中国文明，刑法上却不用凌迟，宫廷中仍无太监，妇女们也终于不缠足。
>
> 但是，他们究竟也太采取了，著者所指摘的微温，中道，妥协，虚假，小气，自大，保守等世态，简直可以疑心是说着中国。尤其是凡事都做得不上不下，没有底力；一切都要从灵向肉，度着幽魂生活这些话。凡那些，倘不是受了我们中国的传染，那便是游泳在东方文明里的人们都如此，[④]〔后略〕。

---

① 收入实业之世界社 1915 年 12 月出版的《现代文集》。引自〔日〕夏目漱石《漱石全集》第 16 卷，岩波书店（东京），1995，第 65 页。引用者翻译。

② 第四章“恋爱的悲剧”。

③ 《两地书》第“十七”，《鲁迅全集》第 11 卷，第 63 页。

④ 《鲁迅全集》第 10 卷，第 244 页。

1926 年编《坟》的时候，鲁迅将 1907 年写于日本、阐述个人主义文明观的《文化偏至论》收入。由此看来，1920 年代前期鲁迅在继续思索“文明”问题，编《坟》的时候重录旧文《文化偏至论》，某种程度上具有向个人主义文明观回归的意味。

在鲁迅 1920 年代前期涉及“文明”的言论中，“文明批评”的概念须特别注意。鲁迅自己给该概念加引号，大概是表示强调。那么，何谓“文明批评”？回答这一问题要回到许广平的来信和鲁迅 1925 年参与创办的《莽原》周刊。许广平在来信（写于 1925 年 4 月 25 日）中说：“《莽原》之文仍多不满于现代，但是范围较《猛进》《孤军》等之偏重政治者为宽，故甚似《语丝》，其委曲宛转，饶有弦外之音的态度，也较其他周刊为特别，这是先生的特色，无可讳言的。”[①] 关于《莽原》，鲁迅所拟《〈莽原〉出版预告》曰：“闻其内容大概是思想及文艺之类，文字则或撰述，或翻译，或稗贩，或窃取，来日之事，无从预知。”[②] 综合起来看，鲁迅试图建立的“文明批评”作为一个批评范畴，当与“社会批评”有所区别，并不注重社会批评，而主要是在“思想及文艺之类”的领域展开。显然，这种文明批评与鲁迅留日时期的文明批评实践十分类似。不仅如此，“文明批评”这个概念本身，恰恰是鲁迅留日时期日本文坛的流行概念之一。明治三十四年（1901）一月，知名评论家高山樗牛（1871 - 1902）发表名文《作为文明批评家的文学家》，介绍尼采等个人主义、天才主义“文明批评家”，对当时的日本文坛、日本思想界产生了很大影响。伊藤虎丸指出：贯穿于鲁迅留日时期文章中的文明批评性态度，“同明治三十年代那个被称为‘诗和评论的时代’的日本文学的整体倾向不无关系，同主张‘作为文明批评家的文学者’的高山樗牛及其同僚登张竹风以及叫喊着‘何以未出现大文学乎？’的内村鉴三等人的文明批评性态度不无关系。”[③] 那么，因此可以认为，鲁迅 1925 年提出的“文明批评”概念，是从 20 年前的明治后期日本借用的。在 1920 年代前期的鲁迅这里，编辑旧文《文化偏至

① 《两地书》第“十六”，《鲁迅全集》第 11 卷，第 58 页。

② 初刊《京报》广告栏，1925 年 4 月 21 日，收入《集外集拾遗补编》，引自《鲁迅全集》第 8 卷，第 424 页。

③ 《鲁迅与日本人——亚洲的近代与“个”的思想》，第 20 ~ 21 页。

论》与倡导“文明批评”几乎是同时的，这并非偶然。鲁迅有可能是在重读旧文的时候，回忆其撰写旧文的语境——明治末年的日本文坛。

更为意味深长的是，鲁迅正是在回归文明论、提出“文明批评”概念的1920年代前期，再一次走近夏目漱石。鲁迅从1921年开始与周作人一起编译《现代日本小说集》，[①] 不仅翻译了漱石的《挂幅》《克莱喀先生》等作品，还撰写了该书附录“关于作者的说明”中的“夏目漱石”条目。鲁迅在重读漱石的过程中，无疑会回忆起漱石小说对现代文明的质疑与批评。无独有偶，在日本的夏目漱石研究者那里，漱石的文明批评也是被反复强调的。江藤淳在其名著《决定版/夏目漱石》的第一部“关于漱石的位置”中，用两章讨论了夏目漱石对现代文明的批评——即第二章“文明开化与文明批评”与第八章“神的缺席与文明批评典型”。[②] 小森阳一在《世纪末的预言者·夏目漱石》一书中，亦列专章论述了漱石对“开化”（文明开化）的怀疑，[③] 藤井省三则指出：“从《我是猫》《草枕》开始经《二百十日》《野分》而至于《虞美人草》《三四郎》，漱石在其小说创作中一直尝试进行文明批评。可以说，苦沙弥老师、圭、白井道也、甲野、广田老师——这些小说主人公都是漱石为了在不同场合表达自己的文明观而塑造的。”[④]

1902年1月，夏目漱石结束两年的留学生活从英国回到东京。同年4月，鲁迅到达日本开始留学生活。藤井省三强调这种时间巧合的必然性与历史意义，深刻地指出：“漱石与鲁迅这两位日中两国具有代表性的国民作家几乎是在同一时期、同样在日本的土地上开始文学活动，这绝非仅仅是偶然。20世纪初叶的世界状况，使其背负东洋自主创造现代的课题，将二人召唤到东京。”[⑤] 如果沿着同样的思路、从文明观的角度看漱石与鲁迅，那么更有意义的是：在大英帝国留学的漱石与在日本帝国留学的鲁

① 周作人编译《现代日本小说集》，上海商务印书馆，1923。

② 新潮社（东京），1979年7月第1版。

③ 参阅〔日〕小森阳一《世纪末的预言者·夏目漱石》第三章“对‘开化’的怀疑”，讲谈社（东京），1999。

④ 〔日〕藤井省三：《俄罗斯之投影——夏目漱石与鲁迅》（ロシアの影·夏目漱石と魯迅），平凡社（东京），1985，第83页。引用者翻译。

⑤ 《俄罗斯之投影——夏目漱石与鲁迅》，第110页。引用者翻译。

迅，目睹、体验了资本主义现代文明之后，同样成为现代文明的质疑者、批判者并各自阐发了个人主义思想。这一事实之中包含着中日两国在被动性现代化过程中必须处理的诸多本质性问题。

结语："不合时宜" 的文明论

本文开头说过，对于青年鲁迅来说"文明"是一个词也是一种观念。鲁迅的"文明"作为一个词，其含义显然比福泽谕吉以"国家"为核心的"文明"更宽泛，并且未必一定是肯定性的价值。在鲁迅1925年所作《出了象牙之塔》"后记"中，"文明"有时是负面价值。所谓"不像幸存的古国，恃着固有而陈旧的文明，害得一切硬化，终于要走到灭亡的路。"① 鲁迅这里使用的"文明"是"文化"的同义词。此种负面意义上的"文明"在福泽谕吉那里难以存在。在日语借词"文明"进入现代汉语并在现代汉语中获得稳定意义的过程中，鲁迅1907年前后撰写的《文化偏至论》等文无疑发挥了媒介性、实践性的功能。意味深长的是，五四时期鲁迅使用的"精神文明""东方文明"等概念，现在成为我们文化建设中的重要理念。

当然，在鲁迅这里，更多的是作为观念的"文明"。上文的论述表明，1907年前后的青年鲁迅（那时的名字还是"周树人"）是一位自觉的文明论者，拥有独自的个人主义文明观。那是一个"文明开化"的时代，即重估文化价值的时代。无论是日本还是中国，都主动或被动地进入了"文明开化"的过程。在此大背景上，鲁迅阐述了其与"物质""众数"相对立的个人主义文明观。这种文明观在当时是超前的，在百余年过去、世界进入21世纪的今天依然具有现实批判性和超前性。这是因为：鲁迅留日时期处理的就是东北亚地区后进国家现代化（文明开化）过程中的诸多根本性问题——人的存在方式与价值、个体与国家社会的关系、物质文明与精神文明的关系等，而今天，我们依然处于这个现代化过程之中。鲁迅留日时期对于现代性即有特殊理解，并且从这种理解出发抗拒明治日本的主流话

① 《鲁迅全集》第10卷，第243页。

语。在近代中国追求富国强兵、努力模仿西洋和日本的大背景下，这种否定是特异的并且是超前的。应当说明的是，质疑、批判以物质（资本）和现代国家制度为主要内容的现代文明，并不意味着对此种文明的彻底拒绝。这种质疑与批判的意义在于：生活在现代社会中的人们能够通过这种质疑与批判获得作为人的自觉性，避免被彻底地物化、制度化。

27 岁的青年鲁迅能够成为优秀的文明论者，并非因为他是天才，而是因为其特殊的身份与特定的环境之间发生了特具生产性的文化关系。鲁迅在感受力敏锐的青年时代，带着后进国国民的落伍感与自尊心进入在东亚率先实现现代化的明治末年的日本，在接受“文明”概念的前提下思考文明问题，通过对明治日本文明价值体系的拒绝，建立起自己的个人主义文明观。在此意义上，明治日本给青年鲁迅的影响是巨大的。“拒绝”实质上是一种“参与”的方式，青年鲁迅文明论的背后潜藏着巨大的明治日本。

青年鲁迅的“文明”不同于甚至对立于福泽谕吉或明治日本的“文明”，并且不同于梁启超的“国民文明观”或邹容的“革命文明观”。这也应看作鲁迅在留日时期即体验着深刻“孤独”的原因之一。更大的问题是，孤独的并非仅仅是鲁迅，鲁迅的个人主义文明观同样孤独。在努力建设国民国家的、20 世纪前期的东北亚地区，个人主义文明观存在的空间很小。相反，福泽谕吉式或梁启超式的“文明”倒是获得了多种实践形式。悲剧正在于此。限于日本而言，对福泽谕吉式“文明”的追求导致的是帝国主义扩张，这种扩张不仅给中、韩等亚洲国家带来了巨大灾难，并且最终导致了 1945 年日本帝国自身的崩溃。

（此文原载《鲁迅研究月刊》2012 年第 9 期）

图书馆“兼职”副馆长的工资

——鲁迅、李四光和中华教育文化基金董事会

陆建德

1917 年 8 月，中国正式宣布加入协约国对德、奥宣战。此举稍稍舒缓了北洋政府在财务上的压力。庚子赔款中对德、奥的部分立即停付，协约国中《辛丑条约》的签字国也同意，从这一年开始，赔款缓付五年。战后，北洋政府先后与相关各国展开彻底免付庚款的谈判，并明令指定有望退还的庚款全数充作教育经费。这一政策反而引起北京教育界与中央政府尤其是教育部的纠纷。如何设立管理巨额退款的机构，相关人员如何派定或推选，退款如何分配和使用，就成了不同派系、利益集团争斗的焦点。1925 年北京女师大“驱杨倒章”运动和鲁迅与《现代评论》派的争论还应该置于一个更复杂的历史背景下来解读。

1925 年 10 月 23 日，管理美国退还庚子赔款的中华教育文化基金董事会（以下简称中基会）与教育部协商订约，决定合办新的图书馆。教育部于 12 月 2 日聘梁启超为国立北京图书馆馆长，李四光为副馆长。鲁迅已在这一年的 8 月 14 日被教育部解聘，但是“受了朋友们的怂恿”①，他当月

① 这是许寿裳在《亡友鲁迅印象记》中的用语。“鲁迅对于章士钊，也视若无物，后来之所以在平政院提出诉讼，还是受了朋友们的怂恿而才做的，结果是得到胜诉。”陈漱渝主编《现代贤儒——鲁迅的挚友许寿裳》，台海出版社，1998，第 56 页。“朋友们”是指谁？章士钊与平政院关系如何？这些不是愚蠢的话题。“鲁迅对于章士钊，也视若无物”，这半句话还有章士钊并无实权，如秋蛩余日无多的意思。

下旬通过平政院起诉章士钊（国家内部行政行为是否可诉又当别论），胜诉当在意料之中。11月28日，在“首都革命”中高呼“打死章士钊”的学生、民众再次光顾这位可怜的内阁要员寓所，打砸一番，尽兴而去。章士钊两次被“毁家”，不得不逃往天津，教育部聘任图书馆正副馆长的决定或因“革命”而推迟到12月2日才公布。《晨报》被指为研究系喉舌，示威者已在28日将报馆焚毁，现在研究系的领袖人物梁启超竟然出任国立图书馆馆长，是对数日前那场暴力运动发起者的挑衅。以清末民初最著名的无政府主义者、国民党元老、北大教授李石曾（煜瀛）为首的一派实力人物有恃（冯玉祥国民军）无恐，正以各种手段向已经虚弱不堪的段祺瑞执政府施压，要把李石曾的“另一个自我”易培基推到教育总长、女师大校长的职位上。易培基曾在仓促拼凑的黄郛摄政内阁当过短短两周（1924年11月10～24日）教育总长，女师大“驱杨（荫榆）倒章（士钊）”，北大评议会宣布北大脱离教育部，其实都是为了他的复出。鲁迅一度是这股强大势力的盟友，他在这特殊的场合注意到新设图书馆“兼职”副馆长李四光的工资。

二

“首都革命”也给陷于僵局的女师大学潮带来转机。11月30日，24位原女师大学生（以及一些根据“政治态度”① 新招的学生）在许寿裳、鲁迅等教员带领下从宗帽胡同奔赴石驸马大街女师大原址，宣布“复校”。这次果敢的行动很可能经过国民党方面细致的筹划。鲁迅在日记中记载，他在11月26日收到北大教务长、北京教育会会长顾孟馀来信，28日午后，“往教育会［会址在北长街］俟顾孟馀不至”，这一天顾孟馀如何在各街头奔忙、指挥，不难料想。当日鲁迅回家，又“得顾孟馀信”。他在29日的日记上再次留下赴北长街的记载：“上午往教育会访顾孟馀”。可见两人是面谈了。鲁迅接连两天去教育会，显然是应顾孟馀之约，有不便明说

① “当时新招的学生有三十多人，录取标准主要看政治态度，并不拘泥于考试分数。”见刘亚雄《刘亚雄同志谈女师大风潮》，载薛绥之主编《鲁迅生平史料汇编》第三辑，天津人民出版社，1983，第229页。

的要事商谈。果然，30 日下午，“季市［即许寿裳］来，同至女师大教育维持会送学生复校”[①]。顾孟馀致函鲁迅的目的，或与国民党方面准备在 28 日发动的“首都革命”相关。29 日上午两人在教育会见面时，顾孟馀是不是对鲁迅作出了宗帽胡同女师大学生如何协同作战的指示？

几个月前（8 月上旬），杨荫榆辞职获准，章士钊随后提议解散女师大，在同一校址另设国立女子大学。女师大学生自治会受人指使，“驱杨”成功，但是“倒章”迎易（培基）的目的仍未达到。5 月 11 日，学生自治会封校长办公室，不许杨荫榆进校，暑假后少数学生继续占领学校，公开提出请易培基出任校长，要求得不到满足，便摆出不获全胜决不收兵的架势，致使教育部不得不在 8 月 22 日动用三河的劳动妇女清校，确保国立女子大学顺利开学。以往关于女师大学潮的叙述，从不考虑国立女子大学学生的意愿和权利。1924～1925 年学年结束前后，绝大多数原来女师大的学生希望能正常毕业、升学，四年级以下的学生开学后已转入国立女子大学。现在，那些胜利而归的少数运动健将宣布“复校”，也意味着已开办的国立女子大学面临生存危机。12 月 1 日，“复校”的师生在国民党支持下开会向各界代表报告经过情形（有点像现在的新闻发布会），气氛凶险。女师大为是非之地，不能久处。国立女子大学校长、著名教育家胡敦复回避了。教务长萧纯锦还得“善后”，不得不与会，但是遭到粗暴对待。他在 12 月 3 日《京报》登载一条启事：

> 鄙人以善意列席旁听，横被威胁，迫令手书辞去教务长职权，本校学生职员见势危急，在场外大呼不得用武，即诬指为流氓，旋将全校办公处所一一封闭，驱逐教员，校务即时停顿。[②]

---

① 见鲁迅《鲁迅全集》第 15 卷，人民文学出版社，2005，第 592～593 页。

② 转引自《鲁迅全集》第 3 卷，第 182～183 页“注 14”。这条启事与女师大学生自治会 1925 年 12 月 16 日《致教育界维持公理会书》上所说大致相合：“一号敝校开各界欢迎会时，其意在报告本校数月来情形，及当日恢复之经过，时萧先生既在座，又为女大之教务长。同人等以为今日女大之所有，完全系接收前敝校所有而来。敝校既恢复，当然有执行收受手续之必要。胡氏既经避匿，则一切当然向肖先生是问。”《鲁迅生平史料汇编》第三辑，第 310 页。

当时的大形势有利于“复校”师生，他们猛追猛打，展开一场少数人对多数人的迫害，遭到抵抗，形成旷日持久的对立。几年后，这两个分立的女子高等教育机构并入他校，中国第一所专收女生的国立大学因内斗走完了它短暂的历程，而这场内斗的起因并不是那么单纯。

“复校”后，在许寿裳主持下的女师大教务处贴出的告示，强令女子大学全部学生在规定的时限内再行注册。一些学生遵命，也有很多拒不合作，教务处被迫延长办理注册时间，但发出威胁，不顺从者将被驱逐出校：“本校诸生报到日期，业由教务处布告延长两日，并恐住在校外者，尚未周知，特再延长一日，至十六日截止。如不来报到者，即行取消学籍，取消以后，所有住校者，即应一律迁出。此布。”① 这一告示引起女大学生家长恐慌，他们立即组织起家长会，函请军警保护，同时呼吁国立各校教职员主持公道，并警告女师大，“至忍无可忍时，只有以相当对付，力与诸公相周旋”②。在此背景下，北京国立大学部分代表在12月14日聚会，成立“教育界维持公理会”。该会12月16日致函北京国立各校教职员联席会议，白鹏飞等32位教育界人士在信上署名，他们如此看待女师大“复校”：

> 此次国立女子大学，于12月1日，有人乘京中秩序紊乱之际，率领暴徒栏入校内，强力霸占，将教职员驱逐，且将该校教务长围困威胁，诋辱百端，一完善整饬之女子最高学府，无端遽被摧毁，学生三百数十人，弦诵顿辍。其事不惟大违法律，抑且轶出政治常规，贻教育界以莫大之耻辱。同人等以为女师大应否恢复，目的如何，另属一问题，而少数人此等横暴行为，理应在道德上加以切实否认，而主张此等暴行之人，尤应力予贬斥，以清士流，否则群乘政变，自由仇复，弱肉强食，相率而为，败法乱纪，北京学校将从此多事，教育非至全陷破产不止。③

《京报》第二天即17日就将此信刊出。巧的是女师大学生自治会（时

① 《鲁迅生平史料汇编》第三辑，第342页。

② 《鲁迅生平史料汇编》第三辑，第343页。

③ 《鲁迅生平史料汇编》第三辑，第344页。

过境迁，合法性如何?）在 16 日也致函“教育界维持公理会”（该会当日已更名为“国立女子大学后援会”），痛斥“章贼”并要述 11 月 30 日“复校”以来的冲突，12 月 19 日才见于《京报》。[①] 受信人基本上都与《现代评论》相关，他们分别是燕树棠、陈源、高一涵、陶孟和、王建祖、周鲠生、石志泉、李光忠、陶昌善、皮宗石、丁燮林、万里鸣、王世杰、查良钊、马寅初、萧友梅、白鹏飞、李仲揆（李四光）、沈孟钦、周建侯、吴祐贞、贾明善（胡适当时已赴上海，故不在其中）。这份名单只有 22 人，好几位的名字还不见于上引公开信。

“国立女子大学后援会”的“致国立各校教职员联席会议函”在《京报》发表次日，鲁迅就写《“公理”的把戏》[②] 回击。这是一篇奇文，奇在其胜利者的自信。鲁迅把信上签名的教授一一点名，就像塾师揪着顽童的耳朵，把他们拎到讲台前示众。先是农大教务长陶昌善，法大教务长石志泉，师大教务长查良钊，师大教授李顺卿、王桐龄，女大教授萧友梅、蹇华芬（原女师大学生，现转入女大），然后轮到北大的教师了。鲁迅先收拾北大第一任教务长马寅初：“马寅初是北大讲师，又是中国银行的什么，也许是‘总司库’，这些名目我记不清楚了；……”他或许不知，只比他小一岁的马寅初因遵守北大评议会 1922 年 2 月 11 日有关兼职的议决而从教授降为讲师[③]。接下来是燕树棠、白鹏飞、陈源、丁燮林（“即做过《一只马蜂》的西林”）、周鲠生、皮宗石、高一涵、李仲揆，“都是北大教授，又大抵原住在东吉祥胡同，又大抵是先前反对北大对章士钊独立的人物”[④]。不

① 《鲁迅生平史料汇编》第三辑，第 308 ~ 311 页。

② 载《鲁迅全集》第 3 卷，第 175 ~ 180 页。

③ 王学珍、郭建荣主编《北京大学史料》第 2 卷，北京大学出版社，2000，第 420 ~ 423 页。马寅初服从了教授在外兼职者改为讲师的规定，但是向蔡元培建议，为防止教授的称号被“一群无耻之徒所盗用”，应对教授职称申请人实行“极严之考试”。同上，第 423 页。

④ 1925 年 8 月 17 日教育部正式决定将女师大改组为国立女子大学，章士钊任筹备处长，次日北大评议会投票决定与教育部脱离关系（6 票反对，7 票赞成）。这是“倒章”的重大举措，也就是鲁迅所说的“北大对章士钊独立”。女师大部分学生“驱杨”，目的是“迎易”（培基）。女师大解散，女子大学另聘校长，意味着“迎易”运动前功尽弃。因此女师大少数人必须坚持办学，而“倒章”也须臾不能松懈。北大评议会 18 日的会议，实际上是李石曾一手操纵的，当日代理校长蒋梦麟（校长蔡元培访学欧洲）并不在北京。投票结果引发北大很多教师抗议。这次评议过程中多不合常规之处。详见王学珍、郭建荣主编《北京大学史料》第 2 卷，第 7 ~ 13 页。

主张北大脱离教育部与支持章士钊并非同一回事，北大一些教授为此曾细心解释[①]，可是在非此即彼、非黑即白的极端二元对立的历史叙述中，任何不能归入简单化的范畴的观点、立场很难得到应有的认可。这一点按下不表。其后被点名的还有北大的高仁山、王世杰，他们也可以归入“东吉祥派的正人君子”。鲁迅称，据 12 月 16 日《北京晚报》，王世杰在 12 月 14 日晚声援女子大学的宴席上曾谓，“照北大校章教职员不得兼他机关主要任务［,］然而现今北大教授在女师大兼充主任者已有五人［,］实属违法”。王世杰所说的五位教授究竟是谁，因暂无当时各科主任名单，不容易查考。马裕藻是鲁迅所拟七教授《对于北京女子师范大学风潮宣言》上的首位签名者，他既是北大国文系主任，又曾兼任女师大国文系主任。1926 年 2 月 24 日的《女师大周刊·寒假增刊》列出寒假后新学期聘定的九位学科主任[②]，其中六位系北大教授兼任，他们分别为郑奠（国文）、林语堂（英文）、徐炳昶（哲学，即徐旭生，与李宗侗同为《猛进》杂志主编）、陈启修（史学）、冯祖荀（数学）和赵廷炳（化学）[③]。鲁迅前面点出马寅初在中国银行的兼职，是为辩驳王世杰作铺垫。

说到北大教授违背校规“兼他机关主要任务”，当时教育界人士最容

① 鲁迅这篇文章的措辞给人以胡适等教授支持章士钊的印象，其实不然。颜任光等 17 位北大教授 8 月 21 日宣言中的一段文字非常重要：

> 我们对于章士钊氏的许多守旧的主张是根本反对的，他的反对国语文学，他的反对新思潮，都可证明他在今日社会里是一个开倒车走回头路的人。他在总长任内的许多浮夸的政策与轻躁的行为，我们也认为应当反对。但我们主张，我们尽可用个人的资格或私人团体的资格去攻击他或反对他，不应该轻用学校机关的名义。就令学校机关万不能不有所表示，亦不当轻用妨碍学校进行的手段，因为学校里大部分的教员学生究竟是做学问事业的，少数人的活动，如果牵动学校全体，便可以妨害多数人教学的机会，实际上便是剥夺他们教学的自由。叫嚣哄闹的风气造成之后，多数的教员、学生虽欲专心教学，也就不能了，所以我们主张：（一）本校应该早日脱离一般的政潮与学潮，努力向学问的路上走，为国家留一个研究学术的机关。（二）本校同人要做学校以外的活动的，应该各以个人名义出去活动，不要牵动学校。（三）本校评议会今后应该用其大部分的精力去谋学校内部的改革，不当轻易干预其职权以外的事业。

见《北京大学史料》第 2 卷，第 9 页。

② 《鲁迅生平史料汇编》第 3 辑，第 336 页。

③ 颜浩：《北京的舆论环境与文人团体：1920－1928》，北京大学出版社，2008，第 59 页注 3。

易想到的必定是李石曾和李宗侗叔侄二人。王世杰对着在“女师大兼充主任”的北大教授舞剑，意在沛公。李石曾是李鸿藻之子，中法大学（私立）以及各附属机构的创办人、董事会董事长，还是清室善后委员会的委员长，主持接管故宫文物和财产的巨大工程。李家籍贯河北高阳，在原属直系的国民军将领中也广有人脉（如高阳同乡孙岳），冯玉祥发动北京政变后（直至“三一八”事件），李石曾背靠枪杆子，几乎是北京的无冕之王，其权势远非章士钊辈可比。《现代评论》创刊之后，多次发表文章讨论应该如何合理使用协约国成员国所退还的庚子赔款，几位作者都不能信任李石曾，担心他在新近设立的中俄、中法庚款委员会中失职，甚至形成把持之局，令李石曾一派大为不快。鲁迅多疑，又关心各种各样的公共事务，但费解的是他从来不问清室善后委员会以及中俄、中法庚款委员会的人员构成是否合理，工作是否公开透明。显而易见，他在这些方面不发表意见，恰恰是对李石曾的所作所为的支持。女师大部分学生闹学潮，鲁迅借机猛攻“东吉祥派的正人君子”，除了个人的原因，还有声援李石曾的效果。对 8 月 18 日北大评议会因反对章士钊而决定脱离教育部，鲁迅是全力支持的，称之为“与黑暗势力抗战”，他也承认自己是“北大派”（“北大派么？就是北大派！怎么样呢？”）[①]。这是北大内部以李石曾为首的反章的一派，将学生用作政治工具、夺权利器的一派，而不是主张“努力向学问的路上走”、奋学救国的一派。

现在，女师大“复校”后纷争又起，几个月前不愿意北大被李石曾强行拉入政潮旋涡的教授们企图结成统一战线维持“公理”。但是，力量的对比明显对他们不利。段祺瑞执政府或许世英内阁（12 月 26 日成立）已批准女师大复校并将任命易培基为教育部总长、女师大校长。执政府自从 1924 年 11 月下旬成立以来，不敢用强，在重大事务上屡屡屈服于外部压力。当时的教育界也是唯力是视，段祺瑞不再拥有貔貅十万，势利的人并不把他放在眼里。许广平在发表于 1940 年的《鲁迅先生在北平的反帝斗争》里的一句话道出了段祺瑞在她和鲁迅心目中可怜的地位：“那时几乎军政不分，成为最畸形的挂着民主招牌的一种局面。而段祺瑞，他已经是

① 《我观北大》，《鲁迅全集》第 3 卷，第 167 ~ 168 页。

落后的旧军人，没有什么实力的随风可倒的纸老虎。”① 鲁迅此时继续与《现代评论》打笔仗，实际上是站在实力占优的一边。王世杰援引北大有关教授兼职的规定，其实是在挑战兼任诸多重要而且有巨大经济利益的社会职务的李石曾。鲁迅不必直接为李氏叔侄辩护，他抓住“后援会”中兼职教授的把柄，轻轻一击：“北大教授兼国立京师图书馆副馆长月薪至少五六百元的李四光，不也是正在坐中‘维持公理’，而且演说的么？使之何以为情？”② 未说出的话是：为什么李四光可以兼职领薪，而其他北大教授就不可以？鲁迅从来不提李石曾如何用法国退还的庚款扩张势力，广施恩惠，偏偏要把李四光的兼职工资亮出来，还有质疑中基会之意。这家专管美国退还庚款的董事会是不是对“东吉祥派的正人君子”偏心，帮他们“骗一口饭”③？

二

先就美国庚子赔款的退款管理做一些说明。

1924 年 5 月，经中美有关人士长期游说，美国总统柯立芝决定第二次退还中国欠付美国的全部 1254.5 万美元庚子赔款，分 20 年，每年可支配 50 多万美元，由一特设基金董事会掌管这笔款项，用以资助中国文教事业。曹锟政府在 1924 年 9 月 17 日批准设立中华教育文化基金董事会，中方董事十人（颜惠庆、顾维钧、施肇基、范源濂、黄炎培、蒋梦麟、张伯苓、周诒春、丁文江、郭秉文），美方五人，会长（也称干事长）为范源濂。10 月 1 日，中基会正式成立。三周后，冯玉祥、孙岳和胡景翼等军阀联合倒直，发动北京政变，曹锟被幽禁，支持政变的黄郛（此前两年在各届内阁中任外交总长、教育总长，与陈其美、蒋介石交厚）违背当时的游戏规则，未获奉系认可就匆匆拼凑了一个短命的摄政内阁，紧锣密鼓地抢

① 《许广平文集》第 2 卷，江苏文艺出版社，1998，第 110 页。

② 《鲁迅全集》第 3 卷，第 178 页。

③ “其实，撷英馆里和后援会中所啸聚的一彪人马，也不过是各处流来的杂人，正如我一样，到北京来骗一口饭，岂但‘投界豺虎’，简直是已经‘投界有北’的了。”《鲁迅全集》第 3 卷，第 179 页。

夺利益，接管清宫并企图垄断苏联允诺“放弃”（其实附有条件）的庚款。两件大事都留下李石曾主使的痕迹。中基会章程健全，财务公开，董事的构成不带党派色彩，却引起全国教育会联合会抗议，原因是委员中多政府官员，而且“并未包括蔡元培、汪兆铭等人”①，可见教联会代表了国民党势力（1925 年北京教育会会长就是顾孟馀），其反对的理由也与这一年 12 月清室善后委员会拒绝段祺瑞执政府总长级别的官员参与相同。中俄庚款委员会在黄郛内阁集体辞职、让权于段祺瑞临时执政府之日（11 月 24 日）断然成立，委员仅三人，俄方一人，中方二人为蔡元培和徐谦，蔡元培任委员长，因蔡元培缺席，由李石曾代理。此事似未征得蔡元培本人的同意。② 三位中方人士均系国民党要员。俄款在庚子赔款总额中所占比例最大（28.97%），国民党或李石曾等人在黄郛内阁最后一天串通俄方拼成一个残缺的中俄庚款委员会，抢夺财源，公开挑战新政府的权威。（11 月 15 日，张作霖、冯玉祥和卢永祥等军阀已通电拥段祺瑞为临时执政，21 日段祺瑞又通电全国，宣布 24 日入京就职。）该委员会权力极大，但是其日常运作没有规章可循，听任个别实力人物专权，极易滋生腐败。中基会与中俄庚款委员会代表了完全不同的管理模式，孰优孰劣，不言自明。

1925 年 5 月，中华图书馆协会在京成立，梁启超被推为该会董事长。10 月 23 日，中基会与尚在章士钊主持下的教育部协商订约，决定合办新的国立图书馆（国立京师图书馆已在 1909 年 9 月由缪荃孙受聘创办），双方对馆长的人选应该已经取得基本共识。教育部于 12 月 2 日聘梁启超、李四光为图书馆正副馆长，当时商定，中基会和中国政府每月各承担四千

---

① 转引自王树槐《庚子赔款》，中研院近代史研究所专刊，1985 再版，第 342 页。

② 高平叔撰著《蔡元培年谱长编》，人民教育出版社，1998，第 2 卷，第 691 页。蔡元培自 1923 年 7 月至 1926 年年初游欧，他本人并不热衷于权力，出任委员长一事，他自己恐怕也是蒙在鼓里。1926 年 6 月 28 日，蔡元培致电北京政府国务院及教育部，请辞北大校长和中俄庚款委员会委员长之职。7 月 5 日，他又在复胡适函中谈到当初自己不知设委员会的情形以及争取俄款的难处：“俄款本已全由吾国政府支配；从前借俄使之压力，作成俄使得有‘专用于教育’之要求而设委员会以处理之，其经过情形弟不甚明了，第三者已有放弃主权之攻击。俄委员对于维持国立各校之提案，屡屡梗议，其用意何在？先生曾为弟言之。彼现在岂屈服于军威而软化乎？弟以为不若是之易。”《蔡元培年谱长编》第 2 卷，第 733 页。

元，供图书馆开销，包括支付两位馆长的薪金。由于时局动荡，中央政府国库空虚，财源大部分供军阀用作军费，无力承担协议规定的每月四千元，后来图书馆变成中基会独办，馆名也改为北京图书馆。[①] 南京国民政府在1928年又将此馆与原国立京师图书馆合为国立北平图书馆。

李四光在《现代评论》上发表了《在北京女师大观剧的经验》，被鲁迅在《“碰壁”之余》里讽刺为“逍遥自在”的“达人”[②]。现在他又到国立图书馆任职，鲁迅作为教育部官员曾参与过京师图书馆的馆务，更不会轻易将他放过。不过鲁迅更关心的，还是李石曾一时还插不上手的中基会。1926年元旦刚过，鲁迅又写了《杂论管闲事·做学问·灰色等》（1926年1月18日《语丝》刊出），这时易培基已经如愿当上了教育总长，出任女师大的校长也指日可待。鲁迅再次对国立图书馆馆长的人选和薪水发难：

> “北京国立图书馆”将要扩张，实在是再好没有的事，但听说所依靠的还是美国退还的赔款，常年经费又不过三万元，每月二千余。要用美国的赔款，也是非同小可的事，第一，馆长就必须学贯中西，世界闻名的学者。据说，这自然只有梁启超先生了，但可惜西学不大贯，所以配上一个北大教授李四光先生做副馆长，凑成一个中外兼通的完人。然而两位的薪水每月就要一千多，所以此后也似乎不大能够多买书籍。这也就是所谓“有利必有弊”罢，……[③]

话说得非常不客气（“一个中外兼通的完人”即谓梁不通西学、李不通中学），有违公共论坛的伦理，这倒在其次。鲁迅另有一层意思：美国退款“非同小可”，中基会却串通教育部因人设事，纯粹在浪费托管的资金；不配做馆长的梁、李支取高薪，买书的钱却所剩无几，私人之利实为公家之弊。

---

① 李致忠的《中华教育文化基金会与国立京师图书馆》（载《国家图书馆学刊》2008年第1期，第6~10页）一文对此论述较详。

② 《鲁迅全集》第3卷，第123页。

③ 《鲁迅全集》第3卷，第201页。

陈源读了鲁迅的文章，致信主编《晨报副刊》的徐志摩，为李四光辩白："北大的章程，教授不得兼差的。虽然许多教授兼二、三个以至五、六个重要的差使，李先生却向校长去告一年的假，在告假期内不支薪。他现在正在收束他的功课。他的副馆长的月薪不过二百五十元。"[①] 当时国立大学教授（当然还有教育部官员）四处兼职的现象十分普遍，他们工资照领，面无愧色。李四光在这样的年代用变通的办法担任图书馆副馆长，不领北大薪水，也称得上遵守规则的楷模了。至于兼"五、六个重要的差使"的北大教授，除了李石曾，还能是谁？陈源话中有话，李石曾与他的盟友们不会听不出来。这封信刊载于《晨报副刊》那天（1926 年 1 月 30 日），李四光自己也写信给徐志摩，进一步解释一番。他说，任图书馆之职前，已正式具请假公函呈代理校长蒋梦麟，这样他不会领两份工资。副馆长的薪水按规定每月伍佰元，但是他表示自己生活简单，决定"只受半数，其余一半，捐予图书馆购买某种书籍，并曾正式作函通知委员会"。李四光接着就此事说的一些重话，不应该被文学界遗忘：

> 我听说鲁迅先生是当代比较有希望的文士。中国的文人，向来有作"捕风捉影之谈"的习惯，并不奇怪。所以他一再笑骂，我都能忍受，不答一个字。暗中希望有一天他自己查清事实，知道天下人不尽像鲁迅先生的镜子里照出来的模样。到那个时候，也许这个小小的动机，可以促鲁迅先生作十年读书，十年养气的工夫。也许中国因此可以产生一个真正的文士，那是何等的贡献！

过了一天，李四光懊悔写下这段不甚恭敬的话，又提笔给徐志摩写信，希望刊出前把它删掉，与第二封信同时发表。但是第一封信已在 2 月 1 日见报了，于是徐志摩又为这第二封信配上他自己的回信，呼吁交战双方带住"我们自己不十分上流的根性"，以《结束闲话，结束废话》为题一同发表在 1926 年 2 月 3 日的《晨报副刊》上。李四光在此信中承认，鲁迅捕风捉影也有几分理由，但是凭意气骂人，却会污染读报青年的心灵：

---

① 转引自马胜云等编著《李四光年谱续编》，地质出版社，2011，第 96 页。

> 天下恐怕没有绝对的好人，也没有绝对的坏人；我们用好意待人，也许坏人就变成了好人，用恶意测人，天下也许恶人居多。丢开意气，什么事似乎都可以平心的讨论；任意气的冲动，什么事也会弄坏了的。无论如何，我总觉得骂人是一件不好的事，不管你骂胜了还是骂败了；在个人方面没有得失，在社会上都有极大的恶果。……最可惜的，是一般看报纸青年，在不知不觉间已经染上污泥。如果他们将来变本加厉的骂起来，这个社会还可以居住吗？什么学问事业还有人过问么？

但是以下几句话又会刺激鲁迅的神经，也是删去为妥的：“任我不懂文字的人妄评一句，东方文学家的风味，他［鲁迅］似乎格外的充足，所以他拿起笔来，总要写到露骨到底，绕尽了他的兴会，弄到人家无故受累，他也管不着。但是只要我们能极力地容忍，天下想无不了之事；况且现在我们这个中国，已经给洋人、军阀、政客弄到不成局面，指导青年的人，还要彼此辱骂，制成一个恶劣的社会，这还不是自杀，什么叫自杀？”李四光预感到自己免不了还是会挨“周先生的痛骂”，先郑重声明：“对于一切的笑骂，我以后决不答一辞，仅守幽默罢了。”①

鲁迅读到《晨报副刊》上的《西滢致志摩》和李四光第一封信，立即回以长文《不是信》，发表于第65期《语丝》（1926年2月8日）。这篇文章一一辩驳陈源“传布”的关于鲁迅的罪案，顺便又提起图书馆兼职副馆长的月薪。鲁迅要揭穿陈源、李四光的小聪明，指出李四光只有从北大辞职（而非请假）才能证明自己彻底遵守规定（“无论支薪与否，教授也仍然是教授”）。这未免有点求全责备。旁观者顺着鲁迅的思路，就会得出荒唐的结论：这等所谓避重就轻的技术安排，与公开兼职、领取数份工资并无本质上的差别。至于薪水的数目，鲁讯要说出真相：“我确信李教授（或副馆长）现在每月‘只拿二百五十元’的现钱，是美国那面的；中国这面的一半，真说不定要拖欠到什么时候才有。但欠账究竟也是钱，别人

① 转引自马胜云等编著《李四光年谱续编》，地质出版社，2001，第98页。

的兼差，大抵都是欠账，连一半现钱也没有，可是早成了有些论客的口实了，虽然其缺点是在不肯及早捐出去。”① 这里说的“别人”，应该是自指（王世杰一个多月前提出北大教授在女师大兼充主任，与鲁迅无关），而不是兼“重要的差使”的李石曾等人。鲁迅强调的是中方暂时拿不出图书馆配套资金，李四光才不得已领取月薪的一半二百五十元，谈不上捐出另一半。鲁迅还表示，那笔欠账今后果真用于购书，那么他静候消息，愿意收回指责（“那时购买书籍来，我一定就更正，只要我还在做‘官僚’”②）。

《不是信》是混斗中力道惊人的杰作，最后一段以“已是到‘国立北京女子师范大学复校纪念会’的时间了”收尾，胜利者“谅你也无可奈何”的笑容跃然纸上。两天后，即2月3日，鲁迅读到《结束闲话，结束废话》，不禁大怒，立时写了“使麒麟皮下露马脚”的《我还不能“带住”》，猛烈回击。徐志摩虽说已经声明“再不登载对人攻击的文字”，还是将鲁迅的回答在2月7日的《晨报副刊》刊出，比《不是信》在周刊《语丝》发表还早一天。徐志摩在李四光来信后附上一信，看似劝架，实为帮忙，出手还很重。鲁迅怒不可遏，“不和你们来敷衍”，原因在此。根据他的阅读经验，科学家和“诗哲”一搭一档，明明是在“串戏”。他们自己身上有鬼，却要“用了公理正义的美名，正人君子的徽号，温良敦厚的假脸，流言公论的武器，吞吐曲折的文字，行私利己”。这五个小心搭

---

① 《鲁迅全集》第3卷，第240页。

② 同上，第241页。李四光名义上捐出的这笔中方的欠账一直未到位，鲁迅也就不必“更正”了。由于中方不能履行义务，图书馆的馆务不能正常进行。梁启超在1926年7月曾设法动用苏联退还的庚款，未果。见《李四光年谱续编》，第103页。南京国民政府成立后，李四光应中央研究院院长蔡元培之邀南下南京、上海，主持地质研究所的筹建，时间当在1927年11月或12月。1928年1月，中央研究院地质研究所在上海成立，李四光任所长。此时李四光辞去北大兼职。李四光停支图书馆副馆长薪水的时间待考。梁启超基本上住在天津，图书馆事务主要由李四光和图书部主任、中国现代图书馆事业的奠基人袁同礼负责办理。他在1926年9月14日家信上说：“这回我入京到馆两个半钟头，他们把大半年办事的纪录和表册等给我看，我于半年多大大小小的事都了然了。真办得好，真对得我住！”丁文江、赵丰田编《梁启超年谱长编》，上海人民出版社，2009，第702页。梁启超同一年10月15日对张东荪言及图书馆经费：“此馆诚为美庚款所办，但款极有限，开办费仅一百万元，建筑及购书在内，（现所划建筑费仅六十五万，实不成门面，余三十五万供购书费。）无法敷分配，每月经常费则仅三千耳。薪水馆长三百，副馆长二百五十，图书部主任二百，以下无超过　百者。”同上，第705页。新的图书馆建筑即文津街国家图书馆古籍部，1931年落成，耗资一百三十余万元。

配起来的罪恶手段念起来很上口，主要以其抑扬的修辞效果取胜。文章末一句已顾不上鲁迅招牌式的含蓄：“只要不再串戏，不再摆臭架子，忘却了你们的教授的头衔，且不做指导青年的前辈，将你们的‘公理’的旗插到‘粪车’上去，将你们的绅士衣装抛到‘臭矛厕’里去，除下假面具，赤条条地站出来说几句真话就够了！”① 如此痛快淋漓地做论辩双方的总结陈述，堪称完胜，应该是出尽恶气了。《猛进》在1925年3月面世后，鲁迅和徐炳昶在杂志的第3期和第5期书信往还，“串戏”攻击“gentleman”，他对这种形式自然格外敏感。鲁迅是不是也会把对方痛骂自己的文字爽快地登载在他所编辑的副刊上而且“不答一辞”？也许徐志摩善待《我还不能“带住”》，仍然是在摆他“费厄泼赖”的绅士臭架子。

鲁迅骂绅士的臭架子，《现代评论》作过克制的回复。西林（即北大物理系教授、戏剧家丁燮林②）的《“臭绅士”与“臭架子”》一文现在是不大看得到了，读者还是应该知道个大概。作者问道，究竟什么算是绅士的架子？有的人随时要显威风，要脾气，那是“官架子”。好摆官架子的人特别讨厌“绅士的臭架子”。“他们觉得一个人生气到了应该发泄的时候，而他不发泄，那是绅士的臭架子；一个人失意或得意到了应该忘形的时候，而他不忘形，那是绅士的臭架子。”换句话说，拉下文明的面纱，放弃自我克制，尽心尽意地发泄、忘形，也许不值什么钱，也许丑得使人恶心，却是真价值、真面目，这才是骂“绅士的臭架子”的鲁迅所看得起的。西林则以为这没有什么新鲜，因为这正是自古以来名士的派头：“中国的文人向来是爱放荡不羁的。中国的名士向来是骂绅士的臭架子的。(所以骂绅士的臭架子，在中国实在是思想的因袭，不是思想的革命。自然，思想的因袭不一定就是坏。)”③ 这篇说理文章语调温和，用鲁迅的话来说，又属于“灰色”一类，就像他略翻过一遍的《现代评论增刊》所收的“著名学者的大著作”，应该“抛开”④。

---

① 《鲁迅全集》第3卷，第260页。

② 丁燮林自新中国成立以来改称丁西林，曾任文化部副部长、中国人民对外文化协会副会长等职，他在1954～1973年还是北京图书馆（即今国家图书馆）馆长。

③ 《现代评论》第3卷第66期（1926年3月13日），第16～18页。

④ 《鲁迅全集》第3卷，第203页。

三

1927年南京国民政府成立之前，北京教育部资金短缺，教师工资不能足额发放，总长之职是最难当的。“一战”结束后，协约国成员国开始考虑退还盟国中国的庚子赔款，帮助中国发展文化教育事业。1924～1925年，中美、中俄和中法之间管理退还庚款的机构相继设立，鲁迅的眼睛自然不会放过这些机构的董事、委员如何产生，资金如何分配使用，不过他在“三一八”之前并不一定明明白白说出来，提到李四光的工资是一次例外。他发在1935年上海《太白》半月刊的《隐士》一文专谈登仕、归隐的“啖饭之道”，里面有这么一句话：“陶渊明先生是我们中国赫赫有名的大隐，一名‘田园诗人’，自然，他并不办期刊，也赶不上吃‘庚款’，然而他有奴子。”[①] “吃‘庚款’”是20年代中期以来知识界密切关注的现象，在鲁迅看来，李四光兼职图书馆副馆长，大概也是“吃‘庚款’”。

思想、政治的论战背后往往涉及经济利益，交战者一般是碍着面子不挑明的。也有故意说出来让对方难堪的时候，比如鲁迅的朋友章廷谦（川岛）说过“西滢之捧章士钊是否由于大洋，我概不确知”。这句话引发陈源（西滢）气愤的回应。他在1926年3月6日《现代评论》的《闲话》栏交代了他的收入情况，倒也磊磊落落：《现代评论》的经理、总编、作者都没有酬报，自己不断为它写文章，并无稿费；几年来，他只从《晨报》得到67元稿酬。陈源随后提了几个长期以来被有意遮蔽起来的问题：

> 在北京学界一年来的几次风潮中，一部分强有力者的手段和意见常常不为另一部分人所赞同，这一部分强有力者就加不赞成他们的人们一个“捧章”的头衔。然而这成了问题了。为什么“捧章”呢？“捧章”有什么好处呢？不“捧章”而捧反章者，既然可以得到许多优美的差缺，而且可以受好几个副刊小报的拥戴，为什么还

---

① 《鲁迅全集》第6卷，第231页。

要去“捧章”呢?[①]

他还发誓，只要领受过章士钊的一点津贴，哪怕是三个铜板，就不再说话。陈源这番话大致不差，**被曲解为“躲闪”是很不幸的**[②]。鲁迅实质上站在“强有力者”的一边。章士钊徒有总长的名号，绝无实权可言，而手里有饭碗可以分发的“反章者”李石曾才真是“识时务者”要捧的。鲁迅后来在《可惨与可笑》里用“优美的差缺”形容因“三一八”次日的通缉而空出来的九个关键职位[③]，其来源即陈源的自辩。鲁迅当时或许以为这些职位会被“正人君子”乘机包揽，结果并非如他所料。时至今日，研究界还应换个角度提出新的问题：为什么李石曾等个别人士能够占据多处要津？他们揽权急切，不计后果，是否也导致了时局的动荡与恶化？

许广平在1960年4月的一次谈话中讲到，杨荫榆从美国留学归来，“就成了英美留学的一派，和‘现代评论’勾结，奔走于同是无锡人的吴稚晖、陈源之门（当时他们把持庚款路路通），对章士钊吹拍附庸”[④]。不少运动真正的起因往往不是那些公开炫耀的大道理，“把持庚款路路通”这几个字，是1925年、1926年之交的鲁迅和许广平绝不会轻易说的。当时三个管理退还庚款的机构，中基会章程最为完备，所议事项，一切公开，个别董事不可能操纵，更不必说董事会之外的章士钊了。只有中俄、中法两个机构才会被人把持。

事实与许广平所说相反，李石曾一派才真正“把持庚款路路通”。许广平在1960年6月另一次谈话中说出一番自相矛盾的话来。她回忆道，女

① 《现代评论》第3卷第65期，1926年3月6日，第11~13页。

② 《猛进》和《语丝》曾揭露《现代评论》收受过国民党和段祺瑞（或教育部）两方面的津贴，《现代评论》作者之一唐有壬在上海《晶报》发文（《〈现代评论〉被收买?》，1926年5月12日）辟谣。所谓的“津贴问题”疑点甚多，即便存在，也无关陈源个人，而且不能据以证明《现代评论》所刊文章的论点无效。正如中华民国大学院给鲁迅发放特约著述员的薪金（每月三百元），不能解释为国民党出资买奴才。《猛进》和《语丝》凭耳食之言大加发挥，体现了当时的论辩风格。散木在《从〈李宗侗自传〉想到〈猛进〉周刊》一文（载《中华读书报》，2012年7月11日）谈及此事时指出，北洋政府拨专款按月资助各报馆，是一种制度性的集体行为。

③ 《鲁迅全集》第3卷，第286页。

④ 许广平：《鲁迅回忆录手稿本》，长江文艺出版社，2010，第203页。

师大暂借宗帽胡同办学时，房租、学生费用由李石曾负责解决，“李石曾办教育弄钱是很有办法的”①。所谓“弄钱”，“弄”的主要就是庚款的退还款，这一点许广平不会不知道。李石曾 1917 年从法国回国后先在北京西郊碧云寺一带兴办种种社会事业，1919 年回到欧洲，曾与比利时洽谈退还庚子赔款、合作组织中比大学事宜，未成。他第二年年初回国创设北京中法大学，紧接着筹备里昂中法大学（或曰留法学生膳宿处）。北京和里昂的这两所学校固然有益于教育事业，但也是李石曾用以吸纳法国退还庚款的渠道。此后几年李石曾还创办好几所学校，扩大中法大学规模，安置他那一系的人员。

吴稚晖与李石曾在 1902 年订交，清末民初的很多组织、社会活动是两人（加上张静江、蔡元培和汪精卫等）共同发起的。但是吴稚晖不是筹措资金的能手，他自己所享用过的“优美的差缺”（包括首任里昂中法大学校长），也是李石曾的赏赐。《现代评论》经常刊登吴稚晖的文章，推他为意见领袖，陈源与他还是亲戚，但到了关键的时刻，吴稚晖却绝对不会因《现代评论》而与李石曾反目。除了两人均为国民党元老，还有更加微妙但却不一定雅观（徐志摩所说的“上流”）的原因。1925 年 4 月，公祭孙中山的活动进入后期，北京东城南小街冒出一个海外补习学校，专供国民党要员子弟出国前读书，吴稚晖任校长。这所学校的资金由法国退还庚款中用于中法大学的拨款支出，吴稚晖每月薪金高达五百大洋。据当年在中法大学筹备处工作的萧瑜回忆：“吴稚老在旧京办一小学（革命党人子弟多送来入学，接受吴老之教，如蒋经国院长即其一人），每月底派人持吴先生手书来中法大学筹备处（即乾丐胡同东头路北 11 号，即石老［李石曾］寓所暂时借用）接取每月大洋伍佰元，吴先生照常客气，必在致石老书末，加写‘子升先生并候’一行。”② 萧瑜原名萧子升，系易培基在湖南第一师范学校的学生，此时为李石曾的得力助手。吴稚晖从这个晚辈手里领取一份高于大学校长的薪水，称他为“子升先生”以示感激，可以说是以“优美”回报“优美”吧。

---

① 许广平：《鲁迅回忆录手稿本》，长江文艺出版社，2010，第 210 页。

② 萧瑜：《李石老的“社会技术”》，载《艺文志》第 114 期，1975 年 3 月 1 日，第 32 页。

李石曾与法国退还庚款的特殊关系，在此再略微交代。1925 年 4 月 11 日，中国财政总长李思浩会同外交、教育两部以及教育界代表，与法方商定管理法国退款特设机构组织大纲，这是在章士钊兼署教育总长的三天之前。同月 28 日中法教育基金委员会成立，中方委员 7 人（外交、财政、教育三部代表各一，国立的北京大学、东南大学、广东大学及私立的中法大学代表各一），法国公使代表一人（“事无差别”，中法“各有一权”，可见法方委员权力很大），由代表中法大学的李石曾担任中国代表团主席。这一委员会“一设立即毫无生气，并迅即处于奄奄一息状态”[①]。最初中方委员的名单是周传经（外交部）、林鸿集（财政部）、刘百昭（教育部）、蒋梦麟（北大）、胡敦复（东南大学）、邹鲁（广东大学，由易培基代）和李石曾（中法大学），[②] 与后来李石曾提供的名单（“沈尹默、易培基、刘锡昌［兼秘书］、萧瑜［兼驻会秘书及中国代表团干事］、萧文熙为委员”[③]）出入颇多。这恰恰说明委员会工作的随意性。蒋梦麟当时已经是中基会的董事，严格说来，他不是北大的校长，只是蔡元培“旷职”（旅欧）期间的代理。理论上蔡元培也可以指定一位北大教授作为他在中法教育基金委员会的代表，会不会是李石曾再次自作主张，直接派定沈尹默（李石曾一派的主要成员）代蔡元培参与管理法款？胡敦复因东南大学学潮未能正式履职，他的名额也是可以代用的。最为怪异的是，1925 年 4 月第一笔资金 26.5 万元（美元）到位，“却是名为充作中法庚款委员会的日常经费，而任由财政部与该委员会主席李石曾个人‘商准’，‘扫数借去’”。[④] 这笔借款（及其利息）如何使用，并未见到解释。李石曾避开教育部直接与财政部发生借贷关系，说明北大 1925 年两次在他指使下脱离教育部，还有更为复杂的原因。不论是王九龄还是章士钊，如果想代表执政府方面参

① 宓汝成：《庚款“退款”及其管理和利用》，《近代史研究》1999 年第 6 期，第 76 页。

② 转引自《湖南教育杂志》第 4 卷 1925 年第 5 期，第 9 页。这条信息由郭道平博士转来，在此致谢。

③ 杨恺龄：《民国李石曾先生煜瀛年谱》，台湾商务印书馆，1987，第 47～48 页。

④ 宓汝成：《庚款“退款”及其管理和利用》，《近代史研究》1999 年第 6 期，第 89 页。“对教育事业的拨款，实从 1926 年开始，年拨美金 20 万元，至 1930 年增至 35 万元，持续到 1938 年止。先后 13 年，共计美金 395 万元。”显然，这总数不含 1925 年的 26.5 万元。

与中法教育基金委员会的事务，足以使自己成为不受欢迎的人物。该委员会的中方代表在4月30日通过办事细则，规定了自己的职权："共同决定中法教育基金委员会中国方面的提案及意见，管理及支配委员会中纯属中国方面的款项，其中包括中国教育界因法国庚款赔款解决而应得之现款和应得之基金；在中法教育基金委员会开会时，代表团内部意见必须一致；代表团聘任干事一人，并可根据事务之繁简，设书记若干人；代表团经费由有关教育机关分担，暂由委员会中的四所高校垫付。"① 法国庚款赔款解决后，中国政府还可以收回一笔一千万元的资金，其中一百五十万元用于教育界。根据中法教育基金委员会中方代表团的办事细则，这一百五十万元（可以理解为"因法国庚款赔款解决而应得之现款"）也应该由以李石曾为主席的中方代表团来支配。这笔现款后来由教育部分发各校，李石曾未能染指。办事细则中所说的"干事"就是李石曾的心腹萧瑜，当时他并不是正式委员。

苏联和法国退还的庚款使用虽不规范，鲁迅却是从不发问的，若问原因，不外乎两个机构都不同程度地在李石曾的掌管之下。中基会的成立未经李石曾或国民党插手，鲁迅间接敲打一下，也是暗助李石曾，双方都是意会的。宓汝成在考察各国庚款退款的管理和利用后得出这一结论："英国的'退款'营运最具条理，效果也最佳；美国的与之近似；次之则是对比利时'退款'的利用；荷兰部分'退款'的管理利用业绩平平，与其为数无几亦有关系；等而下之的则是法俄两国。"② 不幸的是鲁迅质问的是管理有方的中基会，而不是失职甚至是有违法之嫌的中俄庚款委员会和中法教育基金委员会。不妨从财务上看一看两者的反差。中基会章程第七条规定："董事每年应将上年度之事业造具报告，连同经费收支，及放款账略，呈报中国政府，并刊布之。"③ 中基会账目还须由该会聘请中外会计师查核。中法教育基金会则享有不受政府和公共舆论监督的自由，只有中国代

① 葛夫平：《法国退还庚款与兴学——中法教育基金会研究》，《近代史研究》2011年第2期，第95页。中法交涉庚款退还的过程因所谓的"金法郎案"而变得极为纠结，详见王树槐《庚子赔款》，第4章第3节。

② 宓汝成：《庚款"退款"及其管理和利用》，《近代史研究》1999年第6期，第98页。

③ 《第二次中国教育年鉴》（商务印书馆，1948年）中第十五编"杂录"第二章《庚款兴办教育经过》，第70页。

表团的办公费草账及银行报告单，反映不出实际用途。

1936 年，南京国民政府监察院对中法教育基金会展开调查，发现诸多问题（此时南京法院正在搜集证据，准备起诉“故宫盗宝案”主犯故宫博物院院长易培基、秘书长李宗侗）。该会起初几年年度可支配资金二十万美元，分成两半，中法各占其一，中方名下的份额，随意安排，甚至没有明确账目，与中基会、中英庚款董事会形成鲜明对照。地理学家翁文灏时任行政院秘书长，他指出中法教育基金会的弊端：“至于行政方面，名义上虽经中法两国代表团共同议决，而事实上处理会务事权操于一二人之手，分配款项，毫无标针，将来计划亦不顾及，经费有余，即行分配，保留名称，种种不一，因此，会外议决追加补助，非常自由。”① 再看几个数字：萧瑜在 1925 ~ 1935 年任中国代表团的干事，1931 ~ 1933 年，他支取了考察教育文化费、调查费、车马费七万余元（这笔巨款不一定是由他一人独占）。另据南京政府审计，截至 1936 年，中法教育基金会单据不完备和各种手续不全与不法支出，共计 9980 美金、127000 法郎，国币超出 30 万元。② 这些数目还不包括诸多在中法大学等教育机构任（兼）职者的高薪。行政院在 1937 年年初责令中法教育基金会中国代表团制订新的章程。③ 李石曾将他手中的法国退还庚款编织一个权力与利益之网，却不见鲁迅站出来点名揭丑，稍加讽刺也是在 1928 年以后。1925 ~ 1926 年年初，他与李石曾、易培基等人为“驱杨倒章”暂时结盟，虽心存疑惑，还是不得不为盟友讳言。他宁可将读者的注意力转向李四光“兼职”图书馆副馆长的薪水以及出资的中基会，而那个自行其是、如同黑洞一般的中法教育基金会，大家最好把它忘了。

李石曾甚至还可能掌握一笔可用而未用的款项。1926 年 1 月 16 日的鲁迅日记上有“上午往北大集合多人赴国务院索学校欠薪”④ 的记载。国立大学教师索薪，首先应该去教育部，现在易培基为总长，罪责就不在

---

① 转引自葛夫平《法国退还庚款与兴学——中法教育基金委员会研究》，《近代史研究》2011 年第 2 期，第 106 页。

② 《法国退还庚款与兴学——中法教育基金委员会研究》，《近代史研究》2011 年第 2 期，第 105 页。

③ 《第二次中国教育年鉴》第十五编“杂录”第二章《庚款兴办教育经过》，第 84 页。

④ 《鲁迅全集》第 15 卷，第 605 页。

他，如总长换成章士钊，他就该为学校不能发出薪水负全责了。是非以人为转移，这是一条铁律。再则，到国务院索薪，也是向许世英内阁示威、逼宫，此后几次群众性运动都是朝着逼宫的方向飞奔。1926 年 3 月，北京国立九所高校受财政影响无法开课，教授出来筹款。奇怪的是俄国“放弃”的庚款中有一小部分可用而未用，但是各相关部门责任不明，互相推诿，致使这笔资金不能到位。1926 年 3 月 20 日出版的《现代评论》“时事短评”栏刊登《俄款问题的责任者》一文，矛头直指李石曾、徐谦。作者“文”写道：“这次总税务司安格联固明明白白声明俄款有三十四万元可以指用，只需财政部给一训令，他于五分钟内即可开出支票；财政总长贺德霖也明明白白声明他立刻可以下训令，只要俄款委员会来函证明，一点钟内便可取到现款。……然而俄款委员却避不见面，一搁就是一星期。无怪乎教育界全体都十分愤慨，疑惑他们包藏异心，别有用意；甚至要请政府撤换他们了。”①最后一句中的“他们”应该就是指李石曾和徐谦（俄方委员非中国政府所能撤换）这三十四万元究竟耽搁了多久？是俄款委员会的疏忽还是故意为之？当时该会委员长之职仍由李石曾代理（但他又临时委托顾孟馀代理），他是不是有拦截这笔款额不发的动机？这是一个摇摇欲坠的政府，何必助它渡过难关？不开证明，百般拖延，也是与学生的游行请愿同样有效的逼宫手段。不过代蔡元培任委员长的李石曾也付出了代价。蔡元培在这年 2 月 3 日就回到了上海，无意北上，但他仍是北大名义上的校长，代理校长蒋梦麟和北大评议会一再请他返京主持校务，他以胃疾推脱。“三一八”以后，北大教授们长了见识，评议会不再主张学校干涉政治，于 5 月间函请蔡元培回校，以俄款委员会委员长的身份与俄国使馆交涉，动用俄款，纾解财务之困。② 评议会对李石曾（顾孟馀）和徐谦在惨案前扣住俄款不发，必然也有几分怨气。李石曾对于蔡元培回国，也是有所忌惮的。他如何对这位名义上的俄款委员会委员长说明自己代理此

① 《现代评论》第 3 卷第 67 期，第 2 页。这一期文章都作于“三一八惨案”之前。

② “本校目前最大困难，仍是经费问题。……但俄国庚子赔款，为数甚巨，大可接济北京国立诸校。俄国使署近亦较前容易商洽，先生为俄款委员会之委员长，如能及时北来，进行此款，益以蒋梦麟先生及其他本校同人之辅助，大概可望成功。”《蔡元培年谱长编》第 2 卷，第 731 ~ 732 页。

职？此事如果先由胡适或《现代评论》派中任何人向蔡元培汇报，李石曾就有点尴尬了。他及时请顾孟馀代理，是一步妙棋。“三一八”惨案次日，李石曾被通缉，后来避难东交民巷的法国医院，更有了说辞。蔡元培其实对俄款委员会中职位毫无兴趣，他在1926年6月28日致电北京政府国务院和教育部，请辞北大校长以及俄款委员会委员之职，北大和教育部都回电挽留，恳请早日回校主持校务。这样看来，他的俄款委员会的职务应该算是顺利辞去了。但是在1928年10月2日的国民政府会议上，蔡元培、张静江、李石曾被正式任命为“管理俄国部分庚子赔款委员会委员”[①]。六天后，在国民党中央常务会议上，李石曾、张静江、吴稚晖三人提出国民政府委员名单和政府主席以及行政院、立法院、司法院、考试院、监察院院长人选，获通过。蔡元培入选国民政府委员和监察院院长。但是蔡元培在上海听闻消息，立即请辞监察院院长之职，并直言李、张、吴的做法“太露骨”[②]。李石曾绝无蔡元培那份洒脱，只要事关财权，他必须在场。中比（比利时）庚款委员会于1927年12月在上海成立，他又是中方委员之一。[③] 他的年谱上还有1928年10月13日在南京“出席俄庚款委员会”[④]的记载，而这一天蔡元培在上海，未与会，孙科专门由宁抵沪，敦促蔡元培赴南京[⑤]。国民政府中还没有任何官员像李石曾那样在当时所有四个庚款委员会都担任职务。李石曾此后将巨手伸向银行业也是势所必然的了。[⑥]

四

1927年4月18日，南京国民政府成立。5月，教育行政委员会推蔡元培、李石曾、褚民谊为常务委员，同时，国民党中央政治会议议决设立国立劳动大学筹备委员会和中央研究院筹备处。显而易见，后由易培基担任首任校长的劳动大学在当时有特殊的地位。此后一两年间，李石曾通过蔡

① 《蔡元培年谱长编》第3卷，第291－292页。

② 《蔡元培年谱长编》第3卷，第294页。

③ 《民国李石曾先生煜瀛年谱》，第60页。

④ 《民国李石曾先生煜瀛年谱》，第67页。

⑤ 《蔡元培年谱长编》第3卷，第294页。

⑥ 李石曾1929年出任中国农工银行董事长，直至1949年。见年谱第68页和第112页。

元培变更教育行政制度，推行法国式大学区，无形中主导了新政府的教育政策。1927 年 6 月，蔡元培与胡适被中基会选为新董事（顶替黄炎培和丁文江），中基会的进一步改组也提上南京政府议事日程。蔡元培在 1928 年拟请政府任命李石曾、孙科、伍朝枢、汪兆铭等官员为新董事，当年成为定局。围绕着中基会董事构成，有一场看不见的战争。这段时期蔡元培与胡适交往较多，两人坦诚相见，颇有越走越近之势。1928 年秋蔡元培“辞去北平中法大学校长的名义”①，实际上主持该校但又想以校长的职位拉拢蔡元培的李石曾不免感到丝丝凉意，他应该意识到自己独掌京津冀教育大权的美梦是难以实现了。

胡适日记中有几条与这段时期的中基会相关的记载。先回到 1925 年 1 月 17 日，亦即女师大学生自治会发表驱杨宣言前一天。那天晚上，胡适和陈西滢担任北大英文演说赛会的评判员，结束后两人回到胡适家中长谈。胡适记述：

> 通伯又谈北大所谓“法国文化派”结党把持，倾轧梦麟的情形，闻之一叹。梦麟方倚此辈为心腹朋友呢！我虽早窥破此辈的趋势，但我终不料他们会阴险下流到这步田地！
>
> 此辈者，李石曾、顾孟馀、沈尹默一班人也。②

讨论驱杨运动和鲁迅与《现代评论》派的笔仗，避开北大内部的权力之争不谈，总抓不住要害。李石曾活动比利时、法国退还庚款，并且不失时机地兴办教育，已经数年。他是进德会发起人之一，发誓不做官，但是他对权力却求索不舍。中基会为最早成立的管理庚款机构，蒋梦麟曾留学美国，又系北大代理校长，被聘为董事是理所当然的。李石曾为国民党元老之一，党内地位高于蒋梦麟，又是多项教育事业（如勤工俭学）的创始人，中基会的成立可能会使他产生被排斥之感，“倾轧梦麟的情形”只会更趋激烈。黄郛摄政内阁期间，他利用强势地位在清室善后委员会、中俄

① 《蔡元培年谱长编》第 3 卷，第 300 页。

② 《胡适全集》第 30 卷，安徽教育出版社，2003，第 190 页。

庚款委员会上留下他个人深深的权术的印记，继而他又藐视虚弱的段祺瑞执政府，专擅中法教育基金会。李石曾以不规则对抗规则，没有遇到太大的障碍，《现代评论》发出刺耳的声音，并不能使他放缓猛进的步伐，他甚至自信迟早会端坐在中基会的董事席上。李石曾在野时抵拒政府参与文化教育机构的运作，一旦自己所属的国民党执政，他就立即使用行政手段重组中基会。李石曾进入中基会（顶替原董事南开大学创办人张伯苓），与他周旋已久的胡适大为恐慌。1929 年 1 月 3 ~ 4 日，新一届中华教育文化基金会董事开会，上述几位官员以新董事身份出席。胡适在日记中忍不住大骂重组的策划者（“这班浑人”），他甚至废寝忘食，设计方案，不让新的董事有主导操纵中基会的可能。① 胡适自己先在这次会议上提出辞职，获准后，他所推荐的任鸿隽顺利当选，并任干事长。但是在当年 6 月底的中基会会议上，胡适重新当选董事，并被推选为名誉秘书。这一迂回战术没有中基会中蔡元培等人的默契不会奏效，李石曾此时一定会有被耍弄的感觉，苦于不能发作。1930 年 2 月 9 日，新的中基会董事会在上海礼查饭店（现浦江饭店）召开第四次常会，李石曾的提案被否决。据胡适记载：

> 此次无甚重要议案。有一案为“联合各文化基金团体保存北平古物”，李石曾提议，要合筹四百万元，一半保存北平古物，一半用在南京“创造文化机关”！此人毫无常识，毫无思想，而居然有人尊信，岂非一大怪事！
>
> 我第一次见石曾便不喜他；第二次见他，便同他作对（为里昂大学、北大海外部事），十年以来无有一次看得起此人的。蔡先生费大力引他入北大，终使北大坏在他手里，真是引狼入室。②

当时李石曾是故宫博物院理事会理事长，他的姻亲易培基是故宫博物院院长，他的侄子、易培基的女婿李宗侗为故宫博物院秘书长。通过中基会筹款“保存北平古物”，简直是在为一个已经呈露出家庭化管理败象的

---

① 《胡适全集》第 31 卷，第 315 - 320 页。

② 《胡适全集》第 31 卷，第 610 页。

公共文化机构开辟金源。但是在同一年7月的年会上，故宫博物院还是得到中基会两项资助，分别为“防火建筑”五万国币（自当年至1932年，共十五万国币）、印行或影印故宫地图及档案等珍品三万元。① 一两年后，传出故宫领导层监守自盗的消息，易培基和李宗侗变成政府部门调查的对象（南京法院一直到1937年9月才提起公诉），李石曾从此在国民党内失势。在《两地书》出版时，鲁迅与李石曾和易培基在1925～1926年“互助”的那段历史反而变为负担了，还是早日卸掉为好。

最后谈谈李宗侗在北大以及中法大学之外的兼职。1927年11月，蔡元培提出在财政部下设立全国商标注册局，以其收入作教育经费。在交付讨论的方案中，蔡元培最后添了一句：“查有李宗侗熟悉情形，拟请任命为该局局长，以资进行。”② 稍知蔡元培的人都明白，他并不精通财务，也不嗜好权力，这一方案的设计，很可能应该归功于李石曾。李石曾“办教育弄钱”确是极有办法，设立这么一个为着所谓的教育经费而专收注册费的机构，由侄子董其事，将来他自己就间接掌控教育界的部分财源了。全国注册局于1928年1月成立，李宗侗果然任局长。1928年1月26日，蔡元培复李石曾函：“得郑韶觉函，知已任玄伯兄［李宗侗字玄伯］为注册处长，杨宗伯兄愿在处办事，请转告玄伯兄为位置为幸。”③ 看得出两人各有请托，是在“互助”。在一个无形中的割据仍未绝迹、工商业极不发达而且中央政府执法能力又十分低下的国度，要让全国商家顺服地缴纳注册费，无异于梦想。过了一个月，李宗侗又代理上海的中法国立工业专门学校校长，还有一个个职位等着他去兼任，好在他都是“熟悉情形”的。据胡适回忆，李宗侗积有一堆兼职，最多时达十七个，④ 有的还是支高薪的（开滦煤矿督办月薪高达二千两白银）。北伐胜利后，易培基主要担任过的

---

① 见南京中国第二历史档案馆全宗号五（2），案卷号1379。这一信息由吕晴、胡博提供，在此致谢。

② 高平叔：《蔡元培年谱长编》第3卷，人民教育出版社，1998，第104页。

③ 同上，第143页。蔡元培此处用的是“注册处长”，前后不一，但由李宗侗负责全国商标注册的政府部门，这一基本事实不变。蔡元培二十天后为其子蔡柏龄到法国大学进一步深造一事致函李石曾，请他托法国驻华公使电告法国外交部，认可蔡柏龄学历。《蔡元培年谱长编》第3卷，第161～162页。蔡柏龄是李石曾所办孔德中学的毕业生，已在法国大学留学。

④ 胡颂平：《胡适之先生晚年谈话录》，新星出版社，2006，第239页。

职务有国民政府农矿部部长、国立劳动大学校长和故宫博物院院长，他为女婿李宗侗谋取不当利益，从来没有丝毫顾忌与犹豫。当翁婿二人的行为渐渐暴露后，鲁迅与他们以及李石曾的同路人拉开距离，或者沉默，或者微讽，不过从来没有指名道姓地教训与谴责。写《不是信》《我还不能“带住”》等文时，鲁迅嬉笑怒骂，声若洪钟，现在他的豪气消折了不少，但是能见识到国民党新贵的贪腐，也是一种长进。

东吉祥胡同的绅士们“行私利己”，远不能和鲁迅昔日的盟友相比。1928年夏，李石曾谋到高度集权的国立北平大学校长的职位①，他那一系的教育界人士在京津冀一带放手揽权。但是大学区制受到强烈抵制，北大学生甚至拿出对付章士钊的办法来驱赶他。大学区制的失败已成定局。虽然李石曾还在主持北平研究院，几年前反对北大脱离教育部、后来又声援国立女子大学的北大内外的教授们现在已经显现出更大的公信力。鲁迅在1929年5、6月之交北上探母，他对跟着李石曾谋官职、抢饭碗的教授已经不以为然。他在6月1日给许广平的信（收入《两地书》）里对《现代评论》派释放出友善信号：“我以前和‘正人君子’们为敌，也失之不通世故，过于认真。”② 可惜鲁迅说得不大准确，他是因为太世故才对图书馆兼职副馆长李四光的工资发难，如果他当时“失之不通世故，过于认真”，

① 1927年夏，北洋政府教育部将北京各国立大学合并，改名国立京师大学。1928年6月8日，易培基在南京国民政府会议上提议，京师大学改名为中华大学，任命蔡元培为校长，未到任时由李石曾署理。决议通过。一周以后，大学委员会决议：蔡元培表示不往北京，即以李石曾担任中华大学校长。会上胡适与易培基、吴稚晖发生争辩，次日辞去大学委员会委员的职位。胡适后来回忆，他在南京开会时反对大学区制，坐在他旁边的吴稚晖站起来厉声说：“你吗，就是反革命！”《胡适之先生晚年谈话录》，胡颂平编著，新星出版社，2006，第135页。国民政府在6月19日的第73次会议审议通过大学委员会的决议。《蔡元培年谱长编》，第3卷，第231～236页。又据《民国李石曾先生煜瀛年谱》，易培基、吴稚晖等人为李石曾争取北方教育控制权的时候，李石曾正在美国访问。他于7月29日回到南京，不久主持拟定《北平大学区组织大纲》，9月获国民政府会议通过。这份《组织大纲》决定合并北平前国立九校及天津国立北洋大学为国立北平大学，裁撤河北省教育厅，由北平大学监管河北教育行政，李石曾任国立北平大学校长。见第65页。北京大学学生请愿保留原有学校结构与校名，结果改为北大学院（陈大齐任院长），仍由北平大学主管。此后各大学纷纷要求独立，尤其是北大学生停课护校，组织武力护校团反对接收，又掀起一场学生运动。1929年7月，大学区制取消。详见周天度《蔡元培传》，人民出版社，1984，第282～285页。

② 《鲁迅全集》第11卷，第321页。

他必定会站出来责问陈源所说的那些“强有力者”，那些正在大口“吃‘庚款’”的李石曾和他的亲友、党人。伟人也想来要点小聪明，并无不可，只是“绅士的跳踉丑态”[①] 未免言重了。

① 这是鲁迅《不是信》一文中的用语。《鲁迅全集》，第 3 卷，第 246 页。

鲁迅与盐谷温

——国民文学时代的中国文学史编撰体制之创建

赵京华

一　国民文学时代之“文学”历史主义研究的发生

在西方，与启蒙运动相伴而生的文学上之狂飙运动（浪漫主义）到了19世纪中叶渐趋落潮，现代意义上的“文学”观念亦逐渐定型。因此，福柯说“文学”的确立不过是19世纪后期发生的事情。而同样是诞生于19世纪的以进化论和实证科学为根基的历史主义思潮以及现代民族国家的出现，则导致了对文学加以规范化的国别文学史的大量产生。这种崭新的文学史编撰体制，意在通过回顾文学的历史以寻找“国民”的心声，从而凝聚作为民族国家之主体的国民意识。因此，我们可以说19世纪后期已然进入一个“国民文学”的时代，而文学史书写的兴起和发展乃是适应这个时代要求必然发生的一种学术制度构建。

这种文学史制度建构发源于欧洲，正如现代民族国家最早出现于西方一样。它的源头大概在德国作家赫尔德的《民歌中各族人民的心声》（1779）之中，赫尔德主张从诗歌与民族、地理、历史之间的关联入手来研究文学史。这预示了泰纳种族、时代、环境三位一体之国民文学史的诞生。泰纳的《英国文学史》（1869）是一部典型的寻找民族或国民精神认同的文学史叙述，他强调一个种族具有天生和遗传的倾向，这些倾向因民族的差异而不同，它体现在民族世代传承的伟大文学中，成为一国国民区别于他国他民族的标记。而时代精神和地理环境则是铸成这种文学民族性的另外两个原因或外部压力。到了勃兰兑斯的《十九世纪文学主潮》（1890），则更明确地把民族文学视为"国民性的文学"，坚信"一个国家的文学，只要它是完整的，便可以表现这个国家的思想和感情的一般历史"①。

以国民文学的视野来观察文学的历史，要求建立一套全新的阐释架构。它试图颠覆以往分散的、文言的，以帝王将相、绅士淑女为主体的文学叙述，重新建立起以一个核心民族尤其是代表该民族大多数的平民之口语化文学创作为核心的，即以戏曲小说为主体的所谓国民文学史。这种口语白话文学对抗文言古典文学的方式，也可以称为对以往雅与俗文学关系的价值颠倒。如果说，这样一种全新的文学史编撰体制诞生于19世纪后期的欧洲，那么，它传入欧洲以外地区如东亚的日本和中国，则是在19世纪末20世纪初。我们阅读周氏兄弟20世纪初留学日本时期的文章，便可注意到他们已经接触了大量的西方文学史著作，如泰纳的《英国文学史》、勃兰兑斯的《十九世纪文学主潮》、利特耳的《匈牙利文学史》等，并且强烈地感受到了文学史背后民族精神的兴亡和国民意识的凝聚。

日本和中国同样在19世纪中叶面临西方列强向全球扩张的冲击，而在世界进入帝国主义时代的1870年代前后日本开始民族独立和主权国家建构的历程。如果说，日本经历明治维新而于1880年代前后其现代国家的制度建设基本成型，伴随着征兵和教育等一系列现代制度的确立以及"言文一致"运动的展开而迎来了国民时代学术文化的大发展，那么，中国也是在稍后的时期经过戊戌变法和辛亥革命而有了现代主权国家的雏形，从而推动了五四新时代思想学术的兴起。仅就文学史这一编撰体制的建立而言，在日本，与芳贺矢一的《国文学十讲》《日本文学史》《国民性十论》（1907）和津田左右吉的《文学上所见国民思想的研究》（1916）等有关日本文学史的著作大量涌现同时期，也开始出现了汉学家有关中国文学的

① 勃兰兑斯：《十九世纪文学主潮》序言，侍桁译，人民文学出版社，1958。

历史著作，如笹川临风的《支那文学史》（1899），久保天随的《中国文学史》（1904），狩野直喜的《支那文学史》（1908 年讲）、《支那小说史》（1916 年讲）、《支那戏曲史》（1917）等。这中间，中日在现代化进程上的一二十年落差导致了下面这样一个特殊现象，即中国有关本国文学史的建构与先一步实现了学术之现代转型的日本汉学（支那学）之有关努力几乎是同一时期发生，并于20 世纪初在彼此影响相互切磋之中共同建构起了中国文学史的编撰体制。我们需要打破以往比较文学研究中影响比较视野下“日本影响中国”这一单线的观察视角，而看到交互影响的历史复杂性，并建立起在世界和东亚范围内观察中国文学史编撰体制建构过程的复线视角。

以中日之间有关元曲及明代以降的通俗文学研究为例，王国维的存在便是一个重要的象征。《宋元戏曲史》的单行本虽出版于 1915 年（商务印书馆），但王国维的元曲研究早在 1907 年便已开始，1911 年至 1916 年他寓居京都期间，更与日本汉学家多有交流，甚至对京都学派产生巨大影响[①]。

我们先来看同时代的读者傅斯年，其在评王国维《宋元戏曲史》的文章中，是如何敏锐地道出了此类全新的文学专史出现于民国初年的时代意义和价值的。这便是，发现和书写历史上的“新文学”即“国民文学”或曰“俗文学”，以呼唤时代文学的发展；同时参照中外文学的历史，根据文学史自身的“体制”撰写“科学的文学史”。傅斯年说：

> 宋金元明之新文学，一为白话小说，一为戏曲。当时不以为文章正宗，后人不以为文学宏业；时迁代异，尽从零落，其幸而存者，“泰山一毫芒”耳。……
>
> 研治中国文学，而不解外国文学，撰述中国文学史，而未读外国文学史，将永无得真之一日。以旧法著中国文学史，为文人列传可也，为类书可也，为杂抄可也，为辛文房“唐才子传体”可也，或变黄全二君“学案体”以为“文案体”可也，或竟成《世说新语》可也；欲为近代科学的文学史，不可也。文学史有其职司，更有特殊之

① 参见黄仕忠《宋元戏曲史·导读》，凤凰出版社，2010。

体制；若不能尽此职司，而从此体制，必为无意义之作。①

傅斯年所言《宋元戏曲史》之划时代意义，正道出了20世纪伴随着现代民族国家的建制而要求科学的国民文学史之出现的时代趋势。而在历史主义之科学态度和建构国民文学史这一全新的意识上，王国维与日本汉学家尤其是京都学派的学者们达到了一致的契合。他寓居京都期间与日本同行的多方面交流，则象征性地呈现了20世纪初叶中日两国学者共同建构中国现代“科学的文学史”之壮丽的景观。例如，盐谷温在《支那文学概论讲话》② 第5章讲到戏曲研究时，就提到日本学者着其先鞭而开创研究俗文学（国民文学）的新时代，中国学者王国维则出手不凡而给日本以重大影响的事实。

词至南宋而极盛一时，遂转而为元曲，于中国文学史上放射出灿烂光芒。世上之文学史家将汉文、唐诗、宋词、元曲相并称，赞此四者为足以代表时代之所谓“Epoch-making”的大文学。然我国历来虽于汉文和唐诗研究上十分盛行，至宋词元曲研究却付等闲。作为我国之词曲研究者则前有田能村竹田、后仅有先师森槐南博士。……至近年，则中国本国亦曲学勃兴，曲话及杂剧传奇类的刊行不在少数，而吾师长沙叶德辉先生及海宁王国维君则为斯界之泰斗。尤其王氏有《戏曲考源》《曲录》《古剧脚色考》《宋元戏曲史》等有益之著作。王氏游寓京都以来，我国学界大受其刺激，自狩野君山博士始以至久保田髓学士、铃木豹轩学士、西村天囚居士及亡友金井君，均于斯文造诣极深。或对曲学研究发表卓见，或竟先鞭于名曲之翻译介绍，而呈万马奔腾之盛况。此前，明治三十年笹川临风学士刊行《支那小说戏曲小史》在先，后有幸田露伴博士之《元曲选》解说及森川竹磎学士之《词律大成》二十卷，皆为煞费苦心之作。近又有今关天彭氏著

① 傅斯年书评载《新潮》第1卷第1号，1919年1月。

② 盐谷温：《支那文学概论讲话》，1919年5月由东京大日本雄辩会出版。“二战”以后，该书改名为《中国文学概论》，1983年由讲谈社推出新版，内容没有改动。本文涉及该书的引文主要依据讲谈社版。

《支那戏曲集》。[1]

据此，我们足以肯定地指出：20世纪最初20年乃是中日学者在“国民文学”的崭新观念下共同建构全新的中国文学史（包括各种文类专史）编撰体制的时代。其中，思想方法上的相互切磋彼此学习和文献资料上的互通有无彼此参照，这样一种学术交流的时代盛况值得我们记忆。同时，在考察20世纪中国文学史编撰体制的确立过程并思考其思想史意义的时候，或者研究近代中日学术交流史之际，这样一种历史大背景应该是我们思考的基点。

本文讨论的主要议题是鲁迅《中国小说史略》与盐谷温《支那文学概论讲话》两者之间的复杂关系。众所周知，在现代中国学术思想史上有一桩所谓“鲁迅抄袭盐谷温”的公案，自1926年初事件发生以来直到新世纪的今天，依然有人议论。但在我看来，当年与《语丝》派交恶的陈源教授仅凭道听途说而对鲁迅的诬陷，早在1927年6月君左译出盐谷《支那文学概论讲话》中的小说部分并刊载于《小说月报》第17卷号外“中国文学研究”中以及孙俍工的全译本于1929年出版之后，已经不攻自破。新世纪以来，虽依然有人借此话题攻击鲁迅，但也出现了一些从学术史和翻译传播的视角做脚踏实地之研究的论文。前者如鲍国华《鲁迅〈中国小说史略〉与盐谷温〈中国文学概论讲话〉——对于“抄袭”说的学术史考察》[2]，后者如牟利锋《盐谷温〈支那文学概论讲话〉在中国的传播》等，都是可贵而有益的学术努力。尤其是鲍文，不仅依据新史料进一步梳理“抄袭”谣言的生成过程与复杂背景，且着力论证了两者在“概论”重文体和“史略”讲变迁的文学史编撰体式上的同异，令人耳目一新。然而我注意到，即使是鲍国华的论文也仍然没有摆脱只强调“日本影响中国”的单线思维[3]，在论述鲁迅《史略》盐谷温《概论》之文学史体制上的不同时，并没有结合“民国文学”的时代大背景，来讨论他们如何共同颠覆了

① 盐谷温：《中国文学概论》，讲谈社，1983，第142～143页。

② 载2008年《鲁迅研究月刊》第5期。

③ 如鲍文：“19世纪末到20世纪初，日本汉学家编撰了多部有关中国文学的研究著作，这些著作多采用‘文学史’或‘文学概论’体式，对中国学术界产生了重大影响。”

以诗文为正宗而轻视小说戏曲的传统文学观弊端。

鉴于此，我不再纠缠于“抄袭”公案的细节本身，而将从“国民文学”时代中日学者共建全新之中国文学史编撰体制的大视野出发，重点讨论鲁迅与盐谷温之间学术上相互认同彼此借鉴的互动关系，在确认他们的著作分别于对方国家得到传播而产生影响的情况之际，尤其注意考察《史略》在日本翻译的过程，以立体地呈现中日两国学者相互交流的学术史盛况。与此同时，我还将全面介绍盐谷温作为20世纪日本重要的汉学家其学术思想演变的内在理论，包括其政治立场上的复古之儒教意识形态与日本帝国殖民主义的内在关联，从而阐明1930年代之后鲁迅何以不再与盐谷温交往并对其有所批评的深层原因。我认为，这样一种既看重其学术上的交往关系又不忘其背后之文化政治的批判性视角，对于深入理解中日近现代学术交流史乃至两国关系史，乃是非常必要的。

二　鲁迅与盐谷温学术交往始末

盐谷温（1878－1962）出生于以史学为家学的一个日本汉学世家，字士健，号节山。早年接受过严格的传统儒学教育，承袭盐谷家“素读”（背诵）家法，5岁起始背诵四书五经①。1902年毕业于东京帝国大学文科大学汉学科，1906年始任东京帝国大学副教授，成为该校“支那文学讲座”科目的最早教员。上任伊始，便得到明治政府海外留学派遣令，于1906年年底赴德国慕尼黑大学及莱比锡大学学习。在德国时间，曾听讲《老子道德经》《礼记》等课程。但就后来成为其学术志向的中国通俗文学尤其是戏曲小说研究而言，盐谷温当时更多受到了英国汉学家翟理斯和德国汉学家葛鲁贝分别出版于1901年和1902年的《中国文学史》启发。至此，形成了以德国文献校勘学和历史比较语言学为根基的汉学研究方法，以及将戏曲小说等口语俗文学置于核心位置来观察中国文学历史的“国民文学”观念。

① 据盐谷温之子盐谷桓回忆，其父早年接受了江户时代传统的私塾教育，善于朗读背诵，且留下了当时背书吟诗的录音。（盐谷桓《追忆父亲》，收入日本讲谈社1983年版《中国文学概论》）

盐谷温获得的海外留学时间为期四年，为了习得中国文化的必要知识，他结束在德国的留学后又于1909年秋转道赴清朝中国，先在北京进行为期一年的汉语学习。这期间，他遇到王国维并获赠王氏的《戏曲考源》《曲录》等著作，成为他日后完成博士论文《元曲研究》的重要指南。1910年冬赴长沙，拜叶德辉为师学习词曲。在湘期间，他还曾拜见硕学大儒王闿运、王先谦、瞿中唐等。王先谦劝其研究经史，盐谷温则婉拒，表明自己欲开拓中国文学研究的新生面而志在戏曲小说方面。另，曾深入钻研《西厢记》《琵琶记》《牡丹亭》《燕子笺》《长生殿》和《桃花扇》等经典曲目，奠定了其后中国文学研究的深厚基础①。1912年结束留学生活回国后，始在大学开设“支那文学概说”“支那戏曲讲读”等课程。而1917年夏季所做大学公开讲演《支那文学概论》，后整理出版名为《支那文学概论讲话》（1919），乃其传世的学术代表作。1920年，盐谷温以《元曲研究》获得文学博士学位，并于同年晋升为教授②。《东京大学百年史》称：该校中国文学之研究及教育初具规模，乃始于盐谷温。

在盐谷温留学中国发现戏曲小说的文学史价值之际，鲁迅也正在默默地“钩沉”古小说材料。我们观其发表于1912年的《〈古小说钩沉〉序》，发现鲁迅在说明“余少喜披览古说，或见讹舛，则取证类书，偶会逸文，辄亦写出”的趣味喜好同时，也看到了小说之“况乃录自里巷，为国人所白心”③ 的性质。考虑到他留学日本时期已经大量接受西方“国民文学”的思想熏陶，我认为此时的鲁迅已经对中国小说的历史有了新的认

---

① 以上参见盐谷温《师友的追忆》，收入文集《天马行空》，日本加除出版株式会社，1956；以及藤井省三《盐谷温》，见江上波夫主编《东洋学的谱系》第2集，大修馆书店，1994。

② 盐谷温回忆：“引导我进入支那戏曲领域的史森槐南先生，使我的研究得以大成的是叶德辉先生和王国维君。而两人均在国家变故之际横死，实在不可思议且痛惜不已。我最初跟随那珂先生读元朝秘史，略知蒙文一二；听槐南先生的西厢记讲义，得到元曲的启蒙。德国留学期间读到英国瞿理斯及德国葛鲁贝的支那文学史，得知西洋学者之研究更重视戏曲小说。留学北京期间主要学习汉语，转至长沙从叶德辉先生学得元曲西厢和琵琶、明曲牡丹亭与燕子笺、清曲长生殿与桃花扇，而参考王君的曲录（在北京所惠赠）始完成学位论文《元曲之研究》。”（《天马行空》第91~92页，日本加除出版社株式会社，1956）

③ 《鲁迅全集》第10卷，人民文学出版社，1981，第3页。

识。当然，从20世纪全新的中国文学史编撰体制之确立过程来讲，他的小说史观乃至文学史观的体系建构还要等到1920年开始承担北京大学的小说史课程并着手编辑教材之时。换言之，鲁迅与盐谷温治文学史的学术路径虽或有不同，但都是自20世纪初便开始着手，一样在1920年前后推出传世著作，并参与了新时代中国文学史编撰体制的建构。

这里，我们首先要以《中国小说史略》和《支那文学概论讲话》为中心，确认两作者围绕小说史研究而建立起的一段不深不浅的因缘关系。周作人曾回忆："豫才因为古小说逸文的搜集，后来能够有《小说史略》的著作，说起缘由来很有意思。……那时我在北京大学中国文学系里当'票友'，马幼渔君正做主任，有一年叫我讲两个小时的小说史，我冒失地答应了，回来同豫才说起，或者由他去教更为适宜，他说去试试也好，于是我去找马君换了什么别的功课，请豫才教小说史，后来把讲义印了出来，即是那一部书"。[①] 这是鲁迅编撰小说史的契机和起始。现代民族国家制度之基本的教育制度，特别是以培养新国民为终极目标的大学教育其科目上的需要催生了文学史编撰这样一种学术体制，这是19世纪后期以来的全新现象，各国莫不如此。

眼下的问题是，盐谷温《支那文学概论讲话》由东京大日本雄辩会出版于1919年5月15日，鲁迅是于何时以怎样的渠道接触到该书的。查北京鲁迅博物馆编《鲁迅手迹和藏书目录》（1959），其所藏的是该书当年的精装再版本。然而，我们在1920年前后的鲁迅日记及书账中并没有发现任何获得此书的记录。所幸，周作人日记中有两条购入该书的记录。如日记所附书账1920年6月项下有"支那文学概论讲话　盐谷温，让予逷先"；9月项下又有"支那文学概论讲话　盐谷温"的字样。而日记正文6月2日项下曰："至日本邮局取丸善十七日寄小包内梵文学史等五册以「及」英语注音字典一册"，9月17日项下则曰"往日本邮局取丸善一日小包两个内古代希腊の思想等五册"[②]。从时间和书账排列顺序等推断，可以知道周作人是通过东京的丸善书店购入盐谷温著作的，而相隔三个月两次购入

① 周作人：《鲁迅的青年时代》，河北教育出版社，2002，第121页。

② 《周作人日记》（影印本），大象出版社，1996。

同一图书，则由于第一次购得的送给了朱希祖（逿先）。从1923年“兄弟失和”之前两人的藏书时常共用的情况来看，可以推断鲁迅大概是通过周作人的购书而最早接触到盐谷温的著作，或者《手迹和藏书目录》中的盐谷温《支那文学概论讲话》就是周作人9月邮购的那本也说不定。而当时正在准备《中国小说史》讲义的鲁迅，从一开始便有机会参考到该书，则是毫无疑问的。

盐谷温与鲁迅最早开始书信交往是在1926年8月。该年3月，盐谷温在日本内阁文库新发现元刊“全相平话”五种，即元至治（1321－1323）年间新安虞氏所刊《武王伐纣书》《乐毅图齐七国春秋后集》《秦并六国》《吕后斩韩信前汉书续集》《三国志》，这“在小说史上，实为大事”（鲁迅语）。8月，盐谷温将其中一部的私藏版“至治新刊全相平话三国志”制成影本，托去北京访书的弟子辛岛骁送给鲁迅。于是，鲁迅日记8月17日项下有：“辛岛骁君来并送盐谷节山所赠《全相平话三国志》一部”的记载。而在这之前的8月9日，鲁迅已通过章川岛收到盐谷温的信函（《日记》曰：“下午矛尘来并交盐谷节山信及书目一分”）。如今我们已无从知道信函和“目录”的详情，但可以确认这是两人通信的起始。直到1931年11月7日盐谷温的名字最后出现在《鲁迅日记》中，这期间相互往来书信及寄赠书籍的记载共9次，其内容基本上都是有关小说史的文献资料的。

而两人唯一一次晤面，则是在1928年2月23日，地点在上海内山书店。鲁迅当日的日记记载：“晚往内山书店……遇盐谷节山，见赠《三国志平话》一部，《杂剧西游记》五部，又交辛岛毅「骁」君所赠小说、词曲影片七十四叶，赠以《唐宋传奇集》一部。”遗憾的是，两人都没有留下当时会面的个人观感的文字，其前后的通信往来也限于有关小说史的学术方面。值得注意的是，这种学术交往礼数周到，充分显示了相互之间的认可和尊敬。如在最初得到盐谷温的书信及目录之后，鲁迅便在一周之后的8月17日将刚刚由北新书局出版（8月12日）的《小说旧闻抄》寄赠盐谷温；与辛岛骁见面得到盐谷温所赠《全相平话三国志》后，鲁迅则于8月26日寄出答谢信；1929年2月21日，盐谷温通过内山书店转寄来宣德刊本《新编金童玉女娇红记》的新近影印本（《鲁迅日记》误记为“正德本”），鲁迅则于3月6日寄出答谢信；1931年9月，《中国小说史略》修订本出版，15日李小峰送来样书20本，鲁迅便于17日寄赠盐谷温3本。据悉，此赠本扉页上有“敬呈/节山先生教正/鲁迅/九月十七日”字样①。

鲁迅与盐谷温的直接交往始于1926年8月，这似乎另有特殊的意义。众所周知，1926年1月30日陈源在《晨报副刊》上发表文章，散布鲁迅《史略》抄袭盐谷温《讲话》小说部分的谣言，鲁迅则于2月8日刊出《不是信》一文予以反驳：

> 盐谷氏的书，确是我的参考书之一，我的《小说史略》二十八篇的第二篇，是根据它的，还有论《红楼梦》的几点和一张《贾氏系图》，也是根据它的，但不过是大意，次序和意见就很不同。其他二十六篇，我都有我独立的准备，证据是和他的所说时常相反。例如现有的汉人小说，他以为真，我以为假；唐人小说的分类他据森槐南，我却用我法。六朝小说他据《汉魏丛书》，我据别本及自己的辑本，这功夫曾经费去两年多，稿本有十册在这里；唐人小说他据谬误最多的《唐人说荟》，我是用《太平广记》的，此外还一本一本搜起来……其余分量，取舍，考证的不同，尤难枚举。自然，大致是不能不同的，例如他说汉后有唐，唐后有宋，我也这样说，因为都以史实为“蓝本”。②

鲁迅的反驳有理有据且态度诚恳，而在1931年北新书局修订版中则于第十四篇和第二十一篇等处明确标出了源自盐谷温的材料出处。实际上如前所述，早在1927年君左译出《讲话》小说部分而公布于世的时候，陈源的诬陷便已不攻自破。那么，盐谷温是否对这桩“抄袭事件”有所知晓呢？从现有的资料来看，我们还无从判断。但总之，他在与鲁迅通信之前便接触到《史略》，则是毫无疑问的。《中国小说史略》作为北京大学授课时的讲义，曾先后于1923年、1924年由北京大学新潮社分上下册印行；

① 伊藤漱平：《关于盐谷温博士批注本〈中国小说史略〉》，收《伊藤漱平著作集》第5卷，汲古书院，2010。

② 《鲁迅全集》第3卷，人民文学出版社，1981，第229～230页。

1925年又由北新书局合印一册出版。而在日本1926年7月便有盐谷温的高足仓石武四郎于《支那学》杂志第4卷第1号以“卧云”笔名发表了相关的书评。由此，日本学者伊藤漱平推测：在此之前该书就可能通过京都的汇文堂或东京的文求堂输入日本，而盐谷温则最早获得此书并肯定了其价值①。就是说，不管盐谷温是否知晓与自己有关联的陈源对于鲁迅的诬陷，作为从“国民文学”立场出发而开创了中国小说戏曲研究新局面的日本学者，他对鲁迅的认可和尊敬自然非同一般。这不仅再次证明了陈源的造谣乃是诬陷不实之词，且显示了鲁迅小说史研究有独自的学术价值而被外国同行所承认②。实际上，《中国小说史略》在日本还有一段中国人很少知晓的翻译传播史。

三 《中国小说史略》在异域日本的译介传播

郭沫若称王国维的《宋元戏曲史》和鲁迅的《中国小说史略》是“中国文艺史研究上的双璧”③，我们同样也可以称盐谷温的《支那文学概论讲话》与鲁迅的《中国小说史略》为东亚草创期的中国文学史研究方面的两个高峰。而且，两书在各自的对方国家都有一段不断被翻译和传播的历史。它们的作者则互相认可其价值。鲁迅不仅在著作的修订版中谦虚地吸收了盐谷温所提供的有关中国小说史的新材料，而且多次对其研究的成就给予高度评价。例如，1930年所作北新书局修订版的《题记》就肯定

① 伊藤漱平：《关于盐谷温博士批注本〈中国小说史略〉》，收《伊藤漱平著作集》第5卷，汲古书院，2010。

② 1935年12月31日鲁迅作《且介亭杂文二集·后记》，对日文版《小说史略》序文有如下补充，再次提及陈源的诬陷，可见对鲁迅的打击之刻骨铭心，也可以感觉到他对日文版出版的在意：“在《中国小说史略》日译本的序文里，我声明了我的高兴，但还有一种原因却未曾说出，是经十年之久，我竟报复了我个人的私仇。当一九二六年时，陈源即西滢教授，曾在北京公开对于我的人身攻击，说我的这一部著作，是窃取盐谷温教授的《支那文学概论讲话》里面的‘小说’一部分的；《闲话》里的所谓‘整大本的剽’，指的也是我。现在盐谷教授的书早有中译，我的也有了日译，两个的读者，有目共见，有谁指出我的‘剽窃’来呢？呜呼，‘男盗女娼’，是人间大可耻事，我负了十年‘剽窃’的恶名，现在总算可以卸下，……”

③ 郭沫若：《鲁迅与王国维》，载《文艺复兴》1946年10月第2卷第3号。

说："盐谷节山教授之发现元刊全相平话残本及《三言》，并加考索，在小说史上，实为大事"。又如，1933 年 12 月 20 日致曹靖华信曰："中国文学概论还是日本盐谷温作的《中国文学讲话》清楚些，中国有译本。至于史，则我以为可看（一）谢无量：《中国大文学史》，（二）郑振铎：《插图本中国文学史》（已出四本，未完），（三）陆侃如，冯沅君：《中国诗史》（共三本），（四）王国维：《宋元词曲史》，（五）鲁迅：《中国小说史略》。但这些不过可看材料，见解却都是不正确的。"① 而盐谷温，不仅以提供新史料并借游历上海之机拜会鲁迅的方式表示尊敬，并且自 1929 年开始在东京帝国大学的课堂上采用《中国小说史略》为授课教材，甚至曾有组织学生一同翻译此书的计划，足见其对鲁迅著作的评价之高。盐谷温的《讲话》在中国曾有两个编译本，三个不同的翻译本，其译介传播过程已有学者的研究论文发表，可以参照②。

盐谷温于上海会见鲁迅之后，次年开始在东京帝国大学课堂上采用《中国小说史略》作为授课教材。1982 年，日本著名中国文学研究家伊藤漱平（增田涉弟子）在天理图书馆发现了盐谷温生前捐赠给该馆的这本作为教材的《史略》原本，其中有盐谷温的大量批注，版权页上则有一年授课结束之际老师及学生 7 人的纪念签名。以此为契机，伊藤漱平调查有关情况，撰写了详细的论文《关于盐谷温博士注释本〈中国小说史略〉——〈中国小说史略〉日译史话断章》③。以下，我将主要依据此论文并结合鲁迅著作等原始文献，对《史略》在日本的译介传播情况略作介绍。

盐谷温 1929 年度担任的东京帝国大学课程为文学部的"支那文学演习"，课堂采用的教材《中国小说史略》是 1929 年 1 月北新书局的第 5 版，即 1931 年修订本之前的版本。我们已知，鲁迅为撰写《中国小说史略》曾花费大量时间和心血广泛收集辑录有关史料。在 1935 年所作《小说旧闻抄》"再版序言"中他回忆道："《小说旧闻抄》者，是十余年前在北京大学讲中国小说史时，所集史料之一部。时方困瘁，无力买书，则假

① 《鲁迅全集》第 12 卷，人民文学出版社，1981，第 299 页。

② 牟利锋：《盐谷温的〈支那文学概论讲话〉在中国的传播》，《中国现代文学研究丛刊》2011 年第 11 期。

③ 载《咿哑》月刊 1987 年 3 月号，现收入《伊藤漱平著作集》第 5 卷，汲古书院，2010。

之中央图书馆、通俗图书馆、教育部图书室等，废寝辍食，锐意穷搜，时或得之，瞿然则喜，故凡所采掇，虽无异书，然以得之之难，颇亦珍惜。”[①] 由于“无力买书”且时地有限，给鲁迅收集原始文献带来了种种限制，使他未能做到尽用善本。也因此，他不断增补新材料，每有再版的机会必做修改。而据曾参加盐谷温授课的学生内田道夫回忆：“演习课上的是鲁迅《中国小说史略》，老师要求所引书籍必核对原书，一字一句不可错过。”（转引自伊藤漱平文）而盐谷温在书中的批注则大概有四类：（1）在原文段落之间加上小标题；（2）断句并加说明；（3）对引文中的异字等加标注，如《枕中记》的引文有“其罗者皆死”，盐谷温在“其”字旁边注：“一作共”，“应据说荟之共罗”；（4）是对《史略》表示不同意见的加注。另据记载，1935 年度盐谷温曾再次采用《史略》作为课堂教材。

在课堂上，盐谷温不仅要求学生对《中国小说史略》的引文一一核对原书，而且安排学生逐字逐句翻译，因此，后来甚至有学生们以汉文训读方式合译并寻书局出版的计划。说到《中国小说史略》的日译[②]，我们知道 1935 年东京赛棱社出版的增田涉译本是第一个在鲁迅直接指导下完成的完整译本。但实际上，在此之前还曾有两个翻译计划，即在盐谷温门下以汉文训读方式合译并加注释的工作之外，还有已于 1928 年毕业并赴殖民地朝鲜京城大学任教的辛岛骁（1903－1967，盐谷温女婿），也曾独立进行翻译的工作。如前所述，辛岛骁 1926 年曾作为盐谷温的信使于 8 月 17 日拜会过鲁迅，而查《鲁迅日记》，直到 1933 年为止他们之间的见面和书信往来记载竟有 22 条之多。其中，不仅有小说史方面资料书籍的相互馈赠，甚至有辛岛骁自朝鲜寄赠绢品、玩具、鱼子等，而鲁迅则赠其《李卓吾墓碣》拓本、翻刻本雷峰塔砖中佛经一纸等，以及两次宴请的记载，可见鲁迅对晚辈后学的关怀和两人交往的密切。

实际上，在这期间辛岛骁已经有了翻译《中国小说史略》的计划。据

① 《鲁迅全集》第 10 卷，人民文学出版社，1981，第 146 页。

② 实际上早在 1924 年北京发行的日文杂志《北京周报》就曾有以“一记者译”署名的《支那小说史略》的连载，这是最初的日文翻译。只可惜仅翻译到第十五篇前半部分，因此后来未能成书出版。

其子辛岛升回忆，1928 年 3 月东京帝国大学毕业后立刻赴朝鲜京城大学任教的辛岛骁，也曾在课堂上采用鲁迅的《中国小说史略》作为教材，并在授课过程中有了翻译此书的想法①。1929 年途经上海回东京的辛岛骁再次拜见鲁迅，《鲁迅日记》9 月 8 日和 11 日也确有“上午辛岛骁来”“下午往内山书店，遇辛岛、达夫，谈至晚”的记载。另据辛岛本人战后的回忆，就是在这次会面中，他就《史略》的日译征得了鲁迅的同意②。而如上所述，在学生们准备以汉文训读方式翻译《史略》之际，盐谷温曾派某学生去汉城与辛岛骁联络以探听其翻译计划的虚实。当得知他已经译出大半之后，东京方面则只好作罢。与此同时，1931 年同为盐谷温学生的增田涉到上海与鲁迅联系，并在鲁迅直接讲解下开始《史略》的翻译工作。期间，增田涉曾致信汉城的辛岛骁，希望能将《史略》的翻译出版权让与自己③。结果，最后得以实现的翻译计划是出版于 1935 年的增田涉译本。

战后，鲁迅《中国小说史略》的日译仍不断有新的译本出现。1963 年岩波书店出版了增田涉的新译本上卷，而下卷因其突然逝世由弟子伊藤漱平续译。1986 年，日文版《鲁迅全集》由学习研究社出版，今村与志雄担任《中国小说史略》的翻译。今村还于 1997 年在东京筑摩书房出版了一个上下两册的单行修订本。最新一个译本则是中岛长文所译，由东京平凡社东洋文库于 1997 年出版的。该译者还于其后自费印行了《中国小说史略考证》的大部头研究著作。可以说，日本两代学人兢兢业业不遗余力地移译《中国小说史略》，不仅使这部学术名著得以在日本广为流传，而且更反映了日本学者对该书的高度评价和长久不衰的敬重。这与盐谷温《支那文学概论讲话》在中国有多个译本并得到广泛传播的情形交相辉映，谱写了中日现代学术交流史的重要一页。

---

① 见伊藤漱平的文章转述。

② 辛岛骁：《鲁迅回忆》，任钧译，《鲁迅研究资料》第 13 辑，天津人民出版社，1984。

③ 有关情况，辛岛骁本人在战后曾做如下追忆：“《小说史》的翻译方面，曾经准备跟东京和九州的同学们共同译出；可是占重要地位的我，对于那样的工作，还不如对于当前的朝鲜民族问题方面保持着更多的关心。在停滞期间，待在上海跟鲁迅很亲近的同学增田涉来了信，跟我商量，可否让与他来搞。增田君是我顶要好的朋友，这就使我跟东京的同学们之间陷进了进退两难，可我不吭声地交给他去努力了。这很对不起东京的同学们；但我觉得恐怕是鲁迅喜欢增田君的翻译。”（辛岛骁：《回忆鲁迅》，1949 年作，任钧译，《鲁迅研究资料》第 13 辑，天津人民出版社，1984）

四　中国文学史编撰体制的建构及其两人方法论上的同异

如前所述，盐谷温和鲁迅身处“国民文学”的时代，在建构中国文学史编撰体制的过程中，其最大的共同性体现在对雅俗文学关系的根本性颠覆方面。我们暂且抛开他们在处理“文学史概论”和“小说专史”方法上的不同，则可以看到他们共同把关注的焦点聚集在元明以后的通俗文学即平民文学上，由此形成了以戏曲小说为中心的文学史编撰体制。这在今天早已成为常识，但在当时的确有着革命性的意义。例如，《剑桥中国文学史》主编之一的宇文所安，在“上卷导言”中对1920年代全新的中国文学史之诞生，其“抗争”的意义有如下精彩的描述：

> 1920年代中国的文化批评家、文学史家，将一幅语言修辞层面及其相关文体的宁静地图转变为一种对抗叙事，转变为死的“文言”与活的“白话”之间的斗争。胡适，1920年代最负盛名的知识分子之一，将这场斗争的源头一直追溯到公元前一世纪。这是一种包含动机的文学史，1920、1930年代以降，从多部以汉语写就的文学史中，依然可见这一动机的痕迹。如果说这是一个新的中国试图脱离旧中国的时期，那么，文学史则成为一首表现抗争的史诗，由书面白话对抗文言令人麻木的统治。这个故事的结尾——1920年代现代国族文学白话文最终大获全胜，是早已预先设定的。①

1920年代前后中国文学乃至文学史观念的变革运动的确是一场颠覆性的革命，而胡适也确实是这场运动的急先锋。仅就文学史编撰而言，他与鲁迅的小说史讲义几乎同时开讲的《国语文学史》（1921），便开宗明义将白话文学置于文学史的核心位置上：“白话文学史就是中国文学史的中心

① 孙康宜、宇文所安主编《剑桥中国文学史》上卷，刘倩等译，生活·读书·新知三联书店，2013，第17页。

部分。中国文学史若去掉了白话文学的进化史，就不成中国文学了，只可叫做‘古文传统史’罢了。……我们现在讲白话文学史，正是要讲明……中国文学史上这一大段最热闹、最富于创造性、最可以代表时代的文学史。”[①] 在胡适的思想观念中，文学之人民（国民、平民）性的价值肯定和进化论的历史观是两大支柱，而其表达方式尤显得高调而激越，也因此而成为一个时代的文学革命宣言。

盐谷温和鲁迅的文学史研究，自然也在这样一个大时代的发展脉络里面，虽相比之下没有胡适那么高调张扬，但人民性的视野和进化论的史观一样是他们文学史编撰体制的核心。例如，盐谷温《支那文学概论讲话》序言，就直接将元代之后的中国文学定义为“国民文学”，并把元明戏曲小说与唐诗宋词并列：

> 支那乃文学之古国，有四千年之历史，横跨四百余州县，人口众多而号称四万万。泰华巍巍千秋耸立，江河洋洋万古流淌。天地正气凝聚于此，而开三代之文化。汉唐之世，尊崇儒道且奖励文教，济济人才翱翔翰林文苑，吟诵风月而展露诗赋文章之英华。元明以降，戏曲小说勃兴，于国民文学产生不朽杰作，而其中尤推汉文、唐诗、宋词、元曲达至空前绝后之境。

盐谷温进而称宋以后的小说为“真正的国民文学”，而在狩野直喜于欧洲所见敦煌石窟经卷里的雅俗折中体之散文和韵文小说中，他甚至想象到“唐末五代之际于优美典雅之传奇体外，曾有极为俚俗且为一般下层民众所赏玩之所谓平民文学发生”[②]。他的《讲话》问世以来，得到高度评价者大概在两个方面。一是以文学体式为标准和顺序来叙述文学的发展过程；二是重视戏曲小说的考察并将其与诗文同等看待，以其寻找“国民文学”的发展轨迹。孙俍工的译本前有盐谷授业弟子内田泉之助作“内田新序”，亦明确指出了上述两点。[③]

① 《胡适文集》第4卷，人民文学出版社，1998，第17页。

② 盐谷温：《支那文学概论讲话》下篇，第6章第4节，大日本雄辩会，1919。

③ 见孙俍工译《中国文学概论讲话》第7页，开明书局，1929。

而叙述上更趋严谨内敛的鲁迅《中国小说史略》，也一样在书里书外透露出对白话文学之人民性的重视。如第十二篇“宋之话本”开篇曰：“宋一代文人之为志怪，既平实而乏文彩，其传奇，又多托往事而避近闻，拟古且远不逮，更无独创之可言矣。然在市井间，则别有艺文兴起。即以俚语著书，叙述故事，谓之‘平话’，即今所谓‘白话小说’者是也。”①而在与《史略》初版同年的1924年，鲁迅到西北讲《中国小说的历史的变迁》，其开场白中就更为明确地表示，中国的历史包括文学史也都在人类进化的过程里②；第四讲中，则比较士大夫的创作而明确看重白话的文学，显示出鲁迅清晰的“平民文学观”：“注意创作一方面，则宋之士大夫实在并没有什么贡献。但其社会上却另有一种平民底小说，代之而兴了。这类作品，不但体裁不同，文章上也起了改革，用的是白话，所以实在是小说史上的一大变迁。”③

以上，我们大致确认了盐谷温和鲁迅的著作，其在“国民文学”时代所建立起来的以平民白话文学为中心而循进化论之历史观建构文学史的基本特征。这在当时的确于文学史编撰体制上具有革命的颠覆性和开创性。尤其可贵的是，盐谷温的《讲话》没有遵循当时一般文学史以朝代兴亡为序阐述文学发展的惯例，而是采取了“横向阐明文学之性质种类”，即以文体类型为中心的阐释架构。也因此得以用全书将近三分之二的篇幅来讨论戏曲小说，有力地彰显了最能代表“国民”精神的通俗白话文学，而为中日两国学界所瞩目。鲁迅的《史略》则直接以专史的体式，为历来遭到歧视甚至被打入冷宫的小说树碑立传，其形式本身就具有革命性。

如前所述，诞生于1920年代前后的盐谷温和鲁迅的文学史著作，共同参与了全新的中国文学史编撰体制的建构。尤其是在小说史方面，他们更发挥了筚路蓝缕而开创科学的阐释架构之功。《支那文学概论讲话》共有六章，虽按照文体的分类分别阐述唐代以前的文、诗、词和元代之后的戏曲、小说，但有关每种文体的说明部分又可以视为独立的文体发展略史。例如，其最后一章的“小说”如果单独抽取出来，就是一部初具规模的有

① 《鲁迅全集》第9卷，人民文学出版社，1981，第110页。
② 《鲁迅全集》第9卷，人民文学出版社，1981，第301页。
③ 《鲁迅全集》第9卷，人民文学出版社，1981，第319－320页。

关中国古代小说的略史[①]。盐谷温在这部分以四节的篇幅按如下顺序展开论述：第一节：神话传说；第二节：两汉六朝小说；第三节：唐代小说；第四节：诨词小说。内容包括从早期的神话传说直到清代的《红楼梦》为止。而鲁迅的《中国小说史略》作为专史自然内容更为丰富细致，不仅在汉魏六朝古小说的钩沉辑录、唐宋传奇的收集整理方面功勋至伟，而且明清部分的论述一直延伸到清末的"谴责小说"，且以"通俗小说"概念统称之，显示出结构上的更加完整系统。但就总体的叙述结构与阐释架构而言，基本上与盐谷温的《讲话》相一致。这个阐释架构为后来中日两国文学史研究者所基本认可，并继承延续至今。中国有论者认为：盐谷温对中国古代小说脉络的描述"大的框架方面基本上是能成立的，因而它经鲁迅的补充与发展之后，一直到现在大体上还能被中国当今多数的学者所接受"[②]。而我认为，鲁迅早在接触到盐谷温的著作之前就已经确立起自己的小说史观，且完全按照自己的方式收集文献史料，故两者的关系并非鲁迅"补充与发展"了盐谷温，而是殊途同归共同建构起了中国小说史的阐释架构。

那么，既然盐谷温的《讲话》是"横向阐明文学之性质种类"的"概论"，而鲁迅的《史略》是小说的专史，他们在具体的阐释方法和立论观点上当然会有所不同。比如，在史料考证方面，鲁迅采取的基本上是目录学的方法，又因为长年积累而具备了深厚精湛的考据功夫。所以，胡适在《白话文学史》"引子"（1928）中，对盐谷温于小说史料发现上的功绩做出肯定的同时，尤其强调"最大的成绩自然是鲁迅先生的《中国小说史略》，这是一部开山的创作，搜集甚勤，取材甚精，断制也甚严，可以替我们研究文学史的人省无数精力"[③]。后年，在致苏雪林的信中，更重提"抄袭"旧话而为鲁迅辩护："通伯先生当日误信一个小人张凤举之言，说鲁迅之小说史是抄袭盐谷温的就使鲁迅终身不忘此仇恨！现今盐谷温的文

① 实际上，《支那文学概论讲话》最早翻译介绍到中国来的就是只选取第六章"小说"部分的节译本，并名之为《中国小说史略》，译者郭希汾（绍虞），上海中国书局，1921年5月出版。

② 黄霖、顾越：《盐谷温对中国小说史的研究》，《复旦学报》1999年第6期。

③ 《胡适文集》第4卷，人民文学出版社，1998，第15页。

学史已由孙俍工译出了，其书是未见我和鲁迅之小说研究之前的作品，其考据部分浅陋可笑。说鲁迅抄袭盐谷温，真是万分的冤枉。盐谷一案，我们应该为鲁迅洗刷明白。"[①] 公平地讲，鲁迅的考据确实精湛，但盐谷温的著作受到叙述体式的制约，显然重点不在考据而在对各式文体的论述方面。反过来讲，鲁迅在论述上的过分严谨内敛，也使我们在理解他的《史略》时不得不常常去参考《中国小说的历史的变迁》等别的文章。但总之，这是两人著作的主要差异点。

同样源自小说史叙述体式上的制约，鲁迅和盐谷温的著作还有以下不同，这不同也即各自的特色所在。一是鲁迅的小说史注重小说本身的历史变迁和小说之外社会文化沿革的叙述，具有明显的"小说史意识"。中国学者鲍国华认为：盐谷温著作的小说部分，其史的意味不突出，"这并不是盐谷温的眼光或学养不足造成的，而源于该书著述体式的制约"。"鲁迅的小说史意识表现为：以小说发展的历史时期为背景，以小说类型的递变为线索，用类型概括一个时期小说发展的格局与面貌。……这是鲁迅与郑振铎及盐谷温等人在'小说史意识'上的重大区别。"[②] 我完全赞同鲍文的观点，而且要进一步强调鲁迅拥有鲜明独特的进化论史观，他既看到了人类进化的一般规律更注意到中国历史进化的两种特殊现象："一是新的来了好久之后而旧的又恢复过来；一种是新的来了好久之后而旧的并不废去，即是羼杂。"[③] 鲁迅看到中国历史进化的缓慢，因此他尤其注意小说史背后各种社会、文化、心情的复杂因素如何推动或者阻碍小说的发展，这是盐谷温的著作所不具备的。

二是基于上述对中国历史进化过程的特殊认识，鲁迅在阐述小说发展史的同时还注意对其思想艺术做出批判性的价值判断，即剖析其中"原始人民的思想手段的糟粕"。例如，讲到《西厢记》的大团圆结局，鲁迅则强调"所以凡是历史上不团圆的，在小说里往往给他团圆；没有报应的，

① 胡适：《致苏雪林》（1936年12月14日），《胡适文集》第7卷，人民文学出版社，1998，第155页。

② 鲍国华：《鲁迅〈中国小说史略〉与盐谷温〈中国文学概论讲话〉——对于"抄袭"说的学术史考察》，《鲁迅研究月刊》2008年第5期。

③ 《鲁迅全集》第9卷，人民文学出版社，1981，第301页。

给他报应，相互骗骗。——这实在是关于国民性底问题”[①]；论及《金瓶梅》之后的《平山冷燕》《好逑传》《玉娇梨》则批评才子佳人故事貌似有悖“父母之命”，实则“到了团圆的时节，又常是奉旨成婚”[②]而落入旧套；至于清末的说部，鲁迅不仅独创“谴责小说”概念用以说明《官场现形记》等的特征，更在肯定其“命意在于匡世，似与讽刺小说同伦”的同时，指出其“而辞气浮露，笔无藏锋，甚且过甚其辞，以合时人嗜好，则其度量技术之相去亦远矣”[③]。

三是盐谷温则不同。鲁迅这种源于民族自我反省和国民性批判的对于小说“糟粕”部分的剖析，与其对传统小说思想艺术“精华”的阐发同在，共同构成“五四”中国一代批判性知识分子特有的文化政治立场和学术见识。这是在盐谷温的著作中所没有的。作为外国汉学家，盐谷温则更注意客观地呈现中华文化的光辉灿烂，在描述中国文学特别是元明以来的戏曲小说之际，往往是落笔于成就和贡献以及文体发展的来龙去脉，却很少做思想政治性的价值判断。面对西方人的偏见，他甚至起而为中国辩护。例如，在《讲话》第一章论述汉语的特征时，他承认欧洲人视汉语为孤立语的观点，但批评欧洲人视汉语为野蛮之物的态度，而强调汉语“实际上是很高级而实用的文字”[④]。至于对中国传统文化的核心之儒教思想更是称赞有加，这涉及日本近代汉学的儒教意识形态问题，我将在下一节重点讨论。

四是盐谷温著作的另一特点是从中日文化源远流长的交流关系入手，引入比较的视角来阐明中国文学的成就和特征，常常得出中国学者在本国的内部不易察觉和获得的结论。例如，讲到宋以后的传奇志怪，盐谷温明确提示出其对日本近世小说的直接影响：“这些书籍很早便传入我国，而给予浅井了意、上田秋成、龙泽马琴等小说以直接影响。尤其是浅井了意的《伽婢子》便是译自《剪灯夜话》，其中《牡丹灯记》更成为元朝《牡丹灯笼》的蓝本。菊池三溪曾著《本朝虞初新志》，而《燕山外史》中则

---

① 《鲁迅全集》第9卷，人民文学出版社，1981，第301页。

② 《鲁迅全集》第9卷，人民文学出版社，1981，第331页。

③ 《鲁迅全集》第9卷，人民文学出版社，1981，第282页。

④ 《中国文学概论》，讲谈社，1983，第23~24页。

有一篇《燕之山路》的日译，《聊斋志异》亦历来多有翻刻，近年来其中数篇被翻译过来在杂志上刊载。实际上《聊斋》多为短篇，文章亦优美，可供文人的谈资，更是小说家的宝库。”① 此外，盐谷温还谈到《水浒传》给日本俗文学发展的多重影响，以及《红楼梦》与《源氏物语》的比较②，都显示出其“日本视角”的有效和中日文学比较研究的广阔天地。与此同时，盐谷温还常常援引日本学者的研究成果，使读者有可能了解到日本汉学方面的各种观点。

本雅明《文学史与文学学》（1931）曾言：文学史“不是要把文学作品与它们的时代联系起来看，而是要与它们的产生，即它们被认识的时代——也就是我们的时代——联系起来看。这样，文学才能成为历史的机体，而不是史学的素材库，这是文学史的任务。”③ 我们回顾鲁迅与盐谷温的中国文学史研究，也可以看到他们的卓越成就之所以具有划时代的意义，根本的原因亦在于他们身处 20 世纪初“国民文学”的时代，能够自觉呼应历史的要求而建立起以通俗文学之小说戏曲为中心的文学史阐释架构，进而形成认识中国文学特别是小说历史的全新范式。他们学术上的历史功绩，将为后人所铭记。

五　政治上的不同道

以上，我就盐谷温《支那文学概论讲话》和鲁迅《中国小说史略》诞生于 20 世纪初其独特的价值意义以及两人学术上的交往事实，进行了具体的梳理和分析。在此，我还要对盐谷温的汉学思想取向，特别是 1930 年代以后的政治活动——如何拥护并参与到日本帝国主义海外殖民扩张的国家行动当中、怎样在晚年继续坚持儒教复古主义思想立场等，给予简要的介绍和剖析。因为不如此，我们将很难理解为什么鲁迅与盐谷温的交往后来中断了、何以在 1932 年致增田涉的信中对其颇有微词、增田涉请求盐谷温邀请鲁迅赴日讲学疗养而为何没有得到回应，等等具体的史实问题；更无法

① 《中国文学概论》，讲谈社，1983，第 302～303 页。

② 参见《中国文学概论》，讲谈社，1983，第 319 页。

③ 本雅明：《经验与贫乏》，王炳均、杨劲译，百花文艺出版社，1999，第 251 页。

深入20世纪的历史特别是中日近代关系史的深层，从而加深我们对于日本中国学研究的政治性格及其鲁迅与日本关系的理解。简言之，1930年代之后，盐谷温和鲁迅分别身处征服和被征服、殖民与被殖民的两国不平等国家关系之中，其政治立场和文化感受是不一样的，他们走的是各自不同的政治之路。盐谷温作为东京帝国大学的教授，一直以来秉承汉学/支那学的儒教意识形态性格，对1930年代前后日本国家之帝国主义性质没有批判，战后亦对战争历史不曾有反省而一直坚持复古主义的思想立场。这反映出日本近代汉学/支那学的复杂性，需要我们从文化政治的层面加以深入的分析。

所谓“儒教意识形态性格”，是指近代以来日本将儒教作为建构现代国家的意识形态理论基础，借此来宣扬以天皇制为核心的“忠君爱国”思想。这影响到日本汉学/支那学的发展，使其具有了“官学”的性质。户川芳郎在《汉学支那学的沿革及其问题——近代学术的确立与中国研究的“谱系”（二）》[①] 一文中曾尖锐地指出：明治13年（1880）伴随着采用德国式兵法操练改革而实施的学制《改正教育令》，为近代日本学术发展规定了明确的国家主导方向，其作用甚至超过了战后的学制改革。教育令的实施使大学教职人员获得了国家官吏的待遇（日本的国立大学至今仍称教师为“教官”）。而始于该时期的日本近代汉学/支那学作为明治儒教意识形态的理论支柱，在直接服务于国家对封建道德复活强化之国策的同时，也得到了国家强有力的支持和保护。就是说，“‘东洋哲学’或者其变种（汉学乃至东洋学）超越了所属学术机关和研究者的个人意图——中国认识上的差异等，直到战败为止始终笼罩在高度政治化的意识形态影响与支配之下，而成为一个必须指出的特征”。也因此，1890年东京帝国大学始设“汉学/支那哲学科”以来，该学科一直有着强烈的体制教学之权威主义味道，它与天皇制国家权力密切结合而不遗余力地用“科学方法”阐发作为国家精神支柱的儒教知识。

在远离权力中心的京都，由对抗唯一官学东京帝国大学而形成了以东洋史/支那学乃至中国文学为中心的“京都学派”。然而，表面上的对抗官学并没有影响到京都支那学与日本国家“大陆政策”拥有密不可分的政治

① 载《理想》杂志1966年6月号，东京。

关系。正如日本的“东洋史”作为教学科目诞生于中日甲午战争日方胜利之后（从世界史科目中分离出来），而其终结（又归到世界史科目之中）则在太平洋战争失败之际所象征的那样，乃是伴随着日本大陆政策的推行而产生发展起来的。

户川芳郎的观点，也由下列事实得到了进一步印证。例如，京都学派的史学方面代表如狩野直喜、内藤湖南、桑原隲藏，他们或者根据清朝考据学或者依据西方实证主义方法研究中国及其周边的历史，留下了不朽的学术业绩，仿佛纯然的象牙塔学者而很少涉及国家政治和意识形态似的。然而，如最早使“东洋史学”从“汉学”科目中独立出来并在东西方贸易交通史方面业绩卓著的桑原隲藏，就曾极端地蔑视中国人甚至不惜在教学和著述中加以侮辱。在19世纪末日本一跃成为新兴帝国且以西方为文明而视中国及周边诸国为野蛮的一般社会风潮中，桑原选择“中国”为研究对象并非在于喜爱中国文明或者要发现对象身上的固有价值，而是要证明日本人亦有不亚于西洋人的科学研究能力。实际上，明治政府确立起来的以儒教为国家意识形态核心的大政方针，乃是日本近代汉学/支那学不言自明的前提。日本当时的大部分汉学家不仅坚信儒教对本国的重要价值，而且期待能够以儒教思想统一东亚各国民众。桑原隲藏甚至称“中国人没有头脑”，要使其觉醒则需要尊奉儒教并学习大和魂。这与1914年出版《支那论》以后的内藤湖南称中国没有治理现代国家的能力，“为支那着想”建议采用国际“托管”方式的奇怪想法如出一辙，虽然内藤湖南对中国文明的偏爱与桑原隲藏的蔑视中国人大不一样。总之，即使在京都支那学派那里，我们一样可以感受到某种类似于宗主国观察殖民地那样的一种帝国主义视线。

盐谷温正是在近代日本这种特殊的学术脉络和政治背景下成为东京帝国大学“支那文学”科著名“教官”的。他出身汉学世家，青少年时期在培养皇族贵胄的学习院接受教育，任职东京帝国大学以来则始终得到了日本国家的优待。而他本人亦不讳言对国家的忠诚，在晚年回顾自己的一生时庆幸“依靠祖辈的积善，经历了明治、大正、昭和的盛世，身居高位，得以为国家尽其微力”[1]。他在中国文学研究上的确达到了相当高的学术水

① 盐谷温：《天马行空》，日本加除出版株式会社，1956，第192页。

准和境界，对于中国文明及其悠久传统文化的景仰亦真诚笃实。同时，他在政治思想上坚定拥护儒教文化，也是事实。对盐谷温而言，这不仅缘于儒教乃中国传统思想的核心，而且在于它是近代日本立国的意识形态基础，而对苦斗中的现代中国其反儒教的思想政治革命，他则不曾给予同情之理解。这正是鲁迅所谓“支那中毒”或“中国迷”式的日本汉学家的根本属性。盐谷温1920年代末之后的一系列不可思议的言行，正源自这种汉学家属性。

如前所述，盐谷温与鲁迅的唯一一次会面是在1928年2月23日。而之后的26日，盐谷温所奔赴的则是山东曲阜，目的在于参加春季例行的祭孔活动。据马场春吉记述，盐谷温是跟随日本各大学及专科学校的教授们一同前往山东的。这次活动得到了日本涉泽荣一财阀捐助，山东督办张宗昌支援，无疑是一次极具政治意味的活动。不仅当晚在济南督办府有盛大的欢迎宴会，日本陆军相板垣征四郎和参谋本部的小野中佐以及日本领事馆的多名官员出席，而且张宗昌督办还为其赴曲阜安排了特别列车。27日，在孔子圣庙，盐谷温曾行礼拜祭并会见孔门后裔，包括与孔氏七十七代孙衍圣公孔德成握手结交等。回到济南之后，又于齐鲁大学医科礼堂作题为《孔教与世界和平》的讲演，演绎孔教的真精神而斥儒教批判者为应遭天之唾弃的人[①]。

山东祭孔之后回到北京的盐谷温，还另有一个行程即赶赴天津拜会废帝宣统溥仪。我们已知，1924年溥仪出宫之后便一直得到日本使馆的保护而蛰居于天津，在华的日本侨民包括政治家、学者以及活跃于新闻界的大陆浪人、支那通等多对这位废帝表示同情，而与中国的主流民意大不相同。更有一些汉学家从儒教意识形态出发，期待中国一直维持封建帝制和礼教而对现代中国的革命运动不予赞成。周作人当时曾指出：“日本除了极少数的文学家美术家思想家以外，大抵是皇国主义者，他们或者是本国的忠良，但绝不是中国的好友。”[②] 他们相信“儒教为东方文化的精髓”，希望在大陆找到“经书中的中国”[③]。盐谷温是不是也出于这样的感情和立

① 以上参见马场春吉《参拜曲阜圣庙的盐谷先生》，收入盐谷温《天马行空》纪念集。

② 周作人：《排日评议》（1927），《谈虎集》，河北教育出版社，2002。

③ 周作人：《清浦子爵之特殊理解》，《谈虎集》，河北教育出版社，2002。

场而去拜谒溥仪的呢？由于没有详细的资料留存下来，我们自然不得而知。但从他之前赴山东祭孔的行程来看，其拥护儒教的旨意还是清晰可见的。盐谷温在自制“年谱”中称山东祭孔和拜谒溥仪为一生中值得铭记的活动①，也颇能说明问题。

实际上，盐谷温拜会溥仪不只这一次。溥杰在《盐谷师与满洲国》一文中曰：“我平生最感惊奇且难忘的是盐谷先生三次拜谒我满洲国皇帝，而且三次都是在不同环境和场合之下。第一次是在昭和三年（1928）我皇还在天津行宫蛰居之中。第二次是昭和七年（1932）时值满洲建国，皇帝正在执政期间。第三次是昭和十三年（1938），此时皇帝已即位新京，拜谒场所也是在如今的皇宫内而非此前的执政府。盐谷先生每次都慷慨陈词，高谈王道政治的要义，之后亦常挥毫执笔，以诗文发表当时的感想。人们传诵这些诗文，不仅视为先生的光荣，更敬佩其热诚。”② 原来，礼赞东方“王道”和对“满洲国”的殷殷期待，才是盐谷温不断拜会溥仪的根本原因所在。这已然是一位汉学家积极配合日本帝国的殖民主义扩张之“大陆政策”的政治行为了。

也因此，鲁迅在1932年5月9日致增田涉（日文）信中明确指出：

> 节山先生真不离本色。我觉得，日本人一成中国迷，必然如此。但“满洲国”并没有孔孟之道，溥仪也不是行王者仁政。③

这样一种政治立场上的根本不同，大概是促使鲁迅1930年代以后不再与盐谷温交往的原因。前面所引日本学者伊藤漱平的文章，也曾这样推测：

> 昭和七年（1932）六月，节山博士踏上第二次外游途次，并路经刚刚发生上海事变的上海。然而，鲁迅再没有会见此博士。出身学习院大学、皇室崇拜之念甚笃且以护持孔教之儒者自居的节山博士，大

① 盐谷温：《天马行空》，日本加除出版株式会社，1956，第248页。

② 溥杰文章收入《天马行空》第149~150页。按：原文未见，引文依据日译文本汉译。

③ 《鲁迅全集》第13卷，人民文学出版社，1981，第481页。

> 概是出于曾在学习院大学教过皇帝之弟溥杰和其妃子嵯峨浩氏的缘故，而对所谓“满洲国”有特别的亲近感，似乎真的将此视为“王道乐土”而怀抱着善意的幻想。鲁迅当然是反对王道乐土论的。结果，虽然作为小说史家他与鲁迅有了交往的契机，但满洲事变后的时局终于使两者之间发生裂痕。①

1932 年 6 月盐谷温游历欧美，也是由日本国家派遣的。据出版于 1934 年的有关此次出访的游记《王道始于东方》披露，此时他已“决计向西方阐明东洋政教的精粹王道论并以此贡献于世界和平”，故“有必要对标榜王道建国的满洲国实际状况进行考察”。于是，他出访欧美之前特意征得日本外务省的批准，于 5 月 18 日赶赴新京拜谒溥仪皇帝，又在郑孝胥总理的欢迎宴会上提议“当务之急要设立王道大学”。盐谷温对满洲国才是实现“王道”的乐土坚信不疑，访问之后更使他增强了某种使命感。这和溥杰记述的 1938 年盐谷温第三次拜谒伪满洲国皇帝而“高谈王道政治的要义”，其思想立场前后一贯，的的确确反映了日本一些汉学家的“本色”。

1937 年中日战争爆发之后，盐谷温更积极参与日本的大东亚战争及其意识形态宣传。不仅在战争状态之下提倡“汉学的复兴”，向天皇进言欲重新提高民众的汉文修养②，而且出任东亚文化协议会日方代表团团长出访中国（1938），完全支持并参与到日本的战时思想体制当中。1945 年日本战败之后，盐谷温也没有表示出对那场侵略战争的些许反省。例如，他对自己门下的“四学士”死于战争追怀不已，曾记述道：“四学士乃是大东亚战争的直接牺牲者，其死正可谓为国殉难。我在战争结束的时候曾希望给支那哲学文学科出身的所有战死者举行慰灵仪式，结果未能实行。为此，我颇感遗憾，在昭和二十一年（1946）三月汤岛圣堂孔子祭之日，曾于斯文会会议室集合同好，设立祭坛，略供薄祭，表达了内心的追悼之意。”③

---

① 伊藤漱平：《关于盐谷温博士批注本〈中国小说史略〉》，《伊藤漱平著作集》第 5 卷，汲古书院，2010。

② 见《修养讲和》，载 1938 年《斯文》10 月号，斯文会。

③ 盐谷温：《天马行空》，日本加除出版株式会社，1956，第 136～137 页。

这里，另有一件事情需要一提。1931 年日本青年学者增田涉为翻译《中国小说史略》而来上海求教鲁迅，半年之后回国时鲁迅曾于 12 月 2 日赠诗送别："扶桑正是秋光好，枫叶如丹照嫩寒。却折垂杨送归客，心随东棹忆华年。"增田涉由此诗而感觉到鲁迅有意重游青年时代留学故地，或到日本疗养。于是：

> 我学校的后辈某君来上海旅行的时候，说起九州大学没有讲授中国文学的教师，正在找人呢，于是我就想起请鲁迅去怎样。当我与鲁迅说起我的想法后，他说若是一年左右的话可以。因此我就给盐谷温博士（我学生时代的老师）写信请他介绍斡旋。该博士与鲁迅面晤过，又通过《中国小说史略》了解到鲁迅在此方面的权威，因此我想大概没问题吧。但是，盐谷温博士却始终没有回信，计划也不了了之。这是我至今仍觉遗憾的。①

而鲁迅 1932 年 4 月 13 日致内山完造信，谈及不去日本疗养的理由："早先我虽很想去日本小住，但现在感到不妥，决定还是作罢为好。第一，现在离开中国，什么情况都无从了解，结果也就不能写作了。第二，既是为了生活而写作，就必定会变成'新闻记者'那样，无论从那一方面看都没有好处。何况佐藤先生和增田兄大概也要为我的稿子多方奔走。这样一个累赘到东京去，确是不好。依我看，日本还不是可以讲真话的地方，一不小心，说不定会连累你们。再说，倘若为了生活而去写写迎合读者的东西，那最后就要变成真正的'新闻记者'了。"② 鲁迅这段说明没有提到盐谷温，大概是增田涉不曾向他提起的缘故吧。这里，反映出鲁迅在 1930 年代中日两国关系复杂变化、战争的危机一触即发环境下做出的理智判断。一方面要在本土坚持斗争，另一方面不愿意麻烦日本的友人。而"日本还不是可以讲真话的地方"，更可见鲁迅对走向帝国主义的日本及其国内法西斯主义的高压控制之警惕。至于对盐谷温的不理会增田涉的请求，恐怕

---

① 《鲁迅的印象》日本版，角川书店，1970，第 140 ~ 141 页。

② 《鲁迅全集》第 13 卷，人民文学出版社，1981，第 476 ~ 477 页。

也与其支持日本国家及复古之儒教捍卫者的立场有关吧，这样的思想立场自然难以认同持左翼进步倾向的鲁迅。

“二战”以后的盐谷温依然不改战前日本汉学家的“本色”，而面对天翻地覆的战后日本社会，他的思想立场越发趋于复古卫道，显得十分迂腐而可爱。其中，有两件事情最能反映其遗老的精神气象。一个是1950年代中期，孔子第七十七代孙孔德成自台湾来日本访问，盐谷温曾全力迎接。不仅在孔德成面前行中国传统的跪拜叩头之礼，而且极力礼赞孔教对日本国体文化的功德，甚至期待漂泊台湾的孔德成能够安居日本①。另一个是盐谷温的临终。据其子盐谷桓1983年回忆，他的父亲到晚年则越发执着于儒教礼仪。1962年病重期间，在得到孔子第七十七代孙孔德成的台湾使者李建兴来访并呈上孔的亲笔信时，盐谷温在病床上行三拜九叩之礼；而临终前，则叫人拿来彩纸、守刀和在曲阜圣庙前参拜的照片置于枕旁，写下“今临终”三字而离开人世。② 我们不怀疑盐谷温对明治以来之日本国家的忠诚，以及对儒教乃至中国文化所怀抱的真挚感情，但这显然与“二战”以后所重建的民主日本的社会环境相脱节。

六　鲁迅与日本战前的中国文学研究

户川芳郎的《汉学支那学的沿革及其问题》一文，在深刻反省战前日本中国学追随儒教国家意识形态而造成的诸种政治问题的同时，也从学术传承和研究方法的角度恰如其分地肯定了京都支那学派的成就和贡献。

> 这样，京都支那学由狩野直喜等肇始，在培育出从小岛佑马、青木正儿、武内义雄到神田喜一郎、宫崎市定、吉川幸次郎、贝塚茂树等众多研究者的同时，也孕育了阿藤伯海、小林太一郎等风雅之士。在此，我只能象征性地简要介绍如下：小岛继承了其师的法国社会学

---

① 参见盐谷温《恭迎孔德成公》，《雅友》杂志45号。

② 盐谷桓：《追忆父亲》，收入日本讲谈社1983年版《中国文学概论》。

方法，他的研究具有宗教社会学的倾向，而一向致力于对中国精神文化诸现象的阐发；青木尊崇实证与独创，有力发展了其师的中国戏曲研究，并对中国艺术的整体尤其是绘画音乐加以考察；武内同时接受了内藤湖南的影响而将文献批判的方法适用于先秦各种典籍，试图与津田左右吉一起探索中国古代思想史的发展历程。总之，他们在奠定了至今通用的方法论基础这一点上，与民国时代的中国学术相互竞争拮抗，而成就了足以供学术界共享的成果。①

鲁迅在《汉文学史纲要》各章后面所附“参考书”中，曾列出儿岛献吉郎《支那文学史纲》、铃木虎雄《支那文学研究》等。可见他的中国文学史研究，对日本学者的著作多有倚重。而在他的藏书中也可以见到京都学派乃至东京的汉学家们的各种著作，例如，狩野直喜《支那学文薮》（1927）、内藤湖南《支那学丛考》（1928）《读史丛录》（1929）、武内义雄《老子原始》（1926）、铃木虎雄《支那诗论史》（1925）和《赋史大要》（1936）、青木正儿《支那文艺论薮》（1927）和《支那近世戏曲史》（1930）和《支那文学概说》（1935）、金关天彭《近代支那的学艺》（1931）、内田泉之助等编《支那文学史纲要》（1932）、宫原民平《支那小说戏曲史概说》（1925），等等。

其中，宫原民平的《支那小说戏曲史概说》出版于鲁迅《中国小说史略》之后。据辛岛骁回忆，当时被认为有关小说的部分“依据”了鲁迅的《史略》，却在“序文”中不曾提及。当辛岛骁1926年第一次会面鲁迅的时候曾代为“告罪”，鲁迅的反应却很特别，不仅“一点也没有表现出好像受到损害的态度”，反而说“自己的东西还有着许多缺点，竟被加以利用，对此感到抱歉”。辛岛骁将此理解为“鲁迅式的谦虚心情的淳朴表现”②。而如果换一个视角来思考，我们是不是也可以把此事与所谓鲁迅“抄袭”盐谷温的谣言一起视为一个有意味的象征：中日两国学者在20世纪前期的“国民文学”时代里，相互借鉴彼此学习而共同建构起了中国文

① 户川芳郎：《汉学支那学的沿革及其问题——近代学术的确立与中国研究的“谱系”（二）》，《理想》杂志1966年6月号，东京。

② 辛岛骁：《鲁迅回忆》，任钧译，载《鲁迅研究资料》第13辑，天津人民出版社，1984。

学史的编撰体制和阐释架构呢。

至于上述这些著作如何与盐谷温的《支那文学概论讲话》一起成为鲁迅研究小说史乃至中国文学史的参考，怎样与鲁迅的杰出成就一起共同构建起20世纪初东亚的中国文学史阐释架构而成为“足以供学术界共享的成果”，则是一个有更丰富的学术史价值的研究课题。我希望未来有学者对此加以关注和探索。

2013年11月29日完稿于北京太阳宫寓所

附录1：盐谷温著译目录

1.《支那文学概论讲话》，东京大日本雄辩会，1919。
《支那文学概论》，东京弘道馆，上卷1946年、下卷1947年。
《中国文学概论》，讲谈社，1983。
2.《王道始于东方》（外游纪行文集），东京弘道馆，1934。
3.《元曲概说》，东京弘道馆，1940。
4.《中国小说研究》，东京弘道馆，1949。
5.《天马行空》（80喜寿纪念集），日本加除出版林式会社，1956。
6.《歌译琵琶记》，国民文库刊行会，1920。
7.《歌译西厢记》，东京养德社，1958。
8. 另有古典注释选本《兴国诗选》（皇朝篇）、《兴国诗选》（汉土篇）、《唐诗三百首新释》《朗吟诗选》《学生必吟》《孝经大学中庸新释》《唐宋八大家文新钞》及汉诗集《周甲诗抄》《喜寿诗选》《节山先生诗文抄》等。

（此文原载《鲁迅研究月刊》2014年第2期）

“党外布尔什维克”的遭遇

——张仃与鲁艺

李兆忠

延安七年对于张仃的人生历程至关重要。从一定意义上可以认为，张仃一生丰富多彩的艺术事业从这里开始，也就是说，如果没有延安这段经历，就不会有后来的那个张仃。但是张仃的延安岁月并非一帆风顺，而是一波三折，尤其是最初在鲁艺的一两年，张仃处处碰壁，一事无成。然而，正是鲁艺的挫折，促使张仃改弦更张，另求出路，由此促成艺术上的“转向”。他由一名擅长变形夸张的漫画家，变成一位艺术设计家，由此开启了“大美术家”的艺术格局，奠定他日后作为新中国“首席艺术设计师”的地位。因此，鲁艺对于张仃的意义实在不可小觑。

关于张仃与鲁艺的关系，可资证明的历史文献资料十分匮乏，张仃生前没有写过一篇关于鲁艺的文章，甚至在他回忆延安的文章中也从不谈鲁艺。同样，在张仃的鲁艺同事及学生回忆鲁艺的文章及相关著作中，也绝少提到张仃。很久以来，笔者一直留意这方面的史料，所获甚微。2011 年夏，笔者赴延安参加纪念《讲话》的学术研讨会，专门去了鲁艺，除了在鲁艺美术系第三期教员的名录里看到张仃的名字，别无所获。而在 2012 年 5 月北京中国美术馆举办的纪念《讲话》60 周年的盛大历史文献的展览中，除了那张著名的座谈会出席者的巨幅合影，影影绰绰一百余人中有张仃的身影，再也寻找不到一丝张仃的踪影。张仃似乎成了被鲁艺遗忘的人。

由于上述原因，笔者无法以实证的方式还原鲁艺时代的张仃，只能根据张仃的口述，参照他发表于当时延安《解放日报》上的文章，再加上相关的历史背景资料，作合理的想象与推论，以此最大程度的彰显鲁艺时代张仃的真实面影。

十多年前，张仃向笔者讲述延安时期的人生经历时曾涉及这段生活，音容笑貌至今犹在。当时的张仃已年近八旬，时过境迁，一切似乎已经被他看淡，但艺术家的率真与冲动，仍不经意地时时流露。张仃对鲁艺的评价，一言以蔽之，就是“党气太重”，还有一句话也给笔者留下深刻印象：“我不是党的亲生儿子”。细细体味老人的陈述，对照历史的实况，令人感慨系之。一个生平最崇拜鲁迅的艺术家，无法在这所以鲁迅的名字命名的学院里立足，施展才华，不能不是一件令人遗憾的事。公平地看，在当时边区文化大环境较为宽松的情势下，张仃与鲁艺的冲突并不具有必然性，倒是鲁艺特殊的小环境，无法容纳张仃自由不羁的艺术个性与党的“同路人”的姿态。从这个意义上看，张仃与鲁艺的冲突又是不可避免的，受到排挤与打击，也是顺理成章的。

据张仃对笔者口述：1938 年秋，他携妻带儿搭乘绥蒙指导长官公署参赞石华岩的汽车从榆林来到了延安。一下车就受到隆重的欢迎。石华岩曾是阎锡山的部下，国民党中将头衔，却同情共产党，属于国民党左翼，与延安的关系很密切。张仃率领的抗日漫画宣传队到达陕北榆林后，就是应他的邀请在内蒙古伊克昭盟从事抗日宣传活动，两人结下深厚友谊。作为石华岩的客人，他受到了同样的礼遇。他们被安排在边区招待所最好的房间，一切都是免费的。当天，有关部门为他们举行了欢迎晚会。晚会后，毛泽东亲自接见了石华岩，设宴招待，席间宾主谈笑风生，他在一旁作陪。然而石华岩一走，边区招待所的人就暗示他：这里不再接待他。他只好搬出，另找一家旅店，一切费用自理。不久，延安负责统战工作的干部徐一新来找他谈话，说了一番客套话之后，对他表示：你在国统区很有影响，能发挥更大的作用，比留在延安更好。这使他非常生气，一怒之下就想离开延安。这时，一位比他先到延安的东北朋友劝住了他，还给他出主意，叫他给毛泽东写封信申诉。于是他就给毛写了一封信，信中写到：我千辛万苦，好不容易来到了延安，你们却让我回去，我想不通。毛很快就给他回了一封短信，态度并不热情，大意是，我对你的情况并不了解，你在政治上没有审查过，既然你很想留下来工作，我们表示欢迎，请带着这封信去找周扬，看看能否在鲁迅艺术文学院安排个工作。这封信先送到妻子陈布文手里，她知道丈夫的自尊心和火爆的脾气，没敢给他看，自己带着信去鲁艺找了周扬。结果张仃就在鲁艺美术系当了一名教员。

应当承认，延安当局对张仃的态度是客气的，也是坦诚的。作为在野党的中共红色根据地，延安当时尚处幼小阶段，亟须发展壮大，为了与国民党争夺中国的文化人与知识青年，正不遗余力吸引各个领域的精英人才来到边区，尽可能给以优遇。显然，正是这种时势，才使张仃顺利地成为鲁艺的一名教员，当然毛泽东的信在其中起了关键的作用，而其中暗含的警示，年轻气盛的张仃当时并没有机会也不可能领会。所谓政治上没有审查过，是指张仃去延安没有经过中共政权的审核与认可，当时进步青年投奔延安，必须通过八路军办事处的审查考察，出具介绍信，或者经过共产党权威人士的介绍，方能被接纳。而张仃赴延安却没有经过这样的程序，他只是凭着热情与理想，一厢情愿来到革命圣地，由此留下较为严重的后遗症。这表明，张仃对延安这个新生的红色政权及中国共产党缺乏必要的了解和充分的思想准备，他是一个单纯热情的艺术家。

果然，张仃遇到了麻烦。据张仃口述：刚到鲁艺时，手里有几个钱，买了牛肉，炖好后请一帮单身汉饱餐一顿，其中有音乐系的杜矢甲，戏剧系的塞克，美术系的马达，不料引来了麻烦。在鲁艺教员的生活检讨会上，有人就这件事提出质疑：张仃哪来那么多钱摆阔请客？他想干什么？似乎张仃怀有不可告人的目的，要与党争夺群众什么的。更令张仃感到惊异的是，马达竟然也在会上发难，说他腐蚀革命同志。马达是鲁艺的元老，有名的左翼木刻家，其木刻作品曾得到革命文艺旗手鲁迅先生毫无保留的批评指点，由此成为自强不息的艺术动力。张仃万没想到，这样一位年长的左翼艺术同行会如此对待他，而且这种指控，张仃闻所未闻，真是哪儿跟哪儿，一拍桌子，当场拂袖而去。见此情状，杜矢甲出来打抱不平，指着马达，唱起了穆索尔斯基根据歌德诗词配曲的《跳蚤之歌》，歌词内容是讽刺势利小人。杜矢甲是鲁艺音乐系著名的男低音歌唱家，《跳蚤之歌》是他的拿手好戏，每逢碰到他鄙视的人和事，便情不自禁地唱起这首歌。

还有一件事，也令他恼火。他爱好毕加索的作品，喜欢西方现代美术变形夸张的手法，结果成为众矢之的。鲁艺美术系的同事，个个都是左翼美术家，但与西方左翼美术家普遍接受现代主义艺术不同，他们只认同革命的写实主义，而将西方现代主义绘画视为洪水猛兽，大加讨伐。张仃擅长漫画，刚到鲁艺时，技痒，就以周围的同事为模特儿，画了几张漫画肖像，手法比较夸张，结果被认为是“丑化革命同志”。连他喜欢毕加索，也成了嘲弄攻击的话柄。同为漫画家的蔡若虹特别敌视毕加索，说像毕加索那样的东西，他一天可以画几十幅。蔡若虹住的窑洞与张仃相邻，有一次宴请客人，就在窑洞外，蔡当众剁下一颗鸡头，指着血淋淋的鸡头得意地喊道：“这就是毕加索！”引来一片喝彩声。这一切显然都是做给张仃看的。

张仃在鲁艺的尴尬处境，由此可见一斑。然而，据当时就读延安儿童艺术学园、后来成为张仃夫人的诗人灰娃回忆：那时的张仃性情非常孤傲，难以接近，言行举止与众不同。他与塞克、杜矢甲被人称为延安的“延安三怪”。塞克曾以杨家岭（中共最高领导驻地）设有军人岗哨为理由，拒绝毛泽东的谈话邀请，杜矢甲则是一个天真烂漫、自由奔放的男低音唱歌家，三人都是特立独行、个性鲜明的人物，凑到一起，活脱脱一个波希米亚小群体。张仃身穿皮夹克，脚蹬长筒皮靴，有点像普希金，杜矢甲穿一件张仃用一块粗纹毛毯做的披风，塞克穿一件黑色斯拉夫民族的立领的宽松上衣，腰间系一根麻绳，总拄着一根用树枝制成的手杖。那一幕出现在荒凉的黄土高原上，用今天的话说，真是酷到了极点！

“延安三怪”个性奔放、自由不羁的表现，从一个侧面展示了1942年文艺整风之前延安文化人的精神风貌。那时延安颇能容纳这些艺术另类。这与当时中共在边区推行抗日文化统一战线的政策和优待宽待边区文化人的策略有极大关系。其结果，更助长了他们的孤迥与狂狷，误将延安当成了理想的伊甸园，遨游其中乐不知返。然而，一个高度组织化、体制化的军事共产主义社会已在边区形成，佐以一种不容置疑的革命意识形态，要求所有参加者服从党的铁的纪律，服从革命事业，心甘情愿做一颗革命的螺丝钉。因此，“延安三怪”的言行举止，在那些思想率先得到改造，无条件服从党的权威，立志充当革命螺丝钉的鲁艺同行的眼里，属于典型的资产阶级的恶习，怎么看怎么不顺眼。然而"三怪"们并不买这个账，反认为自己才是地道的革命者。他们的理想主义情愫，他们的人道精神与普世意识，对当时流行的革命意识形态具有潜在的颠覆作用，因而引起革命领袖的警觉。后来，思想激进的文人王实味发表了《野百合花》等一系列揭露批判延安革命根据地内部阴暗面的文章，在延安思想界造成动荡，也被重庆的国民党宣传机器利用。以此为契机，中共及时调整了边区的文化人政策，对他们从此不再一味地优待，同时加以严厉的改造。不久延安文艺整风运动拉开序幕，之后审干运动、抢救运动紧锣密鼓跟进，边区文化人的思想精神随之发生急剧的变化，最终达到前所未有的高度统一。"延安三怪"之类从此销声匿迹。

张仃在鲁艺美术系任教一年又四个月，任教时间是 1939 年 1 月至 1940 年 5 月。关于张仃的这段经历，可资证实的历史文献资料几乎没有。笔者一直想知道：张仃在鲁艺美术系开过什么课？授课的情形怎样？学生的反应、校方的评价又如何？所有这些，张仃的口述中均没有提及，而且没有旁证的材料，不能不使人产生这样的疑问：张仃或许在鲁艺根本没有开过课（准确地说是没让他开课），或者先是开了，后来又取消了，因为不合党组织的旨意。

为弄清此中悬案，笔者查阅了鲁艺美术系当时的课程设置，其中有：素描、透视学、解剖学、构图学、色彩学、雕塑、图案、木刻、漫画，非常的学院式，体现了早期鲁艺"专门化、正规化"的办学方针。应当承认，这种课程设置与张仃的知识背景、艺术趣味存在很大的距离。张仃学画不是真正的科班出身，也没有什么学历，初中还没念完，就从东北流亡到北京，考入张恨水办的北华艺术专科学校国画系，因不满学校艺术教育的保守，加上严酷的社会现实的刺激，无心学业，画起漫画抨击时政，参与左翼美术活动，直至身陷国民党的监狱，出狱后重操画笔，在南京当起"京漂"艺青，开始自由撰稿人的生涯，在漫画艺术大师、当时中国漫画界的领军人物张光宇的提携下，一举成名。从这番简要的勾勒可以看出，张仃的从艺经历、艺术性格和趣味与学院派美术毫无缘分。他是因自己的爱好，因社会现实的需要，自学成才，并没有受过什么正规的美术教育与学院式的训练，用他自己的话说，就是“画坛草寇”。即使1949年以后张仃进中央工艺美院当上了教授，当上了院长，他与学院式的美术教育也是格格不入的。长期以来，他一贯主张推行那种与生产相结合、与中国民族/民间艺术传统紧密结合的艺术教育。而早期鲁艺的美术课程设置，基本上是西方学院派美术教学体系的翻版，其中虽有他擅长的漫画，由于革命写实主义清规戒律的限制，变形夸张这些被认为属于资产阶级现代派的艺术手法遭到否定并受到严厉批判。在这种情形下，张仃无法施展自己的才华和特长，英雄无用武之地，不开课或不让开课都是可能的。

再从人际关系看，当时在鲁艺美术系任教的，除了张仃还有王曼硕、江丰、沃渣、马达、力群、胡考、王式廓、蔡若虹、胡蛮、刘岘，王曼硕是系主任。其中江丰、沃渣、马达、力群都是资深的左翼木刻家，因长期受国民党当局的迫害与生活的重压，养成了坚定的革命立场和峻急的斗争性格。在他们的努力追求下，木刻这种低成本、易复制的绘画在中国大放异彩，成为左翼文艺宣传革命思想的利器，成为革命美术的象征性画种，并得到新文学运动主将鲁迅的关注和大力扶持，在鲁艺美术系占绝对的主流地位，以至于美术系可以称作木刻系。张仃虽然不搞木刻，但对木刻毫无偏见，并对中国的左翼木刻有很高的评价，比如在发表于1942年9月1日的《解放日报》的《街头美术》一文中，他认为：“十几年来，中国青年美术家们，一直在极端困苦的环境下。在理论与实践两方面，开展大众美术运动。因为急剧的社会斗争的需要和物质条件的限制，漫画和木刻显得特别发达，也较有成绩，尤其是木刻，因为鲁迅先生直接领导之下，作家和作品都更为进步……”然而，张仃喜欢木刻，并不等于喜欢鲁艺搞木刻的美术同行，理由很简单：不喜欢他们那副唯我独革的面孔和狭隘单调的审美趣味，因为话不投机，与他们的关系自然就疏离。而在鲁艺革命木刻家的眼里，张仃的那套变形夸张手法属于西方资产阶级美术的残渣余孽，也是他小资病态人格的表现。据灰娃陈述：张仃曾告诉她，古元曾放言：像张仃那样的资产阶级思想腐蚀严重的人怎么可能参加革命？古元是鲁艺美术系三期学员，算起来也是张仃的学生，如此放言无忌，足以代表鲁艺左翼木刻家对张仃的共同看法。由于木刻在鲁艺至高无上的地位，连王曼硕、王式廓那样的擅长素描和古典主义写实手法的留日海归，也纷纷尝试，当然，他们更愿意用他们的看家本领演绎最先进的阶级斗争理论，描绘边区的革命生活，开创后来一统天下的革命现实主义画派，王式廓后来创作了大名鼎鼎的《血衣》，栩栩如生地描绘农民斗争控诉地主的盛大场面。然而对张仃来讲，这种古典主义的造型手法并不能吸引他。胡蛮是美术批评家，刚从苏联回来，自认为掌握着世界上最先进、最具权威性的社会主义现实主义文艺理论，一脸所向披靡的自信，令张仃退避三舍。蔡若虹虽然也是画漫画的，却反对漫画的变形夸张，与西方现代主义绘画仿佛天生就有不解之仇，张仃与他同行不同道，只有敬而远之。剩下的胡考来自上海，也是漫画家，是张光宇为首的自由漫画团体中的一员。他是陪一位著名美籍华人记者到边区采风而到延安的，之后留下来，作为统战的对象被鲁艺接纳，与张仃到延安的经历大同小异。因此，胡考是张仃在鲁艺美术系唯一能够说上话的人。

设身处地想一下张仃当时的处境：周围的美术同行大都是些话不投机的人，自己总是处在一种被怀疑、被监视、被警惕的情境中，美术系的课程及那套话语，他不熟悉，更不擅长，而他熟悉擅长的变形夸张的漫画艺术及其西方现代美术的表现手法，因为不符合革命现实主义的法则而无法传授，这是一种怎样令人尴尬的局面！

张仃的名字只存于鲁艺美术系第三届的教员名录上，任教时间是1939年1月至1940年5月。之后，他的名字就从鲁艺美术系教员名录中永远消失。关于这件事情，张仃向来缄口不提，足以证明此事对他造成的伤害不小。张仃是如何从鲁艺的教员岗位上被拿下来的？是谁找他谈的话？以什么样的理由？之后是否还给他安排了别的工作？他的反应又是如何？关于这一切，由于张仃的沉默和旁证材料的匮乏，现在已无从知晓。然而，仔细回想一下，张仃在鲁艺的另类处境，他与美术系革命同事们的紧张关系，他的"外来客"身份，还有他的特立独行的火爆性格，其实已经预示了这个结果。

笔者注意到，鲁艺美术系教员中只任一届就被免去教职的，除了张仃，还有胡考；笔者也注意到，鲁艺美术系六届总共20名教员中，除了张仃和胡考不是中共党员（当时），其他都是党员，他们少则任教两届，多至五届、六届，比如王曼硕、沃渣任教五届，马达则为"六朝元老"，与张仃同时到鲁艺的蔡若虹连任四届，甚至连张仃的学生华君武、古元毕业后留校任教，都是连任两届。如此看来，非党员的身份也是张仃被“下岗”的重要原因。在当时的政治情势下，在延安这种环境中，中共党员的身份是获得上级组织信任的一个重要凭证，加不加入中国共产党，也就成为政治态度的衡量器。张仃曾告诉笔者，在鲁艺任教时，学生华君武有一次找他，就要不要入党的问题征求他的意见，他委婉地回答说：入不入党是你个人的事情，你自己考虑决定，至于我，宁可做一个永远的党外布尔什维克，也不做一个短期的共产党员；为了增强说服力，他还举出了鲁迅这位伟大的党外布尔什维克人物，表达自己的衷心敬仰。然而华君武并没有听从张仃的婉劝，很快就入了党，而张仃一直保持党外布尔什维克的身份，直到1945年秋日本投降，延安的干部开始大批派往东北各地展开工作，在自己崇拜已久的艺术大师毕加索加入法国共产党的鼓励下，张仃才入了党。今天看来，这张入场券的获得至关重要，它为张仃日后丰富多彩的艺术事业作了不可缺少的铺垫。

张仃坚守“党外布尔什维克”的立场，代表了当时一批进步艺术家的共同性格。他们既追求革命，又向往自由，既服从集体，又张扬个性，既关心政治，又忠于艺术。当时有两个人对张仃的精神世界影响至巨：一个是鲁迅，一个是张光宇。他们都不是中共党员，但都是党的同路人。然而，在中国现代特殊的历史语境中，他们被划分为不同的文化阵营，鲁迅是左翼革命文艺的一面旗帜，张光宇是自由漫画家的代表性人物。但是在张仃的眼里，他们并不对立，而是互补的、统一的。张仃的精神世界，简而言之，就是鲁迅加张光宇，是一种革命的唯美主义。带着这种艺术理想来到黄土高原上的革命圣地，来到以他最崇拜的人的名字命名的艺术学院——鲁艺，他却碰壁了。

1940年夏，是张仃内心最苦闷彷徨的时候，何去何从，举棋不定。自己怀着一腔热血来到延安，竟落一个这样的结果，真是事与愿违！回顾过去一年零四个月的鲁艺生涯，动辄得咎、处处受气不说，几乎一事无成，不禁黯然神伤。就在这时，他得到一个消息：老大哥张光宇从香港到了重庆，在中国电影制片厂做总务，仿佛打了一针强心剂，心里马上有了主意。在此之前，张仃一直想做一本介绍解放区美术创作和边区生活的杂志，无奈边区没有相应的印刷条件，只好作罢。现在张光宇到了重庆，何不投奔他，与他合作，做一点事情，杂志名字都想好了，就叫《新美术》。张仃把自己的打算告诉了胡考。胡考此时也面临同样的烦恼，正思量今后的出路，两人一拍即合。张仃先行一步，到西安找到老朋友石华岩，筹到一笔旅费。于是，两个难兄难弟在西安会合，结伴踏上了去重庆的路。

有一个细节值得一提：张仃离开延安赴重庆之前，鲁艺美术系主任王曼硕在桥儿沟的一家小饭馆为他饯行，还认真征求张仃对鲁艺的工作意见。此举令人想起张仃刚到延安时统战干部徐一新找他谈话，两者异曲同工，都是延安统战工作的必有程序。看来张仃在延安两年，一直未被当作自家人看待。

同样值得一提的是，张仃临行之前还是同鲁艺领导打了招呼，还收集了不少鲁艺师生的木刻版画图片，准备在未来的《新美术》杂志上用。或许正是此举，才会有美术系主任王曼硕为他饯行这一幕。这个表明：张仃此番赴重庆，并不意味真的告别延安；他厌弃的是党气过重、缺乏宽容的鲁艺，而不是革命圣地的延安。这一点很快得到证实。到重庆后不久，"皖南事变"爆发，国共合作濒临破裂，进步文化人在重庆的活动受到当局的破坏，纷纷离开重庆。张仃当时有两个选择：或者去香港，或者回延安。他选择了后者。

张仃与鲁艺的冲突并没有随着他离开鲁艺而结束。一年之后，不知出于何种原因，张仃在鲁艺举办漫画展并受到以江丰为首的鲁艺美术家的批判，而此时他已到文抗工作。关于这件事，萧军在 1941 年 7 月 21 日的日记里有记载：

> 下午去鲁艺，为了向周扬等催鲁迅丛刊的稿子，和看一看晚会，听说有人拉提琴。周扬不在，由立波领我到王朝闻、江丰等处。关于雕像和选木刻等事讨论了一些，关于他们批评张仃的画，我也纠正了他们一些意见：批评是极端重要的，但批评的态度、方法、对象……目的，是应该好好研究一番的。起始江丰还有点顽强，接着他接受了我的意见。预备有时间和张仃作一次谈话，"多鼓励，少打击"。
>
> 画展是幼稚平凡的。

这段日记可以纠正一些史实。包括笔者在内，过去一直以为张仃在鲁艺办肖像漫画展是他在鲁艺执教时的事，受了批判后从此不再画漫画，事实并非如此。疑问随之而来：张仃既然已与鲁艺分手，为什么还在那里举办展览？鲁艺美术系的同行既然反对张仃的变形夸张，视其为“丑化革命同志”，为何还要举办这个展览？此事的前因后果，由于证据匮乏无法明确讲述，据推断应当是，张仃到文抗后，并没有中止肖像漫画创作，不但没中止，反而变本加厉，环境的宽松，刺激了他作画的兴致，他的拿手好戏——变形夸张——得到淋漓尽致的发挥。这批肖像漫画在延安文人中间流传，给严肃的革命生活带来不少轻松，也引起一些人的警觉。鲁艺美术系的革命同行看到些东西，十分反感，觉得张仃太过分，也不长记性，于是以内部观摩的名义在鲁艺办了这个展览，作为批判的靶子。天真的张仃，并没有发现这是一个陷阱，欣然跳了进去。当时的延安除了鲁艺，能举办画展的地方非常之少（文抗的作家俱乐部那时尚未建起来），或许这也是张仃同意在鲁艺举办展览的原因吧。

这段日记没有涉及鲁艺美术家对张仃的漫画具体的批评内容，但“多鼓励，少打击”这句话，透露出他们对张仃的批判的并不留情。批判的主力江丰，是中国现代无产阶级革命美术的代表性人物，也是革命现实主义理论的有力倡导者。根据江丰的革命现实主义美学观及其理路，大致可以设想他的批判矛头集中在：第一，张仃的小资情调及反动的资产阶级艺术观；第二，夸张变形的现代派手法，在鲁艺的革命美术家看来，它们属于腐朽没落的资产阶级艺术，玩弄形式，歪曲现实，颓废变态。必须指出，这种批判并非仅仅针对张仃个人，背后有一股强大的历史潮流作后盾，而鲁艺正是这种历史潮流的有力推手。一年之后，鲁艺发生了所谓的“马蒂斯之争”，与对张仃肖像漫画的批判有异曲同工之处。鲁艺美术系美术工场的庄言喜欢画油画，出于歌颂革命根据地的良好愿望，画了一批反映边区风土人情、自然风景的油画，因色彩表现比较自由，画面比较醒目，结果受到严厉的批评，理由是前方战士在浴血奋战，你怎么还有心思画田园风光，玩弄色彩？江丰、胡蛮都发表了文章，认为在严酷的战争年代创作这样的油画不合“时宜”，脱离生活，脱离人民，歪曲现实，实际上是热衷于马蒂斯、毕加索的色彩和形式，是对西方代派绘画的效仿。这种指责几乎可以原封不动挪用到对张仃漫画的评价上。幸好当时延安的文化气氛还宽松，文艺整风运动尚未开始，何况张仃此时已到文抗，不再受鲁艺的管辖，面对鲁艺同行咄咄逼人的批判，可以坦然面对。萧军日记中写到的江丰准备找张仃谈话，后来是否有结果，我们不得而知，可以肯定的是，张仃对鲁艺美术家的批评根本不买账。因为就在三个月之后，在鲁迅逝世五周年的系列纪念活动中，张仃在文抗新落成的作家俱乐部办了一个正式的肖像漫画展，就叫《张仃漫画展》。这无异于对鲁艺革命美术家的示威与挑战，而且，画展居然大受欢迎，与三个月前鲁艺举办的张仃漫画内部观摩展形成鲜明的对比，令鲁艺美术同行感到气恼而又无可奈何，觉得张仃不可救药，或许还对文抗的资产阶级自由化倾向感到强烈不满。

张仃与鲁艺的冲突，一定程度上可归于现代主义与现实主义的冲突。在那个严酷的时代，一切都纳入你死我活的政治斗争、阶级斗争中，西方美术中的现实主义与现代主义，原本只是流派的冲突与更替，到了中国，变成了进步与落后，革命与反动的博弈，水火不相容。鲁艺的美术家独尊革命的现实主义，排斥一切非无产阶级的艺术，在张仃看来是作茧自缚，而且有违艺术创作的规律。一年之后，张仃在《解放日报》上发表了《鲁迅先生作品中的绘画色彩》《漫画与杂文》两文。前者探讨鲁迅小说中的绘画色彩，从《补天》《阿Q正传》的场景描写中，独具慧眼地发现：鲁迅先生具备西方现代绘画的色彩感觉；由此足以证明，现实主义与现代主义并非截然对立，而是可以互相借鉴，鲁迅先生深刻而渊博的艺术修养充分证明了这一点。后者旗帜鲜明地申明：“夸张和变形是漫画杂文的两件法宝，有了这两件法国，漫画杂文便‘一身是胆’；如果取消，就等于解除武装，像士兵丢掉了子弹和枪支，只剩下光杆一个‘人’一样。”不妨看作是张仃对鲁艺革命美术家的批判的一种回应。至此，张仃与鲁艺之间的纠葛基本上画上一个句号。

孙伏园定县事迹钩沉

胡　博

孙伏园曾经是周氏兄弟过从甚密的弟子，更是现代文坛上的“副刊大王”，其生平一直颇受现代文学研究者的瞩目。但是，孙伏园人生中有段经历却鲜为世人了解：自1931年留法归来，孙伏园应晏阳初之邀，赴河北定县实验区担任中华平民教育促进会平民文学部主任近七载，直到1937年“七·七事变”前后，才被迫随平教会撤退至湖南长沙。这是孙伏园生命中的一个重要时期，了解这段历史对于理解孙伏园的生平轨迹甚为必要。这段历史少人提及的原因之一，或许是由于相关文献的匮乏。当事人孙伏园未有当年的日记和回忆录公之于世，后来平教会定县实验区的档案据说也多散佚。[①]

直到2011年出版的《孙伏园评传》[②]，才对孙伏园的定县经历有了记

① 据孙伏园在平民文学部的同事堵述初回忆：“定县实验区的档案、各种出版物、挂图、未刊稿件以及参考图书，都在平教会撤离定县实验区前转移到了大后方，最后运到了重庆歇马场中国乡村建设育才院。据闻，这批东西在新中国成立不久，全部由重庆市人民政府接收了。”参见堵述初《平民教育运动在定县》，《河北文史资料选辑》第11辑，河北人民出版社，1983。但是迄今重庆档案馆并未发现这批史料。南京中国第二历史档案馆保存有少量定县时期的档案卷宗，主要是会议文件、报告、照片等。据平教会社会调查部主任李景汉言，定县实验区的大部分原始资料在“文革”中丧失。另说，在筹建重庆歇马场中国乡村建设育才院时，民生公司“民用号”客轮在磁器口触礁沉没，乘客姚石庵等平教会骨干及家属21人遇难，船上携有定县实验区的许多档案资料。

② 吕晓英：《孙伏园评传》，中国社会科学出版社，2011。

述。但是该书对孙伏园在定县的工作叙述不全面，仅介绍孙伏园在定县编辑平民课本和平民读物，而对孙伏园主编七年之久的《农民》报，几乎未曾提及。书中述及孙伏园所编平民读物，也有错讹之处。《市民千字课》与《士兵千字课》的作者并非孙伏园，《定县秧歌选》的整理者实为平教会社会调查部李景汉、张世文等。可见学界对孙伏园这段历史仍然陌生而模糊，实有钩沉之必要。

本文尝试钩沉和辑录散见于当年若干种报纸期刊上有关孙伏园与定县实验区的讯息和线索，以及当日孙伏园亲自编辑的数百种识字课本、平民读物、近百期《民间》杂志和数百期《农民》报纸，连缀缝合起1931～1937年孙伏园在定县的活动场景：他的平民文学见解、为农民编辑书报的甘苦、与平教会同人的交谊，勾勒孙伏园在定县七载的人生轨迹，体味当年他平民教育的理想与希冀、创新与策略、努力与失落……

1931年5月自法国留学归来，孙伏园只带了一位家乡的厨子，投奔中华平民教育促进会定县实验区。他脱下西装革履换上老农式的布衣布裤，在华北农村一待就是近七年。孙伏园当日在定县的形貌，可参见署名天籁的《孙伏园印象记》："胖短身材，白净的脸，下挂着一绺胡子，嘴角后嵌着两个笑涡，穿着家造布袜，带儿绑着裤脚管，沉默，不大言笑，镇静的什么似的。"[①]《艺风》杂志1935年第三卷第九期刊有《孙伏园先生在农村》的小像，正是如此模样。而同事老向（王向辰）等人的笔下，亦记录了不少孙伏园当年的身影。[②] 被友人们认定性格淡泊沉静、"笑嘻嘻，善于催稿"[③] 的孙伏园，能够答应晏阳初的邀请加入这"洋博士"下乡的时代潮流，大概绝非头脑发热的一时冲动，而是源自他一直以来对中国农民与农村问题的关注和思考。早在1927年赴法国之前，孙伏园主编的《中央日报》副刊，就经常刊载文章呼吁新政府关心民生，改善百姓生活，扩大平民教育。有不少文章探讨建设农村、解决农民生活问题的具体措施和步骤，[④]

---

① 载《众志月刊》1934年11月第2卷第2期。

② 参见王向辰《孙伏园先生》，《人间世》1935年第34期。

③ 鲁迅《我和〈语丝〉的始终》，《萌芽》1930年第1卷第2期。

④ 如方绍原《怎样解决农民生活问题》，1927年第51期、55期等；唐侠民《农村建设问题》1927年第113期、114期、118期、119期连载。

甚至提出“到农民中去”“到农村中去”的口号①，倡导有识之士到农村去建设新的中国。更遑论毛泽东那篇著名的《湖南农民运动考察报告》，就曾由孙伏园在《中央副刊》上编辑发表。②

孙伏园在定县期间，带领平民文学部的同人重新择定农民应用基础字表，改编《农民千字课》以及搜集编辑平民读物的工作，《孙伏园评传》中多有介绍，本文从略。除此之外，为农民编辑报刊、教农民读报、办报，帮助他们学会利用报刊传播新知、作育新民，始终是孙伏园领导下平民文学部的重要工作内容。

《农民》报 1925 年 3 月 1 日创刊于北京，1929 年 3 月 1 日迁址定县，1931 年后由孙伏园接手主编。《农民》报是一份以“农民”命名的报纸，是平教会专为农民编辑的报纸。《农民》报每年 1 卷，初为旬刊，自 1931 年第 7 卷起改为周刊。《农民》报的历史大致可以划分为：（1）初创时期：1925 年 3 月 1 日北京创刊至 1929 年 3 月 1 日迁址定县③；（2）定县时期：1929 年 3 月 1 日迁址定县至 1937 年“七·七事变”前后平教会撤离定县④，这是《农民》报的主要活动期；（3）尾声：1937 年 9 月随中华平民教育总会被迫向南迁移，经湖南至重庆，断续出版约年余。

《农民》旬刊创立数年间，虽然预设的读者群是读完了《千字课》的乡村平民学校的毕业生⑤，但是其读者主体并非农民，基本上是知识阶层。《农民》旬刊甚至兼有中华平民教育促进会会报的性质，几乎每期都设有“平民教育消息”栏目，探讨乡村建设与农村研究问题，似乎偏离了其真正的使命。自孙伏园接手后，《农民》抱定“做农民的知识和文字的介绍人，教农民做新民”的宗旨，开始自觉“以全国农民的喉舌自负”，“办成

① 孙伏园：《中央副刊的使命》，《中央副刊》1927 年第 1 期；吴纯：《到农民中去》1927 年第 21 期；尚炜：《到农村中去》1927 年第 51 期。

② 载《中央副刊》1927 年第 7 期。

③ 《农民》报社址为北京石驸马大街 22 号，署中华平民教育促进会总会乡村教育部出版。迁址定县后，报纸印刷时仍署原社址。

④ 1937 年 5 月，孙伏园随平教会部分人员转移至长沙。7 月 7 日卢沟桥事变时，平教会的大部分人员尚未撤出定县。其间晏阳初曾派孙伏园携一工友沿平汉路北上，欲赶回定县将同事们转移出来。但孙伏园行至定县附近新乐车站时，因战事无法前行，只得折回长沙。9 月 24 日，定县沦陷，实验区的工作被迫停顿。

⑤ 《本报的宗旨与目的》，《农民》1925 年第 1 卷第 1 期。

我国农民之机关报纸”①。随着平民教育各项工作的推进，孙伏园的《农民》报也力图变革，希冀真正服务于农民。报纸在编辑方针、内容样式乃至纸张印刷、出版发行等方面先后都发生过不小的变化。

《农民》报创刊之初，前二卷（1925－1926年）先后出现过新闻、谈话、常识、农艺、故事、游戏、歌谣、农谚、戏曲、寓言、猜谜、笑话、平教消息等栏目。后来第三卷（1927年）又增加了卷头语、时事小言、随便谈谈、时事讽画、乡村妇女界等栏目。值得注意的是，《农民》报第三卷第十八期刊登《本报启事一》，举行有奖征文。征文题目是“你最喜欢读农民报的哪一栏？为什么呢？”并逐期将揭晓的征文刊登出来。② 这或许是《农民》报编辑意识到了与农民读者沟通的重要性，需要了解他们最为切实的需要。第四卷（1928－1929年）又新设历史述要、地理要览、时事漫谈、独幕剧、鼓词等栏目，替换之前的部分栏目，为农民开阔眼界并提供娱乐。《农民》旬刊迁址定县后，自1929年4月11日第四卷第三十二期起，为配合中华平民教育促进会定县实验区八大部门的分工安排，③《农民》报的栏目设置也与之相应，分为生计教育、公民教育、文艺教育等栏目，而将国内外要讯、平教消息等小栏目归并入新闻栏内。1931年在第六卷编辑期间，《农民》报进一步将栏目完善为言论、农业教育、公民教育、卫生教育、文艺教育、社会调查与新闻（包括国内外新闻及平教消息）。平教会的各部骨干，如秘书长兼公民教育部主任陈筑山、生计教育部主任冯锐、乡村教育部主任傅葆琛、社会调查部主任李景汉与干事张世文等，都曾将自己有关平民教育的论文或文章发表于此，有些还是分量颇重的代表作，如李景汉的《定县调查须知》、张世文《定县社会概况》等。此时

---

① 孙伏园接手《农民》报后，曾多次阐释其办报理念。《农民》1931年第7卷第1期启事《欢迎农民投稿》称：“本刊旨在作成我国农民之机关报纸”；第7卷第8期《致各地平校教师公启》则说：“农民周刊要渐渐做成农民的机关报纸”；第7卷第15期评论《办报的兴趣》又重申：“本刊固然希望做成一个农民的机关报……”

② 《农民》报这次读者征文活动揭晓，有百分之四十的读者选择最喜欢“农艺”栏目。“农艺”根据农民的生活和习惯的方法，每期按照农时节气登载农业知识，简便易学，实用性强，受到农民读者青睐。当时《农民》报还接到不少农民来信要求扩充此栏。详见《征文揭晓》，《农民》第3卷第28～30期，33～36期，第4卷第2～3期。

③ 平教会定县实验区组织分为文学教育、农业教育、公民教育、卫生教育、艺术教育、学校式教育、社会式教育、社会调查八大部门。

的《农民》报已经变得知识分子气息过于浓郁，逐渐脱离了农民读者的实际需要，似乎成了乡村改造活动家们交流的平台，不再是“农民的农民报”，而成了“办报的先生的农民报”了。①

孙伏园就是在此时接手《农民》报的，他似乎很快就认识到了问题所在。这位“副刊大王”开始着力将《农民》报向真正的农民靠拢。从第7卷第1期起，他将《农民》由旬刊改为周刊，② 并取消了农业教育、公民教育、卫生教育、文艺教育、社会调查等学术化的栏目名称，而代之以较为通俗易懂的评论、新闻、常识、文艺等，同时保留扩充了农民最喜欢并认为最有用的“农艺”内容。孙伏园以“松年”为笔名，使用较为浅白的文字把这些栏目逐一介绍给农民读者，解释这份“刚够七天瞧的周刊”：“你瞧完了一份，下一份恰恰又来了。你在‘评论’栏里得到我们评论事件的意见，做你自己评论事件的参考。‘常识’栏里的东西，或是种庄稼必须知道的，或是做国民必须知道的，或是保身体必须知道的。‘文艺’栏里有故事，有诗歌，有小说，看了使你感情上觉得好受。此外‘新闻’栏里，把七天来的大事记载一番，平常你也许在别人口中听得些，但看了这篇以后，该证实的证实了，该记住的也记住了。”③

据笔者统计，孙伏园以松年为笔名在《农民》报上发表的文章就有百余篇，主要是评论，几乎每期必登，地位相当于社论或者评论员文章。这些文章涉及面颇广，意在培养农民的国民意识和公民意识，提升农民的思考能力和知识水平。如第七卷第三期《救国和识字》，第十四期《农村的好模范》，第十七期《旧年节的新意义》，第十八期《外患促使我们团结自强》，二十三期《衣食住行怎样改良》，第三十二期《农民不愿再见内战》等等。且看第七卷第二十五期《工作余暇做什么》一文，孙伏园循循善诱引导农民农闲识字：“我国北部一带，一年十二个月当中，田里有工作的，实在不过七个月。还有五个月，乃是天然生就的余暇，可以供我们利用

① 参见达《看农民报的人应做的事》，《农民》第3卷28期《随便谈谈》栏。

② 参见孙伏园《十年来的农民报（上）》，《民间》1936年第2卷第22期。孙伏园在此文中明确提出，“第七卷是农民报的一个关节：在出版的期间方面，自第一卷至第六卷全是旬刊，第七卷起改为周刊了，直到现在第十卷还是周刊”。

③ 松年：《看报的习惯》，《农民》1932年第7卷第20期。

的。我们花了四个月工夫，能在平民学校认得一千来字，以后常常靠这一千来字得到些新知识，便是这五个月余暇利用的开头……”。常识、文艺和新闻栏的稿件多为平民文学部其他同事和平教会各部门所撰写。平民文学部同人堵述初撰写每期的新闻稿，如第七卷第一期《日军强占我国土》、第二期《日军轰炸锦州》等；赵水澄、劭青负责文艺栏和常识栏，如第七卷第一期“文艺”栏水澄《剪发退敌》、第二期“文艺”栏劭青《同仇歌》、“常识”栏水澄《自强》，第七期“常识”栏劭青《怎样驱除梨树的虫害》等。卫生教育部同人则传播卫生常识，如刘雅如第七卷第六期《白喉》、第八期《天花》、第十五期《痢疾》等文。

平心而论，孙伏园和《农民》报此时的文风，比起此前的编辑和作者们的文章要平白得多。但这显然还远远不够。为了将《农民》报办成农民看得懂、喜欢看的报纸，孙伏园与同事王向辰、堵述初、赵水澄等做了各种尝试，不懈地实验着：编辑取舍上，文章略深的就不登，内容不大适合农民需要的也不登，连小字恐怕农民看了费眼力，也改为大字，再多配插图。为免曲高和寡，孙伏园梳理《农民》报办报的经验教训，认为农民报必须解决如下三个问题：第一，如何排除文字的障碍，让农民读者捧读《农民》报好像大学生阅读《大公报》一般便利？第二，如何将成本降到最低限度，样式朴素与农村社会相适应，使订户不至感觉报费的负担？第三，如何让农民参与进来，第一步参与投稿，第二步参与编辑发行印刷，使农民把报纸看成自家的东西？①

为扫除文字的障碍，《农民》报创刊号采用汉字注音。这种注音不很准确，无法分辨四声，有时注音的字比原字更难。此后的三期，试用过一个比较简易的方法：仿照《千字课》，每期加“本期生字”一栏，只列出生字，不注音亦不释义。然而如果读者没有教师或字典的辅导，其实是徒劳。第五、六期又换了一种新办法，虽不注音义，但举例说明。然而实践的结果是，这三种注音、提字、举例的方法，费力多而收效甚少。此后四年间，《农民》报一度不加任何注释，简直就像普通报刊一样。这显然是找不到改革良策的无奈之举。直到 1931 年 4 月第 6 卷第 27 期的《编辑启

① 参见孙伏园《十年来的农民报（上、下）》，《民间》半月刊 1936 年第 2 卷 22、23 期连载。

事》，孙伏园上任后才小试身手："改良要点如下：一，从前用五号字，现一律改用三号字；二，不多载长篇；三，增加图画……"这种字大图画多的改革，显然是孙伏园受了平民文学部另一项工作《千字课》的启发，当然一般小学教科书也多是如此。

为达成《农民》报服务农民的真正使命，编辑部同人可谓煞费苦心："我们因为不是真正的农民，所以编辑的时候，一大半工夫，花在找寻容易认得的字，容易懂得的句子。编辑部负责的四个人，甲作的文字，必请乙丙丁修正。乙丙丁也如此。没有一个人的文字，一写下便可以发表的。将来农民自己当编辑，这种工夫都可以不费，一两个人便干得下来。"① 在讲求文字俗白浅短、情趣活泼的同时，农民报的副作用逐渐消失。实验区大事记之类报告书式的文字，不复见于报端。此后，文字改革方面更进一步。鉴于定县实验中平民学校学生利用注音符号，能于识字两月后阅读平民读物的成绩和经验，《农民》第八卷开始作注音分词的试探，至第九、十两卷，就完全实行注音分词了。

除了文字问题之外，农民报的样式和价格如何与农村生活相适应，对于《农民》报的生存和发展来说似乎更为重要。当时定县"农家能吃上小米山药的为上等人家，有干菜杂粮做'菜粥'吃的为中等人家，连盐也吃不起的约占人口总数百分之二十！至于吃油，那是很少有的了……"②而从城里来的知识分子，虽然知道农村生活寒苦，显然对农民困窘的程度缺乏深切的了解。我们无妨看看知堂老人的夫子自道。1934 年 11 月，周作人应邀与俞平伯访问定县实验区，夜宿孙伏园处。在一连参观了数个村庄之后，周氏不禁感叹："定县在河北不是很苦的县分，我们不过走了几个村庄，这也都是较好的，我们所得到的印象却只是农民生活的寒苦。我们与村人谈村里出产什么东西，原知道北方人天天吃面食的概念是不很可靠的了，所以不谈这问题，平伯乃问村里所出的小米自己够吃么？岂知这问亦是何不食肉糜之类，据回答说村人是不大吃小米的，除有客人或什么事情

① 松年：《办报的兴趣》，《农民》1932 年第 7 卷第 15 期。

② 李秀峰：《定县农村教育建设》，转引自孙伏园《十年来的农民报（下）》，《民间》1936 年第 2 卷 23 期。

之外，平常只以红薯白菜为食。”[①]“经济如此困难，而偏有人希望他们看报”，[②]那么就不得不在报纸的定价上下工夫。

《农民》报第一卷前十四期每份铜元一枚，十五期以后本埠一枚，外埠代售处两枚。第二卷第一期起每份零售两枚，邮寄大洋一分；零订每半年十八期大洋一角六分，全年三十六期三角；整订二十份以上者，每份半年大洋一角，全年只收大洋一角五分。第三卷第一期起，不分零售与邮寄，每期大洋一分，半年十八期一角六分，全年三十六期三角。四十份以上对折，并取消代售办法；第4卷第1期起，改零售大洋二分，半年三角，全年五角，四十份以上对折；第6卷第1期起，给各地平民学校八折优惠。本来报纸定价低廉，为的是让利与农民，使农民阅报无甚负担，但是事与愿违，农民尚未见到，利益早让他人得去。《农民》报各地的代售处不仅将给农民的优惠据为己有，而且还拖欠报社的报费。农民订户遭到的盘剥更重。1932年3月第七卷第二十一期《报社启事》称：“本报为便利农民阅读，定价十分低廉，邮费以外，报价每年仅大洋两角，半年一角。不料最近接察哈尔方面报告，竟有人以本刊交际主任或本刊分社等名义，向各处加价推销，甚至每年加价三元，真是荒唐已极。（本刊价目栏上加盖蓝色长方戳记内有定价全年三元等字样现存本社。）除函请当地官厅查究外，万望各地读者勿为所愚，并望爱读诸君直接向本刊订阅，是幸。”

农村社会中的种种流弊，令孙伏园们这群理想主义的知识分子始料未及。正如平教会在定县初办合作社之时，一般农民尚在观望，而乡间的高利贷者，先向合作社低利借款，再转而以高利放贷给农民。这样适得其反的效果，难免让孙伏园办报的信心遭受打击。在穷乡僻壤办开通民智的农民报，不比在成熟的市民社会中办营业类报刊，没有大把的工商业广告刊登以获利，即使“副刊大王”也难以施展，或许只能在报纸成本上多下工夫。

《农民》报的式样成本，的确是制约其发行量的原因之一。农民报初起是用西洋报纸十六开两面印，每期四页。第一卷第十五期起增到八页，

① 知堂：《保定定县之游》，《国闻周报》1935年第12卷第1期。

② 孙伏园：《十年来的农民报（下）》，《民间》1936年第2卷23期。

第二卷第五期起增到十二页，第三卷第十六期起增到十六页，第四卷第八期起减为十二页，第五卷第二十三期起减为十页，第七卷第一期起又减为八页。为降低成本，第八卷以后，从铅印改为石印，改用定县土产的呈文纸，对开，单面印刷，大小与西洋报纸十六开相当。但无论报纸样式如何变化，论成本始终是在赔钱。每期一千份约计纸张费六元五角，报纸委托平教会经营课印刷，每期印工四元九角，油料一元，装订费九角，共计十三元三角。发行方面，除了各民众教育馆等十四订户，以每年每份二元计，与每期二三十份赠报恰好对销以外，一千份农民报每期售完可得铜元二千枚，约计四元余。若将编辑人员薪金及送报工人费用全计算在内，则每月约需赔本四五十元。如若多印，则所赔越多。

1932 年上半年，《农民》报走过了七载光阴，此时孙伏园的办报总结颇有些无奈："无论我们怎样努力，我们的定户直到现在还只有一千左右。……我们决不相信全国三万万农民当中，只有一千农民认得字。那么，一千定户以外的认得字的农民不订本刊，若不是因为不知道，便是本刊的内容不合他们的口味。不知道是因为我们不会宣传，不合口味是因为我们还欠研究，总之是我们七年经验，所得不过这些。下半年本刊撰稿的人都要下乡研究了，我们要常常去和农民谈天，和他们一块儿生活。那时我们写出来的东西，诸位也许还要欢迎些吧。"①

看来，孙伏园认定农民报要解决的三个问题中，比起排除文字困难和降低报纸成本，如何让农民参与进来才是最难解决的。而且办报不仅要引起农民读报的兴趣，最终是要养成农民独立发表意见、自己办报的兴趣与能力。报纸不只是要代农民立言，更是要让农民自己发出声音。"一个最好的农民机关报，应该是由农民自己办的，就是说，由农民自己发起，自己集股，自己编辑，自己发行的。"② 编辑部同人的下乡调研，似乎很快使孙伏园找到了头绪，结论是干脆宣布在第七卷第四十期出满后停刊，把原有的《农民周刊》停止一年，帮助平民学校毕业生办理《同学会周刊》。

孙伏园如此大刀阔斧的改革依据何在？原来此时正值定县实验区扫盲

① 松年：《七年的试验》，《农民》1932 年第 7 卷第 36 期。
② 松年：《办报的兴趣》，《农民》1932 年第 7 卷第 15 期。

运动渐入佳境，几年来平民学校识字班毕业的学生已达数千人。平教会自1931年秋季起在平民学校毕业生中组织起同学会。平民学校毕业同学会以村为单位，此时已增加到近百个。同学会组织急需一个刊物以通声气，于是《同学会周刊》应运而生。《同学会周刊》创办于1932年5月，因实验为期一年，至1933年7月停刊，共出六十期。《农民》报是铅印的，农村里找不到铅印局，《同学会周刊》于是改为石印，以定县土产呈文纸代替十六开西洋报纸，单面印，既方便拿在手中阅读，也可以贴在墙上浏览。《同学会周刊》的对象比此前的《农民》报明确得多，它的读者群就是平民学校毕业的学生。不唯如此，编辑部还鼓励各村平民学校同学会投稿，按稿件多寡，加以奖励。

然而各村同学会比赛投稿，难免发生代笔的流弊。想让只上过识字班的农民，人人拿起笔来写稿而且敢于投稿，看来唯有切实放宽取稿标准。虽然孙伏园和社中同人自己不写简笔字和错别字，但是绝对放任农民投稿人写简笔字和错别字。一开始，对于农民投稿中的别字和笔误，编辑部曾附加括弧代为修正，后来连修正也干脆取消了。只要认识注音符号及少数汉字便可提笔，凡是遇到写不出的字句，可用同音假借或注音符号勉强对付。编辑部也不专拣质量好的稿件登载，稿件取舍的条件，还综合考虑作者的地域、投稿次数、稿件内容等。同时，社中同人执笔的文章，则用纯粹的国语，讲求文法论理，既全注音，又全分词，略含示范之意。各村同学会参与投稿的积极性渐渐被调动起来，《同学会周刊》办到第二十期上，孙伏园欣慰地看到：“现在只有第一篇短短的谈话是我们所作，其余从头到尾都是同学自己的作品了。”①

尽管《同学会周刊》距离农民自办一份报纸的理想还相去甚远，但是确为此后的办报积攒了新的成功经验。复活后的《农民》报自第八卷起，也如《同学会周刊》一般，采用定县土产呈文纸石印以降低成本，稿件全部采用注音分词，使不认识汉字只认识注音符号的农民也可以阅读。报纸的分发和稿件的供给都依靠同学会的组织。每期投稿都供过于求，每期所登的内容，农民的投稿占到一半。若问这些农民投稿究竟是何面貌？这里

① 松年：《介绍平校同学会周刊》，《农民》1932年第7卷35期。

且引一段定县总司屯村女同学会会员张秀荣的习作以窥全豹[①]：

“在五月十二日，我们ㄉㄞ花生种，有一位老太太说：姑时候有个老婆子上娘结，走道半道儿的，ㄆㄥ件一个老虎，要吃他的和子……”

这篇投稿的内容，是记述刨花生时一位老太太讲的故事。这么一小段文字的确错别字不少，行文更是质而无文，但是借助注音符号、错别字和简笔字，普通农民竟然成为报纸的撰稿人，能够在报上写自己的故事给读者看，不再完全为知识阶层所代表，这不得不说是孙伏园们的一个创举了。

按照孙伏园的设计，《农民》报第一步是请农民撰稿，第二步则是请农民参与报纸的编辑发行。为此报社专门聘请了一位二十二岁的青年农民做编辑。农忙的时候他回到田里劳作，农闲了报社特约他帮助编辑发行的事。这位农民编辑，是从定县东建阳村高级平民学校毕业的学生，曾经和三五同村好友热心举办传习教育，在毕业同学会里努力工作，给《农民》报投稿的成绩也最好。他在农民报社里，第一件任务是帮助选择社外农民的投稿；第二为社中同人撰述稿件斟酌字句；第三下乡催促各村同学会会员的稿件；第四下乡与同学会的文艺委员（农民报社特派员）接洽推行农民报的事务；第五自己为农民报撰稿。可以说他是一位农民兼记者，记者兼编辑。

此时的《农民》报在发行方面的大进步，便是真正打入了农村。《农民》自第八卷起，分发各同学会赠阅以广影响；第十卷起时机成熟，便尝试取消赠阅，对定县实验区内的农民零售。每份铜元两枚，每期印一千份售完为度。定县实验区内共计四百七十二村，这一千份农民报的确都是由农民们两个铜元、两个铜元地买去。《农民》报一千份的销量虽不能跟孙伏园《晨报副刊》时期的五千多份相较，但是以真正的读者人数论，或许犹有过之。新一期报纸一到，各村平民学校的毕业生们往往是争相传看，一张报纸可能拥有十数位乃至数十位的读者，这种踊跃读报的情形，与“副刊大王”时代的风光相比，或许不致使孙伏园过于失落反而觉得有所安慰吧。

然而，事情的发展并未就此止步。孙伏园与编辑们教农民识字办报，原本为的是“作育新民”，但是他们可曾想到，觉醒的“新民”必然要主

① 张秀荣：《日记》，《农民》1935 年第 9 卷第 19 期。

张自己的权利。经过平教会数年的化育，平民学校同学会已初具规模，在定县乡村形成了一个崭新的社会组织，成为一支不可小觑的力量。他们协助平教会管理和服务乡村社会：同学会组织向《农民》报投稿，负责管理巡回文库①，成立农民剧团，举办农产展览会推广农业新技术、担当村保健员，还带头植树、禁赌拒毒、修桥补路，甚至自发组织武术团防患盗匪，相当程度上取代了乡绅阶层在乡村事务中的权威。而且同学会中多为青年，行为方式难免过激，时常发生因警告赌徒，往人家门上泼牛粪等情形。同时，同学会组织机制缺乏约束，甚或有乡村无赖混迹其中。1933 年正月初，同学会会员王洛裴因提议开演秧歌与本村乡绅发生村权争执，进而升级为同学会会员夜间放火烧村长家门，往村公所墙上贴标语的事件。②这些激进的行为使士绅对于同学会愈加不满，本地乡绅从起初协助平教会的活动③，逐渐发展为对平教会和平民教育的仇视。

定县乡绅阶层开始凭借自身的社会资源制造社会舆论，讨伐平教会及其平民教育。定县乡绅出身的法学教授、社会贤达燕树棠在《独立评论》上发文，指责平教会“在定县制造教党与非教党之冲突”，谓“现在平教会员实在是定县的统治阶级，晏阳初先生实在是定县的‘斯台林’了”。并称“平民教育会在定县潜伏反动势力。近两年河北省军警当局把定县划为赤区。定县城南常发现所谓抗债团、抗租团、均粮团，以及各种的反动标语。……现在定县有识之分子都认为平教会的活动若不停止，全县民众

---

① 巡回文库由十二个杨木箱组成，内装平民文学部编辑的平民读物以及各书局出版的通俗读物，如故事、小说、剧本、大鼓词、传略、科学常识、农工业常识、卫生常识、国难教育丛刊等。文库由同学会文艺委员掌管，分区巡回各村，并负责登记及统计工作。1935 年仅 3 个多月时间即巡回 138 个村庄，阅读人数共计 10369 人，平均每个村庄读者 86 人。统计数据显示，农民的阅读以故事、小说、鼓词为最多，故事中又以三国演义最受欢迎，而看法律常识和社会常识的人相对较少。农民的阅读习惯和阅读需要，又反馈到孙伏园及平民文学部同人的工作中，他们先后共编辑出版各类平民读物六百余种。参见殷子固、王仲元《定县同学会管理下的巡回文库》，《民间》1935 年第 2 卷第 3 期。

② 卢陆民：《与卢陆民先生论同学会书·卢先生来书（1933 年 9 月 10 日）》，《河北省县政建设研究院实验部政府成立五个月工作报告》，1933。《中华平民教育促进会档案》，南京：中国第二历史档案馆藏。

③ 定县实验之初，平教会曾尽力争取乡绅的支持。曾与翟城村士绅米迪刚父子进行合作，开办翟城村试验点。平教会在文化、农业、风俗等方面的改良，都曾得到乡绅的协助，当地乡绅还将定县考棚出借给平教会办公。

势必至于沸腾崩溃，不可收拾！”①。李明镜也述及“同学会干涉村政，争权夺利，恶劣分子则乘机肆虐，鱼肉乡里”②。种种批评，使平教会一时陷入极为被动的境地。为此，时任平教会社会教育部主任兼定县实验县长的霍六丁，不得不在同一份刊物上进行答辩。霍氏谓燕树棠指责他“县长只本主义而行，并不依法办理……与反动势力互相呼应，而故意制造阶级恶感阶级斗争”等，涉嫌“有意中伤”，“很能构成重罪”。③ 霍六丁在同学会引发“乡村冲突”而遭到乡绅群起攻之的情况下，“不忍抛掷平教会几年努力的成绩”，最终不得不与乡绅势力妥协，对同学会的“过激”行为进行弹压。④ 随即平教会对平民学校毕业同学会实行改组，由村中士绅担任指导或顾问。自此同学会与士绅阶层无碍，实际活动“亦行消沉”。⑤

这样的结局未免令孙伏园诧异而黯然：“无论何国，凡一种大改革大进步，必然的是由少数优秀分子领导。这少数分子，所受教育特高，所感责任特重，同时他们的智识，高出常人，他们的意志情感，都比常人坚定而热烈，所以登高一呼，万山响应。不错！在别的国家，的的确确是这样的情形；但在中国，这情形可就有点不同了。中国如果有优秀分子，他一定觉得‘登高一呼，万山默然！’……我们现在并不缺乏登高一呼之士，我们缺乏的是能够响应的（甚而至于单单能够听到呼声的）万山。”⑥ 孙伏园可曾想到，平民学校同学会的崛起，何尝不是他们所追求的“新民”之萌芽，而平教会对于平校同学会的弹压，实际上意味着放弃了“作育新民”的诉求，而将自身的工作退守于“扫除文盲”的字面意义上。那么脱离了“新民”的“扫盲”，又有多少意义和出路？

（此文原载《鲁迅研究月刊》2014 年第 10 期）

① 燕树棠：《平教会与定县》，《独立评论》1933 年第 74 号。

② 李明镜：《平教会与定县（通信）》，《独立评论》1933 年第 79 号。

③ 霍六丁：《答燕树棠先生》，《独立评论》1933 年第 76 号。

④ 霍六丁：《与卢陆民先生论同学会书·霍县长复函》，《河北省县政建设研究院实验部政府成立五个月工作报告》，1933。《中华平民教育促进会档案》，中国第二历史档案馆藏。

⑤ 庞永福《定县归来》一文述及，定县平校同学会“曾一度活跃，炫炫赫赫，几将乡村的整个旧势力推翻，自霍去后，随而亦行消沉。”《独立评论》1935 年第 155 号。

⑥ 孙伏园：《登高 呼万山默然》，《民间》1934 年第 1 卷第 2 期。

校园、纸张与民国时期北平文坛的沉浮[*]

——一项基于历史地理因素的期刊考察

冷　川

对中国现代文学进行地域文化考察，自京海派文学研究起。尤其在京派领域，成果丰硕。京派文学意味着一种美学风格，一个有着同人性质的作家群体，同样也代表了一种文学的生产机制——作品的生产、传播和消费，均高度以校园为依托，作家在象牙塔内眺望人生，面对社会问题发言，并较为从容地进行各类文体实验。可惜京派存在的时间不长，从20世纪20年代中期开始，到1937年抗战时便已风流云散。但北平文坛对校园的这种依赖关系，却自新文化运动始，直到40年代，京派仅为其中一环。[①] 其间校园角色几经变化，并最终随着内战时社会经济的崩溃走向衰落；在这片文坛废墟上，一种源自解放区的、对社会经济水准要求极低的文学生产模式却悄然建立起来。较之于人们热议的1949年后作家的思想改造、文学制度的建立等，这次社会生产力的急促下降，并导致的北平文坛传统的崩溃，对于共和国文学的建立，更具根本性的意义。我们不妨借这

* 本文为作者国家社科基金青年项目“外交事件和中国现代文学民族话语的发生”的阶段成果，项目编号：11CZW055。

① 近代以来，北京名称几经变化：民国建立至1928年6月，称“北京”；1928年6月至1949年9月称“北平”。新中国成立后称“北京”。为叙述方便，文中将民国时期统称“北平”。

些年该区域文学刊物的变化，一窥其中端倪。

简言之，从五四新文化运动爆发到1949年，就刊物层面而言，北平文坛大致经历了两个高光时段：五四和沦陷的前半段；一个被司马长风等文学史家称为“默默耕耘的沉潜时期”：20年代中期到30年代中期。在这三个时段，校园特色成为我们理解北平地区文学刊物的关键。从1941年底的太平洋战争爆发到北方内战的基本终结是北平的困顿时期，此时，一个物质性的因素——纸张的供应问题——被凸显出来，在四五十年代的文学转型中扮演了关键角色。

一　抗战前北平校园在文学活动中扮演的角色

北平地区从民国建立以来一直是高等学府的集中地，五四运动又将学校师生推向了历史前台。书局乐于印制新文学书刊，根本上讲是因为有利可图，但校园的存在又给新文学的出版业提供了额外的保护。教授们的高收入可以使他们分摊同人期刊的印刷费用，或者就挂靠在某一书局或报纸副刊之下，由对方提供经费和发行渠道；学生创办的刊物则往往有着校方的资助。这些钱也许不多，但它的性质和上海地区由书局投入的资金不同；从某种程度上说，北平的文学期刊享有商业运作之便利，却无盈利压力。

这种资金状况也连带着引出了一个编辑方面的问题，大多数有着校园背景的刊物都采用来稿照登的形式，编辑的主要职责不在于甄别稿件，而在于和创作团队保持良好的私人关系。至于稿件质量，很大程度上要依靠作者的自律。从20年代初期的《北京大学学生周刊》《北京女子高等师范文艺会刊》等到30年代初期中法大学所办的《孔德文艺》等，莫不如此。这些由学生会、学生自治会、文艺研究会所办刊物，向来不乏名家捧场，但稿件的良莠不齐和编排的杂乱也同样令人惊讶。以1929年燕京大学学生自治会出版的《燕大月刊》为例，学校每学期为刊物提供八百元经费，凡本校师生来稿，不加删改，一律刊载。如果遇到纸张、印刷费用上涨，编辑的对策就是压缩出版规模，如原来计划出版六期，现在则将其中二期改为合刊。冰心、韦丛芜、陆志韦、郭绍虞、俞平伯等，都为《燕大月刊》

提供了稿件，但应景之作甚多，即使名家文章亦让人难以卒读。对于这种情况，编后记中的抱怨之声如今看来非常有意思，大意是刊物质量不佳，罪在作者。至于多余的稿件，悉数交给下届学生会处理。[①] 小小的校园刊物如此，发行量达三万份之巨的《语丝》也是如此。北平时期《语丝》的实际编辑人是周作人，他对于稿件的处理，所做的主要是编排审校的工作。[②] 正因为对于编辑的权限有所限制，刊物同人才能“率性而谈”，避免编辑个人的意图对整体活力有损伤。

将报纸副刊全权交给校园中人来打理，由报社负责提供资金和发行（一般是随报赠阅），实际也是一种两相便利的方式，并使校园介入北平文坛的程度进一步加深。如1926年创办的《世界日报副刊》请刘半农负责，刘氏的创作团队拥有鲁迅、周作人、章衣萍、许钦文、韦素园、韦丛芜、高歌、向培良、沈尹默等人；这批中坚作家也常常推荐某些青年学生的稿件，如鲁迅就曾推荐过许广平的文章，自然也会予以刊载。[③] 书局出钱办刊，但将刊物的编辑权悉数交给校园中人，更是一种常见的方式。1928年文化学社出版了《北京文学》半月刊，撰稿人有李健吾、程鹤西、蹇先艾、朱自清等人，刊物每期不过50多页，但不乏佳作，李健吾的中篇《一个兵和他的老婆》就发表在这个刊物上。《北京文学》所载广告不少，但十之八九均为介绍文化学社自己所印书刊。刊物的补白处会发表某些通信片段，如李健吾和吴文藻的通信，所谈为后者留学期间所译《我的生涯》一文的勘误，和《北京文学》的内容实则没有什么关系，此类同人之间“自说自话”的做法，书局亦悉听尊便。

在这样一种氛围中，供职于书局或报纸副刊的编辑也保持着一种微妙的立场——鲁迅的《我的失恋》本是游戏之作，周作人的《徐文长的故事》亦有冗长之嫌，但在编者孙伏园看来，若是稿件多而往后推延无可厚非，已经发排又撤稿却万万不可，实则也是对这种编辑惯例的坚持。[④]

---

① “编后记”，《燕大月刊》，第4卷第3、4合刊，1929年5月。

② 陈韶林：《语丝的实际编辑质疑》，《河南师范大学学报》1980年第6期。

③ 宋景：《上火车》，《世界日报副刊》1926年7月7日第1卷第7号。

④ 孙伏园：《从晨报副镌到京报副刊》，《中国近现代出版史料（现代甲编）》，上海书店出版社，2004，第223～229页。

撤稿事件使孙伏园转投《京报副刊》。《京报》作为后起刊物，它在与《晨报》的竞争中将某些方式推向了极致。《晨报》的副刊和校园之间的关系本已密切，但它的定位是一个“教授”投稿园地。最初的编者是李大钊，之后则辗转于孙伏园、刘勉已、汤鹤逸、丘景尼、江绍原等人之间，1925年10月起则由徐志摩接手。其子刊物《文学旬刊》（1923年6月1日创刊）则由文学研究会的王统照来主持，对于稿件的选用极为严谨。《晨报》每年年末出纪念增刊，印制精美异常，稿件亦极一时之盛，如1925年文艺栏的评述提到的：

> ……熊佛西先生的《洋状元》，余上沅先生的《兵变》两篇戏剧，尤为创作中的杰作。凌叔华女士的《太太》，描写社会现状，备极巧妙，于世道人心必有深厚的裨益。丁西林先生本以戏剧名，本刊所载《清明前一日》，是丁先生小说的处女作，将来在文学界中，必定可成一个纪念品。杨振声先生的《李松的罪》，虽是短篇，却极精练。杨先生原稿从十六页缩至八页，又从八页缩至六页，可见经过了不少的苦心推敲。……

《京报》则大大降低门槛，它所考虑的是如何在保持部分名教授的稿件外，进一步将北平在校学生悉数吸纳进来。除孙伏园负责的《京报副刊》每日出一张外，另设多个子刊物“承包”给校园社团或文化名人，轮流出版，如：

《戏剧周刊》，凌霄汉阁编辑，星期一出版。

《民众文艺周刊》，荆有麟等编辑，星期二出版。

《妇女周刊》，蔷薇社编辑，星期三出版。

《儿童周刊》，儿童报社编辑，星期四出版。

《莽原周刊》，鲁迅编辑，星期五出版。

《文学周刊》，绿波社与星星社合编，星期六出版。

《西北周刊》，星期日出版。

《经济半月刊》，北大经济学会编辑。

《社会科学半月刊》，北大爱智学会编辑。

《觱篥》为《京报》所做广告称此种做法为“与北京国立私立各大学团体为破天荒之大合作”①。各类副刊随报赠送，不再加价。自然，很多子刊物寿命不长，会有新的刊物来代替。如1925年6月创办的《国语周刊》，由钱玄同、吴稚晖、周作人、胡适等人主持，以反文言、提倡新国语和创建民众文艺为号召，每逢周日出版。

即使孙伏园本人直接负责的《京报副刊》，也采用了一种近乎不加节制的向校园出让版面的编辑方式。他接手时正值五卅惨案期间，从1925年6月到9月，副刊的版面被出让给大量学生团体——清华学生会（《上海惨剧特刊》）、北大学生会（《沪汉后援专刊》《北大学生军特刊》）、女师大附中学生会（《反抗英日强权专刊》）……这些特刊的撰稿人中不乏王造时、顾颉刚等知名教授，但主要则是荆有麟、陈铨、周伦超等青年学生。他们的文章实则没有太多可取之处，思路则明显受到《现代评论》《醒狮》等刊物的引导。对比一下此时的《晨报副刊》——文章是清一色的专家之作——水准高下立判。但在沪案期间，新兴的《京报》却抢去了老牌《晨报》的风头。

孙伏园的做法赢得了关注，付出的却是刊物质量下降的代价。对于任何一种以质量求生存的出版物，出让或部分出让编辑权都非明智之举。但在北平这座文化城中，学界势力强大，充分调动校园的热情，让师生悉数参与进来，不仅提供稿件，而且由他们继续阅读传播这些文章，从而争取对社会最大限度的影响力，是出版业最便利的成功途径，亦是编者身处北平所拥有的“特权”。这种方式直到30年代，仍在北平的报纸副刊中沿用。

毫无疑问，此类做法催生了大量不忍卒读的短命刊物，但也确实给有志于写作的青年学生以充足的试笔机会，总会有一些具有文学天赋、且对稿件质量有着严格自律意识的青年人脱颖而出。以学生为主体的文学社团亦不乏成功例子，女师大的蔷薇社给《京报》编过《妇女周刊》，也给《世界日报》编辑了《蔷薇周刊》。她们的稿件质量基本可以保持在及格线上，甚至也会出现一些精品，较之于鲁迅、周作人等人主持的刊物毫不逊

① 《觱篥周年纪念刊》，1925年3月1日。

色。自然，最为出色的则是创办于1933年底、隶属于《华北日报》副刊的《每周文艺》。这个由朱企霞、钱晋华、何其芳、李广田、卞之琳等人创办的小型刊物，大致代表了战前北平校园文学的最佳水准。这种报纸副刊的运作方式，实则给京派同人刊物打下了非常深刻的烙印。1930年周作人等人创办的小型文艺周刊《骆驼草》，虽属独立发行，但每期八版，形式上全然报纸副刊的神气。同样，二三十年代享誉文坛的《语丝》《水星》以及《大公报》文学副刊等也是同一种文学生产方式下的产物。

我们以往谈及京派文学往往强调它的学院色彩——艺术上的严谨和强烈的文体试验意识，但如果我们将目光集中于它的期刊运作方式，那么"校园"可能是一个更应注意的因素。"校园"强调的是文学生产的背景及作家代系交替的过程性，这其中既有教授资源的整合，也有校方对学生参与文学活动的有效训练，毕竟他们代表着文坛的未来。学校作为一个整体去争取社会资源，在商业出版过程中提供额外的保护和缓冲，只要社会物质水准不降低到令校园难以维持的地步，那么师生在文化生产活动中始终作为拥有较多资源的团体出现，这种"余裕"状态对于文化创造意义重大。

二　教会大学的保护和纸价飞涨的开始

1937年抗战全面爆发后，北平迅速沦陷。国立大学纷纷南迁，大批作家亦随之离去。燕京、辅仁等教会大学成为抗拒殖民教育的学生的首选，招生人数在扩展，入学考试亦趋于激烈。[①] 大致经历了两年的观望后，在1939年底，北平文坛呈现复苏趋势，张深切主持的《中国文艺》引起了广泛关注，教会学校的学生期刊亦达到令人惊讶的水准。[②] 相对于大后方文学发展中的颠沛流离和遭遇到的物资匮乏，北平因为沦陷之迅速，社会生产能力反倒没有遭到太多破坏。留守于北平的作家和新一代的学生重新开始活动，校园仍是他们的依托，无论经济上的资助、还是政治上的保护。

① 〔美〕杰西·格·卢茨：《中国教会大学史，1850-1950》，曾钜生译，浙江教育出版社，1988。

② 封世辉：《华北地区文艺期刊钩沉》，《中国现代文学研究丛刊》1993年第1期。

30年代中期，华北成为中日矛盾焦点，各大学抗日情绪高涨，即使教会学校，亦在放纵学生日渐高昂的民族主义意志。燕京大学新闻系所办的《燕京新闻》曾长篇累牍地连载各类劳军、西北地区调查等宣扬抵抗意识的文字；[①] 沦陷后，教会学校和占领军当局达成某种谅解：前者控制学生的反日情绪，后者则不干涉学校的正常运转。随着国民政府档案的解密，我们注意到若干留守教师，如后文提到的沈兼士等，实则负有在北方进行秘密活动之委托。[②] 但无论校方还是爱国教师们都会承认，对于沦陷区的学生而言，保有民族意识虽属必要，但总要以不闹出乱子为佳。教会大学有意识地加强了校园的凝聚力，以便使学生的精力有所投射。如果说沦陷前的20年中，北平校园对文坛的支持是面向社会敞开以获取资源的话，沦陷后的学校更愿意成为独立于社会之外的“孤岛”。

我们注意一下辅仁和燕京两所大学在沦陷时期的校园期刊，就会发现校方有着非常明晰的出版规划。如辅仁，在学术方面有《辅仁学志》，每期中英文各半，印刷精良，厚薄则依据稿件数量灵活掌握。这种刊物用于学术交流，很少流入市场。校园生活方面，有一份每期30页左右的月刊《辅仁生活》，刊发校内新闻、较短的学生习作以及英文练习，销售对象是辅仁大学及其附中的学生。在这两个刊物之间，则有如《辅仁文苑》这样的纯文艺季刊。燕京大学的情况相似，学术层面有《燕京学报》，文艺领域有《燕京文学》等，校园内部有《燕京新闻》；只是因为《燕京文学》保持着同人杂志的特色，校方对刊物的支持力度不及辅仁。这类出版规划

---

① 如1934年11月17日《太平洋杂志主笔拉丁摩将来燕大演讲西北边疆问题对中国之重要性》，1935年6月6日《德王在燕大讲内蒙问题》，1935年9月20日《马季明教授谈晋省基运已有成效》，1936年9月15日《绥东问题座谈会》，1936年9月25日《燕大及各团体慰问二十九军丰台受伤士兵》，1936年10月6日《梅贻宝畅谈绥宁青甘教育实况》，1936年10月9日《燕大同学绥远调查通信》，1936年10月13日《张家口宣化归来》，1936年10月16日《梅贻宝西北四省概况及其问题》《薛文波谈西北汉回民族之冲突》，1936年10月23日《法兰丝女士演讲西北最近情况》，1936年10月30日《敖暴两氏讲蒙汉关系》，1936年11月17日《廿九军秋操演习参观记》，1936年11月20日《绥东抗战将士后援会》，1936年11月27日起连载《赴绥劳军返校报告》，1936年12月11日《白宝瑾讲西北四省现状》，1936年12月18日《战地调查团通讯》等。

② 桑兵：《抗战时期国民党对北平文教界的组织活动》，《战时中国的社会与文化》，社会科学文献出版社，2009。

实际将校园营造为独立于社会外的“小环境”，意在唤起师生对于学校的认同。

在辅仁的三份刊物中，校方致力最多的其实是《辅仁生活》。它原本由学生个人创办，后由于经济原因“乃求借款于学校”；辅仁校方积极响应，也由此加强了对这份刊物的管理，此后编辑部的换届始终在校方监督下进行，院系助教及附中教员也一度接手编辑工作。[①]《辅仁生活》的成功，就校内而言，在于它加强了校方和学生的沟通，校长陈垣、文学院长沈兼士都积极参与，学校的各社团也借此刊物联络，第7期还曾出过《校友返校专号》，以加强毕业学生对辅仁身份的认同。在这一期的读者来信中提到：“《辅仁生活》已提起了整个辅仁的兴奋，学校和师生间已不像先前那样隔膜了，一般同学对于贵刊热烈的企求，也足以证明我们的辅仁，的确是需要有这样纯洁活泼的刊物，来宣扬一下她的精神，来代学校对学生说几句话，来替同学对学校贡献些意见……”就校外而言，它的广告以“校园生活”和“英文练习”为号召，对青年问题多有关注。这份小刊物很快扩展到了辅仁之外，从第10期的启事看，编辑部已经聘用专人负责北平及外地的出版和邮寄工作了，可见发展之迅速。

《辅仁文苑》的第一期原名《文苑》，出版于1939年春，原本是燕京大学和辅仁大学几个文学爱好者自费出版的“友谊的纯文艺集刊”，印出后主要用于馈赠。[②]此后辅仁校方主动介入，将其变为辅仁校刊，1939年12月10日出版第2期时，正式更名为《辅仁文苑》。刊物兼收论文、创作、翻译和书评，每期容量在20万字以上，教师身份的杨丙辰、李霁野等，学生身份的吴兴华、林榕、张秀亚、白峰、查显琳等均为创作主力。《辅仁文苑》不再是松散的同人杂志，编辑力行审稿之权，排版美工等亦有专人负责，从风格上说，《辅仁文苑》似乎在模仿30年代引领文坛的《文学》和《文学季刊》。这份刊物的发行量不宜被高估，一开始它完全没有征订计划，出到第5期时（1940年11月），编辑提到由于印刷费和纸费暴涨，印数受限，因此要减少赠阅规模；同时，因影响力渐长，北平及外

① 《辅仁生活》编者：《本刊的过去现在与将来》，《辅仁生活》1941年第3卷第1期。
② 林榕：《两年的回忆》，《辅仁生活》1940年第1卷第7期。

埠已有征订之意——说明至少在最初的一年中，这个刊物的发行思路仅在校园之内。此后的发行量亦不可能太大，《辅仁文苑》靠学校提供经费出版，完全没有商业广告，1941 年后北平的物价指数不断攀升，卖得越多只会赔得越多。刊物从第 6 期开始，随着学生的毕业，编辑部人员有三次大调整，各栏目的负责人间也有“轮岗”现象，只有入学较晚的张秀亚贯穿始终。这份刊物从任何角度看，都是辅仁校方给师生创造投稿园地、给在校文科学生创造实践机会的产物。学校花费巨资，作者、编者亦表现出众。

创办于 1940 年底的《燕京文学》是一本仅有 20 ~ 30 页的小期刊，宋淇、孙道临、吴兴华、石奔、姚伊、黄宗江等撰稿人贯穿始终。作者多有几个固定笔名——如孙道临常用孙羽、孙以亮，宋淇常用宋悌芬和欧阳竞——以避免太过明显的同人期刊色彩。这份刊物受校方经济援助可能不多，但它可以通过与校内其他组织的合作来得到支持，并强化校园内部的联系。如第 2 卷第 3 期（1941 年 4 月 15 日）上有本刊同人公演独幕剧的启事：

> 本刊同人拟于春假后，公演独幕剧数场。有：《戏》，黄宗江；《我们的时间》，姚伊；《开会》，石奔；及英文戏两场。
>
> 此次公演，不售门票；日期地点，尚未定妥。一俟决定后，再于《燕京新闻》中发表，敬希注意。

在《燕京文学》出版经费困难之际，燕京剧团在校内礼堂公演曹禺改编的《镀金》（法国，拉必史）和李健吾改编的《说谎集》（英国，萧伯纳）二剧，以筹集经费。[①] 孙道临正是在燕大期间出演了曹禺的《雷雨》《镀金》等戏后，才走上专业演剧之路的。

教会大学强化校内联系，以避免学生对社会事务过多介入的做法，实则和八一三抗战时，法国神父饶家驹在上海交战地带设置安全区的做法极为相似。[②] 学校成为脱离政治纷争的一方净土，日本人则是一个必须回避

① “本刊捐款启事”，《燕京文学》1941 年第 3 卷第 1 期。

② 〔美〕阮玛霞：《饶家驹安全区》，白华山译，江苏人民出版社，2011。

的话题。教会大学的文学期刊从不介绍日本文学，与其说是文化立场的选择，毋宁说是校方出于安全考虑的纪律要求。这一背景也给现代文学的发展提供了独特范例。新文学从发生之日起，便积极参与社会政治事务。前文提到的孙伏园在五卅惨案期间的编辑策略，便是在利用学生的政治激情以扩大刊物影响。但在燕京、辅仁这种“封闭”环境中，直接面对社会问题发言的道路被阻断，刊物中青春成长气息却渐渐浓厚起来。《燕京文学》的发刊词，据说出自宋淇之笔：

这些日子来，我们一直沉默着。我们沉默了很久，很久，而现在我们再也忍受不了这沉默，我们要说话，我们要歌唱。……在这长长的，严冷的冬日里，我们带不来“春天”。我们没有这能力，也没有这野心。我们要说话，我们要歌唱，可是我们的“歌声”也许会很低，很轻，轻得别人连听都听不见，更不用说能使别人的心“异样的快乐”。但，假如这歌唱不是为别人，它至少是为我们自己。我们至少能听见自己的歌声。一个人不见得是他自己最好的欣赏或批评者，可是在这种情形下，欣赏和批评并不是最重要的。我们要的是一点自信，一点凭藉。况且一切并不如我们所想的那样坏，我们一定可以得到反响，也许我们的歌声能在这片空旷的“庄园”里引起一阵回声，引起一点搅动。①

以往论者往往视其为对日伪政府的抗议。但如果我们细翻《燕京文学》各期的头篇，就会发现这组文章实则自成体系，每期开篇选择一个话题——美术、文学、宗教、生活态度、身体与灵魂等——和读者进行交流，叙述中充满了成长过程中的人生感悟。在第1卷第6期（1941年3月1日）同一位置所发的《回顾和展望》中，编者提到因为毕业造成的人员更迭，并从这个角度谈到《燕京文学》对他们的意义：

正因为聚首的日子短，我们才更应该使这些日子变得有意义。我

① 《燕京大学》编者：《发刊词》，《燕京文学》1940年第1卷第1期。

们要使这些日子在将来“忆往昔”时成为一片锦绣——想起《燕京文学》来心里会起一种暖和、温柔的感觉。……下半年我们虽然比先前更忙，但这并不能成为退缩的理由。在这种情形下，维持这刊物显然是一种挑战……这是一个好机会，让我们试试我们的力量、精力和毅力，……它（燕京文学）代表我们的理想。

沦陷时期的北平教会大学在中国文学发展的历程中实则扮演了一个非常奇特的角色。这些大学的教会背景将“为人生”的诉求和西方现代文化资源引入校园文学之中；国家的沦丧也促成了学生的早熟。他们的习作全无矫揉造作之气，文字的老练，体验的深刻，均令人惊讶。由于学习的视野被置于亚洲之外，这也和周作人代表的京派口味拉开了足够大的距离。仅从文学角度而言，抗战时期的西南联大和北平沦陷区的校园都达到了民国时期校园文学的最高峰，它们的区别也显而易见，前者用现代的方式谈论政治，后者以现代的方式回避政治。恰是因为如此，后者才显得弥足珍贵，它向我们展示了一种可能——屏蔽掉政治激情后，中国文学可能是一种怎样的形态。

这几份刊物的定价和纸张问题同样引人注目。翻开编辑栏，编者对于纸张和印刷费用上涨的抱怨触目皆是。《燕京文学》持续一年，从创刊到第 2 卷第 3 期（第 9 本）定价均为 2 角；第 2 卷第 4 期则是 2 角 5 分，编者解释说是因为纸价和印刷费用的上升所导致。[①] 从第 3 卷第 1 期开始，该刊物成为月刊，定价上涨为 4 角 5 分（本埠），但页数增加不多。最后两期的纸张发生了明显变化，此前所用是一种进口新闻纸，从目前保留下来的刊物看，纸色发黄，较厚，较脆（加矾的原因）；后两期则换成一种质地较白较薄的新闻纸，有轻微透墨现象，印刷清晰度亦有下降。这个时间已经到了 1941 年的 10 月份。不久日军占领燕京大学，迫使学校解散。《辅仁生活》开始定价 5 分，从第 6 期（1940 年 4 月底）开始同样因为“纸价飞涨”的因素，售价提高到 1 角。第 3 卷第 1 期（1941 年 9 月中）开始，新的编委会重提“辅仁第一”“师生一家”的原则，刊物的宗教色

① “启事二”，《燕京文学》1941 年第 2 卷第 3 期。

彩大大提升，关注点亦集中于校舍分配等具体问题上。定价已从刊物上抹掉，只是在刊中的某启事中提到，校外如订阅“全年十期二元”。[①] 随着纸价的上涨和占领军当局的压力，估计刊物发行范围有重新收回到校园内部的趋势。《辅仁文苑》的发展轨迹大体相似，第 2 期学校接手时是 1939 年末，此后直到第 7 期，定价在 3 角到 4 角之间波动（上文提到的取消赠阅后，价格从 4 角回落到 3 角 5 分）。第 8 期出版时已到 1941 年 9 月，定价上升为 5 角，最后一期是第 10、11 期的合刊，推延至 1942 年 4 月底才出版，定价是 6 角或 1 元（注：原刊定价处有涂改痕迹）。这一期合刊同样出现了换纸现象。毫无疑问，1941 年年中是一个关键的时间点。对于北平出版界而言，它意味着纸价有较大攀升和纸质的下降。说到《辅仁文苑》的停刊，现在研究中往往采用张秀亚回忆中的说法，说他们是拒绝伪教育督办的收买，主动停刊以示抗议。[②] 自然，这可能实有其事。但《辅仁文苑》和《辅仁生活》两份刊物，已让校方补贴甚多，面对纸价飞涨恐怕难以为继。选择停刊其实是一种符合经济常规的做法。

1941 年下半年，华北地区物资的紧缩，和这年年底爆发的太平洋战争有着密切关系。中国印刷用新闻纸长久以来一直依靠进口，抗战前，国民政府及诸多出版机构曾计划联合办造纸厂以解决这一困境，但因战争的爆发而中断。[③] 从 1937 年中日战争爆发时的海关进口情况看，德日美三国在中国纸张进口贸易中分列前三位；1938 年时，日本超过德国跃居首位，并单独垄断华北市场。[④] 1939 年的《华北海关进出口贸易统计年报》显示，日本向华北输入的印书纸、印报纸（机制木造纸）总计 164407 公担，占到该地区进口总数（203848 公担）的 80%。如果算上日本实际占领的朝鲜（194 公担）、伪满洲国（2283 公担）和关东租借地（2527 公担）的输入额，比重上升为 83%。迟至 1940 年，日本政府已经有意识地加强纸张等资源的统制，以应付长期战争需要，华北正是被波及之处。[⑤] 纸价的上

① 《辅仁生活》1941 年第 3 卷第 2 期。

② 张秀亚：《抗战时期中我的文艺生活》，《张秀亚全集》第 15 卷，2005，第 288 页。

③ 《温溪造纸厂之创立会》，《国际贸易情报》1937 年第 2 卷第 22 期。

④ 《海关中外贸易统计年刊·贸易报告》，上海海关总税务司署统计科，1937、1938。

⑤ 石志洪：《日本政府统制下的纸业与印刷出版业》，《造纸印刷季刊》1941 年第 2 期。

涨和纸源的不稳定，迫使校园刊物纷纷停刊，而在这一环境中尚能坚持下来的以纯文艺为号召的杂志，则往往有着官方背景，如《中国文艺》（1940 年 9 月，张深切辞职，武德报社接手）、《艺文杂志》等。这种情况越到战争末期越为明显，1944 年初创刊的《中国文学》中，柳龙光所写“编后记”提到，1943 年末“因当局调整华北出版界印刷资材之需给，多数刊物归于停刊或合并”，《中国文学》正是合并《中国文艺》和新民印书馆的《华北作家月报》的产物，出版一年，前 7 册价格均为 2 元，后四册均为 5 元。同时期的《艺文杂志》价格基本相当，只是最后三期出现了明显的纸张质量下降和价格飙升。不过，这还不是华北出版业最为窘迫的阶段，抗战相持中大后方用马粪纸印刊物的情况出现在这一地区，则是内战时期。

三　被中断的文艺复兴与文学生产方式的转折

抗战胜利后，“文艺复兴”一度成为文坛主调，承续 30 年代文坛中如《文学》《文学季刊》等“纯文艺”风格的刊物和由左翼人士创办的、有着明晰的政治批判倾向的刊物大量出现于华北文坛。但他们很快就面临着极度的纸张匮乏局面。如 1946 出现的《文艺与生活》月刊。该刊物撰稿者不乏冯友兰、张东荪、徐祖正、杨丙辰、郭麟阁等名流。从第 4 卷第 1 期（1947 年 2 月）开始，黎锦熙、谢冰莹、南星、李朴园、赵清阁、臧克家等人陆续加入进来，丰子恺的插图亦时有出现。在这期的启事上，刊物决定征集五千固定读者，可见发行情况着实不错。目前见到的最后一期是第 4 卷 2、3 期合刊，迟至 1947 年 4 月出版。编辑室一栏谈到，中间停顿一期是因为“纸张大涨价”。该期的页数虽由原来的 80 页左右减少为 48 页，但改用较小的新五号字排版。从内容上说减少不多，但阅读较为困难。中间各期所用纸张优劣不齐，说明该刊物没有纸张储备，亦无固定供给源。纸价大涨或短缺时，只得脱期或停刊。比它稍晚两月出版的《文艺时代》情况相仿。该刊物由南星主编，它的作者团队实力强劲：战前主持《文学杂志》的朱光潜是该刊物的主要撰稿人之一；徐祖正等 30 年代京津地区的重要作家，亦给此刊物供稿。吴兴华、林榕、南星、沈宝基等，则代表了沦陷期间华北校园文学的中坚力量。吴兴华最重要的作品大多数都发表在该刊物上，如《演古事四篇》（第1卷第1期）、《西珈》（第1卷第4期）等。刊物的编辑手法亦展现出引领文坛复兴的决心：第3期集中刊发冯至十四行集的11首、南星柳丝辑的26首等，以便让读者充分感受该刊物的“分量”和“支持它的人所具有的大决心”。[①]《文艺时代》的发行情况极好。第2期的“本社启事”中谈到，第一册首印五千册，迅速售完；因质优价廉，还曾出现了代售点私自加价的情况。因此决定吸纳三千订户，此后增至一万户，行销地区包括北平、天津、沈阳、上海、汉口、贵州、绥远、四川、青岛等处。该刊物所出6期定价虽在节节攀升：500元、700元、800元、900元、900元、900元，但较经营成本而言却全然亏损，第6期的“编辑室同人杂记”中明确写道：“物价高涨，大家购买力减低；若像报纸一样加价一倍，每册一千八百元，似乎是个可怕的数目。即照现在的按本刊质量说起来其实是太低的价钱，据说也有人在书摊上拿起一本来又放下，叹一口气走开”——一句话将杂志和读者的窘境说尽。纸张质量下降到马粪纸水准还能坚持出刊，是政治任务而非商业运营之道。既要保证刊物印制水准，又要控制价格，即使杂志有金城银行的广告补贴，但仍不足以补亏空，只好停刊放弃。

纯文学期刊如此，左翼背景的刊物也是这样。1947年4月出版的综合性月刊《雪风》以书评见长，刊物现存5期，定价均为1500元，但后两期的纸张质量下降明显。这一刊物的行间距异常紧密，阅读颇感困难。刊物第1期的征稿启事中，所涉范围极广，展现出宏大的编辑气魄；雪风社同时在上海创办《文史知识》杂志，颇为注意两地文坛的呼应和创作经验的交流。但第5期后刊物即告停刊。同年8月出版的《骆驼文丛》亦是一个极有特色的左翼期刊，主编青苗有延安鲁艺背景，编辑视野较为开阔，如第2期较为集中地介绍马雅可夫斯基，第3期介绍惠特曼，第4期介绍菲律宾诗歌等，都是颇有想法的规划。但刊物的运营情况较为艰难，广告业务亦平淡。此时北方的物价飞涨已经较为严重，刊物的第1、2期定价为4千元，第3期为5千元，第4期则升至7千元且脱期1个月。值得注意的是，这一刊物的纸张质量之差，和抗战期间大后方的地方刊物相当，所用

① 《文艺时代第三期》，《文艺时代》1946年第1卷第5期。

纸张较薄较黑，透墨现象明显。《骆驼文丛》的发行范围尚可，重庆、西安、上海、开封、昆明等地均有订货。但从第4期编者催收代销处款项的文字看，外埠书款难以收回，这恐怕是该刊物难以为继的重要原因。

至于这时期的校园，它的特性已经湮灭在了经济崩溃的大潮中。1948年北大学生自治会所办的《北大半月刊》，是一个以时评为主、兼有文艺的综合刊物，第2期（4月1日）的定价为2万元，第9期（8月5日）已达15万元，足见通货膨胀之迅猛。前面提到的《燕京新闻》，1946年11月18日在北平复刊。最初的定价是100元，至1948年8月法币崩溃前夕（第15卷第9期），单份定价已是50000元。实行金元改革后，从1948年9月至12月，定价亦从最初的金元7分跃至6角。与此过程相伴的，则是刊物风格的变化。燕京大学的新闻系久负盛名，《燕京新闻》的创办便是为该专业学生提供某种实习机会。在1930年代，《燕京新闻》在关注时政的同时，有相当篇幅用以讨论校园内部事务。比如华北紧张时期，老生、新生就“拖尸”传统（高年级学生夜间将新生从宿舍架出，丢入水池）是否应该保留有过激烈辩论和冲突；教务长司徒雷登亦有意利用此刊物在校方和学生之间建立平等对话关系——两派学生在刊物上畅所欲言，学校最后根据讨论结果决定处置措施。即便是头版刊出的罢课游行决议，旁边也会出现校方让学生安心学业的建议——新闻中立原则是《燕京新闻》的传统。1946年在北平复刊后，该刊物的“左倾”色彩明显增强，对国内政局的评论和对校方的抨击成为主流；文艺栏则在林陆的主持下，刊发郭沫若等人的作品，讨论赵树理的创作情况——从某种程度上说，此时的《燕京新闻》已是中共的外围刊物。

抗战的胜利，使日本失掉向华北大量倾销物资的特权；而此时日本国内生产的匮乏，也导致无货可卖。根据美国农物部某工程师1946年在日本制浆造纸业的调查报告看，1945年日本造纸业的萧条，倒并非纸浆储备耗竭，而是因为和造纸相关的“煤炭、药品及木材之供应不足”，以及盟军轰炸造成的生产设施损坏。[1] 同样的情况也发生在德国。[2] 从进口情况看，

① Robert J Seidl：《日本制浆及造纸工业》，朱裕民译，《台纸通讯》1948年第2卷第4期。

② Otto Goy：《德国今日的纸荒》，李家渡译，《台纸通讯》1947年第1卷第4期。

战后美国取代日本成为中国第一大贸易国，但1946年时，国民政府为抑制通货膨胀，鼓励一切日用产品的大量进口，在当年形成了巨额入超，并使得政府外汇储备的耗竭。此后两年的入超额虽大幅下降，但原因只是无外汇可用而引发的进口削减。① 这种因经济疲软导致的纸张进口匮乏同样出现于欧洲各国。②

更为致命的是，从1946年开始的高速物价膨胀，直接导致了刊物征订系统的崩溃，正如汪家熔的研究所显示的，民国时期杂志的零售很少折扣，出版方往往鼓励征订，一般是全年12期或24期按10期或20期收钱，大致相当于预收码洋的83.33%。这笔钱在很大程度上是杂志的周转资金，用以支付编辑出版过程中的各类费用。③ 纸价暴涨，预收资金迅速贬值，无力购买印刷用纸，刊物的应对之道不外乎两途：或靠外来津贴（商业的或政治的）维持，或主动停刊以避免损失。一个刊物如无固定订户，只靠市场销售，所印数量势必保守，如此亦增加了单本的成本，定价的提高又会进一步减少发卖数量，陷入恶性循环。征订系统的瘫痪，对于所有依靠市场发卖的刊物，无论是自由知识分子所办，还是左翼人士所办，都近乎毁灭性打击。后旅居香港的作家刘以鬯，回忆自己1946~1949年在上海办书局的情形时谈到，邮政业的恶性通胀使得“像生活书店那样健全的出版机构”也将邮购部的业务停办；而进入1949年后，“白报纸的价值比书籍更高”。④ 早在1947年的时候，储安平便已提出国民政府有意借纸荒以消灭不同政见的言论、只留下党办或政府办的刊物的怀疑，亦可看出当时知识分子对政府的不信任。⑤

但这种情形在华北地区，对四五十年代的文学转型却近乎便利，源自解放区的期刊征稿和发行方式顺利推广开来。1948年底，欧阳山主编的《华北文艺》在石家庄附近的冶河镇创刊，从第4期开始迁往北平出版，至第6期终刊。《华北文艺》的纸张质量同样不好，前3期尤差——可见

① 吴申元主编《中国近代经济史》，上海人民出版社，2003，第312页。

② 《世界纸浆的恐慌》，许桐华译，《银行通讯》1948年第54期。

③ 汪家熔：《旧时书业批发折扣》，《商务印书馆史及其他》，中国书籍出版社，1998。

④ 刘以鬯：《怀正，四十年代上海的一家出版社——一九八一年十二月二十二日在中文大学中国现代文学研讨会上的发言》，《短绠集》，中国友谊出版社，1985，第110~111页。

⑤ 储安平：《白报纸》，《观察》1947年第3卷第9期。

面对全国性的纸荒，中共刊物亦在所难免。但它的征稿方式已然不同，第2期的《编辑部通知》中提到，“请各地文联、文协、文工团、剧团、杂耍团、宣传队、杂志社、民教馆、文教科和其他文艺机关团体经常来信，和我们发生联系；把当地文艺活动情形告诉我们，把经过群众考验，受到群众欢迎，或他们认为可以用的稿件组织起来，记录下来，或整理出来，尽速寄给我们”，并要求相关人员注意收集回馈已刊发稿件的群众反映。至于发行，全部交给新华书店负责。萧三、秦兆阳、赵树理、孙犁、贺敬之、康濯等人是该刊物的撰稿主力，从第4期开始，宋之的、马彦祥、欧阳予倩、俞平伯、叶圣陶、钟敬文等人陆续出现——有限度地容纳部分党外作家，主要是为了配合文代会的召开。接下来创办的《文艺报》最初完全围绕第一届文代会的筹备进行编辑，纸张亦无起色。虽对外征稿，但撰稿人要经过严格筛选，内容亦限于“全国各地文艺运动的综合或专题的报道消息”和“工厂、部队、农村及各团体的文艺活动情况”。在第4期的《本报启事》中，提到暂无征订计划——可见该刊物基本不面向公众发卖。1949年10月创刊的《人民文学》是一个例外，用纸的考究、铜版插图的精美，都达到了抗战前出版业黄金时代的水准——这是行政力量的结果，也意味刊物等级的建立。

征稿方式的变化有解放区农民动员的痕迹；新华书店完成的是对销售的垄断。第一次文代会的753位代表中，来自解放区的有400多名。他们代表的是“人民解放军四大野战军加上直属兵团，加上五大军区，参加文艺工作的，包括宣传队、歌咏队在内，有两万五千人到三万人的数目。解放区的地方文艺工作者的数目，估计也有两万人以上，两项合计有六万人左右”。[①] 此后，提拔来自各行业的文艺通讯员，成为《文艺报》极具示范意义的举动，这批人的作品也占据了文艺通讯的大部，并享有刊物赠阅等权利。[②] 新华书店垄断销售在此时期具有积极意义。虽然在此后的经济恢复时期，旧版人民币的贬值速度丝毫不亚于国民政府的法币和金元券，但

---

① 周恩来：《在中华全国文学艺术工作者代表大会上的政治报告》，《中华全国文学艺术工作者代表大会纪念文集》，中华全国艺术工作者代表大会宣传处编，1950，第27页。

② 李迎春：《建国初期〈文艺报〉研究（1949-1957）》，河南大学博士论文，2006年，第51～54页。

各解放区新华书店的迅速统一却使建立书刊的垂直发运系统、减少图书备货量成为可能，大大降低了出版成本——这是民国出版人的梦想，只是这一目标的实现建立在极度的物资匮乏之上。

华北纸荒促使文坛上留下的多为党办或政府办的刊物，只是它们属于一个新的政权。在民国时期，北平的校园可以为知识者赢得社会资源，亦可为他们提供政治庇护，但这要建立在一定的社会经济发展水准之上。太平洋战争爆发后的经济紧缩直至内战时期经济的崩溃，逐步挤压掉了北平校园为文学活动提供的余裕空间，当文学生产赖以存在的物质基础发生危机的时候，一种适应较低生产力发展水准的文学体制在华北确立，并最终推向全国。近年来，我们回顾这段历史时，多关注于政党的文艺政策、作家的思想改造等与创作有直接关系的领域，对与之相关的经济基础的研究似乎已经是一个过时的话题。事实上，当持续的经济萎靡迫使文学生产方式发生改变的时候，我们应该细致地追索这一改变的轨迹，而非将其当作一个不证自明的前提；对此物质基础的充分估量，亦有助于我们理解民国时期北平文坛的成就以及共和国建立时期文学的性质。

“受害者”的翻转

——重读《新的信念》与《我在霞村的时候》

程　凯

1939年到1940年是丁玲在延安的创作高峰期。这期间所写的《新的信念》和《我在霞村的时候》均以日军在农村中的性暴力受害者为主人公，通过描述她们的经历，展现“人民大众的斗争和意识改造及成长的记录”，同时“也可作为作者自己意识改造及成长的记录”[①]。这两篇作品的写作有一定间距，其间变化恰好对应着作者在革命阵营中思虑的起伏——主体与环境、自我与现实、信念与疑虑交织、冲突的紧张关系。如果进一步把这种作者对革命主体的理解、想象方式和革命现实状态所构成的张力扩大到作品世界与现实世界的对照中，这种张力关系会更趋复杂。

近年来，随着对抗战时期日军性暴力行为研究的深化，游击区村落一般民众的生存状况、多种政治力量角逐拉锯下村落的生存策略、强征慰安妇行为背后的规则与伦理也更完整地得以呈现。对照真实的“加害”“受害”，尤其是面对“加害”的日常化，如何理解“生存”前提下的“抵抗”形态，如何重审作品所展现的“人民大众的斗争和意识改造及成长的记录”？这并非单纯指出其“虚构性”，恰恰相反，正是作品与现实之间的

① 冯雪峰：《从〈梦珂〉到〈夜〉——〈丁玲文集〉后记》，袁良骏编《丁玲研究资料》，天津人民出版社，1982，第297页。

“不对称”促发我们进一步把握“新文学”作为一种书写形态和认识装置所具有的历史品质、功能以及它与中国革命的内在关系。

二

在这两篇作品中，《我在霞村的时候》由于在1950年代成为“再批判”的靶子而为人熟知。这部作品在批判视野中得以凸显的原因一方面在于其描述的“现实”与革命阵营所承认的现实标准有落差，另一方面在于作品中作者的自我投射被认为暴露了其小资产阶级根性。也就是说，正是在批判小资产阶级知识分子的视野下，《霞村》有了突出的位置。但是，1944年，胡风在国统区编辑出版的丁玲小说集《我在霞村的时候》（列入“七月文丛”，收《新的信念》《我在霞村的时候》等7篇小说）刚面市时，国统区的左翼评论界关注这些作品的视角明显不同，他们更瞩目于解放区新的民众的精神和意识状态。在此观照下，《新的信念》比《我在霞村的时候》得到了更多的重视。

从40年代的两篇代表性评论可以看出这种倾向。骆宾基的《大风暴中的人物——评丁玲〈我在霞村的时候〉》以《新的信念》和《夜》作为整个小说集的代表，因为它们最集中反映了“有阳光降临的地方”所萌生的“自主的信心”[①]。作者对《新的信念》的解读集中于对主人公老太婆的评述：

> ……她已经有了战斗的能力，已经不是一个中国旧式的一般的老太婆了。虽然她的灵魂还带着锈蚀的斑痕，然而却被同时从那灵魂上发出的光辉所反射而不显明了；不久自然会给风浪冲击得更亮，一点斑痕都不会存在了。作者，让她带着一颗仇恨的火种，向她的周围去燃烧。这已经是一个新的老太婆了，新的陈新汉的母亲，新的中国农

① 骆宾基：《大风暴中的人物——评丁玲〈我在霞村的时候〉》，《丁玲研究资料》，第282页。

村妇女。①

这里，昂扬的笔调、充分的信心与小说本身乐观的基调相互呼应。冯雪峰在稍后的评论中称之为一种"革命浪漫主义的色彩"。如果意识到"浪漫主义"在左翼批评脉络中带有脱离现实的意指，则这种说法似隐含批评。但冯雪峰随即表明，这里并不包含否定的意义，他反而特别强调"革命浪漫主义"的必要：

> 姑不论革命浪漫主义是否需要的问题（当然需要的），我们如果不忘记敌人的残暴所引起的仇恨心的深浩，人民战斗热情的疯狂般的沸腾，则所有战斗的人民包括我们自己在内，就都是在那样罗曼蒂克的战斗气氛中的罗曼蒂克的人物。这革命浪漫主义恰正就是最真实不过的战斗的现实。倘不是生在这样的战斗的世界中，我想就很难把握住这罗曼蒂克的战斗的现实罢，而现在作者把握住了，我以为这也正是革命现实主义的一个胜利。②

这段话中引人瞩目的要点是："最真实不过的战斗的现实"本身是浪漫主义的，或者说，现实的战斗不可避免具有"罗曼蒂克"因素。这似乎是一种悖论式的表达。直接地看，"战斗的现实"之所以是"罗曼蒂克的"，因为它诉诸情感的驱动，诉诸"仇恨心的深浩""人民战斗热情的疯狂般的沸腾"。这一切是"最真实不过的战斗的现实"本身，还是使得真实的战斗得以延续的逻辑上的动力？我们可以用战斗的本身的残酷、复杂质疑对战斗的浪漫主义理解。但，这段话背后的逻辑是，"战斗的现实"不是从直观"真实"的意义上说是浪漫主义的，而是从"本质"上说是浪漫主义的。为什么？因为，"浪漫主义"所指称的"仇恨心的深浩""人民战斗热情的疯狂般的沸腾"是真实的，更确切地说，"应该"是真实的，它不受制于现实状况中民众精神状态的不理想、不均衡。恰恰因为它是不

① 骆宾基：《大风暴中的人物——评丁玲〈我在霞村的时候〉》，《丁玲研究资料》，第287页。

② 冯雪峰：《从〈梦珂〉到〈夜〉——〈丁玲文集〉后记》，《丁玲研究资料》，第298页。

受制于现实而具有的“真实”所以才被称为“浪漫主义”的。

有必要追问，不受制于现实的为什么可能“真实”？其真实性取决于，对中国革命而言，因压迫深重而生彻底反抗这一逻辑本身起着现实作用。在中国这样的“落后”地区，革命的成立不单纯依赖于“客观条件”的成熟或革命理论所设定的理想条件的具备，而要同时诉诸超越现实条件的意愿、意志，缺乏后者也就缺乏革命展开的动力。从这个角度说，它有本质上的浪漫主义色彩。革命作为一种理念所引导的行动，固然基于现实状况，但同时又必须不以现实给定的条件、状况为自己的桎梏，而具有超越现实给定性的动能。不带乌托邦色彩的革命是很难想象的。所谓“乌托邦”不等于空想，它也是认识现实的一种方式。对于革命而言，现实感非常重要，而乌托邦的再生产机制也不可或缺。平行于实际革命进程的左翼文化运动在一定程度上正是再生产乌托邦机制的文化实践。正因为如此，它与革命政治的逻辑之间时而相互配合，时而相互抵触、冲突。

“现实的战斗”无疑反罗曼蒂克，它除了基于信念之外，更重要的是诉诸对现实状况的不倚重主观的观察、判断，因此，其行动会带有权力政治的色彩。然而，赤裸裸的实力争夺、权力关系的计算不足以使条件欠缺的中国发展革命。所以，对革命理念、反抗意愿的倚重成为革命进程中突出的现象。这使得“现实的战斗”有了一重非直观性，转化为“战斗的现实”——“现实”不单是左右“战斗”的客观条件，也是被“战斗”所改变的主观和客观。甚至，革命意愿的强度、作用与现实的滞后构成某种对称。

不过，对民众而言，受压迫不一定自然产生反抗，也有陷入麻木、苟活的可能。因此，对压迫尤为敏感的知识分子承担着将“痛感”显影，将个体承受的痛苦扩展为普遍性体验，由此激发抗争意识的使命。“新文学”在这样一个机制中扮演着至关重要的角色。鲁迅曾说“世界岂真不过如此么？我还要反抗，试他一试”[①]。这也是一种乌托邦意识，但它主要不是被社会解放的规划所引导，而根植于被深化到“绝望”状态的“现实感”，“于无所希望中得救”。这样一种意识被后来者发挥成不回避现实黑暗，像

① 鲁迅：《致许广平》，《鲁迅全集》第11卷，人民文学出版社，2005，第491页。

揭疮疤式地挖掘民众身上的精神创伤，而于揭示乃至鞭挞中蕴涵"翻转"的可能。而且，正是由于反抗来自现实的深渊，且要置身其中，现实越残酷、越灰色，反抗的力道就要越强烈，乃至其力度的估算常有超越现实限度的特征。

回顾冯雪峰对《新的信念》的评论。民众的"仇恨心""战斗热情"有现实对应性，但于何种程度上已达到了"疯狂般沸腾"的状态则超出现实尺度。与其说这是现实描述不如说是左翼文化人要诉诸的信念。它不是对应，而是"折射"出两重的现实状况：一是持续的、日常化的压迫和"精神奴役"可能造成民众乃至知识分子的麻木与颓丧，以及面对这种状态左翼文化人施以精神拯救的急迫感；二是诉诸阶级革命的共产党面对阶级革命在中国的不成熟而要在"压迫/反抗""残害/复仇"的结构中获取革命原动力的现实选择。

这两种状况均诉诸"翻转"，因而在一定程度上会相互配合，但两者又有根本差异。对前者而言，"翻转"是一种自足性的革命力量，具有自发性和自然性，换句话说，它会为了强调这种动力"内在"于民众主体本身而着力挖掘民众自身精神与行动的可能性。对后者而言，"受苦"与"翻身"的愿望固然造成革命合法性来源，但它只为民众的革命意愿提供解释，却不能涵盖其过程，不能解决各阶级、各政治力量在革命中的位置、作用等问题。因此，土地改革等实践虽然是一种"翻身"，但"翻身"的过程相当复杂、精细，必须深入农村的社会结构和生活世界才能真正有效展开。仅停留于对农民"精神"层面的观察和体会，并不足以把握民众生活的真实状态，更不足以找到动员民众展开社会革命、解放运动的具体途径。

因此，《新的信念》这篇小说看上去是一种现实描述，其实，它更是左翼文学所构造的"翻转"式革命理念的作品式（具象化）呈现。它的写法主要延续着左翼文学的观念形态，构思、想象方式，乃至表现技巧。冯雪峰认为小说的成功基于作者能"深入现实人物的意识领域"，"作者必须在新的对象的世界中生活很久，并用这新的世界的意识和所谓心灵，才能走得进去"①。但实际上，究竟作者在多大程度上深入了"现实人物的意识

① 冯雪峰：《从〈梦珂〉到〈夜〉——〈丁玲文集〉后记》，《丁玲研究资料》，第298页。

领域”值得讨论。作品意图与评论的高度贴合、一致恰恰说明它们共同分享一个框架的程度。小说真正动人之处在于构造了一种“有实感的理念”。因为是“理念”所以同现实可以有某种不对称性，但它又基于“实感”，基于对生活中种种现实因素的综合性把握。

所谓“实感”并不限于细节的真实，也在于作者有足够的耐心去构筑一个生活世界，一个乡村社会中家庭成员之间错综的关系。一般看待这部作品易于将老太婆的出场作为小说的起点。但实际上这一幕被安排在小说已展开四分之一篇幅后。那么，小说的前四分之一在写什么呢？它从老太婆的儿子陈新汉怀着忐忑的心情回到被日军洗劫过后的村庄写起，写他看到的凄惨，写他对一个个家人的担忧，更写到一家人劫后余生的境况中弥漫的不是庆幸而是不断滋生的抱怨和相互伤害。小说中有一段专门写到失去了孩子的母亲如何变得乖戾，如何寻衅将愤懑、怒火烧向家人：

> 盘脚坐在炕头的陈新汉的老婆，烦躁地搜索着，她想找一个可以发泄怒气的东西，……
>
> ……
>
> “大嫂！你别这样说吧，现在家弄到这个样，省点事，安静点吧！”
>
> “家弄到这样子，又没有坏到你头上，你们母子不是有人送你们到没事的地方去了吗？就可怜我，啊，我的同官，我的儿，你死得好苦呀！……”于是她捶着炕，放任着眼泪，填满了胸中的怒气，一方面向外边奔流，一方面又不知从哪里加来了，她咬着牙接下去又骂：
>
> “这一屋子全是鬼，没良心的，没廉耻的……”她不断找出一些话去侮辱二婶，她希望激起她的怒气。
>
> 二婶觉得太委屈了，嘤嘤的在被子里哭，受了惊骇的娃儿，也哇哇的哭了。①

这段写暴行给民众造成的精神伤害。这种伤害不会自然转化成对敌人

① 丁玲：《丁玲全集》第4卷，河北人民出版社，2001，第167页。

的愤恨，相反，积攒的怒火、无处发泄的愤懑变成了指向自己和身边亲人的怨恨，从而造成对自己和对共同体的二度伤害。这是比外来的残害更持久、更让人难以忍耐的伤害。

这种状况的扭转是在劫后余生的老太婆开始以怕人的方式详细讲述他人和自己的受害经历之后。为什么老太婆会与众不同，会对受害经验有如此特异的态度？作品中没有任何交代，似乎也无须交代。但是对照前面的描述就可以看出老太婆的举动非同寻常。相反，家人和村民对其行为的最初反应——认为她疯了——倒显得更"自然"。

不能否认老太婆的行为有现实依据，也许还有"原型"式的存在，但对其强度和效果的塑造中无疑有作者理想的寄托：老太婆以不断讲述来激发人心的方式其实就是"新文学"所诉诸的理念。鲁迅早年的文章中即提出文学的要义在于"撄人心"[①]，要搅动人心，使国民从惰性的精神和生存状态中挣脱，反观自己真实的处境，生出反抗的意志。老太婆的讲述不单是一种"回忆"，她要最大限度地触动听讲人的神经——"她很高兴吓住了她的孙女似的"，"如果她看见她们脸红了，愤怒舔着她们，她就满意她所煽起的火焰"，"她详细地述说，不怕媳妇受不住那痛苦"，"她审视那些人的脸色，懂得什么辞句更能激动人心"。这是一种调动，类似后来在土地改革时普遍采用的"诉苦"机制。她反复讲述受害经验意在唤起村民对现实的正视，不再将经验掩埋、抹平，或者对外隐忍、懦弱而在亲人身上发泄怒火。同时，这种讲述也会感染他人——"听的人总是忘记了自己要做的事，感染了她的感情，也跟着说起来了"。在这种感染中，造成新的命运共同体的因素就此萌发。于是，随着这种讲述，受难经验由被动的"受害"转化为积极的建设因素，整个村庄共同体以及家庭因这种变化产生了全新的关系：

> 媳妇们也渐渐减少了对她的侧目，苦痛的回忆，未来的希企，使她们一天天接近和融洽。当只剩她们几个在一道时，她们总是拿这些做唯一的谈话材料。过去一些家庭间常有的小冲突，现在没有了，并

---

① 鲁迅：《摩罗诗力说》，《鲁迅全集》第1卷，第70页。

且在差不多的思想中建立了新的感情。一家人，倒有了从未有过的亲热和体贴。……①

老太婆无论对村落、对家庭均担当起了一个“启蒙者”的角色。尽管作者并未深入探讨其自身觉悟的来源与过程，而把这一觉悟设定为由受难而自然激发的；但作者又力图想象、构造一个获得了觉悟的老太婆如何在其村庄自身的生活、伦理、精神结构中发挥作用。此外，作者虽然也提到游击战给村民带来的鼓励，但小说更明显地构想了革命力量对这种自发反抗的借重。这意味着，外部的革命固然起着方向上的引导，但民众的觉醒依然要依靠内发的力量和自我教育。后者不仅是土壤，也是必不可少的过程，缺少这一过程而使革命动员完全依赖于外援，则革命就不是真正植根于“现实”的。这特别体现着左翼革命思想的特点。

就此而言，《新的信念》较为典型地呈现了“理念”自足的一面，相对缺少让现实裂痕进入的空间。老太婆的形象一定意义上可以看成“祥林嫂”形象的反动。她们的讲述都被设定为精神遭受沉重打击后陷于疯狂的表征。但在《祝福》中，与“我”构成对立关系的祥林嫂代表着“启蒙”难以有效触及的民众灵魂世界和精神状态，凸显出“启蒙”与“现代”的限度。祥林嫂的不断重复代表一个精神世界处于前现代状态的人遭遇灾难后不能自我解脱的状态。而周围人的反应，从一开始的鉴赏、咀嚼到后来的厌烦、嬉笑，也特别传达着凝固了的社会中人和人关系的冷漠、残酷。而在《新的信念》中，老太婆的讲述虽然也被设定为对受害的疯狂式反映，但她从一开始就有积极、主动的目标，而且有坚定的意志去贯彻。家人和村民虽然有最初的诧异和不理解，但很快就被她所感召。这里面没有曲折、反复、滞后。

真正体现了复杂后果的场景发生在她和儿子之间：

陈新汉回忆起前一天当老婆子在人丛中宣讲时，他走过去听。老婆子正在讲她自己的事，他感觉自己几乎要疯狂起来，作为儿子的

① 丁玲：《丁玲全集》第4卷，第177页。

血，在浑身激流着，他不知道是应该喊几句好呢，还是跑去抱着他娘好，或者还是跑开。他被噤住了在那里发抖，而这时，做娘的却看见了儿子，她停止了述说，呆呆望着他，听的人也回过头来，却没有人笑他。他感到从来没有过的伤心，走过去，伸出他的手，他说：“我一定要为你报仇！”老太婆满脸喜悦，也伸出了自己的手，但忽然又缩回去，像一只打败了的鸡，缩着自己，呜咽地钻入人丛，跑了。[①]

这几乎是唯一一处写到了老太婆的退缩，这退缩里面有着属于原有乡村社会的那种痛苦，而儿子的痛苦、无奈和村民的沉默中也包含着面对真正的伤害所织就的罗网时难以轻易冲决的困苦。

骆宾基敏锐地捕捉到了这一幕本身的表现力，但他在解释这个场景时依然强调那种“庄严的姿态”，突出其中的崇高感。这与他关注于民族革命战争如何造就民众新的灵魂相关。问题是，这一新的历史因素——民族革命战争——是否对原有颓败的乡村社会乃至整个新旧困苦交织的“旧社会”产生了决定性的改造？或者更准确地说，这种改造是不是仅凭着对灾难的直接翻转就可以实现？它会面对什么样的困境，遭遇什么样的挫折，会有什么样的经过挣扎、抗争、改造而仍不尽如人意的现实？这些都是民族革命战争本身要面对、处理的问题。具体到小说中所描写的灾难，也面临一个除了将灾难作为转化性环节，如何将灾难当成灾难本身来理解和表现的问题。而恰恰由于一种理念的自足，这些现实的裂痕、困境在《新的信念》中被搁置，作品由此显得顺畅、高昂、崇高，但却损失了异质性的张力和更复杂的现实感。

二

相比之下，一年多后写《我在霞村的时候》时，那种构造理想状态的写法被一种更富张力的写法取代。就像《祝福》中的世界处在有限的“我”与被桎梏的祥林嫂两个生存世界和精神世界相互的对照与碰撞中，

① 丁玲：《丁玲全集》第4卷，第173页。

由此不单揭示了祥林嫂的精神困境也质疑着“我”,《我在霞村的时候》同样因为“我”的引入以及一个更复杂的“贞贞”的塑造使得现实中的裂痕与困境得以凸显。

受害的经验也使贞贞的身上产生了“新的东西”,但这种“新的东西”不是与其之前的自我截然不同的东西。贞贞身上的“新”延续、发展着其原有的性情,是原有性情在经历磨难后的生长、变形;同时,她的“新”也非有确定政治意涵的、规范意义上的“新”,因此始终保持着与环境的不协调与距离。贞贞的形象一定程度上可以看成《新的信念》中老太婆的孙女“金姑”的延伸。其性情中有着天生的倔强,对家庭、环境桎梏的不满和对自由的渴求。贞贞的被害与她追求自由恋爱相关,当其爱人不敢与其私奔时,她反抗的方式是要去教堂做修女。因此,贞贞的挣扎、反抗不仅限于战争所造成的加害、被害结构,而被置于一个更大的框架中,也就是自五四文学以来一直诉诸的青年为挣脱旧礼俗的束缚而斗争以及由此造成的悲剧。

贞贞的反抗从一开始就包括对亲人、身边人和压抑环境的反抗。这种反抗甚至远远超出她对加害者本身的憎恨。后者在小说描写中被相当背景化和淡化地处理。当贞贞谈及被害经验时,其口气的冷静与淡漠让人惊异:

> “苦么”,贞贞像回忆着一件遥远的事一样,“现在也说不清楚,有些是当时难受,于今想来也没有什么;有些是当时倒也马马虎虎的过去了,回想起来却实在伤心呢,……”①

这恰好与《新的信念》中的老太婆形成对照。在老太婆身上,作者强调的是彻底的变,它根基是对“敌人”的确认,对仇恨、勇气、牺牲的自觉,是一种觉悟意义上的“新”——从一个普通的农妇变成有高度政治觉悟的主体。而贞贞体现的似乎是一种“不变”:“我变了么,想来想去,我一点也没有变,要说,也就心变硬一点罢了。人在那种地方住过,不硬一

① 丁玲:《丁玲全集》第4卷,第224页。

点心肠还行么……”她所遭受的残害甚至没有使她单纯以“恨”的角度看待敌人，她仍然能以常人的眼光观察、打量敌人以及和敌人在一起的生活，以至于她眼中的“鬼子”也有人情味：

> 日本的女人也都会念很多很多书，那些鬼子兵都藏得有几封写得漂亮的信：有的是他们的婆姨来的，有的是相好来的，也有不认识的姑娘们写信给他们，还夹上一张照片，写了好些肉麻的话，也不知道她们是不是真心，总哄得那些鬼子当宝贝似的揣在怀里。①

如果说老太婆“变”的意义在于从“旧”转向“新”，则贞贞“不变”的意义在于遭受磨难与歧视后身上原有“新”的种子没有被消磨、摧毁，反而显得更坚决。于是，受害在她这里不是一个翻转、觉悟的契机，而是一种真正的磨难、考验。经历了磨难后她反而变得更决绝：“正因为她受伤太重，所以才养成她现在的强硬，她就有了一种无所求于人的样子。”她对受害的真正抵抗是把这种常人难以忍受的伤害变成不能伤害，把非人的状态变成人的状态。她在讲述自己被害经验时坦然、淡然的态度，她在描述自己艰苦工作时的平静，都显示出一种当磨难不可逃避时“置之死地而后生”式的挣扎与坚忍：

> 人大约总是这样，哪怕到了更坏的地方，还不是只得这样，硬着头皮挺着腰肢过下去，难道死了不成？现在呢，我再也不那么想了，我说人还是得找活路，除非万不得已。……只有今年秋天的时候，那才厉害，人家说我肚子里面烂了，又赶上有一个消息要立刻送回来，找不到一个能代替的人，那晚上摸黑我一个人来回走了三十里，走一步，痛一步，只想坐着不走了。要是别的不关紧要的事，我一定不走回去了，可是这不行哪，唉，又怕被鬼子认出来，又怕误了时间，后来整整睡了一星期，才又拖着起了身。一条命要死好像也不大容易，

---

① 丁玲：《丁玲全集》第4卷，第223页。

你说是么？[①]

在别人看来惊心动魄的经历，在贞贞这里似乎是顺理成章的，甚至带着无可奈何的基调。在村里的青年把她看成“英雄”时，她自己却坚持按照另一种对自己而言更真实的态度去看待自己的遭遇和行动。这种执拗和直面现实不修饰的态度无论对于落后的村民还是对于先进的青年，乃至对于革命组织都带着一种挑衅的意味。因为它挑战各个立场、认识基础上的对“受害”“反抗”“斗争”“生存”的规范性看法。

在日后遭到的“再批判”中，贞贞这种对待受害经验的态度被认为完全等同于丧失气节和背叛：

至于在敌人面前，那就完全不同了。她如果反抗的话，接着而来的将是巨大的痛苦，甚至有性命之忧，所以她就不顾一切，顺从地与敌人一块儿生活，像日本法西斯的军营里的妓女一样。爱国主义、贞洁、道德……她都完全抛弃了，据她自己后来回忆说：“有些是当时难受，于今想来也没有什么，有些是当时倒也马马虎虎的过去了。”这还不是很清楚？为了苟延残喘，屈服了，投降了。[②]

她从事情报工作也被认为是不真实的，是对党的情报工作的污蔑：

……稍有一点常识的人便会知道，侦察敌情的工作是极重要的工作，绝对不会让一个没有一点认识和觉悟的人去作，更不会让这样一个女人用这样的方式去作。……

退一步设想：即使贞贞后来确实是替我们作了侦察工作，那她原来的失节行为仍然是应该受到谴责的，不可原谅的。[③]

---

① 丁玲：《丁玲全集》第4卷，第225页。

② 陆耀东：《评“我在霞村的时候”》，文艺报编辑部编《再批判》，作家出版社，1958，第95页。

③ 陆耀东：《评“我在霞村的时候”》，《再批判》，第95页。

这里触及的是，面对敌人什么是“应该”的反抗方式。对于将革命教条化的后来者而言，面对敌人只有不可调和的斗争一条路可以走，牺牲也在所不惜。更准确地说是要抱着必死的牺牲决心去斗争。尤其当落入敌人掌控无法挣脱时，牺牲几乎是唯一选择。这不单意味着“气节”，也体现“政治觉悟”。这样的标准下，其实没有“受害”的位置。被动的“受害”必须被转化成积极的抗争和“牺牲”才能被理解。甚至“受害”而幸存这件事都被认为有“失节”的嫌疑。

事实上，《新的信念》中老太婆的觉悟也在脱离了敌人的掌控后，她在敌人的刺刀下也有过逆来顺受的非人生活。只是，这些经历在小说中被处理成背景，作为前经验，被隐藏在老太婆获得觉悟、产生牺牲决心的戏剧化过程中。而贞贞的“受害”与反抗是连成一体的，在她身上展现的是“受害”的日常化与反抗的日常化这一更真实的状态和更尖锐的问题。当“受害”与“反抗”都不再是一时的搏斗，诉诸一时的决心时，如何接受“受害”的现实，以“生存”为前提而非以“牺牲”为前提展开斗争，这是贞贞的经历所蕴涵的认识价值。

三

如果暂时脱离开小说给我们限定的视野，将对应的历史状况纳入我们的视野，则贞贞这个形象所具有的历史内涵就能得到更贴切的说明。

1990 年代以来，随着“慰安妇”问题重新浮出水面、中日之间围绕战争责任问题产生的争议越来越公开化，抗战期间日军在中国战场的性暴力、强征“慰安妇”等罪行也越来越被系统地挖掘、研究。当受害者开口讲述她们的经历时，受害经验背后所连带的生存状况和历史状况也一起被揭示出来。

与《我在霞村的时候》特别有相关性的一份研究是由日本民间学术团体撰写的《发生在黄土村庄里的日军性暴力　大娘们的战争尚未结束》（石田米子、内田知行主编，社会科学文献出版社，2008）。全书分为两部分：一部分是对山西盂县西烟镇附近几个村落性暴力受害者及相关人员的采访，一部分是围绕盂县的日军占领和抗日活动等问题展开的研究。整部书提供了一个抗战期间游击区的普通村落和村民生存状态的立体化图景。

孟县处在晋察冀边区，属于敌我双方拉锯、交战的游击区。书中将日军的性暴力行为分两个阶段：以1940年下半年“百团大战”和日军报复性的“晋中作战”为界，前期日军对村落的侵犯多是过路性、暂时性的，后期日军则深入抗日村落，在村落旁的制高点修建炮楼，派驻士兵与警备队进驻村落。这使得以往村民通常采取的——如《新的信念》中所呈现的——敌来我走、敌撤我回的对付手段无法延续。如何与近在身边的日军共处成为严峻的问题。在这样的状况下，加害的“日常化”问题日益凸显出来。

恰恰由于你死我活的抗争变得不可能，许多村落采取了组织两套政权、推选“两面村长”的做法。白天由维持会出面与日军周旋，晚上由抗日村长与八路军接洽。这样的情势下，强征“慰安妇”成为村落生存必须应对的现实。因此，除了日军在讨伐过程中掳掠妇女的情况时常发生外，由日军提出要求，由村落选择、给予补偿金，提供慰安妇的方式也成为一种常态。这种状况甚至是抗日势力默认的。因为这些“慰安妇”是被村庄提供给日军的，且家里接受了补偿金，所以不能逃跑，否则会连累村庄和家人。无论对村庄而言，对家庭而言，这些妇女都是真正的牺牲品，也一定程度上是保护者。如证言中所讲，自从“设立了将从周边村庄摊派的女性集中起来的场所后，日军对于村里女性的暴行减少了”[①]。

即便如此，她们因为这种受害经历而在回到村庄后普遍遭到歧视和再度伤害。书中提到一个被强征为慰安妇的妇女南二仆回到村庄后被看成“本村的耻辱”，在1951年“镇反”运动中被判有期徒刑三年。后她被提前一年释放，但仍被归为“五类分子”，受严密监视，并于“文革”开始后的1967年上吊自杀[②]。造成她自杀的原因据村民讲：“第一是村里面干部蔑视她，不把她当人看。第二是在1951、1952年的揭发反革命运动中，她被严厉追究。第三是一天比一天重的疾病不断折磨着她。”[③] 这里，南二仆遭遇的政治歧视与贞贞遭到的政治判决遵循着一致的逻辑，也预示着现

① 石田米子、内田知行主编《发生在黄土村庄里的日军性暴力》，第53页。

② 石田米子、内田知行主编《发生在黄土村庄里的日军性暴力》，第48页。

③ 石田米子、内田知行主编《发生在黄土村庄里的日军性暴力》，第65页。

实中类似贞贞这样的人物可能会遭受的命运。

如果说南二仆在思想、意识上尚与小说中的贞贞有根本差距的话，那么，另一个真实受害者万爱花的经历更具参照意义。根据万爱花的自述，她因为积极参加村里的抗日组织，14 岁就加入了共产党，并在 1942 年后成为抗日副村长。她一共三次被日军抓走。在第一次逃跑成功后之所以还回到村里，是因为接到了组织"希望你重新开展村里面的工作以及抗日地下活动，请赶快回来"的命令。但其丈夫却认为她"不吉利"，提出离婚。村里的抗日干部专门开会讨论其离婚问题，结果是一个抗日干部提出"买"下她。她自己对此的看法是：

> 到头来，无论我是"结婚"、还是"离婚"，都是李喜顺他们村干部看着办的，我不过是"买卖的东西"，因为村长他们不想别的村把我买走。①

而在第二次被日军抓去后，万爱花遭受了残酷的拷打和性侵犯，再一次侥幸逃出后，还是因为"羊泉村里面的工作还等着我"以及丈夫的要求再次回到村里。这次遭遇的又是村干部的盘问：

> 在第二次逃出后，村里面的抗日干部又问我"被日本鬼子强奸了吗"，本来事实上是被强奸、轮奸、严刑拷打，但我还是回答"没有"。被拷打以及被强奸，遭受的伤害就够大的，但他们的提问也刺伤了我。②

因此，当她第三次被抓，并遭受更严重的残害后，九死一生的她永远离开了羊泉村。

万爱花遭受的身体伤害是触目惊心的。但与这种身体伤害相比，万爱花更耿耿于怀的是亲人、村民和抗日干部对她的不理解与歧视。证言中，

① 石田米子、内田知行主编《发生在黄土村庄里的日军性暴力》，第 90 页。
② 石田米子、内田知行主编《发生在黄土村庄里的日军性暴力》，第 92 页。

她对受害过程的讲述更像是一种提供“事实”“证词”的、无感情的列举，而涉及在村里和在组织内遭受的待遇时则带着挥之不去的不平与寒心。与其他一些受害人不同，她是一个曾经被抗日组织的积极向上与温暖所召唤而积极投入政治活动的青年。她回忆自己参加儿童团的经历是讲述中唯一暖色调的部分[①]。而随着几次被害和被盘问，她感到自己再无法回到村落的共同体中，或者说是这个共同体把她作为异类抛弃了：

> 身体成了这样，无论是在羊泉村还是辛庄村，村里面的人不能分担我的痛苦，因此我也不想再和他们见面了，为了避开熟人的眼睛我才移到阳曲县城。[②]

相比较小说中贞贞受到的村里进步青年的同情乃至尊敬，现实中，万爱花遭遇着更冷酷的境遇。但贞贞对村民、家人的冷漠、距离，对夏大宝的拒绝，以及“活在不认识的人面前，忙忙碌碌的，比活在家里，比活在有亲人的地方好些”的心境，乃至最后离开村庄的选择不都可以在万爱花的遭遇中得到更贴切的理解？因此，贞贞这一形象的意义不仅在于塑造了一个遭受磨难而不变质的“新人”，而在于以她为中介，以如何对待真实的“受害”为中介，汇集、折射了诸多民族革命战争中“落后”、陈旧的思想意识，不被正视的状况与因素。

就理念而言，民族革命战争的意义在于改造、扭转所有这些陈旧、落后的因素，但实际上，现实的民族革命战争正是基于这种落后的实际而展开的。哪怕是在革命内部，陋习与落后意识也依然发挥着作用，左右着革命的形态，塑造着人与人之间的关系。中国革命从来不是理想条件下、理想状态下的革命。所谓“不理想”不单指意识层面的落后，也包括更实际的层面：就像在西烟镇等实例中所表现出的抗日斗争的脆弱性。

这种抗日斗争的脆弱性并不是孤立的事实。只有我们以“提纯”的方式来理解革命和斗争时才会苛求这种不理想，并蔑视其间付出的牺牲和代

① 石田米子、内田知行主编《发生在黄土村庄里的日军性暴力》，第84页。

② 石田米子、内田知行主编《发生在黄土村庄里的日军性暴力》，第96页。

价，同时也就无法真正把握其中蕴涵的坚韧与伟大。《霞村》中的贞贞以慰安妇的身份从事情报工作被批判为“不真实”，理由是情报工作只能由具有高度政治觉悟的人去做。这恰恰是一种对革命工作高度“提纯”的看法，而窄化了革命的实际条件与经验。在革命胜利后，对中国革命经验的整理中不断抛弃那些“杂质”而将其理想化的倾向反使得革命越来越脱离实际，陷入激进化和“自我实现”的怪圈，并生出对革命越来越严苛的理解与要求。

对照万爱花的经历，贞贞的“不真实”不是这样的人物没有资格从事情报工作，而是在那样的条件下从事情报工作是过于危险和传奇的行为，虽然她有着一个原型。对于万爱花来说，她没有身陷囹圄而从事情报工作的传奇经历，但对她个人而言，为了组织的要求两次在逃出魔掌后重新回到村落已经是足够需要勇气的“英雄”行为。尽管限于其意识程度，做出这样的决定时也许没有经历复杂的思考，至少没有达到自觉的“政治觉悟”的程度，但，民族革命战争中的政治意识和斗争实践不就是靠着这种普通人的朴素的责任感累积和支撑起来的吗?

四

贞贞的形象一度被批判为歪曲革命，但恰好通过这样的人物我们才能对抗战的政治形态和政治过程有更体贴的把握。一定程度上，她是对《新的信念》中老太婆形象的超越。因为，面对加害的日常化，一次性的翻转显得过于理想、“浪漫”，必须面对前者形成一种日常化、可持续的抵抗。正是在抵抗的常态化中，旧思想、旧习俗的惰性所造成的弊端成为与外在的敌人一样需要反抗的对象。在对庸常化的革命生活的批判中，新文学培养出来的有反思深度的主体被重新调动起来。

在50年代的“再批判”中，对贞贞的批判集中于将其等同于作者，认为丁玲塑造这样一个“不真实”的形象目的是为自己的历史污点开脱、辩护。所谓“污点”当然指的是丁玲在被国民党特务绑架后不但没有坐牢、遇害，反而在监视下过了三年平静的生活。恰好在写作《霞村》前后，丁玲听说党内有人重提这段经历而申请对其进行政治审查。虽然最后的结论确认了她没有自首、叛变，但对其未及时脱逃提出了批评[①]。而结论中所说“丁玲同志被捕后的经过，许多地方是值得引起严重怀疑的”为之后的再追究埋下了伏笔。原来结论中承认，由于丁玲的特殊地位，国民党没有将其杀戮而给以优待，“这种特殊的情形也有可能”，但在1943年整风审干和1955～1957年对这段历史问题的再认定则经历诸多起伏，并逐步升级为“显然是一种政治上的自首变节行为”“完全丧失了共产党员的革命气节”[②]。

当这样的政治逻辑转化为对作品的解读时，《霞村》里的贞贞自然成了“丁玲的化身，丁玲的自我扩张”：“按照自己的面貌刻了一个‘复仇的女神’，用来咒骂一些人，争取一些人。”[③] 而小说中对贞贞投以赞美目光的“我”更被等同于作者本人。但事实上，如何理解贞贞、“我”和作者本人这三者间的一致性，又如何看待这三者间的差异和相互关系才是把握这部作品的关键。

小说中的“我”不仅是一个叙述者，她也构成与贞贞平行的另一个主人公。这个结构也可以类比于《祝福》，小说在讲述一个主人公的命运的同时，也在讲“我”对自身生存状态的质疑，一个异质的、她人的生命状态对照出“我”的限度，构成自我审视、自我质疑和自我转换的契机。可以说，这样的作品既是一个揭示性的作品，也是一个“自我教育”式的作品。

这样的自我教育之所以必要往往系于主体所遭遇的精神危机和困境。《霞村》中的“我”一出场就带着浓浓的孤独感，和周围的环境与人处于疏离、不能亲近的状态。而她所处的环境就政治属性来说应该是一个革命的、集体的，同志与同志之间、同志与群众之间构成新的人际关系的环境。事实上，她也一直被身边的同志照顾着，村里的老乡“殷勤地督促着我吃面，也摸我的两手、两臂”，村里的进步青年要求她来“指导”。但在其内心深处，身边的组织、同伴、老乡、青年都不能使她感到亲切，或者

① 王增如、李向东编著《丁玲年谱长编》，天津人民出版社，2006，第155页。

② 见1958年中宣部《丁玲历史审查结论》定稿，王增如、李向东编著：《丁玲年谱长编》，第413页。

③ 文艺报编辑部编《再批判》，第92页。

说都不能打动她、吸引她，更确切地说是不能排遣她的寂寞，不能给她以新的滋养。原来所在的政治部“太嘈杂”，同行的“宣传科的女同志”“不是个好说话的人，所以一路显得很寂寞”。而她对前来讨教的进步青年的看法更耐人寻味：

> 像这样的青年人我在前方看了很多很多，当刚刚接触他们的时候常常感到惊讶，觉得这些同自己有一点距离的青年们实在变得很快，不过一多了，也就失去追求了解他们的热心了。①

最后一句在现在通行版本中被删掉了，大概是因为太“消极”。但恰恰这样一种心态变化的轨迹才透露出“我”的精神困境的根源。对“我”这样一个作家而言，参加、追求革命不单是为了实现某种政治目标，更注重在此过程中精神的不断提升和成长。在刚接触到革命实践的阶段，革命带来的新的人与人之间的关系，个体因革命激发所产生的新的思想意识都是新鲜、富于创造性、令人振奋的。但是，随着革命生活的日常化，那些由政治表达、思想符号、组织关系所构成的“新”会逐渐褪色，旧有思想与生活的惰性会浮现出来，甚至在表面“新”的表达与行为背后是已经程式化与自动化的状态。因此，当那个在村里负点责的初中生说“我们这里最难的工作便是‘文化娱乐’”时，“我”完全没有积极回应的热情，她想的只是“我一定要好好休养，而且按着自己规定的时间去生活”。这种强迫自己“遵守规定下来的生活秩序”的方法实际上意在努力摆脱烦闷、灰色的心理状态，以找到一种继续展开有意义的工作和生活的方式。贞贞的故事由此变成唯一能够引起她真正兴趣的事。

“我”喜欢贞贞的原因小说中正面交代是“我喜欢那种有热情的，有血肉的，有快乐、有忧愁、又有明朗性格的人；而她就正是这样”。但其实，贞贞之于“我”的意义并不限于发现了一个自己性格上的同类，而在于她有不断让“我”吃惊的地方。这首先当然出于对其凋害经历的关注，但随之而来的是她的“坦白，没有尘垢”，更重要的是，当“我”以常人

① 文艺报编辑部编《再批判》，第151页。

的想法与她交谈时得到的是她对自身经验出人意表的看法以及由此展现的“自我”的强度，以至于“我”和同伴都被她的话不同程度地“震慑”了——“当她走后，我强制自己在灯下读了一个钟头的书”。与一般想象中的受害者不同，她似乎并不需要安慰，她对自己受难经验的讲述“丝毫没有想到要博得别人的同情”，因此，当“我”的同伴想要说几句话“传达出她的无限的同情”时反而显得无力、隔膜。这使得“我”不能以对待一个“受害者”通常的、单向的同情态度，以一个正常人俯视非正常人的态度来看待她。“我”和“她”只能在真正平等的意义上建立关系，换句话说，“我”是在找到平等的精神伙伴的意义上与她相遇，并变成朋友的。

因此，即便相识时间短暂，“我”已经完全视之为良师益友意义上的朋友：她的谈话“于我的学习和修养，就是非常有帮助的”，“我”虽觉察到她私人感情上的秘密也不会去触碰，乃至不愿从旁人那里听到关于她的报告——“我以为凡是属于我朋友的事，如若朋友不告诉我，我又不直接问她，却在旁人那里去打听，是有损害于我的朋友和我自己，也是有损害于我们的友谊的。”但是，从现实出路的角度，“我”仍希望贞贞能接受夏大宝的求婚，这似乎是没有障碍的较好的归宿，也会缓和她与家人和周围人的关系。可贞贞最后仍然坚持拒绝，选择了一条出走的路，因为“人也不一定就只是爹娘的，或自己的”。这样一种不被环境的现实所拘束，甚至不被自己的现实所拘束的勇敢态度再次让“我”感到“惊诧”，这些才是“我”从贞贞身上看到的“新的东西”。

张光年在后来的批判文章中曾指出，这个“新”不过是丁玲早年“莎菲”气质的再现：

> 她说：“我觉得活在不认识的人面前，忙忙碌碌的，比活在家里，比活在有亲人的地方好些。”这使人想起“莎菲女士的日记”，所谓“在无人认识的地方，浪费我生命的剩余”；这哪里是甚么“新的东西”？这分明是多少年前的老调子。而且，贞贞到了延安，按照她那一身肮脏而又孤芳自赏的怪脾气，她决不会在那里循规蹈矩的。

的确，贞贞将到延安去治病、学习其实是作者安排的理想结局，而贞贞身上异乎寻常的自我强度也让人看到丁玲早期作品中一系列倔强、勇敢的女性形象的影子。但如果说“莎菲女士”这样的形象不单是“资产阶级个人主义”的代表，而是代表着求解放的现代自我所必经的一个阶段、一种状态，那么，虽然她的具体形态会被超越、转化，可其中蕴涵的不耐烦于环境与自我的束缚，不断逃离、不断挣脱的精神动能则会不断生发出新的形态与意义。作者给贞贞这个角色所赋予的就是这样一种精神气质，而她在小说中不断给陷入迷惘的“我”以冲击、激励乃至教育。“我”这个革命者恰恰在贞贞这样一个受害者身上发现了自己已失落的冲决困难的勇气和坚韧的自我状态。这是另一种受害者的翻转，它不是以特定的政治觉悟为内容的，而是指向革命本身的不足，指向革命庸常化之后所失落的面对真实的勇气与个体革命主体的湮没。

随后撰写的小说《在医院中》，丁玲以这样的句子作为结尾：“人是要经过千锤百炼而不消溶才能真真有用。人是在艰苦中成长。”贞贞的受难其实也是“经过千锤百炼而不消溶”的一种形态，贞贞对“我”的启示也就体现在上面这句话中。陆萍在小说的结尾也是离开了医院，但她已经开始克服不满所带来的激愤，以更积极的态度面对未来，给她以启发的是一个经历了“太残酷的斗争”与伤残却“对本身的荣枯没有什么感觉”的“没有双脚的人”。他启发了陆萍如何看待组织内的不足，如何跳出自我的圈子，如何不被自己的抱怨所消磨。

事实上，无论《霞村》也好，《在医院中》也好，都可以看成知识分子出身的革命者的一种自我教育和自我克服。对革命而言，往往强调个人要借助组织才能成长。但是，当组织的状况不够理想时，当革命的现状不够理想时，当身边的现状不够理想时，作为革命者的个体如何面对？知识分子出身的革命者因其敏感在革命的现实中看到种种的不如意，而个人化的不满并不足以直接改变现实，且如果这种不满消耗在自我意识中只能与组织、集体产生更深的矛盾，使革命的运转更不顺畅。因此，如何使自己学会“在艰苦中成长”，在不理想的环境中“不消溶”而仍能发挥积极的作用，同时不让自己随波逐流，保持对现实的批判眼光，这是丁玲等人力图面对和解决的问题。事实上，这也是革命组织要面对、解决的问题。只是，两者的差别表现在：前者诉诸自我的反思能力和独异个体的感召；后者则力图通过打破个人与“群众”间的对立，对基于自我意识的个体状态进行更根本的改造。经历整风后，丁玲接受了后者的道路，从对自我和民众精神状态的关注转向对更具体的农村阶级关系、民众生活世界的把握，从抒情性浓厚的短篇小说转向史诗性的长篇小说，发生了思想与文学的双重转变。

颇有意味的是，1953 年，当人民文学出版社编选《丁玲短篇小说选》时，丁玲曾致信楼适夷谈到她对早年那些成名作的矛盾心情：

> 我这次校稿时，心中有很多感想，我的确觉得都没有什么意思，都不是可以留下来的作品。可是我又觉得我近年来的作品也并未超过过去，过去虽说不好，可是还有一点点敢于触到人的灵魂较深的地方，而现在的东西，却显得很表面。①

“敢于触到人的灵魂较深的地方”对于革命而言的意义何在？如何实现两者有机的结合？这都是丁玲自身的经历和创作道路所提出的问题。就此而言，像《霞村》这一系列介于“过去”“现在”之间的创作更有值得深究的价值。

无论是《新的信念》中有明确政治意涵的受害者翻转，还是《我在霞村的时候》自我改造意义上的受害者翻转，都是左翼革命思想不同内在层面的展现。它与现实革命政治的逻辑既配合又有差异，甚至有矛盾。它对于民族革命战争中的现实既有揭示又有落差。今天回看这份资源不仅要置于反思革命政治的框架中，也要在重新理解左翼思想传统的框架中，同时还要面对真实历史状况中的受难者。就后者而言，今天限于在直观视野下的“加害者”“受害者”框架中讨论历史真相、战争责任，其实易于忽略民族革命战争对民族和一般民众的意义，也易于抹杀将受害经验转化为更积极、更具普遍性的精神资源的可能性。而丁玲的两部作品恰好可以作为一个中介，在历史与理念之间，在真相与认识之间，在罪责与可能性之间，显示其价值。

① 丁玲：《致楼适夷》，《丁玲全集》第 12 卷，第 59 页。

走向边地：在 1940 年代

——《边区行之一滇康道上》序

段美乔

一

今人说起曾昭抡先生，有三个方面最为津津乐道。其一是他不凡的家世。曾昭抡出生于湖南湘乡曾氏家族。他的曾祖父曾国潢，是曾国藩的弟弟，祖父曾纪梁和父亲曾广祚都是前清举人。他的妹妹曾昭燏和曾昭懿，一个是著名的文博学家，一个是协和大学医学博士。他的妻子俞大絪是牛津大学文学硕士，先后在南京中央大学、中山大学、北京大学等处任教。妻兄俞大维，以哈佛大学数理逻辑博士及德国柏林大学弹道学专家的身份受邀从政，在民国政府军政部担任要职，并自 1954 年起担任中国台湾的国防部长，时间长达 10 年，是我国近代国防科技发展史上重要的开拓者。妻弟俞大绂是我国著名植物病理学、微生物学家，曾任北京农业大学等校教授、校长。妻妹俞大彩是傅斯年的夫人。著名学者陈寅恪则是俞大絪的表哥。

其二则是他的名士做派。坊间关于曾昭抡先生的性情和行事颇多传闻，比如费孝通回忆说，曾昭抡一心扑在科研上，科研上的问题占满了他的注意力，走路时见不到熟人，下雨时想不到自己夹着雨伞，盛饭时分不出饭匙和煤铲，睡觉时想不到宽衣脱鞋；又比如曾昭抡曾经站在沙滩红楼前，和电线杆子谈论化学上的新发现，让过往行人不胜骇然。还有传闻说他因衣衫褴褛而被朱家骅斥出会议室，随即他便辞去中央大学教职；他不修边幅，凌乱邋遢，以至其夫人坚决要求，只有洗过澡后才能亲近她。诸如此类的逸事让后来者给了他“风流”乃至“疯癫”的称号，尽管戴美政在《曾昭抡评传》中对一些传闻给以订正，但还是难以阻挡人们热衷于猎奇，追求名人逸闻趣事的恶趣味。

其三则是曾昭抡先生作为著名的化学家、教育家，毕生致力科学、教育事业，为民族和国家作出了重要的贡献，以及对他在“文革”中惨烈经历的慨叹。曾昭抡1920年从清华留美预备学校毕业后，即赴麻省理工学院攻读化学，于1926年完成了博士论文，获得博士学位。回国以后，起初他在广州兵工试验厂担任技师，不久便决心献身教育与科学事业。他先在南京中央大学化学系任教授，后又兼化工系主任，1931年转往北京大学化学系任教授兼系主任，一生从事化学教学和研究工作，为建立30年代中国新型化学科学体系做出了努力。著名的高分子化学家王葆仁、有机化学家蒋明谦、量子化学家唐敖庆等都是出自他的门下。

曾昭抡一生十分热心学术团体和学术刊物工作，作为中国化学会的主要发起人，他曾担任过4届会长，16届理事会的理事、常务理事；1933年他创办了中国化学会第一个学术刊物《中国化学会会志》，《会志》是我国第一个外文版化学学术期刊，用英文、法文、德文发表我国化学研究成果，在促进化学研究和加强中外学术交流中占有重要地位，受到国际化学界普遍重视。1944年曾昭抡加入民主同盟，1946年出任联合国原子能管理委员会中国代表，在美国原子能研究室从事研究工作。1948年，当选为国民政府中央研究院首批院士。

1949年以后，曾昭抡任北京大学教务长兼化学系主任，教育部副部长兼高教司司长，并被选为中国科学院学部委员。到了1957年，曾昭抡响应“双百”方针的号召，以民盟中央科学规划组召集人的身份与费孝通、钱伟长、千家驹等，就科学院与高等学校之间分工合作、关于科学研究的领导和保护科学家等问题提出建议，发表《对于我国科学体制问题的几点意见》，因此被错划为右派分子。1967年12月8日，在反复批斗折磨中，曾昭抡因癌症离开了人世。而在此之前，他的妹妹曾昭燏在各种运动和政治清理双重挤压下，患了精神抑郁症，1964年12月22日从南京郊外灵骨塔跳下身亡。他的妻子俞大絪在被抄家和殴打侮辱之后于1966年8月24日在家中自杀身亡。

除以上三者之外，作为旅行家和科考家的曾昭抡，人们似乎有些陌生。正如费孝通所言，“曾公对化学的爱好和对这门学科的贡献是熟悉他的人都清楚的，但是如果把他看成是个封锁在小天地里的专家，那就贬低了曾公的胸襟了”①。作为他的后辈与朋友，费孝通在曾昭抡身上看到了两个主要的东西，第一个是爱国，第二个是学术：“他对化学着迷并非出于私好，而是出于关心祖国的前途。”1926年曾昭抡抛开美国宁静优渥的研究生活回到战乱中的祖国是因为爱国，1927年他放弃军工生涯转而投向教育和科研也是因为爱国，而当抗战到来的时候，“爱国”和“学术”在科学考察这一事业上发生了直接的碰撞。曾昭抡在抗战时期的科学考察活动是从1938年，北大、清华、南开三校师生近300人组成师生湘黔滇旅行团开始的。在这次从长沙徒步走到昆明、历时68天、总计步行1300多公里的旅程中，曾昭抡以曾国藩似的脚踏实地、实干苦干之作风，完全沿公路行走，绝不抄近路，其目的是为了考察公路的路线和沿途实际情况。而每到中途休息或宿营时，只要时间允许，他总是从行李里取出防毒面具戴在头上，向当地群众讲解防毒知识。科学考察，对于曾昭抡来说，不仅是一个耙梳祖国山河的过程，同时也是一个传播知识与文明的过程。

接下来，1939年7月在国民政府教育部和西康省建设厅资助下，中华自然科学社发起组建了西康科学考察团，由曾昭抡任团长，带领10余名团员，分四组赴西康省东南部作实地考察，最后各组分工写出调查报告，汇编成15万字的《中华自然科学社西康科学报告书》，由陈立夫题名，于1940年印出。而曾昭抡则在科学报告之外，撰写出详尽的考察记《西康日记》在《大公报》上发表，大为轰动。滇缅公路开通后，到缅边考察便成为许多关注国事者的愿望。1941年3月11日，曾昭抡利用寒假的机会，搭乘某机关的便车，由昆明动身，到滇区边境实地考察。虽然只有15天时间，且全是搭乘汽车，但他“一路走，一路看，一路记，差不多每几公里

① 费孝通：《一代学人——写在曾著〈东行日记〉重刊之际》，《读书》1984年第4期。

都有笔记记下来”，完成了《缅边日记》一书，翔实地记录了边陲民族的风土人情和美丽壮观的自然景色。在《缅边日记》的小序里他写道：“滇缅边境，向来被认为一种神秘区域。在这边区里，人口异常稀少；汉人的足迹甚少踏进。我们平常听见关于那地方的，不过是些瘴气、放蛊，和其他有趣的，但是不忠实的故事。至于可靠的报告，实在是太缺少。”正因如此，他要通过实地考察，以“亲身的经历”破除世人的误解。

紧接着，1941 年 7 月，由曾昭抡任团长的“国立西南联合大学川康科学考察团”从昆明出发，去大凉山彝区进行考察。戴美政在《曾昭抡评论》中说到这次考察的缘起，是因为 1938 年底中英庚款董事会曾致函各高校，将协助有关学校征求有志从事边省科学考察的毕业生，参加筹设的西南、西北、川康三个科学考察团进行此项工作，并决定川康科学考察团先行筹划。但因种种原因，此事一直未能实施。曾昭抡受此启发和鼓舞，于是出面组织“国立西南联合大学川康科学考察团”，计划从昆明经会理到西昌，然后再从西昌经昭觉等地徒步穿越大凉山。这是一次“半考察、半探险式的旅行”，曾昭抡希望借此“能使中国青年，对于边疆工作，发生更大的兴趣”。虽然借着团长和团员的热情和努力，这个考察计划最终得以成行，但是却并未从该董事会得到半点资助。考察全程所需的将近国币两万元的经费，完全靠团员自行筹措负担。唯行至西昌之后，西康宁属经济建设设计委员会委托他们入彝区调查矿床资源事宜，得到有偿的贴补约六千九百元。

此次考察步行一千余公里，共用时 101 天。考察团成员包括了裘立群、陈泽汉、钟品仁、戴广茂、周光地、马杏垣、黎国彬、李士谔、柯化龙、康晋侯等 10 人，其中大多是西南联大二、三、四年级的学生，分别来自社会、政治、物理、化学、地质、地理、生物等不同科系。他们沿途结合所学专业进行考察，并了解沿途彝族社会、文化情形等。回到昆明后，考察团成员整理考察材料，于 1942 年 2 月印行《国立西南联合大学川康科学考察团展览会特刊》，该刊收入考察团成员的文章，对大凉山彝区考察活动的沿途经历和不同感受作了记录。同年 5 月，考察团还在西南联大图书馆和昆明武成路举办西康科学考察展览。展出考察团所获的资料、照片和实物等，产生了广泛的影响。根据此次考察，曾昭抡先后完成《边区行之一滇康道上》和《大凉山夷区考察记》两本专著，分别记述了川康科学考察团从昆明到西昌，从西昌经昭觉等地到大凉山的过程。

《边区行之一滇康道上》一书主要记述了考察团在 1941 年 7 月 1 日由昆明步行出发，经禄劝、鲁车渡、会理，于 10 月 22 日抵达西昌的旅程。对于这次考察，曾昭抡提出最大的困难是行期仓促，未能得到各界同情与协助。经费问题是其一，科学仪器之不易得是其二。他慨叹道，虽然国家对于考察大西南是非常重视的，可惜“委托者未必尽得其人”，与他们同时出发的另一个考察团仅从重庆到西昌一路，耗费了近百万元。

虽说是“半考察、半探险式的旅行”，但过程却是非常艰苦的。他们一路行来，除会理、西昌外，均不在当时重要的交通大道上，旅途所经大都在西南边地中的最穷僻之地。好处是处在重要交通大道上的地区，在抗战进行当中，发展迅速。而这些偏僻区域，则较少受到抗战进程的影响，基本保持着比较原生的风貌。坏处却是交通不便、路途艰难，连基本的吃饭、睡觉也难以保障，还时时会有遭遇劫匪的忧虑。因为没有桥梁和渡船，他们曾经脱光衣服、两手高举着行李，涉水过河。为了节约时间以及旅费，他们曾经冒着瓢泼大雨赶路，结果不得不整夜睡在湿透了的棉被里。因为路况太差，他们曾经在狭窄的石子路上急行军，几天就走烂一双草鞋，也曾经在烂泥地里光着脚板走上六七里。在褊狭的小镇上，他们忍耐着鄙俗的某小学校长的污言秽语，以求得一处狭窄的房间过夜。因为走岔了路，错过餐点，不得不饿上一整天。而这其中的艰苦，曾昭抡的体会也许最深。裘立群回忆说：“旅途中，他既要照顾、教育学生，又要不停地考察记录，口袋里一直放着小笔记本和铅笔，一旦歇脚，便随时随地记录、书写，到达宿营地后，在蜡黄如豆的油灯下，还要整理修改及补充当天的记录直至深夜，从不间断。”① 由于在旅途中要经常口头计算里程或强记景物实况，思想必须高度集中，因此，他常常口中念念有词，有时会引起别人的误解。而当团员们感觉到困难和苦闷时，他还必须用自己的坚定意志和苦中作乐的奋斗精神鼓励和激发这些青年学生的信心和热情。

当然不是没有美好的留念，在金沙江边停宿时，为了躲避“马店”

① 裘立群：《曾昭抡先生带领西南联大学生考察大凉山》，《化学通报》1999 年第 11 期。

（专门为马提供住处的店）里的苍蝇、马粪和猪尿，他们在金沙江边度过了毕生难忘的一夜：

“那天正巧是阴历六月十四，月亮差不多是全圆。金沙江在此，由峡谷奔下，为两岸峻山所束，蜿蜒东流，其势甚猛。渡口上面一点，便有一滩；江经此处，瑟瑟作响。全部风景，殊为雄伟。隔江望南岸，对面一片暗红色，峭崖削立，高插入天；其上端与江面相距不下四百米。夜间我们在沙滩上，于黑暗中看月亮从山角后面慢慢升起来，后来天空涌出一轮明月，光辉照耀在狂流的金江上，倍增胜景。在此种极端美丽的环境下，唱唱歌，游游水，说说笑话，不觉就是半夜了。一夜看月景，览江流，听涛声，真是美不胜收。游罢仰卧沙滩上，上望天空，有时乌云托月，有时细片白云如鳞。可说是变化无穷。”

更重要的是，他们详细地记录下了川、云两省的穷僻之地社会、经济和生活的诸多细节。比如不同村镇的小学的办学详情，天主教、回教在村镇中的发展情形，传教士们的日常生活，比如不同村镇的开放程度，国民政府对边地村镇的掌控方式和程度，赶街子时外埠洋货的普及程度，不同地域和民族的文化与生活习俗在边地乡村的交融情况，乃至1941年7月到1942年1月，昆明、西昌、雷波、宜宾等地物价程度，在其中都颇有表现。这些可谓是真正的、活生生的历史。

二

曾昭抡对西南边区考察的热衷，在1940年代并非特例。抗战爆发后，在日本侵略军大举进攻下，中国的政治、经济和文化中心逐步由东部向西部转移，与政治、经济和文化中心逐步转移相应而来的，是高等学校、文化机构、学术团体、出版单位向西部的迁移，以及随之而来的大规模的人员迁移。在这样的背景下，有关西南旅行记的写作形成一个热潮。

依据《民国时期总书目》，并参考上海图书馆编《中国近代现代丛书目录》和《商务印书馆图书目录1897～1949》《中华书局图书总目1912～1949》可知，民国时期出版游记类图书近600种，涉及西南地区的近70种，其中抗战及抗战胜利后出版的近50种。又如，以《中国现代文学总书目》为例，在1937~1948年，就有超过25部的西南旅行记问世。对比书中1919~1936年的目录，西南旅行记不足5部。编撰于1980年代的《中国现代文学总书目》虽有不少的遗漏，但这样的平行比较在相当程度上可以说明问题。又如以中国旅行社主办的《旅行杂志》为例，1938年底杂志编辑曾经做了一个统计，从1927年杂志创刊到1938年底的12年间，该杂志共发表了一千五百余篇游记，其中云南约9篇，贵州仅有4篇。而抗战爆发后，有关西南大后方的文章开始大量出现在该杂志上，大受读者欢迎。1938年11月和1940年4月《旅行杂志》特意出版了两期专号：《西南专号》和《四川专号》。而后中国旅行社还将选编部分刊登在杂志上的介绍西南大后方的文章，出版了《川康游踪》一书，很快便告售罄。

与此前的西南旅行记相比，抗战时期的西南旅行记出现了一些新的特点。首先，纯粹的描摹山水的旅行记在这一时期逐渐退居次席，以流亡记、旅寓记、考察记、复员记等形态出现的旅行记开始占据主体，而其中又以带有考察性质的旅行记在数量上和影响面上最为突出。由于战争的需要，开发西部成为朝野上下的呼声和行动。大批的公务人员、专家学者、学生等深入西南、西北内地执行公务、观览胜景、采访民风、考察资源，展开多方面的调查研究，僻远的云贵山区、川西、西康及甘肃、青海、宁夏、新疆等地都留下了他们的足迹。出于了解大西南、建设大西南的需要，国民政府、地方军阀以及众多社会力量，如报刊媒体、研究机构等开展了多种对西南边疆民族、政治、经济、文化等的考察活动。这些考察活动结束之后，考察者往往在正式提交的报告之外，大多会创作一部旅行记，用生动的笔致记录一路的所见所闻。这些旅行记的写作者往往具有双重身份，他们大多并非专门作家，他们不是为了文学创作而深入生活，而是因为工作原因而在崇山峻岭中辗转，文学创作只是工作之余的副产品。

西南旅行记的写作在抗战时期得以形成热潮，是有其必然原因的。首先，抗战爆发后，作为后方重地的西南地区，有着复杂的地形和丰富的资源，既是战争的避难所，也是复兴中国的一块宝地。而了解大西南、稳定大西南、建设大西南成为攸关民族危亡的大事。可以说，这已经成为中国各阶层人们的一项共识。

国民政府对于西南地区的重视是不言而喻的。1937年11月19日，蒋介石在南京国防最高会议上作题为《国府迁渝与抗战前途》的演讲，明确提出把西南尤其是四川“作为真正可以持久抗战的后方”。[①] 这一理念在政务实践中也有明确的表现。例如，1938 年 6 月，国民政府内政部就曾发密咨，要求了解西南边疆少数民族状况：“查西南各省边区，汉夷杂处，自古多事。明清以来苗变层见叠出，考厥原因实由于当时政府忽略宣导，边官措施失当，坐令民族间之情感隔膜，有以致之。值此全面抗战期间，所有地方秩序之稳定，民力之团结，在在俱关重要。”[②] 又如，1943 年 9 月，云南省民政厅给内政部的呈文写道：西南边疆区域“举凡山川气候、住民生活，均不同于内地，而物产丰饶，蕴蓄富厚，则又远非内地所能及，未能开发利用，小之足以影响本省政治经济文化之向上发展，大之足以妨碍国家民族团结统一。……为促进边疆之开发，稗得早与内地均齐发展，暨巩固国防起见，因根据需要，于厅内成立‘边疆行政设计委员会’。网罗专门人才根据边地实况，拟定具体方案，作为推行边地行政之张本。并培养边疆工作干部，以供政府开疆殖边之助。”[③]

与此同时，不少学术团体、研究机构和出版机构都把大西南作为新的考察目标。例如 1938 年中国民族学会创办《西南边疆》杂志，其宗旨便在于“以学术研究的立场，把西南边疆的一切介绍于国人，期于抗战建国政策的推行上有所贡献”[④]。1941 年中国边政学会边政公论社在四川巴县出版了杂志《边政公论》，以研究边疆政治及其文化、介绍边疆实际情况为目的，举凡政治、经济、交通、教育、宗教、民族、语言、史地诸问题有关于边疆之一切论著，都予以发表。又如 1942 年夏南开大学边疆人文研究室正式成立，并着手印行学术刊物《边疆人文》，而云南大学则专门成立了“西南文化研究室”，并在 1943～1949 年出版了《西南研究丛书》10 余种，内容涉及西南地区经济地理、区域文化史、少数民族历史文化等多

① 《国府迁渝与抗战前途》，秦孝仪主编《总统蒋公思想言论总集》第 14 卷，台湾中央文物社，1984，第 652 页。

② 《云南省政府密一民字第 174 号密令》（抄件），1938 年 6 月 16 日，云南省档案馆藏，民政厅全宗第 9 卷。

③ 《云南省民政厅呈报成立边疆行政设计委员会》（抄件），1943 年 9 月 27 日，云南省档案馆藏，省政府秘书处全宗第 646 卷。

④ 《西南边疆》第 1 期，1938 年。

个领域。此外还有1946年昆明的新云南丛书社出版了《新云南丛书》等，集中展现大西南的文化和生活现状。可以说，作为整体性的区域文化，大西南成为多学科、多领域关注的焦点。

作为个体的中国民众同样迫切地想要了解祖国的大好河山。学术研究者有着强烈的使命感。中华民族建构的迫切现实催生了流行一时的“文化抗战”和“文化建国”的观点，促使学者们不断地思考着学者在战争期间应该去做什么、做学术的目的是什么。正如语言学家邢公畹在《壶水曲》中所说的：国难之际，中国知识分子愿意“捐弃了他们的所有”“空万念、轻生死，试把自己的生命安排打点，怎样能化成一股力量，铸成祖国的将来和全人类的将来”[①]。薛建吾在《湘川道上》的“自序”中说道：这样的旅行记“一则供政治家之参考，再则印个人之鸿爪，三则记流亡之实况，四则志抗战之真相。”[②] 这个概括颇具代表性，我们在许多学者的西南旅行记中都可见类似的言论。例如，时任中央地质调查所新生代研究室名誉主任、资源委员会专门委员的古生物学家和地质学家杨钟健在《抗战中看河山》中谈到自己写作旅行记的动因时说道，因为工作的关系，他时常在国内各地旅行，“我们所走的地方，不只是一些都市，而大部分是穷乡鄙野，甚至荒山流沙，我们所能观察的，不只是风土人情，山水名胜，而大部分是山之所以成，水之所以来，及其他自然上许多问题”。在他看来，“对我们山河进一步的认识，殆为一般国民所必要努力者。达到此目的的方法很多，而深刻叙述的游记文学的提倡，也是重要方法之一”。杨钟健回顾“一战”后德国出专书详细描画其所丧失领地的山川人物地理风俗，“特别指出其可爱之点，与经济上之重要，以唤起其国民之注意”。其中有关我国青岛也出版一册。两相比较之下，不禁感叹：“回观我台湾丧失多年，我东北丧失多年，我其他边疆地方丧失多年，从不见有此等相似书籍之出现，两两相较，未免令人触目惊心。”在杨钟健看来，“……地理与游记知识的重要，可由相反的方面为之说明。即在目前为止，以各国文字，记述我中华各地情形，作为游记者，可以说汗牛充栋。此无非由于过去百

① 邢楚均：《壶水曲》，《文学杂志》第2卷第10期。

② 薛建吾：《湘川道上》“自序”，商务印书馆，1942。

年积弱时期，人人以中国为染指之对象，无论自然科学家，政治经济家，争来游历以求了解此一块大好河山之真相。人对我尚欲知之若此之切，而我们自己，反多不了解其所以然，其足以惭疚，自不待言”。因此他“很愿意”借工作之便，“把专门部分以外的材料，写成游记式的文字”①。对于写作者自身而言，这些游历正如冰心对罗常培的《蜀道难》的评价，这些“不是一个‘回忆’，一个‘心影’，而是从他精密详细的日记里扩充引申出来的”。② 也因为此，在大多数写作者的心里，他们所作的既不是考察报告，也不是单纯的文学创作，而是“个人生活片断的记录”③。而这深刻地影响了抗战时期西南旅行记的文本特色。

在学界和文化界之外，普通民众同样对大西南充满了好奇。在抗战大背景下，普通民众走出了苏杭扬州、南京镇江的佳山秀水，发现了一个广大而陌生的新世界。《凉山彝区去来》一书的来由即是一个典型的例证。作者戴永修因商业原因在云南居留近半年，并在大凉山和小凉山作了一次商业旅行。尽管此行甚是艰难，他损失了所有货物，几乎付出了生命的代价，但旅行结束之后，他兴致盎然地撰写《凉山彝区去来》，并以自己写作了“记载凉山彝人社会的第一篇通讯”而自豪。④ 西南地区的独特性，是相对于东南而言的，既表现在自然地理上，也表现在人文历史上。最直观也最吸引人的是她的自然景致。这里山高水深，“险”与“美”的结合让人慨叹造物的神奇。然而比山水风光更为吸引人的是西南地区的人文特性。边地人民生活中的恐怖与战栗、挣扎与奋斗让这些旅行者凝神结思。这些苦难有些来自“自然”，更多数的来自于思想的蒙昧、知识的贫乏、强权统治以及民族歧视等。然而在这样的苦难中，旅行者们却从中发现了一种强健、自然、自由、乐观的价值观。西南地区虽则边远闭塞，但在政治上、文化上、经济上仍然与中原保持着各种联系，中原文化、西方文化与各民族自己的文化交相作用，奇妙地混杂在一起，从日常生活、审美情趣、价值观念都在迅速地向现代转型，形成一种独特的风景。事实上涤清

① 杨钟健：《抗战中看河山》“序”，独立出版社，1943。

② 冰心：《蜀道难》“序”，独立出版社，1944。

③ 罗莘田：《蜀道难》“自序”，独立出版社，1944。

④ 戴永修：《凉山彝区去来》“代序”，今日新闻社，1947。

成见、为普通民众描述西南地区的历史和现状正是部分作者写作西南旅行记的重要目的之一。例如《滇越游记》的作者历史学家和收藏家胡嘉、《蜀道难》的作者语言学家罗常培等都在他们的序言中明确指出，满足人们的好奇心，为那些没有机会和时间去认识大西南的读者提供一个可资参考的文本是促使他们写作西南旅行记的直接原因。

大西南在抗战中的重要地位促使政府组织、学术与文化团体以及民众个人了解大西南的迫切需求，客观上推动了西南旅行记的热潮。而文化中心的内迁过程中知识分子生存空间的转换以及由此而出现的精神变迁，则是西南旅行记热潮在抗战时期出现的必要条件。在艰难的流亡和逃难过程中，习惯了都市生活的知识分子获得了一个贴近土地、贴近民情的机会。惨烈的战争彻底改变了作家们的生活方式，并深刻地影响了中国现代知识分子的精神生活。

生存空间的置换，使得那些曾经被作家们忽略了的或者刻意遗忘了的生命和生活凸现出来，并在他们的生命中留下了丰富的印记。中国现代知识分子的脚步第一次大规模地游走于祖国的大好河山，第一次大规模地深入接触到深藏于崇山峻岭和草原深处的各族人民，了解到他们的语言、生活、文化和风俗。人民忧患丛生的生存状态，交织着欢乐和苦楚的现实生活打开了一个新的生命维度，扩张了知识分子思考和想象的空间。他们目睹了乡村生活的僻陋，也亲身体会了这种生活的艰辛：民众的苦难赤裸裸地呈现在他们面前，促使他们跳出窗明几净的书斋气氛和从容缜密的研究生活，将目光投向惨淡的现实。在从都市到乡村的错综体验中，他们也发现了自然和生命所固有的乐趣和尊严，对社会、文化、人生，乃至生命、存在也有了更深切的体验。闻一多把自己在大城市里度过的优雅的教授和研究生活称为“假洋鬼子的生活”，他深感这种生活“与广大的农村隔绝”，与中国的社会现实完全脱节。[①] 因此，在1938年2月由北大、清华、南开以及中央研究院组成的国立长沙临时大学向西南迁移的过程中，闻一多放弃了乘船坐车的教师迁移方案，参加了主要由青年学生组成的湘黔滇旅行团，步行入滇。他希望通过这样的旅行，“可得经验”，了解中国的乡

① 刘兆吉：《由几件小事认识闻一多先生》，《大公报》1951年7月16日。

村，寻找民族活力的源泉。[1] 马子华《滇南散记》的部分篇章曾在昆明的报刊上发表，引来颇多好评。但是对于这些“奖饰”，马子华并不满意。在《滇南散记》的“自序”里，他说如果读者仅仅在文章中看到了“趣味”而给予褒扬，他只能为了“写作的目的暗地叫屈”。那么他的写作目的是什么呢？在“自序”的末尾，马子华说：“在这本册子出世时，我还在悬念着那些在‘蛮烟瘴雨’之区挣扎着生活着的边民，他们在没有得到‘人’助之前，还在要求着神助啊！”[2]

正是在这些知识分子重新“认识祖国”和“铸成祖国的将来”的责任心和使命感的推动下，西南边区的少数民族人民的生活方式、文化传统和风俗信仰第一次被大规模地郑重地呈现在中国现代知识分子面前，引来人们的好奇，更引发了读者的思考。可以说，现代科学知识以及从苦难生活中提升的生命体验使得这些曾经闭居在书斋中的知识分子在面对深藏于崇山峻岭和草原深处的各族人民时，能够从那些充满了陌生和新奇的异质文化和风俗中，看到其中蕴涵的强大的原始的力量和生命活力。

眼见山河破碎，亲历流离失所，中国现代知识分子在自身生存环境发生重大改变之时复杂的精神选择，大规模人员迁徙所导致的不同地域文化撞击中凸现的现代中国文化启蒙、文化自省，而大批知识分子在向大后方的迁移中，又影响了该地的人文面貌，这一切值得我们这些后来者从多方面去发掘和阐释。对抗战时期人文地理丛书的收集整理和研究工作正是基于这样的认识展开的。这一研究不仅关乎历史地理学科，而广泛涉及历史学、地理学、文化学、人类学、民族学、民俗学等学科，其目标则是为人们提供一个从不同的、微观的角度了解所谓文化发展、所谓中国现代化进程的一个窗口。

① 闻一多：《致闻家骥信》，1938年2月1日，《闻一多书信选集》，人民文学出版社，1986。
② 马子华：《滇南散记》“自序”，新云南丛书社，1946。

《中国新诗编年史》及其他

刘福春

一　引言

1980年2月我进入中国社会科学院文学研究所，一直从事新诗文献的收集、整理和新诗史研究工作。三十多年，我阅读了文学研究所图书馆所藏的1949年前的全部和1949年后的大部分新诗书刊与其他文学期刊，访查了全国50多家图书馆收藏的早期新诗文献，与诗作者通信近万封，并收集到诗集、诗刊、诗报、诗论集、书信等新诗文献几万件。在此基础上完成了国家社科重点项目《中国现代文学史资料汇编》中的《中国现代新诗集总书目》和首都师范大学中国诗歌研究中心规划项目《中国新诗书刊总目》的编撰等工作。2006年《中国新诗书刊总目》出版，该书收录1920年1月至2006年1月大陆、台湾、香港、澳门等地出版的汉语新诗集、诗论集一万七千八百余种，受到业界的好评，并获第七届中国社会科学院优秀科研成果三等奖和王瑶学术奖二等奖。随着新诗文献的掌握增多和对历史了解的深入，渐渐有了撰写新诗编年史的冲动。

1998年，一家朋友的文化公司有意与我合作出版《20世纪中国新诗图文史》，该书以编年体形式用图文来记录20世纪新诗的历史。1999年该书的撰写列入文学研究所重点研究项目。原计划两年完成此书并出版，但因我一向做事很慢，实际工作量又很大，撰写工作一拖再拖。2002年3月至2004年12月，我受聘于韩国东亚大学，教学之余可以集中精力编撰图文史。2004年底课题结项，共收集图片几千张，编撰文字近200万字，但此时朋友公司的兴趣早已转了方向，出版也就没了可能。作为与这一项目相关的工作，我将文字部分简编成《新诗纪事》，2004年5月由学苑出版社出版；又从中抽出“文革”部分编成《中国当代新诗编年史（1966－1976)》，2005年12月由河南大学出版社出版。

2004年5月，“文革”诗歌与样板戏研讨会在韩国釜山召开，骆寒超、李怡教授参会期间在我的研究室看到打印出的《20世纪中国新诗图文史》文稿，产生了兴趣。2005年4月李怡主编的《现代中国文化与文学》创刊，以《中国新诗档案》为题连续从1949年起刊出图文史的文字。2009年8月，骆寒超主编的《星河》由人民文学出版社出版，又以《中国新诗编年史》为题从1918年起连续刊出。2010年2月8日，我陪骆寒超教授去人民文学出版社拜访出版社总编辑管士光先生，让我万分惊喜的是，读过我发在《星河》上那些文字的管先生提出希望出版《中国新诗编年史》，并由郭娟来负责具体落实。

《中国新诗编年史》能够问世，而且是由人民文学出版社出版，这是做梦也没有想到的。但天上掉下来的馅饼接起来并不容易。这一年手中的工作还不少，像《牛汉诗文集》《谢冕编年文集》的编辑，工作量是很大的。更大的问题是这一项目虽已结项，但若正式出版尚需进一步加工，特别是1977年后的部分，需要补充的还很多。于是我加紧《牛汉诗文集》和《谢冕编年文集》的编辑工作，交稿后将精力全体投入编年史的撰写。大量的新诗文献的阅读，又去上海图书馆和国家图书馆补充了一些报纸副刊的资料，两年多的努力，2011年11月18日给出版社发去了1977年前的编年史，2012年8月6日终于将书稿全部交出。

我希望这200余万字的著作能够既忠实于历史，又有新的发现，更深和更广地展现当时的风貌和20世纪新诗创作的成就与问题，勾画出新诗演变的曲折轨迹，还原其原本的丰富与复杂。这当然只是一个美好的愿望，朝此目标的努力困难重重。为保证叙述可靠，我尽量使用第一手资料，宁缺毋滥，由此也致使一些没能查到原始资料的史实有所缺漏。撰写此类著作，资料的发现与积累无疑是最大的困难，然而对我来说更大的困难还是选择。一本诗集，一种刊物，不可能将所有的资料都写入编年史，我担心因为我的疏忽遗漏了可能最有文学史意义的事件，又害怕因为我的选择遮蔽了书刊的原貌。

近些年我比较关注新诗史中的问题，这也是这部著作想要突出的。在撰写《中国新诗编年史》过程中，我越来越感到，面对20世纪的新诗，只是从艺术和诗的角度进入会感到资源十分贫乏，像新民歌、“文革”诗歌等，20世纪很大一部分新诗作品并不是艺术或诗的，但如果站在问题的角度加以审视，其丰富、独特和复杂怕是中国诗歌史上任何一个时期都不能相比的。《中国新诗编年史》力求能更多地包含和揭示近一个世纪新诗发展过程中的问题，也可以说这部著作就是一部问题史，因此在资料的取舍上与其他新诗史有了很大的不同。

本编年史始于1918年1月，止于2000年12月。朱自清在《中国新文学大系·诗集·导言》中称“新诗第一次出现在《新青年》四卷一号上”，我也一直认为刊登在1918年1月15日《新青年》第4卷第1号上的胡适、沈尹默、刘半农的9首白话诗是最早发表的具有真正意义的新诗，因为这9首诗不仅使用了白话，更重要的是注意到了诗体的解放。使用白话与诗体解放应该是构成早期新诗的两个要件，而此前刊出的作品只是使用了白话。

《中国新诗编年史》的完成，是我三十余年的积累。如此长时间的日积月累是此书得以完成的保证，也带来一些自身的问题，诸如在长时间的撰写过程中，撰写者的文学史观念等前后会发生很大变化，变化的观念决定了史料的取舍、多寡、轻重等标准的不尽相同，又从最后完成的情况来说，仍然还是有些匆忙，有些需要阅读或重新阅读的文献因为时间关系没能阅读。此外，此书仍存在与我的前几部书一样的不足：一是诗刊缺失太多或所见不完整，20世纪到底出版了多少种诗刊，每种诗刊共出多少期很多都不清楚；二是报纸副刊发掘得不够，很多报纸副刊特别是有些诗刊、诗特刊都未见到；三是台湾地区、香港地区的第一手资料利用得很少，因此台港方面的史实多有缺失。以上这些不足争取以后能有机会弥补。

二　为什么要撰写新诗编年史

《中国新诗编年史》出版了，关于这部书的撰写虽然在该书《后记》中有所交代，但仍觉得还是有话可说，现就为什么要撰写新诗编年史、撰写一部什么样的新诗编年史以及其中的不足与困惑简述如下。

我在该书《后记》中讲到，自1980年2月进入中国社会科学院文学研究所，我一直从事新诗文献的收集、整理和新诗史研究工作。三十多年，我阅读了文学研究所图书馆所藏1949年前的全部和1949年后的大部分新诗书刊与其他文学期刊，访查了全国50多家图书馆收藏的早期新诗文献，与诗作者通信近万封，并收集到诗集、诗刊、诗报、诗论集、书信等新诗文献几万件。随着对新诗文献掌握的增多和对历史了解的深入，渐渐有了撰写新诗编年史的冲动。至于为何选择编年体这种形式来撰写新诗史，现在想一想，主要有以下原因。

1. 超大的空间可以容纳复杂的历史并发挥我之所长。编年体这种形式既有时间的纵深，更有空间的广度，超大的空间可以容纳近百年新诗的丰富与复杂。这里没有篇幅限制与章节的约束，可以尽情地去发掘、开采新诗文献并充分地利用。我收集、整理新诗文献三十多年，有了十分可观的积累，如何最有效地使用这些文献，编年体无疑是最好的形式。

2. 简单而严格的时间顺序可使庞杂的历史得到清晰的呈现。近百年的新诗历程是曲折而复杂的，繁多的创作与出版，纷杂的社团和论争，不同的地域和差异的形态，等等。分类与归纳的困难很大，也会造成一定的舍弃与遮蔽。而编年体这种形式却使操作变得非常便利，只要遵循年月日这简单的排列就可使混乱的历史显得有序。这一形式是严格的，也是自由的。你必须严格地遵从时序的规则，而在每一个时间点上又是开放的，不同空间的不同事件都可以在同一时间点上展开。

3. 无人问津而可填补研究之空白。无论是我开始撰写编年史之时还是到现在，章节体（纪传体）的新诗史已经出版了很多，但编年体新诗史还未见有他人去做。撰写一部新诗编年史，无疑可以填补空白，也是新诗史研究的需要。

三　撰写一部什么样的新诗编年史

总的说来，我希望这265万字的著作能够既忠实于历史又有新的发现，更深和更广地展现当时的风貌和20世纪新诗创作的成就与问题，勾画出新诗演变的曲折轨迹，还原其原本的丰富与复杂。具体的努力有下面六点。

1. 问题意识。近些年我比较关注新诗史中的问题，这也是这部著作想要突出的。在撰写《中国新诗编年史》过程中我越来越感到，面对20世纪的新诗，只是从艺术和诗的角度进入会感到资源十分贫乏，像新民歌、"文革"诗歌等，20世纪很大一部分新诗作品并不是艺术或诗的，但如果站在问题的角度加以审视，其丰富、独特和复杂怕是中国诗歌史上任何一个时期都不能相比的。《中国新诗编年史》力求能更多地包含和揭示近一个世纪新诗发展过程中的问题，也可以说这部著作就是一部问题史，因此在资料的取舍上与其他新诗史有了很大的不同。

2. 可信客观。这一点应该是此类著作的基本要求，我当然也不能例外。为保证叙述可靠，我尽量使用第一手资料，宁缺毋滥，而且每一条都要注明出处，努力做到无一字无来历。在叙述上力求客观呈现，不用主观判断之语，只摆事实，不讲道理，我相信史料自己会说话。需要说明的是，这里所讲的客观也只能是相对的，我不可能将收集到的文献全部写入编年史，必须要进行适当的选择，有选择就很难做到客观。而且我也并非一个冰冷的历史记录者，撰写的过程中不能不带着感情，甚至还可能带有偏见。

3. 考镜源流。这一目录学上的术语我借用于此不知是否合适，但的确是我的一个努力方向。新诗是如何开始的，又是如何发展的？或者站在今天的角度来看，我们的新诗为什么会发展成这样？都是我一直的追问。我想通过这部编年史比较详细地描述我所发现的新诗发展的过程，它何时诞生，都有哪些人参与，出版了什么书刊，举办了何种活动等，使新诗的流变能够获得具体的呈现。

4. 丰富广阔。丰富与复杂是我对近百年新诗的一个理解，也是我用心呈现的重点。因此在引证文献上，除了新诗本身的文献之外，我也使用了大量相关文献，甚至是使用了一些别人忽略或不用的材料。在地域上，将中国台湾、香港和澳门的史实融为一体，使不同空间、不同形态的新诗史事在同一时间点上能够互动。作品的选择上，在重视有“影响”和“优秀”的同时也收入了大量并不“重要”的作品，这样做是为呈现新诗创作的生态和原貌，也含有对一般新诗写作者的尊重。

5. 有趣可读。《中国新诗编年史》出版后，一些朋友觉得这部书还有趣可读，这也是我的一个追求。应该承认，此类著作一般是作为工具书来用的，可读性不强，或者基本没有可读性。而我一直强调中国新诗史是丰富的、鲜活的，新诗编年史不应是干瘪的条目的堆积。为表现这丰富和鲜活，我大量引用了当事人当时的日记和后来的回忆等，呈现了一些历史的细节，从而让所述的历史显得更丰满，也增加了此类著作的有趣与可读性。

6. 独立完成。从近年出版的一些文学编年史看，多为集体的合作，个人独立完成的不是很多。集体合作可以较快见到成果，个人的努力则需要耐力的磨炼。合作的编年史有其优势，个人独立完成也有其特点。独立完成是我的选择。

四　不足与困惑

《中国新诗编年史》出版后得到了朋友们的许多好评，同时也提出了一些问题。其中有些问题是明显的，有些问题则隐藏在此书长处的背面，并一直在撰写中困扰着我。

1. 此书明显的不足：一是诗刊缺失太多或所见不完整，20 世纪到底出版了多少种诗刊，每种诗刊共出多少期很多都不清楚；二是报纸副刊发掘得不够，很多报纸副刊特别是有些诗刊、诗特刊都未见到；三是台湾地区、香港地区的第一手资料利用得很少，因此台港方面的史事多有缺失；四是翻译文献失收；五是还有很多需要阅读或重新阅读的文献没能阅读。但愿以后能有机会弥补以上不足。

2. 《中国新诗编年史》的完成，是我三十余年的积累。如此长时间的日积月累是此书得以完成的保证，但也带来一些自身的问题。诸如在长时间的撰写过程中，撰写者的文学史观念等前后会发生很大变化，变化的观念决定了史料的取舍、多寡、轻重等标准的不尽相同，而很多文献又不可能重新阅读。像孙玉石先生提出的，1946 年 7 月 15 日《文艺时代》第 1 卷第 2 期刊出的吴兴华诗三首收入了编年史，而孙道临的三首诗《春天向我们的心上落雨》《星期日之夜》《野火时作》却失收。其原因无疑在于这资料是很早以前读到的，当时以为孙道临的诗作不多可以不收，如果是在近期读到，那么收入的可能性就很大了。

3. 为保证叙述可靠，我尽量使用第一手资料，宁缺毋滥，由此也致使一些没能查到原始资料的史实有所缺漏。这主要表现在台湾地区与香港地区的新诗文献的缺失。需要说明的，有些缺失并不是因为没有见到第一手资料，而是所见的资料无法使用，这很多是出于技术原因，比如有些出版物的出版日期无法确定等。

4. 撰写此类著作，资料的发现与积累无疑是最大的困难，然而对我来说更大的困难还是选择。一本诗集，一种刊物，不可能将所有的资料都写入编年史，编年体提供的空间再大也必须有所选择。我担心因为我的疏忽遗漏了可能最有文学史意义的事件，又害怕因为我的选择遮蔽了书刊的原貌。于是我制定了这样的选收原则：一是重要诗人的作品和被公认的作品优先收入，二是报刊头条刊发的作品和报刊重点推出的作品优先收入，后者是想以此来呈现该报刊的基本倾向。

五　还原历史的丰富与复杂

说到这部《中国新诗编年史》，我一直不敢用的是“真实”二字。我不是历史虚无主义者。接近历史真实，把此书做成一部信史是我始终的努力和追求，但我越做越觉得离“真实”实在是太远。为保证叙述可靠，我尽量使用第一手资料，宁缺毋滥，而且每一条都要注明出处，努力做到无一字无来历。在叙述上力求客观呈现，不用主观判断之语，只摆事实，不讲道理，我相信史料自己会说话。而这就能保证“真实”吗？不要说很多第一手资料本身的“真实”性值得怀疑，就是对第一手资料的强调，宁缺毋滥，也致使一些没能查到原始资料的史事多有缺漏，这无疑是对全书的

“真实”的挑战。说到客观呈现，也只能是相对的，我不可能将收集到的文献全部写入编年史，必须要进行适当的选择，有选择就很难做到客观。而且我也并非一个冰冷的历史记录者，撰写的过程中不能不带着感情，甚至还可能带有偏见，因此我常常担心因为我的疏忽遗漏了可能最有文学史意义的事件，又害怕由于我的选择遮蔽了书刊的原貌。

比起“真实”，我的兴趣或更看重的是“丰富与复杂”，撰写一部丰富与复杂的新诗编年史才是我的努力方向。因此，在书的《凡例》中我写明：“本书资料取舍的原则是既要忠实于历史又要有新的发现，突出问题意识，尽可能地展现当时的历史的状况，还原其原本的丰富与复杂。”

还原新诗史原本的丰富与复杂，是我撰写这部书的目的，也可以说是我的一个动因。我在这部书的《后记》中讲了，我1980年2月进入中国社会科学院文学研究所，一直从事新诗文献的收集、整理和新诗史研究工作。三十多年，我阅读了文学研究所图书馆所藏的1949年前的全部和1949年后的大部分新诗书刊与其他文学期刊，访查了全国50多家图书馆收藏的早期新诗文献，与诗作者通信近万封，并收集到诗集、诗刊、诗报、诗论集、书信等新诗文献几万件。随着新诗文献的掌握增多和对历史了解的深入，渐渐有了撰写新诗编年史的冲动。其实我之所以撰写这部编年史，除了这些原因，还有一点就是我对已有的新诗史不满足，觉得离我所了解的新诗史相差太远，主要是把丰富又复杂的历史简单化了，简单成少数诗人创作和活动的排座次，而写入的人和事也单纯了。因此我决定撰写一部不一样的新诗史，用编年体这种形式还原和再现近百年新诗历史的丰富与复杂。

为还原和再现“丰富与复杂”，这部编年史在记录“有影响”的诗人的活动的同时也记录了大量“影响不大”或“没有影响”的诗人的活动，作品的选择在重视“影响”和“优秀”的同时也收入了很多“并不重要”的创作。这样做一是为呈现新诗创作的生态和原貌，也含有对一般新诗写作者的尊重。引证文献上，在使用大量的“正面”史料的同时，“负面”的史料也不回避，并尽量选择不同的资料来对话。对作品的评价也尽量选取不同的声音，像对胡适《尝试集》的批评，我引用了梁实秋的评价：“就大体讲来，《尝试集》是表示了一个新的诗的观念。胡先生对于新诗的功绩，我以为不仅是提倡以白话为工具，他还很大胆地提示出一个新的作诗的方向。新诗与中国传统的旧诗之不同处，不仅在文字方面，诗的艺术整个的变了。”也引用了朱湘这样较为极端的评语：“‘内容粗浅，艺术幼稚’；这是我试加在《尝试集》上的八个字。”除了新诗本身文献之外，我也使用了大量相关文献，甚至是使用了一些其他新诗史忽略或不用的文献。在地域上，将中国台湾、香港和澳门的史事融为一体，使不同空间、不同形态的新诗史事在同一时间点上能够互动。我一直强调中国新诗史是丰富的、鲜活的，新诗编年史不应是干瘪的条目的堆积。为表现这丰富和鲜活，我大量引用了当事人当时的日记和后来的回忆等，呈现了一些历史的细节，从而让所述的历史显得更丰满，也增加了此类著作的有趣与可读性。

问题意识是这部书所要突出的。在撰写《中国新诗编年史》过程中，我越来越感到，面对20世纪的新诗，只是从艺术和诗的角度进入会感到资源十分贫乏，像新民歌运动、“文革”诗歌等，20世纪很大一部分新诗作品并不是艺术或诗的，但如果站在问题的角度加以审视，其独特和复杂怕是中国诗歌史上任何一个时期都不能相比的。我力求这部编年史能更多地包含和揭示近一个世纪新诗发展过程中的问题及问题的复杂性。

我甚至觉得，对于这部新诗编年史，再现“复杂”可能要比追求“真实”更重要也更有意义，虽然抵达“真实”是我们的目的。面对很多史事我们实在是无法断定其真或假，常常是即使不能说真但也不能言假，而有时只是限于真与假这二元对立的判断还是显得简单。因此在叙述一件史事时，虽然征引多种文献来呈现，我的所求并不完全是真。像1983年中国作家协会主办的全国优秀新诗（诗集）评奖，评出一等奖：《归来的歌》（艾青）、《祖国，我对你说》（张志民）、《我骄傲，我是一棵树》（李瑛）、《仙人掌》（公刘）、《在远方》（邵燕祥）、《流沙河诗集》（流沙河）、《曾经有过那种时候》（黄永玉），二等奖：《山的恋歌》（胡昭）、《绿色的音符》（傅天琳）、《双桅船》（舒婷）。在这一条目后面，我引用了当事人邵燕祥和吴嘉后来的讲述，原来这样的评奖结果是由于“有一位热心人士写了一封信给作协的上级主管部门，指名道姓说像舒婷这样年轻的作者，怎么能跟例如艾青这样的大诗人并列获奖?”“最后在那位作协书记的主持下达成一个妥协，即分为一等奖和二等奖，拉开老诗人和新作者的距离，拉开有‘定评’和有‘争议’的获奖人的距离。到了具体排座次时，才发现排到了第六位流沙河、第七位黄永玉，硬拉下到二等奖，总是师出无名，说不过去，最后只好让胡昭陪两位小妹妹，在七位一等奖后面，退居为三名二等奖。”我这样做的意图并不是所谓揭露幕后的“真相”，而是要呈现新诗历史的曲折和复杂。

一个世纪复杂的因素，使我们能见到的文本或多或少都存在着一些问题，有一个潜文本需要发掘。20 世纪，特别是进入 50 年代后，翻来覆去的政治运动使诗人的写作离“真实”越来越远，致使“说真话”这一本应是诗人写作的底线却成了至今仍是一个很高的标准。很多的诗已经不再是心灵流出来的声音，诗之外的文本的真实度就更可想而知了。因此，要循着这些文本走近历史是非常困难的。很多文本造成了对那些年代的遮蔽，我们很难从中生动地还原出那些年代的复杂，挖掘文本下面隐藏着的潜文本就显得尤为重要，而这挖掘或许只能通过口述史等“活”的史料才能进行。遗憾的是随着一批老诗人等新诗历史的参与者的不断故去，我们已经失去了很多机会。当然，对这些“活”史料仍有一个辨别的问题，由于记忆、立场、人与人的关系和人性本身的缺陷等原因，潜文本一旦转化为文本，也一定会存在多种问题。我的想法是，如果不是一味地求“真”，即使是有问题的“活”史料也是有价值的，因其本身就呈现出一定的历史复杂性。在这部编年史里我非常注意对回忆录等资料的使用，希望透过这些资料挖掘出复杂的潜文本。像 1957 年《星星》诗刊创刊后遭到批判，我就引用了石天河对“《星星》诗祸”的追忆，呈现了那场复杂的批判。还有 1998 年 11 月在江苏张家港召开的全国诗歌座谈会，《诗刊》1999 年 2 月号刊出的《把诗歌推向二十一世纪——全国诗歌座谈会（张家港诗会）侧记》对此会进行了长篇记述，但我仍在这一条之后引用了蔡其矫给一位诗人信中的话：“正如你所料到的，张家港诗会原为针对新潮而举行的，不请年轻一代（于坚除外，因为他为云南派出的），而让一些上头钟情的王怀让等占着显要地位，所以谢冕、牛汉借故不来。大会发言预先指定，分两个大组也匆匆过场。我在第一组，指定组长为王怀让。头两三个发言，大宣扬旧体诗，甚至攻击到艾青。还利用刚逝世的公木片言只语。我忍不住立刻起而反击，即兴而洋洋大观，使他们哑口，孙绍振（代表福建，规定每省派一人）起而呼应说，遗憾受批评的人都不在场，并略有自我批评。上海不应派宁宇，他已老化。”引用这段话的目的当然也不是想揭露其“真相”，所要呈现的仍然是“复杂”，只可惜这样的“活”资料还是用得太少了。

第二编　民间视角与经验研究

民间文学：转向文本实践的研究

户晓辉

民间文学的文本一直是中国学者关注的核心问题，它不仅关乎对民间文学特有属性的认识，也直接决定着民间文学田野调查的实践原则和判定标准。21 世纪以来，随着表演理论和口头—程式理论的系统引进以及本土化研究的不断深入，中国学者对民间文学文本的认识发生了较大的变化，而且出现了由文本返回语境的重要转向。但一些基本的理论问题仍需要反思、批判和澄清。此外，在中国，尽管传统的民间文学现象在不断式微，但“民间文学”这个概念不仅没有像在欧美国家那样随着传统现象的“消失”而消失，而且大量的网络文学仍然被称为“网络民间文学”。[①] 中国“民间文学”并非明日黄花，而是有其现实指涉和理论需求，它的深层含义和内在目的还没有得到充分的开掘和深入的领会。民间文学的文本问题就是这方面的一个显著实例。

一 中国民间文学的物化文本观及其成因

回顾民间文学学科史，不难看到，在相当长的历史时期内，中国学者

① 参见杨新敏《网络文学与民间文学》，《苏州大学学报》2003 年第 1 期；宁胜克《网络传播与新民间文学》，《当代传播》2007 年第 4 期；冯秀英《信息化背景下民间文学理论体系重构的思考》，《云南民族大学学报》2013 年第 4 期等。

大多把民间文学看作从生活中抽出来的孤立文本。从20世纪50年代“活鱼是要在水中看”[①] 到80年代的立体民间文学说（民间文学是“活在水里的有生命的鱼”）[②]，都把民间文学的文本和语境看作鱼水关系，也就是把它们都理解成现成的物。20世纪80年代以后，中国大陆进行大规模采录并陆续出版的中国民间文学三套集成（《中国民间故事集成》《中国歌谣集成》《中国谚语集成》），尽管“时间跨度如此之大，产品数量如此之多，声势极为浩大，成果卷帙浩繁，这在中国乃至世界文化史上也是绝无仅有的”[③]，但不可否认，其基本理念仍然是物化文本观的一种反映和体现。

21世纪以来，民间文学研究界出现了由文本返回语境的重要转向，有学者把民间文学看做一种“活动”[④]，更多的学者“注重文本在特定语境中的动态形成过程”[⑤]。由于文本化和语境化过程进入了学者的视野，因此，民间文学文本的内部机理以及从口头到书面的形成机制得到了前所未有的揭示和研究，学者们也对中国民间文学三套集成的文本问题提出了一些批评和反思。例如，傅马瑞认为，中国民间文学三套集成的贡献在于：“就口头传承的书面化这一问题而言，在中国历史上，没有其他任何一个时代有如此丰富的材料可供研究，有如此众多的可能性可以用来检验（它们的本真性），有如此斑驳多彩的理论知识和民俗志描写作为参考”，[⑥] 但是，民间文学三套集成具体的文本化过程也存在着一定的问题。比如说，吉林省的民间文学搜集者康庄“使得讲述人的日常生活世界可以用书面的形式再现和保存”，但“他选择了将多个类似的文本进行综合整理的方式”。[⑦]

---

① 刘魁立：《谈民间文学搜集工作》，中国民间文艺研究会编《民间文学搜集整理问题》第1辑，上海文艺出版社，1962，第40页。

② 段宝林：《立体文学论——民间文学新论》，高等教育出版社，2007，第7页。

③ 万建中：《〈中国民间文学三套集成〉学术价值的认定与把握》，《广西民族大学学报》2010年第1期。

④ 例如，万建中认为，“民间文学是一个区域内广大民众集体创作和传播口头文学的活动”，万建中：《民间文学的再认识》，《民俗研究》2004年第3期。

⑤ 杨利慧：《语境、过程、表演者与朝向当下的民俗学——表演理论与中国民俗学的当代转型》，《民俗研究》2011年第1期。

⑥ 傅玛瑞：《中国民间文学及其记录整理的若干问题》，《北京师范大学学报》2005年第5期。

⑦ 傅玛瑞：《中国民间文学及其记录整理的若干问题》，《北京师范大学学报》2005年第5期。

在研究彝族史诗的汉译过程以及从口头到书面的整理过程时，巴莫曲布嫫也认为，“民族志诗学与民俗学在表演研究中共享某种学术关注的同时，他［它］们的探讨也同样面临着一个阻碍着研究的方法论难题——民俗学文本（folklore text）。因为，仅次于民间口头艺术本身的，就是民俗文本，换言之，口头艺术的记录，是民俗研究的中心问题”。[①] 通过对彝族史诗文本被记录、转写甚至改写的个案研究，她提出了文本格式化的问题，“‘格式化’的典型表征是消弭了传统主体——传承人（民众的、表演者个人的）的创造者角色和文化信息，使得读者既不见林也不见木，有的甚至从‘传承人身份’（identity of traditional bearer）这一最基本的‘产出’环节就剥夺了叙事者——史诗演述人、故事讲述人、歌手——的话语权力与文化角色。因此，在不同的程度上，这种剥夺是以另一种‘身份’（编辑、编译人、搜集整理者等）对‘传承人身份’的忽视、规避，甚至置换”。[②] 这就表明，民间文学文本的整理、转录（写）过程不仅是一个理论问题，更是一个实践问题。

但长期以来，学者们并没有意识到这是一个实践问题，而是把它仅仅看作一个理论和认识问题。例如，贾芝曾指出：“搜集民间创作是一个艰苦的工作，需要有极大的耐心，需要经过不断地探索，反复地记录、比较、研究，才能在大量占有材料中整理出一些比较完美的作品。有时碰到会讲故事的人，或好歌手，可以一下就遇到完美的作品，这也是常有的，但并不总是这样，而且更多的情况不是这样。”[③] 即使在中国民间文学三套集成的收集、整理工作中，也仍然存在着“在大量占有材料中整理出一些比较完美的作品”的情况。当讲述人的讲述不完整或不够完整时，采录人该怎么办？是遵循逐字逐句地忠实记录的原则，还是为了“这一个”文本的理想形式或“完美”形式而允许修改、加工甚至“改旧编新”？中国学者曾反复讨论过类似的问题。以今天的学术伦理标准来看，采录人用整理加工过的“这一个”文

① 巴莫曲布嫫：《“民间叙事传统格式化”之批评（下）——以彝族史诗〈勒俄特依〉的“文本迻录”为例》，《民族艺术》2004年第2期。

② 巴莫曲布嫫：《“民间叙事传统格式化”之批评（下）——以彝族史诗〈勒俄特依〉的“文本迻录”为例》，《民族艺术》2004年第2期。

③ 贾芝：《谈各民族民间文学搜集整理问题》，中国民间文艺研究会编《民间文学搜集整理问题》（第1辑），上海文艺出版社，1962，第217页。

本代表或代替当地讲述人某次表演的“这一个”文本，显然是不行的；但如果采录人把当地几种不够理想的异文合成为一个理想异文，作为当地某个民间文学体裁的“这一个”文本，是否具有合理性呢？无论赞成还是反对，其出发点往往仍然是把文本看作“物”，把“语境”理解为民间文学的外在表演场所或讲述环境，仍然把文本与语境视为彼此游离的“两张皮”，而且把民间文学的田野调查变成了寻求因果关系的实证研究。

因此，一方面，民间文学文本仍是在表演过程和活动中传承的现成物，这就使民间文学文本与动态性、未完成性和开放性这些本质特征处于分离状态；另一方面，这种物化的文本观没有看到民间文学体裁叙事实际上是一种实践行为，表演行为[①]与文本也是一体关系，因此，它既遮蔽了表演行为或文本的形式意志，又忽视了表演者和观众的责任伦理，更难以对民间文学体裁叙事的两种“这一个”文本作出实践的区分，从而在一定程度上造成了当代民间文学文本观念和实践标准的混乱。尽管学者们已经意识到，在现实当中，文本与语境水乳交融，一旦文本抽离了语境，其意义也就丢失了，[②] 但文本和语境仍然没有被看作实践行为，而是继续被看作理论认识对象。

其实，民间文学的文本也好，语境也好，不是人们用来认识事物的工具，而是人们在生活中的实践行为。只有从认识研究转入实践研究，我们才能更深入、更切实际地理解和把握民间文学的文本问题。

二　民间文学体裁叙事的表演行为及其边界

无论传统的民间文学还是现在的网络民间文学，其文本总是在生活中被表演、被讲述的一种实践活动。在很大程度上，日常叙事或历史叙事与民间文学的艺术叙事的区别在于，前者没有进入民间文学的体裁，而后者则进入了民间文学的各种体裁。进而言之，民间文学的体裁叙事是一种行

① 正如王杰文所指出，“表演是民俗学最重要的概念之一，一方面，它指的是特定的交流情境中特定文本被赋予生命的过程，另一方面，它仅仅是行为与活动的代名词”（王杰文：《戴尔·海姆斯与“讲述的民族志”》，《温州大学学报》2012 年第 1 期）；本文的实践研究正是在行为的意义上指代“表演”，不对“表演”进行进一步的理论划分，而是把“表演”与“表演行为”当作同义词使用。

② 王杰文：《“语境主义者”重返“文本”》，《青海社会科学》2013 年第 3 期。

为，是以体裁行事的实践。因此，民间文学的文本也不是名词层面上的各种体裁，而是动词层面上的体裁叙事行为。以往学者对民间文学体裁本身的来源、分类和属性等问题做了大量研究，功不可没，但多是对名词层面上的体裁的理论研究。本文试图研究民间文学使用体裁的实践行为，也就是对动词层面上的体裁行为的实践研究。民间文学文本实际上就是人如何用这些体裁行事，用体裁行事的实践就是民间文学的体裁叙事行为，这是民间文学体裁叙事的一种语用学。①

在日常体裁叙事的表演行为中，民众总是能够置身于民间文学体裁叙事行为的大传统并且不断地开发出各式各样的小传统，这些小传统被不同地区或不同族群冠以不同的称谓，而且在日常使用的实践过程中也会得到或清晰或模糊的区分和识别。这也是一种实践的分类，正如万建中所指出：

> [虽然民间文学的各种体裁都是学者定义的]，但的确是民间自古就有的恒常的“说”和“唱”的方式。在民间，“故事”可能不叫故事，但决不会和歌谣相混；在出嫁仪式上，新娘可能唱哭嫁歌，但决不会讲嘲讽笑话，民众对自己拥有的民间文学，有比较清晰的文体意识。民间文学各种体裁的界定之所以比较明确，在于民间“说”和“唱”各种不同方式的审美期待视界是相对稳固的。②

这就意味着，民间文学的体裁叙事行为传统至少可以分出两个不同的层次：首先，民间文学迄今使用的体裁种类毕竟是有限的，也就是说，尽管不同地区或不同民族可能给同一种民间文学体裁冠以不同的名称或者可能有笼统的称谓，但是，民间文学迄今使用的故事、歌谣、传说、史诗、神话、谚语、笑话、童话等体裁形式毕竟具有跨文化、跨地区和超时空的稳定性和相似性。这些作为类型的体裁叙事行为传统就是民间文学体裁叙

① 奥斯汀指出，我们越是不把一个陈述看作一个句子（或命题）而是看作一种言语行为，我们就越是在把整个事情当作一种行为在研究，见 J. L. Austin, *How to do things with words*, Oxford University Press, 1976, p. 20。民间文学体裁叙事的表演就是一种言语行为，即以体裁叙事的实践行为。

② 万建中：《民间文学引论》，北京大学出版社，2006，第 105 页。

事行为的大传统。其次，每一种作为类型的民间文学体裁叙事行为传统在不同地区和不同族群又可能表现为不同的小传统或者被冠以民族性的、区域性的称谓。这是作为类型的民间文学体裁叙事行为的亚类型或小传统。

任何一种民间文学体裁叙事行为的表演都至少同时处在这两种传统之中。离开了民间文学体裁叙事行为的大传统和小传统，民众也就无法“以言行事”，也就难以用不同的民间文学体裁叙事行为来满足不同的现实需要和精神需求。简而言之，大传统更多的是民间文学某种体裁类型叙事行为的共性，小传统主要是这种体裁类型叙事行为在不同地区和族群中表现出来的差异性或个性特征。民间文学体裁叙事行为的表演者总是在大传统和小传统的共同作用下来表现自己的个性并寻找变化和创新的可能性。例如，湖北宜昌五峰长乐坪镇珍珠山村的著名故事家刘德培（1912～2000）会针对不同场合和听众讲述不同的内容和民间文学体裁。在给大学里的师生讲述时，他以吟诗联对、富有“文气”的故事为主；在一般场合下给老百姓讲述时，他多以生活故事、笑话和机智人物故事为主；对于妇女儿童，他多讲巧媳妇的故事和富于幻想性的神话和童话；对于中青年人，他多讲笑话、寓言和地方风物传说；对于老年人，他多讲历史故事和趣闻逸事。所以乡亲们评价他讲故事是“见什么人说什么话，见什么菩萨打什么卦”。[①] 浙江桐庐县的“江南故事大王”吴文昶（1928～2002）则坚持认为，“不管到哪里，故事终究应该是故事”[②]，而且创作故事的诀窍在于头要小，肚子要饱，尾巴要翘。[③] 山西洪洞县侯村人对神话、故事等民间文学形式没有明确区分，都称为“古话”，但他们对神话和故事的讲述时机、讲述态度和心理却有所不同。神话具有更大的神圣性，讲述人对它怀有更多的敬畏感，在讲故事的晚上，就不大讲神话。[④] 由此可见，尽管民众对

---

① 黄永林、余惠先：《从信息论看民间故事的讲述活动》，上海民间文艺家协会编《中国民间文化》第4辑，学林出版社，1991，第140页。

② 吴文昶：《我与故事的故事》，《故事会》编辑部编《吴文昶故事集》，上海文艺出版社，1991，第364页。

③ 汪世炎：《永不消逝的记忆》，桐庐县文学艺术联合会编《我和“江南故事大王”吴文昶》，西泠印社出版社，2010，第81页。

④ 杨利慧、张霞、徐芳、李红武、仝云丽：《现代口承神话的民族志研究——以四个汉族社区为个案》，陕西师范大学出版总社有限公司，2011，第191页。

自己使用和传承的民间文学体裁叙事行为往往认识得不够清晰和明确，但他们对不同体裁叙事行为的用语习惯、套路、程式甚至形式等已非常熟悉，他们对民间文学的不同体裁有实践的用法和分类。

民间文学体裁叙事行为必须使用体裁，而体裁毕竟是有边界的、相对独立的，这就决定了民间文学体裁叙事表演行为的界限，表演行为的界限也是民间文学体裁叙事文本的边界。[①] 即便是研究民间文学体裁叙事行为的表演理论，仍然承认"表演的标定"[②] 和表演的边界，也就是说，民间文学体裁叙事的表演行为虽然出自生活，但并非与日常生活浑然不分。尽管民间文学的体裁叙事行为不断变异因而永远没有绝对的定本，但不能不承认，只有成为一种高超的语言艺术，民间文学体裁叙事的表演行为才能在现实生活中发挥作用。也就是说，民间文学的"文本"不是通过一次"表演"的创作行为就完成并定型的同一作品，而是由多次体裁叙事表演行为造成的异文，因此，民间文学的文本不仅是体裁叙事表演行为的结果，而且是体裁叙事表演行为本身。民间文学文本的动态性和变异性不仅是由民间文学体裁叙事表演行为造成的，而且直接体现为民间文学体裁叙事表演行为本身的动态性和变异性。民间文学的文本就是动态的以言行事，就是民间文学体裁叙事表演行为本身。[③] 民间文学体裁叙事的表演行为是作为类型的体裁形式在每一次具体的叙事行为中的具体应用和实现。民间文学的文本就是一种用体裁来叙事和对话的言语行为本身，体裁形式的边界决定并构成了这种体裁叙事表演行为或文本的边界。

---

① 应当指出的是，当代民间文学的语境研究一方面经常模糊了民间文学文本的界限，另一方面也忽视了民间文学体裁叙事表演行为的审美体验。承认民间文学文本有边界也就是承认民间文学的体裁叙事表演行为有边界，但这不等于否认这种边界在体裁叙事的表演情境中经常（尤其是口头讲述天然地）具有的模糊性和不确定性，或者说，这种模糊性和不确定性不能否定民间文学文本或体裁叙事表演行为的边界。

② 理查德·鲍曼：《作为表演的口头艺术》，杨利慧、安德明译，广西师范大学出版社，2008，第16～29页。

③ 正如鲍曼所指出，"表演"这个概念本身就意味着"没有必要再从艺术性文本（artful text）出发，即在独立的形式基础上确认文本，然后将之重新置于使用的情境中，以便用交流性的语词把口头艺术概念化。相反，按照文本所建立的方法，表演便成了作为口头交流的语言艺术范畴的根本"（理查德·鲍曼：《作为表演的口头艺术》，杨利慧、安德明译，广西师范大学出版社，2008，第13页）。

三 作为文本的体裁叙事表演行为及其责任

当然，只有当体裁进入具体的讲述语境时，才能产生民间文学体裁叙事行为的每一次具体的表演行为或文本。也就是说，民间文学体裁叙事行为的表演与文本的产生往往是同步的和一体的，只有对表演的记录也就是表演的后果才是民间文学的“作品”。传统的神话或史诗演述是表演，在网络上写故事、写笑话也是表演。表演理论恰恰强调了民间文学的表演行为伦理，并且强调民间文学文本就是一种交流方式和交流行为。

表演理论的提出者鲍曼认为，在“讲述的民族志”[①] 领域，“表演”(performance) 一词一般具有两种基本含义：一是指社会生活中对语言的情境化使用，二是指一种熟练的、被特别标定的言说方式，这种言说行为被用来展演，被对象化，在某种程度上从语境中被提升出来，任由观众细细品味。表演让人负有交流的责任，它为观众指定了对表演者的技巧和效果进行评价的责任。[②] 在《故事、表演和事件：口头叙事的语境研究》一书中，鲍曼又明确指出，“简而言之，我把表演理解为一种交流模式，一种言说方式，其本质在于承担起向听众展示交流技巧的责任，在交流方式的指涉内容之上和之外，突显出达成交流的方式”。[③] 可见，首先，表演的本质在于把展示交流技巧的责任归于表演者，把品评的责任归给观众或听众；因此，国外有学者认为，实际上，鲍曼把责任（responsibility）当作界定“表演”的一个关键术语。[④] 其次，表演主要指言语交流的方式。最后，表演理论意在强调或突出交流得以完成的方式，但强调和突出的手段是“越过”其指涉内容（在它之上和之外）。也就是说，表演理论更关注的是交流的形式而非内容。“我们非常需要的是：表演的一种形式诗学，依据

---

① 王杰文：《戴尔·海姆斯与“讲述的民族志”》，《温州大学学报》2012 年第 1 期。

② Richard Bauman and Joel Sherzer (ed.), *Explorations in the Ethnography of Speaking*, Second Edition, Cambridge University Press, 1989, pp. xviii – xix..

③ Richard Bauman, *Story*, *Performance*, *and Event*: *Contextual Studies of Oral Narrative*, Cambridge University Press, 1986, p. 3.

④ Jane H. Hill and Judith T. Irvine (ed.), *Responsibility and evidence in oral discourse*, Cambridge University Press, 1993, Introduction, p. 16.

话语的构成性角色对社会互动和事件所做的民族志理解，对形式—功能的相互关系的清醒认识”。[①] 鲍曼指出，在口头表演的民族志中，表演事件的地位和文本一样，都是描述和分析的基本单位，也就是说，文本和表演事件共同被理解为社会行为，研究者的关注目光转向了社会生活中艺术性言说表演的实际施行。换言之，作为一种言语实践行为的表演事件使口头文学被理解为言说艺术，其本质就在于被体验的表演之中。因此，鲍曼特别强调了表演是一般与特殊的结合，也就是说，每次表演既是某个人表演的这一个文本，同时又是这一类文本。[②] 这里值得注意的要点是：首先，口头文学的表演指被体验的表演，也就是被观众和表演者共同体验着的表演，而不是没有被体验到的、受所谓外在时空环境决定的行为。其次，这种表演是一种形式关系，因而对这种表演的研究才会是一种形式诗学。再次，在这种表演中，文本和表演事件都被看作描述和分析的基本单位，而且它们都被看作社会行为或言说实践行为。表演的双重含义是：艺术行为即民俗的实践和艺术事件即表演的情境——包括表演者、艺术形式、听众和场景等。[③] 换言之，文本和表演事件都是民俗的实践，都是践行民俗或做民俗。表演的情境只是为了分析和理解这种实践而划分的层次，而非客观的原因。最后，研究这种被体验的表演的目的是理解意义，而不是解释原因。更确切地说，是理解表演者和观众（包括在表演现场的学者本人）对这种表演的体验和理解，而不是为这种表演寻找外在的原因（比如外在的时空因素对表演的影响等）。

正因如此，丹·本-阿莫斯才认为，语境研究代表从历史民俗学或比较民俗学向“描述民俗学”的一种转变。[④] 由此也带来了从以往的因果解释向意义阐释的转变，语境分析并不解释民俗，而只是通过考察文本以及

① Richard Bauman, *Story, Performance, and Event: Contextual Studies of Oral Narrative*, Cambridge University Press, 1986, p. 114.

② Richard Bauman, *Story, Performance, and Event: Contextual Studies of Oral Narrative*, Cambridge University Press, 1986, pp. 112 - 115.

③ 理查德·鲍曼：《“表演”的概念与本质》，杨利慧译，《西北民族研究》2008 年第 2 期；理查德·鲍曼：《作为表演的口头艺术》，杨利慧、安德明译，广西师范大学出版社，2008，第 4 页。

④ Dan Ben-Amos, The Context of Folklore: Implications and Prospects, in William R. Bascom (ed.), *Frontiers of Folklore*, Westview Press, Inc., 1977, p. 36.

民俗在社会中的整体经验来阐释民俗，它寻求的是意义而非原因。[①] 这种整体经验是对语境整体和意义整体的体验。[②] 这无疑点明了语境研究可能带来的新的可能性，即它不是一种实证研究，而是一种实践研究；它要研究的不是人们的认识活动，而是实践行为。尽管鲍曼划分了语境的不同层次，但这只是一种分析模式，这种划分并不是要把语境物化为各种外在因素的累积和总和，因为“语境就是一种互动的现实”[③]，这种以表演为中心的分析恰恰是要用语境来显明文本与表演事件的整体观，也就是说，生活中的口头表演（包括文本和表演事件）都是一种实践形式和言说模式，它的本质在于这种表演的形式而非表演的内容，对听众而言，“常常是故事如何讲述比故事讲了什么更加重要”。[④] 语境就是表演活动的整体性和当下性，也是被体验的表演及其形式和意义。以表演为中心，就是要关注这种语境的整体性和当下性，而不是把语境拆分为鱼水关系，更不能把语境误解为主客对立的外在场所甚至讲述环境。正如彭牧敏锐地指出的那样，鲍曼认为，从民俗学和人类学的更大范围来看，“表演”一词至少有三种有所重合又各有所侧重的意义：第一，作为实践的表演，指处于特定情境的日常实践；第二，作为文化表演或扮演（enactment）的表演；第三，作为口头诗学的表演，指处于特定情境中口头互动交流的艺术实践。鲍曼本人和大部分运用表演理论的民俗学家主要持第三种表演观，国内介绍的表演理论也主要是第三种意义上的表演，这种意义上的表演有其局限性。

无论如何，表演理论导致的范式转向主要有四个方面：第一，从历史到现实的转向，“把民俗学转向为一门关注传统化（traditionalization）或者说传统在现实中的实践的科学”；第二，“表演理论、以表演为中心的研究引起的另一个重大转向是彻底颠覆了民俗研究中文本的中心地位。那些因为要与书

① Dan Ben-Amos, “Context” in Context, in *Western Folklore*, Volume 52, 1993。

② 国外有学者指出，如果说本质描述（eidetic description）是把某个经验领域孤立起来，描述在思维、书写或对话的反思实践中的这些经验的本质，那么，鲍曼的理论就可以被看做本质描述，即描述表演互动经验的结构以及表演经验中各个部分之间的关系，参见 Harris M. Berger and Giovanna P. Del Negro, *Identity and Everyday Life: Essays in the Study of Folklore, Music, and Popular Culture*, Wesleyan University Press, 2004, pp. 29 – 30.

③ Dan Ben-Amos, “Context” in Context, in *Western Folklore*, Volume 52, 1993.

④ 理查德·鲍曼：《“表演”的概念与本质》，杨利慧译，《西北民族研究》2008 年第 2 期。

面传统具有可比性而被学者们构造、抽象、剥离出来的文本/事项，被重新放回到它们原生的土壤中。文本消失了，取而代之的是一次次的事件、一个个的过程、一次次的交流行动与实践，而当这些事件、过程、行动和实践包含着某种模式化的表达传统（expressive tradition）时，就是表演，也即本-阿莫斯所说的'艺术性交流'。很明显，从以文本为中心到以表演或事件、过程为中心，民众的日常实践被总体地纳入了民俗学的视野"；第三，"使以往被忽略或至多留下姓名的民俗传承人受到了重视"，具体而言，"当聚光在民俗文本上的神秘光环消失以后，那些民俗的传承者、那些普普通通的民众，就不再是历史抉择的偶然承受者而承载着偶然的历史记忆；相反，民众因为主动地在生活实践中运用民俗而清晰地出现在了民俗学研究的地平线上。与民俗学者的田野经验相适应，这时的'民'，不再代表被抽象化的、由面目不清的个人组成的均质社区或群体，代表着落后与愚昧，'民'第一次呈现为有血有肉的丰富的个人。人的因素、人的创造性第一次和传统的力量相较量。人不再是被动的传统接受者。不是传统假借文本为化身游走于、飘荡于个体之间，而是由于人的主观选择，传统才能延续"；第四，"以表演为中心的研究实际上体现了整个人文、社会科学界一种共同的理论转向"，因此，彭牧还别具慧眼地指出，"将表演理解成实践这第一种意义，实际上具有更大的理论潜力"，因为"强调实践、强调作为主体的人，实际上是整个人文、社会科学界，如人类学、语言学、社会学、历史学、文学等从80年代以来逐渐清晰的理论趋势"，因此，"从这个意义上说，民俗学向表演中心的转换，实际上预示着大范围理论变迁的先声"。①

事实上，表演理论的确蕴涵着民间文学研究向实践科学转向的可能性，它至少可以表明：民间文学体裁叙事的表演行为是一种交流实践形式，形式本身也是一种实践，语境就是这种实践形式在当下的整体实现。实际上，鲍曼和布雷德已经明确指出，以表演为中心的方法的核心在于，不再把口头传统看作文本性的对象，而是看作社会实践，表演的最一般意义就是行动或实践，它的中心是对语境中的口头艺术形式的主动运用。② 语境分析不是为了

① 彭牧：《实践、文化政治与美国的表演理论》，《民间文化论坛》2005年第5期。

② 理查德·鲍曼和唐纳德·布雷德：《口头传统研究中的表演民族志》，杨利慧、安德明译，《作为表演的口头艺术》，广西师范大学出版社，2008，第102~103页。

寻求语境的外在因果关系，而是为了理解并体验语境整体的内在意义。所谓 context（语境）就是 con-text（共同文本）。“表演理论并不是把‘语境’当作一种固定不变的、可精确描述的、外在的信息，而是一种生成中的、偶发的、互动中的关系”。① 民间文学的语境恰恰昭示出民间文学体裁叙事行为或文本形式的互文性和整体性关联。语境就是民间文学体裁叙事行为或文本形式的当下使用和具体实现。对本文的论题而言，民间文学体裁叙事行为的表演必须使用特定的某种体裁。只有当体裁进入语境时，它才能被具体化，才能获得具体的实现，也才能变成体裁叙事的具体表演行为或具体文本。正因为民间文学体裁叙事的表演是一种公共的实践行为，所以，鲍曼才以卓越的洞见认为表演的本质在于为表演者和观众都赋予的责任：表演者有充分展示交流技巧的责任，观众则有品评这种技巧和效果的责任。这实际上是民间文学体裁叙事传统的表演为表演者和观众赋予的责任。因此，这种责任不在于表演者和观众的主观心理中是否明确意识到或者是否承认的责任，而是表演客观上要求的责任。换言之，这种责任不一定是实然，而是应然（条件）。因此，鲍曼说“对表演的否认本身也许是对完全表演的标定”②，对表演责任的推脱恰恰从反面彰显出表演责任的存在。鲍曼所谓表演的责任，不仅包括表演者的责任和观众品评的责任，还包括表演者和观众共同对传统的责任以及表演者与观众之间相互尊重、彼此以“你”相待的责任。③

① 王杰文：《“语境主义者”重返“文本”》，《青海社会科学》2013 年第 3 期。

② 理查德·鲍曼：《作为表演的口头艺术》，杨利慧、安德明译，广西师范大学出版社，2008，第 153 页。

③ 鲍曼的“责任”概念不仅包括表演者对某次表演的责任以及观众品评某次表演技巧和效果的责任。“对表演进行品评的阐释性过程包含着对互文关系本身的运用，这一互文关系由过去的表演构成，它为对当下的表演进行比较性评估提供了标准。因此，表演者也对以往的表演负有责任，无论在特定的文化和历史背景中衡量这种责任的标准和尺度是什么。将表演与以往的表演相联属要求对二者之间的互文关系进行校准（calibration）。对于正确做法的责任感会促使表演者尽可能复制过去的表演，以展示传统的权威性；同时，表演者也会使自己的表演与过去的传统保持距离，这会凸显其表演的独特性”（理查德·鲍曼：《作为表演的口头艺术》，杨利慧、安德明译，广西师范大学出版社，2008，第 79 页）；由于表演者的每一次表演和观众的每一次品评都会以民间文学体裁叙事行为传统为标准，所以，表演者和观众分别对共同的体裁叙事行为传统负有责任。而且，“作为一种互动的结果，表演的一个有机组成部分是观众的协作参与”，而且“品评为吸引观众参与表演”（同上书，第 78 页），因此，这种责任自然也包含着表演场域人际关系的伦理责任。正因如此，责任才是表演的本质。

责任之所以构成了表演的本质，恰恰因为民间文学体裁叙事行为本身就是一种需要复数主体参与的伦理实践和道德行为，民间文学的文本实际上是一种公共表演的伦理实践和道德行为，因此，表演的集体性实际上具有公共特征，表演者和观（听）众在表演中都责任重大。正因为有了这种责任伦理，民间文学的体裁叙事行为才可能有自由。

四　作为文本的体裁叙事表演行为的形式意志

既然对民间文学体裁叙事的实践而言，表演行为就是文本，文本就是表演行为，那么，文本的边界也就是表演行为的边界，民间文学体裁叙事文本的异文实际上也就是民间文学体裁叙事表演行为的“异文”。[①] 一方面，每一个异文都具有相对的独立性，但这一次表演的“文本”与每一次表演的文本之所以形成了互文关系，恰恰因为每一个异文都属于民间文学的体裁叙事行为传统，都受到这种传统的规定和制约，变和不变都发生在这种传统的内部。另一方面，民间文学的体裁叙事行为与表演文本并不是一直处于一体状态，在表演结束之后，被记录、录音和整理的表演文本能够单独存在。[②] 因此，在强调民间文学体裁叙事行为的生活性的同时，我们也不能忽视体裁形式的独立性和独特性。这也就意味着，民间文学体裁叙事的表演行为不仅具有自身的形式，而且具有自身的实践目的。它不是为了其他目的或者服务于其他东西，而是为了实现自身的形式或目的。正因如此，瓦尔特·安德森提出了民间文学的自动修正律（Das Gesetz der Selbst-Berichtigung），即童话或故事在被反复表演时能够自动保持或回到它的最初形式或原始形式；吕蒂也指出了民间文学的“形式意志”（Form-wille）、“风格意志”（Stilwillen）或“形式冲动”（Formstreben）。其实，形式就是目的，形式意志也是目的意志。这种意志或冲动既属于民间文学

---

① 鲍曼把口头叙事的表演看作文本（text）、被讲述的事件（narrated event）和讲述事件（narrative event）三者不可分割的统一体，参见 Richard Bauman, *Story, Performance, and Event: Contextual Studies of Oral Narrative*, Introduction, Cambridge University Press, 1986, p. 7；不过，本文是对表演的实践研究，因此，暂不对表演做理论的划分。

② 梅东伟、高有鹏：《作为艺术形式的民间文学》，《文化学刊》2010 年第 3 期。

体裁叙事行为传统自身，也属于人，或者说，它们首先属于体裁叙事行为传统，其次才属于人。[①] 因为决定形式的首先是体裁叙事行为传统而不是人。既然是体裁叙事行为传统让人言说，那么，人也就具有了体裁叙事行为传统所赋予的形式意志或形式冲动。

在民间文学体裁叙事的表演行为现场，我们经常可以见到表演者以及听众对特定民间文学形式（目的）的追求、维护和经营。例如，朝戈金根据国外学者和他个人的田野调查经验指出，优秀的史诗演唱者完成史诗表演靠的都不是记诵或复诵而是创编，但是，口传史诗有其内在的、不可移易的质的规定性，它决定着史诗传统的基本架构和程式化的总体风格。口传史诗传统中的诗人以程式（Formular）的方式从事史诗的学习、创作和传播，歌手就像摆弄纸牌似地组合并装配那些承袭自传统的“部件”。[②] 这些程式或“部件”本身是形式，而其组合并装配的规则同样是史诗的形式规则。吴语山歌歌手陆阿妹曾说：“山歌只能唱七分，勿可以唱得有头有尾，唱一半，听一半，听听想想有味道；全唱完，打碎砂锅纹（问）到底，要弄僵；唱三分，别人勿相信格。（咯）”歌手对自己唱的山歌形式有自己的理解和追求，所以他们在“调”（也有人称“叼”）山歌即在编创或演唱的过程中，随时将一些现成的山歌套式“调”入正在编创或演唱的作品中。“调山歌”是歌手们在长期的演唱过程中最经常使用的手法，也是叙事山歌越唱越长的重要原因之一。“调”是一个动态的过程，通常是在演唱过程中的即兴发挥，也是在演唱过程中完成的。[③] 传统的客家单条山歌在格律和词句上也有严格的规则，但在唱法上却很随意，反止你一条我一条，怎么唱都行。[④] 这种演唱的自由尽管随意，却仍然遵循着山歌的

---

① 尽管吕蒂认为，童话的风格意志更多地应该记在真正的童话创作者的账上，而且另一种风格必定是另一种风格意志的表达形式，但他也指出，“支撑童话的不仅有个人的艺术意志，而且在象征暗示的意义上，也有超个人的艺术意志”（见 Max Lüthi, *Das europäische Volksmärchen. Form und Wesen*, Neunte Auflage, Francke Verlag Tübingen, 1992, S. 92 – 93, S. 103）。

② 朝戈金：《口传史诗诗学：冉皮勒〈江格尔〉程式句法研究》，广西人民出版社，2000，第 72 ~ 78 页。

③ 郑土有：《吴语叙事山歌演唱传统研究》，上海辞书出版社，2005，第 274、240 页。

④ 徐霄鹰：《歌唱与敬神：村镇视野中的客家妇女生活》，广西师范大学出版社，2006，第 139 页。

形式，歌手们对此不一定有多么明确的意识，但至少对其实践的用法谙熟于心。河北耿村的故事家“靳景祥的故事基本上都是听别人讲述的，然而他并不是一个单纯的转述者，他会对听来的故事进行思考，将不圆满的地方，想办法把它讲顺溜了。有些故事，他听的时候，觉得前半部分好，就记着这部分，等听了别的有合适的，再给它凑到一起去，形成一个完整的故事。也正是因为在故事讲述中，加入了自己的深入思考，靳景祥的故事才得以具有更高的艺术价值，也使得他在耿村众多的故事讲述家中脱颖而出”。[①]《江格尔》演唱艺人冉皮勒面对自己已经出版的演唱文本时说了这样的话：“这好像不是我所演唱的《江格尔》呀！这是跟其他江格尔奇所说的混在一起了呀。这不是我所讲的《江格尔》！”“我心里的愿望是，要是有可能，将来把我演唱的就按照演唱的样子出版就好了。”[②] 这些实例都说明，表演者不仅有形式意志或形式冲动，而且有对完满形式或完整形式的守护和追求，他们在表演过程中要力求实现他们心目中的某种完满形式或完整形式，这是他们的自由权利。

需着重指出的是，吕蒂之所以没把形式意志、风格意志或形式冲动完全归因于人，是因为他并不在人的心理层面考虑这些问题。也就是说，我们在田野调查中可能会遇到各种具体的情况。在心理层面，除了上述有明确形式意志的讲述人之外，也有不关心形式问题的表演者。在民间文学体裁叙事行为的具体表演过程中，表演者的心理是多变的甚至可能是捉摸不定的，当然这也是因人而异的，有人想改变传统的形式而不能，有人不想改变已有的用语而不成。因此，民间文学的形式意志、风格意志或形式冲动主要指的不是民间文学体裁叙事表演者的心理动机，而是每一种民间文学体裁叙事行为都有各自的形式规定和形式目的，人对某个具体民间文学体裁的表演实际上（无论在心理上是有意还是无意）被卷入了这种体裁的传统。在这种体裁传统的规定下实现体裁形式的目的，无论表演者的主观心理是想创新还是守旧，无论实践的目的是否实现，表演者在客观上都必须服从这种体裁本身的形式意志和形式目的。

---

① 林继富、李敬儒：《靳景祥故事讲述研究》，中国社会科学出版社，2013，第 80～81 页。

② 朝戈金：《口传史诗诗学：冉皮勒〈江格尔〉程式句法研究》，广西人民出版社，2000，第 130 页。

从实践研究的观点来看，采录人与讲述人都有形式意志或形式冲动，采录人整理出来的理想文本形式同样是民间文学体裁叙事行为的一种表演。① 但是，这里应该做进一步的实践分类和区别对待。由此，我们也可以重新领会毛星当年针对民间文学文本的记录和整理工作提出的深刻而辩证的观点。他认为，首先，在口头创作中，即便是其中完美的作品，有些也经历了产生和发展的过程，即开始时比较粗糙甚至很粗糙，经过长期不断的集体加工，才渐臻完好。其次，即便同一个故事，不仅个人有个人的讲法，而且即便同一个人讲同一个故事，每次的讲法也不完全相同。这就给忠实记录和整理工作提出了问题：

> 既然故事的讲述不那么固定，究竟忠实于一个人某一次讲述呢，还是要忠实于民间的这一个故事。我的看法是，两个都要，后者是目标，前者是基础。只讲忠实于民间的这一个故事，不讲要一次次的忠实记录，这里所说的民间的这一个故事，岂不成为抽象的悬空的东西，而这里所说的忠实不是也就失去根据了吗？如果只有一次忠实的记录，就认为把这个故事的民间原貌完全记录下来了，也不妥当。因为，除了故事讲述者的巧拙和所讲的粗细，还有这样的情况：讲故事的人由于记忆的错误或别的什么原因，或者把有的内容讲漏了，或者在一个故事中甚至可能把别一个故事误掺进来……这样，这一次记录，对于这一个故事的民间原貌来说，它的忠实性就存在着疑问。那么，怎样才算忠实，忠实的标准究竟是什么呢？我想，可以有最高的或较高的标准，也可以有最低的或较低的标准。忠实记录故事讲述者的讲述，不加入自己的任何“补充”，也不随便删削讲述者所讲述的内容，这应该是最起码的最基本要求。在这一基本要求下，较多人都容易作到的是，记录下所找见的任何一个劳动者的讲述，即使这一讲述是比较粗糙、比较简单的。而有的人则不满足于这样的记录，不止

① 例如，民间故事集《野山笑林》的整理者黄世堂明确地说：“故事肯定改了的，完全原汁原味肯定是搞不成的。民间文学的东西啊本身就是所有智慧的结果，讲一遍就增加一种新的智慧，我整理了一遍，还不增加我的智慧吗？”（王丹：《刘德方故事讲述研究》，中国社会科学出版社，2012，第178页）。

记录一个人的讲述，还记下较多人所讲的，并且选择故事讲述者，创造讲述故事的良好条件，使所能找到的最好的故事家兴高采烈地施展他的绝技，必要时还请他讲第二次，讲第三次。比之前者，这样记录下来的故事，当然质量高些，也就可能根据这样的记录整理出更忠实于民间的这一个故事的稿本。我们要提倡后面这种作法。我想这似乎是民间文学工作者应该采取的作法。当然，这不一定是广大群众人人都能作得到的。因而，并不因为提倡这种作法就否定前一种较多人所作的努力。即使是一个专业的民间文学工作者吧，在不能采取后一种作法的情况下，也是只能记录个别讲述者的比较简单的讲述的。应该肯定，即使是比较粗糙简单的讲述的记录，甚至只是记下一个故事的线索，也是有一定价值甚至是不小的价值的，只要不错误地把它当作民间的这一个故事的唯一的最完全的最好的记录并因而排斥别的记录就行了。[①]

毛星虽然强调从完整形式上来判定“这一个故事”，但他也同时承认每一个具体的讲述人讲述的故事也各有千秋，也各有独立的价值和意义。因此，一方面，他并没有主张采用越俎代庖的加工、综合方法，而是坚持让讲述人自己保持最佳状态，发挥出最好水平，从而采录到完整的甚至完美的“这一个故事”[②]。另一方面，毛星在论述中潜在地保留了民间文学讲述人和采录人各自的权利，而且没有让采录人的权利去侵犯甚至剥夺讲述人的权利。他所谓忠实的“最高的或较高的标准”以及“最低的或较低的标准”主要不是理论的标准，而是实践的标准。所谓“忠实记录故事讲述者的讲述，不加入自己的任何‘补充’，也不随便删削讲述者所讲述的内容，这应该是最起码的最基本要求”，其中暗含的忠实原则不仅是（理论上）忠实于原文，而且是（实践上）忠实于故事讲述者；所谓“我们要提倡后面这种作法”，即“选择故事讲述者，创造讲述故事的良好条件，使

① 毛星：《从调查研究说起》，载中国民间文艺研究会编《民间文学搜集整理问题》（第1辑），上海文艺出版社，1962，第181～194页，重点原有。

② 中国民间文学采录者整理、记录的“这一个”文本的理想形式不同于吕蒂研究的（作为某种体裁的）“这一类”童话文本的理想形式，它们分属不同的层次。

所能找到的最好的故事家兴高采烈地施展他的绝技，必要时还请他讲第二次，讲第三次”，实际上就是让讲述人发挥自己的主动性、主体性和创造性，让他们最大限度地使用自己的体裁叙事行为权利。

如果说，讲述人的讲述和采录人的整理都是民间文学体裁叙事的表演行为，那么，他们的表演行为都既有各自的权利也有各自的责任。进而言之，一方面，采录人当然没有权利以自己整理的文本代表甚至代替讲述人的文本，另一方面，即使采录人有权利以追求文本形式的完整性和完美性为理由来整理甚至加工出“这一个”文本，他或她也必须为此文本负责，而且他或她整理甚至加工出来的“这一个”文本只能代表他或她的“这一个”文本，不能代表讲述人甚至讲述人所在族群或地区的“这一个”理想的、完整的文本。因为正如吕蒂所说，完美的形式只是理想类型，而不是一种现实的存在。尽管采集人和讲述人都是某种具体的民间文学体裁叙事行为的实践者，他们都被卷入了这种体裁叙事行为的传统之中，都有传承的权利和形式意志，但他们的文本只能代表他们自己应该各负其责的文本。也就是说，他们的体裁叙事表演行为应该权责分明，不能相互越界。① 因为民间文学的文本实践涉及的“知识社会学本来就应该是知识伦理学”。②

（本文原载《中国社会科学》2014 年第 8 期）

① 不过，由于吕蒂要研究的是某种体裁的形式，所以他认为，只有从许多讲述人那里听到了同一个故事，收集人才能成功地确定普通民众的精神立场和创造力所在。民间童话的讲述人常常从几个人那里听来了他的故事，在他本人讲述时要力求达到最佳形式。同样，通过比较不同的异文，收集人和编者也几乎会自发地创造出由此得到的理想形式。这种理想的形式只能通过比较相似的叙事来获得，而不能像格林兄弟那样通过合并相对异类的异文来获得（Max Lüthi, *Das europäische Volksmärchen. Form und Wesen*, Neunte Auflage, Francke Verlag Tübingen, 1992, S. 100）；这就涉及了民间文学研究者和整理者的体裁叙事行为责任的问题。

② 户晓辉：《童话的生产：对格林兄弟的一个知识社会学研究》，吕微、安德明编《民间叙事的多样性》，学苑出版社，2006，第 170 页。

文体的协作与互动

——以甘肃天水地区伏羲女娲信仰中的神话和灵验传说为例

安德明

在民间信仰领域，口头艺术发挥着十分重要的作用。所谓口头艺术，指的是在一定场合下，通过演唱、讲述或展示等途径在人们之间交流、传播和传承的内容与形式都相对固定的言说方式，包括神话、传说、故事、谚语等多种不同的文体。与民间信仰相关的各种口头艺术文体，既是民间信仰的有机组成部分，又对信仰的延续和传承起着强化的作用，因此，对于它们同宗教信仰之间关系的探讨，是许多民俗学、人类学研究者长期关注的话题。马林诺夫斯基就曾经把口头艺术中的重要文体神话称作信仰的“社会宪章”（sociological charter），认为它“表达、增强并理顺了信仰；它捍卫并加强了道德观念；它保证了仪式的效用并且提供引导人的实践准则”，“对土著来说，它是比当今现实更重大、与人类关系更密切的远古现实。现代人类的生活、命运及种种活动都是由它决定的。它为人们提供了仪式和道德行为的动机，还告诉了人们如何去进行这些活动”①。

事实上，除了神话，在某一特定的信仰范畴，往往存在着其他各种口头艺术的文体，它们共同对信仰的延续发挥着作用。那么，这些文体之间

① 〔英〕马林诺夫斯基（B. Malinovski）《神话在生活中的作用》，见〔美〕阿兰·邓迪斯（Alan Dundes）编，朝戈金等译《西方神话学读本》（*Sacred Narrative: Readings in the Theory of Myth*），广西师范大学出版社，2006，第244、250页。

究竟处于一种怎样的关系，是杂乱、随意地混合在一起，还是相互之间存在一种有机的联系？对于信仰本身的完整性而言，它们的关系又具有什么样的意义？

鲍曼在围绕文体、行为、事件和角色四个因素分析“表演”问题时，曾经指出这四种因素处于相互作用、相互依赖的关系，而一些特殊的文体，往往会在特定的事件、由特定表演者以特定的方式加以表演。[①] 可以看到，鲍曼和他所引用的佘泽（Joel Sherzer）已经注意到了不同文体在语境、功能、表演者等方面存在不同分工的现象，不过，他们并没有明确指出文体之间的协作关系，也没有对此进行深入具体的阐述。

近10多年来，笔者在对甘肃天水地区的民间信仰及相关神话、传说和谚语等进行田野研究的过程中，多次触发了对信仰领域口头艺术文体之间相互关系问题的思考，笔者已发表的一些论著，也从不同方面对这一问题进行了初步阐述（2003，2006）。2010年，笔者发表了《信仰、神话与灵验传说》一文，以天水地区的伏羲女娲信仰为例，比较集中地探讨了信仰、神话以及口头艺术的其他体裁之间的关系。本文是对如上探索的进一步明晰、深化和拓展。它将主要围绕甘肃天水地区的伏羲女娲信仰，针对上文所涉及的问题，来探讨和揭示在民间信仰及相关仪式当中，不同的口头艺术文体是如何相互协作并共同发挥作用的。

伏羲女娲是中国创世神话中显赫的人类始祖和文化英雄。相传伏羲发明八卦，创制网罟，教民渔猎；女娲抟土作人，炼石补天，创立了婚姻制度。尤为著名的是，伏羲女娲还是人类的始祖：他们在一场灭世的大洪水之后滚磨卜婚，最后兄妹成亲，重新繁衍了人类。因此在许多地方，他们成为民间信仰中被尊奉的“人祖”（被称作“人祖爷、人祖奶奶”，或者又称“人宗爷、人宗婆”“高祖公、高祖婆”等），成为神灵世界中尊贵的大神。

甘肃天水地区伏羲女娲信仰悠久深厚。据北朝时期郦道元（约466～527年）所著《水经注》的记载，太皞庖牺氏（即伏羲）生于成纪。尽管

① 〔美〕理查德·鲍曼（Richard Bauman）：《作为表演的口头艺术》（*Verbal Art as Performance*），杨利慧、安德明译，广西师范大学出版社，2008，第33～41页。

学术界对于成纪到底在哪里至今尚有争议，但研究者大都认可在今天水市秦安县北的说法。由于天水一带“诞生过”伏羲，所以被称作“羲皇故里”；而距离市区不远的秦安县陇城乡，则传说是女娲故里。因此，天水有“两皇故里”的美誉。

在天水境内，有两座较大的伏羲庙，均最晚在明代就已落成，至今是人们祭拜人祖伏羲的最重要场所。其中一座建在市北渭南乡的卦台山上，相传这里是伏羲画卦的地方，所以又叫“画卦台”。山上原建有伏羲庙、午门、牌楼、钟楼、朝房、僧舍等，1949 年以后大都被毁坏。1990 年以来，这里的伏羲庙得到重建，庙中新塑了伏羲像，还在旁边增添了一座女娲像。据负责重建庙宇的人员介绍，过去这里并没有女娲塑像，因为古书里记载女娲是伏羲的妻子，所以在重新建庙时，主事的人便增建了女娲神像，以表尊敬。前来朝拜伏羲的人，也都要向女娲焚香祈祝。

另一座伏羲庙位于天水市区西街，俗称“人宗庙”。它的始建年代，一说是元至正七年（1347 年，按《伏羲庙卦台记》碑载）；一说是在明正德年间（1506～1520 年），由于当地官吏往卦台山祭祀伏羲不便，所以才在州治地方修建了这座庙宇。[①] 该庙曾几经修缮，如今庙中存留的建筑主要有太极殿、先天殿等。太极殿中保留着明代所塑的伏羲坐像，另有一座较小的行像，供祭祀时抬出游行用。整个建筑群占地 3700 多平方米，是现存全国最大的祭祀伏羲的庙宇，至今香火十分旺盛，是天水伏羲信仰的中心。

天水伏羲庙祭祀，始于宋、金时期。作为人文始祖，伏羲在人们心目中享有崇高的地位，围绕对他的崇拜，民间形成了丰富多样的祭祀仪式和其他习俗活动。到了元代，天水伏羲庙祭祀被纳入官祭，定于每年春秋两季，申明礼部，由官府出资，官员主祭，并以太牢祭祀。此后祭仪逐渐正规化、制度化，规格也不断提升，到明嘉靖年间，天水市区的伏羲庙成为全国性的规格最高的伏羲祭祀中心。清代中期以后，天水伏羲庙的官方祭祀逐渐弱化，但民间的祭祀和相关习俗活动却始终保持着旺盛的活力，一直持续至今。

---

① 张士伟、李虎生编《神圣伏羲氏》，天水内部发行，1993，第 207～216 页。

每年正月十六，相传为伏羲生日。在此前后，市区伏羲庙都要举行盛大的庙会，吸引城内和方圆各地的信仰者前来进香、祈福。最热闹的是从正月十五的元宵夜到次日凌晨这段时间，伏羲庙内人头攒动、水泄不通。来这里的进香者，除了许愿还愿，大都要进行“灸百病”的活动。伏羲庙内，有数株高大的古柏。古柏原有64株，按六十四卦方位排植，象征伏羲六十四卦之数，被称为伏羲卦柏。历经多年风雨之后，这些柏树目前只存活37株。每年庙会期间，当地人按天干地支六十甲子排列循环，选择其中一株为当值卦柏，它被认为是喜神树，能够代表伏羲的旨意，尤其具有治病疗疾的神奇力量。前来赶庙会的人们，先在伏羲像前焚香化纸、跪拜叩头，然后再到任意一棵柏树前——当然，最受人关注的还是那棵喜神树——把自己带来的红纸人粘贴在树上，并用香火灸病，即用香头灼烧纸人与病人伤痛部位相应的地方。通常，进香者是为自己的病痛来灸，也有不少为亲友灸的。人们相信，通过这种活动可保百病痊愈。由于每年灸百病的人数众多，每棵古柏的树身都被烧出了许多斑痕，当地文物部门为了保护这些活文物，不得不用铁皮和竹帘遮住树身。

农历五月十三日，相传是龙的生日。1988年，时值龙年，天水市政府于当日首次举办了规模盛大的伏羲祭祀典礼，参加者包括市各部门领导、特邀代表、各界群众代表以及在天水旅游的港澳地区和国外人士。祭典活动经过精心准备，程序谨严，庄重肃穆。祭典期间，还举办了天水风情艺术展、伏羲传说故事版式连环画展、龙年邮票展、民间艺术花卉盆景展等多种活动。经过《中国日报》、《人民日报》（海外版）媒体的报道，活动产生了较大的影响。于是，自1989年开始，天水市政府正式将农历五月十三日的祭典活动确定为伏羲文化节，一年一度，每次三天，并形成了固定的祭祀程式：节日期间，先由政府主持公祭，再由群众自行祭祀，礼乐具备，隆重热烈。随着活动年复一年的举行，这一节日的影响日益增大，吸引了越来越多来自全国各地的人士以及港澳台、东南亚地区的华人。

在伏羲庙周围，比较清晰地体现和流传着伏羲和女娲的神话，尤其是伏羲画八卦、兄妹滚磨成亲的故事，它们是通过塑像、庙内的楹联、匾额以及寺庙建筑布局等具体实物来展现的。太极殿中，从明代保留至今的伏羲坐像即是手持八卦的形象。神像的右侧有龙马塑像，左侧则陈列着两对石盘，从上面所刻图案看，当为河图洛书石盘。1995年，我和杨利慧前去调查时，天水市博物馆的一位馆长则告诉我们，那两副石盘是伏羲、女娲当年在南山、北山滚磨成亲时所用的石磨，陈列在这里，是为纪念他们滚磨成亲、繁衍人类的业绩。其中旧的一副，已缺了半块，是明代旧物，曾因庙宇年久失修，半埋入土中，1985、1986年重修古迹时挖出，然后又重铸了一对新的放在这里。这种解释，在遮蔽了与伏羲相关的河图洛书神话的同时，却又以讹传讹地强化了伏羲女娲兄妹婚神话。

悬挂或镌刻在伏羲庙廊檐、立柱上的历代流传下来的大量楹联和匾额，也从不同的角度，宣讲了伏羲的神话功绩。例如“网罟佃渔，促使人文演进；系词爻象，蕴藏宇宙精华”“一画开天，三才参化；百王维统，五帝肇基”“庖牺以养牲而召，群众生活初上轨；画卦代结绳之治，后世文明始生芽”“间推象数，先天探始；欲访龙图，后世问津”“不缘八卦开神钥；谁为三才泄密藏”等。

此外，在每年庙会时民间组织祭祀伏羲时宣读的祭文，更会详尽列举和歌颂伏羲的神圣功绩，例如“制嫁娶”“正姓氏”“结网罟”“教渔佃”“始画八卦”，以及教人饲养牲畜家禽、充实人的厨房，等等。在仪式活动中，它必须通过文字加以表现，并且经过主祭者在神前宣读之后再焚化，这一过程，实际上也使相关神话得到了一次集中的宣讲。

不过，总体来看，有关伏羲的神话在当地的口头流传并不十分普遍。就笔者几次调查的情况看，除了很少一部分人能够讲述伏羲创世的事迹（包括他和女娲兄妹婚的故事），大多数人对相关的神话讲述不多，所讲内容也十分简单，往往只是“人宗爷画了八卦”（“爷”是当地对神灵的尊称）、“人宗爷制造了人烟”这样的主要母题，大都没有具体的细节。与此形成鲜明对比的，是有关伏羲如何在日常生活中显灵的故事，不仅流传广泛，而且内容丰富，情节具体生动，人们谈论起来也是兴趣十足。

1996年，我们再度前往伏羲庙考察时，正有几位中老年人在义务为庙里做事。虽然热心于庙里的事务，而且正在描绘放置磨盘的石桌上的花纹，但是他们大多说自己不知道伏羲、女娲的神话。有一位伏羲路街道居委会的女主任，她很热衷于为伏羲服务，但似乎也不知道更多伏羲的故事。但当我们问她伏羲是否灵验，她马上说：灵得很，早年这里挨日本人轰炸，庙后落了几十颗炮弹，但都未炸开；前几年发大水，把天水冲了，伏羲路就没事；前几天市里下大雨，但庙这边的地方雨就很小，我也觉得奇怪哩，有人说雨不敢下这里。

关于庙里那尊至今保存完好的伏羲塑像，老人也讲了自己听一位远房爷爷说过的一个故事："在'破四旧'时期，有一天一帮人手持家什冲进伏羲庙要砸塑像。突然，在塑像四周出现了很多蛇，天水人管蛇叫小龙，视它为神物。那些人一看到这么多小龙，就害怕了，于是都溜了。就这样塑像被保住了。"她说，这个传说在当地广为人知。

除了天水市区的伏羲庙，在市东环城公社七里墩大队的大道上，有一尊20世纪90年代新塑的女娲像。女娲人头蛇身，长发齐腰，膝下围绕着几个娃娃。市文联的张主任告诉我们：天水是伏羲、女娲的故里，七里墩是天水的东大门，在这儿塑一座女娲像，是为了让下火车的客人一进天水，就看到天水的标志；因为城内已建有一处伏羲庙了，所以这里就不设伏羲，而塑女娲像。但后来又有人悄悄告诉我们：这座女娲像的塑造，是由于1991年盛传天水要发生地震，于是人们除广求诸神保佑外，又在伏羲庙里唱了20天大戏，还在七里墩塑了一尊女娲像，以祈求得到这一对人祖的庇护。据说此招果然灵验：那一年，天水地区平安无事。

离天水市区不远的秦安县陇城乡，有"娲皇故里"之称，据说这里是女娲诞生、造人、补天之处以及最终死葬的地方，建有女娲庙。据明代秦安籍的胡缵宗撰于嘉靖十四年（1535年）的《秦安志》卷二记载："（陇城之北）有女娲庙，庙建于汉以前。娲皇，成纪人也。故陇得而祀焉，今庙存而祀废矣。"按照这一记述，陇城女娲庙可谓由来久远，但其初建的确切年代，目前还无法断定。

陇城女娲庙在它漫长的存在、延续过程中，历经兴衰。它曾于清乾隆初年，因龙泉山崩而毁坏，于是被移建于陇城东门内。后因清水河侵蚀城址，又移置东山坪。同治初年，回民起事，庙又被毁，继而重建于陇城南门内。光绪年间，女娲庙被迁至城隍庙院中，与当地方神大娘娘的庙相比邻。"文化大革命"中，庙又遭拆毁。如今的女娲庙，又称作"娲皇宫"，是1989年由群众集资，在其旧址（城隍庙院内）上重新修建的。据老人们回忆说，清代时庙里的女娲像约一尺高，坐东向西。民国25年曾有人为它拍过一张相片，相片中女娲坐在石头上，披散着长发，身穿树衣；右腿盘，左手放左腿上，右手托五花石；左右有龙护绕。如今的庙是1989年新建的。庙中有一尊颈戴贝壳项链、腰穿树叶短裙、手托五色石的女娲塑像，塑于1992年。据说村里不少人对此像不满，认为她就像一个现代女青年。不过，从无论过去还是现在女娲塑像都突出其手托五色石的形象可以看出，人们始终是要通过塑像来强调女娲补天的神圣事迹的。

每年的正月十五，陇城有盛大的女娲庙会。届时附近各乡镇以至各县城和天水市里的人们，都赶来为女娲娘娘“过会”。除了单独的进香者，各村还要组织“马秧歌”“高抬”、高跷等各种形式的社火来这里表演，陇城村则会邀请秦腔剧团连唱3～5天大戏。这些敬神娱人的节目，会吸引更多的男女老少，使得狭窄的街道被挤得水泄不通。女娲庙所在的大院内，烧香磕头、许愿还愿的香客，也是摩肩接踵、络绎不绝。

当地有关女娲“生于风谷，长于风台，葬于风茔”的说法在地方知识分子中流传较多。村外风谷中的一处洞穴，被当地人称作“女娲洞”，据说女娲曾在此洞中住过，或说女娲即在此出生，亦有说其在此修行的。另有一眼“龙泉井”，相传女娲当年是汲此井水、抟黄土为人的。此外，作为乡政府所在地的陇城村，以前曾叫“娲皇村”。

有关女娲的神话在香客中也有所流传。1996年，我们第二次去陇城女娲庙会考察时，就听一位赶会的香客讲过这样一则神话：传说“女娲爷”时，天下没有一个人。有一天她在水边梳头，水里映出她的影子。她想：咦，要是有这样的人做伴多好玩！她就用水里的泥巴捏了一男一女两个人，捏好了往水里一扔。等她梳好头，水里“咕噜噜”出来了两个小孩。从这以后世间才有了人，所以说是女娲制下世（界）的。

但总体而言，同天水市区伏羲信仰的情形相似，陇城当地女娲神话的讲述远不如女娲显灵传说流传得那样普遍、兴盛。女娲造人补天、兄妹成婚的显赫功绩似乎只有个别文化干部和乡村里的知识分子知晓，一般民众所知较少，而且也不甚关心。他们津津乐道的是大量的灵验传说，这和他们的现实生活更贴近，甚至休戚相关。

乡文化站杨站长的大儿媳告诉我们：“风沟里有女娲爷的湫泉，又大又清凉。前几年有人说那是神水，好多人提了盆盆罐罐去抢，说那水喝了可以治百病。有一年我妈病了，我爸也去淘过泉的。”该村一位姓柴的老人也说：“以前有人照了女娲爷的像，结果一过潼关，像就没了。人们说这是神感应（灵验）。”

杨泰老人尽管说自己不“迷信”，但是也讲了几件类似的传闻。一件是某位女导演来陇城不拜女娲，结果去爬女娲洞时摔了下来。另一件是女娲的老（旧）庙废掉以后，陇城卫生所就设在里面。（庙上拆下来的）木料扔了满院子。附近一些老百姓就偷偷把木料拿回家去。后来村里有个女人说她是女娲，对人说：“你去把卫生所的所长叫一下。”所长不想去。可那女人说非去不可，所长就去了。女人对他说：“你拿个笔记记上。”她就讲：谁家拿了几筐木料，谁家拿了几筐木料。所长就都记下了。当时老百姓拿走木料，卫生所也没办法。结果这个女人说了出来，而且说得一点不差，人们很害怕，纷纷把拿走的木料又送回来了。人们都说“女娲感应”。还有一件事是：有一年，老百姓捐钱要修女娲庙。当时（庙）被农机站占着。农机站不走（迁）。站长说：“我就不走。女娲要是感应的话，那我就完（死）了。”这么一说，有一天他晚上回家去，第二天就没了。从那以后，谁也不敢拦了。以前县长打电话说，不叫占农机站，现在也不敢（阻拦）了。乡党委书记说：“你们县上要叫拉倒老百姓搭的木架子，你们自己派人来拉，我们不拉。”结果就没拉。从此以后，大家开始齐心协力修庙。

从以上的叙述可以看到，在天水的伏羲女娲信仰中，神话和灵验传说是两种比较常见的口头艺术文体，但其表现形式及其对于信仰本身的作用却各不相同。在人们的口头交流中，神话讲述得比较少，但在作为信仰和仪式中心场所的庙宇设施（如神像、匾额、楹联）中以及在特定的仪式活动（如宣读祭文）中，相关的神话却有清晰的呈现。可见，神话内容主要是在特定的场合以实物展示或文字记述的特殊方式来呈现，而并不一定只表现为口耳相传的方式。这种与庙宇结构和仪式过程相融合的展示方式，从一个侧面体现了神话自身的神圣性和严肃性，同时又为增强庙宇的威严和仪式的肃穆提供了基础性的元素。由于伏羲女娲的神话事迹已经成为人们普遍认可的最根本的事实，成为人们信仰观念的基础，因此，对于广大信众来说，神话的具体内容，也不一定要以多么复杂的细节来展现，而往往可能只是一句话，例如“人宗爷、人宗婆制造了人烟”“人宗爷画了八卦”等，或者，甚至只是一个被广泛接受的对于神灵的称谓，例如，“人宗爷”“人宗婆”。这种简单不过的表达，以不容置疑的态度，陈述了人们对于相关神话事迹的坚定信念，把繁复的细节，浓缩为了一个简单、明了、易记的象征，并使得人们凭着共享的有关地域文化和历史的知识库（repertoire）[①]，能够随时领会和理解这一象征背后的丰富内涵，并通过这一象征实现彼此之间的交流。

神话所讲述的，是神灵在远古时期的伟大事迹，从一个角度讲，也就是神灵之所以成神的原因。人们在一般场合对这些内容的口头讲述相对较少，这也是神话严肃性、神圣性的一种体现，也就是说，在信仰世界里，什么时候、以何种方式或者由什么人来宣讲或展示相应的神话，实际上有着看似随机却十分严格的规范，在很大程度上，它应该是通过某种特殊的途径、以特殊的态度献给神灵，而不是一般性地讲述的。在河南淮阳太昊陵庙会（当地称“人祖庙会”）期间，大量香客会在伏羲庙内演唱经歌，内容大都同伏羲神话有关。这种口头表演，尽管因不同香客日程安排的不同表现出较大的随机性，但其中始终存在着一个最根本的规定性，就是必须要面对神灵来演唱，其目的一定是敬神。[②]

灵验传说的讲述场合，则没有太多的限制。有关这种文体的口头交流，无论是在平时的生活中，还是在举行各种信仰仪式的活动期间，几乎可以在任何情况下进行。这种传说的主要内容，往往同人们的现实生活密切相关，几乎每个具体故事都关联着某个具有强烈现实色彩的事件：事件的主人公或发生地点，都是具体的生活实践中存在的，并且往往是讲述者及听者经常接触和熟知的；事件则大多是作为主人公的现实生活中“那一个”或“那一群”确定的人所亲自经历，或者，至少是其亲眼所见；但与客观现实不同的是，传说中的这些人、地点和事件，都被同某种在我们以

① Dell Hymes, *In Vain I Tried to Tell You: Essays in Native American Ethnopoetics*, Philadelphia: University of Pennsylvania Press, 1981.

② 杨利慧：《女娲的神话与信仰》，中国社会科学出版社，1997，第191页。

现代科学的眼光看来并无直接关系的解释联系了起来，使得几个在科学意义上互不牵涉的事件，由于这种解释而相互具有了因果关系，从而使神灵在具体生活中如何发挥实际的效应（灵验）得到突出的宣扬，前文所述伏羲保佑地方免于水灾和地震、女娲湫泉治病及女娲惩治阻挠修庙者等故事，均具有这样的特征。

由于灵验传说所涉及的内容，都是“发生在人们身边的事件”，具有突出的“真实性”和“可信性”，因此，它能够为神灵的灵验性提供有力的证据，并时刻以诸多的“前车之鉴”提醒人们时刻保持对冒犯神灵行为的戒惧，同时，它对神灵的地方化也具有积极的促进作用。

或者是信仰具有明显地方特征的神灵，或者是通过从方方面面寻找其与当地发生特殊联系的因素，或使之在神力的特殊性上体现出当地独有的属性，来把那些具有广泛地域性的大神加以地方化，这样的处理，既是民间信仰领域常见的形式，也在许多宗教信仰中普遍存在。例如，在天主教中，尽管不同地区的信徒信仰的是同一位上帝，但仍然存在某个特定教堂更为权威、更为灵验的观念。位于美国新墨西哥州 Chimayo 地区的天主教堂 Chimayo 圣殿（El Santuario de Chimayo），由于能够提供具有高度灵验性的治疗疾病的“圣土”而闻名于世，并每年吸引 30 余万信徒从四面八方前来朝拜，就是一个典型的例子。[①] 对于神灵的这种地方化的处理，反映了人们力图借助同他之间更密切的地缘关系，来更加亲近、更加直接、更加容易地祈求神灵，并更加顺利地达到目的的一种愿望。在中国，这尤其可以看作是人情化的社会关系在信仰王国的体现。[②]

从大量口头流传的各种灵验传说来看，尽管伏羲女娲是人类始祖和具有普遍性的大神，但在天水地区人们的心目中，这两位大神实际上已经成为地方化的当地保护神。有关他们如何繁衍人类、发明文化的事迹，只是一种背景，而不再是人们所关注的重点。对于大多数人来说，他们最为关心的，是神灵如何凭着特殊的神力以及与当地人民特殊的关联在现实生活中发挥作用的问题。事实上，也正是由于伏羲女娲有这么多与人们的现实

① 笔者 2013 年 4 月美国新墨西哥州调查资料。

② 安德明：《从农事禳灾看民间信仰中的地方神》，中国民俗学会编《中国民俗学年刊》1999 号，上海文艺出版社，1999，第 270～281 页。

世界相关的灵验神迹，他们才能从遥远的过去走向当下的生活，也才能够持续受到人们虔诚的礼拜。

如果说，人们最初是为了纪念伏羲女娲过去的功绩而立庙祭祀两位神祇，那么，在以后的发展中，越来越多的人则是为了其现世的灵验而祈求和祭拜他们。因为对任何一位神灵而言，尽管他在过去功勋卓著，值得纪念，但倘若缺乏在现实生活中发挥功用的能力，人们对其敬奉的动力必然会大大减弱。在这里，神话和灵验传说两种文体协作互动，从不同的维度发挥各自的功能，共同巩固和加强了神灵信仰体系的完整性和有效性：讲述神灵过去功绩的神话，确立了神灵信仰的基础并成为长期维护信仰合法性的主要因素，灵验传说则不断使神灵从过去的英雄转化为时刻关照人们当下生活的佑护者，并以讲述场合的随机性、灵便性，为神灵在信众当中保持持续强大的威望和吸引力奠定了更为扎实的基础。

类似的情况，也大量体现在有关其他神灵来历的传说及其灵验传说的互动当中。例如，天水市区及街子乡等市郊一些地区，有深厚的城隍信仰传统。围绕各处的城隍庙，都有无数有关城隍灵验感应、佑护信仰者的传说，这些传说，吸引了越来越多的信众、以日益虔诚的心理加入了敬拜“城隍爷”的行列。据方志记载，天水城隍为汉代名将纪信将军，因替汉高祖牺牲而被封为神。[①] 这种有关神灵来历的解释，也体现在一些庙内所保留的古碑当中，部分掌握较多历史知识的当地人，在口头交流的时候，不时也会提及，而且会在为城隍敬献牌匾时，特意标示“本镇城隍纪大将军”这样的称谓，以显庄重。不过，相比于城隍如何在现实生活中保佑某个具体的人治愈顽疾，或考中大学，或找回财物等一类的灵验传说，有关城隍来历的说法，不仅知道的人很少，人们讲述和传播的兴趣、热情也小了许多。与伏羲女娲信仰中的情况一样，对于神灵来源的解释，主要在确立和强调神灵信仰的合法性方面具有重要意义，而在维持信仰的延续方面，灵验传说则发挥着不可替代的作用。

综上所述，在一个特定的信仰范畴，往往存在着多种口头艺术的文

① 贾缵绪：《天水县志》卷二，国民印刷局，民国二十八年（1939），第11页。

体。这些文体，可能会以口头交流的形式加以表述，也可以通过实物或文字的形式加以呈现，其表述或呈现方式的不同，往往和文体本身的属性、功能及应用语境等有直接的关系，其间存在着看似随意实则严格的内在规律。就天水地区的伏羲女娲信仰来说，相关神话内容往往通过神像、匾额、楹联、祭文等获得展示，而较少一般场合的口头讲述，这实际上是神话这一特定文体神圣性、严肃性的体现。灵验传说则以讲述场合的随机性，随时随地以口头交流的形式巩固和强化着对于神灵的信仰，两者在应用语境方面存在着一种有机的互补关系。神话也许是促使相关信仰形成并确立其合法性的根源，但对广大普通信众而言，维系并不断强化这一信仰的，却是大量的灵验传说。人们信仰神灵的主要原因，并不在于他曾经做了什么，以及为什么成为神，而在于如许许多多的灵验传说所证明的那样，他能够在人们的现实生活中发挥实实在在的护佑功能。也就是说，吸引广大进香者的，并不是讲述神的来历或人类起源的神话，而是不断证实神的现实功能的各种灵验传说。正是这类传说，使遥远的人类始祖贴近了人们的现实生活，成为日常生活中无所不能、神奇灵验的保护神，从而起到了维系、巩固和强化相关信仰的作用。

总之，作为表达、强化和维系民间信仰的重要手段，神话为信仰合法性的存在提供了持续的基础，灵验传说则为其在现实生活中始终保持强大的影响提供着源源不断的动力。二者分工协作，构成了一个有规律的互动之网，并从不同向度共同保证了信仰的传承和延续。

（本文原载《西北民族研究》2014年第1期）

民间文学的编创、活态传承与民间价值观的建构

——以冯梦龙的作品和现代传说为例

邹明华

苏州市西北郊的新巷村（隶属苏州市相城区黄埭镇）被当地村民和地方的知识精英认为是冯梦龙的故乡。村中有被人们指认的关于冯梦龙的遗迹，还有名为冯埂上河和冯埂上桥的小河和小桥。本文通过对新巷村的田野调查和案例研究，论述在非物质文化遗产保护运动蓬勃发展的形势下和“非遗”语境中，历史文化名人及其叙事不断在民间重构和活态传承，学界和政府部门对民间叙事文学的价值也给予了强烈的关注和肯定，以此探讨民间叙事如何重新构建和所反映出的价值观对共同体的价值建构和文化建设的作用与意义。

一　冯梦龙的作品与民间价值观

明代著名的文学家、戏曲家冯梦龙（1574～1646），自幼喜好读书，博学多识，他曾在《麟经指月》一书的《发凡》中回忆道：“不佞童年受经，逢人问道，四方之秘复，尽得疏观；廿载之苦心，亦多研悟。”虽然冯梦龙一直怀有报国之志，然而他的科举之路却十分坎坷，屡试不中。崇祯三年（1630），已经57岁的冯梦龙才补为贡生。崇祯七年（1634），冯

梦龙年过花甲才得到福建寿宁知县的七品芝麻官，这也是冯梦龙一生得以施展政治才能的难得机会。在任寿宁知县时，冯梦龙编著了《寿宁待志》，还曾上疏陈述国家衰败之因。清兵南下时，他进行抗清宣传，刊行《中兴伟略》诸书。冯梦龙的仕途并不顺利，仅仅四年的任期结束后就回到家乡了。冯梦龙一生怀才不遇，长期沉沦下层，或舌耕授徒糊口，或为书贾编辑养家。直到清顺治三年（1646）冯梦龙忧愤而死。

冯梦龙的全部作品字数达3000万字以上，目前传世的作品近2000万字，可分为6大类75部。其中经史类9部；小说、笔记类11部；杂著类4部；戏剧、时调、俗曲、民歌类20部。冯梦龙的主要贡献在于通俗文学、山歌的收集整理。他的主要作品是历史小说和言情小说，其中有他个人的创作，但更多的是编创的著作。以世人皆知的“三言”（《喻世明言》、《警世通言》和《醒世恒言》）为例，大多是冯梦龙在广泛收集宋元明三代500年间的话本和拟话本的基础上，经过整理和编创而成，只有少数几篇是冯梦龙的个人创作。无论是对宋元旧作还是明代新作，在收入时都经过冯梦龙的增删和润饰。经他整理加工的还有《新列国志》《增补三遂平妖传》《古今烈女演义》《广笑府》《古今谭概》《智囊》《古今谭概》《太平广记钞》《情史》《墨憨斋定本传奇》等。

冯梦龙一生有如此多的著作，除了和他本人的志趣和才华有关外，也和他的经历密不可分，对苏州茶坊酒楼下层生活的熟谙，为他搜集民间文学提供了条件。冯梦龙在通俗小说、民间戏曲、民间文学三方面都做出了杰出贡献。他编写并刊刻于明代天启年间的“三言”是中国文学史上第一部规模宏大的白话短篇小说总集，也是白话短篇小说发展历程上由民间艺人的口头艺术转为文人作家案头文学的第一座丰碑。它的刊行不仅保存了许多宋元短篇小说，而且推动了短篇白话小说的创作和发展。“三言”中许多作品都表现了市民阶层的社会生活、感情意识和道德观念，“三言”共有120篇作品，其中《杜十娘怒沉百宝箱》《卖油郎独占花魁》《蒋兴哥重会珍珠衫》《金玉奴棒打薄情郎》《沈小霞相会出师表》《三现身包龙图断案》《十五贯戏言成巧祸》《唐伯虎一笑姻缘》《白娘子永镇雷峰塔》都影响广泛而深远，并由此而改编成各种戏剧。

冯梦龙在戏曲创作和表演上也有自己独到的见解，并据此改定了多种传奇作品，如汤显祖的《牡丹亭》《邯郸梦》，袁晋的《西楼记》，李玉的《一捧雪》《人兽关》和《永团圆》《占花魁》以及《精忠旗》等。冯梦龙对民歌更是情有独钟，贡献巨大。他收集的《童痴一弄·挂枝儿》《童痴二弄·山歌》《夹竹桃顶真千家诗》，在民间文学史上具有不可替代的作用和意义。冯梦龙重要的作品还有《智囊》《古今谭概》《情史》，表达了冯梦龙对现实社会的关注。《智囊》全书收集历代一千多则智慧故事，按内容分为十部二十八卷。书中涉及的典籍几乎涵盖了明代以前的全部正史和大量的笔记、野史。

冯梦龙深受李卓吾的影响，在其编纂、评改的《情史》《智囊》《古今谭概》《太平广记钞》等著作中，大量引述了李贽的言论并且大多作了肯定的评价。在文学上冯梦龙重视通俗文学，认为通俗文学为“民间性情之响”“天地间自然之文”是真情的流露。在《叙山歌》中，他提出要“借男女之真情，发名教之伪药”的文学主张。他重视通俗文学的教化作用，在《醒世恒言·序》中解释“三言”的命名时说：“明者，取其可以导愚也；通者，取其可以适俗也；恒者，习之而不厌，传之而可久。三刻殊名，其义一耳。”在《古今小说序》中，认为“日诵《孝经》《论语》，其感人未必如是之捷且深”，通俗小说可以使“怯者勇、淫者贞、薄者敦、顽钝者汗下”。冯梦龙对通俗文学的推崇是有意识的，称赞《三国演义》《水浒传》《西游记》《金瓶梅》为“宇内四大奇书”。[①]

二 新巷村的冯梦龙传说

新巷村隶属苏州市相城区黄埭镇，包含27个村民小组，其中的“冯埂上”被当地村民和地方的知识精英认为是冯梦龙的故乡。当地有被人们可以指认的冯梦龙故居的遗迹，其村还有名为冯埂上河和冯埂上桥的小河和小桥，关于冯梦龙的传说也仍然在民间传承并且不断有新的传说被编创出来。在这些民间叙事中可以反映出当地民众对冯梦龙这样的历史人物至

① 前文部分资料参考了傅承洲《明代文人与文学》（中华书局，2007）和傅承洲《明清文人话本研究》（人民文学出版社，2009）以及侯楷炜主编的《东桥镇志》（上海社会科学出版社，2012年12月出版），特此致谢。

今仍然很敬仰和认同。

马汉民在《壮哉！请老祖宗冯梦龙回家》[①] 中详细记述了事情的缘起：

前年春暖花开之际，文友张瑞照先生应东桥镇侯楷炜君邀请至陋居作客，一进门不及寒暄，便忙不迭地相告："冯埂上村民，向村委会要求，请老祖宗冯梦龙回家。"几句掷地有声的话，顿时震撼了我的心灵。改革开放的新时期，正是民族文化复兴的大好时期，自从20世纪80年代初期一批研究中国俗文学的学者专家们将研究对象定位在明末苏州籍的开一代市民文学先河的冯梦龙身上，连续在福建寿宁、苏州召开过三次全国冯梦龙学术研讨会，与会者不下150人次。其中对"冯学"进行悉心研究闻名于世的专家有路工、关德栋、贾芝、魏同贤、赵景深、姜彬、刘锡诚、周良、缪咏禾等诸多先生，而日本、韩国的"冯学"研究者也不乏其人。

在苏州市委、市政府的关注下，苏州举办过两次冯梦龙学术研讨会，中外学者济济一堂，提论文近百篇，盛况空前。

大概正由于在华夏大地上掀起了一阵研究"冯学"之风，故而本人的拙作长篇传记《冯梦龙》为《人民日报》（海外版）连载三个月之久，而后由北京燕山出版社出版单行本发行。

《冯梦龙》的创作过程，是我寻觅冯梦龙生平足迹的过程，穿街走巷凡五年之久，仅访问在苏冯姓人士即达百名之多，并循古籍中所载之"麻城"、"丹阳"等提示，专程前去采风，其中令我兴奋不已的当是东桥之行。东桥时属吴县，北临无锡县，南濒浒墅关，距苏州古城区20里，是时交通闭塞，又无车船提供方便。时逢雨季，道路泥泞不堪，是时任乡党委秘书的张瑞照同志向我传来信息，冯梦龙是该乡冯埂上人，于是有了东桥之行。时任东桥乡文化站站长的侯楷炜热忱地邀集了六七位当地老人，内有冯埂上两位冯姓长老，其中有四人谈了不少冯家往事，有位老教师后来给我写信，还寄来冯家二倌的有关故事，我将这些第一手资料汇集成《冯梦龙口碑拾零》一文，作为参

① 侯楷炜主编《冯梦龙传说故事集》，古吴轩出版社，2012。

> 加冯梦龙学术研讨会的论文，该文援引口碑（参照方志），排出了冯梦龙故里为吴县东桥乡冯埂村，故居之一为苏州滚绣坊葑溪之滨苍龙巷7号，此文引起了与会者极大兴趣。趁大会观摩之际，日本学者大木康、中国俗文学学会副会长路工、秘书长陈钧等先后去东桥冯埂上访问。1996年，贾芝先生与其夫人金茂年一起去东桥镇访问，参加了冯梦龙的座谈会，并欣然命笔，留下“在苏州东桥这片土地上，曾经生长起一棵参天的文化大树——冯梦龙，珍贵的余荫供后人以无尽地享受”的墨宝。贾老对笔者说：“也许冯梦龙生长在水乡深处的缘故，所以文章内充满柔情与机智，这里土地肥沃，物产富饶，民风纯朴，崇文重德，有这般优美的环境背景，确是孕育一代文化巨匠诞生的理想之地。”诚如贾老所言，历经四百年之久的冯埂上的冯氏家族，迄今依旧怀念着他们的先辈，并慨然地发出“请老祖宗回家”的响亮呼声，弥足珍贵的呼声来自冯梦龙的故里。

2012年7月和2013年7月，复旦大学学生暑期社会实践两次在新巷村进行了民俗调查（笔者也参与了调查）。在2012年的调查中，我们得知当地仍有被人们指认的与冯梦龙相关的遗迹，L老先生家后侧有一个屋子，L老先生说是冯梦龙死后埋葬的地方，也有周边的村民说是冯梦龙小时候长大的地方。我们对当地村民讲的冯梦龙及其相关传说的了解进行了访谈，其中有不少值得关注的材料。L先生，1937年出生在上海，亲眼见证了解放上海的过程。土地改革后，他们家分到7亩田，他从上海回到了老家。1957年参军当兵，5年后复员回村，当过村里的民兵队长，现为村民小组组长。吕金生现住冯埂上，据他指点，冯梦龙的墓就在他们家后面，他小时候也听过一些关于冯梦龙的传说。据L先生说，冯梦龙的坟就在这里，坟上面有人家造了房子。L老先生讲，他的坟是推盘坟，形状就像木工用的推盘一样。房子下面就是冯梦龙的墓，在他小的时候坟被挖出来了，里面都烂掉了，无法分辨。墓里面有7个坑，放7具棺材。每个坑都有两个碗，当时大家都不知道这是冯梦龙的墓，就把碗都扔掉了。

L老先生还讲了几个关于冯梦龙的故事。说冯梦龙结婚，娶的是一个大官的女儿。那个大官是奸臣，而冯梦龙是清官。大官的女儿陪嫁的东西里有一个大橱，大橱很大，里面放满了鞋子。这个大橱从冯梦龙家大门抬不进去，从房顶翻墙才弄进去。大官陪嫁这个的意思就是说，你冯梦龙不是要做清官吗？我大橱里放的都是鞋子，摆满鞋子就是要踏破你家，不让你做清官。

据 L 先生讲，他小时候当地有一种花叫“猛将花”，传说这是冯梦龙的妻子嫁过来的时候带来的。这种花很奇特，是没有皮的，到了春天会开小花。现在已经没有了。

当地还流传着一个关于冯梦龙的灵验传说，说是以前搞集体经济的时候，九队里有一户人家，他们家有一个八、九岁的小女儿，眼睛瞎掉了，家人就请了阴阳先生来看看，这个阴阳有点疯疯癫癫的，说这家人家的房子风水不对，挡了阴间里冯梦龙家的过道，一定要把房子拆掉，他女儿的身体才能好。由于当时是不准搞迷信的，这件事被当时的村书记听到了，就把这个疯疯癫癫的阴阳绑在了树上。但是没想到，那家人家抱着试试看的态度，把房子拆了之后，小女儿的眼睛真的好了。现在说起来，这个事情就是阴阳先生点破的，房子的地方本来是冯家的过道，他们在阴间还是要走路的，现在你搭了个房子养了个猪，挡着人家走路了，所以一定要把这个房子拆掉。拆掉了以后，眼睛真的就好了，问题的根源确实是房子的问题。当时吕金生是民兵队长，后来就让他去把绑在树上的阴阳放了。有人问阴阳：你讲的到底有没有道理的？那个阴阳先生就回答他，你说有道理吧，没有道理的；没有道理么，也是有点道理的。

2012 年 10 月 20～21 日，“新巷冯梦龙与民间价值建构”学术研讨会在江苏省苏州市新巷村召开。学术研讨会期间举行了一个学者与当地村民代表的座谈会，会上 L 先生也讲述了这几个故事。

2013 年 7 月，笔者再次参与了复旦大学学生暑期社会实践对新巷村村民进行的调查。在 2012 年的基础上我们访谈了更多的村民，笔者的关注点主要是和民间信仰、传统节日、婚丧习俗以及与冯梦龙相关的事项。7 月 6 日上午笔者采访了 J 先生，主要问了信仰和冯梦龙传说之类的事，J 先生很清楚了解冯梦龙故居上面还没有批下来。听说苏州市已经提了意见到省里面去批。说我们这个村子有姓冯的，也叫冯埂上，出了冯梦龙。笔者问他当地“有无（冯姓）家谱”时，J 先生说“找不到了，姓冯的没有几家了。拆迁了。冯家还有几家，听说后来到福建做知县”。同时，J 先生也说“不知道当什么官，死了几百年了也不知道了。小时候没听到过有关冯梦龙的事情。在村子里长大的。有个坟，他的故居。小时候没听说讲的是冯梦龙，只知道有个做大官的，不知道做的多大的官。在祠堂里面我读小学，后来放牛。”当问及“当时知道是姓冯的大官的坟吗？什么时候知道的？”时，J 先生表示“我们也是前两三年听说有个冯梦龙，上面来调查，我们乡里专门开始研究。这一家就是冯梦龙的故居。后来一代一代的人，冯梦龙他没有当官后回来。有五六代小辈传下来。在苏州听说有一个。到现在不知道，东山西山那里还有没有。”

2013 年 7 月 6 日下午，我们再次采访 L 先生时，L 先生说“挖坟的时候我十四五岁。这个冯梦龙的坟，旧时候叫冯阁老不叫冯梦龙”。当笔者了解 L 先生平日“在家看电视，听书。听书是从半导体、收音机听的。一般听评弹，只要是评弹都可以”。笔者问 L 先生：知道白蛇传吗？知道什么情节？知不知道冯梦龙写过白娘子？知不知道杜十娘？L 先生回答：听的。整个说不上，部分故事还是知道的。冯梦龙和白娘子时间不对。白娘子是明朝前期的，冯梦龙是明朝后期的。白娘娘最后是被冤家法海关起来了，她把法海炼的丹吃掉了，原来她五百年的道行就变成八百年了。金山寺在镇江。杜十娘的故事我是看书看来的，听过故事但是忘记了。杜十娘的故事我不知道是谁写的，这和冯梦龙没有关系。我们只知道冯梦龙这个人，但不知道有什么事情，只知道做过县官。

笔者还采访了 X 阿姨和 Z 先生，X 表示是“最近才知道的，我们这里的不知道，住在冯埂上的才知道”。Z 先生表示“以前也不知道。只知道有个坟墓，但是不知道是谁的坟墓”。

2013 年 7 月 8 日上午笔者采访了 Z 阿姨，她的讲述很有特色：

“有户人家房子造在冯阁老的墓上面，那家人家压不住邪，33 岁就死了。这个人吃了人家五七团子之后就不能吃东西了，后来死了。这家现在已经没有人了。还有一家，我买房子的那家，他家里是念佛的，一天到晚阿弥陀佛，压得住就没事。那个坟已经没什么东西了。只知道是冯家的不知道是谁的。那个墓不是很高，五六十年代挖棺材的时候挖过的。挖的时候我的孩子还很小，十几岁。我不是这个村子长大的，我是嫁到这里来的。只有石头的条板和棺材，没有其他的东西。”当笔者问“有没有听说过关于冯家的什么故事?”时，Z阿姨说:“都是瞎说的。说冯家的坟有宝贝，但是我们也没有看到。我不知道。”

从这些访谈的内容看，冯阁老墓以及相关的灵异传说，虽然各人的说法有差异，但应该是在冯埂上口耳相传的，挖坟之事在五六十年代也是全村村民都知晓的事。但冯阁老即冯梦龙，知者甚少。

三　新巷冯梦龙与民间价值观：认同和建构

近些年来，地方文化精英出于对地方文化的挚爱，着力搜集整理地方文化资源。而冯梦龙对于苏州的地方文化具有独特的价值，如他搜集整理的《挂枝儿》《山歌》不仅是中国历史上首次用方言记录的民歌集，也是记录苏州地区民俗文化的“百科全书”，通过它可以了解明代苏州方言的原貌，是研究吴方言不可多得的资料；通过它可以了解苏州市民、郊区农民的日常生活，可以了解普遍民众的各种思想观念等。正因为其在苏州文化史上的独特地位，所以苏州的文化精英们不遗余力地挖掘冯梦龙的相关资料，而获知冯埂上还有相关的遗迹和流传有冯梦龙的传说，可以说是如获至宝。于是，“苏州有一批民间文艺家，先后深入冯梦龙故里——苏州市相城区东桥镇新巷村冯埂上采风，搜集到许多关于冯梦龙的传说故事，加以整理后，编写了《冯梦龙传说故事集》一书”①。“这本《冯梦龙传说故事集》收录的，都是发生在冯梦龙故里——相城区东桥镇新巷村冯埂上的民间传说故事，这在冯梦龙的研究领域尚属首例，它对全面了解、深入研究冯梦龙具有十分重要的现实意义。”②“《冯梦龙传说故事集》的出版，可以使我们比较客观而完整地了解冯梦龙的生平及贡献，拉近古代文化名人与现代新苏州的距离，激发我们对乡土文化的自豪感，并从他们身上汲取营养和力量，得到借鉴和启示。为进一步发展先进文化，建设社会主义新农村产生一定的作用。值得一读。”③在地方文化精英的积极推动下，围

① 引自《冯梦龙传说故事集》中江苏省作家协会主席范小青的序言。

② 引自《冯梦龙传说故事集》中苏州市文联党组书记朱建华的序二。

③ 引自《冯梦龙传说故事集》中苏州市文联党组书记朱建华的序二。

绕冯埂上“冯梦龙”的调查、学术研究工作全方位展开。而地方文化精英的努力正好与大的文化环境相契合，这就是全国上下对传统文化的重视和非物质文化遗产保护工作的全面开展。苏州是中国经济最发达的地区，随着地方经济实力的增强，对地方文化也极为重视。挖掘、整合地方文化资源成了苏州各级政府部门的重要工作，例如对昆曲、吴歌、苏绣等的保护和合理利用都走在全国的前列。因此，当一些地方文化精英挖掘、整理了冯梦龙的相关资料后，很快引起了新巷村所在的苏州相城区领导的重视，在人力、财力各方面予以大力支持，支持新巷村与中国社会科学院民俗文化研究中心、复旦大学艺术人类学与民间文学研究中心等科研机构合作，设立研究基地，召开学术会议；计划筹建冯梦龙纪念馆等，把冯梦龙作为相城区的一张重要“文化名片”来整体建设。

这种现象典型地体现了普通民众、地方文化精英、地方政府三方合力推动的文化重构过程。正是这三者的合力作用，促成了新巷村“冯梦龙文化”的重构，而其中起关键作用的是流传在当地的有关冯梦龙的口头叙事。这些叙事以传说的形式长期流传于村民口耳中间。传说不是历史，但具有历史性；传说叙说的不一定是真事，却具有真实性。传说通过“专名”构建真实性、历史性和可信性。[①] 正如德语民俗学家兰克（Friedrich Ranke）在1925年的一篇德文文章中说：“传说在实质上要求讲述者和听众都相信：它想呈现现实，讲述已经真正发生的事情……按照其本意来说，传说属于现实世界，属于民间的知识……民间传说是富于幻想、包含客观上不真实的内容的流行故事，却是以直接报告的形式而作为真实的事件来讲述的。”[②]

随着苏州市的冯梦龙传说的挖掘整理，冯埂上作为冯梦龙故里的说法在新巷和苏州以至更大范围逐渐被接受，在《东桥镇志》中关于“文物古迹·古墓”中有“冯家大坟”：“位于新巷村石新七、八组冯埂上。相传系明代杰出文学家、戏曲家冯梦龙的祖坟。南北长50米，东西宽40米。南、北、西三面环河，南面有一罩池。坟墓北高南低，呈‘推刨形’，故

① 参见邹明华《专名与传说的真实性问题》，《文学评论》2003年第6期。

② 转引自 Degh, Linda, Legend and Belief, Indiana University Press, 2001, p. 37.

俗称‘推刨坟’。70 年代，农村挑坟镇浜时，大部分墓穴被挖。90 年代后民间自发设立烧香点，现每逢初一、十五香火甚旺。”① 《东桥镇志》第十九章“人物”之第一节“名人传略”② 中有“冯梦龙（1547～1646）东桥镇新巷村石桥冯埂上人”的明确记载。

冯梦龙一生最大的贡献在于民间文学的搜集整理以及戏曲和通俗文学的编写、刊行。由于其贴近底层民众的生活经历，对民众生活状况有切身感受，所以其作品呈现出与正统文人有异的民间价值观，深受群众喜爱，当时几乎是家喻户晓。因此可以认为，冯梦龙搜集整理、编写创作的系列作品不仅体现了其本人的民间价值观，同时也以文学的形式呈现了明末社会的民间价值观，如对礼教的批评、对情感自由的追求等。

正是由于冯梦龙是一位伟大的文化名人，在通俗文学方面做出了杰出的成就，对于冯埂上的村民来说，是一种荣耀。在名人崇拜心理和地缘文化意识的驱使下，通过地方文化精英的提炼和张扬，当地原有的零星传说很快被整合，地方记忆被唤醒，于是就成为村民的一种地方文化认同。

新巷村的冯梦龙传说正是通过冯梦龙这一历史的真实人物，赋予传说以真实性，从而赢得人们相信。而这些传说叙事经过当地文化精英的改编、地方政府的选择性宣传，其中所反映的民间价值观在新的语境中经过了重新构建，更加符合当今社会的现实，对于新的价值观的形成具有特殊的作用与意义。

① 侯楷炜主编《东桥镇志》，上海社会科学院出版社，2012，第 549 页。
② 侯楷炜主编《东桥镇志》，上海社会科学院出版社，2012，第 670 页。

孟姜女故事的稳定性与自由度

施爱东

一　同题故事的“节点”

故事的传播过程中，哪些因素是稳定的，哪些因素是变异的？或者说，哪些因素是集体共享的，哪些因素是故事家即兴创作的？这中间有规律可循吗？

以孟姜女故事为例，我们可以把各种各样“成熟的孟姜女故事”放在一起，比较一下，看它们有哪些部分是相同的，哪些地方是不同的。我们可以把那些相同的部分看作集体共享的、稳定的因素，把那些相异的部分看作变异的、不稳定的因素。

之所以强调“成熟的孟姜女故事”，是因为孟姜女故事在千百年的传承过程中，历经变化，由早期无名无姓的杞梁妻到后来的孟仲姿、孟姿、孟姜女，再后来又插进一个第三者秦始皇，故事的主题、内容、形态均发生了质的变化。为了方便比较，我们首先要把比较的对象限定在一个大致同质的故事范围之内。所以，我们必须将讨论范围限定为“成熟的孟姜女故事”。为了有效地执行这一限定，我们只分析20世纪以来民俗学者们所搜集的各种孟姜女故事[①]。

接着，我们得把这些孟姜女故事都摆出来，然后像拆机器零部件一样，把每个故事都分拆成一串相对独立的情节单元。我们把这种情节单元叫做“母题”（motif）[②]。

我们把每个孟姜女故事都分解成一串由若干母题组成的链条，然后把一串串母题链放在一起进行比较。通过合并同类项，我们很快就能看出哪些母题是所有故事都共有的、传承的，哪些母题是属于个别故事独有的、变异的。

当然，在把这些故事拆分成母题链之前，我们首先必须问清楚：哪些故事是可以拿来进行比较的？或者说，我们认定一个故事是“孟姜女故事”的前提是什么？

首先，女主人公的名字必须叫做孟姜女，她是一个性情刚烈、有顽强意志的年轻女子。这是同一题材的故事最起码的前提。

其次，我们必须把列入讨论的故事限定为“为死去的丈夫而哭倒长城的那个孟姜女的故事”。也就是说，只有当故事具备了“为死去的丈夫而哭倒长城”这一“标志性事件”，我们才能把它列入讨论范围。

围绕同一标志性事件，围绕同一主人公而发生的各种故事，我们称之为“同题故事”。据此，我们就把所有围绕“为死去的丈夫而哭倒长城”这一标志性事件、围绕主人公孟姜女而发生的各种故事，都叫做“孟姜女同题故事”。

---

① 本文据以分析的故事来源主要有六：一为《孟姜女故事研究集》第一、二、三册（顾颉刚编著，参见叶春生主编《典藏民俗学丛书》，黑龙江人民出版社，2004）中所载录的孟姜女故事；二为《孟姜女万里寻夫集》（路工编，上海出版公司，1995）所辑录的故事；三为《民间文艺季刊（孟姜女传说研究专辑）》1986 年第 4 期（姜彬主编，上海文艺出版社，1986）所辑录的故事；四为《孟姜女故事研究》（黄瑞旗著，中国人民大学出版社，2003）所辑录的故事；五为“中国民间故事集成”各省卷本中所辑录的故事；六为山东大学文史哲研究院民俗学研究所 2009 年 4 月在淄博市淄河镇所搜集的 21 则孟姜女故事。

② 母题被认为是“民间故事、神话、叙事诗等叙事体裁的民间文学作品内容叙述的最小单位。”（刘魁立：《刘魁立民俗学论集》，上海文艺出版社，1998，第 376 页）。但正如吕微在《母题：他者的言说方式》（《民间文化论坛》2007 年第 1 期）一文中所指出的，“汤普森的母题索引太庞杂了，不好使用”，所以，本文所使用的母题并不是来自汤普森（Stith Thompson，1885－1976）《民间文学母题索引》（1955－1958）中的现成母题，而只是暂时借用了母题这个通俗的故事学概念，用以指称组成孟姜女故事的基本情节单元。

确认了界限范围之后，我们开始对所有孟姜女同题故事进行母题拆分，然后把拆分好的母题链拿来进行比较，很容易就会发现有这样几个关键性的母题是大多数同题故事中都要包含（或隐含）的：

（1）秦始皇要修一座长城。

（2）男主人公逃役。

（3）男主人公成为孟姜女的丈夫。

（4）男主人公被发现逃役，并被送往长城。

（5）男主人公死去，并被筑进长城。

（6）孟姜女寻夫。

（7）孟姜女哭倒长城，找到丈夫遗体。

（8）孟姜女报复害死丈夫的元凶。

（9）孟姜女自杀殉夫。

如果仔细考察以上9个母题，就会发现它们都有“前因后果”的逻辑关系，环环相扣，是“一条绳上的蚂蚱”，围绕着故事的标志性事件，被故事进程紧紧地串在了一起。也就是说，每一个单独的母题都是故事逻辑结构中的必备环节，缺了其中任何一环，别的母题就会没有着落，最终可能导致整个故事的支离破碎。

我们把这些在同题故事中高频出现的、在故事逻辑上必不可少的母题，称为同题故事的“节点”。

下面我们依次对孟姜女同题故事的9个节点进行简单的逻辑分析。

（1）秦始皇要修一座长城。这是故事的前提、悲剧的根源。

如果秦始皇不修长城，男主人公就无须逃役，不会被抓，孟姜女也不用寻夫、不用哭长城，整个故事无从讲起。

（2）男主人公逃役。这是矛盾和冲突的起始。

说明修长城对于老百姓来说是一单苦差事，男主人公是不情愿的、被迫的。因为逃役，所以男主人公需要背井离乡，于是才有机会他乡偶遇孟姜女，并与孟姜女结为夫妻，这才会生出后续的许多情节。

（3）男主人公成为孟姜女的丈夫。这是故事的另一个大前提。

孟姜女和男主人公必须先有了夫妻关系，接着才会有孟姜女寻夫、哭城、殉情的后续情节。

（4）男主人公被发现逃役，并被送往长城。这是必要的过渡。

如果男主人公没有被抓走，也就不会死，孟姜女也就不必哭了。那么，这个故事也就不存在了。

所以说，孟姜女故事先验地注定了男主人公一定会被抓走，而且一定得上长城。

在许多短故事中，上述四个节点可以是隐性的，比如说，故事一开头就单刀直入其标志性事件："孟姜女的男人在这边修长城，后来饿着了，饿着了就是饿死了，就因为饿死了，孟姜女才哭她丈夫啊。"[①] 虽然故事既没有交代谁要修长城，也没有交代男主人公是否愿意修长城、男主人公如何成为女主人公的丈夫等，但故事是以承认前述四个节点为前提的，也即故事隐含了修长城这么一件事，隐含了男女主人公的夫妻关系，隐含了男主人公对于修长城的抵触情绪以及被抓壮丁的事实。

（5）男主人公死去，并被筑进长城。这是矛盾激化的决定性因素。

男主人公一定要死去，他不死，孟姜女哭倒长城就变成无理取闹了。男主人公的死，是孟姜女哭倒长城的合法性依据。

而且，男主人公死后不能葬到别的地方，一定要被筑到城墙里面去，只有这样，孟姜女才有必要"向城而哭"。否则，如果男主人公另有葬所，孟姜女就应该到男主人公的墓地上去哭，不应该跑到长城脚下来哭。如果不在长城脚下哭，长城就不会倒。这样，从空间上来看，孟姜女的哭就可以脱离长城这个中心点。那么，我们再往前推，就会发现，男主人公其实也没必要非得死于修长城不可，反正就是死，然后她老婆来哭，这样，他可以死于战争，或者死于别的灾难。同样，秦始皇也没必要出现了。整个故事就完全变样了。

所以说，只要"为死去的丈夫而哭倒长城"这一标志性的核心母题不变，男主人公就一定要死在长城，而且必须被筑到城墙里面。

（6）孟姜女寻夫。这也是必要的过渡。

一个千金小姐，毅然抛弃了衣食无忧的富裕生活，要到一个陌生而凶

---

① 淄博市淄河镇梦泉村孟兆兰讲述，山东大学文史哲研究院毕雪飞、付伟安搜集整理，2009年4月7日。

险的地方去执行一项千古流芳的艰巨任务——用哭声去撼倒一座长城。寻夫之旅是孟姜女从“家”到“长城”之间必须解决的空间问题。我们后面还将详细分析，寻夫之旅可长可短，即使短至一个“去”字，或者一个“找”字，那也是必要的过渡。

（7）孟姜女哭倒长城，找到丈夫遗体。这是孟姜女故事的标志性事件。

哭倒长城是整个故事的高潮与核心，是该类故事中最神奇、最引人关注的一个母题。若没有这一中心节点，整个故事就土崩瓦解了。

而找到丈夫遗体，既是千里寻夫的目的所在，也是哭倒长城的目的与结果。

（8）孟姜女报复害死丈夫的元凶。这是民众心理的必然要求。

早期的孟姜女故事中并没有这个节点，但这个节点的出现是故事演变和发展的必然结果。在民间故事中，任何不圆满的事件我们都可以把它看作一种“缺失”，只要缺失存在，民众就会期待它得到弥补。只要民众的心里有期待，故事家们就一定会不断地尝试补接新的母题来弥合这些缺失，以平复因故事的不圆满而带给民众心理上的不愉快。

一般来说，如果故事开头出现了一个贫穷的正面主人公，那么，到了故事结尾，主人公一定会变得富有；如果故事开头的正面主人公是个渴望爱情的光棍，那么，到了故事结尾，主人公一定会有一个美满的婚姻。这是民间故事的通则。

因此，只要孟姜女出发了，事情就一定会有一个结果。如果孟姜女在半路因为某种变故中止了她的寻夫之旅，那么，故事的缺失就没法弥补，这个故事就是不完整的。如果孟姜女到了长城，找不到丈夫的尸骨，寻夫没有着落，这个故事也是不完整的。同样，如果孟姜女找到了丈夫的尸骨，就这么悄无声息地回去了，听故事的民众也不会答应，因为他们心里不痛快，民众的这种心理缺失一定要得到弥补。

所以说，从孟姜女决定出发去寻找丈夫那一刻起，我们就知道，她一定会经历一个非常艰难的旅程，但她一定能到达长城，而且一定会找到她丈夫的尸骨，最后，她还要报复害死她丈夫的元凶。

（9）孟姜女自杀殉夫。这是故事的必然结局。

孟姜女早就说过了，如果丈夫不幸遇难，她也决不偷生。作为故事家们着力表彰的“贞节妇”，她必须以自己的实际行动来回应这种表彰，以最大限度地符合故事家们对于“贞节妇”的崇高要求。即使早期的故事家不做这种要求，后期的故事家也一定会想办法让孟姜女走上“自杀”的道路。

更何况，从逻辑上来说，既然孟姜女得罪了秦始皇，就等于断绝了自己的活路，与其改嫁秦始皇或者被秦始皇处死，还不如自己了断，赢得千载美名。

更重要的是，孟姜女上无父、中无夫、下无子，而且不能改嫁，在传统的社会观念中，她活在这个世上已经没有任何意义或价值了，唯有一死，才是她的最终归宿。

通过以上分析我们知道，故事的节点，全都承担着不可或缺的结构功能，环环相扣。它们的关系就像多米诺骨牌，错置其中任何一环，整个结构就有可能全盘失效。

如果节点之间是这样一种关系，那么，是不是每个故事家的每一次讲述中，都一定要全部地提到这9个节点呢?

那也不一定。假设在一段野长城边上，有人对你讲了这样一个孟姜女故事：

> 秦始皇的时候，有个女人叫孟姜女，她老公被秦始皇抓去修长城，死在那里，后来，这个女人就跑到长城去哭，当她哭到了第十天的时候，那城墙突然就“哗”地一声倒下来了，这就是我们刚才看到的那一段倒塌了的长城。

虽然这个故事只具备了节点（5）和（7），但我们仍然应该认可它是一个简陋的、不完整的孟姜女故事。因为在这个故事中，逻辑上已经隐含了节点（1）（3）（4）（6），只不过没有把这几个节点用实在的言语表达出来，未能展开为具体的故事母题。另外，它与节点（2）（8）（9）也没有发生矛盾，我们应当把它看做是节点的省略或遗失。

一个故事家的某一次随意的讲述，往往会因为记忆的遗失，或者具体语境下对特定母题的强调或俭省，或者对共同知识的有意省略，导致故事结构的不完整①。这种省略或遗失并不会妨碍其他故事家对于这些节点的补充。也就是说，实际的讲述活动中，未必每一次讲述都会充分展开每一个节点。只要一个实际讲述的故事包含了（或者隐含了）同题故事的“标志性事件”，而又能与同题故事的其他节点相兼容，我们都应该把它看作同题故事中的一员。

同一地区或同一族群、同一阶层的故事家往往会有相似的情节倾向，其大同小异的故事讲述往往可以互为补充，构成一个相对自足、完整的系统，比如淄博市淄河镇的故事家大都认为“故事主人公孟姜女与其夫即为本地或周边地区的人”②，而孟姜女哭倒的，又是当地的齐长城，从“家”到“长城”总共也就几步之遥，千里寻夫的母题在该地区的故事系统中基本上就不会出现。我们的讨论，是以这个相对自足、完整的系统为基础，而不是以个别故事家的偶然讲述为基础。

另外，有一些故事家的个性特征比较明显，他的故事可能与别人的故事无法兼容，如果这样，我们就把这些故事视为“小概率事件”。从概率论的角度来说，这些情节比较特别、流传范围较小、影响不大的小概率事件是没有统计意义的，理论上是可以忽略的，比如顾颉刚先生搜集的一个异文，“广东海丰客家民族说孟姜女是一个孝女，她的父亲给人埋在长城下；她傍城大哭，城墙为她倒塌了八百里，她把父尸觅到了。后来补筑倒塌的城墙，终于随筑随崩，故至今长城仍然留着缺处”③；又比如说，有些地方有“孟姜女望夫石”的传说，既然望夫化石了，自然就没有寻夫、哭

① 2009年4月山东大学民俗学研究所师生在淄博市淄河镇调查时，梦泉村李作明、池板村刘安森等人的讲述就有明显的遗漏，他们自己也明确表示记不得了、不清楚了，如李作明说，“孟姜女后来怎么了，我就听老人传说她死了，以后怎么死的我就不知道了”。另外，由于该镇村民多强调孟姜女就是本地人，她哭倒的就是本地的齐长城，所以，孟姜女的寻夫之旅往往就被简化为一两句话。还有些村民认为孟姜女哭长城是大家都很熟悉的故事，没必要细说，所以讲得特别简略，比如梦泉村李兴源的故事：“孟姜女的男人范喜良修长城没有回来，她去找他，找不到就哭，就把长城哭倒了，故事就这样。”（以上参见毕雪飞《淄博市淄川区淄河镇孟姜女传说调查专题报告》，山东大学文史哲研究院民俗学研究所《百脉泉》2009年第2期）

② 付伟安：《山东淄河镇孟姜女故事文本的现实性》，《民俗研究》2009年第3期。

③ 顾颉刚：《孟姜女故事研究》，叶春生主编《典藏民俗学丛书》（上），黑龙江人民出版社，2004，第70页。

城等一系列后续行为。这一类异文显然与其他地区故事家的讲述不一样，我们就把它叫做小概率事件，不列入讨论。

提取故事节点的时候，我们一定要先把这些小概率事件排除出去，否则，我们就只能面对一团乱麻，什么规律也抓不住。

二 故事讲述的自由度

关于秦始皇为什么要修长城，在台湾宜兰，有个叫陈阿勉的老太太是这样讲的：

> 有一次李铁拐来到人间，拿了两朵很漂亮的花给秦始皇，对他说："这株美丽盛开的花朵，你拿给你母亲插；另外一朵含苞待放的花儿，拿给你老婆插。"
>
> 秦始皇看到这两朵花，心想："要我老婆插这朵花这么丑，才刚含苞而已；我老妈却插一朵这么漂亮的花？干脆我把它们换过来好了，含苞的给我妈，漂亮的给我老婆。"
>
> 因为李铁拐给的是仙花，含苞的花会愈开愈漂亮，但是已经盛开的花则会慢慢地凋谢，越来越丑。
>
> 结果，秦始皇发现："哎呀！我妈妈竟然变得比我老婆还漂亮！"
>
> 他就说："这样子的话，我要娶我妈妈当老婆！"
>
> 秦始皇的母亲就说："我是你的母亲啊！你怎么可以说这种话！如果你真要我当你老婆的话，可以呀！你去把天给遮起来吧！日光被你遮住看不到的时候，我就当你老婆！"
>
> 秦始皇说："好！我就造万里长城来遮天！"①

在福建沿海一带，这种讲法也很盛行。这类传奇性的母题很自如地进入了孟姜女故事，使原本单调的哭长城故事变得更加丰富多彩。奇妙的是，这种新母题的加入，似乎并没有影响到同题故事的逻辑结构。

① 黄瑞旗：《孟姜女故事研究》，中国人民大学出版社，2003，第241页。

那么，一个外来的故事母题，它以一种怎样的进入方式，能够做到既丰富了同题故事，又不破坏同题故事本来的逻辑结构呢？

我们前面提到，同题故事的逻辑结构主要是由节点以及节点之间的关系所决定的。

至迟在北宋初年的时候，孟姜女故事的逻辑结构就已经基本定型。故事的节点网络一旦建成，故事的各个部分就自然而然地被故事的内在逻辑铆在一起，联结成一个比较稳定的逻辑整体，故事结构就不容易发生变异了。

那么，稳定的故事结构，或者说节点网络是否会排斥新母题的进入呢？

答案是：不会！

刘魁立先生在分析“狗耕田故事”时曾经举过一个例子。大多数的狗耕田故事，开头都是这样的：“A 兄弟分家——B 弟弟只得到一条狗——C 弟弟用狗去耕田……”但是，有一种异文是这样讲的：“A 兄弟分家——X1 弟弟只分得一只牛虱——X2 牛虱被别人的鸡吃了，鸡主人把鸡赔给弟弟——B 鸡又被别人的狗吃了，狗主人把狗赔给弟弟——C 弟弟用狗去耕田……”①

表面上看，后者（A－X1－X2－B－C）与前者（A－B－C）很不一样，过程复杂多了，但是，两者的情节结构是完全一样的，后者既没有发展也没有结束前者原有的情节，最终还是落在“C 弟弟用狗去耕田”上，因而丝毫没有影响到整个故事的逻辑结构与发展方向。

如图 1，假设某一同题故事包含了 ABCD 四个节点，那么，任何一个故事家，无论他的个性化讲述如何与众不同，只要他的故事能够完整地呈现 ABCD 四个节点，我们都认为它还是属于同题故事。

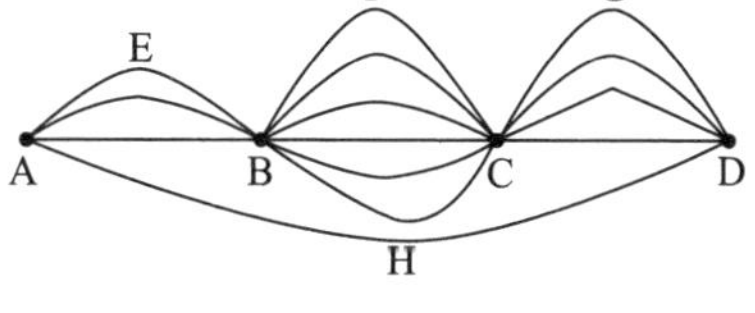

图 1　同题故事的节点及其异文

① 刘魁立：《民间叙事的生命树——浙江当代“狗耕田”故事情节类型的形态结构分析》，《民族艺术》2001 年第 1 期。

图中 ABCD 是故事节点，EFG 是从节点间衍生出来的故事异文。

无论故事家把故事讲成 A－B－C－D，还是讲成 A－E－B－F－C－G－D，或者讲成 A－B－C－G－D；也无论把 A－B 讲成 A－E1－B，还是讲成 A－E2－B，都没有改变故事 A－B－C－D 的结构逻辑，因而也就不会改变我们对同题故事的确认。

我们前面提到，孟姜女故事有 9 个节点。接下来，我们可以围绕这些节点展开讨论，看看故事家在具体的故事讲述中，创造性发挥的自由度有多大。

围绕节点 1：秦始皇要修一座长城。

有些故事对节点 1 的讲述非常简单，甚至一句“秦始皇修长城的时候”或者“那时候秦始皇不是修长城吗”就交代过去了。但也有些故事对于秦始皇筑长城的因由讲述得非常丰满，甚至可以成为一个单独的故事，如前面陈阿勉老太太的讲述。

那么，秦始皇为什么要修长城？到底是为了阻挡胡人南下、保境安民呢，还是为了借着这个工程杀戮良民，抑或是为了遮蔽天上的日光呢？关键得看讲故事的人是否喜欢秦始皇，毕竟秦始皇是个功过参半的人物。

在一则清代同治年间忍德馆抄本的《长城宝卷》中，是说秦始皇做了一个梦，梦见许多鬼魂来求他救命，一个阴阳官为他解梦，认为是塞北胡人南下犯边，死伤良民无数，应该修一道长城，挡住胡人的南下势头，于是，有了修长城的需要。故事这样开头，秦始皇修长城就有了积极的意义，秦始皇是以一个“救星”的角色出场的，所以，后面的情节中，害死男主人公的元凶就成了秦始皇的大将蒙恬。在这本宝卷中，秦始皇斩了蒙恬，成了替孟姜女申冤的青天皇帝。

山东淄河人讲孟姜女哭倒的是齐长城，可既然是齐长城，又关秦始皇什么事呢？“齐长城沿线的民众一般把齐长城也记在秦始皇的名下，也就是说人们把齐长城误作秦长城了，问起当地长城的修建，很多人都说是秦始皇。”①

① 毕雪飞：《民间传说的文化解读：淄河语境中的孟姜女传说》，《民俗研究》2009 年第 3 期。

无论什么长城，都是秦始皇修的，而且只要秦始皇决定修一座长城，无论故事家把修城目的说成什么，都不会影响故事节点的逻辑功能。关键是秦始皇得征用民夫去修一座能倒下来的建筑物，好给孟姜女哭去——要是没有这座城墙，你让孟姜女去哭什么呀？

围绕节点 2：男主人公逃役。

这是一个比较弱的节点，有许多短故事中没有提到男主人公逃役的问题。凡是没有逃役节点的故事，节点 1－4 往往合并为一两句话，如“这个故事就是说原来范喜良修长城，刚结婚没多久就被抓壮丁抓去了”①。这类故事大多非常短小，也不出现孟姜女报复秦始皇的情节，只是简单交代一下长城是怎么被哭倒的。

一般来说，在男主人公逃役之前，故事家会对男女主人公的身世做一番交代。很多说唱文学中，都在男女主人公出世之前，进行了大量的铺陈，有说他们本来是金童玉女、神仙转世的，有说他们神奇诞生的，还有说他们是牛郎织女转世投胎的。

总之，任何一种“神异出生”和“特异成长”的母题，都可以进入孟姜女故事。只要在把孟姜女许配男主人公之前，保持身心的纯净，之前发生什么故事，都不会影响到后续的情节。

男主人公的身世同理。可以把他说成是世家子弟、书生公子，还可以是孝子、逃役，只要是个品德不坏的单身男子，不至于玷污了孟姜女的纯洁就行，甚至没有名字都没关系。

长城开工之后，男主人公是一开始就逃役呢，还是修了一段长城之后再逃役？在主观上是故意逃役呢，还是受人陷害，逃役而不自知？是因为怕苦怕累呢，还是因为思念爹娘？各种原因，随故事家们怎么说都不要紧。

只要男主人公有了躲避徭役的意向，就回到了故事的节点，就能把故事继续下去。要是他不及时逃出来，错过了孟姜女脱衣服，这场好戏就全完了。

---

① 淄博市淄河镇梦泉村李兴柱讲述，山东大学文史哲研究院毕雪飞、付伟安搜集整理，2009 年 4 月 7 日。

因为男主人公不是故事的主角，所以，男主人公逃役的过程不会成为故事家们的讲述重点。但即使如此，还是有许多故事家愿意在这里插入男主人公逃役路上的各种故事。比如在《万里寻夫全传》中，就铺陈了万喜良的多才多艺（以便值得孟姜女下嫁）与逃役过程中的懦弱无能（以弱化男主人公对于灾难性事件的应变能力，反衬孟姜女的英烈）。

当男主人公流亡在逃役路上的时候，孟姜女在干什么呢？故事家喜欢什么样的孟姜女，就可以安排孟姜女去干什么，只要不与节点发生冲突就行。这样的情节在故事中是不承担功能，也不干扰原有功能的，所以，无论孟姜女干什么，都没关系。

男女主人公的这些琐碎小事，可有可无，可以随故事家个人的喜好进行加减，不会影响故事的发展。

围绕节点3：男主人公成为孟姜女的丈夫。

男主人公为什么会成为孟姜女的丈夫？是青梅竹马、早有婚约，还是偶遇后花园、窥浴成亲呢？

这也没关系，关键是两人得结为夫妇，好让孟姜女有个合法的理由跑到长城去哭。

许多故事家都说，孟姜女结婚才三天（有的说是结婚当天，总之，他们还来不及圆房，来不及享受鱼水之欢），男主人公就被抓走了。为什么要这么急就把男主人公给抓走，就不能让他们在一起多待两天，培养培养感情再抓走吗？

这就是故事家们的别有用心了。

孟姜女为什么要嫁给男主人公？正如孟姜女自己说的，“古云：男女授受不亲。又云：男女不同席。今夜我一身尽为君看，岂堪再事他人？”孟姜女脱衣服的时候不小心被男主人公看见了，于是，她觉得这个看见她裸身的男人已经占有了她的贞操，因此“孟姜女一心要嫁万喜良，为的是一身被他看未防”。如果万喜良不娶她，那么，孟姜女决定“就此死在公子前”。

用我们今天的眼光看，这就是地地道道的封建思想，而过去的故事家们所要表彰的，正是这种思想。

孟姜女一再强调自己嫁给男主人公“原不图那闺房之乐”。两人拜堂成亲之后，孟姜女就认定自己“生为男家人，死为男家鬼”了，她说：“妾自今日为始，褪去铅华，脱却绫罗，从此荆钗布裙，在家侍奉双亲，久等我夫回转；倘若不幸，为妻的一准相从地下，决不独生。”多么坚贞的一个女人！

所以说，故事家们早早安排官差把男主人公给抓走，就是为了淡化孟姜女夫妇之间的男女之情，反过来，孟姜女后来的行为就更突出了她对于“夫妻”这个抽象名分的“忠贞”。故事着重宣传的，就是孟姜女的“贞节”思想。

当然，且不说孟姜女只是故事家们编撰出来的虚拟人物，就算实有其人，我们也不能指责孟姜女的封建思想。她的观念代表了她那个时代的“先进思想”，是一种时代的产物，我们不能用今天的观念来苛求古人。

广西有一种说法，说死在长城的是孟姜女的父亲，孟姜女哭长城，是为她父亲而哭的。这种说法明显偏离了故事的节点，很难得到大多数人的认可，所以施展不出传播势力，没什么影响。

围绕节点4：男主人公被发现逃役，并被送往长城。

男主人公是如何被送到长城役所的？是主动投案自首，还是被官差逮捕归案？如果是被逮捕，官差又是怎么发现他的？是因为被人跟踪了呢，还是因为婚礼上走漏风声？如果是婚礼上走漏风声，这风声又是谁走漏的？

每一个问题上，都有可能滋生出新的母题，都能够让故事家们充分驰骋他们的丰富想象，把故事演绎得柳暗花明、峰回路转。但是，无论如何的柳暗花明，最终还是得回到故事的节点，把男主人公送上长城。

所以说，孟姜女家人操办婚事的时候，一定要犯点错误，一定得有个人不小心把男主人公的身份给暴露出去，好让官府把男主人公抓走。如果他们不犯错误，婚礼办得很隐秘、很成功，那么，孟姜女夫妇就会悄悄地隐居起来，甜甜蜜蜜地过上幸福生活，这样，后面就没有故事可讲了。

许多故事家把男主人公被捕的时间安排在婚礼仪式刚刚结束的时候，反正是没让他们进得了洞房，故意让他们有名无实，以突出孟姜女的贞节。

但也有些故事家为了突出孟姜女“为人妻”的贤淑干练，让男主人公在拜堂之后、被捕之前，适时地病倒在床上，这就给了孟姜女一个充分展示具有舍己为夫、任劳任怨优秀品质的绝好机会。

男主人公被抓走之后，剩下孟姜女留守闺中。这是一段漫长的留守。

一个深闺怨妇，天天望眼欲穿，这是很能滋生“望夫”情节的。这个话题我们后面还会讲到。

除了“姜女望夫”，故事家似乎还可以再编些故事填塞到这段时间中去。于是，一批仆人粉墨登场了。最典型的是《万里寻夫全传》中，虚构了一个叫孟兴的家人，为了让他既能打探到万喜良的死生消息，又有足够的时间在风月场上饰演故事，故事家们不惜把《水浒传》中神行太保戴宗“日行八百”的神奇本领都给了此人。

孟兴的故事基本上属于节外生枝，这样的枝节，在整体故事中没有什么意义。只是故事家为了显示孟姜女家有钱有势、有人可使，或者只是为了拖缓故事节奏、凑凑字数而随意编造的情节。

无论孟兴、孟和还是使女小秀，无论他们是好人还是坏人，也无论他们做了多少好事或是坏事，他们是怎么进入故事还得怎么退出故事。让他们死去也好、逃走也好、回家也好，总之，他们这些不承担结构功能的角色，全都得在孟姜女到达长城之前从故事中彻底消失，他们的存在丝毫不会影响到节点之间的逻辑关系。

围绕节点5：男主人公死去，并被筑进长城。

男主人公是怎么死的？是病死的、累死的、被打死的，还是被活埋的？山东大学民俗学研究所2009年在淄博市淄河镇调查所得的21则孟姜女故事中，有16则异文明确讲述了范喜良的死因。其中3则异文提到了被筑到城内是为保城坚固、不再坍塌；3则异文说是因工程事故等原因给砸进去了；其余的文本都说他是因饥饿、积劳成疾而死。①

男主人公并不是故事的正主角，故事家一般不会在他身上浪费太多的口舌，这个环节也很难生出什么新奇的花样。稍微传奇一点的说法是，修长城的人太多，一天送九顿饭（或者七顿饭、十二顿饭），但还是送不到

① 付伟安：《山东淄河镇孟姜女故事文本的现实性》，《民俗研究》2009年第3期。

万喜良手上，最后饿死了[①]。

如何安排男主人公的死，得看故事家有什么承前启后的需要。总之，随便给个理由就行。只要把男主人公弄死了，然后把他筑到城墙里面，这个节点就算顺利完成。接下来，就只等着孟姜女来哭了。

围绕节点6：孟姜女寻夫。

故事家们可以突出这个环节，也可以简化这个环节。若要突出这个环节，就让孟姜女一步一步走路去；若要简化这个环节，就让孟姜女那个家财万贯的父母雇几辆马车把她拉过去。山东淄博传说孟姜女就是当地人，哭倒的又是当地的齐长城，所以，干脆说成孟姜女的家就在长城脚下，寻夫之旅就被大大压缩了，甚至一个“找”字就打发了：“孟姜女的男人范喜良修长城没有回来，她去找他，找不到就哭，就把长城哭倒了。”[②]

但是，大部分故事家还是很愿意突出这个环节，他们选择了让孟姜女走路去长城。尤其是江浙一带，因为这里距离长城比较远，所以，万里寻夫送寒衣的情节就被渲染得特别丰满，“苏南东部沿太湖地区是水网地带，水乡多桥，在这一地区搜集到的大量同真实地名相连的孟姜女传说，不少都是与桥有关”[③]。

一个小女人，万里迢迢跋山涉水，这一路长夜漫漫孤苦无依，正是可以滋生各种故事的大好环节。如何从“家”来到“长城”？中间会经历多少的艰难曲折？这是常人难以想象，更难以实践的。正是这种“千金小姐”与“艰难险阻”的强烈对照，更能加深听众对孟姜女“节烈”事迹的无限敬佩。故事家们的目的正在于此，他们有意给孟姜女安排了各种各样的磨难，以成就她作为“贞节妇”的光荣使命。

她在出发前可以知道丈夫的死讯，也可以不知道丈夫的死讯。如果知道死讯，她就是去收尸；如果不知道死讯，她就是去送寒衣。

她可以一个人走，也可以带着仆人或丫鬟一起走。这中间还可以插入

---

① 毕雪飞：《民间传说的文化解读：淄河语境中的孟姜女传说》，《民俗研究》2009年第3期。

② 淄博市淄河镇梦泉村李兴源讲述，山东大学文史哲研究院毕雪飞、付伟安搜集整理，2009年4月7日。

③ 秦寿容、袁震：《苏南地区孟姜女传说的特色——专题采风调查报告》，《民间文艺季刊（孟姜女传说研究专辑）》1986年第4期，上海文艺出版社。

很多故事，既可以插入与恶仆斗争的故事、丫鬟遇害的故事，也可以插入得到神灵帮助的故事。

一路上，孟姜女可能碰上强盗、小偷、淫贼，也可能碰上好心的店主、同命的妇女、善良的老妈妈，甚至可以遇上贫贱之中的韩信母子。

总之，一个弱女子，而且是个能让秦始皇垂涎三尺的美貌弱女子，涉险离家的危险系数之高，是可想而知的。因为万里寻夫要经过的地方可以很多，每一个地方的故事家都可以把当地风物与孟姜女寻夫挂起钩来，说明孟姜女当年途经此地时做了一个什么动作，以至于形成了今天的某道风景。“山西曲沃县侯马镇南浍河桥土岸上有手迹数十，是她送寒衣时经过浍水，水涨不得渡，以手拍南岸而哭，水就浅了下去，这手迹便是拍岸时所留遗。”①

这就像唐僧前往西天取经一样，小说家故意要放出风去，让各路妖魔鬼怪都知道：吃了唐僧肉可以长生不老。这样一来，唐僧西行的危险系数就会大大提高。

唐僧也好，孟姜女也好，他们在旅途上的危险系数越高，潜在的紧张与缺失就越多，越容易滋生出各种各样的离奇故事，故事就会愈加生动刺激。这种状况恰如“一张白纸，好画最新最美的图画”。

无论孟姜女在路上遭遇什么、收获什么，经历了怎样的艰难曲折，都没有关系。只要不把孟姜女弄死、弄丢、弄残（如果弄残了，秦始皇就不会迷她，后面的故事就没法讲下去），后面的故事还能接着照讲。

故事家们把孟姜女折腾够了，这才踉踉跄跄地把孟姜女带到长城脚下。可怜的孟姜女，她的下一个任务是用哭声去撼倒一座长城。

围绕节点7：孟姜女哭倒长城，找到丈夫遗体。

所有的准备，都是为了这一刻。“哭长城”是孟姜女故事的重中之重，决不能随便一哭了事，她得不停地哭。

好心点的故事家，让她随便哭几声，表示个意思，甚至才哭第一声就把城墙哭倒了；狠心一点的故事家，会要她哭上十天八天；更狠一点的，非得让她把眼睛哭出血来，这才把长城放倒；淄博市淄河镇甚至有一种说

① 顾颉刚：《孟姜女故事研究》。

法，“孟姜女与万杞梁的夫妻关系非常恩爱，万杞梁的死对孟姜女的刺激非常大，以至于哭成了精神病，每天沿着长城哭，为什么她能坚持下来就是因为她是精神病。”①

长城怎么倒的？不同的故事家会有不同的设想。有的说就是哭倒的，天人感应，哭着哭着，城墙实在受不了了，就倒。有的说是神仙帮她推倒的，孟姜女哭了半天，发现城墙还没倒，就用头去撞，故事家决不能让她把头撞坏了，要是撞得满脸是血，秦始皇还能爱上她吗？后面的戏没法演了，于是，众神仙赶紧发力，帮助孟姜女把墙给推倒了。也有人认为是巧合，孟姜女哭着哭着，“突然有一天，天上打雷下雨，雷把长城劈倒了，就认为是孟姜女把长城哭倒的”②。最有想象力，也是最狠心的故事家是这么说的：孟姜女哭啊哭啊，泪水把城墙根给泡软了，墙就倒了。老天，那得多少眼泪呀？

反正，无论她怎么哭，墙是一定要倒的。

墙倒了，尸骸露出来了。有的故事家直接就说露出了男主人公的尸骸，也有的说男主人公的尸体一直没有腐烂，还有的说男主人公的尸骸上有信物③，按这几种说法，那就不必费事去“滴血认亲”了。但大多数的故事家不想让孟姜女这么容易结束任务。墙倒了，露出来的只是一堆乱七八糟的白骨，于是有了辨认尸骨的需要，有的故事家要求孟姜女滴血认亲，有的故事家要求孟姜女滴泪化血。故事家们可以想出各种各样的办法来折磨孟姜女，以取得最理想的悲剧效果。

淄博市淄河镇“对于哭夫的情节描述与别处略有不同，讲到孟姜女一边哭一边在地上画圈烧纸，而这个正是当地为逝者烧纸风俗的由来”④。淄河镇孟姜女故事的哭夫情节比较突出，这与当地盛行《十哭长城》《送寒衣》《哭情郎》《孟姜女哭长城》等孟姜女小调是相对应的。

有些早期的故事中，孟姜女哭倒长城，找到丈夫的尸骨，就把他背回

① 张士闪：《从故事到事件——围绕山东淄博市淄河镇孟姜女故事产业开发的讨论》，《民族艺术》2009年第4期。

② 张士闪：《从故事到事件——围绕山东淄博市淄河镇孟姜女故事产业开发的讨论》，《民族艺术》2009年第4期。

③ 付伟安：《山东淄河镇孟姜女故事文本的现实性》，《民俗研究》2009年第3期。

④ 毕雪飞：《民间传说的文化解读：淄河语境中的孟姜女传说》，《民俗研究》2009年第3期。

家安葬了，完成了一个结发妻子应尽的义务。也有的说她见了丈夫白骨之后，痛哭了三天三夜，直接就把自己也哭死了。更多的是讲她投水自杀。还有一种是说孟姜女借助于神仙的帮助，让男主人公起死回生，夫妻得以重新团聚。

我们前面说过，如果孟姜女就这么死了，坏人没有受到处罚，老百姓是不会让这个故事结束的。

秦始皇作为孟姜女报复和戏弄的对象，到底是什么时候被故事家们编到故事中去的，目前没有确切的材料。但至迟在明代应该有了这一情节的萌芽。《风月锦囊》所录的《孟姜女寒衣记》中，孟姜女有这样一段唱词："因哭倒长城七十余处，被蒙恬捉见秦王，要奴为妃。奴苦哀奏，赐奴寻夫，再来听奏。"可见这时秦始皇就已经开始对孟姜女动心思了，但孟姜女的反抗行动还不够激烈。

围绕节点8：孟姜女报复害死丈夫的元凶。

大概在明代以后的故事中，孟姜女开始了她的复仇计划。

如果故事中的元凶是蒙恬，那很容易，孟姜女随便使点什么手段，就能够找个机会陷害他一把，直接假借手秦始皇就把他斩了。

如果故事中的元凶是秦始皇本人，那就不太好办，孟姜女只能利用"女色"耍耍花样，戏弄戏弄秦始皇，聊以解恨，至多也就是让秦始皇为男主人公披个麻戴个孝，因为实在是没办法弄死秦始皇，全天下人都知道，秦始皇是自己中暑死的，与孟姜女没有关系。

除此之外，实在也想不出还有什么更好的复仇办法。这一个环节的变异性比较小。

围绕节点9：孟姜女自杀殉夫。

孟姜女当然不能活泼泼艳生生地落入秦始皇手中，否则，仇没报成，反让仇人占了便宜。孟姜女一定要逃离秦始皇的魔爪。怎么逃离？普天之下，都是秦始皇的土地。看来孟姜女也只有自杀一条路可走。

孟姜女死是一定的，怎么死却是可以由故事家们发挥想象加以选择的。孟姜女可以撞墙，或者撞石碑而死，也可以跳长城、投河、投湖、投海、投大洼而死，还可以是悲伤过度，痛哭而死。死后，也许是良心发现的秦始皇，也许是哪位好心人，也许是老天爷，一般会给她建一座纪念性的坟墓，以表彰她的节烈行为。

还有一种传说非常残忍，孟姜女跳了海，秦始皇把她的尸体捞上来，“拿起铁枝扫帚将她一身皮肉全洗掉，奇迹顿时出现，孟姜女的皮肉落水化成银鱼水上漂。秦始皇再命人将孟姜女的骨头全磨掉，谁知道骨粉散开随风飘来又飘去，变成蚊虫叮得昏君无处逃”①。

当然也有些很好心的故事家，在孟姜女跳海的那一刹那，派出虾兵蟹将，把她接到东海龙宫。老龙王为她接风洗尘，收为义女。这样一来，孟姜女升入神格，肯定会获得一些神奇的力量，于是，有了神力的孟姜女，还得再次回到陆地上与秦始皇周旋一番。

孟姜女跳海之后，在许多神奇故事中，秦始皇转而升为故事主角。据说秦始皇织了一条赶山鞭，能把高山赶入大海，能把石头赶得满地跑。秦始皇要赶山填海造长城，或者是赶山填海找孟姜女，海里龙王一看着了急，于是施出美人计，让龙女假扮孟姜女前去敷衍秦始皇，偷了赶山鞭。后来龙女怀孕，生下一个男孩，就是楚霸王。龙女将霸王放在沙滩上，于是，老雕张开翅膀给他遮阳，老虎过来给他喂奶，所以楚霸王是“龙生虎奶雕搭棚”② ……按照这种方式，故事家可以无休无止地把故事讲下去，但那已经不是孟姜女哭长城的故事了，我们也就此打住。

从以上围绕9个节点的分析中我们可以看到，无论是在节点之上，还是节点之间，都存在巨大的想象空间，可以让故事家们充分地驰骋自己的文学想象，遂人所愿地增添新的故事母题。

这些母题只要不构成与故事节点的逻辑冲突，是可以随故事家们的个人喜好随意选择的。至于听众能不能接受这些稀奇的讲法，那就只能看故事家的忽悠水平了。

但是，如果故事家的讲述更换了其中部分节点，比如把 A－B－C－D 讲成了 A－H－D，故事进程不是以节点 B 和 C 的方式来展开，而是以 H 的方式从 A 到达 D，那么，我们就不认为故事 AHD 是故事 ABCD 的同

---

① 马知遥：《论孟姜女传说的人文内涵与创意之可能》，山东省民俗学会、淄川区人民政府主办《山东淄川·中国孟姜女传说学术研讨会论文集》，2009 年 5 月。

② 在淄博市淄河镇，城子村的韦良斌、西股村的孟兆翠都讲到了这些情节。（毕雪飞：《淄博市淄川区淄河镇孟姜女传说调查专题报告》）

题故事。

打个比方。如果有个故事家这么讲：

> ……孟姜女哭倒长城之后，秦始皇没有怪她，反而向她求爱，孟姜女要他答应三个条件，秦始皇答应了，并且完成得很好，孟姜女仔细想想，觉得秦始皇是真心爱自己的，而且“忠君”也是一种美德，于是就嫁给了秦始皇，受到秦始皇的宠爱，后来，因为不堪忍受皇后的妒忌与折磨，跳海自杀了。

除了故事节点8“孟姜女报复害死丈夫的元凶”被篡改之外，其他所有的节点都具备。哭也哭过了，长城也倒了，最后也跳海自杀了，但我们还是不能认可这是孟姜女同题故事。一旦“复仇”的节点被更改，转而向秦始皇投怀送抱，那么，原来的复仇主题也就荡然无存了，故事将彻底变味。

或者另外一个故事家这么讲：

> 秦始皇修长城的通知下达以后，爱国青年万喜良热血沸腾，决心为祖国国防建设贡献自己的一份力量，主动申请前往长城服役，最后累死在长城，孟姜女万里寻夫来到长城，知道丈夫死讯，哭了十天十夜，终于把长城哭倒了……

除了节点2“男主人公逃役”被篡改之外，其他所有的节点都具备。我们同样不能认可这是孟姜女同题故事。“逃役”节点的被更改，直接导致孟姜女哭长城“合法性”的消失。如果万喜良主动赴役是一种爱国行为，那么，他光荣牺牲之后，孟姜女跑来大闹工地、哭倒长城、报复国家领导人、以死相要挟，就无异于破坏国防建设、扰乱社会治安了，这只能给万喜良的光辉形象抹黑。

由于故事的节点网络构成了一个自足的逻辑体系，某个节点被篡改后，必然会发生连锁反应，可能引起故事逻辑结构的全盘崩溃，或者导致原有故事主题的全面消解。但是，只要故事家不篡改故事的节点，任何相容母题的进入，都不会影响到同题故事逻辑结构的变化。

所以说，在故事的传承与变异过程中，传承的稳定依赖于节点的稳定，变异的随意是指节点之外的随意。

三 故事节点与母题、功能的简单辨析

结束本文之前，我们再对同题故事、节点以及故事类型（type）、母题（motif）、功能项[①]（function）等相关概念作一简单辨析。

功能项是普罗普在《故事形态学》[②]中提出的核心概念。普罗普对阿法纳西耶夫搜集的100个俄罗斯神奇故事（同一体裁故事）进行了形态分析，总共分析出31个功能项。这31个功能项基本上涵盖了所有100个神奇故事的全部母题。

功能项是组成同一体裁故事的基本单元。功能项类似于母题[③]，但具体用法不同。功能项是在特定的故事体裁下分析出来的，因此是具体故事体裁之下的情节单元，它不能脱离具体的故事体裁而被称作“功能项”。母题是从所有故事中借助“重复律”分析出来的[④]，不依赖于某一具体的故事类型，因此是一种相对独立的故事单元。比如说，一本《文学理论》，把它放在中文系的教材体系当中，它被当作培养学生的一种“基础教材”

---

① 《故事形态学》中译本（中华书局，2006）译者贾放教授在该书《译后记》中说，function这个核心概念曾被直译为“功能”，但就现代汉语语感而言，功能指一种作用，而不是一种成分，“事实上，作者是将其作为进行结构分析的基本单元来使用的，与民间故事研究的其他流派所使用的‘情节’‘母题’等概念是在一个平面上，是一个构成元素的单位”。经过反复斟酌，贾放教授创用了“功能项”这个译名，力图更好地体现普罗普结构分析理论的基本理念。

② 涅赫留多夫在《故事形态学》的中译本序言中说：《故事形态学》最初的书名是《神奇故事形态学》，而初次预告该研究成果时命名为《俄罗斯神奇故事形态学》。（《故事形态学》中译本第2页）

③ 普罗普说：“角色的功能这一概念，是可以代替维谢洛夫斯基所说的母题或贝迪耶所说的要素的那种组成成分。”（《故事形态学》中译本第17页）

④ “阿莫斯指出，母题不是分解个别故事的整体所得，而是通过对比各种故事，从中发现重复部分所得。只要民间故事中有重复部分，那么这个重复的部分就是一个母题，即使这个母题是一个完整的大故事中套的小故事，只要这个小故事能够自由地进出不同的大故事，那我们也就可以称这个小故事为一个母题。”（吕微：《母题：他者的言说方式》，《民间文化论坛》2007年第1期）

(功能项);把它放在图书阅览室,它就只是可供不同读者阅览的一本“图书”(母题)。

普罗普认为,“对于故事研究来说,重要的问题是故事中的人物做了什么,至于是谁做的,以及怎样做的,则不过是要附带研究一下的问题而已”。所以,故事功能“在任何情况下,都不应考虑作为完成者的人物”①。也就是说,普罗普认为,故事体裁学和形态学排斥了以主人公属性和姓名为标识的故事类别。

对于故事类型的划分,一直存在分歧。“19 世纪末,当卡尔·克隆注意到不同民族的故事中存在着大量相似情节梗概时,他就提出了‘故事类型’这个概念。他的学生安蒂·阿尔奈(Aarne)根据这个概念发展出国际民间故事的分类体系,于 1910 年出版了著名的《故事类型索引》一书。”② 但是,阿尔奈对类型的划分基本上是经验式的,并没有制定一套严格的划分标准,因此后来的学者对于分类标准一直存有分歧。自从普罗普的故事形态学问世之后,多数学者倾向于依据形态特征来对故事进行类型划分,刘魁立先生就是这一标准最坚定的支持者,他认为“一切故事类型的确立,从根本上说,依据的是形态。靠什么?靠情节基干”③,刘守华也认为“类型是就其相互类同或近似而又定型化的主干情节而言”④。

可是,在中国故事中,著名的故事大多是以主人公的属性和姓名来标识的,如孟姜女的故事、梁山伯与祝英台的故事、牛郎织女的故事、刘三姐的故事、秃尾巴老李的故事、白蛇传、柳毅传书等。在中国民间文学体裁学中,一般把这些与“一定的历史人物、历史事件或地方风物、社会习俗”⑤ 有关的故事叫做“传说”。传说的数量在中国民间文学诸体裁中是最多的,超过其他各类故事的总和。

以历史人物或虚拟的历史人物为中心的各类传说,在普罗普的故事形

① 〔俄〕弗拉基米尔·雅可夫列维奇·普罗普:《故事形态学》,贾放译,中华书局,2006,第 17、18 页。

② 户晓辉:《类型(英语 Type,德语 Typ)》,《民间文化论坛》2005 年第 1 期。

③ 高木立子翻译、西村真志叶记录整理《刘魁立、稻田浩二谈艺录》,北京龙爪树宾馆,2004 年 10 月 24 日。

④ 刘守华:《中国民间故事类型研究》,华中师范大学出版社,2002,第 2 页。

⑤ 万建中:《民间文学引论》,北京大学出版社,2006,第 169 页。

态学中是不合法的。故事形态学不承认以“物”（人物、事物）为中心的传说具有“类”的特征或“类”的研究价值。于是，如何对这些具有浓郁中国特色的“物”的故事进行结构分析，就成了中国故事学所面临的一个问题。

解决问题的第一步，我们先得定义一个以“物”为中心的故事类名。因此，我们把围绕同一标志性事件，围绕同一主人公而发生的故事命名为“同题故事”。

故事类型主要被应用于跨文化的比较研究。“阿尔奈1910年编纂的故事类型索引，虽然主要建筑在芬兰民间故事的资料基础上，但是他大量引用了丹麦等北欧国家以及德国的资料，所以它一开始便具有一定的国际性。”① 随着阿尔奈编纂体系的影响日益扩散，“母题和类型概念使学者们在全球范围内研究民间叙事的规律以及异同成为可能，它们可以看做是民间文学或民俗学最核心的两个学科范畴”②。所以说，“通过母题或故事类型编目来确定民间叙事，在真正的民俗学家中间已经变成一个国际化的必备条件”③。

而同题故事由于限定了与特定主人公的关系，因此就被限定在主人公所生活着的特定文化背景之下，这种文化背景是相对同质的。如果说故事类型以及母题、功能是一种跨文化的故事研究工具，那么，同题故事以及节点则是同质文化体系内部的故事分析工具。

节点只在同题故事中才有意义，是同题故事内部的分析与归纳。本文所归纳的9个节点全都是由故事主角（主人公，以及主人公必要的助手、对手等角色）发出的必要行为，这些行为在故事进程中必不可少，承担着不可或缺的结构功能。

作为国际性的故事检索工具，母题的划分必须具有严格的统一标准，只有这样，才能保证不同学者析出的母题之间具有可比性。“母题是他者所使用的东西，而不是根据研究者各抒己见所任意规定的标准所得到的东西。

① 刘魁立：《刘魁立民俗学论集》，上海文艺出版社，1998，第104页。

② 户晓辉：《母题（英语Motif，德语Motiv）》，《民间文化论坛》2005年第1期。

③ 〔美〕阿兰·邓迪斯：《民俗解析》，户晓辉编译，广西师范大学出版社，2005，第228页。

于是，母题索引就能够服务于我们今天对他者的研究即和他者的对话。”①

与此相反，由于故事节点的析出被限定在同题故事之内，因而并不需要在更广大的范围内与其他故事母题具有“重复性”或“可比性”。故事节点只需要满足同题故事内部的重复性和可比性，更极端地说，只需要满足研究者自己的分析需要，因而是开放的、非客观的。只要研究者的数据来源可靠，分析和论述的逻辑是清楚的，而且能够自圆其说，那么，我们认为他对于该同题故事的分析就是有效的。

我们说，每一个故事节点都承担着不可或缺的结构功能，节点与节点之间环环相扣。事实上，普罗普对于功能项的界定也部分地具有这一特征，“如果将所有的功能项连起来读下去，我们将会看到，出于逻辑的需要和艺术的需要，一个功能项会引出另一个”②。另外，吕微在《神话何为》一书中曾经创造性地使用了“功能性母题”这一概念，与故事节点的界定也有相近的地方③。

尽管节点与功能项、功能性母题有如此多的相似之处，但区别也是非常明显的，下文试述之。

无论某一故事体裁的功能项集合，还是故事类型的母题集合，都相当于这一故事体裁或类型中所有故事的“最小公倍数”。举例来说，假如在某一故事类型中，故事 A 包含母题 12345，故事 B 包含母题 23456，故事 C 包含母题 34567，那么，故事的全部功能项就包含了所有的 1234567。

阿法纳耶夫的所有 100 个故事，甚至所有的神奇故事，全都被涵盖在普罗普的 31 个功能项之中。而对于一个具体的神奇故事来说，并不需要具备所有的 31 个功能项，“缺少几个功能项不会改变其余功能项的排列顺序”④。

---

① 吕微：《母题：他者的言说方式——〈神话何为〉的自我批评》，《民间文化论坛》2007 年第 1 期。

② 〔俄〕弗拉基米尔·雅可夫列维奇·普罗普：《故事形态学》，贾放译，中华书局，2006，第 59 页。

③ “功能性母题是在对同类型故事的各种异文中重复性内容的综合，再结合对该类型故事的整体性内容进行分析，即把故事内容分解为相互限制、相互制约的不可分割的不同部分的基础上给出的抽象。”（吕微《母题：他者的言说方式——〈神话何为〉的自我批评》）

④ 〔俄〕弗拉基米尔·雅可夫列维奇·普罗普：《故事形态学》，贾放译，中华书局，2006，第 18 页。

关于故事类型，邓迪斯也曾指出："应该记住，一个故事类型是一个合成的情节概要，它在准确无误的细节方面对应的不是一个个别的异文，但同时又在某种程度上包含着那个民间故事所有的现存异文。"①

如图2所示，假设我们把大圆当作神奇故事的全部功能项，把两个长方形当作所有神奇故事中的任意两个故事，那么，所有的长方形都被涵盖在大圆之内。

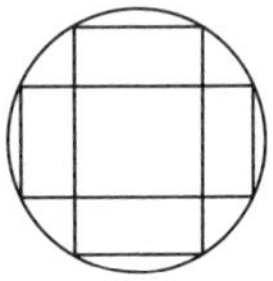

图2　故事体裁或类型中功能项与具体故事的关系

"节点—故事"与"功能项—故事"的关系则恰恰相反。节点相当于所有同题故事的"最大公约数"。也就是说，每一个孟姜女同题故事都涵盖了前述的9个故事节点。举例来说，假如在某一同题故事中，故事A包含母题12345，故事B包含母题23456，故事C包含母题34567，那么，故事的节点就只有345。

如图3所示，假设我们把两个长方形视作任意两个孟姜女同题故事，把小圆视作9个故事节点，那么，所有的长方形都涵盖了小圆。

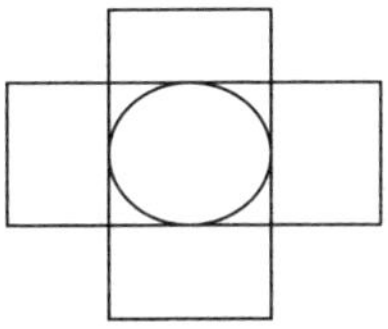

图3　同题故事中具体故事与节点的关系

在许多情况下，故事类型与同题故事难以重叠，比如《狼外婆故事》和《老虎外婆故事》，明显属于同一故事类型，但由于"物"的名称不同，我们无法将它纳入同题故事中进行研究。尽管这样看起来有点呆板，可是，既然我们已经如此定义了，就只能按着既定的规则来操作，任何理论

① 〔美〕阿兰·邓迪斯：《民俗解析》，户晓辉编译，广西师范大学出版社，2005，第229页。

的提出，都有一定的适用范围和局限。

但在一些特殊的情况下，有些故事类型与同题故事是可以重叠的，比如《狗耕田的故事》，这一故事类型中的所有异文，还没有发现“物”的名称不是狗的。在这种故事类型与同题故事的集合对象完全一致的情况下，我们可以画出一张更清楚的示意图来说明功能与节点的区别。图 4 中大圆即全部功能项，两个长方形即任意两则故事异文，小圆即全部节点。

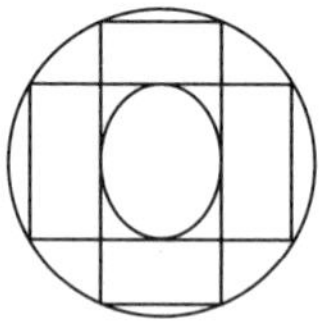

图 4　特殊情况下功能、故事与节点的关系

附录：吕微、户晓辉评点意见

爱东：

《孟姜女故事的稳定性与自由度》是一篇好文章！论理、论据都令人信服。还有些问题可进一步讨论。

普罗普的故事“形态”研究对神奇故事（或：魔法故事、幻想故事、童话）这一体裁的所有类型进行了统一的结构分析。按照芬兰人的观点，神奇故事内部还可以划分出多种类型，而这种类型的划分与更具体的不同主题、内容有关。普罗普放弃了对同一体裁（童话）故事中更具体的不同主题、内容的类型区分，专注于对该体裁（童话）故事的所有类型的内容做统一的结构分析，自然得出“所有神奇故事都是同一类型”的结论。由于普罗普是对某种故事体裁的结构形态进行研究，爱东所说的大圆形（体裁功能）才能涵盖长方形（故事母题）。

体裁划分在格林兄弟那里大概已经十分成熟，即神话、传说、故事（包括童话），体裁的划分既事关题材的结构内容，也事关体裁的功能形式。神话、传说、故事一般拥有各自不同的题材内容，比如，“世界的创造”的内容一般被认为是专属于神话的。但格林认为，有些童话的内容是神话的遗留物，因而童话和神话有时也共享同一内容。巴斯科姆区分不同体裁的标准除了题材内容还有功能形式，比如对题材内容的“信实性”程度，信其为真是为神话，以之为假则是故事（见朝戈金等译《西方神话学读本》第一篇，广西师范大学出版社 2006 年版）。

但总的来说，题材内容仍然是划分故事体裁的经典依据，学者们根据不同的内容划分出不同的体裁，尽管这样的划分往往有民众实践的客观依据，但恐怕也有学者的主观意志在发挥作用。你怎能肯定“狗耕田”的内容就一定属于幻想故事的体裁而且专属于幻想故事当中的一种故事类型呢？同样的内容难道就不可能出现在“专名”的传说中？所以说，仅仅依据故事的内容进行类型划分有其不能解决的问题。

但是，以往对故事体裁、类型所做的划分的确主要是以故事的题材内容为主要依据的（比如阿法纳西耶夫的 100 个神奇故事）。而这样的划分往往是由学者来完成的，而不是由民众自己来完成的。学者根据自己的研究需要，对故事进行划分，以服务于自己的研究目的。具体在孟姜女故事中，哪些故事能够进入研究的视野，哪些不能，也是由研究者主观设定的，这种设定对于实证研究来说是必要的甚至是充分必要的前提条件。

除了内容，主题也是划分故事体裁、类型的标准，在爱东的“同题故事”的概念中，除了题材的内容（材），题材的主题（题）也占了相当的比重。比如，如果没有“复仇（的思想）主题”，那么即使讲的是有关孟姜女的故事，爱东也不把该故事算作孟姜女的“同题故事”。高丙中区分了故事的内容涵义 meaning 和故事的作用（功能）意义 significance（《民俗文化与民俗生活》第 157 页），可参考。以主题为参照点，“标志性事件”是各个母题当中集中体现主题的母题，“小概率事件”则是脱离主题的母题。

最后，对故事进行内容划分，除了人物的行为（即普罗普所谓“功能”），还有人物本身，也是对故事进行划分的依据，正如爱东所言，根据人物对故事进行划分更符合中国国情。吕蒂也表示过近似的看法，但与爱东不同的是，吕蒂不是强调故事中人物所体现的文化性，而是强调故事人物对于特定故事体裁（比如童话）本身就是重要的研究视角。吕蒂代表了与普罗普不同的另一种童话研究的思考立场，吕蒂说过，如果没有国王和公主，我们如何能够想象“童话故事”还是童话？即使该“童话故事”有着与其他童话相同的（普罗普所谓）功能。

以下两段文字均引自西村的论文，可参考：

引文一：

在魔法故事乃至整个民间童话里，剧中人的行为比剧中人更稳定、更重要这一点上，我个人还是同意普罗普的主张。普罗普还举例说明了这一点：

1. 沙皇送给勇士（主人公）一只老鹰，这只鹰把勇士送到另一个王国。

2. 一位老人给了苏森科一匹马，这匹马把苏森科送到另一个王国。

3. 巫婆送给伊凡一只小船，这只小船把伊凡送到另一个王国。

4. 公主送给伊凡一枚戒指，从戒指里跳出来的青年把伊凡送到另一个王国。

这些例子中，行为本身比起行为者更为重要。名词能够被替换，动词则不然。即使用公主、老人、巫婆等来替代沙皇，没有任何问题。作为行为的手段，鹰、马、小船、魔法戒指等（不管是直接的还是间接的）都可以发挥出同样的功能。在这种情况下，事件本身始终没有发生任何变化。这里，我们再次拿出句子的例子，大概是有意义的。相对内容而言，文章的结构更加稳定。比起内容相同的文章，结构一致的文章多得多。而且语言学早就肯定了动词在其他句子成分中的优先地位。与之相对应，民间童话的（也是其他口承文艺体裁的）结构，比起所讲述的“内容”、主题、素材等，更为突出。尽管这种突出的程度，和一般的句子并不完全相同。

〔然而〕普罗普过分小看了剧中人的意义和剧中人在属性上所显示出来的相当程度的稳定性。的确，相对传说而言，民间童话替换剧中人更容易些。而且并不是所有的“魔法故事”都含有魔物或者施法过程。然而作为一个体裁，〔我们〕无法从民间童话中除去诸如国王、王子、公主、巫婆、魔物等因素。和那些遵守规律的情节、结局同样，人物和物象一旦出现，便以一种相当的稳定性反复出现在其中。

这些对魔法故事特有性格的形成大有贡献。假如，国王、公主和巫婆总是被一些日常的现实人物所取代，那么即使保留了故事的结构，体裁性格却会发生根本性的变化，这个体裁特有的象征力量也会有所减弱，从而变成另一种东西了。

——吕蒂《民间童话的结构主义研究》，西村真志叶译

引文二：

在普罗普看来，剧中人的行为（功能）就是相等于民间童话的结构成分："民间童话永恒的不变项，是剧中人的功能。这时，这些功能由哪个人物或通过什么办法而实现，没有任何关联。这些功能就是民间童话根本的结构要素。"简言之，他把剧中人的行为视为不变项，把剧中人的属性视为可变项。首先，吕蒂对普罗普可变项和不变项的观点表示了质疑，认为到底什么是可变项，什么是不变项，这最终归于一个视角问题。如在"沙皇送给勇士老鹰，老鹰把勇士送到他国"和"巫师送给伊凡小船，小船把伊凡送到他国"两句中，剧中人的属性确实是可变项，剧中人的行为则是不变项；而在"国王送给勇士老鹰，老鹰把勇士送到他国"和"国王要求勇士奉献老鹰，老鹰把勇士吞进肚子里"两句中，剧中人的属性是不变项，而他们的行为便是可变项。

——西村真志叶《中国民间幻想故事的文体特征研究》，北京师范大学硕士学位论文，2004 年。

吕　微

爱东：

大作已经拜读，写得很细致，尤其是对故事的分析和几个概念的辨析，颇见功力。

文中提及的普罗普的《故事形态学》，可否加注解或者括号说明一下：俄文书名应该是《童话形态学》，或译《神奇故事形态学》。实际上，吕蒂已经指出，普罗普研究的不是一般的故事，也不是一般的童话甚至幻想故事，而是魔法故事，即故事中的一个特殊的类（亚体裁）。所以，普氏的方法如何与一般的故事研究方法转换和衔接，的确是一个值得思考的问题，而吕蒂也的确批评了普氏的“失误”，与你的意思似有暗合之处。我把我翻译的吕蒂的话转引如下，仅供参考：

> 普罗普低估了情节承载人的意义及其明显的稳定性。尽管他们在童话中或许比在传说中更容易被替换，而且并不是所有的“魔法童话”中都出现魔法物或魔法过程，但是，如果把国王、王子、公主、巫婆或者魔法物从这种体裁（指魔法童话——译注）本身剔除出去，那将是不可思议的。上述带有值得注意的稳定性的人物和事件，就和那些老套的情节和情节结局一样，反复出现。它们部分地有助于给魔法童话赋予特有的标记。如果国王、公主和巫婆一直被日常现实的形象取代，而且相应的魔马或魔戒被飞机取代，那么，即使叙事结构保留着，但这种体裁的特征就会发生决定性的变化，它的象征力量也会有所减弱，并且变成另一种东西了。

当然，在吕蒂的《欧洲民间童话：形式与本质》中，人物已经变成了形式，即同样具有决定体裁的作用，这是后话。

顺颂

夏安！

户晓辉

关敬吾日本民间故事与仪式的研究述评

乌日古木勒

日本著名民俗学家关敬吾的研究领域广泛涉及民俗学基本理论、民间故事和传说研究。他对日本民间故事的搜集、整理、分类和研究尤为突出。可以说他是迄今为止对日本民间故事的搜集、归类和研究事业做出突出贡献的学者之一。但中国民俗学界对他的论著的译介和研究很少。据笔者所知，目前国内只有关敬吾编著，王汝澜、龚益善译《民俗学》和张雪冬、张莉莉译《日本故事学新论》中的一篇论文《故事讲述家的研究及其展望》。张士闪和清水静子译介《关敬吾论日本传统故事的类型与结构》。[①]笔者看到国内研究关敬吾学术思想的译文只有加藤千代著，朱丹阳译《关敬吾先生与中国民俗学》一篇。关敬吾的民俗学民间文学思想目前在中国基本停留在初步译介阶段。关敬吾编，金道权等译《日本民间故事选》于1982年出版。该故事选从原书《日本民间故事》（1956～1957年）的240部民间故事中共选入203部，打开了中国读者和民俗学界了解日本民间故事概况的窗口。该故事选还附上关敬吾原书第一卷、第二卷和第三卷序言中，对民间故事概念、类型、结构特征和传承特点等基本理论的通俗易懂的阐释以及搜集和编辑民间故事文本的学术立场。他坚持民间故事的搜集和编集必须遵守不加任何增删和改编的原则。他编集的民间故事集都是直

---

① 关敬吾：《关敬吾论日本传统故事的类型与结构》，张士闪，清水静子译，《西北民族研究》2003年第3期。

接从民间搜集过来的未加任何加工和增删的民间故事文本，那些被加工和整理过的民间故事文本均未收入。关敬吾编著，王汝澜和龚益善译《民俗学》[①] 于1986年问世。另外，关敬吾等著，张雪冬和张莉莉译《日本故事学新论》于1992年出版。该著作包括关敬吾的论文《故事讲述家的研究及其展望——从平前信老人谈起》。他关于日本民间故事的主要研究和思想尚未译介到中国。

据笔者所知，国内研究关敬吾的论文只有一篇《关敬吾先生与中国民俗学》[②]。论文简单介绍了关敬吾编《日本民间故事》的汉译本的翻译、出版过程以及钟敬文的早期民间故事研究思想对关敬吾的启发。用关敬吾自己的话说："钟教授在日本民俗学会会刊《日本民俗学》（1933年）上发表的论文《中国民谭形式》，使我对中国民间故事第一次打开了眼界。在此之前，我仅以民俗学一般事象作为研究对象，对于民间故事及其比较研究并没有特殊的兴趣。钟教授的文章，是把我的注意力引向口承文艺的契机之一。在这个意义上，应当说钟教授是我在日中口承文艺比较研究方面的前辈"。[③] 他在《日本民间故事选》寄语中也强调自己的比较民间故事研究视角以及思想深受钟敬文的影响。他说，中国的民间故事有一半以上与日本民间故事相同或类似。[④]

因此，译介、梳理和研究关敬吾的民间故事思想具有很高的学术价值和现实意义。他的博士论文《关于日本民间故事社会性的研究》是代表其民间故事研究思想的重要论文。该论文由世界民间故事学术史的评述、人类与动物的婚姻故事的研究、民间故事与礼仪的关系研究和民间故事与婚姻的关系研究四个部分构成。因为国内还没有译介关敬吾的博士论文《关于日本民间故事社会性的研究》，所以本文主要梳理和浅论他的《关于日本民间故事社会性的研究》第三章《作为通过礼仪的民间故事》中民间故事与通过礼仪的研究。

民间故事与仪式的关系是民间文学界关注的重要问题之一。俄罗斯著

① 关敬吾编著《民俗学》，王汝澜、龚益善译，中国民间文艺出版社，1986。

② 《关敬吾先生与中国民俗学》，《北京师范大学学报》1992年第5期。

③ 关敬吾编著《民俗学》序言，王汝澜、龚益善译，中国民间文艺出版社，1986，第1页。

④ 关敬吾编《日本民间故事选》寄语，中国民间文艺出版社，1982，第1页。

名民间文艺学家普罗普在《魔法故事的起源》中，以俄罗斯魔法故事为例，探讨魔法故事的母题与仪式的关系，提出魔法故事的众多母题起源于仪式的观点。[①] 关敬吾以日本民间故事为例，探讨民间故事的整体事件与仪式的关系，提出这一类型的民间故事整体反映了通过礼仪的观点。他将民间故事分为神奇诞生故事、作为成年仪式的民间故事、作为成女仪式的民间故事和作为成熟礼仪的民间故事四个部分，论述日本民间故事与通过礼仪的关系。

1. 主人公的神奇诞生

神奇诞生故事讲述主人公作为动物形态、畸形儿或少童诞生，通过求婚或结婚，转化为人类，获得幸福的婚姻。主人公是通过人与动物结婚诞生或超自然物赐给的。关敬吾把日本民间故事中主人公的神奇诞生分为以下三个类型。

（1）动物之子

动物婚姻故事中有两种形式，一种是动物变成男人与人类结婚，另一种是动物变成女人与人类结婚。这两种类型中生的孩子都是人类，并成为某一民族或部落的始祖。

（2）神奇怀孕

吃某物尤其是吃水果怀孕的民间信仰广为流传。比如《桃太郎》和《瓜子姬》中，从河里漂来的桃子和瓜中诞生婴儿。在《桃太郎》的故事中也有向神灵祈求，吃从河里漂来的桃子，变年轻，怀孕的异文。[②] 日本著名民俗学家高木敏雄和折扣信夫也研究过日本民间故事中桃子的神性。高木敏雄认为，桃子是“吃仙桃甘露的仙人”的象征。桃子是长生不死的仙果，同时也是女性的象征。[③] 折扣信夫认为，从海上或河里漂过来的物上面附着神灵。[④]

① 普罗普：《神奇故事的历史根源》，中华书局，2006，第 10 页。斋藤君子译《魔法故事の起源》，せりか书房，1983，第 20 页。

② 关敬吾：《日本昔话集成》第二部，第 332～335 页，转引自《关敬吾著作集 1 昔话の社会性》，同朋舍，1980，第 116 页。

③ 高木敏雄：《乡土研究》第 1 卷，第 145 页，转引自《关敬吾著作集 1 昔话の社会性》，同朋舍，1980，第 116 页。

④ 《折扣全集》第 3 卷，第 55 页，转引自《关敬吾著作集 1 昔话の社会性》，同朋舍，1980，第 116 页。

柳田国男在《桃太郎的诞生》中也坚持这一观点。关敬吾认为，吃水果怀孕的信仰是世界性的。吃水果怀孕的母题极其古老，在埃及的《兄弟俩》中也有这个母题。因此，吃水果怀孕母题比从河里漂来的桃子和瓜中诞生孩子的母题更古老。世界民间故事母题中水果不仅具有使女性怀孕的神力，还有治病的功能。

喝水变年轻和怀孕的母题广为流传。在希腊神话中有喝水怀孕的母题，日本民间故事中此类母题比较少见。喝了山中的还童水，变成婴儿的故事在日本广为流传。世界民间故事中水具有治疗和复活的功能。

关敬吾认为，从民间故事整体看，通过诞生还童或回到年轻是主题。诞生母题诞生本身不是主题，而是作为民间故事的出发点，讲述以死与再生作为中心的人类生命的持续。主人公通过神奇诞生，被鱼或鬼吞吃再生。再生是年轻生命的持续。民间故事的主人公通常是年轻人这个现象说明了这一点。民间故事的整体贯穿着这个原理。①

(3) 求子

民间故事的主人公几乎都是通过向神灵求子出生。从桃子或瓜里诞生的前提都是向神灵求子。年迈的老夫妇，通过向神灵求子生育孩子。通过向神灵或超自然物求子，主人公诞生的民间故事或母题广为流传。向神灵求子生的孩子多为男孩。

以《桃太郎》为代表的日本神奇诞生故事都属于这一形式。由于父母“蛇也好，青蛙也好，请赐给我一个孩子”的祈求，生出田螺、蛇、青蛙或像一寸法师那样的畸形儿。

此类民间故事中通过结婚或求婚，作为动物形态诞生的主人公转化为人类，作为畸形儿诞生的主人公转化为正常人。讲述主人公从动物或畸形儿转化为人类形态是民间故事的主题。从动物形态转化为人类形态通常都通过求婚或结婚完成。从动物形态转化为人类形态的宗教理由不明确。在传说中神灵授予的孩子通常与始祖传说和英雄传说结合，在民间故事中与主人公的结婚结合。证明民间故事的主人公是神授之子的要素在于主人公的迅速成长和从动物形态转化为人类或从畸形儿复归为正常人。

---

① 《关敬吾著作集 1 昔话の社会性》，同朋舍，1980，第 118 页。

关敬吾指出，主人公的迅速成长和从动物向人类的转化与通过礼仪中再生的信仰有关。这样的过程不仅表示英雄或伟人的特性，而且表示任何人都必须经过的成长阶段。民间故事的主人公迅速成长不是神授之子的特性，而是把从诞生到成年仪式的时间关系置换为空间的讲述框架。如果民间故事主人公的迅速成长被解释为神授之子的奇迹，那是后期的变化。[①]蒙古史诗中主人公迅速成长母题极为常见，通常描述主人公刚生下一天一只羊皮包不住，第二天两只羊皮裹不住，第三天三只羊皮裹不住。迅速长大成人，问父母有婚约的远方的美丽姑娘的消息。并去远方征婚，通过各种危险的考验，娶妻返回家乡。日本此类民间故事的结构与蒙古史诗类似。

2. 作为成年仪式的民间故事

神奇诞生故事的主人公的年龄通常是七、十、十三、十五、十六、十七、二十和二十二岁的少年。民间故事的事件开始主人公通常在这个年龄为求婚、获得宝物、征伐恶魔而远征或由于是畸形儿或动物被驱逐。故事的主题虽然是婚姻，但这个年龄不是结婚年龄，而是与成年仪式的年龄相同。根据日本民俗习惯，七岁是氏子加入仪式的年龄，十三、十五、十六和十七岁是成年仪式的年龄。因此，关敬吾认为，必须从成年仪式的视角关注，此类民间故事的主人公通过求婚或结婚从动物转化为人类，畸形儿回到正常人这一事件的展开。

这个系统的民间故事以《桃太郎》和《一寸法师》为代表在日本广为流传。类似的民间故事在其他民族中也广为流传。关敬吾选择《田螺儿子》[②] 为代表性民间故事，归纳其基本情节：

开端

无子女的老夫妇向神灵求子，捡到田螺（蛇、青蛙）或从妻子的胫部或大拇指生出小男孩。

主要事件

（1）求婚。少童或田螺带着面粉（米）去寻找新娘。

---

① 《关敬吾著作集 1 昔话の社会性》，同朋舍，1980，第 121 页。

② 关敬吾编《日本昔话大成》第 3 卷，角川书店，1978，第 8 ~24 页。

（2）约定吃面粉的人做他的新娘，悄悄地进入富翁三个女儿的寝室，在幼女嘴唇上涂面粉，与富翁的女儿订婚约。

（3）田螺带着姑娘回家的途中，捡到有魔法的小槌或从鬼岛取来小槌或帮助动物，得到小槌。

（4）转化为人类。因为姑娘讨厌田螺，用小槌敲打田螺，或在泡澡时，姑娘搅拌，或姑娘向神灵祈求，田螺变成人。

结尾

田螺与姑娘结婚，用小槌制造房子，过上幸福生活。

关敬吾解析《田螺儿子》故事中具有象征意义的殴打、净化、通过动物体内和考验母题与成年仪式的关系。

殴打。在这一类民间故事中有姑娘敲打田螺的重要情节。姑娘和田螺一起回他家，姑娘由于不喜欢田螺丈夫，而用铁棒或小槌敲打，甚至在石头上敲打，试图杀死田螺。但田螺因为新娘敲碎外壳，转化为美男子。《一寸法师》中也讲述，一寸法师通过被富翁的女儿用具有魔法的小槌敲打，变成正常的人。在这里敲打这件事具有重要的意义。殴打同时意味着身体的毁损。在成年仪式中也有殴打年轻人的事实。

姑娘敲打田螺的道具是有魔法的。小槌在日本民间信仰中具有象征生产和创造的意义。鹿儿岛县的《田螺女婿》的一例中讲述，姑娘用短刀割田螺的外壳，田螺变成英俊的小伙子。

净化。田螺带着姑娘回家，泡澡。姑娘用扫帚搅拌澡盆里的水，试图杀死田螺，田螺变成英俊男子。这个母题意味着身体的毁损和净化仪式。清净的理念与毁损的理念有关。毁损是死的暗示。通过礼仪既是诞生的礼仪也是死的礼仪。身体毁损不仅在成熟礼仪中举行，在埋葬时也举行。在成年仪式中举行的割礼等在表示勇气的同时，也与身体毁损有关。

如前所述《田螺儿子》中的主人公的年龄与成年仪式的年龄一致。田螺被敲碎外壳或被小槌敲打转化为人类，《一寸法师》中也是，主人公通过被小槌敲打转化为正常人之后结婚。这些民间故事的母题和情节与现实的成年仪式的礼仪共通。

通过。这个形式的民间故事中常常有被野兽、鱼或鬼吞下的母题。在《青蛙儿子》中，青蛙向富翁的女儿求婚，姑娘嫌弃青蛙，把它扔进池子里。鲤鱼吞下青蛙。父亲钓上那只鲤鱼割开肚子看，青蛙儿子变成人，和姑娘结婚。[①]《拇指太郎》中，主人公坐在骏马的耳朵里骑马，途中被旅人买去。他逃出来掉进河里被鲤鱼吞下，或被狼吃掉。拇指太郎从鲤鱼或狼的体内被救时，转化为一位英俊的男子。[②]《一寸法师》中，主人公被鬼吞下，他在鬼肚子里用针乱刺，鬼把他吐出来。[③] 在这一形式的民间故事中，主人公都是通过动物或超自然物的体内，转化为人或转化为正常人。关敬吾认为，民间故事的这一母题与日本民间广为流传的通过茅圈的仪式有关。在日本九州地区流传着七岁的孩子钻过用茅制作的圈的民俗仪式。这是一种净化身体的仪式，具有消灾避邪的功能。七岁是通过礼仪的一个阶段。这一仪式产生的信仰基础是驱除污秽再生的观念。在某些原始民族的成年仪式中有年轻人被怪物模型吞吃的表演，年轻人必须从那个怪物模型的体内通过。还有年轻人在成年仪式中，被关闭在模仿龙和其他怪物建造的小屋里的习俗。

关敬吾认为，民间故事的主人公通过动物体内的母题象征着原始社会的成年仪式中年轻人被怪物吞吃的礼仪。主人公从青蛙转化为人类，从一寸法师变成正常人结婚的母题与现实生活中成年仪式的重要目的之一——获得婚姻资格的社会习俗一致。民间故事的主人公通过动物体内，转化为人类结婚母题象征着成年仪式的过程，也象征着从死到生的转换。[④]

考验。以男孩为主人公的民间故事中，主人公的英雄行为是重要的母题。这一形式的民间故事中，通常是主人公长到十五、六岁，为征服恶魔离开家，通过与恶魔展开争斗，征服恶魔后回家。也有讲述主人公征服恶魔，营救陷入恶魔手中的姑娘，并与她结婚的民间故事。

《桃太郎》中，主人公带着狗、猴子和野鸡到鬼岛，征服鬼，带着宝物回家。柳田国男推定，桃太郎征服鬼岛的目的不仅是获得宝物，更重要的是寻找配偶。故事中省略了寻找妻子的情节。关敬吾从故事整体分析这类民间故事，提出主人公的征伐鬼岛行为不是为完成大事业，也不是为结

① 关敬吾编《日本昔话大成》第3卷，角川书店，1978，第24~25页。
② 关敬吾编《日本昔话大成》第3卷，角川书店，1978，第39~44页。
③ 关敬吾编《日本昔话大成》第3卷，角川书店，1978，第31~37页。
④ 《关敬吾著作集1 昔话の社会性》，同朋舍，1980，第127页。

婚，而是为体现在成年仪式中对年轻人的勇气和胆量的考验过程。《一寸法师》与《桃太郎》相同，通过征伐鬼岛获得宝物和有魔力的小槌。《桃太郎》中没有婚姻母题，《一寸法师》中有婚姻母题。《力太郎》中主人公从老爷爷和老奶奶的胫部出生，或用身上的污垢制作的人形变成人。到了十五岁迅速成长，拿着大铁棒旅行，与两个或四个大力士较量，并和他们结成义兄弟，征服恶魔，帮助三个姑娘，并分别与她们成亲。① 关敬吾认为，这些民间故事的母题反映了成年仪式中对胆量和勇气的考验。

作为社会的一名正式成员要求年轻人具备体力、勇气和道德观念。年轻人为成为社会的正式成员，必须表现出实现被社会认可和规定的一系列行为规范的勇气和能力。成年仪式中礼仪性地举行象征这些行为的考验。每个社会的考验形式不尽相同。在狩猎社会中要求一个男性成员必须拥有猎杀一定的动物，并打倒敌人的勇气和力量。男人面对危险，必须表现出抛弃生命的勇气和参加战争所必需的力量。上述的这些民间故事反映了这样的成年仪式民俗。《一寸法师》中征服鬼的母题也是一方面讲述再生，另一方面讲述成年仪式中成年者的勇气和胆量。与此具有同样过程的民间故事是《兄弟俩》。兄弟二人由于继母的原因被赶出家门，弟弟在某家当差十年，获得有魔法的刀后征服鬼，帮助姑娘，得到起死回生的鞭子。哥哥被杀，借助起死回生的鞭子死而复生。兄弟俩分别与富翁的女儿结婚。②

神秘的保护者。在未开化社会的成年仪式中具有出现神秘的保护者和指导者指挥或保护成年仪式的习俗。原始阶段的成年仪式经常与超自然的保护者或指导者结合。日本现代民俗中也有非血缘关系的人成为保护者，与成年者结为临时亲子关系的习惯。成年仪式中残存着与超人类之物结合的现实信仰。代表性例子是《灰坊》③ 和《姥皮》④。这是以出现超自然物、帮助被赶出家门、在森林里徘徊的少年或少女为主题的民间故事。这个民间故事结合继母故事、蛇人赘故事和求婚故事广为流传。

《灰坊》的基本情节：

---

① 关敬吾编《日本昔话大成》第3卷，角川书店，1978，第53~59页。

② 关敬吾编《日本昔话大成》第4卷，角川书店，1978，第50~53页。

③ 关敬吾编《日本昔话大成》第5卷，角川书店，1978，第191~210页。

④ 关敬吾编《日本昔话大成》第5卷，角川书店，1978，第173~187页。

开端

无子女的老夫妇向神灵求子生子，孩子九岁时被赶出家门，他骑着马旅行，途中必须完成几个难题，遇到鬼、老虎和盗贼，鬼正要吃他时，他骑着老虎逃走，他克服困难逃到山中小屋，得到山姥、老奶奶或老爷爷的帮助。

主要事件

（1）主人公侍奉老人，得到魔法衣或杀死猫，披上其皮或穿上老爷爷的脏衣服。

（2）少年在森林里被老人保护。尽管那个小屋是鬼的家，老人亲切地接待少年。

（3）少年裹着动物皮或穿魔法衣，变成脏兮兮的孩子，得到老人的帮助，在富翁家干活，被称为灰坊，被佣人们轻蔑，富翁的女儿发现他是美男子和贵族出身。

（4）他在节日穿美丽的衣服出现。

（5）富翁的女儿得心病，占卜师解开姑娘已有心上人的秘密，姑娘选择灰坊做女婿。

结尾

灰坊变成美男子与富翁的女儿结婚。

这一类型的民间故事有以男孩为主人公和以女孩为主人公两种形式，后者称为《姥皮》，其内容和结构与《灰坊》基本相同。此类民间故事在欧洲、亚洲和非洲广为流传。

《灰坊》的核心情节是年轻人在超自然的保护者的保护下，经过几次考验最终获得幸福的婚姻。该故事事件经过中，发现与现实的成年仪式民俗相关的几个情节。主人公被赶出家门时的年龄是九、十六和二十岁。这个年龄与成年仪式的年龄相同。主人公被赶出家门，徘徊在森林里住在小屋。在未开化社会中专门建造以成年仪式为目的的临时小屋，成年者在特定的时间里被关在小屋里。在日本也有成年仪式在特定的小屋里举行的习俗。这个时候多为无血缘关系的村里有威望的人成为保证人。现在也有年轻人与保证人结为临时亲子关系，保证人将来成为年轻人的后盾和保护者的习惯。在《灰坊》中出现老人保护主人公的情节可以与这个习俗比较。

关敬吾认为，成年仪式是从少年转化为成年的礼仪和再生的礼仪，意味着力量的充足。被老人保护，用他给的动物皮裹住身体是意味着享受超自然的力量。披上猫皮、青蛙皮的情节在这个意义上是本源的形式。这个民间故事的事件经过不仅是空想的产物，而是以现实的古老形式的成年仪式民俗为内容，把其达到最终目的的时间经过置换为空间的。

3. 作为成女仪式的民间故事

关敬吾以少女为主人公的《瓜子姬》① 为例，解析民间故事与成女仪式的关系。《瓜子姬》基本情节：

开端

无子女的老夫妇，老奶奶从河里捡到瓜、瓜里出生女孩，起名为瓜子姬。

主要事件

（1）瓜子姬织布很灵巧，老夫妇为准备瓜子姬的嫁妆，上街买东西。

（2）天邪鬼来欺骗瓜子姬，并杀害她，把她吊在柿子树上。

（3）天邪鬼冒充瓜子姬嫁人。

（4）在嫁人的路上，小鸟告诉人们新娘是冒充的或吊在树上的瓜子姬揭发真相。

结尾

瓜子姬嫁人，天邪鬼被赶走或被杀。

《瓜子姬》是广泛流传于日本的民间故事。柳田国男重视《瓜子姬》中的机织母题，他从过去的宗教礼仪的角度解析《瓜子姬》。他指出，该故事不仅赞美女性的灵巧、技艺的精美，也不仅说明织物工业贵重，掌握这门技艺的人稀有，而更重要的是宗教上的使命。祭祀神灵时调理清净的饮食，让优秀的美女织神灵的衣服是日本独特的民俗。织姬是指侍奉神灵的少女。柳田国男推测，这个母题反映了织姬参与祭祀神灵的仪式。②

机织、食物的调理和植物性食料的采集是女子最普遍的作业。机织是作为女子的结婚资格必要的条件。要求姑娘作为结婚条件，在一定时间里织一定量的布。③ 在过去的社会中，掌握杰出技艺的人被社会高度评价。

① 关敬吾编《日本昔话大成》第3卷，角川书店，1978，第86～121页。

② 柳田国男：《桃太郎的诞生》，《定本柳田国男集》第8卷，筑摩书房，1980，第85页。

③ 柳田国男：《山村生活的研究》，第222页。转引自《关敬吾著作集1 昔话の社会性》，同朋舍，1980，第136页。

不能否定机织技术在技术史上、文化史上和宗教史上也具有重要的意义。民间故事是否以特殊的事件为内容，还是以普遍的事实为内容是问题的关键。关敬吾从故事的整体分析《瓜子姬》，认为该故事的主要情节与男孩神奇诞生故事相同，主人公经过几次考验，获得幸福的婚姻。

关敬吾认为，《瓜子姬》中织布技术灵巧的母题与民间故事中最终必须结婚的事件对应。继母的故事中有作为虐待继女的手段，把掺杂的谷物分开或捣碎谷物或解开缠成一团的线的母题。这也是女性嫁人的必要条件。作为成女仪式的条件与家政有关系的事情很多。《瓜子姬》的织布母题，不仅讲述着被选择的女性的特殊技能，而且反映了女性作为结婚的必要条件。①

《瓜子姬》的民间故事中没有明确地讲述主人公的年龄，在鹿儿岛县某个岛的传承中，姑娘在七岁时给她买了织布机。② 七岁不是结婚年龄，而是举行女孩留发仪式的年龄。古代嫁人的服装都是女人自己织，这个习俗一直保留到近代。这个民间故事中虽然没有出现积极的求婚者，但老爷爷和老奶奶为了准备嫁妆，上街买东西这个情节暗示着婚姻。瓜子姬织布母题意味着作为将来的主妇做准备，自己织嫁人的衣装。

结婚是人生中重大的危机。结婚当事者通过克服困难到达婚姻。多数结婚故事的主要内容是为了到达结婚而克服危机的过程。早期现实生活的婚礼过程中也有象征这个过程的习俗。在冲绳曾有过隐藏新娘，女婿必须找到她的民俗。在嫁入行列中，有村里的年轻人妨碍嫁入或抢新娘的习俗。有人认为这是掠夺婚的残留形态。另外，还有新娘被恶灵带走的信仰。在冲绳的八重山为了赶走恶灵，新娘入新郎的家门时放三次爆竹。这种习俗在其他民族中也有广泛流传。③

《瓜子姬》中的婚姻过程中天邪鬼登场。天邪鬼是瓜子姬婚姻的竞争者和妨害者。天邪鬼与继母故事中的继母所生的孩子具有相同的功能，与继女争夺求婚者。根据民间信仰，天邪鬼具有魔女的性格。住在山里的魔

① 《关敬吾著作集 1 昔话の社会性》，同朋舍，1980，第 136 ~ 137 页。

② 关敬吾编《日本昔话大成》第 3 卷，角川书店，1978，第 88 页。

③ 《旅行与传说》第 6 卷，第 183 页，转引自《关敬吾著作集 1 昔话の社会性》，同朋舍，1980，第 137 页。

女，具有山神的属性。柳田国男认为，天邪鬼象征着婚姻的危机阶段。①

关敬吾认为，这则故事与男孩为主人公的一系列民间故事一样，虽然没有明确讲述女孩的成女仪式，但从整体上分析时不仅反映宗教信仰，而且叙述从诞生到成女仪式的过程。讲述从诞生经过成女仪式到婚姻的过程，与男孩的成年仪式的礼仪对应。②

4. 作为成熟礼仪的民间故事

以母子对立为中心的继母故事广为流布。继母故事是继女忍耐继母苛刻的虐待，借助超自然物或动物的援助，克服各种考验，最终到达幸福婚姻的形式。家喻户晓的《白雪公主》和《灰姑娘》是继母故事的代表性例子。

日本继母故事的类型也很多，其中多数是讲述主人公的婚姻。主人公都是思春期的少女，然而父亲并不完成重要的任务，继母、老女人和妹妹登场。关敬吾从女性成熟礼仪的视角考察和分析继母故事。这类民间故事的主要人物是继母及其亲生的孩子和继女，中心是继母与继女的关系。继母作为主导者出现，规定民间故事整体事件，多数以继母与继女的对立为事件的开始。

关敬吾以日本民间故事《大银小银》和《米福粟福》为例，解析继母故事与女性成熟礼仪的关系。

《大银小银》③ 是日本继母故事的典型形式之一，其故事情节与《白雪公主》极其相似。其基本形式：

开端（继母的虐待与妹妹的援助）

（1）继母试图用毒包子和毒酒将继女杀害。妹妹让姐姐把有毒的饮食扔掉，给狗吃。

（2）继母从天棚落下石头、臼和俵，试图压死继女。妹妹让姐姐睡在自己的床上救她。

（3）继母自己或指使他人，试图用枪和刀杀害继女。妹妹让姐姐睡在自己床上，或用瓢箪、行灯、玩具和小豆袋子代替姐姐，救姐姐。

① 柳田国男：《桃太郎的诞生》，《定本柳田国男集》第八卷，筑摩书房，1980，第 90 页。

② 《关敬吾著作集 1 昔话の社会性》，同朋舍，1980，第 138 页。

③ 关敬吾编《日本昔话大成》第 5 卷，角川书店，1978，第 128～156 页。

主要事件（驱逐与援助者）

A（1）继母把继女放入石箱子或木箱子抬到山中活埋。妹妹给姐姐食粮。把石箱子钻出小洞，给姐姐芥子、糠、芝麻和栗子洒在路上。

（2）继母把继女放入山中小屋、石牢和洞穴里或埋在床下，让她乘坐独木舟漂流或扔在山上或河里。

B 救出（1）妹妹以姐姐扔的芥子等作为记号，去山里营救姐姐。（2）法师、山神和水神帮助。（3）动物（猴子和狼）告诉父亲。（4）官员帮助。

C 父女再会。父亲寻找两个姑娘，哭瞎了眼睛。姑娘通过歌声与父亲相认。两个姑娘的眼泪流入父亲的双眼，父亲的双眼复明。

结尾

（1）两个姑娘与富翁的女婿结婚，或父女三人变成日、月和星星。

（2）继母被处罚。或后悔。

故事中没有明确交代继母虐待继女的理由。这则民间故事的基本结构是通过性格不同的两个人物的对立展开事件。结构上以母亲与女儿和继母与继女为对立物描述，通过继女的幸福婚姻统一事件的结尾，是最常见的民间故事类型。讲述继母、继母之女和继女的关系，事件发展的形式是继母之女站在继女这边，对继母的计划将计就计。这个叙述形式是以继母母题为开端的形式，根据把继母与两个姑娘对立的故事的外部结构原理，内部是以毒杀、压杀和斩杀的极其残忍的原始的事件为中心描述。民间故事多为通过三段形式描述，通常第二段是重要的部分，在第二段发生的事件的发展过程也是我们关注的中心问题。

日本继母故事的另一个典型形式是《米福粟福》①，故事情节与《灰姑娘》极其相似。其基本形式：

开端

继母给继女破袋子和糠团子，给亲生女儿普通袋子和米团子，让她们上山捡栗子。继母叮嘱亲生女儿跟在姐姐后面捡栗子。

主要事件（驱逐与虐待）

A1（a）姐姐由于口袋没有装满栗子，住在山姥家里。（b）姐姐的饭

① 关敬吾编：《日本昔话大成》第5卷，角川书店，1978，第86~110页。

团进入山姥的洞穴里，寻找饭团留宿山姥的家里。（c）妹妹跟在姐姐后面捡栗子，口袋装满早回家。由于天黑姐姐一个人住在山姥的小屋。

A2（a）山姥的儿子回来后说，闻到人味，山姥把姑娘藏起来。（b）山姥让两个姑娘捡虱子。姐姐亲切地给她捡虱子，妹妹拒绝。山姥给俩人笼子。姐姐拿轻的，里面装有宝物和衣服。妹妹拿重的，里面装着青蛙、蛇和脏物。（c）山姥缝补姐姐的破袋子，装进栗子。（d）姐姐去打水，白鸟送给她笛子。

B1 继女回来之后，继母带着妹妹去参拜氏族神灵（观看节目、戏剧、神乐、狮子舞）或跳舞比赛。

B2（a）让姐姐看家，并命令她用笼子打水。山姥、友人、旅行僧和去世的母亲的灵魂出现，援助姐姐。（b）把粟米、米、小麦和小豆等掺杂在一起，让她分开或捣碎。麻雀过来给分开或刮风分开。（c）命令她纺线，织布。友人、老鹰出现援助。

B3 继女参拜氏族神灵。（a）继女完成继母交代的任务，穿上山姥给的衣服，跟友人一起去参拜氏族神灵。（b）妹妹发现姐姐。切断姐姐的和服腰带。告诉母亲姐姐的到来，并向姐姐扔东西。姐姐请大家吃点心，吹笛子告诉大家自己的存在。

B4 求婚者的出现。富翁的儿子向继女求婚。

结尾（求婚）

（a）继母想让自己的姑娘嫁给年轻人。年轻人试探两个姑娘，选择继女，与继女结婚。（b）继女嫁人，继母骑着口去，途中掉在水田里，继母变成田螺，继母之女变成螺蛳。

《米福粟福》中让姑娘们上山捡果实的情节，并不意味着继母与继女的对立关系和对继女的虐待，而是将来成为主妇应该承担的任务。故事的开端变化少，主要部分变化很大，这两种形式的民间故事中共通的要素是少女被驱逐。继女被继母驱逐，住在远离人群的山中小屋。那里出现一个老婆婆，保护她们，或缝补破袋子亲切地接待她们。老婆婆让她们捡虱子。姐妹俩在一起时，妹妹拒绝捡虱子，姐姐亲切地捡虱子，老婆婆给她们笼子。姐姐的笼子里装着衣服。妹妹的笼子里装着脏物。

关敬吾指出，继子故事的基本内容是继母与继女的对立。继母故事中几乎不讲述继母与继子的关系。同时也没有继父与继女之间的纠葛。然而继母故事中的主人公通常都是思春期的少女。这个年龄的姑娘的生理性变化只与母亲有关，与父亲没有关系。在继母故事中重要的母题之一是少女被继母驱逐，关在山中小屋或被放入地窖里。从故事的内容看主人公是思春期的少女。这个年龄与神奇诞生故事中的主人公的年龄一致。

继母的故事中通常是继母作为虐待的手段，把少女驱逐到森林里或远离人群的地方或遗弃。《大银小银》中继女被放进地窖、石牢或箱子和桶子里活埋或关在小屋里。《米福粟福》中，姐妹到山上捡栗子，天黑姐姐住在山中小屋里。关敬吾关注这类故事中少女被继母驱逐，关在山中小屋或地窖里的母题。他认为，这个母题可以与隔离思春期少女的临时小屋的民俗仪式进行比较。故事中少女在地窖或小屋里住一段时间，被老女人亲切地接待或被妹妹救出。山姥在民间信仰中具有善恶两面性格，山姥对继女很亲切，帮助她缝补破的袋子，并给她栗子。从山姥的性格看，让人联想到唯一可以接近隔离思春期少女的月经小屋的老女人。

过去的人们认为少女的成熟期远比少年的青春期危险。所有未开化社会中认为，血是具有不祥的巫术的液体。在成熟期的少女身上突然流血的现象被认为是不祥，少女自身也变得不安。所以少女被隔离，只有老妇人可以接近她。在日本把隔离少女的小屋叫田屋，隔离少女的小屋通常修建在远离人群的寂寞的地方，太阳照不到的阴暗的地方。这个习俗尤其在西日本可以看到。隔离的时间在各个民族中不同。从四、五天到长达三、四年。在日本成熟期的少女的隔离时间是一周或十七日，隔离期间必须在这个小屋里起居。食物从家里带来或在这个小屋里调理。

关敬吾认为，上述的两则民间故事中重要的是继女被活埋或被驱逐到山里，住在山中小屋的情节。《大银小银》中主人公被妹妹救出。《米福粟福》中老女人或山姥援助主人公。两则民间故事中少女被活埋或驱逐母题与隔离成熟期少女的民俗仪式极其相似。故事中山姥的山中小屋相当于现实生活中的田屋和月经小屋，亲切的山姥是能够接近少女的老女人。《大银小银》中被活埋的继女，被妹妹救出。妹妹让姐姐撒粟米和芥子种子或扔下百合的根，到了春天以花和芽作为标记寻找姐姐。或者让姐姐一路扔小石子，以小石子为印记，从地窖里救出脸色变青的姐姐。故事中妹妹以作为家和小屋的联络者的身份出现。现实中少女长期生活在没有阳光的月经小屋里，回家时脸色发青，变成半个病人。《大银小银》的情节让人联想到隔离成熟期少女的民俗仪式。《大银小银》的故事中继女在妹妹、法师、动物和官员的救助下，与富翁的儿子结婚。但这个民间故事重点叙述继母的虐待，而没有详细讲述结婚的过程。与此相反《米福粟福》中婚姻本身是主题。

关敬吾指出，继母故事是未开化社会以及在日本直到最近广为流传的，以伴随着少女初次月经的月经小屋的民俗以及通过这个仪式，少女成为社会真正成员的民俗为背景。在继母故事中从这样的小屋回家的少女必须结婚这个情节象征着这个道理。在现实生活中，思春期的少女以突然的生理和心理变化为契机，离开父母的关爱，随着社会规定被母亲驱逐到远离人群的山中小屋，接受隔离仪式，对少女自身来说母亲是残酷的。这与继母故事中父亲几乎不出现，母女作为主要人物登场也是一致的。以男孩为主人公的《桃太郎》系列的民间故事对少年具有教育意义相同，这类继母故事也对少女具有社会教育意义。[①]

关敬吾指出，以动物为先祖或神奇诞生的民间故事不是讲述杰出人物的业绩，也不是讲述特定的宗教和特定的信仰，而是讲述从各自的社会集团中发生的各种生活样式中抽象出来的，人类基本生活和平凡的个人的共同生涯。人类本源的生活不是个人的生活而是共同的生活。人类在共同的生活中寻求生活的基础和生活的力量。本源的人类生活不是在近代小说和报纸上或通过我们的经验认知的复杂的生活，而是被人类本性集中的单纯化的生活。超越个人的性格、能力、才能和气质的，被抽象的生活。那是诞生、婚姻与死亡，向着新的力量和想获得新的力量的生活，不是个人的感情生活，也不是思想生活。这是人类生活的根本，也是物质的欲求和宗教信仰的起源基础。由于民间故事类型多，内容复杂而丰富，因此很难做出一元的阐释。民间故事的基本内容之一是叙述人类共同的极其单纯的生活。换句话说，民间故事的主题是人类的诞生、成年仪式、婚姻与死亡。在现实的最基本生活中，以生和死为两极，其中间过程有着命名、成年仪

① 《关敬吾著作集 1 昔话の社会性》，同朋舍，1980，第 149 ~ 150 页。

式、成女仪式、生日庆祝和结婚典礼。人类历史不是与力量对立的，不是集团的历史，也不是个人的历史，而在于生活中发生的变化和过渡。那个过程无例外以从生到死，从死到生的过渡为目的，随着一定的基本形式，用礼仪中尽量压缩的类型表示。如果把生涯用一个线表示，应该划分为线的最初和最后的两个阶段。我们在最初和最后的两个阶段生活之间设定成熟、婚姻、就职、转职和退职或类似厄年和庆祝年的点或线。过渡这个点或线是困难的。①

法国民族学者范热内普（A. Van Gennep）把这个过程叫做通过礼仪，并从中进一步分析出分隔礼仪、边缘礼仪及聚合礼仪。这三个亚类别并非在每一社会和每一仪式中同步发展。分割礼仪在丧葬仪式中占主要成分；聚合礼仪在结婚仪式中占主要部分；边缘礼仪则在怀孕、订婚和成年礼仪中占主要角色。② 关敬吾认为，真正的民间故事几乎是以主人公的诞生开始，以结婚为结束。年迈的老夫妇向神灵祈求子女，通过不可思议的方法得到孩子。这是人类极其平凡的希望，没有孩子的父母并不希望英雄儿子的诞生，而是祈求平凡的子女。没有子女的死是永久的死，不会再生。民间故事只是叙述着这个极其平凡的事实。③

以男孩为中心的《田螺儿子》、《桃太郎》和《一寸法师》等民间故事不是讲述神奇诞生和婚姻本身，而是叙述成年过程。叙述下个阶段，即向婚姻过渡的前提。这些民间故事的诸事件在于到达婚姻的过程。这些民间故事反映了成年仪式的礼仪以及民俗，而继子故事主要叙述女孩的成熟礼。其内容是以月经小屋的民俗以及通过结束这个民俗仪式到达婚姻的过程为中心。

以上主要梳理了关敬吾的日本民间故事与仪式的研究思想，并进行了简单评述。高木敏雄、柳田国男和折扣信夫是日本民俗学视角的民间故事研究的开拓者。尤其是柳田国男的《桃太郎的诞生》《海神少童》《瓜子织姬》《田螺富翁》等一系列的研究成果是日本民俗学历史上里程碑式的论文。柳田国男从祖先信仰的角度研究《桃太郎》《瓜子姬》等民间故事。

① 《关敬吾著作集 1 昔话の社会性》，同朋舍，1980，第 151～152 页。

② 〔法〕范热内普：《过渡礼仪》，张举文译，商务印书馆，2010，第 10 页。

③ 《关敬吾著作集 1 昔话の社会性》，同朋舍，1980，第 152～153 页。

折扣信夫也本质上坚持这一观点。柳田国男和折扣信夫的实证研究方法虽然不尽相同，但基本思考方式是共通的。关敬吾在高木敏雄、折扣信夫和柳田国男等杰出的日本民俗学家的民间故事研究成果基础上，借鉴世界民间故事研究成果，从比较民俗学的视野，对日本民间故事进行系统整理、类型归纳和研究。他从人生礼仪的视角分析日本民间故事整体事件，超越柳田国男等以往日本民俗学家对日本民间故事母题的民间信仰层面的解析。并把民间故事母题的仪式起源研究，推进为民间故事整体事件的仪式起源研究。

第三编　文学经验与价值研究

历史叙述的源流：台湾史志的修纂与近代士人网络

张重岗

台湾近代士人社群的崛起，有多方面的历史机缘。科举、书院、结社等因素之外，史志的修纂是士人网络建构的重要方式。其中，值得探究的是台湾近代史志与早期史志、日据时代史志之间的差异性和连续性。在史志的修纂中，同时传递了很多信息，诸如台湾士人的史志观念、学思传承和人际网络等。需要进一步思考的是：由此形成的士人网络是如何形成的，凸显了何种社会性的力量，它与不同时期的统治权力之间又存在什么样的复杂关系。

本文分析台湾士人修纂史志的几个个案，同时讨论以下问题：台湾近代史志的品质和源流；台湾士人网络的形成及其社会力量的凸显；台湾民间士人与官方权力之间的互动关系；台湾近代史志与清前期、日据后的异同。

一　台湾近代史志个案之一：谢金銮、郑兼才的修志理念与文化交往

清嘉庆九年（1804），48 岁的福建侯官人谢金銮（字退谷）渡海至台湾，担任嘉义县学教谕。同年，比他小一岁的福建德化人郑兼才（号六

亭）也宦游台湾，任台湾县学教谕。这一小小的巧合，为台湾史志修纂史的一段佳话提供了难得的机缘。

不久，两人的合作拉开了序幕。仅过了一年，台湾知县薛志亮设局续修《台湾县志》。于是，郑兼才向主事者郑重举荐好友谢金銮，一起参与志书的修纂。他在《申请续修〈台湾县志〉文》写道："因思台邑为附郭首邑，历任各宪建节重地，凡兴除善政、举废宏规，例当备书。其志视外邑所关较重，而头绪亦较繁，非得淹通博雅，未易综核详明。窃见嘉义县学谢教谕金銮，醇实端方，学有本原。令掌斯役，非惟继事修明，足补未备；而于前志所载，其异同得失之故，必能有所折衷，以传来许。某在任已越两年，耳闻目睹，亦得与薛令仰承大示，博采舆论，参核成书。"[①] 随后，谢、郑两人如愿共同担任县志的总纂，历时两年。清嘉庆十二年(1807)，《续修台湾县志》得以编成。该志受到士林的称道，被赞为善本。由于这次修志获得的好名声，之后台湾又议修《郡志》之时，台郡绅士以为必得谢退谷、郑六亭两人而后可；可惜的是，此事未能顺遂达成。[②] 不过，谢、郑两人在修志方面的深远用意，在台湾近代史志修纂史上不失为一个值得深入讨论的特殊案例。

与本文议题相关的有两个方面：一是史志的修纂理念，二是士人的交往之道。同时，本文试图进一步探究二者之间存在着什么样的内在关联。

对谢金銮、郑兼才来说，《台湾县志》的修纂是一件大事。需要考察的是，他们在修志中有何寄托？这种寄托又有何种伸展？当时，谢、郑二人往复书信甚多，可惜谢金銮的信件今不得见，郑兼才《六亭文集》中则保留了他的若干通信。其中，《与退谷》道："台湾当兵燹之余，孤悬海外，绥辑安抚之计，足以重当路忧而不可旦夕宽，诚有十倍于《台志》者。然阁下与兼才之官，固学官也，其责任不足以系海外之安危，而实有关于邑乘之兴废。孔子作《春秋》，谓托之空言，不如见诸行事。志之修，亦犹是也；固关治理之大，而为阁下见诸行事之书也。"[③] 在信中，他首列

① 郑兼才：《申请续修〈台湾县志〉文》，见《六亭文选》，台湾文献从刊第143种。

② 陈寿祺：《台湾县学教谕郑君墓志铭》，见《六亭文选》附录。又参郑兼才：《覆署台湾守》，见《六亭文选》。

③ 郑兼才：《与退谷》，见《六亭文选》。

“绥辑安抚之计”，认为是治理台湾、事关海外安危的重大战略。但是，修志并不因此而埋没，因为它关系到的是“邑乘之兴废”，同时更隐含着孔子作《春秋》的深意。

正因如此，他才把修志视为“海外事功”：“台邑志稿，前年薛司马札来，谓开雕姑苏，经吴中旧友参订；司马死，其稿本梓否未详。阁下精力苦心具见是书，今尚付之不可知，兼才惧焉。世儒泥于重道德之语，辄卑视兴复营建诸举；不知圣人只在诚伪上论，苟涉于伪，即自以为道德，亦属空物，何论事功？若既所志无他，肯以其心为百姓用矣；即一手一足之烈、一土一木之功，安在非治理所关。故台志一役，兼才以为海外事功在此矣。”①

值得细究的是道德、事功二者之间的微妙关系。修志作为一种海外事功，其独特之处在于“有关于邑乘之兴废”的文化力量。而这种文化力量是以道德作为内在动力的。但郑兼才对此的独到理解，是把道德事功化，即所谓“孔子作《春秋》，谓托之空言，不如见诸行事”之说。这便把“兴复营建”与世儒对道德的拘泥区分了开来。而对作为学官的郑兼才来说，修志正是属于兴复营建的重要部分。

以学官自命的郑兼才，由此亦部分地限定了自己的使命。这是他与孔子之间的微妙差别。与孔子的春秋大业相比，郑兼才把自己的修志大事设定为“海外事功”。在他看来，兵治与文治仍有表面上的主次先后之分。“邑乘之兴废”固然重要，亦须以“海外之安危”作为条件。对孤悬海外的台湾的安危，郑兼才的体会甚深。他初到台湾时，恰逢蔡牵骚扰，忧虑随之加重。他所写的《山海贼总论》《纪御海寇蔡牵事》等文章，散发出的正是动荡中求安定的祈望。

但是，就台湾的治理来说，郑兼才有更深一层的理解。亲民的理念，正是文化优先的体现。《上杨双梧太守书》对此有充分的阐释。当时，时任台湾知府的杨廷理因事内渡，离台在京参加会试的郑兼才以书信慰劳，道：“古之君子官于其地，身虽去而心常留；况台湾为执事前后立功之地，想尤不能一日忘也。今之官台湾者，病在惑于民情浮动之说，往往多设仆役以备不测；甚至莅任之初，民壮导前、乡勇随后，长枪利刃照耀街衢，

① 郑兼才：《与退谷》，见《六亭文选》。

自谓时地宜然，实则徒滋纷扰。台民好动之习，未必不缘是启之。执事再来，悉事简易；两役淡北，骑从益轻减于平时。此其志在平贼、不为炫众，急于卫民、不自为卫，非徒矫前弊之失，以静制动，理本如是也。"①其中，他对杨廷理的做法表达了欣赏之意。在他看来，杨廷理很好地处理了"平贼"和"卫民"的关系：平贼固然是明确的任务，但卫民才是内里的精神。处理好了这种关系，民情浮动之说不攻自破，也才能达到"以静制动"的目的。而以静制动乃是真正的治理之道，"悉事简易"不过是这种治理之道的外在表现而已。

修志一事，在精神上归属于这一以静制动、悉事简易的治理之道。在同一封信中，郑兼才对杨廷理惺惺相惜，表达了二人在台学祠祀、蛤仔难内附、《郡志》重修方面的共同心愿，以及未能遂愿的遗憾之情："兼才离台湾在旧冬十一月之六日，其时初得执事掣回之信，兼才不暇为台民惜，而先自为惜。台学祠祀一门，与定例多歧；昭忠祠所祀，尤多缺略不全。去岁十月间，已录案由县备详；而执事适卸郡篆，事会不就，莫此为甚！然如蛤仔难之请内附、《郡志》之重修，明为执事最关心之事，今尚付之虚愿；如兼才者，又何足云！"② 说到底，这应归属于自古以来有心人的那一声长叹。如此说来，海外事功亦是一种春秋大业。

在修志的理念上，谢金銮、郑兼才试图融入史书的命意。他们虽然明了志与史的差别："作志与作史相仿，而实有不同。史之所重者在时事，志之所重者在地产（山川、疆域为地，人与物皆为产）；史以时事别异同于古今，志以地产别异同于方隅也。"③ 但仍然提出自己的修志理念："志书纪实，系以论断，体仿史书。"④ 从而，凸显了谢、郑二人在方志修纂上的大企图："虽方隅小乘，无可发明，然地理、民风、政事、学校、兵防、形势，上关乎国计、下系乎人伦，稍有偏颇，未必非立言之害。是编凡所指陈，必衷正论。盖天理民彝，无能泯灭者。识者观其书，可以窥其

① 郑兼才：《上杨双梧太守书》，见《六亭文选》。

② 郑兼才：《上杨双梧太守书》，见《六亭文选》。

③ 谢金銮、郑兼才：《〈续修台湾县志〉凡例》，见《续修台湾县志》，台湾文献丛刊第140种。

④ 谢金銮、郑兼才：《〈续修台湾县志〉凡例》。

志也。"[①]

如何才能做到史、志的折中融合？谢、郑二人的做法是以前人为典范："是编胚胎出于《朝邑》，而规模则取诸少林。"具体的操作办法，在《凡例》中有所提示："《朝邑志》以史法作志书，其体断，然而略矣；《诸罗志》以论体作志书，其才长，然而变。苟能详而不略、变而不失其正，则庶几矣。是编于二者之间，私折衷焉。"[②]

康海《武功志》、韩邦靖《朝邑志》历来被视为明代地方志的典范性著作。《四库全书总目提要》评议《武功志》道："王士祯谓其'文简事核，训词尔雅'。石邦教称其'义昭劝鉴，尤严而公。乡国之史，莫良于此'。非溢美也。"[③] 又评《朝邑志》道："古今志乘之简，无有过于是书者。而宏纲细目，包括略备。盖他志多夸饰风土，而此志能提其要，故文省而事不漏也。然叙次点缀，若有馀闲，宽然无局促束缚之迹。自明以来，关中舆记，惟康海《武功县志》与此《志》最为有名。论者谓《武功志》体例谨严，源出《汉书》；此《志》笔墨疏宕，源出《史记》。然后来志乘，多以康氏为宗，而此《志》莫能继轨。盖所谓'不可无一，不容有二'者也。"[④]

虽然章学诚对上述二志多有批评："康氏、韩氏皆能文之士，而不解史学，又欲求异于人，故其为书，不情至此，作者所不屑道也。然康氏犹存时人修志规模，故以志法绳之，疵谬百出。韩氏则更不可以为志，直是一篇无韵之《朝邑赋》，又是一篇强分门类之《朝邑考》。"[⑤] 其中的理据，是他所说的"史家法度"："盖缘不知史家法度、文章体裁，而惟以约省卷篇，谓之高简，则谁不能为高简邪？"[⑥] 具体说来，章氏的"史家法度"指的是"获麟而后，迁、固极著作之能，向、歆尽条别之理，史家所谓规矩方圆之至也。"[⑦] 这无疑是至高无上的准则。值得一提的是，章学诚把志书

① 谢金銮、郑兼才：《〈续修台湾县志〉凡例》。
② 谢金銮、郑兼才：《〈续修台湾县志〉凡例》。
③ 纪昀等：《四库全书总目提要》卷六十八，史部二十四，商务印书馆，1933。
④ 纪昀等：《四库全书总目提要》卷六十八，史部二十四。
⑤ 章学诚：《书〈朝邑志〉后》，见《文史通义》卷八，中华书局，1985。
⑥ 章学诚：《书〈武功志〉后》，见《文史通义》卷八。
⑦ 章学诚：《〈和州志〉志隅自叙》，见《章氏遗书》外编卷十六，商务印书馆，1936。

的修纂提升到史书的高度："志乃史体"；[①]"志乃史裁，全书自有体例。志中文字，俱关史法，则全书中之命辞措字，亦必有规矩准绳，不可忽也"[②]。对《武功志》《朝邑志》的评判自然见仁见智，但大体上说来，谢、郑二人与章学诚在以史法修志的理念上是相吻合的。

在谢、郑二人的通信中，提到《武功志》和《朝邑志》之处亦值得咀嚼："近得康对山《武功志》，其书视《朝邑志》，体例稍入时，可从其佳处，亦止在扫除俗见。……近时评《武功志》者，以此书为作志极轨，恐未必然。鄙意谓《武功志》节目详，《朝邑志》格局大。《朝邑志》，阁下谓其太简矣；而《武功志》人物之传后稷等、列女之传太姜等，不伤于赘乎？评者引对山言而称其巨识，岂非因人之见。若使当时裁去不载，正不知又当作何论矣！兹遣儿子钞呈，以酬《朝邑志》之贻。忆昔台志方修而得《朝邑志》，及今再订而得《武功志》，有美必合，事会所值，夫岂偶然！编中讹字俱检校，圈点从原本，并节录评语。地里建置，原载诗碑文，俱未录。迫促钞寄，院试后当全数钞存，秋间在省，两部可互阅也。"[③] 在信中，郑兼才虽然对《武功志》的获得感到欣喜，并随即命子抄送谢金銮一部，但与《朝邑志》相比仍觉稍逊，而把后者奉为修志的轨辙。有意味的是，章学诚虽有微辞，但在比较《武功志》《朝邑志》后，亦对后者较为首肯："入于六朝小书短记之中，如《陈留风俗》《洛阳伽蓝》诸传记，不以史家正例求之，未始不可通也。故余于《武功》《朝邑》二家之志，以《朝邑》为稍优。"[④] 在对《朝邑志》的评判中，郑兼才所说的"《朝邑志》格局大"，与《四库全书总目提要》的评语"笔墨疏宕，源出《史记》"及章学诚所称许的六朝风味，大概有内在的相通之处吧。

对谢金銮、郑兼才来说，"规模则取诸少林"一语指向的是台湾史志传统的回溯和史志精神的畅通。在《〈续修台湾县志〉凡例》中，他们梳理了台湾史志的传统，极力称道陈少林主修的《诸罗县志》，视之为台湾

① 章学诚：《答甄秀才论修志第一书》，见《章氏遗书》卷十五。

② 章学诚：《与石首王明府论志例》，见《章氏遗书》卷十四。

③ 郑兼才：《复退谷》，见《六亭文选》。

④ 章学诚：《书〈朝邑志〉后》，见《文史通义》卷八。

邑志之祖："台郡之有邑志，创始于诸罗令周宣子；其时主纂者，则漳浦陈少林也。二公学问经济，冠绝一时；其所作志书，朴实老当。以诸罗为初辟弇陋之地，故每事必示以原本；至其议论，则长才远识，情见乎辞。分十二门，明备之中，仍称高简。本郡志书，必以此为第一也。"这一论断，可与近百年后唐景崧的说法相比较："台湾志存者，莫先《诸罗》，亦莫善于《诸罗》；《府志》淑自《诸罗志》，今《澎湖志》淑自《府志》，体例相嬗也。"①

在一脉相承的史志书写中，谢、郑《续修台湾县志》与陈少林《诸罗县志》亦有相异的地方。此即郑兼才所说的"谢丈澄心凝虑，讲是去非，宏众美之收、出独裁之见，有所论断，悉秉大义；与陈少林《诸罗县志》，后先同轨。第少林当立法简略之初，洞观事势，故规画以待诸后人；谢丈值俗尚奢淫之后，熟悉人情，故发明使追夫往制。其旨归稍殊，后之览者，亦可以得其用心矣。"② 二书的侧重点虽有差异，但其精神是一贯的。在这种相互传承的脉络中，台湾的史志传统得以建立。

谢金銮、郑兼才修纂《台湾县志》，一方面在史志的脉络上有所打通，并在台湾史志传统的建构中确立了自己的位置；另一方面，则是以史志为枢纽，发展了士人交往的文化网络，打开了社会文化的空间。

在这一文化网络中，最关键的是谢、郑二人的意气相投，《台湾县志》的修纂工作由此散发出特别的光彩。郑兼才在《〈续修台湾县志〉跋》中称道谢金銮："谢丈澄心凝虑，讲是去非，宏众美之收、出独裁之见，有所论断，悉秉大义；与陈少林《诸罗县志》，后先同轨。第少林当立法简略之初，洞观事势，故规画以待诸后人；谢丈值俗尚奢淫之后，熟悉人情，故发明使追夫往制。其旨归稍殊，后之览者，亦可以得其用心矣。"③在他的信中，更能感受到对谢金銮的敬佩、挂念之情，如《寄退谷》："前奉教千余言，令儿辈钞存；再四披阅，悔兼才之失，愈服先生读书之有所得。奉答云云，聊写心事，究少着己之谈，负大教多矣。惠示大著四篇，发前人所未发，读之足以正人心而挽颓俗；尽令儿子钞回，以示敝族中之

① 唐景崧：《〈澎湖厅志〉序》，见林豪《澎湖厅志》，台湾文献丛刊第164种。

② 谢金銮、郑兼才：《〈续修台湾县志〉跋》。

③ 郑兼才：《〈续修台湾县志〉跋》。

有志正学者，并钞寄伊墨卿、吴清夫二人。”① 又如《复退谷》：“兼才复月之二十又六日得手示，回环雒诵，敬悉一切。自来牵挂，顿释于怀；不谓吾两人官况既同，而渡海形迹亦复相似。兼才既为阁下庆，情事追思，复还以自庆也。张抚军虚怀善访，以兼才之钝拙，尚殷殷恳恳；况阁下高才远识，言皆切中，其倾心属意，更不待言。”② 当然，这种关切之意来自郑兼才对谢金銮学问及其在志书方面的博学卓识的钦敬。

事实上，谢、郑二人的为人处世之道有着深深的默契，他们共同演绎了清嘉庆年间台湾值得追忆的一段文化往事。陈寿祺在《台湾县学教谕郑君墓志铭》中有一段话道出了这段往事的真正内涵：“师儒之官，至今日而敝矣。父师、少师之教，既不得行于左右塾；而瓠叶、兔首、飨射之礼，又无以风示州邑。傫然厕令长之末，旅进旅退，与丞掾伍罢癃者供课殿而已。强者或昧雉其弟子员，弟子员或终其身不敢奉谒，则悍然以违抗为诸生罪。噫！是可伤已。如君与谢君，诚学校之干城、儒林之圭臬，其所为皆他人所不能为；安能复起九原，使斯道犹有所寄哉！”③ 可以说，郑兼才、谢金銮是作为师儒之道的象征存留史册的。

值得注意的是，谢、郑二人不仅用力于史志，在经营世务方面同样有卓识远见。他们二人到达台湾时，正赶上蔡牵倡乱。蔡牵欲得蛤仔难为基地，于是，谢金銮撰写了《蛤仔难纪略》六篇，详析其中的利害攸关之处，并上书同乡少詹事梁上国，随后清廷命闽浙总督派员经理。结果，蛤仔难于嘉庆十七年（1812）八月正式设立了噶玛兰厅。而郑兼才刚到台湾之时，海盗蔡牵进犯鹿耳门，他守城有功，被授予江西长宁知县，后未就，调任福建泉州府教授。在台任职期间，郑兼才还屡屡上书，事关乡国利病、须言于当事者，必大声疾呼，他同样在噶玛兰开辟、设治一事上表现出独到的见地。谢、郑二人并非只知埋头读书的文人，更是关心民生利病的书生。他们的人格文品世界，由此显得跌宕多姿。以此视野，反观谢、郑二人的修志大业，更能看到其中的良苦用心。

身为台湾的县学学官，谢、郑二人是上级官员和地方读书人之间的纽

---

① 郑兼才：《寄退谷》，见《六亭文选》。

② 郑兼才：《复退谷》，见《六亭文选》。

③ 陈寿祺：《台湾县学教谕郑君墓志铭》，见《六亭文选》附录。

带。而他们在处理这些关系时显得得心应手。以下试举台湾知府姚莹的两个批语为例。姚莹在读了郑兼才的书信后写道："六亭、退谷，皆以穷教官而惓惓于杨双梧及郭景江二守牧之贤不置；至千里贻书，念其去留生死。噫！二君可谓缁衣之好者矣。而在上者，顾不能不牵于毁誉，而有掣回之举；虽抚军无如何，岂非娥眉见嫉、今古同慨者哉！读六亭数书，为之泫然。"[①] 郑兼才的原信如下："郭景江州牧之亡，事出不测；有遗爱在民，转增人思。景江，兼才素未见，双梧太守则在台湾素习。夫能守约者，无真贫；能守拙者，无终败。双梧自为观察，涉历军台，非不能守挫；况今在台湾。所谓挫者，第滞留不得卸担内渡，非有大冤抑也。其疽发于背，度为两公子早达夭折，一卒于家、一卒于都，桑榆晚景，舐犊伤怀，或以此疾作不起耳。来书哀二公之死，因不能释然于为好官，实则自有大数。二公正落得为好官而死，不然何足挂先生齿牙哉！"[②] 又一信中也提到："张抚军虚怀善访，以兼才之钝拙，尚殷殷恳恳；况阁下高才远识，言皆切中，其倾心属意，更不待言。杨太守撤回内地，闻系制军附片入告。同官掣肘，吾辈尚然；宜抚军仅付之感喟，莫可如何也。"[③] 姚莹以地方官身份，自然更能切身体会学官与地方官之间的敦厚交情，因而才有以上的感喟之言。

在郑兼才的另一封书信后，姚莹又批道："真有功名教之书。以此教士，可谓尽职之大者矣。有贤县尹相辅以行其教化，礼乐其有兴乎！余治台邑将期年，而后六亭至。如正文风、端士习、惩淫祀、申大义，诸生虽尝娓娓听之，甚苦于无助。迨六亭至台，而余未几去任矣。回忆期年之中，殊多心事未了，遗憾方长；每见六亭，为之增愧。"[④] 该信乃郑兼才给黄力夫的回复："承示何穆岩（曰诰）、李古山（祥赓）二君品学为庠中领袖，弟等职守，惟有举优，得以自尽。李君古山，前此固尝登荐牍矣，而逊谢不前；又屡请其所著学易慎疑，谦不欲居，然实彼此相爱敬。穆岩何君，皆称其善古文，如足下所云，而鲜及其为人。其落落自好，已可概

① 见郑兼才《六亭文选》。

② 郑兼才：《寄退谷》，见《六亭文选》。

③ 郑兼才：《复退谷》，见《六亭文选》。

④ 见郑兼才：《六亭文选》。

见。夫所贵乎士者，为其明义理、谙时务，适于用耳。晓畅书旨、安分教授乡里者次之。作事不衷于理，挟所学以骄人者，斯士之下矣。”① 郑的信中还提到近期台湾的士人风习，真可谓言之谆谆，今天读来仍然感人至深。难怪姚莹以台湾地方大员和一代文宗之力，为郑兼才文集作序，大力表彰之：“嗟呼！人贵自立耳。六亭一学官，世所谓末秩冷宦也，而观其生平所至发摅若此，以视高牙大纛无所称于世者，顾何如哉！莹不能不瞿然矣。”②

作为一项有功于千秋的重要地方事务，史志的修纂在增进士人之间的联系方面起着无可替代的作用。史志的修纂不只是地方官的政绩，更能使之流传后世。所以有远见的官员上任伊始，即着力于地方志的编纂修订。《台湾县志》的续修，即是台湾县令薛志亮与县学教谕郑兼才共同谋划的一项事业。郑兼才在《申请续修〈台湾县志〉文》中提到该志修订的缘起：“某奉调来台，与台湾县薛令屡思兴举，俱阻于兵役。今则海氛不扇、山匪潜踪，列宪宣播皇猷，一切善后事宜虽尚烦廑念，而教官藉庇宽闲，已得一意于文事。”③ 而任其事者，则为郑兼才自己：“时大帅留郡，重兵未撤，百姓戎马之余，绥抚为急；县令责有专属，未遑兼顾。于是，兼才乃先事筹划。”④ 又在《上胡道宪》一信中自道心事：“升任薛志亮当军兴甫息，忙于抚绥；志局一应事宜，兼才任之过专，往往阻格不行。薛令不惟不生嫌忌，反以兼才代己终事，深抱歉怀；屡在上官曲意调护，俾说得行，而事有济。兼才以此赖之。”⑤ 薛志亮出力也不少，该书初版即是他托人在姑苏印刻，故称“薛刻本”。有趣的是，当时主事者几人之间通信不畅，这一信息并未被修纂者谢、郑所知，而随后谢金銮又有修订，在此志书上注入心力不少，结果造成几种不同的版本，此即郑兼才所说的“薛司马未知退谷有订本，兼才亦未知司马锓板于姑苏。今两人已往，其书犹在；参校合一，责在兼才”⑥。

郑兼才既然把史志的修纂视为一项千秋功业，便特别看重史志的品

① 郑兼才：《复黄力夫》，见《六亭文选》。
② 姚莹：《〈六亭文集〉序》，见《六亭文选》。
③ 郑兼才：《申请续修〈台湾县志〉文》，见《六亭文选》。
④ 郑兼才：《〈续修台湾县志〉跋》。
⑤ 郑兼才：《上胡道宪》，见《六亭文选》。
⑥ 郑兼才：《〈续修台湾县志〉后跋》。

质："兼才所厌于志书者，小小邑志，督、抚列于前，藩、臬、道、府列于后；始事则申详，既成则呈阅：种种掣肘，恶套可憎。孔子作《春秋》，虽谦言窃取；其笔削之专，游夏莫赞。若以今制行之，请于鲁公、命自周天子、三家为总裁、游夏为分纂，虽圣人亦不能行其志矣。"① 读书人的品性，在此毕露无遗。

与之一脉相承，谢、郑二人修纂《台湾县志》，更为看重的是士人的见地。在书稿初成后，他们即呈请汪瑟莽、莫宝斋和辛敬堂等人阅览。郑兼才记述该志的成书内情道："前《台邑志》仓促成书，戊辰兼才留都，曾呈汪瑟莽、莫宝斋二师及国子监助教辛敬堂绍业。惟辛敬堂多所纠驳，谢教谕虽不尽从，然因是商订愈密。时已咨补南平，比再调安溪，复屡加删补；晚年精力，尽在此书。"② 又在别处屡屡称道："谢教谕自入局以来，平心和气、竭虑殚精，与在局诸友协力一心；最后，又有袁州辛敬堂助教直言无隐，为是书一大益。"③《〈续修台湾县志〉后跋》则主要记述的是辛敬堂④对志稿的意见及修纂者对其意见的反馈："入都后，出稿就正，惟袁州辛敬堂（名绍业）助教商订为多。"⑤ 这种良性的知识互动，极大地提升了志书的品质。

最后需要说明，修志在时人心目中是一项公共的事业，故而能集众人之力而有所成就。郑兼才有"台人好义乐捐"之说。⑥ 又在该志跋文中特别提到修志一事中的公私问题："既成，将召匠谋修补；同僚王君聚奎曰：'此公事也，奈何君自私？'乃共捐俸成之。改补逾二百余板、重锓板逾五十，费白金若干。聚奎名承纬，晋江人；今春二月由崇安学调至，后兼才仅两月余，称无间焉。"⑦ 在与谢金銮的讨论中，郑兼才对民间意识的兴起则有很深的感慨："承示志稿，欲大加刊削，而苦于为俗议所牵。诚如尊

---

① 郑兼才：《复退谷》，见《六亭文选》。

② 郑兼才：《覆署台湾守》，见《六亭文选》。

③ 郑兼才：《上胡道宪》，见《六亭文选》。

④ 辛敬堂，名绍业，字服先，江西万载人。嘉庆元年（1796）进士，时任国子监助教。与浮梁郑传安齐名，督学翁方纲有"万载浮梁辛与郑，说经夺席惊群英"之句称道二人。

⑤ 郑兼才：《〈续修台湾县志〉后跋》。

⑥ 郑兼才：《上汪制军论修〈台湾县志〉书》，见《六亭文选》。

⑦ 郑兼才：《〈续修台湾县志〉后跋》。

谕，然今昔时势不同，明以前城郭、坛庙以及沟渠塘堰多治自官，今则不然；而吾闽为甚。衙署、贡院且委之民，街里、桥梁更不必言。台地此项，绰有漳、泉遗风，自非大贤伐善施劳亦所时有。今于各项中，惟择其大者，附见董事姓名；或独力修成，间用特笔，不没人善，于道未悖。余可概删。”① 因而，修志作为一项公共事业，在官方/民间之中需要多方权衡，而制衡其间的仍是士人一以贯之的公心和公道。

有意味的是，郑兼才身为总纂之一，亦面临公私问题的纠缠。此即他所谓的“惟会试一役，素志所在，未忍遽易。”② 因参加会试而耽搁了志书的编校出版，这在后来成了他自责的主要原因：“今邑志一役，至逾七载未有成书，皆兼才贪恋虚名，以会试遽离台地所致，虽悔曷追！”③ 但这种自责恰好可以作为反例，令人感受到，正是由于谢金銮、郑兼才这样的地方学官的心力注入，才使得志书的修纂大业不致废坠：“窃惟此志之修，距旧志约五十余年；中加林逆一案事实纪载，关系最巨。至祠祀一门，名实多乖。兼才详修文庙时，俱申请订正，载入新志。而谢教谕自开局至成书，阅月仅十，殚心竭力，不惮烦劳。年来因有指驳，复屡加修订。台人好义，乐捐于始，断无不乐成于终。特无官总其事，遂至散涣不前。后任郡县，以其事向未申详，竟视为可已。今隔久愈难，后来台人若鸠金私雕，暗中改窜，以伪乱真，致是非倒置、公道无存，又兼才与谢教谕所大惧也。”④ 其中，洋溢着的是士人身上绵延不绝的文化精神。而这种精神，依托于志书的修纂，随着台湾文教社会的兴起，逐渐成长为近代社会文化的灵魂。

二　台湾近代史志个案之二：林豪/陈培桂（杨浚）公案及士人社群的兴起

同治元年（1862）秋，32 岁的鹭江举人林豪渡台，居住在艋舺。当时

① 郑兼才：《复退谷》，见《六亭文选》。

② 郑兼才：《覆署台湾守》，见《六亭文选》。

③ 郑兼才：《上汪制军论修〈台湾县志〉书》，见《六亭文选》。

④ 郑兼才：《上汪制军论修〈台湾县志〉书》，见《六亭文选》。

正值戴潮春起事之时。林豪在一次南下访友途中，遇到正奉檄办团练的林占梅，二人一见如故。林豪受邀造访潜园，开启了二人之间的一段交谊。这段交往，由于此后的修志问题，在台湾史志史上留下了很深的印记。七年后，福建侯官人杨浚也抵达台湾，任教于板桥林本源府中；同年，广东高要人陈培桂亦渡台，任淡水同知。次年即同治九年（1870）正月，杨浚应陈培桂之聘，纂修《淡水厅志》。谁料想，一场争执在不知不觉之中已然酝酿成形。

连横在《台湾通史》中记述此事道："（同治）六年，淡水同知严金清聘修厅志。淡自开设以来，尚无志。前时郑用锡曾辑《志稿》二卷，多疏略。豪乃与占梅商订体例，开局采访。凡九月，成书十五卷，未刊。而陈培桂任同知，别延侯官杨浚修之。浚，文士也，无史识，多方改窜。豪大愤，撰《〈淡水厅志〉订谬》以弹之。"①

林豪在《〈淡水厅志〉订谬》自序中慨叹：

著述一道，可易而言哉？古人作史有"三长"之说，非才学兼优，不足以胜任。无识以运其才学，犹游骑泛骛而弗能范以驰驱，其去驽下者几何！地志为史志之流，其可苟焉已哉？豪于同治六年，承观察吴公及严紫卿司马之招，辑《淡水厅志》。自维才学两疏，固辞不获；而家雪村方伯复极意怂恿，乃于仲春开局采访，至十月成《厅志》十五卷。观察梁公为之序，谬加许可，谓不负斯任。自知学殖久荒，仅据见闻所及者书之；匆匆急就，何堪问世！第其去取之间，不滥不潜，刊落浮词，独抒管见，于海防、戎政、吏治、风俗诸篇，三致意焉；窃谓初心差不负也。

书既成，而方伯归道山、司马解官去，余亦退棹里门，与是书相忘久矣。岁癸酉，友人以陈司马刻本见贻，略阅一过，则是非颠倒、部居错乱，迥失本来面目。其最可骇者，莫如"兵燹"一门，纪施侯之攻鸡笼，则满纸皆谬；纪戴逆之乱，则脱误太多。盖他处仅词义未当，识者能察其非；此则时事所系，恐后人或沿其妄而未

① 连横：《林豪传》，见《台湾通史》卷三十四，台湾文献丛刊第128种。

由辨也。尤可慨者，莫如“海防”“田赋”等论，以地方切要之言而十不存一，何由资后人考镜，俾造一方之福也？夫人性不可稍偏，偏则悖；人心不可有私，私则蔽。彼非矫异，何以自张其军？有明知诬罔而故蹈者矣！陈君聪明自负，其意在拔帜立帜，遂不觉矫揉造作以至此也。嗟嗟！豪竭力搜罗，辑成此编，以存一方掌故。陈司马既得据为蓝本，而又有意歧异，遂至疵谬迭出，贻误后人，谓非豪与吴、严二君子倡修此稿转遗之戚欤？于是叹著书之难而史才之不可复睹也！①

首先需要注意的是，连横《台湾通史》林豪传中提到的争执双方是林豪和杨浚；但在林豪的《〈淡水厅志〉订谬》文本中，他所针对的对象则是时任淡水同知的陈培桂。② 这种微妙的差别，为我们解读历史和士人心态提供了入口。

连横对这场争执的解读，注重的是史家和文士之间的差别。故有“豪乃与占梅商订体例”“浚，文士也，无史识”之类明显的对比。这一点并非不重要，但却可能遮盖了其他的重要分歧。林豪的史学和史识在后文还会提到，这里想先说明林豪在对陈培桂而非杨浚的批评中隐含着何种历史的意味。

林豪在《〈淡水厅志〉订谬》的正文部分一开头，就直接点名陈培桂给以迎头痛击：“《淡水厅志》刻本，陈郡丞培桂就原稿点窜、续貂以刊行者也。”③ 后文又有对杨浚的同情之词：“篇首姓名，培桂公然以纂辑自居足矣。乃于监生某某、市井纤儿之知州衔某某，亦滥厕采访之列，且加于三品衔候选道外郎之前。而序中所称，代为草创之举人杨浚独不得

① 林豪：《〈淡水厅志〉订谬》自序，见《淡水厅志》附录，台湾文献丛刊第 172 种。

② 本文草就之后，得台湾大学黄美娥教授惠赐《清代流寓文人杨浚在台活动及其创作》（刊于《台北文献》第 127 期）一文，其中亦涉及此问题，可参看。

③ 林豪：《〈淡水厅志〉订谬》，见《淡水厅志》附录。

预，何也？”①

陈培桂在《〈淡水厅志〉序》中记述编纂缘起时，仅略提前人稿本及主笔杨浚：“曩者郑氏用锡、严氏金清均有稿本，访求数月得之，未为周备；遂以九年正月开局采访，发凡起例，次第纂辑。延侯官杨中翰浚代为草创，迄十月告成，缮稿呈政道宪黎公；公复厘订增损，余更细加参酌，定为今书，都十六卷。事求其实，政不厌详；浮文缛节，概从芟薙。后之览者，庶谅仆愚勇于创始，不以古人名地志相苛，则厚幸矣。”②

两相对比，就可发觉林豪对陈培桂并非滥施攻击，而是有意为之。其中固然有对文本部分的意见，但同时弥漫的是文本之外的情绪。如果仅仅是针对《淡水厅志》文本部分，那么，主笔杨浚或许更应该成为批评的对象。但事情显然并不如此简单。林豪对杨浚的惺惺相惜之感，在后者去世后他所作的《杨雪沧山长挽诗》中有所体现：

> 讲幄论文意气投，那知一别竟千秋！十年交谊推先觉，万里归来哭旧游。家有遗书堪寿世，手培寒畯尽英流；如君不愧皋皮拥，合把名山俎豆酬。

---

① 林豪：《〈淡水厅志〉订谬》，见《淡水厅志》附录。

《淡水厅志》记载撰辑姓名如下：

阅定：按察使衔署台湾兵备道兼提督学政黎兆棠（广东顺德人。咸丰癸丑进士）。

纂辑：知府衔署台湾府淡水同知澎湖通判陈培桂（广东高要人。道光丙午举人）。

采访：署台湾府学训导杨承藩（敏甫。侯官人）、举人吴子光（芸阁。本厅人）、候选同知翁林萃（史云。本厅人）、举人张书绅（子训。本厅人）、户部湖广司员外郎林维让（巽甫。本厅人）、候选知府内阁中书陈霞林（洞渔。本厅人，举人）、候选内阁中书苏衮荣（子褒。本厅人，举人）、候选道郑如梁（稼田。本厅人）、五品衔候补府经李彤恩（迪臣。闽县人）、五品衔通判翁林英（史贞。本厅人）、知州衔王春塘（镜波。本厅人）、州同衔候选县丞李联英（参前。本厅人）、候选县丞郑化南（济卿。本厅人）、州同衔训导郑秉经（贞甫。本厅人）、六品衔训导林绍唐（诗宾。本厅人）、三品衔候选道林维源（时甫。本厅人）、道衔分部郎中林汝梅（若村。本厅人）、举人李腾芳（香谷。本厅人）、廪生陈经（君治。本厅人）、廪生黄中理（海州。本厅人）、生员苏章荣（子泉。本厅人）、生员陈鸶升（浴雪。本厅人）、生员傅以扬（丕承。本厅人）、监生高廷琛（英甫。本厅人）、员外郎衔生员潘永清（定民。本厅人）。

校对：监生汪达利（次安。江苏六合人）、举人裴坤（幼蘅。闽县人）、候选从九品查仁寿（靓先。浙江海宁人）、候选盐大使刘椿（鲁生。山东人）、候补从九品余宽（子和。浙江人）、生员李庄（征之。侯官人）。

② 陈培桂：《〈淡水厅志〉序》。

绮岁文章噪帝京，迎门倒屣有公卿；凤凰池上陈书壮，鸩鹊楼前待漏清。一第蹉跎违素抱，万言慷慨为苍生；茂陵如欲求遗稿，半部还堪策治平。

草檄从军向九边，短衣匹马历戎旃；矛头晓淅天山雪，盾鼻宵磨瀚海烟。紫塞西来随李广，黑沟东渡访成连；平生五岳游将遍，剩纪行踪草一编。

老成凋谢怅如何，吟罢凭谁共琢磨！四海衹今知己少，九原还聚故人多。名师馨祀从今始，后进英才比昔过；更喜奇儿联玉笋，一经教泽未蹉跎。[①]

回到修志问题上，杨浚在林豪笔下，同样是一个受害者。当林豪批评的文本的主笔成为自己的同情对象时，那么其中的暧昧之处逐渐明了起来。如果再加上后人对林豪所指责部分的回护，[②] 更显出林豪的订谬之中的意气部分有超出史识部分的意味。简言之，在对陈培桂的肆言攻击中，林豪在对对方的学识表达不屑的同时，更释放的是一股对官府不当作为的难以抑制的愤慨和不满。

有意味的是，林豪有什么底气敢于向陈培桂叫板呢？林豪的底气来自两个方面：一是史学的功底和先前在《淡水厅志》修纂上所下的功夫，二是士人社会民间力量的崛起。

林豪史学的源流和见地，在《〈淡水厅志〉订谬》中论艺文、文征的一段文字中可见一斑：

培桂例言谓：史家志艺文，皆纪著述书目而已；若载文章，是选文、非志也。淡厅人文初启，著述难立专志。旧稿所载之文亦资考证，未可以不合志例而废之。今依章氏学诚《文史通义》之论，

① 见《台湾诗钞》卷五，台湾文献丛刊第280种。

② 在台湾文献丛刊版本中，周宪文（惜余）在《〈淡水厅志〉弁言》中称：“本书间有纰缪，《续志稿》编者林豪另撰有《〈淡水厅志〉订谬》一卷，言之纂详。平情而论，本书错误固属不免，仁智互见之处亦所在俱有；林氏几斥其一无是处，未免过甚。兹特附《订谬》一卷于书末，俾资参阅与折衷。”

列为“文征”云云。豪按：培桂此说，即其矫情示异、大言欺世之尤者也。夫向来志书之有艺文，则自《通志》、郡邑各志皆同，不自《淡志》始也。第视选手之能否；岂惟淡厅初起，欲资考证而设哉？“文征”即艺文之别名，有以异乎？培桂第引章氏《通义》之说以惑人，袭其名而不求其实，不过仍旧稿所载略以增减而已；果何异耶？且所云不合史家志例，亦非通论。盖古来史官修史，其名目容有异同；是故两汉、晋、唐谓之“书”，三国谓之“志”，五代以来谓之“史”。安得谓班、马是，而陈寿、欧阳则非乎？《盐铁论》即《食货志》，《礼乐书》即《律历志》，题目各殊，将孰是而孰非乎？即章氏“文征”之名，亦章氏所自创耳；曷尝本前人之志例乎？必谓纪书目为艺文志，载文章不得称艺文志，则如鲁之《春秋》但纪大纲，而后人之《十六国春秋》《十国春秋》何以备载颠末也？“三通”内之《通志》，何以与今之各省通志体例不同也？地志有表，本袭史书中之名；而何以与《史记》年表殊也？史志列传，其源出于左氏，而列传但纪各人事实，与《左传》何以互异也？必谓既载书目、不可复载文章，则《史记》相如之“赋”，韦氏之“诗”，董、贾之“对策”，赵充国之“奏疏”，何以各载入传中而不可枚举也？总之，国史与地志，源同而流分；通志与郡邑各志，又各有大小之不同。是以史书艺文志，自纪著述书目，欲并收文章，则不胜其繁。地志专纪一方掌故，兼选文章以资者镜，亦义所不废；不必因淡水初辟，稍宽其例也。如必因淡水初辟之故，则湖北非新辟也？章氏《湖北通志》于政事、人物而外，别为文征，又何为耶？大抵艺文、文征之名既皆有所本，则各从所好，惟各识其职已矣。第不可徒袭其名、不求其义，务为岸异之说以饰智而惊愚耳。忆先君子撰《厦门志》时，观察周芸皋先生以章氏《文史通义》抄本见遗；又致书云：“章氏深于论文，特好为新奇之说，自辟门径；故所撰《湖北通志》以不慊于时，为后人所废。”观此，则章氏之得失长短可见矣。然章氏以文章悉归文征，未尝搀入他卷，尚能自守其藩篱；而培桂以文章杂厕各卷中，或有题目、或无题目、或以题目大书于前、或分注于后，其堪连类并入者又或置于文征中。夹杂如是，尚云依章氏之说，则所未解。[①]

林豪在该段文字中，借艺文、文征的名目大肆发挥，对陈培桂处理淡水文章的做法表达了异议。言之甚详，也有理有据。但是，他们的具体处理方案乃别一话题，林豪借题发挥的部分则更有意思，即他如何面对官修史书、如何批判章学诚的传统、如何建立自己的史学观念等话题，以及这些话题背后的社会意识和社会力量的兴起。从这些话题和现象中，可以感受到历史的脉动。

林豪擅长修志，其史学乃家学，得自其父林焜熿，其父则受之于周凯。周凯有识略，善属文，乃一代名宦。高澍然《〈内自讼斋文集〉序》述其传承："盖今作者推武进张皋文先生。其文体骨昌黎，神明庐陵，养气之善者也。"[②] 吴德旋《台湾道周公墓志铭》称："公之寄兴清远，非夫北俗之人所得窥其涯际矣。"[③] 周凯对于修志有心得，曾为蒋镛《澎湖续编》作序道："史志之体，当用史法。政治、礼乐、法度、贤臣、义士、孝子、顺孙、节妇之行，莫不赅举。不仅仿《图经志》地理伊古云。"[④] 道光十年（1830），林焜熿协助福建兴泉永道周凯分纂《厦门志》；随后，又依照《厦门志》的体例纂成《金门志》若干卷，林豪续成之。周凯《〈金门志〉序》称："林生焜熿，金门人也。从余修《厦门志》，遂以自任采掇遗籍，搜罗志乘，且遍历山川，按其形势、兵制，求之官书遗事，访之父老，凡二年，得《金门志》若干卷。其体例悉从《厦门志》。红毛、倭寇、郑氏之乱，悉遭蹂躏，颠末详《厦门志》者，不复载。余为芟辑而成之，亦足备守土者之资取。其书当与《厦门志》叅观，遂合而名之曰《厦金二岛志》，而付诸梓。林生盖有志之士哉！"[⑤]

厦、金二志之间存在一个内在的传承脉络。从上引林豪文可知，这一点与章学诚的方志学有一点关系。在《厦门志》的修纂过程中，章学诚的

① 林豪：《〈淡水厅志〉订谬》，见《淡水厅志》附录。
② 高澍然：《〈内自讼斋文集〉序》，见周凯《内自讼斋文选》，台湾文献丛刊第 82 种。
③ 吴德旋：《台湾道周公墓志铭》，见周凯《内自讼斋文选》。
④ 周凯：《〈澎湖续编〉序》，见蒋镛《澎湖续编》，台湾文献丛刊第 115 种。
⑤ 周凯：《〈金门志〉序》，见林焜熿、林豪《金门志》，台湾文献丛刊第 80 种。

方志学实具有典范性的意义。在《再覆雨农书》中，周凯讨论了《厦门志》的编纂体例，对章学诚特别推崇："志，记事之史也，宜核实，事备而文简。初欲仿《永清志》为之，求得其书，及章实斋《方志通例》。实斋博闻好古，志学世无与比。本马、班史例为志，曰纪表、图书、□略、列传凡二十五篇，而别艺文为文征。其论极当。然自范氏《姑苏志》后，世人仅知志例如是，不求之于古，故实斋《湖北通志》不谐于俗，为人所废。实斋又好议论，如《永清志例》论参书三之一，则实斋之文也。"[①] 不过，章学诚在此虽被周凯视为标杆，但在自己的修志过程中，后者是有着自觉意识的。从他对林焜熿的告诫来看，他有意识地试图克服章学诚为人诟病的弱点。这一点在林豪那里得到了继承和发挥。

除了《金门志》和《淡水厅志》之外，林豪还修纂了《澎湖厅志》。同治八、九年间，林豪主讲于澎湖文石书院，光绪初又返回续任。在澎期间，林豪辑成《澎湖厅志》。唐景崧对此颇有褒奖："台湾志存者，莫先《诸罗》，亦莫善于《诸罗》；《府志》淑自《诸罗志》，今《澎湖志》淑自《府志》，体例相嬗也。"[②]

这里呈现的是两个并不相悖的史志源流：一个是周凯、林焜熿及林豪的亲相授受的传承；另一个是自陈梦林《诸罗县志》以来，延及《台湾府志》乃至《澎湖志》的传统。林豪上述文字中对陈培桂的批评，背后的理据之一即是周凯、林焜熿对章学诚史学的省察。但这仅是史学自立主宰的开始，征实、佐治和创例更能体现修志的功力所在。事实上，在对实事、风俗和民情方面的了解和同情方面的差异，显示了林豪与陈培桂、杨浚的根本区别。

当时，历史的实事是台湾地方社会的脉动，及伴随而起的士人社群力量的生长。对此，初至其地的陈培桂、杨浚感触不深，难免有所忽视，有时亦因怀有私见而导致更大的障蔽。

其中最特殊的是林占梅问题。林豪在《〈淡水厅志〉订谬》中，为林占梅提出辩护："淡属富民之慷慨好施、明大义者，当以林占梅为第一。

---

① 周凯：《再覆雨农书》，见《内自讼斋文选》。

② 唐景崧：《〈澎湖厅志〉序》。

初以倡捐津米、团练保卫地方，得保举；以浙江道员用，加盐运使衔、孔雀翎，御赐匾额以旌之。已而毁家纾难，功在淡、彰。若其能诗、能画、能琴、能射、能音乐，皆卓卓可传。乃培桂概从抹煞；仅谓丁曰健暂住堑城，饷需无几，占梅多方凑集，卒以集资被控等语。夫既需饷无几，何用多方凑集？而当丁道未至，占梅募勇克复大甲，拒战年余；丁道既至，占梅带勇数千会同南下，所费之饷岂无几乎？占梅被控，乃因粤民挟恨相攻杀，为林南山所累；岂尽关集饷之故耶？是不得不辨。"① 林豪在戴潮春事件中与林占梅相遇，此后又入主潜园，撰著《东瀛纪事》以留作永久记录。以林豪对林占梅的了解，自然所记不虚。至于是否有回护成分，则可参看他人的评述，如连横、王松等。

连横在《台湾通史》卷三十三《林占梅列传》中，评议林豪、杨浚在记述其人其事上的歧义："连横曰：侯官杨浚新修《淡水厅志》，其文多谬，乃复挟其私心，以衡人物，亦何足以征信哉？林占梅为一时之杰，倾家纾难，保障北台，忌者多方构陷，占梅竟以愤死。浚不于此时为之表白，而列其人于志余，谓颇有一发千钧之力。夫一发千钧，厥功多矣，列之志余，不亦小哉？同安林豪曰：'占梅力排众议，投袂而前。悉群虏于目中，运全局于掌上。屡收要隘；再复坚城。以视夫阶下叩头者，其人之贤不肖何如也。'连横曰：林豪之论，贤于杨浚。作史须有三长，而知人论世，尤贵史德，而后不致颠倒也。"②

王松在《台阳诗话》亦褒奖林占梅道："林雪村方伯，新竹巨室也。乡闾称孝，且笃于世谊交情，慷慨任侠，有东汉八厨风。又闻其雅抱尚而多才思，彝鼎琴尊，珍怪罗列，书画、丝竹、骑射诸艺，亦色色精绝。著有《潜园琴余草》八卷。其诗于中晚宋人为近。游览写怀，直从性真流出，空所依傍，自成一家；而其卷卷爱国之诚，自不能已，所谓处江湖之远，不忘其君者欤？"③

当时的竹堑乃是台湾文化最发达的地区，特殊的表征是士人社群的崛起，其中的领袖人物正是郑用锡和林占梅。郑用锡身为开台进士，地位无

---

① 林豪：《〈淡水厅志〉订谬》，见《淡水厅志》附录。

② 连横：《台湾通史》卷三十三。

③ 王松：《台阳诗话》，台湾文献丛刊第 34 种。

与伦比；与之相抗者是无功名的豪杰之士林占梅。

郑用锡走的是科举旧路，取得成功后恩宠并加，此后家业鼎盛，自不待言。杨浚在纂辑《淡水厅志》后，即入住郑用锡所建的北郭园。此时郑用锡刚去世两年，杨浚受其子郑稼田的委托，编次《北郭园全集》。杨浚在《〈北郭园诗钞〉序》中讲述郑用锡的人品文品，颇能得其神韵："昔高达夫五十始学诗，祉亭先生亦归田后所作为多也。盖发于性情，深得三百篇之遗旨。其品格在晋为陶靖节、在唐为白乐天、在宋为邵尧夫，间有逼肖元遗山者。先生自家居奉养，托迹郊坰，日以歌咏为事，世比之山中宏景，介休林宗。所筑精舍曰'北郭园'，万峰环峙，秀甲瀛壖，宜其得江山之助，不求工而自工矣。"[①] 又在《〈北郭园全集〉序》中叙其门风："先生与予寄籍，一磺溪，一榕郡，然同温陵产也。今幸获交稼田，相依日笃。而一门之内，食指千计，黄童白叟，咸蔼然可亲，恂恂有儒素风。益叹先生遗泽未艾，不其山下书带及见于今也！予以海外羁人，得此邂逅，殆文字因缘有夙契欤?"[②] 近人亦评郑氏家族的学风和文风："在教育学风上，闽地尊崇朱子之学的风气，也随闽人入台，在陈梦林、蓝鼎元、陈瑸、邓传安等人的推动下，本地儒学与福建儒学渊源紧密；而在文学创作上也颇受闽学熏陶，如新竹郑氏家族用锡、用鉴、如兰等，尊奉紫阳家训，故此后族人在学术上，宗法道德之说；散文创作上，文主载道；诗则颇好说理，染有宋诗风格。"[③] 郑氏家族在紫阳家训熏陶下形成的乡贤风格，亦是守护乡土的一种方式。北郭园的交游，则仕宦为多，温雅保守的一面较为偏胜。

林占梅潜园的状况则不同。在潜园士人中，怀才不遇者、浪迹天涯者居多数。当时，出入潜园的士人有林豪、曾骧、查元鼎、吴春樵、宁敬长、秋曰觐、许廷用、林维垣、郑如兰、彭廷选、陆翰芬、姜绍祖、郭襄锦、蔡见志、叶春波等。杨浚也曾应邀赴潜园观菊："天涯海角久离家，四度秋风鬓欲华；一事不曾愁客邸，借人亭馆看黄花。"[④] 林占梅及其潜园

---

① 杨浚：《〈北郭园诗钞〉序》，见郑用锡《北郭园诗钞》，台湾文献丛刊第41种。

② 杨浚：《〈北郭园全集〉序》，见《北郭园诗钞》附录。

③ 黄美娥：《台湾古典文学史概说》（1651～1945），见《古典台湾：文学史·诗社·作家论》，国立编译馆，2007，第38页。

④ 杨浚：《潜园观菊》，见《台湾诗钞》卷四。

的精神，则有待进一步彰显。

林豪在《〈淡水厅志〉订谬》中特别提到："拙稿于流寓一门，得吴希潜、曾骧二人。吴，浙之石门人；曾，粤之嘉应诸生。性刚方不阿，著述颇富；皆卒于淡水，各有诗集，已成家数，必传无疑。余藏其稿，录于《清风集》中，将刊以问世也。乃培桂概从削去，而但录郁永河一人。夫永河遍游台湾，于淡水特偶尔过客，《府志》已传之矣；何待滥拾其唾耶！且以著述论，亦无以胜于曾、吴二人也。嗟乎！二君生既怀才不遇，身后微名复为纤儿所掩；岂真遭逢不遇，死犹然耶？"[①] 其中的不平之气，溢于言表。实际上，林豪不只是为吴、曾二人疾呼，更是为自己、为普天下怀才不遇的读书人一抒不平之气。

林占梅的潜园，成了汇聚这一不平之气的场所和文化符号。在这个场所中，既有相知相惜的情谊，更回荡着磊落慷慨的豪气。潜园的精神，即是林占梅的精神。林占梅曾自作《潜园主人歌》："试问潜园主，镇日何所为？开轩纳远岫，种竹沿水湄。清谈招乐广，大睡彷希夷；睡足启双眸，窗外日迟迟。息机常抱瓮，窥园不下帷；蹁跹抚古琴，偃仰吟小诗。琴亦无定曲，心旷神自怡；诗亦不拘体，意到笔自随。……我非昔贤比，襟怀不外斯。嗟自弃养后，百念早灰之；久凭邓禹笑，长抱义道悲！陈、张成仇怨，友道更难持；已作伤弓鸟，择交当再思。况系闲散人，性懒不受羁；不若长掩关，悠悠学叔痴。赀产永不营，荣辱总不知；但求常安饱，此外听天施。如问意云何？黄、老是吾师。"[②] 曾骧对林占梅的叙写，颇能道其性情。他为林占梅的《潜园琴余草》作序，称："余年四十，即弃诸生而客于台。虽举业尽废，然诗歌、文史结习未忘，恨可与谈者少耳！林雪村都转，淡水巨室也，乡闾以孝称，且笃于世谊交情，慷慨任侠，有东汉八厨风。又闻其抱雅尚而多才思，彝鼎琴尊，珍怪纷罗，于书画、丝竹、骑射诸艺亦色色精绝。是清秘阁再见、倪云林复生也，心钦迟之。"[③] 这是林占梅、曾骧等人的知音之感和豪迈之气的流露。

林占梅有两面特质，豪杰/隐士气质都集合在他的身上。园林中的林占梅乃是其悠游静息的一面，事功中的林占梅则显示了跌宕磊落的一面。林

---

① 林豪：《〈淡水厅志〉订谬》，见《淡水厅志》附录。

② 林占梅：《潜园琴余草简编》，台湾文献丛刊第 202 种。

③ 曾骧：《〈潜园琴余草〉序》，见林占梅《潜园琴余草简编》。

豪《淡水厅志订谬》强调后者才是其更内在的部分，故称："林雪村方伯《闻警戒严》《登埤誓众》诸诗，英气勃发；余以有关时事，故亟登之。至吟咏园中景物，则美不胜收；严选数首，以见其概。乃培桂概从删去，仅录其《内湖庄》一首；此则《潜园琴余草》中率尔之作也。"① 由此出发，他认定陈培桂的《淡水厅志》选诗与林占梅自身造成了一定的错位。

林占梅现象的出现，起码与三个方面的士人状况有关：一是黄骧云，二是徐宗幹，三是林豪、曾骧等。这三个方面的士人脉络，可用曾骧的一句话来概括："雪村恒言：知我者惟黄公雨生（骧云）、徐公树人（宗幹）及余数人而已。"② 黄骧云是其家族的指向，③ 徐宗幹是地方官员的代表，④ 林豪、曾骧等则是流寓之士。连横《林占梅列传》中的一段话，表达的是类似的意思："占梅工诗书，精音乐。军兴之时，文移批答多出其手；暇则弹琴歌咏，若无事然。筑潜园于西门内，结构甚佳。士之出入竹堑者无不礼焉，文酒之盛冠北台。"⑤ 这里隐含的机制是，林占梅得益于商人家族提供的优厚条件，并能以急公好义的作为赢得地方官员的信赖，才可能进

① 林豪：《〈淡水厅志〉订谬》，见《淡水厅志》附录。

② 曾骧：《〈潜园琴余草〉序》，见林占梅《潜园琴余草简编》。

③ 连横《林占梅列传》述其家境及早年交游："祖绍贤，垦田习贾，复办全台盐务，富冠一乡。有子七，长祥瑞，生占梅，早卒；季父祥云抚之。占梅少颖异，读书知礼，无纨绔气。进士黄骧云奇之，妻以女。年十一，挈游京师，出入缙绅门，学乃日殖。性豪迈，好交名下士，济困扶危，糜万金不少惜。"

④ 徐宗幹为林占梅《潜园琴余草》作序，云："鹤山善琴，手挥目送，别有会心；故诗味多琴味。山中访隐、海上移情、理性返真、忘形合虚，殆有得于味外味者，丝桐云乎哉？章句云乎哉？仆解组退居，雨窗闲坐，手兹编而三复之，如聆《梅花弄》《桃源吟》，不觉翛然意远。缀数言于简端，鹤山可许为知音否？"

连横《林占梅列传》记述在戴潮春事件中林占梅与徐宗幹、丁曰健等官员的合作："占梅议进兵，为忌者所阻。宗幹催之，上书陈其事，略曰：'贼本乌合之众，死据孤城，其势难久。我军前后进剿，非不能战；乃至今未克，诚以诸军皆由鹿港而进，贼已备识虚实故也。若得省垣遣一大员，由淡水登岸，沿途招选兵勇，以壮声势；占梅当统练勇数千，同时南下，剿抚并行。彼将闻风胆落，不战而平。兵有先声而后实者此也。'宗幹韪之，遂以丁曰健为台澎兵备道。十月，至竹堑，与占梅议进兵。占梅自率精锐二千，扼山脚庄，拔茄投，攻大肚，进驻溪南，纵降将入城为内应。潮春久处斗六门，城中议降，股首江有仁持不可。十一月初三日，占梅以前锋林忠艺、林尚等攻南门，与官军会破之，遂复彰化。曰健入城，旋往鹿港，以占梅所部驻城中。曰健之行军也，胁从各庄多痛剿。占梅辄请宥，全活甚众。十二月，振旅归，潮春就灭。事闻，加布政使衔。"

⑤ 连横：《台湾通史》卷三十三。

一步完成在文化交游方面的高调演出。

潜园士人的心志和作为，各有不同。查元鼎流连诗酒，晚年境益穷，守益坚。曾穰尽力于诗，其诗集《尔云诗抄》可传世。林豪走的则是实学一路："豪以厦门人久游台湾，凡夫国计盈虚，民生利弊，皆有所论。而于澎事尤关切。"① 他所撰写的《东瀛纪事》《淡水厅志》和《澎湖厅志》等，均可圈可点。连横以史家身份称道其人其书，可知其价值："同安林卓人孝廉豪，同治初来台，主于潜园，著《东瀛纪事》，以纪戴潮春之役。余读其书，饶有史法。"②

颇有深意的是，林占梅、林豪等人的精神血脉，在后辈士人王松、洪弃生、连横等的身上有自觉的延续。这可谓历史的未尽的话题。

三　台湾近代史志个案之三：《台湾通志》（1895）的修纂及其与历史之间的落差

光绪十八年（1892）三月，蒋师辙应台湾巡抚邵友濂之聘，赴台参与《台湾通志》的编纂。这段行程，在他的《台游日记》中作了详细的记录。该日记后有跋文，乃同乡后学蒋国梁所作，其中道："先生名师辙，少负隽才，与兄师轼，称'金陵二蒋'。橐笔游东诸侯，以名节自厉，不为利回威疚。光绪壬辰，应邵侍郎友濂之招，修台湾通志，与某太守议不合，上《治台八要》，侍郎亦不省，遂拂衣归。此其渡台时所记，中日交哄前二岁也。"③ 跋文的重点在后半部分，作者强调当时台湾在日本强权紧逼下的危急时势，把蒋师辙的《治台八要》与冯嵩）在翰林院所上的论台奏疏相提并论，为二者不能为当事者所用深感惋惜。这一说法，或许是书生之见，但却道出了当时的中国士人在历史危难时刻的无奈处境。事实上，《台湾通志》的修纂本身就是这一处境的映现。其中的悲剧性，传达的是士人的梦想与残酷历史相拮抗的内在冲突。

上述跋文提到，蒋师辙的离台与某太守有很大关系。某太守即是台北

① 连横：《台湾通史》卷三十四。

② 连横：《台湾诗乘》卷四，台湾文献丛刊第64种。

③ 蒋国梁：《〈台游日记〉跋》，台湾文献丛刊第6种。

知府陈文騄。二人在修志方面的官方关系，一是巡抚礼聘、远道而来的总纂，一是职守一方、同时兼任的志局提调，因琐事发生一些龃龉难以避免。① 周宪文撰写的弁言，便采信这一说法："蒋师辙实未曾参与纂修工作。按蒋氏（字绍由，江苏上元人）于光绪十八年二月应巡抚邵友濂之聘，于三月二十日抵台，至八月二十一日离去，留台仅六阅月（是年六月加闰）；初则襄校台南、台北试务，旋（四月）虽应通志局总纂约，惟因与当时志局提调陈文騄有所龃龉，迟迟未能开局，纂辑无由开展。"②

表面上，蒋师辙的离去源于这一人际的不谐。但更深一层的诱因，出自蒋个人及其友人对当时时局和当事者的判断。在《台游日记》中，他记述了这一心理的转变如下：

> 二日晨，过凌云；询以是月能开局否（以其本局中人，且日与提调［即陈文騄］狎也）？答云弗知。余深以无终为虑。凌云忽曰："君至是尚谓此事有成乎！即令开局，亦相率月糜馆谷而已。"余愕然曰："是何言欤！选事虽难，而有任其难者，安在无成？将谓县志弗蒲，不知今之厅县有析置、无增建，具五县之志，虽弗蒲犹蒲也。将谓档册已佚，夫行省未建以前，本隶福建，一切典政，抚部宜有可稽也。至于文献，足光志乘，果皆无征，亦岂能因噎废食。愚宜图绘、档册、采访三者略具，先辑厅县各志，芟緐节要，而府志成，而通志亦成。自惟精力犹足任此也。"凌云复大言曰："君试观遍国中任事者谁矣。"余以其出语素谨，今乃侃侃若是，殆有所见，而不欲明言，色举之机，聊托于隐讽乎？归斋谋诸蓉卿，亦谓余义不当留，归计遂决。③

在这篇日记中，蒋师辙自道修志的雄心，与其向来的名声若合符节。

---

① 蒋师辙在《台游日记》闰六月十一日条下有记录："十一日，陈仲英太守、叶绥卿大令俱至，言设局尚无定所。……余知太守自负名位，易于发言，非故相陵慢，故亦无怏。第惟集议已逾二月，譬诸作室，尚未营基，舍镘而嬉，考成何日？素食之诮，瓯日之笘，不知者且集矢于余，以是憧憧不能自泰耳！"

② 周宪文：《〈台游日记〉弁言》。

③ 蒋师辙：《台游日记》八月二日条下。

他曾修纂过《临朐县志》《山东通志》《江苏水利全案图说》和《江苏海塘新志》等志书，对修志一事了然于胸。《续修四库提要》称之为“江南通儒”，对其修志的水准颇多嘉许，如评其所作《图说》“文笔简古而详明，盖非俗吏所能办也”，《海塘新志》为“官书之有法度者”。在《台湾通志》的修纂上，他有自己的规划，曾作《修志八议》，呈上邵友濂。他提出志书的体例，当以会稽章学诚为宗；又强调修志的当务之急有征文献、绘舆图、录档册等三件。但这些不足以成为他继续留在此地的理由，局中人凌云对“此事有成乎”和“任事者”的质疑，才是他“归计遂决”的根本原因。对蒋师辙来说，凌云的一番侃侃之谈有隐讽之意，究竟何指并未明言，但显然并非仅仅蒋、陈二人的龃龉所能涵盖。这一历史的谜团，伴随着“此事有成乎”的质疑，始终笼罩在此后该志书的修纂和流落的过程之中。蒋师辙的离去，似乎预示着通志将与动荡时局共患难的历史命运。

这部志书的缘起和运作，与陈文騄等人的名字联系在一起。《凤山县采访册》中保留了一段“采访案由”：“光绪十八年六月，台北府陈文騄、淡水县叶意深会禀云：‘窃维考献征文，程存二代；书方纪策，政奉中天。自歌谣罢采于輶轩，梼杌遂登诸钟鼎。其可以昭鉴戒、著美恶者，志乘诚为要矣。况台湾一岛，渟峙东南，筦钥乎中原，屏藩乎六合。……’”[①] 这一番言辞华美的禀告，描绘了史书经世的愿景。但在那个万马齐喑的年代，如此表述显得有些苍白无力。该志书此后的流离命运，也非禀请者陈文騄等人所能承担。历史与史著之间的巨大落差，呈现出的是其时其地士人整体的悲剧性。首当其冲者，是当时的决策者台湾巡抚邵友濂。

史书在光绪十八年（1892）条下记载：台湾巡抚邵友濂开设台湾通志总局，各县、厅均设有采访局，聘蒋师辙为总纂，许南英等人协修。[②] 这一作为，有其特殊的语境。此前一年，任职达六年之久的台湾首任巡抚刘铭传，因委托英商办基隆煤矿事件，遭革职留任处分，四月二十八日正式卸任辞归。十月二十四日，新任巡抚邵友濂到任，以节省经费、与民休息

---

① 《凤山县采访册》，台湾文献丛刊第73种。

② 吴密察：《台湾史小事典》，远流出版公司，2000，第6页。

为由，几乎停止所有新政建设。《台湾通志》的修纂，正是在这一背景下出台的做法，也可以理解为这一治台理念之下的作为。历史的悖谬在于，邵友濂的修志思路与当时日益紧张的地区气氛存在一定的不谐之处。需要追问的是，当时参与修志的士人付出的是何种看似徒劳的努力？他们的文化行动如何呼应历史的要求，又与历史的节奏之间存在着怎样的交错？

从邵友濂的整体运作来看，《台湾通志》的修纂是不可能停止的工作。蒋师辙的离去，仅仅是一个小插曲，并没有改变修志的原定计划和格局。在蒋师辙离去一年之后，志局于光绪十九年（1893）十月，以纂修薛绍元为总纂，结束了该职位长期的悬缺。此前的空缺期间，则是由纂修王国瑞代行总纂的职责。至光绪二十一年（1895）初，《通志》终于略有成稿，有了大致的雏形。但此时，历史的巨变已经波及台湾。乙未割台，给台湾带来的灾难性打击史无前例。割台之后，《通志》书稿先是流落至内地，后又为日本人多方访问、搜求，最终如愿购得，藏于台湾总督府图书馆。在此期间，已经散佚失落无数，令人唏嘘。难怪台湾史家连横慨叹道："台湾固无史也。康熙三十三年，巡道高拱乾始纂府志，略具规模。乾隆二十九年重修，其后靡有续者。各县虽有方志，而久已遗佚，或语多粗漏，不足以备一方文献。光绪十八年，台北知府陈文騄、淡水知县叶意深禀请纂修通志，巡抚邵友濂从之，设总局于台北，以布政使唐景崧、巡道顾肇熙为监修，陈文騄为提调，通饬各属，开局采访，以绅士任之。二十一年，略成，续进总局。猝遭割台之役，戎马倥偬，稿多散失，其存者亦唯断简而已。"①

连横是从一个史家的角度对此发出的历史浩叹。确实，这样一部未完成的志书，一部经历了磨难的史书，见证了台湾近代的领土倾覆和精神震荡。与台湾历史上的任何一部史著相比，这部通志更像是一个弃儿，注定要经历多苦多难的道路。之前，台湾的府志共有七个版本，六种印行于世：蒋毓英《台湾府志》（1685）、高拱乾《台湾府志》（1695）、宋永清《增修台湾府志》（1710，未刊）、周元文《重修台湾府志》（1712）、刘良璧《重修福建台湾府志》（1741）、范咸和六十七《重修台湾府志》（1747）、

① 连横：《台湾通史》卷二十四《艺文志》。

余文仪《续修台湾府志》（1764）。与《通志》不同的是，这些史著，出现于清政府初领台湾的上升时期及之后几十年的承平年代，多渗透着经略台湾的雄心。唯独《通志》的诞生，伴随着历史的动荡和不宁，需要修纂者亲身感受江河日下的社会氛围。那么，《通志》的修纂者们，能否以志书的修纂来重新整合力量，完成这项历史的特殊制作？

以下尝试通过对邵友濂、胡传等人的观察，来考量他们以文人身份介入动荡历史的路数、勇气和悲剧。

在有关这一时期的历史叙述中，邵友濂并没有留下好的声誉，他往往被视作刘铭传近代化措施的废止者、否定者出现，或则被贬低，或则遭到无视。尖锐的批评者指责他目光如豆，一反刘铭传的锐意建设，而采取紧缩政策；其任内的治绩，大概只有设置“通志局”纂修通志而已，若勉强再找一项，便是推翻拟定将省会移到中部的计划，确定台北为省会。

持近代化观点的学者对邵友濂基本上视而不见。近期学者戚嘉林所著的《台湾史》，摘引了刘铭传同时期人士对其近代化事业的“高度评价”，如当时赴台视察的日本驻福州领事上野专一、美国驻华公使田贝等人，纷纷称许“台湾的进步实在有长足之势”“台湾是当时中国最进步的一个省份”。作者自己也认为，应该从宏观的视野对刘铭传作出评价，虽然他的施政在微观上有诸多缺失，但他排除各种阻挠，在各条战线上全力推行新政，无疑是深具前瞻性的创业壮举。[①] 与之相对，邵友濂的名字并不见诸纸端。这样的叙述，注重对历史大趋势的把握和对近代化措施的褒奖，难免忽略这一历史转折时期的复杂性及其困境，比如新与旧的拮抗、人心和时势之间的纠结等。由此出发，便难以透彻梳理该书所提到的洪弃生与刘铭传之间的理念差异问题。

回头反思那段历史，除了历史的评判之外，还应该找到进入历史的方法和途径。对刘铭传、邵友濂的褒贬，在连横《台湾通史》中有相似却具启发意义的说法。在连横的著作中，刘铭传同样被置于立基创业的地位。他把刘铭传与陈永华并列，称之为“能立长治之策”的两位雄才：“台湾三百年间，吏才不少；而能立长治之策者，厥维两人：曰陈参军永华，曰

① 戚嘉林：《台湾史》，海南出版社，2011，第181～182页。

刘巡抚铭传，是皆有大勋劳于国家者也。永华以王佐之才，当艰危之局，其行事若诸葛武侯；而铭传则管、商之流亚也。顾不获成其志，中道以去，此则台人之不幸。然溯其功业，足与台湾不朽矣。”① 相对地，邵友濂则缺乏这种奠立基业、扭转乾坤的气魄。与刘铭传对比，邵友濂的识见稍感局促，其根源在于他难以摆脱的出身——文吏。连横一再地提到邵友濂的“文吏”身份，以示与刘铭传雄才的差别：“十七年夏五月，铭传辞职，以邵友濂任之。友濂文吏也，无远略。奏请移设台湾省会，以定规模。”② 又扬刘抑邵道：“铭传具干才，大兴新政，筑铁路，通航运，办清赋，辟山林，建学堂，讨军实，开矿产，振工商，计日度月，次第举行，将置台湾于富强之域。而士夫不谂其意，政府亦多掣肘，遂称病以去。继之者邵友濂，文吏也，诸皆废止。”③ 在刘铭传的历史英名映照下，“文吏”成了邵友濂摆脱不掉的影子。放眼观史，这自然不是个人的专属。不只在邵友濂的身上，在后文所要涉及的修志者如胡传等人的身上，都可以看到“文吏”这一身份或隐或显的存在。这是他们的生存基点，也隐藏着他们的生命光辉和人性弱点。这一文吏的身份，使得他们的志书修纂，与那个时代的气氛之间有了一定程度的紧张。

虽然褒贬依旧，但邵友濂的问题，并不像一般所理解的废止新政那样，能依革新与守旧的简单二分给出恰当解释。与其说他是近代化的否定者，倒不如说他是刘铭传新政的调整者。在历史的紧要关头，这样的角色扮演得有点勉为其难。晚近学者邓孔昭在《试论台湾第二任巡抚邵友濂》一文中，对邵友濂的施政作为和历史地位略有辩驳。作者还原了“邵友濂尽废刘铭传新政”的历史实相及其所以如此的原因，认为邵友濂对新政的态度是相当积极的，只是限于台湾的财力，在建设方面采取紧缩政策，即便如此，他对台湾的海防仍然非常重视。在对比看似有明显差别的“厉行新政，清赋加税，民怨其苛”的刘铭传时期和“节省经费，与民休息”的邵友濂时期之后，作者发现，因为赋税不减，邵的“与民休息”未能真正实现，同时刘、邵两个时期在近代化的路上也有着内在的连续性：“虽然

① 连横：《台湾通史》卷三十三《刘铭传传》。
② 连横：《台湾通史》卷五《疆域志》。
③ 连横：《台湾通史》卷六《职官志》。

看起来邵友濂好像没有什么作为，但他却实实在在地巩固和发展了刘铭传新政的成果，使台湾在近代化的道路上又迈进了一步。”① 这样的实证研究，对邵友濂的评价有反正之功。由此进入后刘铭传时代，对那个时代可能会有更加贴合的理解。再回头看之前的评判，台湾近代化的历史断裂有被无形放大的嫌疑，邵友濂背负了许多他本不应承受的骂名。

与刘铭传、唐景崧一样，邵友濂也是有近代经略意识的封疆大吏。其任职经历表明，他并不是一个守旧的官员。1874 年他 33 岁的时候，出任总理各国事务衙门章京，1878 年参与与俄国的伊犁谈判。之后于 1882 年补授上海苏松太道。不久中法战争爆发，他承担了援台的任务。该场战争的胜利，令唐景崧声名鹊起，晋二品秩，升任台湾道，为后来取代邵友濂埋下了伏笔；邵友濂也是这场战争的获益者，他因后勤有功被赏一品顶戴，并于 1888 年任台湾首任布政使，三年后登顶巡抚之职。

历史的有意味之处，在于邵友濂的台湾事务中，使他留下名字的首先是一部残缺不全的史书《台湾通志》。这里的问题，或许不在于这部志书自身的价值和水准如何，毕竟这是一部还未来得及整理、随后又经历了兵燹的文稿。更有意思的是这部志书的历史意识和经世意识之间的交错。②也就是说，在这部采用传统旧志形式书写的志书中，呈现出了何种与当时的历史状况相呼应的特点？或者说，志书的修纂者借助于对乡里社会的采访和对史志的编纂疏通，是否有可能触及近代台湾经略中的急所或误区？

正如蒋师辙所说，修志之难，以测绘、采访二者为最。《台湾通志》的修纂，在这些先期的工作上颇费心力。从现在留存下来的台东州、凤山县、新竹县、云林县等地的采访册来看，志书资料的采集、整理基本上仰赖于地方士人的辛劳和识见。不过，多数采访册沿用的还是旧志的体例，而且为通志所整合。唯独《台东州采访册》，算得上采访册中的另类。虽然在台北图书馆所藏的《台湾通志》“原稿本”中，该册列入其中二卷，但周宪文在收入“台湾研究丛刊”时，便将之剔出单独出版：“‘原稿本’

① 邓孔昭：《试论台湾第二任巡抚邵友濂》，《台湾研究集刊》1985 年第 3 期，第 29～38 页。

② 此即《采访案由》中陈文騄、叶意深所谓“爰修通志，进之史馘；上备圣天子体国经野之资，下裨百执事宣化承流之助。”见《凤山县采访册》。

卷十九及二十系将《台东州采访修志册》收入，尤属不合体例。这一部分，已另抽出编印为《台东州采访册》单行本。”① 只是，除了方豪所说的“一部全省性的通志，附上了一部地方性的采访册，当然是不合体例的”②之外，还有其他什么内在的原因使之不能融入通志？《台东州采访册》到底另类在何处？其中隐藏着什么历史的秘密？它有可能引领我们进入当时的历史现场吗？

胡传作为《台东州采访册》的作者，留下了一些材料，让我们得以一窥当时的情景。胡传的一生，有很强的悲剧感。作为胡适的父亲，他的声名被儿子的美名遮盖了大半。甚至于当胡适褒奖其父时，后人也往往以为有过分之嫌。只有把胡传置于他所处的那个时代，才可以真切感受到这代士人身上的抱负、素养和意志。

在赴台湾之前，胡传已经具备了知识储备和办事才干方面的经验。他出生于1841年，20岁时在家乡安徽绩溪经历了太平军的侵扰，原配冯氏在此期间遇难殉节。1868年，胡传28岁，入读上海龙门书院，随著名经师刘熙载研习经史，兴趣渐从应试举业转向经世之学，对舆地学尤其用力，嗜读《读史方舆纪要》。1881年，他随吴大澄至东北，参与关隘考察、垦务、勘定边界诸种事项，后又随之赴海南勘察琼州、往河南治理黄河。其间，他的工作异常出力，得到吴的赏识，保举他“以直隶州知州分省补用”。1891年11月，台湾巡抚邵友濂奏调胡传到台湾。50岁的胡传，离开待产的少妻，踏上渡海的船只。到台湾后，先是任全台湾营务处总巡，后升任台东直隶州知州。儿子出生后，他的少妻也到了台湾。但此时适逢动荡之秋，甲午战争爆发后，他不得不派人送妻儿还乡。乙未割让之际，胡传应刘永福之约，留在台东镇海后军候敌。在营中，写下了给儿子秬儿（胡适二哥）的遗嘱。该遗嘱有关台湾的部分这样说：“壬辰之春，奉旨调台湾差委；至则派查全省营伍；台湾瘴疠与琼州等；予自三月奉檄，遍历台南北、前后山，兼至澎湖，驰驱于炎蒸瘴毒之中凡六阅月；从人死尽，而予独不死。今朝廷已弃台湾，诏臣民内渡；予守后山，地僻而远，闻命

① 周宪文：《台湾通志》弁言，台湾文献丛刊第130种。

② 方豪：《台东州采访册》弁言。

独迟，不得早自拔；台民变，后山饷源断，路梗文报不通，又陷于绝地；将死矣！”[①] 在台湾的三年多时间，耗尽了胡传的心力，再加上时疫的侵扰，他身心俱疲，不久被刘永福派人护送回厦门，几天后就离开了人世。古人有马革裹尸的说法，虽然胡传没有死在疆场上，但同样无愧于一个士人的死亡。他死在了自己毕生为之献身的经世事业上。

如果把胡传的《日记》《禀启》和《台东州采访册》对读，那么可以了解，这个采访册绝不是书斋中的摆设，其中浸透了一个近代经世士人的雄心和抱负，简直就是在与恶的环境生死相搏之后的产物。在蒋师辙《台游日记》中，记述了他与胡传的几次交往。第一次见面，说的就是胡传《遗嘱》中提到的“从人死尽，而予独不死”的景象：“胡铁花直刺巡阅营伍归，询其所历，皆蛮烟瘴雨之乡。仆从三人，死者二，病者一，而一身泰然，了无疾苦，真铁汉也”。[②] 语气中，对胡传（字铁花）充满了赞叹之情。这里出现的是一个军中硬汉的形象，胡传作为经世士人的胸襟还不能呈现出来。

阅读二人该次的谈话，颇能进入当时实境，时有令人解颐之处。如，蒋师辙写道，胡传“语余后山境俗，与志载略同。独谓精华已竭，无复膏腴可辟，台东州直当以瓯脱弃之，私心滋疑，然屐齿未经，不敢辨难。又力辨玉山之诬，谓直无此山，属余撰《山水考》，刊落旧说。余以漳浦陈梦林有《望玉山记》，状写凿凿，似非嚮言。近有谓是积雪者（见王文勤《台湾杂咏》自注），当以采访证之。玉以形似，疑山不可以臆见削也”[③]。这一场景，活脱脱是一个实地行走者和一个书斋学者的对答。其中涉及后山、玉山两个问题。对于前者，胡传认为后山的价值不大，可以视之为“瓯脱”而弃之；对于后者，胡传认为根本就没有玉山，过去的说法纯属臆造，甚至还嘱咐蒋师辙撰文纠正旧说。“瓯脱”有多种意思，在这里当是指荒地而言，与“膏腴”相对；玉山，在胡传心里还以为是玉质的山，所以才会说它绝不存在，蒋师辙则以积雪、形似的理由，为玉山的存在辩

① 胡传：《台湾日记与禀启》光绪二十一年（1895）五月二十八日条下，台湾文献丛刊第71种。

② 蒋师辙：《台游日记》六月十二日条下。

③ 同上。

解。不过，蒋师辙在这两个方面虽均有异议，对前者则自感“屐齿未经，不敢辨难”，对后者也只能从书本出发作一番推断。田野勘察的优先性，在这里毕露无遗。现在已知胡传的这两个意见确有偏误，但在当时，即便实地勘察者有误，书斋学者也只敢心中存疑，莫能置辩。

虽然二人的交往伴随着质难，但一开始就极其坦率，极其务实，体现了经世学者的气度。随后二人的几次晤谈，议题更加深入，且每有共振相合之处。胡传的议论铺展开来，涉及了台湾的舆地、武备、抚垦和番情等事宜。当胡传谈到“台北武备之弛”时，蒋师辙应和道：“额兵不可废，其余一切罢之，岁消金钱，储备临事增募土勇之费，此正策也。”胡传更进一步：“抚垦之军则必更张，俟至大科嵌归，当条议上之。”① 一个多月后，胡传拜访蒋师辙，就抚垦问题大发议论。蒋师辙日记中记述了胡传对抚垦的批评：“二十五日晨，铁花来，详语抚垦之失。缘内山二百四十里间，隘寮棋布，戍者名或十人或七、八人或四、五人，率多虚籍，拟悉罢之，而别移澎湖兵六百人分屯六所，每所各辖四十里，日出五十人分巡，两届更番休息，力裕而威壮，庶足令番众胆寒。”② 蒋师辙对胡传的说法深表怀疑：“余绎其说，意愿有疑。夫以二十五人蹀躞二十里间，令番众伺其既过，挟刃徐出，相去数里，声息便隔，何能遏其为暴?”③ 但他的质疑，与初见面时一样，因自己未实地考察，不敢贸然表达：“然铁花主此策甚坚，余未悉地形，不敢送难也。”④ 即便心中有种种质难，蒋师辙丝毫不敢怠慢胡传的实地经验。胡传作为经世学者的为人和见地，也逐渐为蒋师辙所认可。一次胡传把自己的旧作《东游驿程》拿出来，蒋师辙竟然借回，把这本书抄录了下来，令胡传颇为惊异，说你也对此事感兴趣，即“铁花谓余亦安事此”，蒋师辙则“戏为壮语应之曰：‘遏狡虏之蚕食，资君书为前驱，他日屏蔽东藩，何用知非仆!’”⑤ 二人以史书经世的梦想，在这里汇合在了一起。

---

① 蒋师辙：《台游日记》闰六月六日条下。

② 蒋师辙：《台游日记》七月二十五日条下。

③ 同上。

④ 同上。

⑤ 蒋师辙：《台游日记》闰六月二十八日条下。

从邵友濂所聘用的这两个人来看，他并不是一个无识的庸吏。虽然他未能成功地挽留蒋师辙，但毕竟成就了胡传在台湾的一段经世传奇。胡传与蒋师辙的不同之处在于，蒋师辙因“事不可为”而离去，胡传则以“事不可为而为之”的态度书写了自己的历史。有人说胡传调任台湾与淮系有关，有人为胡传未能赶上刘铭传的新政风云而感到失望。但实际上，胡传的实学经世路径与刘铭传的新政措施之间有着很大的差别，所以他才可在经过实地考察后，对后者的开山抚番做法作出以下的评估：“台湾自议开山以来，十有八年矣。剿则无功；抚则罔效；垦则并无尺土寸地报请升科；防则徒为富绅土豪保护茶寮、田寮、脑寮，而不能禁凶番出草。每年虚縻防饷、抚垦费为数甚巨。明明无丝毫之益，而覆辙相蹈，至再、至三、至四，不悟、不悔；岂非咄咄怪事哉!”[①] 在周历全台的基础上，胡传虽然宣称自己不敢菲薄前贤、痛诋时彦、好翻成案，但终于愤激而发狂言：“诚见今日防务，非先罢抚局无从着手；非先将历年剿防抚垦所以无效之故彻底奏明，改弦更张，以杀止杀，无济于事。”[②] 胡传的这一狂言，可以了结后刘铭传时代的一段公案。

与这一说法相一致，在《台东州采访册》的“疆域”条下，赫然出现了作者所加的按语：

谨按旧通台东之道有六：……以上六道，皆同治十三年秋、冬以后督办台湾海防大臣沈公葆桢建议用重兵、縻巨饷所开，穿番中以行；处处筑堡设防，剿抚兼施，不遗余力。然兵甫撤，而道即为番所阻塞。今皆不复能通行，前功尽弃矣。[③]

谨按：台东僻在后山，拊全台之背。用兵经营其地，以杜外夷窥伺之萌，所谓卧榻之旁，不容他人鼾睡也。然由前山陆路劳师凿险，冒瘴深入，扼要设防，剿番、抚番、招民垦荒，不遗余力已二十年，縻饷已数百万，而兵犹不［能］撤，岁费尚需十余万金；始设厅，继改州，悉以内地之治治之。而至今民不加多、地不加广，如耕石田，

① 胡传：《禀台湾臬道宪顾》，见《台湾日记与禀启》卷一。

② 同上。

③ 胡传：《台东州采访册》“疆域”条。

徒费财力，且将成为漏卮，无所底止。岂前山可开而后山独不可开哉？……①

这是对从刘铭传上推至沈葆桢时期近二十年开山抚番政策的总检讨。胡传以实地勘察的功夫，加上舆地经世之学的眼光，发现了近代化在台湾后山番地推进过程中的误区。难能可贵的是，他以战略的眼光，提出了修正的对策。这一对策是在一个更为宽广的视野中作出的。胡传回溯的是郑成功时代的做法："观于郑氏之往事，而得失、难易之故可知矣。郑氏以安平为巢穴、以鹿耳门为门户、以澎湖为障蔽，专恃舟楫以守以战；以转运百货，厚自封殖；以招诱无业之民，使垦荒地。往来出入，飘忽无常，使中国不测其所为，而台湾日益开拓。盖由外而内、由近而远渐推渐广，伸缩自如也。"② 他以"郑氏故智"命名之，认为这种做法有着难以比拟的优长，为西洋各国所学习、采纳："今西洋各国经理各海岛而占据之，皆师郑氏故智。先以舟楫据海口、立市埠，置兵不多，不遽深入；力聚易以自固，费少易以持久。以互市诱远近懋迁有无，使百货外自海至、内由山出，各争便捷而自集。久之，而人日众、土日辟，自成都会，然后设官以治之；务求有人、有土、有财而足用，不蹈务广而荒失之也。"③ 与郑氏故智比较，沈葆桢、刘铭传时代的开山抚番显露出了先天的不足："今我开后山，乃反其所为。舍海道、弃舟楫，专事陆路；道逾山岭，穿番社，力求深入。处处设防，处处为番所牵制，徒自罢其大于荒山穷谷之间；如羝羊触藩，不能退、不能遂。师老财费，夫何怪焉！"台湾抚番的困境和出路，在这里呈现无遗。

对抚番问题的思考，胡传并没有沉溺于历史的怀旧中。他先是把它上升为一个普遍性的问题，以不同的经验来作出验证。由于胡传有海南勘察的经验，在比较的视野中，他发现了台湾、琼州抚番的相似性。在琼州，张之洞采用的是明代以来善言兵者所说的"开十字道"的做法，并取得了成功。经过对比，他得出如下的结论："岛屿之乡，利用舟楫由海道自外

① 胡传：《台东州采访册》"疆域"条。

② 同上。

③ 同上。

而入易为力，由陆道自内而出难为功，不独台湾然也。”① 进而，胡传提出台湾治理后山的建议：“夫台湾后山有成广澳、有大港口，犹前山之有鹿耳门也；有火烧屿，犹前山之有澎湖也。如仿行郑氏之法，据海口而不深入，立市埠以广招徕，造（轮船一艘）、帆船十艘，置兵五百人足矣；杜外夷之窥司、免内番之牵制，伸缩均得以自如矣。”② 这一思路，显示了胡传作为经世学者的见识。

以上检讨和思路，在胡传《记台湾台东州疆域道里地方情形并书后》一文中有类似的表达。令人惊奇的是，胡传竟然把这种经世之学的思考挪写在了地方采访册中。若不习于成见，那么，司马迁“太史公曰”的史书撰述格式、章学诚“志乃史体”的方志观念，可以视作胡传“谨按”体例的先导。其中突出的是现场感和对史识的强调。邵友濂修志的意图或许并非完全如此，但客观上为胡传这样的有识之士提供了史学经世的空间。

胡传的这些想法，在《禀台湾臬道宪顾》《上江苏臬宪陈舫仙廉访》《致邵班卿》等禀告文和书信中有不同程度的流露。阅读这些文字，感受最深的是胡传与他的朋友们共同的忧患意识和经略雄心。作为一个近代经世的士人，胡传不是一个人在战斗。在其日记和禀启中，占据重要位置的有顾肇熙和邵班卿等。前者是胡传赴台的引荐人，为政不务虚名；后者则是他的同乡和挚友，所著《邵氏危言》曾名噪一时。这些晚清经世路上的同行者，共同营造着近代台湾变革图强的氛围。可惜时不我与，胡传在台湾最后的困境，意味着其内心强烈的实学经世的梦想的沉落。

① 胡传：《台东州采访册》“疆域”条。

② 同上。

克服黑暗

——论日据末期张文环、吕赫若对殖民地知识者道路的反省

李 娜

作为日据后期台湾的重要作家，张文环（1909～1978）和吕赫若（1914～1951）的重要性，不仅在于他们内涵丰饶的作品；他们是一对对殖民地状况和文学者责任有着相当自觉的好友，以多种文艺形式——包括写作、办刊物、组织社团、演剧、歌唱等，活跃于1940年代的台湾文坛；他们既有知己之感，在认识和行动上，又有着鲜明的差异。这差异非仅关身世才华与个性，也不明确表现为思想路线之别——他们二十多岁时接触左翼思想，张文环在东京留学，还因参加左翼文艺社团而入狱，但经历1930年代对日共、台共和文艺界的全面整肃，以及中日战争爆发后强力推行的“皇民化运动”，台湾已无左翼文学现身的空间，而作为殖民地第二代新文学作家，受完整的殖民地现代教育、以日语写作登场的张文环和吕赫若，除了早期作品中存留左翼文艺运动或理论的痕迹（如张文环《父亲的要求》，吕赫若《牛车》），其多数的成熟、代表作，不但与“左”无涉，甚至也很难捕捉其对时局、政治、历史的明确认识，以及对未来的想象。换言之，殖民地肃杀年代的写作，是“去思想”的。然而“去思想”绝不意味着无思想。也正是在这一点上，张文环和吕赫若的“差异”值得追究。这两个天赋敏感而始终保持着一种文章气格的文学者，在台湾民情风俗，或家族制度的败落，新旧女性的悲歌的书写中，层层包裹了他们历史性的思

考——与他们现实中的活动、言论、日记等资料相对照，尤见意味：他们的差异，是晚期殖民地知识分子，身处殖民母国掀起的战争旋涡之中，对帝国与殖民地、东洋与中国、现代与传统、个人与集体等诸多既与前期新文学运动有着呼应，又表现为新的样态的问题，作出的不同思考和道路抉择。

太平洋战争爆发，日本所谓大东亚战争、“决战”时期的到来，让这两种思考和道路抉择的矛盾以及现实后果，都日益凸显。本文即以这一时期张文环和吕赫若的创作与活动，以及光复后两人的命运分殊，来探讨殖民地文学者的“心灵秘史”与两条道路的历史意涵。

留学东京十余年，1938 年回台的张文环，陆续写出代表作《艺妲之家》（1941）、《夜猿》（1942）、《阉鸡》（1942），因为对台湾乡土饶有风趣又精微深切的刻画，被视作出色的“风俗作家”而逐渐承担了类于文坛“领导者”的角色；而迟至 1939 年才到东京学习声乐的吕赫若，虽写出了《牛车》（1935）、《财子寿》（1942）这样深刻反映乡村结构与家族制度的时代性崩解的小说，1942 年回到台湾时，还是一个只被少数文友看好的“新作家”。他一边加入“兴业统制会社”（电影公司），以固定月薪养家，一边加入张文环主编的《台湾文学》及文坛交游和歌唱、演剧等活动，在生活重负和时局动荡之下，创作却日益健旺。此时，张文环被赋予“文学奉公”的职位职责，从“决战时局”“要塞台湾”的座谈会到“第一届东亚文学者代表大会”都留下足迹，创作一度陷入停滞，但“厚生演剧协会”的组织和演出，以及 1944 年“国策”促动之下的写作，仍曲折印刻了他文学生命衰落前的光华。

光复后，张文环停笔，先从政，做过庄长和县议员，继而往复于银行、酒店管理等商业职务上终老；吕赫若则在 1947 年二·二八事件前后加入共产党地下组织——“台湾省工作委员会”，进行秘密印刷刊物等行动，并为之身死（1951）。两个富有才华和创造力，曾以文学为战场的殖民地作家，文学生命却凝固、陨落于“光复”之后，此一憾恨，包含着丰富的时代信息。

一　张文环：乌托邦与“总决算”

1944 年下半年起，“台湾文学奉公会”① 选派台日作家十三人，包括杨逵、龙瑛宗、吕赫若、张文环、周金波、西川满、滨田隼雄等分赴台湾各地农场、工厂、兵团、铁道、矿区参观战时体制，撰写作品，以呼应“南进”政策。在报刊发表之外，年末台湾总督府情报课更编辑《决战台湾小说集》乾、坤两卷出版。其中，有张文环的《在云中》、吕赫若的《风头水尾》、杨逵的《增产的背后》等。

日据时期文学研究的前辈施淑先生，曾专文细致梳理 1920 年代至 1930 年代台湾的左翼文学运动，文末提及战争末期的吕赫若和杨逵，认为作为“本质上信仰集体精神的左翼作家”，他们在“文学奉公”“增产建设”集体主义要求的口号里写出的这些作品，其实是：

> 表现知识分子上山下乡，自我改造，在表现上可以被解释为皇民文学，也可能是记录着日据时代末期，走出小布尔乔亚的城市，重新踏上荆棘之路的左翼知识分子，透过劳动改造，在“皇民”的伪装下，努力朝向“人民”转化的另一部心灵秘史的作品。它的“背后”，它的真实讯息，倒是引人深思的了。②

这一带有假设意味的提法，建基于对早期左翼文学运动脉络的把握。就“另一部心灵秘史”而言，可以不限于“左翼知识分子”。1990 年代以来两岸对“决战”文学的关注，一度围绕是否“皇民文学”论争不止，反忽略了施淑所言更值得“深思”的讯息。如今更多记录战争时期事件和个人资料的出土，应能让我们在文本与现场之间往返，探究这一特殊环境下殖民地文学者的封缄之言。“决战文学”中确有“另一部心灵秘史”。

---

① 1943 年 4 月应日本殖民政府要求成立，由“台湾文艺家协会”改组而来。

② 施淑：《书斋、城市与乡村——日据时代的左翼文学运动及小说中的左翼知识分子》，《两岸文学论集》，新地出版社，1997，第 83 页。

1. 云中的觉悟

张文环参观的是罗东镇附近的太平山上的伐木工场。在山中的缆车上，他构思了一个故事：阿秀带着女儿，到山上去找做伐木场办事员的丈夫水来。文学奉公的要旨之一，表现大东亚战争给人精神面貌的改变，所以小说中的丈夫说，“山顶和战场一样，咱们是战士。工人人数虽然减少了，伐木却增加产量”。

但小说逐渐展开，我们却发现：说着堂堂战士语言的水来，并非那个为战争而振奋者；被寄予觉悟、自信和笃定面貌的，是阿秀，而阿秀的觉悟，实无关战争。

水来听了朋友劝诱到山上工作，却喜欢下山去“街上”（市镇），声称“要逛逛街不然脑袋会衰老”。阿秀死去的前夫在矿场工作，她明了“男人的世界”，明了水来留连的声色；她也明了“女人的世界”，清楚像自己这般矿场里的年轻寡妇，容易堕落的命运。她以理性自洁，得以再嫁。如今她决定带着三岁的女儿随水来到山顶生活，虽然到“云中”去的路途艰难，空中缆车都令她惊惧，但她喜欢“云中”素朴的生活和新鲜的空气，如此觉悟：

> 在山上，丈夫和自己都像微小的蚂蚁，既然如此微小，忧虑都没有用。不要顾虑也好。投入国家的大行动就好。阿秀决意不再嫉妒了。即使丈夫不在，即使自己成了炊饭妇，也要把这个女孩子养育成有出息的女人。①

张文环以惯用的女性叙述，掺入国家意志的言说，却让后者变得飘忽了。阿秀的觉悟指向在素朴的环境中安定心身。这个自我既告别犹豫软弱的自己，更告别那个在新旧时代“投机”、自私而蒙昧的（虽然是自己最密切的）丈夫。她希望丈夫“与其做一个像绅士的办事员，宁可做一个樵夫”。投机、努力向上爬，以绅士外衣为现代文明，而终不免于作假或崩毁的台湾人形象，是张文环小说里一再出现的。底层的水来复制着这命

① 《在云中》，《张文环全集》卷三，第182页。

运，但《在云中》这只是一带而过，因为张文环/阿秀的眼里有了新的世界和希望。她不在乎浑浑噩噩的丈夫（当下的台湾），而把希望寄予将在山中长大的女儿（未来的台湾）。“光荣圣战”存在的意义是把她带到山顶，给了她这样一个重生希望的空间。对“国家大行动”，这是逃离，而非“投入”。阿秀如此的心灵历程，分明是张文环面对“光荣圣战”不得不诉说的乡土乌托邦。

在山顶这个“战场”，千年古木倒下的姿影，在阿秀眼里是“悲壮的”，是“为了人类或国家而牺牲”，“那种尊严的感受以及神圣的使命感打动”她的心。

而在现实中的“从军作家座谈会”上，张文环讲看树木倒下的心情“无限痛惜”，“近千年的古木在一瞬间被砍倒，那饱经风暴的漫长历史也在一刹那间被摧毁得无影无踪”①。座谈会在小说写作之前，这两个同在政治压力下而显露微妙差异的“文”与“言”，拼合起来，更能揣摩（即便是过度诠释）张文环的心意。千年古木是殖民地上的树，注定要被无情摧毁、被连根拔起。如同殖民地子民的历史文化的命运，如何让人不悲壮，痛惜？在被譬喻为“战场”的这伐木场上，阿秀是边缘人，如同正在奉公高论的文学者张文环，在他们的内心和未来想象中，悄悄走入了自己的战场。

作为一个在殖民地暗影下诞生的觉悟主体，张文环并不避讳阿秀（可能不洁净）的过去，小说中有隐约的一笔，提到水来的“善于交际”，“阿秀是在先夫还在的时候就认识他（水来），所以，认为也是一种宿命”。参照张文环的小说《艺妲之家》以及被邀请参与主持“大稻埕女服务生、艺妓座谈会”② 时的记录，他对因贫穷、落后制度（养女制度）而无法摆脱风尘的台湾女性，有种超于一般同情的、以之为民族伤口也是进步动力的观照。因此阿秀成为作家“觉悟者”的代言，那种从艰困、容易堕落的环境中挣扎而出新主体的意志，格外具有殖民地命运的意涵。

不同于他被认为艺术风格成熟的《艺妲之家》《夜猿》《阉鸡》在细

---

① 《从军作家座谈会：真正忍耐贫困的生活、一心一意、山中的劳动者》，原载《台湾新报》1944 年 7 月，《张文环全集》卷七，第 212 页。

② 原载《台湾艺术》第一卷第六号，1940 年 8 月。

腻哀婉描述中流露的暗沉的宿命感，《在云中》的“积极”格调，看似简单，应和时局之作，却又有一种确实的（即便是想象的）对重建自我的活泼期待。似乎战争真的带来一种（掩藏在国策意志要求的明朗之下的）明朗。何以如此呢？

2. “决战”下的文坛与文学运动

1942年7月，张文环被任命为“皇民奉公会”文化部委员。1942年10月，他作为台湾代表，赴东京参加“第一届大东亚文学者大会”。此后即“献身”于各种“决战”会议中，在一些与文学不相干的座谈会上，也被邀为唯一的作家代表出席，如“海军特别志愿兵制纪念座谈会——‘海军’与本岛青年的前进”① “责任生产制与增产座谈会”② 等。有意思的是，一方面给予相当重视，一方面在对其“风俗作家”的称呼中，不乏一种轻蔑意味。不过是描写台湾地方风俗的作家罢了。这也正是他能被委以重任的原因之一，即认为他的写作不具备什么政治危险性。此时发表的作品多是有关时局的杂文，或被命题的报道；到1943年下半年，文学创作只有短篇《迷儿》《媳妇》发表。

战争和国家意志步步紧逼，借机而起的还有掺杂了个人宿怨、文学路线与民族意识之争的“台湾文坛的阴谋”。在1942年10月去东京开会的船上，据龙瑛宗的回忆，《文艺台湾》的主事者西川满、滨田隼雄对张文环循循劝诱：将《文艺台湾》和《台湾文学》同时废弃，合办新的杂志以“报国”。张文环唯“嗯嗯”而已，始终不肯点头答应。龙瑛宗和张文环私下戏称这场停泊唐津时的夜话为“唐津会谈”③

1930年代后期台湾新文学运动陷入困境时，无论左翼背景的杨逵主编的《台湾新文学》，还是广泛联合全岛作家的“台湾文艺联盟”主办的《台湾文艺》，都被迫停刊。1940年在台日本作家西川满组织“台湾文艺家协会”，发行《文艺台湾》，回台后的张文环曾加入其中，但西川满以高调的浪漫主义主导杂志，在张文环等台湾作家眼里，不过是满足其“个人趣味”、与台湾现实无关的华丽玩具。1941年张文环退出，与王井泉、陈

① 原载《台湾公论》，1943年7月号。

② 原载《台湾时报》，1944年9月号。

③ 龙瑛宗：《〈文艺台湾〉与〈台湾文学〉》，《台湾近代史研究》第3期，林至洁译。

逸松、中山侑、黄得时等人另组“启文社”，创办《台湾文学》（1941 年 6 月 ~ 1943 年 12 月）。这在日据后期台湾新文学运动史上，是具有标志意义的文学事件。作为“唯一能与《文艺台湾》分庭抗礼”的文学期刊，它接续了 1930 年代新文学运动的现实精神，逐渐团结了多数台湾作家，同时取得了一些在台日本文化人士的支持，包括台大教授工藤好美以及创办《民俗台湾》的池田敏雄等。以《台湾文学》同人为核心，杂志为基地，台湾新文学在殖民地后期的艰困环境中，始得一持续成长、联通内外的空间——“在东京风评甚佳，车站卖店也有贩卖”[①]。

因此不难理解同人们在“决战”敲响的“文学报国”战鼓中，像呵护孩子一样竭力维持《台湾文学》的独立的心情。在吕赫若的日记中，多次记载同人聚谈，讨论维持《台湾文学》的各种办法。

1943 年 4 月，滨田隼雄先以台湾作家作品无“皇民意识”发起责难。5 月，西川满又以“粪现实主义”称台湾作家只会用欧美现实主义写台湾陋俗，譬如“虐待继子”“家庭葛藤”，矛头特别指向张文环和吕赫若（吕赫若在四月出刊的《台湾文学》上发表小说《合家平安》，涉及旧家庭堕落和继子问题）。在战争、皇民化、大东亚共荣的达摩克利斯之剑下，台湾作家就“粪现实主义”展开一场精彩迭出的论争。[②] 张文环在《台湾文学》上对滨田隼雄的回应具有他一向的机智和稳健。吕赫若没有做出公开文字回应，却曾与张文环一道打上门去，找西川满的“走狗”理论。同时，这场论争也在吕赫若创作转变中起到微妙作用，这一点第二节再叙。

以《台湾文学》的危机和“粪现实主义”论争为信号，台湾作家原本戴了重重枷锁的书写空间，更形逼仄，甚而“快要不能写了。”吕赫若的日记写到：

> 去文环家谈天，说是小说终于就快要不能写了。（6 月 8 日），“骑脚踏车去文环家，因他的文学停滞了，所以劝他为了打破那种状态回

① 《吴新荣日记（1933 ~ 1967）》，台湾文学馆，2007 ~ 2008。

② 这一论争的相关资料翻译整理，可参见《喑哑的论争》，《人间思想与创作丛刊》1999 年秋季卷。

乡下去。他悄然无语。虽是好男儿，性格上却……① (7月15日)

就其文字和文友们的回忆看，张文环是一个既善于笑谑，又温柔敦厚，处事周到能转圜的人。吕赫若的日记有“外面因防空演习而黑漠漠的，反令文环的妙语增辉”（1942年6月15日）之语。在张文环主持的座谈会记录中，也可以看到他如何游刃有余发动讨论，掌握气氛。而另一方面，也会被认为性格犹豫而软弱，如同早年在东京的“台湾艺术研究会”中，他接受杨肇嘉资助而被批评为与民族资产阶级右派妥协一样，他与西川满或有力人士的周旋，也曾招致《台湾文学》同人误会。但，不以张文环自己在回忆中对一些旧事的辩护，单看决战时期一场场座谈会中的发言，虽然说着顺应时局或表态的话，却仍尽力引导在位者对台湾民情的了解；或借力打力地提出一些为台湾争取改善文化条件的建议（如在海军志愿兵制的座谈会上，被咨询台湾人对海的迷信，他便提出设置海军学校或商船学校以改变台湾人观念）；或在“台湾作家”作为忠诚可疑者被戴上“非皇民”血滴子时，不惜以一种曲扭而悲壮的方式维护台湾作家。这一种表面敷衍实际“不敷衍”、尽其所能的态度，绝非投机或软弱者所能为。吕赫若的“是好男儿”确是知己之语。

因此这样的奉公，对于张文环来说，即便已经多年历练，恐怕也极为耗磨。吕赫若劝他回乡下去，当在于摆脱这种状况，或者回归不受精神压迫的身心自然？但如同吕赫若在日记中自问的：有朝一日能安定下来从事文学吗？张文环即便回到乡下，能有一张他期待中的田园书桌吗？

张文环没有回乡下，“奉公”之外，和吕赫若、王井泉、吕泉生、林博秋等人一起，创办、展开“厚生演剧研究会”的活动，展开了日据时代台湾新剧运动的一个高潮。

吕赫若日记载，1943年4月29日下午两点出席在“皇民奉公会”总

① 《吕赫若日记》（手稿本与中译本），台湾文学馆，2004。因为以叛乱赤匪死于1950年代白色恐怖，吕赫若的家人心有余悸地烧毁了他的手稿和书籍，却有一本日记，因为记载了孩子们的出生年月日，留了下来。迟至2004年方整理出版的《吕赫若日记》，是1942～1944年吕赫若个人和“决战”时期台湾文学的珍贵史料。在此也为本文倚赖的文本材料。以下引用时，将直接在引文后附日期。

部举行的“台湾文学奉公大会”成立大会典礼，三点半出席在山水亭开的“厚生演剧研究会”成立大会典礼。吕赫若的日记涉及任何时局、政治问题都基本无评论，然而两件事的平行记录，已然耐人寻味。“演剧”在1937年后因战争宣传需求而重新兴起，也为台湾艺术家提供了打开被禁闭的“台湾民俗文化”的机会。与各种官办的“演剧挺身队”装备优越却艺术贫乏的状况相对照，“厚生演剧研究会”集中了台湾最优秀、年轻、生气勃勃的一批作家、音乐家、导演、编剧，以富有台湾土风与精神的戏剧，有意识地进行着一场面向和赢取民众的运动。5月，厚生演剧研究会开始排练，第一个剧目以张文环的小说《阉鸡》改编。9月，在永乐座的演出获得盛大成功。对于战争意识形态笼罩下的台湾，厚生演剧的成功，对普通民众是一种本土情感的唤起和肯定，对这些殖民地知识者，则有着维护文化尊严，以及从战争压力下喘息的意义。

1943年11月，台北召开“台湾文学决战会议”，西川满提议合并、“献上”文艺杂志。

12月，《台湾文学》终不免于废刊的命运。

转年，张文环携家人搬离台北，迁到台中雾峰，在林献堂帮助下任职雾峰街役场（区公所）主事。

战争中，张文环的荆棘之道“继续着”。1944年7月，在统制后由皇民文学奉公会出刊的《台湾文艺》上，他发表了具中篇规模的小说《土地的香味》，① 可以说是带有自传意味的对台湾知识者的道路进行了一番“总决算”，透过这篇小说，也庶几能理解《在云中》透过阿秀表达的“明朗”和希望。

3.《土地的香味》：殖民地现代青年总决算

小说始于清辉被双亲送去东京学习十年，将要回台湾，被迫展开对自己的“总决算”的时刻。学习文学的清辉，既非医学博士，也不能做律师，不能“衣锦还乡”是定了的。清辉的“决算”指向三个层次。一，包裹在西装里的卑俗的虚荣心。二，“现代教育的缺陷不是在于陶冶人格，不外就是以有出息、发迹为目的的死背课题的考试而已。”三，“明治时代

① 原载《台湾文艺》第一卷第三号，1944年7月。

的前辈们首先都经过了东洋式的修养，所以在醉心于西洋的时代里才能以正确的眼光去取舍选择输入外来文化。这在现代的青年是做不到的。”第三点的自省，也是对殖民地文化处境的反省。这里“现代的青年”毋宁是台湾青年。“东洋”是以汉文化为基础的东洋。“如此一想，他便怀念起昔日的书塾教育”来。

面向现代的传统

曾经在《论语与鸡》（1941）中倒塌了的汉书塾和父祖一代的学问人格、人情伦理，在战争带来的“皇民化”压力中，重新成为对抗帝国规训、建设“台湾文化”的资源，吕赫若的同期创作《风水》《玉兰花》等亦有相近的运思。在张文环和吕赫若前后期的小说中普遍交织着“破败、落后、蒙昧”与“淳朴、坚韧、美善”两种乡村社会形态，看似矛盾而自有其脉络。“乡土”是在持续加强的殖民压力下被文学者反复想象和认识的。“决战”时期的“传统”，与此前的“传统”，已经不是一回事。首先，“传统”是经历了台湾新文学兴起时与“五四”同构的话语批判后，重新被认知的传统；也是伴随台湾现代化进程的展开，重新被认知的传统。因此，张文环在《土地的香味》中面对思考的“传统”，经过否定之否定，是在相对于“现代”带来的启蒙和困惑的层面上被挖掘的，具体地进入“个体”身心层面。譬如，清辉对蓝布衫和西装的感觉是带有自嘲意味的：留学归来的人也好，台北的领薪水者也好，急急忙忙穿上西装，自此包裹起了一颗“虚荣”的心。譬如，旧式教育注重对人的品格的熏陶，而现代教育却直接与功利结合。因此没有读完女学校，却跟着父亲学习汉文的姐姐节子，是幸运的，她拥有的谦和、明朗和柔韧，让自己和家人受用不尽。相对于现代的急躁、进退失据，传统是“慢”的，笃定的。留学归来的清辉抱了各种各样空茫的想象，最后还是在姐姐的引导下找到了安定身心的“农园”。

其次，“传统”这一概念中的时间，被空前密切地与当下的时间连接，并透露一种积极姿态：如果这传统不能够在当下迎接现代的强大潮流，去抵抗坏的、融合好的，完成一种内在的汰旧更新，那么这个传统必然会死去；反之则能成为建设一种开放、包容的台湾文化的坚固基础。

清辉回到家乡后，一方面面对的是家境的衰落，“父母露出了穷相”，以及乡人的功利短视和民风的“死板枯瘦”，是为“传统”之死；另一方面是到了台北，看到姐姐节子和她的夫家所代表的“传统”之生。节子没有被现代教育污染，是“性格明朗的旧式美人”。嫁到台北的中医之家，公公是传统中人，亦是开明之人——他空余教子弟汉文，又令子女在他身后把家中的药房让渡别人，不可以之为代代相传的赚钱工具。嫁入这样家中的节子，能够如鱼得水，发挥其“旧式女子”的优长，开放性地应付新事物，在公公、丈夫先后过世后，成为引领家庭的中心，过得富足、笃定而有尊严。“传统”在此，不是抽象的理论，不是形式的祭仪，不是蒙昧的迷信，而毋宁是一种处理人情事务、面对人生变局的柔韧姿态，它有美善的原则，有“合情合理”的方式。此一传统透过姐姐节子，立足于个体，获得了面向新时代的具体表现形式，一在处理家庭关系上，二在实业经营上。譬如为了婆婆，让唯一的儿子不读“小学校”（主要为日人子弟就读的小学，富裕家庭的台湾人子弟才有可能就读），而读“公学校”（主要为台湾人子弟就读的小学），以便不忘台湾话而能与婆婆沟通；但又要求儿子国语（日语）也要拿到甲的成绩，“不然换成祖父对爸爸过意不去哩”。这个细节很有意味。在“台湾人是日本人”的殖民地现实面前，如何为下一代考虑？如何不泯灭自己的出处，以为面对不可抗拒的殖民现代化的主体？小说开头清辉反省，汉文化不也曾经是日本明治维新一代人的内在基础吗？

这样的家庭里，即使小叔子秀谦有让人不快的所谓生意人性格和新式教育下的个人主义，却因服膺嫂子的人格，而能共同致力于家庭合伙事业。这又对应着小说开头，清辉在东京与朋友辩论，说东洋对异民族的政治道德，立足于缘而超越利。西洋的思想能治国不能平天下，云云。清辉与友人的辩论总有不踏实之感，因自己似乎缺乏“依据”。而这里，姐姐节子的以德服人，俨然就是他所论东洋政治价值的具体而微的实现形式。

与此相对照的，是清辉归来后的职业历程。“为了了解东洋文学才去学习西洋文学”的清辉，认为回归来处是理所当然。但是做什么才是真的“归来”呢？回家的第二天，他着手写在船上就构思的葡萄酒制造的论文。把故乡传统的竹纸制造改造为种葡萄。“土地风土是否适合”是另一回事，这是为了“拯救贫困的山地农民生活”，虽是外行人的立场，至少是有趣的读物——有关清辉的叙述，从小说一开始，就出现了张文环作品中并不多见的嘲讽雅谑——《土地的香味》带着鲜明的夫子自道，自我“总决算”，常常却出之以嘲讽，而不是严肃剖白，传达着作者某种既无奈，又有着细微“明朗”的心情。

清辉因这篇不切实际的论文得到老友的邀约，去台北参加一个台湾文化人与实业家合作的“小林三一”式的大计划。虽然对由投机者主导，而自身将在其中扮演“站在中间抽取利润”的阴暗角色不满，却以“跟恶打仗而推出善，才感觉妙味”说服了自己。但此后这一路事业空想，以及台北领薪水者“比东京的人还爱打扮”的虚荣，消磨着清辉。直到在姐姐的朋友、戏称“牛暴发户”的阿莺处得到刺激，开始与姐姐、秀谦合力在草山买地经营养鸡、种甘薯的农园，清辉才似乎找到了身心安顿的所在。尽管这背后仍有一种逃避——清辉热爱故乡的自然风土，但如果在家乡当农夫，有违父母送自己出洋读书的期待，会丢面子，在台北草山就没有这个负担了。

在这篇带有回顾来时路色彩的小说里，一方面是叙述格调上的“明朗”，一方面，凡涉及政治、时局的地方，是简略、暧昧的。与其说暧昧，不如说用没有判断的事实陈述，刻意回避了自我立场的表白，这是“不能言”的暧昧，不是自己无话“不言”的暧昧。

有意味的是，小说的时间设定，是在两次战争之间：从中日事变到大东亚战争。

从“阴暗的中国事变”到“明朗的大东亚战争”

清辉刚回国，与友人谈论买地种姜的事业时，提及世界形势“暗云低迷”。“在大陆有冀察政权成为问题，在欧洲有希特勒和墨索里尼在活跃。然而，清辉在东京看过二二六事件，所以相信日本必会走向要走的路去”。小说中，清辉以“生活问题”紧要，无从关心政治于此戛然而止；但张文环的关心则在此暧昧地“低迷”。“支那事变”（中日事变，卢沟桥事变）发生了，日本走向了“要走的路”。小说近尾声处，是大东亚战争的爆发。“对美英宣战的大诏核下了”，一年来享受着农园的忙碌的清辉，“感到身体内一种热气沸腾”，“战争，这一次就是真正的战争啊……鸦片战争，黑船……长久被英美帝国主义侵略过来的东洋，这一次真的站起来了”。

何以后者是“真正的战争”?

1942年11月，张文环作为台湾地区代表，到东京参加第一届“大东亚文学者会议”，会后，日本文学报国会、情报课特地组织了一场“大东亚战争和东京留学生的动向”座谈会，召集了九名东京的台湾留学生，请张文环和龙瑛宗主持。从“在东京体验大东亚战争的各位的心情”开始，学生说：“这回内地和台湾会向同一个方向迈进，比起先前支那事变发生时，那种孤单寂寞，阴暗的感觉大不相同，虽然无法说出具体的意味。”张文环表示赞同，“确实不错。先前支那事变发生的时候，就是有那么一种茫茫然地，非常阴暗的心情，可是，大东亚战争勃发，却又近似明朗的感觉，王兄这么说实在很有意思”。他又为学生的发言做解：“(支那事变)兴起了台湾和内地的关联将要被切断的疑问，而由于这回的大东亚战争，一切的疑问都消逝无踪了。觉得日本毕竟是拥有开战的本钱的，刚刚王兄所意指的不只是在精神上和内地非常的相通，而且内地人跟我们的结合也会越来越形紧密。这点，在现今的台湾的文化运动上也渐渐地显现出来了。”发表在《台湾时报》上的会议记录，便把这一段用了“阴暗的中国事变·明朗的大东亚战争”的小标题。[①] 但这一掩耳盗铃、转移注意力的逻辑，对张文环确实发生了作用吗?一方面好像是，写于1944年的这篇《土地的香味》，以此作为光明的尾巴。但另一方面问题又没有这么简单，要不很难解释小说最后为什么又多了一笔：阿莺打电话到农园，说：“终于变成大东亚战争啦”，清辉回：“你的牛会涨价啦”。

《土地的香味》似乎想要把座谈会中不能明言的东西写出来。虽然它仍是暧昧和不无疑义的。两次战争对殖民地台湾人，的确召唤起不同的感觉：1937年，日本是在侵略自己曾经孺慕的汉文化母国，心情复杂的台湾人纠葛有耻；大东亚战争，矛头指向“列强”英美，日本从侵略者变成反抗者，而且好像重新和汉文化站在了一起。上溯“近代”之开端，中国遭遇的鸦片战争，与日本遭遇的黑船，同为英美帝国主义侵略。在此世变遭

① 原载《台湾时报》，1942年12月号。收于《张文环全集》卷七。

际相近的意识下，“大东亚战争”爆发，日本侵略中国的事实没变，却给如张文环这样的台湾知识分子换一口气的感觉。不管这个转换有多勉强，它带来某种扭曲的、难言的慰安，却又似乎是真切的。

在这一点上，来理解张文环在《土地的香味》《在云中》中，悄然展现的“明朗”，会发现，他实际上是与这些战争隔膜的，“明朗”带有自我安慰的、乌托邦的性质。也就是，他拥护的不是大东亚战争，而是无可奈何的低迷中，这战争所带给他的一时的幻想空间。

二　吕赫若：克服黑暗

1.《风头水尾》：是战场，不是田园

1945 年，吕赫若被送去参观的地方是台中州下谢庆农场，之后他写了小说《风头水尾》①。

“风头水尾”与“云中”，同为增产报国的后方战场，这两个空间隐含的角色意义，却大为不同。在张文环笔下，“云中”生活虽贫苦却美好，素朴山林与新鲜空气是相对于都市的喧嚣和污浊，而非作为生产战场，感动和启悟了阿秀对未来的期待。而在吕赫若笔下，自然环境恶劣的海边，处于“风头水尾”的最差的农垦地，对山里来的农夫徐华来说，是个真正的战场。小说描写徐华走在堤防上，“由于正面迎接海风，他紧按住似乎要被吹走的裤子。扬起白色浪头，以堤防为目标蜂拥而至的海浪，与青翠的耕地相形之下，更令人惊于与海作战、开垦的危险性。觉得海很恐怖，自己即将被海压倒的压迫感……”但在眼见海边农夫，特别是农园的负责人洪天福，带领农人与海顽强作战的情景后，徐华受到感召，褪去恐惧，以“喜悦”之心投入战斗……这是响应“决战”精神的，然而其中有些异样的东西。一是“一百多位佃农，轻易就被吸引到将近六百甲步、宽广的农园。”而且多数是山里的农夫，忍耐着海边的劳苦和离乡的寂寞，何以“轻易”被吸引？战争生产体制带来的困苦，或是有意不言的。二是“师傅”洪天福的形象。小说赞美这个“每年有数十万元的生产总量，自家用

① 原载《台湾时报》，1945 年 5 月号。

轿车可以拥有两三辆的身价”的富豪，和农夫一样穿着短裤，裸身工作——恰似皇民奉公会台中州支部事务局长远山景一在增产报国的座谈会上所讲的“日本第一的大地主本间先生，虽然持有几万亩的广大土地，但是没有穿过木棉以外的衣服，且每天热心地巡视耕作地”①，每每通过农夫们的言语目光来塑造的洪天福，看上去是有意打破隔阂，要表现一种类于外表冷酷而品德高尚的日本大男人形象，但在农夫们畏多于敬，似近实远的态度里，又透露出一种真实的阶级关系。徐华夜宴农夫的场景，其乐融融之中每因洪天福而出现的生硬，像一粒粒异色的沙子，打破了作为“国策动员”的顺畅画面。

> 由于师傅没有举箸，农夫们也客气，不管徐华如何劝诱，蘑菇了老半天，白糟蹋了特地准备的一桌菜。看到这种情形，洪天福突然正颜厉色斥责他们。“干什么这么客气。不要学我。我是我啊。”尽管如此，大家还是拘谨地吃完这顿饭。……

对富豪的简朴耐劳品德的赞美，本是战争和爱国动员下对阶级关系的有意遮盖，吕赫若一方面顺应之，一方面在人的举止细微处揭发了这一关系，也就形成对战争动员话语微妙的颠覆。这或是一种有着左翼社会结构理论背景的春秋笔法。出生于地主之家，青年期家庭败落，吕赫若的左翼思想和弱小民族的自觉，最初受堂姐夫林宝烟（日本法政大学毕业，20世纪30年代为“台湾赤色救援会”丰原地区的委员，常在社口庙口演讲）影响；21岁发表于日本《文学评论》的成名作《牛车》（1935），即对台湾农村破败背后的社会动因和经济结构有着深刻的认识。因此，从《风头水尾》中辨析其左翼面影，并不意外，更值得追问的，是破除“奉公”之外，海边农场和农夫徐华，对于吕赫若这样的知识者到底意味着什么。

在《风头水尾》之前，吕赫若写过一篇《山川草木》：在东京学习声乐的富家女简氏宝莲，原本抱着做“台湾的崔成喜”的理想，却因父亲的

---

① 《责任生产值与增产座谈会》，原载《台湾时报》1944年9月号。《张文环全集》卷七，第228页。

突然亡故，被迫面对了实业家父亲早已是债务累累、又有精明的后母争夺遗产的生活真相。面对这一变故，宝莲却令人吃惊地意识到和承担起责任，带着年幼的弟妹回到故乡山中，耕作生活。

“劳动”“自然”，在决战时期的生产报国话语之下，吊诡地成为殖民地知识者的双面语言。张文环与吕赫若都在各自的散文、日记中多次表白：自己毕竟是个乡下人。但宝莲的“山里”也好，阿秀的“云中”、清辉的“农园”也罢，其实都是乌托邦的，现实中不管“山里”还是“云中”，其实无法自外于政治压力与生活艰困。宝莲在山里的耕作，虽让她从娇小姐变成健康的农夫，但她种出的是“营养不良”的粮食，若非舅舅帮助，并不够养活弟妹们。而有舅舅照顾弟妹，仍不肯回东京完成艺术之梦的宝莲，对着山和树的永恒、静穆反思：在艺术和学问中打转的“我们”，“像患了夜游症的人”。然而“住在这儿也是很寂寞的!”换言之，田园是不得已、实际归不得之归处。因此，吕赫若到了“海边”，到底是要走出乌托邦的，这是他比张文环更具有现实精神的体现：做个远离违心话语与喧嚣都市的农夫，可能是张文环的梦想，却不是吕赫若的梦想，他的选择是在战场苦斗，如徐华与恐怖的海风、海浪和盐化的恶劣土壤苦斗——文学是吕赫若的战场。

2. 从东京到台湾，寂寞与战斗

吕赫若东京时期的日记，频频“被寂寞的情绪笼罩”。其寂寞，包含了文学之于他，何以安身立命的多重意涵。身为殖民地有觉悟的文学者，那能言与不能言的，都在“寂寞”一词包蕴。

第一，1939 年吕赫若才拖家带口负笈东京，入武藏野音乐学校声乐科，师从长好坂子女士。此时东京的氛围和个体环境，已经不是张文环留学时那样，有着为思想鼓动而形成的青年团体，通过成立研究会（台湾艺术研究会）、办杂志（《福尔摩沙》）来展开一场虽在海外，却与台湾紧密相连的文化运动。吕赫若一边学习，一边为生计故加入东京宝塚剧团演出。吕赫若将此时写成的小说《财子寿》等寄给张文环的《台湾文学》，来自张和台湾亲友的信，是生活中极大的慰安。“文环说，三四年内不要回台，好好用功吧。当然是那样啰。要拼命努力，要写作，好好干一番吧！……对人生总感觉有点寂寥。吾人毕竟没有艺术则活不下去。”

（1942 年 2 月 8 日）

第二，1930 年代台湾青年在东京的文化活动与世界左翼风潮紧密相关，内含强烈的基于反帝国反殖民的弱小民族意识，整肃之下，仍是时代强音；吕赫若来到东京时，日本的左翼文学运动已经历溃散、“转向”，是年成立的“大政翼赞会”，更将文坛直接纳入军国体制。吕赫若的东京日记中，不乏战争下的市街容貌、庆祝游行等公共场景，但涉及时局从不做评论。而阅读、观影的记载，多有以进步或左翼思想知名者，他最常读的杂志是《中央公论》《改造》，令其同声相应的评论家如小田切秀雄，令其感慨的文学家如石川啄木。那么东京时期的吕赫若，到底经历了怎样的思想历程呢？是否如一些论者所言，在左翼力量溃散、殖民地统治稳固的状况下，早期的“左倾”知识者——吕赫若概莫能外，已不得已接受身为殖民地子民的现实，因而同“转向”的日本左翼一样，认同日本的帝国战争了呢？或者如张文环那样，有意无意回避了战争本质，而认同其对殖民地的微弱“曙光”呢？

此时的日记，确是让人迷惑的。1942 年，日本军队在中国大陆和南洋攻城陷地，“庆祝攻陷新加坡之日。全市淹没在‘太阳旗’的旗海里。市街游行真是热闹！大家都满怀着战胜之喜”[①]。（1942 年 2 月 18 日）

一个月前的另一则日记：

> 文环来信。得知他对铳后小说（后方小说）的热情。归根究底，描写生活，朝着国家政策的方向去阐释它，乃是我们这些没有直接参与战斗者的文学方向吧。（1942 年 1 月 16 日）

有意思的是，吕赫若使用的日式日记本，一本包含三年。在 1 月 16 日这页，第一框是 1942 年的，第二框是 1943 年的——此时吕赫若已经回到台湾，投身以《台湾文学》杂志为基础的文学、演剧等运动——第二框内，如此写着：

---

① 《吕赫若日记》1942 年 2 月 18 日。

> 昨晚派出所送来传唤书，所以早上去公会堂，一看，原来是志愿兵的事。以警察力量强迫人家志愿什么的，实在是文化国家的耻辱。

那么在东京满街太阳旗的喜悦里，吕赫若究竟是同喜，还是寂寞呢？并非为左翼文学者讳，设想其时其势，即便是面对个人的日记，绝非无所顾忌；而这样一个血性冲动的记录者，何时含蓄何时袒露，似乎也无法以规律去推断，尤其在时局政治这一最敏感处。还好有小说为证：吕赫若对于殖民地文学的认知，显然远非以铳后小说响应国策这么简单，第三节再论。

第三，东京魅力的幻灭，以及无法写作/战斗的寂寞。

> 为郁闷之感所俘虏。想写出个优秀的作品却写不出来的状态。这样的话，在东京也是寂寞。（1942 年 3 月 8 日）
>
> 今天是寂寞的一天，非常寂寞，太过寂寞而觉得悲伤了。什么事也没做。到底是怎么啦?! 究竟在东京是为了什么呢？在东京到底有什么获益呢？（1942 年 3 月 17 日）

放下有关思想、意识形态、立场的考量，吕赫若的日记极其强烈地展示了他对“文学”之为一种既需要面对现实问题的思想，亦有其独立、超越性的艺术形式的巨大热情。因此，在东京无法写出优秀的作品，这大约是最啮咬一个文学者的寂寞。东京时期，吕赫若先是写了一系列以女性命运为题材的小说，如《蓝衣少女》《台湾女性》，并不成功。

> 买新创刊的杂志《演剧》，多谬论。拿自个本身的，特别是老来的心境对文化性的事物说三道四的，到底该不该？现今日本的文化不是被青年们，而是被老一辈的人把持着，实在可悲。日本文学没有指望。难道真是肺病？死非所惧，唯恐没有可以传世之作。（1942 年 4 月 3 日）
>
> 东京呀！你不可思议的魅力只存在于空想之中，现实却很无谓。（1942 年 4 月 10 日）

东京魅力的丧失，看来也是多方面的，基于都市文明，基于思想氛围，还是基于能够在此吸收世界文艺滋养的开放性？并不分明。但似乎更重要的，还伴随着一个在“舞台演出/演剧”和文学创作之间的抉择，虽然到东京来是以学习声乐的名义，并且参加着日本剧场的演出，但真正对他具有“行动”意味的，是写作。就戏剧活动而言，写剧本的热情也远大于歌唱。

他大量观赏日本的戏剧演出，购买《近代戏剧集》这样包含欧美戏剧的大部头系列书籍，动手创作剧本，好的构思一个接一个，还立志把《红楼梦》改编成戏剧。

> 要创作戏剧。很想为台湾的戏剧运动做些贡献。以戏剧为专门吧！因为自己现在就在剧场工作着，格外有利。(1942 年 3 月 28 日)
>
> 还是非回台湾不可。身体虚弱，而且再留在东宝也是一筹莫展。舞台经验到此就可以了。最重要的是要买很多书带回去。(1942 年 4 月 6 日)
>
> 从东宝辞职。拍电报回故乡。今后专事文学、文学！(1942 年 4 月 7 日)

专事文学，怎样专事，怎样的文学呢？

> 读《中央公论》二月号，小田切秀雄的文艺时评《间隙的克服》一文很能与自己的创作态度起着共鸣。自己的创作态度毕竟没错。(1942 年 2 月 8 日)
>
> ——探索现实上应被否定的事物之根源，而且彻底加以描写，以资真正去克服它的这种文学里头才能感受到美。
>
> ——正因为有希望光明而厌恶黑暗的、不易止息的希求之心，所以希望文学从根底彻底描写黑暗，以达到克服黑暗。(1942 年 2 月 28 日)

东京时期的吕赫若，从日记中看，一方面像典型的文艺青年，才气，感伤，自我期许。一方面对文学的认知，绝非高蹈华丽，而是努力要与自己的土地情感、文化血脉连接的，是要求直面黑暗、具有战斗性的。在东京，他阅读的范围十分广泛，包括日本当代文学、中国古典文学、俄罗斯文学、法国文学、世界近代戏剧……其中，特别会心和认同的，有陀思妥耶夫斯基、契科夫、石川啄木——他写作之初的“现实主义”，吸收了越来越多的世界文学养分，再回到自身的处境中——“现实主义”于他，不但是一种最能面对台湾殖民地现实的写作方法，也是一种“克服黑暗”的根本姿态。

因此，东京的“寂寞”于吕赫若，其实包含着强烈的激情和行动意志。1942 年 5 月，吕赫若偕妻子回到台湾，几乎是立刻就投入了以《台湾文学》杂志为核心的、包含了写作、办杂志、演剧各种形式的，他以之为“台湾必要的”文化运动。此后的日记中也曾出现“寂寞”一词，旋之被现实卷去——回到台湾，他是站在了前线。

1942～1943 年，吕赫若写下的《财子寿》《庙庭》《月夜》《风水》《合家平安》，都体现了他写台湾人在社会变迁中的命运的自觉，“殖民地”是一个虽不言明，却内蕴深处的背景。1943 年 5 月“粪现实主义”论争发生时，西川满、叶石涛直指张文环、吕赫若的作品，只会写“虐待继子”“家庭的葛藤”之类本岛陋俗，张文环写的是“回不来的世界”，吕赫若的“像乡下上演的新剧”。①

吕赫若在日记中称西川满是文学阴谋家。而在“世外民”和杨逵回击“粪现实主义”的文章里，代张文环、吕赫若阐明了现实主义之于殖民地写作的意涵。“它是从对自己生活的反省以及对将来怀抱希望这一点出发的，这些作品描写了台湾家庭的葛藤，因为这些现象都是处于过渡期的当代台湾社会的最根本问题”。“如果现实是臭的就除去其恶臭；是黑暗的，即使只有一丁点光，也非尽力使其放出光明不可。对于人们背脸捂鼻的粪便，也一定要看到它的价值，要看到它使稻米结实，使蔬菜肥大的效；要对它寄予希望，珍爱它，活用它。”② 在“粪现实主义”的论战中，台湾作

① 叶石涛：《给世外民的公开信》，原载《兴南新闻》1943 年 5 月 17 日。曾健民译为中文，刊于《暗哑的论争》，人间思想与创作丛刊 1999 年秋季卷，第 132 页。

② 伊东亮（杨逵）：《拥护“粪现实主义”》，原载《台湾文学》第 3 卷第 3 号，1943 年 7 月。曾健民译为中文，刊于《暗哑的论争》，人间思想与创作丛刊 1999 年秋季卷，第 138 页。

家一方的回应，既针对西川满以“浪漫主义”“日本文学传统”责难台湾作家为“粪现实主义”的创作方法指控，也针对其背后“消极”“没有皇民意识”的政治指控，其反应之犀利敏锐、论辩方式之生动机智，理解总结之扎实有力，令人感喟。仿佛久违了1930年代台湾新文学运动的蓬勃气息，或许应该感谢西川满等人的挑衅，给了长久压抑之下的台湾文学一个理论激发阐释的机会。对吕赫若作品的现实主义的理解，代表了诸多台湾作家对殖民地文学道路的共识。而这一场论争，也让在4月中还“最近感觉到大家合不来”的吕赫若，燃起台湾作家互相爱护、“要团结”的热情，“看李石樵名片印有‘台阳展会会员’的头衔，他爱他的同志、爱他的团体的至诚令我感动。我们也印上‘台湾文学编辑同仁’吧！——在今后的名片上”。（1942年5月14日）也感念在台的日本教授、友人的支援，以及比以往更强烈的“要写出好的作品”“文学总归是作品”“要以极度的苦痛从事文学”的自我激励。

有意味的是，吕赫若《合家平安》之后发表的小说《石榴》《玉兰花》，果然有所转变，描写起“情感之美”。但这一转变在被西川满攻击之前就酝酿了。“早上校订自己的作品《合家平安》。读着读着，不觉深深讨厌起来，觉得希望更具有感情的一面……觉得自己的文章欠缺柔软性。”（1943年4月12日）而在此之前小说脱稿时，他曾写下“自信此作是自己前所未有的、具前进性的作品”。（1943年3月10日）

《合家平安》中，地主范福星的破落，把一种深埋于民族根性里的惫懒写得惊心动魄，何以“欠缺柔软性”呢？这柔软性，当是指的文学的敏锐省察的根底，是爱人。

“找陈逸松，他向我要求：希望在文学上是更具有民族爱的作品。非常赞同。”（1943年5月24日）

“我并不是不会写以人的个性美为对象的小说。而是一直更想以社会为对象，描写人的命运的变迁。”（1943年6月8日）与其说是回应西川满的指控，不如说是回应东京大学的日本教授给他“多注意美”的建议。此外，“工藤好美劝我研究历史哲学，必须认识政治与政策、时代与时局之间的差别”。（1943年7月1日）

于是有了描写困苦处境下兄弟情感的《石榴》① 和描写“日台亲善”的《玉兰花》②。前者原拟名《血》，“《血》一题在当前局势下太骇人，所以改为《流》。对时局性的处理感到为难”。（1943 年 6 月 7 日）《石榴》的确会让读者陷入一种失落时空、仿佛宿命悲剧的困惑。而《玉兰花》在“时局”的处理上终于找到一种高度艺术而有力的方式。小说有符合皇民文学的“日台亲善”外壳：回忆孩提时代留学日本的叔父带回来的客人铃木善兵卫，透过孩童的眼睛，描写一段台湾家庭与日本人相处的因缘。叔叔逃家赴日留学的故事，把一个台湾家族的兴起、人情伦理、殖民地风貌的变动娓娓带入叙述，此后小孩子的“我”对日本人铃木善兵卫从恐惧到热爱到伤离别的过程，写得生趣盎然，处处留“意”——日本作为殖民母国的可怕，台湾作为殖民地的悲哀的暗影，被如此巧妙地镶嵌在这段宛如错置的童话般的日台亲善因缘中。爱哭、爱撒娇、纯真热切的小孩子的无辜目光，折射出了殖民地的深切痛楚。以孩子视角透视殖民地政策的欺罔和被殖民者的扭曲，在张文环的《重荷》、周金波的《尺的诞生》中都有成功地运用，而《玉兰花》把小孩子的叙述与台湾原本自发演变的传统风俗伦理，做了温婉的结合，由此形成的抒情，吊诡地表现出一种极复杂、丰厚的质地。以爱哭、娇憨的小孩子做主角，文本中满溢眼泪，却又始终感到一种清新刚健。言语不通的铃木善兵卫之终于“可亲”，于他只是一个远道而来的学生子，一个客人，一个非有力者。不必嘲讽，不必正话反说，殖民地的真相以默默流动的方式进入人心。可以说，这篇小说蕴涵、形成了一种新的殖民地/弱小民族的书写美学。“粪现实主义”之争，在这里显示出影响，吕赫若以创作回答了：写美的事物，应该是怎样的。

《玉兰花》发表于 1943 年 12 月的《台湾文学》，吕赫若编辑这期杂志时，已知道了这一文学阵地终不免于废刊的命运。小说结尾，猛烈的风中，院子里的玉兰花树上，爬着几个小孩子，遥望远去的、他们莫名所以喜爱上了的铃木善兵卫，“我”因为太小爬不高，只能听着阿兄们愉快地议论，而愈发焦急。

---

① 原载《台湾文学》第 3 卷第 3 号，1943 年 7 月。

② 原载《台湾文学》第 4 卷第 1 号，1943 年 12 月。

“让我看！让我看”我于是抱紧树干，哭了起来。

“日台亲善”与铃木善兵卫随风而逝，现实中的台湾人，似乎始终爬在这猛烈风中的、怎么也爬不上去的玉兰树上，遥望殖民地母国的美丽说辞，不知何去何从。

3.《清秋》：知识阶层的方向

1944年，越来越多台湾人接受征召，要加入帝国“南进”的队伍了。吕赫若写下小说《清秋》。

看起来，这篇意图“写出本岛知识阶层的方向”的小说，与张文环的《土地的香味》在动机与某些元素上颇有对照呼应，但也正是在这些对照呼应之处，显示了吕赫若与张文环的文学荆棘之道的最终分歧。

同样是留学东京十年后，耀勋被祖父和父亲召回台湾，要在家乡开业行医。客观上他有两个困难：开业许可证，担心镇上已有的医师特别是同为小儿科医生的江有海，出于竞争暗中阻挠；开业的房子，为了在镇上的好地段建一所现代化的医院，要将自家租给一对母子开小吃店的店铺收回。这两个客观困难中交织着耀勋的主观犹疑：为了尽孝在故乡镇上开医院，以积聚财富光宗耀祖为目的，则在现代知识分子的良心上，背弃了医学作为科学的道德目的。并且，难以忍受将加入小镇庸医的行列。此外，小吃店母子二人在战争管制环境下，找不到房子搬家，也让耀勋感到了作为压迫者的“自责”。

将这些客观主观困难一笔勾销的，是“南进”：在台北遍访友人、重重思虑后，决定放弃开业的耀勋回到小镇，适逢为即将出征的志愿兵开壮行会，结果，小吃店的儿子黄金明当兵去，母亲依舅舅生活，开业的房子解决了；江有海被征召去南方从事医疗服务，因而向耀勋托付“本庄人民的医疗服务”，并检讨了自己之前阻挠其开业的行为，是“污秽”。

小说的结尾，耀勋宛如卸下包袱，而背负起另一个责任重担：“南进”这一时代浪潮，让自己既得到了有使命感的工作岗位，又尽了孝道，“不亦善哉”。“他不禁抚腕仰望苍穹。宛如内地的秋天、许久不曾有过这么清澄的青空是那么高耸，薄薄的绵云描绘出石阶的形状。”

这小说的皇民化外衣，不难剥离。所谓雄飞、南进，无论是对黄金明还是江有海，还是已经在东京药厂工作的弟弟耀东，都不过是迫不得已，不断被强调的乐观，还有因为出征而变“污秽”为崇高的描写，都透露了南进动员的强说伪辞。而徘徊期间的耀勋，作为一个旁观/见证者，他对以祖父为核心的他的家庭的感受，和对周遭人物的观望，以及他的徘徊的历史意涵，才是一个更复杂、更值得追究的问题。

施淑认为耀勋这个“矛盾重重的问题人物”有他特殊的社会根源：

> 那便是经过五十年的殖民统治后，接受日本教育的台湾知识分子，他们原有的传统农业人民的善良性格，加上那来自资本主义的一切美好信念——如自由、平等、博爱、科学、民主、合理等等，在本质上是奴隶主与奴隶关系的殖民帝国主义的高压下，表现出来的扭曲的、软弱的性质。①

对日据后期的台湾知识分子，这是一个相当痛切的剖析。但因此认为这一“被殖民而来的精神意识的虚脱状态”局限了吕赫若，使得他后期的创作只能从“泛人性论出发”，我认为却是忽略了吕赫若在小说中对殖民地知识分子的精神阴翳的审视的自觉。以《清秋》而言，这种自觉不但体现在耀勋身上，更从“祖父”说起。

《清秋》中的祖父在耀勋和弟弟心中，“像神一样”，“文秀才”的祖父，写有《中国诗人传记》，年老而愈发有“亲近自然的风流”，种植高雅的白菊为乐。与耀勋饭间闲谈，讲的是“从前，即使是政治家，也要先从文章入手。因为文章不只有助于教化世道人心，也是了解政治的最根本”。“盖文章乃经国大业不朽之盛事……”然而追述之中，祖父自身求的是科举及第，殷殷期待父亲的也不过是“飞黄腾达”，到了耀勋兄弟时，“连祖父都劝他们朝医药方面发展”。叙述有意归之为“时代的影响力真令人瞠目”。但其实祖父对学问的态度是不变的：终究是功利性的个人主义。没能完成祖父“望子成龙”心愿在庄公所当会计的父亲，劳苦工作送耀勋兄

① 施淑：《最后的牛车——论吕赫若的小说》，《两岸文学论集》，新地出版社，1997，第138页。

弟去日本学医药。十年后父祖二人偕着耀勋从东京回来在镇上开业，所求亦不过“财富”与“光宗耀祖”。小说透过耀勋的眼睛和口，极尽表达对祖父的学问、父亲的辛苦的恭敬热爱。然而在庄重到近乎矫情的叙述的内层，却又时时出现不和谐的音符。譬如小吃店的黄金明始终如一对耀勋一家人的亲切、明理、自尊，对照着父亲在他恳求宽限时日时的冷酷。黄金明说“像我这样没有积蓄的贫穷人，只要一天停止生意，立刻就会断炊”。父亲道：“那是你的事吧。忘了我们的事也是大事，可真令人伤脑筋啊。”

因此，大不同于此前在《风水》《玉兰花》中描写乡村民俗与父祖亲情，发掘“我们自己风俗的优点”，以之抵抗殖民地现代化的压力①。《清秋》中以耀勋祖父代表的传统文人，其学问文章，徒然在“时代的剧变中”成为社会价值堕落的帮凶和一种自我满足的虚饰门面。

回头看吕赫若对汉文化于台湾人的意义，一直有其坚持。他时常购买日文的中国古典文学书籍，日记中有如下记录：

> 晚上身体比较舒服一点，所以动手翻译自去年以来处于放弃状态的《红楼梦》。尽管费上十年工夫也行，一定要把这部杰作译出来广为流传。这是自己作为一个台湾人的义务。（1942 年 3 月 14 日）
>
> 去宝塚剧场看《兰花扇》的彩排。孟姜女的戏剧化非由我们自己来做不可。看到中国的文化那样子被歪曲，实在令人难忍。（1942 年 5 月 1 日）
>
> 买了很多书，与中国有关的，我认为可以借由那些书来看台湾生活。（1943 年 3 月 2 日）
>
> 今天买了《诗经》《楚辞》《支那史研究》。研究中国非为学问而是我的义务，是要知道自己。想写回东洋、立足于东洋的自觉的作品。（1943 年 6 月 7 日）

作为一个“日本台湾人”，吕赫若在“东洋”的脉络里看汉文化，自

① “试着读《台湾风俗志》。我们似乎遗忘了要去认识我们自己风俗的优点了，拯救她吧！”参见《吕赫若日记》1942 年 3 月 6 日。

认是比日本人更懂得、更接近东洋的根底的。这毋宁是一种殖民地弱小民族的文化骄傲。同样张文环在战后的回忆中，亦有此类表达：

> 有一位高等刑事问我“日本有皇族、贵族、士族、平民，你们台湾人是只有平民其他都没有的，所以台湾人是日本新平民，待遇少有相差有什么不满呢?”我说“你对东洋史是外行的。日本历史一千六百年，中国历史四千年，在这四千年的历史演变中，汉民族无论哪一姓，没有做过皇帝便做过王，所以全体的汉民族不像日本有什么贵族不贵族。”他睁大眼睛说“可是可以说大部分是文盲的多呢?”“不是文盲多少的问题，他们的血液中有帝王或王公的血统!”①

对于从台湾所继承的中国文化传统中寻求建设殖民地主体的资源，吕赫若原本和张文环一样抱有信心，然而在“决战下的台湾”，对知识者的道路做反省时，吕赫若不像张文环在《土地的香味》中那样，继续从“传统”中寻求连接“现代”的动力，反而转身对自己的阶层所仰赖的文化做了严厉省视。这是为什么?

吕赫若在日记中交代写《清秋》的动机如是：“想描写当今的气息，以明示本岛知识分子的动向。”（1943 年 8 月 7 日）重心诚然是“本岛知识分子”耀勋，祖父是作为其文化主体的一处来源，被加以表现的。然而这血脉，让耀勋回乡准备开业时自然而然想的是：“前辈的医生们在盖了医院后，立刻积下巨富，所以自己不可能办不到。不，办得到！而且会成果斐然，一定要光宗耀祖，让父亲安心。”② 耀勋以祖父的风流学问贬斥自己所受现代教育不过是“时事所趋的营利思想罢了”，却忘了祖父的文章经世、飞黄腾达不过是不同时代的功利。回避殖民地政治状况而谈传统文人的自然风流，“文章经世”，就成了两代人心照不宣的怀旧和虚饰。而他能够从传统美德中获得的仅只是“躬行孝道”——以现代教育给他的医学为凭借。

因此，无论抱着何等的善良意志，耀勋只能是一个犹犹豫豫、因缺乏

① 原载《台湾文艺》第 9 期，1965 年 10 月号。《张文环全集》卷七，第 59 页。

② 《清秋》，《吕赫若小说全集》第 512 页。

信仰根基而令其人道主义成了伪善的小知识分子。去小吃店检查时，面对贫穷的老婆婆，对自己要扮演的逼对方腾出空间的“恶魔角色”感到后悔，但“立刻调整思绪，这只不过是小小的感伤，为了大事也是莫可奈何的。他故意夸大地仰首望着天花板”。老婆婆的哭泣带给他的与其说是同情，不如说是怕被别人议论而丢面子。当耀勋勉励自己如果拘泥于同情就是“廉价的人道主义”，那么此后面对黄金明找不到房子的困苦，去南方当兵为他让出房子的“人情”，耀勋片刻的自责，恰恰证明其“廉价的人道主义”了。小说末尾耀勋在明朗清秋下，为“南进”给予他的忠孝两全、道德与利益两全而喜悦，而背后，是台湾人在南进政策下的生计无着。小知识分子耀勋的良心命题并没有解决——开业还是赚钱，良医还是庸医，只不过在“时代”的高歌下，它们都被镀上了荣誉，因而如此轻易地被接受了——这结尾的“喜悦的清秋”映衬的是殖民地知识分子的精神阴翳，恐怕才是吕赫若眼中殖民地最痛切的现实。

与张文环《土地的香味》比较，吕赫若是更严厉地对本岛知识阶级来了个“总决算”。同为茫然无力的殖民地知识分子，张文环为清辉寻求“山上的农园”的桃花源，以及与“传统”结合的思想出路；而吕赫若更严厉地揭示了这一殖民地知识分子的扭曲性格中的虚矫，在此批判性审视之下，台湾旧文人意识与帝国殖民下的新时代，必然是一种先天不足、既无能维护（祖父所教谕的）“浩然正气”，也无能自主寻求现代精神的结合，因而不可能成为殖民地台湾的出路。那么，出路何在呢？

三　决战到光复：文学的隐没

传说当日“文学奉公”的会议中，“非皇民”的血滴子飞舞在台湾作家头上时，张文环拍案而起：“台湾没有非皇民作家！有的话就该枪毙！”危险因此得以平息。这个传说大可令我们的研究深思，因为在这个意义上，追究“是否皇民文学”是个价值极为有限的命题——真正重要的是，在“非皇民不可”的处境里，殖民地文学者如何在皇民敷面下用文学呈现、处理的问题。

日据时代台湾知识分子的困境，就现实层面，既不再是中国传统的

“士人”阶层，殖民地治理下，又禁制了从思想、政治进阶的可能性，而多被限制于农林、医科，是为一种先天不足。无以逃避的殖民地“奴隶”处境，更让他们所接受的诸多现代文明价值，成为最终不得不面对的欺罔。因此，面对“决战”，或许龙瑛宗暗自哭泣的小丑是一种普遍的样态。龙瑛宗自《植有木瓜树的小镇》（1937）即确立了一种细腻阴柔的书写，与王昶雄的《奔流》（1943）同为典型的呈现殖民地知识分子苦闷的作品。而以“皇民作家”成名的周金波、陈火泉等，即便全盘接受皇民化，在他们的小说中，仍有着想做皇民而不得的犹疑和裂隙。

龙瑛宗在光复后曾如此论及日据末期的台湾作家：

> 台湾人的作家们在决战与皇民化的喧嚣声中，宛如京剧中的小丑般，鼻尖涂白、动作滑稽地手舞足蹈。实际上，其内心在暗自哭泣吧。总觉得当时先天上本来就失调的台湾文学被权力之手使劲绞杀。[①]

在此情境下，张文环《土地的香味》和吕赫若《清秋》虽同样以进退失据的殖民地知识分子为主角，他们对知识阶层的“总决算”和反省，却是特别的，是其时两位最被看重的文学者对时代命题的曲折却积极的回应。当殖民母国要求其“报国”，并日益扼杀其写作自由时，他们对自我的反思，对殖民地出路的想象，颇有嘲讽意味地在皇民文学中迂曲而深刻地呈现了。

殖民政府以“大东亚战争”为殖民地知识分子提出了一个道路：“皇民化与一视同仁”（平等）——“为帝国效忠”（认同）——“大东亚共荣”（理想）。在此道路中，则台湾在地传统，一以中华文化之承续，二以帝国的“地方”资源纳入大东亚共荣。

看起来，对张文环和吕赫若这样深谙且热切于台湾在地传统、民俗，又是现代教育中最优秀分子的人来说，这道路应更具迷惑性。张文环在东京留学的1930年代，是以殖民地/弱小民族的抵抗的左翼思想开始其文学活动，但从团体分化开始，就逐步转向了一种温和与“稳健”的文化抗争

① 龙瑛宗：《〈文艺台湾〉与〈台湾文学〉》，《台湾近代史研究》第3期，林至洁译。

路线。“决战”时期，他被赋予推行皇民化与帝国认同之责任，一方面承受国家强制力的苦痛，另一方面却期待着在此中寻求一条折中之路，期待着战争带来的大开大合，为台湾文化和民族问题带来一种更生契机。这是《土地的香味》和《在云中》中，对传统的新期待，对世外桃源的梦想的来源。但小说结尾突如其来的一个玩笑，却流露着叙述者内在的犹疑。

曾经和张文环同样寄望以在地传统和古典文化来抵抗殖民的同化，寻求殖民地知识分子的刚健主体的吕赫若，却在“决战”中与他渐行渐远。《清秋》揭示了传统文人与现代知识分子同其背负的精神阴翳，丧失理想性之后，传统也好，现代也好，只能落脚于满足个人的孝道、飞黄腾达。这是吕赫若以文学“克服黑暗”最冷峻的一种方式，超出了他在描写农村家族败落时的冷峻。从这里，显露了吕赫若作为一个左翼知识分子的世界观与时代意识。日据时代能够受高等教育、更无论出洋留学的台湾人，多出身于地主或“实业家”家庭，因受现代教育而接触进步思想的，往往成为殖民地文化运动的推动者，是为“本岛知识阶级”。台湾文学中不乏知识阶层的自我剖白与忏情，却几乎未见如《清秋》这般如此痛切揭示知识阶层的“软弱虚矫”及其代表的时代动向的小说。小说结尾，如释重负的耀勋，是最终安心于个人主义的殖民地知识分子，吕赫若却在耀勋眺望的清秋之中，与之决裂。

将吕赫若和杨逵同期的小说放在一起，更可以看出，在此步步紧逼的“决战”空气中，左翼思想中反压迫的、集体主义的价值观存在的意义。之后吕赫若以《风头水尾》借力打力，提出了一条殖民地知识者之路：走出被帝国的文明煽动、设定的“理想”（成为跻身日本/国家的艺术家）投入台湾乡土，实践（斗争）。这正是1947年之后，吕赫若抛家舍子走上的道路。就此而言，吕赫若是通过左翼的现实战斗性与张文环的乌托邦告别的。

光复初期，张文环曾以为“我们轻松了，多士济济，而且再也没有民族问题来打扰我们”[①]。从乡长之职，到竞选县议员，张文环在短暂的从政之路上，同他在决战时期座谈会上一样，面对高压的政权，发挥他转圜的能力，竭力争取一个“改善”与“民主进步”的可能。但即便这种议政，

① 原载《台湾文艺》第9期，1965年10月号。《张文环全集》卷七，第59页。

也很快失去其空间。他往复于银行、酒店管理等商业职务上终老。到了晚年提笔写作《滚地郎》时（1974），过去充满着柔韧张力的张文环已经不再，而只是失去历史紧张感的怀旧言说。

而光复后的吕赫若虽一度抱了极大的兴奋喜悦，学习用中文写小说，以为终可以毫无遮拦地写出殖民地时代台湾人的心声。他的几个连续小短篇的明显进步，也再度证实了他的文学能力。但在小说《冬夜》仿佛预言书一般预告了1947年“二二八”事件的爆发之后，他的文学写作停止了。在此前后，他加入地下组织工作。1951年在鹿窟武装基地，背着沉重的发报机在山上流动发报，死于毒蛇之口。这个匪谍档案中身份为“台北歌手”的文学者，就此成为一个浪漫革命的传奇。而这放在与他同时代的殖民地文学者之中，并非个案，杨逵、王白渊、吴坤煌等，在光复后也都因为持续他们的左翼理想而系狱。

从日据末期到光复初期，在一个民族国家转换、历史看似掀开新的一页的时期，何以左翼思想成为相当多优秀殖民地知识分子的选择（见白色恐怖档案中的台湾地下党人的资料），仅仅归之于对光复后国民党在台湾的腐败恶行的失望，别无选择转向共产党，是不够的。殖民五十年，某种意义上，是一个深刻的思想炼狱。光复初期的国民政府，亦无法提出一个召唤和凝聚知识阶层，将个人人格的实现与社会进步相结合的价值，而从1920年代开始在台湾萌芽、生长、虽柔弱却始终未断的左翼思想，在光复初期的内战环境下，却因包含着这凝聚能量而对这些理想不止于文学的文学者形成着有力召唤。

也就是，吕赫若在战争末期的小说中对台湾知识者的反省，早就为其光复后道路埋下了线索。某种意义上，可以说张文环对中国传统的现代适应性和再生有信心，也就是对有民族文化支撑的现代化道路有信任，而吕赫若面对新旧知识分子在殖民地体制下的精神阴翳，意识到这一传统与现代更生的主体没有条件存活，因而更倾向革命所带来的更生。而他信奉的“克服黑暗”的文学态度及其个性，也是与此一革命意识同构的。

买陀思妥耶夫斯基的传记。有被现实那样折磨而还是坚持到底的人？比起他，我们的困苦简直是骗小孩。然而，古往今来身为文学家的人在心情上都是相同的。自己也是。我知道自己的心情也是属于文学家的。文学终究是苦难的道路，是和梦想战斗的道路。（1943 年 7 月 27 日）

战争末期的几年间，吕赫若为台湾新文学留下了包含了厚重历史内容和高度艺术价值的作品，也从这里，产生了他“克服黑暗”的殖民地叙事美学。对吕赫若而言，在殖民地从事文学，不但不是艺术至上者逃避现实的浪漫趣味，不但不可停留于对伤痛的自我恋栈，反对人的精神意志有着更多要求。在日记中，他曾对杨云萍、龙瑛宗甚至张文环，都做过毫不客气但毫无恶意的评价：

三人一道去外双溪拜访杨云萍。他住在半山腰，口若悬河，滔滔不休。虽感佩其风流韵味与文学欲望，终不过是个老式学究而已。我无法同意他稍显消极的文学观。（1943 年 1 月 10 日）

有关龙瑛宗，则是“他胆子小，从事得起激烈的文学吗？”（1943 年 5 月 11 日）

在东京留学时，吕赫若曾为 27 岁就死去的、被视为日本社会主义文学先驱者的石川啄木感怀：

啄木的苦难生涯呀，是艺术家必走的命运。我们也不能不觉悟。但艺术家直到后世犹然动人心弦者还是“美”。（1942 年 2 月 23 日）

在殖民地时期的艰困处境下，坚持以文学克服黑暗以获得“美”的吕赫若，却在光复后彻底放下了文学——而这背后正是他“克服黑暗”的意识：无法以文学克服黑暗的年代，便以枪。

2012 年 9 月 5 日于京东，12 月 7 日修订。

从纪录片《跳舞时代》看台湾日据时期流行歌曲文化“现代化”的殖民性

李　晨

阮是文明女，东西南北自由志，逍遥恰自在，世事如何阮不知。阮只知文明时代，社会爱公开，男女双双，排做一排，跳舞乐道我上盖爱。

旧惯是怎样，新惯到底是啥款，阮全新不管，阮只知影自由花，定着爱结自由果，将来好不好，含含糊糊，无烦无恼，跳舞乐道我想上好。

——《跳舞时代》

这首名叫《跳舞时代》的台语流行歌曲，如果单就歌曲的歌词上看，大概很难有人联想到20世纪30年代的台湾，但这首歌确实曾经在1933年台北街头的青年男女中广泛传唱，随着岁月更迭，当年的台语流行歌曲淡出了流行时尚的舞台，2003年的一部纪录片《Viva Tonal跳舞时代》，又将这首流行歌曲，连同它曾经流行的那个年代的种种社会历史文化，拉入了时下世人的视野中。

纪录片《跳舞时代》大胆翻转了长期以来台湾历史叙述中对于日本殖民时期历史记忆的界定，回溯了20世纪30年代殖民地台湾在殖民母国日本的影响带动下，如何接受现代化的洗礼与冲击，从而形塑了现代都市文化。该片导演郭珍弟、简伟斯在介绍影片时说，“《Viva Tonal跳舞时代》跳脱统治者与被殖民者的角度，以台语流行歌开场，跟着曾经红极一时的歌手爱爱阿嬷，回到历史现场。20世纪初日本殖民时期的台湾，年轻男女随着受到欧美及日本歌曲影响的流行歌节奏翩翩起舞，跳起华尔兹、狐步舞，追求他们向往的‘维新世界，自由恋爱’。《Viva Tonal 跳舞时代》用珍贵原版唱片原音重现那个充满创新与梦想的时代风情。哥伦比亚唱片公司象征了一个文化思潮多元开放的时代契机。柏野正次郎不断探访采集台湾民间各种音乐类型的音乐，为哥伦比亚开拓全方位的音乐市场，同时也促成了台语流行歌曲第一波的黄金时代”[①]。这种创作论点不仅抛开了以往对殖民时期长久以来，以悲情为主基调的负面记忆，反而更多着重于呈现日据时期现代化过程中形成的都市文化图景，以及在此图景中轻松愉快的市民生活。

影片一开始便直言到：“1895年到1945年，日本统治了台湾50年，不曾经历过那个年代的你我，总以为那段殖民时代的历史只有悲情，但是在1933年台北街头，青年男女传唱着一首流行歌《跳舞时代》，好像唱出了另外一种时代的风情，那是一个什么样的年代，一个在长辈心中，默默回味的年代，却是年轻人记忆中，完全空白的年代。”随即，影片通过对这首台语流行歌曲《跳舞时代》的追踪，经由当年哥伦比亚唱片公司员工的回溯和唱片收藏者李坤诚的探询，欲求展现日据时期，作为殖民地的台湾走向现代化的历史过程。吕正惠曾在文章中指出，“‘落后’的殖民地在‘进步’的殖民者的驱使下进行‘现代化’，这是近代世界史的通例，并且也引发了殖民地‘新知识分子’的一些思想与行为上的难题。不过，在日本殖民台湾的过程中，这一问题又表现了它的特殊性格。首先，作为殖民者的日本并不是‘原型’的西方进步的资本主义国家，而是这些国家的‘仿效者’。其次，作为殖民地的台湾，原来并不是一个‘完整’的国家，而是作为另一个国家（中国）的一部分被迫割让给日本。更特殊的是，这一个被日本战败的中国，在历史的长时期里曾是日本仰慕的对象，对日本文化有着深厚的影响。这种特殊条件，使得日本对台湾的殖民教育显得更为复杂。”[②]

---

① 剧情简介《Viva Tonal 跳舞时代》官方网站，http：//www.taiwanesevoice.net/viva/content.html。

② 吕正惠：《殖民地的伤痕：脱亚入欧与皇民化教育》，《殖民地的伤痕——台湾文学问题》，人间出版社，2002，第90页。

19世纪初，日本开始学习西方，寻求科技发展之路，尽管在被迫开放国门之前，日本如同它的近邻中国和朝鲜一样，也是欧美发达国家眼中“东方”世界的“经济落后国家”，但经由明治维新而渐趋富强的日本，利用强盛的国力，逐步废除了与西方列强签订的不平等条约，收回了国家主权，逐渐摆脱了沦为欧美发达国家殖民地的危机；而后随着经济实力的快速提升，日本的军事力量也日渐强化，更在1895年以及1904～1905年，分别于中日甲午战争与日俄战争中击败它昔日两个强盛的近邻——大清帝国和沙皇俄国，大大鼓舞了日本的国民士气，成为称雄一时的亚洲强国，福泽谕吉所提出的“脱亚入欧”论也在此时成为正论。

早在1885年，福泽谕吉发表于日本《时事新报》上的《脱亚论》一文便基于“优胜劣汰”的思想，认定东方文明必定失败，呼吁日本与东亚邻国绝交，避免日本被西方视为与邻国同样的“野蛮”之地，中日甲午战争后，他更将这场战争描述为一场“文野之战”，认为这是“文明”战胜了“野蛮”。按照这种解释，日本的现代化成功及其经济发展，导致了日本殖民主义者认为日本已经代表了“进步文明”，而其他亚洲国家则依然处于“野蛮落后”的境地，于是他们完全承袭了西方帝国主义者认为白种人“有责任教化”世界其他地区“野蛮民族”的观点，把对外侵略与殖民统治当作是在帮助其他国家和地区完成“现代化”的重要过程。于是，经历了一系列“现代化”洗礼后跻身于“近代文明之邦”的日本，很快忘记了自己原来也是在不得已的情况下“被迫近代化”的，完全转而站在欧美强国的立场，效法西方资本主义强国对外掠夺资本的方式，通过一系列战争进行领土扩张，并且辗转完成其资本主义的原始积累过程。所以从这个意义上讲，无论是帝国主义殖民者的意识形态，还是政治、经济、军事乃至文化方面的建构，日本确切地说都成为了西方“现代文明”在亚洲殖民的“二传手”。

通过纪录片《跳舞时代》的介绍，我们的确可知，1895年台湾成为日本第一个殖民地后，“迅速”走上了“现代化”之路，影片中列举了一系列数据来证明这一点：1905年，台北电气作业开始供电，台湾开始有电灯；1908年，台北自来水厂落成，台湾人开始饮用自来水；这一年，台湾纵贯线铁路全线通车，台湾南北物资交通运输更加快速便利；1915年，新公园博物馆落成，是一座希腊式两层楼的建筑，被日本建筑学界称赞为现代主义中最庄严、技术最圆熟的作品；1916 年，台大医院落成，这是当年远东最大的综合医院；20 世纪初，台湾的樟脑、茶叶、糖果等产品出口，为台湾带来了大量外汇，各种西方文明器物，例如唱片、留声机等也在此时引进台湾……种种这些“现代化”的成果确实给当时台湾城市的中产阶级带来了极大的生活便利、物质享受和精神陶冶，但在这纷繁美丽的表象之下却掩盖着更多的殖民本质。

台湾是日本在 1895 年轰动世界的甲午战争中胜利后取得的第一个殖民地，在漫长的东亚历史中，中国一直以强国的姿态出现，并且成为日本、韩国等东亚近邻国家经济依赖和文化仰慕的对象。然而，日本在这次中日战争中的胜利，可以说成为了它瓦解并颠覆中国在东亚地区战略地位的第一步。但是在取得台湾殖民地之后，日本实际上面临的却是更为严峻的“治理考验”。曾有论者指出，日本作为一个“缺乏资本的帝国”，在施行殖民主义时必将遭遇极度的艰难，而殖民统治的庞大支出也将对日本国内的财政造成严重负担，所以从某种意义上说，对于日本而言，获取台湾的殖民统治权，就好像是拿到了一样难以负担的奢侈品。但是，作为唯一的、正在兴起中的东方帝国主义强国，占有其第一块海外殖民地的政治和军事意义或许远远超过了经济方面的考量。日本占据并统治台湾殖民地，对日本的自我认知也具有相当深远的影响，这意味着日本在明治维新后，经历了以西方资本主义国家为模板的“现代化”过程，已经有能力承担“殖民”这项“伟大而光荣”的任务。时任“台湾民政长官”后藤新平曾经说过，台湾应当成为“殖民大学”，供日本进行第一次的殖民统治实验。殖民地台湾首先是用来展示日本与西方帝国平起平坐的地位，其次则是要证明日本可以超越西方，为日本政府的领土带来更大的福祉。[①] 换句话说，效法西方政治、经济制度完成明治维新后的日本，对殖民地台湾加以“兢兢业业”地统治与治理，其首要目的无非是向它的“老师”——西方列强交上一张答卷以证明自己可以圆满毕业并可以与“老师”们共同治理这个世界了。

---

① 荆子馨：《成为日本人——殖民地台湾与认同政治》，麦田出版，2007，第 35 ~ 37 页。

占领台湾以后，日本殖民者通过建立总督独裁制度、赋予警察极大的管理权限以及制定严厉的法令，在台湾建立了一套严苛的国家权力统治系统。当然，正如所有的殖民母国一样，日本在台湾殖民地无可避免地遭遇到当地民众的顽强抵抗。对于这些“叛乱”情势，日本统治当局一方面用守备队、宪兵和警察进行血腥镇压，另一方面则通过行政官厅进行招降，直到1902年8月，台湾民众武装抗日最后的势力林少猫被消灭后，“台湾总督府”宣布“全岛土匪镇定”，“民政长官”后藤新平方才开始推展“殖民地产业开发计划”，为日本资本主义经济入侵台湾奠定基础，殖民地台湾亦开始源源不断地为日本资本主义国家提供原始资本。在20世纪最初的20年中，台湾经济被迫以制糖业为主，即形成种植甘蔗、提制蔗糖的单一生产形态，以纳入日本国内资本主义经济体系并成为其中的重要一环，奠定了台湾殖民地的经济基础。20年代中叶，日本本土农业的问题产生，稻米生产开始出现不足，台湾、朝鲜等海外殖民地被迫大量种植大米，以供殖民母国日本的需求，一直到20世纪30年代，台湾以糖、米的出口而纳入日本资本主义再生长的循环结构之中。30年代中后期，日本侵华战争全面爆发，台湾一方面沦为日本向南入侵的军事准备基地，同时更被迫进入军需工业化生产阶段，自身经济发展受到严重阻碍。由此可见，台湾自沦为日本殖民地的那一天开始，便被迫成为日本配合本国经济发展链条上的一环，同时也成为日本借以称霸东亚地区的跳板，殖民者在台施行的所有政策，最终都是为了配合这一目标，概莫能外。

当然，在最大限度地获取台湾本地资本的同时，日本殖民者对台湾也进行了必要的投资，发展医疗卫生、交通通信、教育娱乐等各项事业。后藤新平本身是医生出身，1899年，他创立台北医学校，培养台湾当地的医疗人才。当时在殖民统治之下的台湾社会精英被限制从事其他专业的学习和深造，大多只能从医，“一战”期间，台湾的天花、伤寒、鼠疫及霍乱等瘟疫都逐渐扑灭。为便于统治，日本殖民者实施“保甲制度”，动员农村劳力，积极投入铁路、公路、电信及海港建设，投降后的抗日军也被调配用以建设台湾岛内的道路。为配合殖民统治，从1896年起，“总督府”在各地设立15个“国语讲习所”，教授日语，训练台湾当地人充当翻译或是公家杂役，1898年在全台各地广设“公学校”（即小学），普及初级教育，当然，这些教育大凡属于初级阶段教育，且将台湾人与在台日本人施行差别教育政策，这其中自然充满了强烈的歧视意味。除了普通中学之外，为了发展社会经济建设，日本殖民当局在台湾还另行设立了铁路、电信、农工商业学校，在被殖民者中培养技术与低级行政人才。如上文所说，殖民当局并不允许台湾人接受高等教育中的文、法科系教育，而积极鼓励其投身医科和农工商科的学习，台湾人只能通过留学日本或者中国内地才能吸收到思想及法律、政治、经济、社会等各方面的养分。

台语流行歌《跳舞时代》的词作者陈君玉就是当时诸多来到中国内地受到启蒙思想影响的台湾知识分子中的一个。1906 年陈君玉出生在台北大稻埕，父亲是人力车夫，小学四年级时陈君玉辍学，为生计所迫曾当过小贩、跟过戏班，后来到印刷厂当排字工人。1920 年，陈君玉来到青岛，在日本人经营的报社工作。当时发生在中国大陆轰轰烈烈的五·四运动余波荡漾，民族运动、文化启蒙运动都深深影响着当时留学中国内地的台湾知识分子们。1928 年，陈君玉回到台湾，此时的台湾，社会经济有了稳步的发展，城市文化生活初步形成，大众娱乐也开始逐渐受到重视，陈君玉将他在中国内地时所受到的五·四新文化运动的影响带回台湾，他穿长衫、讲北京话，开始在报刊上发表诗歌、小说，并开设课堂为台湾民众教授国语（即北京话），同时，也尝试着创作流行歌曲歌词。

随着日本殖民统治在台湾的推行，与之相应的社会文化生活也逐渐展开，20 世纪初，留声机和唱片经由日本殖民者引入台湾，台北市街头出现了“蓄音器屋”。1877 年，美国的爱迪生发明了留声机，11 年后，也就是 1888 年（明治二十一年），当时的日本驻美国大使陆奥宗光将留声机携带回国，这是进入日本国内的第一台留声机，而留声机的大量输入日本则是 10 年以后的事情了。几乎与此同时，在 19、20 世纪之交的上海，有位名叫乐滨生的法国年轻人，在西藏路上设了个摊位，用留声机放唱片给好奇的路人听，听一次十文钱，1908 年，他用播放唱片赚来的钱，开设了中国内地最早的唱片公司——“东方百代唱片公司”，标志着中国唱片业的诞生。[1] 唱片的流

① 安德鲁·琼斯：《留声中国——摩登音乐文化的形成》，宋伟航译，台湾商务印书馆股份有限公司，2004，第 79 页。

行，是西方工业革命后的一项城市文明，它和电影一样，是结合了科技发展与人文理想的产物，从一开始它就成为城市中产阶级娱乐休闲的工具，而20世纪初唱片在东亚的传播——无论是在半殖民地半封建的中国内地，还是在已经完全沦为殖民地的台湾，甚至是在通过效法欧美、已经迈向资本主义的日本，都弥漫了浓重的文化殖民意味：西方殖民者想要在经济、政治等各个层面真正统治原本具有深厚文化底蕴和悠久历史传统的东亚地区，其重要手段之一就是以“先进”的科技所带来的物质便利和精神愉悦来摧毁东亚各民族原有的思想文化信仰。

如前文所述，开始于19世纪后半叶的日本明治维新，以学习西方、“脱亚入欧”为目标，其资产阶级到19世纪末期已经迅速成长起来，在政治体制、社会机制和经济发展拼命赶超现代西方先进国家的同时，他们对文娱科教方面的“现代化”的追求自然也没有懈怠。1907年（明治四十年）美国与日本技术合作，创设美日留声机公司，于是日本开始自制留声机，并且给它起了一个极具本土意味的名字——“蓄音器”。1910年，台北市荣町成立了“株式会社日本蓄音机商会台北出张所”，此时的台湾市场，除了日本制造的日语唱片外，还广泛流传着从欧美国家进口的西洋音乐唱片和从上海引进的京剧等地方戏剧唱片。如果说欧美资本主义国家在势力扩张过程中以其资本主义“先进”科技为工具，“取悦”、“引诱”未发达地区和国家的话，那么曾经作为“取悦”、“被引诱”对象的日本则也有意或无意间采用了同样的方式对待它的殖民地台湾。

如同电影一样，唱片作为资本主义社会中产阶级文化娱乐消费的产物，首先需要的是城市经济的繁荣，20世纪20年代的台北等地刚好符合了这个社会发展的需求：一方面，这个时期是台湾的殖民母国日本国内的大正民主时期，相对于其他时期而言，在日本国内这是一个比较自由、宽松的时代，民主运动、社会主义、男女平等、自由恋爱等命题，都在此时风起云涌，留学日本的台湾学生感受到这股现代民主的浪潮，并将这股风气带回本土台湾；另一方面，海峡对岸的中国大陆发生于1919年的“五四”运动余波荡漾，“民主”和“科学”成为时代的号召，思想解放和文化启蒙也深深影响着诸如陈君玉等台湾知识分子和社会精英。受到新文化运动的影响，1920年《台湾青年》创刊，开启了台湾的新文学运动，此后数年新文学的兴盛都为唱片作词及其广告宣传创作提供了肥沃的土壤。而这一时期，无论是在上海，或是东京，甚或是台北，留声机的贩卖口号都是其作为“现代化住家不可或缺的配件，也是小资产阶级体面的标志，既是进入‘现代’的机械型符号，也是音乐从公众机会的焦点变成个人私有消费的首要发动机”,① 留声机俨然已经成为整个东方社会“现代化”进程中一个不可忽视的符号。

然而起初进入台湾市场的日语歌曲和西洋音乐唱片，除了极少数在台湾的日本人和曾经留学日本的台湾知识分子购买较多，销量并不好。但是，留声机的一大特性即声音的录制与复制技术，令暂时性的声音得以保存并通过空间快速、广泛地传播。西洋音乐的曲目可以轻而易举地传送到非西洋人耳中，同样，其他地域的音乐也可以通过这种方式彼此广泛流传开去，于是中国内地出现大量地方戏曲唱片，台湾也出现许多歌仔戏唱片。1928 年，柏野正次郎接任日本哥伦比亚唱片公司台北出张所支店长，他结合当时的世界潮流，在台湾民间社会调查、走访后认为，要在台湾扩大唱片销路，一定要灌制台语唱片。

起初，柏野正次郎只是把当时日本的流行歌曲改填台语歌词，请来原为歌仔戏艺人的歌手纯纯演唱，并采用当时流行的舞曲节奏。20 世纪 30 年代，西方国家流行的交际舞经由欧美传至中国的上海和日本的东京，台北也受到这股时尚潮流的影响；同一时期，电影这门颇具时尚感的艺术形式在台湾也具有了一定的认知度，但此时的电影尚处于无声阶段，需要“辩士”从旁解说。1932 年，正在上海流行的电影《桃花泣血记》来台放映，当时号称台湾“第一辩士”的詹天马为电影写歌，并在电影放映时演唱，一时间，这首电影配歌随着电影的热映广泛流传，柏野正次郎请纯纯演唱并录制成唱片，销量大好，这令柏野信心大增，也从中看到了商机，他认识到，要打开台湾流行歌曲唱片的市场，所录制的歌曲一定要富有“台湾本土味道”，于是 1933 年，柏野下决心正式邀请陈君玉出任哥伦比亚唱片公司文艺部长，企划台湾第一批原创流行歌曲。台语流行歌曲借由

① 安德鲁·琼斯：《留声中国——摩登音乐文化的形成》，宋伟航译，台湾商务印书馆股份有限公司，2004，第 82 页。

电影与唱片互为广告，促成了唱片事业的蓬勃发展。此前的台湾唱片市场，一向以录制京剧、南管、北管、山歌、歌仔戏为主，在寻求到一条新的发展道路——台语流行歌曲后，“流行歌曲”和“歌仔戏”成为台湾民间娱乐的两大主流，从此，唱片公司如雨后春笋般兴盛起来，它们开始纷纷创作起了台语流行歌，而哥伦比亚唱片公司在这次潮流中逐渐成为了台湾第一大唱片公司。

值得注意的是，这一时期台语流行歌曲的兴盛与新文学运动的蓬勃发展同样不可分割，除陈君玉外，邓雨贤、李临秋、林清月、周添旺、廖汉臣等人也都曾经活跃在当年流行歌曲歌词创作舞台上。流行歌曲的兴盛与新文学运动相互影响，也间接促成了1933年台湾第一个文学社团“台湾文艺协会”的成立，陈君玉、廖汉臣、黄得时等人都是该协会的活跃分子，当年协会成员之中有不少人并没有固定职业，只能为唱片公司写作流行歌曲赚取稿费。“台湾文艺协会”成立后，1934年7月，《先发部队》杂志创刊，陈君玉在创刊号上发表《台湾歌谣的展望》一文，逐一分析北管、南管、山歌、歌仔戏等传统歌谣在当时社会中所面临的发展瓶颈，同时对当时流行歌曲的现状予以评判：“流行歌本来就是情歌，……我们台湾自从老早就有这种流行歌，殊不知在早虽有几种流行歌，传诵在民众之间，也没有把它当作流行歌看，可是这几年来，眼见日本的流行歌风靡全台，愈觉着台湾也非有这种流行歌不可的形势，在这酝酿中，竟由台湾古伦美亚首先创作，为台湾的歌谣界，造成划期的新纪元，成绩虽见良好，而各社也争先恐后地创作，然，尚且不能够和日本的流行歌相匹敌，实在还是幼稚多多。”① 同时，陈君玉等词作者还先后在《先发部队》上发表其诗歌、评论等新文学创作，这些也都表明，新文学的发展对台湾流行歌曲及以唱片为媒介的现代文化的发展具有重要的指导意义，这或许可以看作日据时期台湾流行歌曲文化“现代化”过程中的一抹亮色。

台湾音乐唱片的制售在20世纪30年代达到高潮，但是好景不长，这种文化领域内的轻松活跃氛围很快被中止。“日本政府唯恐因此影响到台湾人民对其认同感，因此以‘文化向上’及‘防止风俗坏乱及妨害公安’

① 陈君玉：《台湾歌谣的展望》，《先发部队》创刊号，1934年7月。

为由，在1936年间以‘府令第四十九号’，制定了‘台湾蓄音器レコード（唱片）取缔规则’。这个规定中规定，唱片的内容若有造成‘治安危害’‘风俗紊乱’之嫌者，台湾总督府可以禁止其发行。‘治安危害’‘风俗紊乱’等理由是属于‘不确定法律概念’，尤其在所谓‘风俗紊乱’方面，歌仔戏及台语流行歌的内容大都以男女情爱为主，原本就为一些卫道士所抨击。依此取缔规则来说，解释权在于台湾总督府，使得台语流行歌及歌仔戏唱片面临相当大的危机。”[①] 1936年，日本政府开始对台施行“皇民化政策”，打压台湾本土文化；次年，日本全面侵华战争爆发，日本本岛以及殖民地台湾的学校教育开始大量灌输军国主义思想，日本进入军国主义时代，一切爱情题材的流行歌曲都被强制性淘汰，取而代之的是大量的军歌和“国民歌谣”。

1939年，哥伦比亚唱片公司发行制作了最后一批台语流行歌后便终止了台语唱片的制作；1941年“珍珠港事件”后，随着太平洋战争的爆发，日本物资出现匮乏，唱片、唱针也随之变得稀有；1942年6月，中途岛战役后，日军大败，台湾大小城镇频遭盟军空袭，原本生活在台北等地的“城市中产阶级”疏散到乡间，很难再有心境去听留声机；与此同时，日本殖民者积极征募“陆军特别志愿兵”“高砂义勇军”和“海军特别志愿兵”等，充当其在太平洋战场上的炮灰，到1944年9月，日本索性在台湾实施征兵制，役龄青年均征召入伍。另外，日本殖民者提倡所谓“新台湾音乐运动”，即以台湾歌谣的旋律来唱日本歌词，将徐缓哀怨的流行歌变成激昂悲壮的进行曲，这种做法刚好与当年日本殖民者最初将留声机和唱片带入台湾社会的过程相反：一个是为了推销资本主义精神文化商品——唱片，而将台湾人所熟悉的词句混杂在日本流行曲调中演唱，以达到快速推广的目的；一个则是为了推销军国主义思想，而将台湾人所熟悉的曲调夹杂着具有思想宣导功用的口号演唱出来。尽管二者在词曲来源上截然相反，但其推进殖民统治的意图和作用却是彼此契合的。在这个时期，当年的台语流行歌曲《望春风》《雨夜花》《月夜愁》等纷纷被改作《大地在召唤》《荣誉的军夫》《军夫之妻》等充满军国主义色彩的进行曲。曾经

① 叶龙彦：《台湾唱片思想起》，博扬文化事业有限公司，2001，第93页。

红极一时的台语流行歌终于开始没落，此后，“二战”终战前的一颗炸弹，将位于台北闹市的哥伦比亚唱片公司夷为平地，《跳舞时代》所讲述的那个“摩登”“轻松”的时代就此终结。

纪录片《跳舞时代》在公映后引起了台湾社会的广泛讨论，归其原因，一方面是因为它的拍摄手法和表现内容具有一定的突破性，片中通过几个当年哥伦比亚唱片公司的老员工，多年后相聚在日据时代代表着“现代化”文明的波丽路西餐厅中回想当年往事，引出一段被时代淹没的“文明史”，更以安排演员情景重现的方式，搬演当年的哥伦比亚及其所代表的“摩登盛事”；另一方面，也是更为重要的，是如诸多论者所认为的，这部纪录片完全颠覆了多年以来日据时期在主流历史叙述中的负面记忆，重新建构出了一个摩登、开放、祥和、文明的殖民历史，这恐怕是导演郭珍弟在拍摄影片时所未曾预见的。郭珍弟在接受笔者访问时曾经表示，在拍摄制作《跳舞时代》时，她并没有想要谈及整个殖民时期，只是出于自身对音乐的热爱去谈论那个年代台湾流行音乐的发展，以及都会中产阶级的生活，她认为自己亦没有表彰整个时代的诉求，因为整部影片中搜集的音乐和影像确实属于比较中产的。

的确如郭珍弟所说，《跳舞时代》中所反映的正是殖民时期台湾都会中产阶级的文化生活心态，并无法代表整个台湾社会的全貌，更无法作为台湾殖民地时期现代化程度的充分论据。近年来，在对战后两岸经济、文化发展状况的讨论中，每每被引用的一个例子是说光复初期赴台进行接收工作的大陆军队中的国民党士兵甚至从未见过自来水和电灯，看台湾当地人使用起来很方便，也到店里买来自来水龙头和灯泡，装在墙上后水龙头不出水，灯泡也不亮，便去找店家理论，从此成为笑谈。或许这位士兵做梦也想不到，这件事在60多年后仍然会被人们时常提及，甚至成为有关台湾在日据时期现代化程度之论争的“确凿证据”，而那些也犯过同样错误的最初经历“现代化”过程的台湾本地人则或许早已被遗忘。再回过头来看当时的中国内地，如影片《跳舞时代》中所提及，当时的上海也和东京、台北等都会一样经受着20世纪30年代全球性的“现代化”洗礼，而究其本质，这种“现代化”无一例外都是在情非得已中被迫进行的具有浓重的殖民主义色彩的行为。

根据陈耀楠的统计，1945 年台湾自来水的普及率仅为 22.1%，1950 年国民党政府迁台后达到 26.8%，20 世纪 70 年代后期随着台湾经济的发展，自来水的普及率由 1970 年的 43.4% 一跃上升到 1980 年的 75.3%。[①] 同样，电灯用户普及率在 1951 年仅为 33.69%，在 1961 年达到 58.97%，经过整个 60 年代的经济发展，在 1971 年达到 85.62%。[②] 由此可见，所谓殖民时期科技、文化方面的“现代性”或许的确客观存在，但却有着难以规避的“殖民性”的本质，更不具有单一性和绝对性。在纪录片《跳舞时代》中，我们可以看到一个颇为有趣的细节，以纯纯和爱爱阿嬷为代表的文娱界人士津津乐道于享受日本殖民过程中所带来的文化娱乐“现代化”的成果，并心向往之；与此形成鲜明对比的是，陈君玉等曾经造访过“祖国”——中国，并为祖国文化深深吸引的知识分子，二者间的意识形态差异或许才是当年陈君玉无法与他心仪的女性纯纯走到一起的根本原因。

① 陈耀楠：《台湾自来水事业之发展经过》，《自来水杂志》，1987 年第 10 期，转引自翁淑慧《依违在“现代”与“传统”之间——台湾六〇年代本省籍现代派小说家的“乡土”想像》附录。

② 台湾经济部网站，http://210.69.121.6/gnweb/，转引自翁淑慧《依违在“现代”与“传统”之间——台湾六〇年代本省籍现代派小说家的“乡土”想像》，附录。

思想者的"孤独"？

——关于陈映真的文学和思想与战后东亚诸问题的内在关联

黎湘萍

> 他们用梦支持着生活，追求着早已从这世界上失落或早已被人类谋杀、酷刑、囚禁和问吊的理想。也许他们都聪明过人，但他们都那样独来独往，像打破玻璃杯一样轻易地毁掉生命……
>
> ——陈映真《哦！苏珊娜》(1966)

陈映真在其散文《汹涌的孤独——敬悼姚一苇先生》中，提到姚一苇这样战后"怀璧东渡"的一代理想主义者，在50年代以来的冷战高压环境下，不敢公开谈论其社会理想，却在看到了青年陈映真小说作品中那无以言明的"内心和思想上沉悒的绝望和某种苦痛"之后，"平静地谈到了他少年遍读和细读鲁迅的历程"，"在那即使亲若师生之间鲁迅依然是严峻的政治禁忌的时代，我也第一次向他透露了我自己所受到的鲁迅深远的影响"。姚一苇以自己所理解的鲁迅为例，谈到鲁迅的晚年"不能不搁置创作走向实践的时代的宿命"，但他却鼓励陈映真写小说，而委婉劝他远离险恶的政治，说"即使把作品当成武器，创作也是最有力、影响最长久的武器"①。陈映真

---

① 陈映真：《汹涌的孤独——敬悼姚一苇先生》，《联合报》1997年6月22日联合副刊。

在姚一苇不避讳的鼓励之中，“听懂了先生不曾明说的语言，而先生也了解了我不曾道出的思想和身处的困境”。他感受到姚一苇关爱的温暖，更体察到姚一苇与自己类似的孤独感。正是这种“孤独感”，使陈映真比同时代人更敏感于战后台湾的重重问题所在，意识到这个时代在冷战格局中形成的新的社会矛盾，意识到台湾与朝鲜这个旧的日本殖民地社会一样，在旧有的历史问题没有得到彻底的清理的前提下，又被编入新的国际化冷战和民族分裂之中，而台湾所有的精神病患，都源于这种新的后殖民地·冷战·民族分裂结构之中，这是怀抱着社会主义理想并意欲以此理想来超越克服台湾社会的“后殖民地·冷战·民族分裂”等多重矛盾从而重建一个新的理想社会的陈映真，不见容于战后的台湾社会及其主流的意识形态的主要原因，也正是他终其一生都怀抱着强烈的理想主义而如鲁迅般彷徨于“无地”之间的原因。

1945年8月光复以来的台湾，在思想探索、社会批评、政治实践、文化·文学活动诸方面都卓然独立、自成一家的大师级人物中，陈映真无疑是最具有理想性、实践性和争议性的。但如果把陈映真仅放在台湾的范围内去理解，则很容易受限于台湾内部的复杂的政治光谱的影响，使陈映真仅被定位为“左翼”的“统派”，甚至把他90年代以后的思想、文化和社会批评，贴上“狭隘民族主义”的标签而加以轻视，而忽视了他的文学与思想的更为深广的价值。在我看来，只有把陈映真放在战后东亚地区的历史和社会转型的背景上，才能理解“这一个”陈映真在台湾、在中国大陆、在东亚地区、在第三世界对几百年来的殖民主义、帝国主义的反思和批判的思想史脉络里的真实意义。

我过去在《台湾的忧郁》中论陈映真时，曾说他的身上有两个人的影子，一个是他所理解的试图以“社会革命”来完成以色列人的解放的犹大，一个是以“博爱”为救世真理的耶稣。这两个人在他的身上分裂为两种互相联系又有矛盾的人格，表现为实践其理想的两种不同的方式①。现在，可以比较准确地说，陈映真的身上，有两个人的影子，一个是内在于他的精神、血肉的充满了感性力量的耶稣，这个耶稣使他可以借艺术作品

① 黎湘萍：《台湾的忧郁》第二章，人间出版社，2003，第77~79页。

进入人的灵魂深处，挖掘人内心的神性和罪性，写出了人最深刻的不安和慈悲；另外一个则是在世界近代思想史上具有知识和理性的高度的马克思，借助马克思，他试图解释并解决人在历史和现实社会中的困境或人性桎梏。如果说，耶稣构成了“想象的陈映真”之小说的血肉和感性，那么马克思则成为“现实的陈永善”之知识和理性①，这两者结合，难分彼此。

我在重读陈映真的时候，一直在反思阅读陈映真时有些人经常提出的问题：早期的陈映真比晚期的陈映真更有魅力；艺术的陈映真比思想的陈映真更让人觉得亲近。为什么“作家陈映真”受到欢迎，而“思想者陈映真”却遭到冷遇？难道只是因为“作家陈映真”的小说作品的充沛的感性经验，与读者更容易引起共鸣？而“思想者陈映真”的那些理性思考，却是“过时”的“教条”？“作家陈映真”在他的作品里所表现的生活的深度和广度，与“思想者陈映真”对他所生活的时代、社会诸问题所思考、反省和批判的深度和广度，是和谐一致的还是相互矛盾的？陈映真的文学与思想，与战后东亚地区的社会、历史、文化诸问题有何内在关联？“统独”在陈映真所思考的问题链中，又处在什么位置？

一　作家陈映真与思想者陈永善：自始至终是一对无法分开的双胞胎

20世纪五六十年代的台湾民间文化界，有《自由中国》（1949年创刊）、《文星》（1957年创刊）在争取言论、思想自由方面扬起自由主义的大旗，《文学杂志》（1956年创刊）、《笔汇》（1959年出革新版）、《现代文学》（1960年创刊）、《剧场》（1965年创刊）等则在现代（主义）文学的倡导方面独辟蹊径，这个时候的陈映真只是一个从莺歌镇来到台北淡江英专读书的浪漫、激情而似乎有些忧郁的文学青年，算不上场面上响当当的人物。然而，他也已经以其作品和论述，表现出与同时代人“同情不同调”的特异性。

① 陈映真本名陈永善，映真是他往生的孪生同胞哥哥的名字。我在《“出走”的“使徒”——陈映真与基督教》一文中曾分析过陈永善与陈映真通过基督教而形成的“灵”的联系，拙文参见香港《文学世纪》2004年第4期（总第37期）。

第一个《面摊》（1959）摆在尉天骢主编的革新版《笔汇》第1卷第9期上时，陈映真将台北街头辛苦辗转的一家三口，置于“法律”与“人情”或“国家”与“人民”相冲突的场域，而刻意于描绘常被人所忽略的小人物们的细腻的内心世界，这是包裹在坚硬的国家、社会外壳中的最柔软的“仁”，是小人物家庭于最艰难的情境中仍能勉力扶持、勇敢生存下去的“爱”。后来在陈映真笔下常见的疲倦而温柔的人物在《面摊》中首次出现，他是一个富于同情心的腼腆的警官。来自国家执法人员的善意和温暖，哪怕只是一个微笑，一点微弱的帮助，都能让从乡下到台北来的一家三口感恩难忘。这篇小说令人想到赖和的名作《一杆秤仔》（1925年写，1926年发表），同样的场景，不一样的结局。如果说，赖和是以写实主义的方法来写“强权横行”的土地上，警察以“法律”的名义逼迫小民，使之走投无路而不得不起来反抗的悲剧，那么，陈映真的《面摊》则显然带有强烈的理想主义色彩——陈映真之“怀璧”，早于此篇见其端倪。这是陈映真高度理想化的歌颂人性善的短篇，他早已意识到警察作为国家权力和法律的执行者，对于细民百姓的普通生活所具有的高度影响力。因此，我们也不妨把这篇作品解读为在经历了台湾的二·二八事件之后，年轻陈映真在鲁迅的影响之下，对理想化的“国家与人民”关系的象征性描写。

但这种“理想化”的描写似乎并不能维持很久，1960年发表的《乡村的教师》很快就进入“国家与人民”之关系的非理想化状况的深度探索。《乡村的教师》的主人公吴锦翔，一生横跨两个时代，即日据时代和战后台湾光复的时代。太平洋战争爆发后，被日本拉去当“志愿兵”，在南洋丛林经历了一场惊心动魄的战争梦魇后侥幸活着返乡的吴锦翔，因为吃过人，精神深处早已伤痕累累，国家暴力以战争的形式强加于像他那样的无数人民头上，然而台湾光复带来的希望，使他的理想复活，以为“设若战争所换取的仅是这个改革的自由和机会”，那么，“或许对人类也不失是一种进步的罢”[1]。但最后，他看到的却是台湾光复后陷入内战恐惧之中的国家政权彻底摧毁了他的改革理想。**陈映真是第一个在《乡村的教师》**

① 陈映真：《乡村的教师》，《陈映真作品集》第1卷，人间出版社，1988，第29页。

中表现太平洋战争时期台籍日本兵的身体和精神的境遇、表现台湾光复后充满了改革中国“愚而不安”社会的理想的一代人面临二·二八事变之后国家政权的保守化而理想破灭的精神苦闷的作家。尽管在小说中，关于台湾战前和战后的社会历史的描写很隐晦，但陈映真还是以象征性小笔法，塑造了一个没有死于战争，却自我毁灭于战后的绝望的吴锦翔，他的颓废、堕落表面上看似乎只是因为不断受到在南洋丛林中吃过人肉的罪恶感的困扰，实际上，陈映真早已暗示了一个战后两岸民族分断、台湾的新的保守时代的到来，而这个时代的到来，浇灭了吴锦翔这样的台湾青年的改革社会的理想，“冥冥里，他忽然觉得改革这么一个年老、懒惰却又倨傲的中国的无比的困难来。他想象着有一天中国人都挺着腰身，匆匆忙忙地建设自己的情形，竟觉得滑稽到忍不住要冒渎地笑出声音来了”①。在《乡村的教师》中，陈映真触及了战后东亚社会面临的新的复杂境况：原来的日本帝国主义、军国主义走向崩溃之后，其黑暗历史（包括日本本国逐步帝国主义化、军国主义化、其殖民扩张给周边国家带来的灾难）还没有受到彻底的清算，很快就与曾被它殖民统治的韩国、台湾一起，编入新的冷战国际体系，置入美国的势力范围；朝鲜半岛一分为二，中国大陆与台湾的中华民族在国际势力的干涉下再度分离。吴锦翔的绝望与堕落，终至于自杀，与其说是纯粹的“个人”行为，毋宁说是一桩历史事件；与其说是吴锦翔对于人的内在的罪性的忏悔（对战争期间吃过人的梦魇的痛悔），毋宁说是对于台湾和中国的近代历史重负的承担：吴锦翔是背着近代帝国主义压迫下的中国台湾的十字架走向死亡的。

从小受到基督教熏陶影响的陈映真，从一开始就非常刻意于拷问人性深处的脆弱的暗部，而对这暗部之不安的察觉，恰又源于同样在人性深处的纯洁的神性之光。他极其敏感于人的内在的道德律（人性中的神性之光）究竟如何去面对人因脆弱而犯下的罪行。有着燃烧的私欲和肉体之爱，是否是人的罪？历史之罪与现实之罚，这是陈映真小说从早期一直延续到晚期的重要主题。在《我的弟弟康雄》中，这个问题首开端倪，是陈映真探索人性内部的历史压迫、现实压迫与道德压迫的开端。康雄的纯洁

---

① 陈映真：《乡村的教师》，《陈映真作品集》第1卷，人间出版社，1988，第31页。

与教会的教条无关，人与仪礼、律法相比孰大？这样的人有没有资格去建立或追求一个纯洁的地上的天国？康雄因悟罪而死有没有救赎的意义？康雄的姐姐被迫抛弃理想，与现实妥协、换取俗世的幸福，所导致的道德难题，又当如何去面对和解释？陈映真用诗一般感性雅洁而又繁复的语言去思索质疑这些复杂问题，预示了他日后创作中耽于思想的方向。从《面摊》到《我的弟弟康雄》，我们看到他的小说把探索的领域，从“人”的现实层面扩大到对于“人”的精神深处的“罪性”的追问去了。《我的弟弟康雄》（1960）、《乡村的教师》（1960）、《故乡》（1960）、《死者》（1960）、《加略人犹大的故事》（1961）、《苹果树》（1961）、《文书》（1963）、《哦！苏珊娜》（1966）、《第一件差事》（1967）、《六月里的玫瑰花》（1967）、《贺大哥》（1978）等，无不涉及人的“罪性”的问题，但陈映真对人的“罪性”的呈现和反省，并不是抽象的，或仅仅是为了诠释基督教的信仰和概念，相反，陈映真是把他的人物放在特定的历史环境之中（这是50年代以后的特殊的历史—政治环境的艺术化）去表现这种难以言传的内心深处的痛苦。陈映真设置的“历史场景”，有的是近在身边的当下生活（《我的弟弟康雄》），有的是劫后余生的战争创伤（《乡村的教师》《六月里的玫瑰花》），有的则是撕裂心灵的现代史（《文书》），有的则虚拟了罗马帝国统治下的殖民地场景（《加略人犹大的故事》）。在这些历史环境中生活的人们，都在特定的社会关系中生活，因而也无法摆脱这些关系带给他们的意识上的影响。**陈映真对导致人的精神深刻不安的“罪性”的探索，亦即是对人所生活于其中的历史和社会生活的反省和批判。**

因此，陈映真的小说在非常丰富细腻的感性世界之外，还提供了对于潜藏在人的精神生活内部的复杂的“罪性”的深刻挖掘和反省，这是陈映真早期小说中最富于思想力的部分，也是陈映真区别于同时代的其他作家的重要特征。到了晚年，陈映真借助关于人的“罪性”与人所建立的“体制”之间的关系的思考，来重新审视社会主义的理想与实践之间出现的悲剧（典型如中国大陆“文革”时期的状况），这种从早年延续到晚年，从虚构性的小说写作，延伸至文化·社会批评领域的思考，我在后文还会涉及。

现在回过头来看，60 年代的青年一代的小说中，最耀眼的还是白先勇和陈映真。这也是那个政治上高度压抑的年代中最富文学激情、最具小说美感、也最能激发出内在的“反抗性”的作家，只是他们对于那个压抑年代的“反抗”，采用了不同的方式。白先勇的“反抗”方式，是婉讽，他以春秋笔法写小说，融合古典叙事与现代心理刻画的方法，将激情深藏于冷静的观察和表现之中，肉体、情欲和爱情的交互纠缠，被置于历史的沧桑变化之中加以描写，白先勇以个人的经验呈现、颠覆并改写了大的历史，并瓦解了传统的伦理，再造了新的伦理，开拓了人性认识的深度；陈映真的短篇小说，即使是独白性很强的作品，如《我的弟弟康雄》，也有非常复杂的多声部潜在的对话，这篇小说语言的美感胜于画面感或镜头感；他同样善于含蓄而细致地描写那些饱满、温柔的情欲、爱和肉体的感觉，譬如《哦！苏珊娜》《六月的玫瑰花》和《贺大哥》等作品，但这些描写却是他的人物在自我意识觉醒之后，在现实找不到出路时的庇护所，是人物的自我救赎之道。“革命”是被暗示的一种出路，“死亡”则是“革命”必然失败和流产的结局。如果说白先勇擅长于在小说艺术中“抒写”人在历史中的沧桑感，那么，陈映真更倾向于借助小说来“思考”在战后闷局中进行社会革命和心灵革命的可能性，这也是他很早就不满于现代主义的软弱和逃避，进而批评台湾现代主义的“亚流性”“从属性”的原因。

陈映真在 1968 年因从事触犯禁忌的政治活动而入狱，这实际上即是他不满于仅仅从文字的虚构去表现这个时代的精神闷局而寻求现实的出路的必然结果。这种选择使他付出了沉重的代价，但他无悔于这一选择，虽然他对受到牵累的亲友深感歉疚。八年牢狱之灾，是陈映真从理想主义走向现实主义的转折点。出狱后的一系列文学批评和创作，包括他以许南村笔名写的自我解剖式的评论，他的台湾文学评论和一系列涉及当代台湾社会、文化、思想意识形态的评论，他参与编辑的《夏潮》杂志对台湾现实主义文学传统的重新出土和诠释，他加入的“乡土文学”论战，他创作的反省资本主义在经济和文化上的全球化与跨国公司体制下的人性异化状态的“华盛顿大楼”系列和再现与反省台湾在冷战·民族分裂时期的“白色恐怖”的民众史和心灵史的小说，特别是 1985 年 11 月主编的《人间》摄影报道文学杂志，在“解严”之前的台湾，无疑代表了民间最有预见性、最能撼动人心、最有批判力量的论述。这个时期的陈映真，成为台湾文化界、思想界独特的风景。我们现在翻阅《人间》杂志，仍能看到，他很早就揭露了台湾社会在现代化的过程中所留下的各种并发症和后遗症，而这些恰是资本主义全球化过程中的世界性的问题，包括弱势族群（特别是原住民和底层民众）、环境污染、历史创伤及其治疗（其实就是所谓“转型正义”问题）、解除报禁、开放两岸民众交流、打破冷战·民族分裂造成的日益保守化的社会·意识形态封闭状态等问题。这些在80年代中期开始在《人间》杂志上加以报道和讨论的问题，事实上成为台湾党外民主化运动，乃至90年代以后台湾各种议题的先声。

仔细阅读这个时期陈映真的文学创作与文化·社会批评与论述，我们能强烈感受到，他仍在延续五十年代以来试图探寻形成台湾社会的日益保守化的思想闷局的根本原因。在不少精英都很享受新殖民地·冷战·民族分裂状态带来的饱足、自满、傲慢和冷漠时，陈映真却踽踽独行于异端思想的道路上。

二 20世纪90年代以后的“孤独”？

台湾光复之后，迎来了20世纪90年代以来各种思想、观点、意识形态的多元化的局面，表面上看，陈映真从五六十年代以来所深切感受的思想闷局似乎已被打破，两岸的民间交流从1987年开始，也成为现实，但这并不意味着“冷战”的格局已化为乌有。恰恰相反，两岸交流的结果，是在发现了对方的差异性之后，反而越发刺激了各自的“主体性”的扩张与区隔。

究竟是什么原因使得两岸的人民在隔离了近四十年之后，彼此成了“陌生人”？彼此成为对方的“他者”？对陈映真而言，这不是仅仅用“复杂的情绪化”就可以解释的问题。

事实上，在20世纪60年代至70年代创作的小说中，他就以各种文学形象来表现过这种复杂纠葛的“情绪”和“意识”。其中，我以为最重要的一部作品，是1961年7月发表于《笔汇》第2卷第9期的短篇小说

《加略人犹大的故事》。这部作品，几乎涉及战后东亚地区诸问题及其症结，其中包括：(1) 帝国主义问题；(2) 殖民地问题（战后东亚国家社会性质的变化及其相互的关系）；(3) 战争创伤问题（“二战”、越战）；(4) 历史问题（日据时期、五十年代白色恐怖）；(5) 冷战问题；(6) 跨国公司问题；(7) 民众史问题；(8) 民族分裂问题；(9) 白色恐怖问题；(10) 思想史问题。

陈映真在小说中初步建构了既能艺术地表现性格复杂的历史人物的多面性，又足以囊括战后东亚问题乃至世界性问题的思考框架的小说模式。陈映真借用《圣经·新约》中讲述的门徒犹大出卖耶稣的故事，来重新塑造了犹大的形象，赋予了这个故事新的意义。小说开篇就充满诗意地写道：

> 黎明的蓝色从石砌的窗户中契了进来，自阴暗中画出粗笨的一桌一椅，并且那样匀柔地拗出了墙角的四支陶甄的轮廓来。地中海的海风揉进这曙光里，吹着纱帐，吹着加略人犹大密黑的发和须。①

家徒四壁，然而他们拥有爱情和来自地中海的海风光色。小说接着通过犹大的恋人希罗底的眼睛和感受，去叙述犹大的茶铜色的瘦削的脸，他的粗豪和敏感、智慧与倨傲，写出他在耶路撒冷遇见耶稣后精神焕发，生意盎然的神情，“眼睛里重又燃烧起一种逼人的火焰”。这些描写，彻底颠覆了犹大这个“叛徒”的刻板印象。而所有这些心理描写和性格刻画，都不过是为了用希罗底的美貌和温柔来衬托犹大悲剧性的思想与性格，又用犹大的思想与性格，来凸显耶稣的思想与性格，激发人们去重新思考罗马帝国统治时期以色列人的政治与宗教、民族解放与个人自由等问题。在再现“犹大卖主”这个传统的故事时，作者没有停留在一般的谴责犹大的行为上，而是经由犹大与耶稣、犹大与奋锐党人、耶稣与以色列底层民众、耶稣与法利赛人、以色列民众与上层阶级等复杂的关系，去呈现罗马帝国殖民统治下以色列人的命运与选择问题。

---

① 陈映真：《加略人犹大的故事》，见《陈映真作品集》第1卷，人间出版社，1988，第81页。

小说最吸引人的，仍然是思想的问题。陈映真的犹大有种微妙的狂野与倨傲，“他对复国运动有不亚于他们（指奋锐党人）的热情，但是他那某一形式的世界主义却怎样也不容于奋锐党人那种褊狭的选民思想了”。犹大质问那些奋锐党人说：“罗马人的担子，罗马人的轭一旦除去又如何呢？因你们将代替他们成为全以色列人的担子和轭。”他说着，仿佛愤怒起来：“你们一心想除去那逼迫你们的，为的是想夺回权柄好去逼迫自己的百姓吗？”

“世界主义”者犹大似乎也是一个阶级论者，他理想中的复国运动，是推翻罗马帝国，但解放不是为了让自己再沦为奴隶，他批评那些想夺权的奋锐党人说：“你们既然冒着万险自罗马人手中图谋他们的权柄，那么将来分享这权柄的，除了你们还有谁呢？你们将为以色列人立一个王，设立祭司、法利赛人和文士来统治。然而，这一切对于大部分流落困顿的以色列民又有什么改变呢？”

这样一个犹大，才可能从耶稣那里看到革命和动员群众的希望。小说试图把犹大的“背叛”，写成只是在完成耶稣准备赴死的意愿，而利用耶稣的牺牲来动员信众起义。但群众的翻脸无情和耶稣的牺牲，最后教育了犹大。《加略人犹大的故事》最后借犹大之口，写出了24岁的陈映真的感悟：

> 他（犹大）忽然明白：没有那爱的王国，任何所企划的正义，都会迅速腐败。他了解他自己的正义的无何有之国在这更广大更和乐的王国之前是何等的愚蠢而渺小，他的眼泪仿佛夏天的骤雨一般流满了他苍白无血的脸。①

罗马帝国作为帝国主义的象征，它在犹太地区的殖民统治，是激发殖民地内部的各种复杂社会矛盾的主要原因。陈映真以艺术家的笔墨，表现的却是思想家的洞察力。他写出了沦为罗马帝国殖民地的犹太地区的不同

---

① 陈映真：《加略人犹大的故事》，见《陈映真作品集》第1卷，人间出版社，1988，第101页。

阶层的观念，从不同的“观念”形态去表现不同阶级的生活状态；帝国主义者、犹太的上层阶级、法利赛人、食利者、激进主义的奋锐党人、主张社会革命的世界主义者、普通民众等。战后台湾还没有哪一部小说，以貌似异国的历史故事来如此深刻地表现战后东亚地区的复杂的社会现实和思想状况。经历了两次政党轮替的台湾读者，读到48年前陈映真的这篇作品，应当会对陈映真小说的预见能力，感到惊讶吧？

同样，经历过战后的社会主义实践、又因为“文革”的错误而从中吸取到经验教训的大陆读者，也都会思考在一个以社会主义为理想的国家建立之后，何以会出现毁灭性的挫折的问题。陈映真在20世纪80年代的小说《山路》（1983）、《赵南栋》（1987）中，都有过深切的反省。到了晚年，63岁的陈映真在散文《父亲》（2000）中又重提这个话题，而他的反省，则通过“罪性”这样一个具有基督教神学色彩的概念，为建立“人”与“制度”的相互关系，在法律、政治、经济、文化之外，多了一个新的角度。他写道：

> 我们谈过中国的社会主义。当过穷人家的苦孩子具有三十年代左翼知识的父亲，对于社会主义有不止乎口耳之学的理解。对于中国的社会主义道路，他有深的同情，也有一份期许。但作为一个虔敬的基督徒，看着当时文革的骚乱，他有很深的宗教的忧虑。父亲说，他皈向基督以后，才认识了人原有的罪性。而这人的罪性如果没有解决，终竟会朽坏了人出于最善良愿望的解放和正义的运动。父亲曾几次表达了他对于日本、“无教会主义”杰出的基督徒学者矢内原忠雄的崇敬。父亲说，为避免体制化教会必有的软弱和败坏，矢内原寻求没有教会组织和职司体系的、个人得以直接借由读经、思想和祈祷与上帝交往的信仰。但在学问上，矢内原却是著名的马克思主义的经济学家。作为马克思主义的经济学家，矢内原科学地揭发了日本在台湾的糖业帝国主义掠夺体制的秘密，给予台湾反帝抗日运动很大的启发和激励。但作为一个忠心的基督徒，在日本军国主义最猖狂的四〇年代，矢内原以孤单的先知之姿，公开反对日本的侵略战争，公开祈祷上天使日本战败，以拯救日本于犯罪和疯狂。矢内原终被日本法西斯

投狱，至战后始得释放。[①]

陈映真说，他父亲以《使徒行传》中的记载为例，说明“基督徒不必忌恶社会主义，而应该更加警醒于人的罪性。人基本的罪性若不得解决，再好的设想、制度和运动都不免败坏”[②]。这一想法，与犹大最后的觉悟“没有那爱的王国，任何所企划的正义，都会迅速腐败”是一脉相通的。

三　以社会科学的分析代替情绪化的解释

陈映真早期喜欢用小说的艺术表现来代替社会科学的分析。但90年代以后，因为要对各种时髦论述进行清理、反省和批判，他借助于书评、论述、历史研究等形式，运用社会科学的分析方法，来彻底解决一些根源性的问题。

1992年，我收到陈映真先生寄来的《李友邦的殖民台湾社会性质论——与台共两个纲领及“边陲部资本主义社会构造论”的比较的考察》，这大概是陈映真先生为纪念李友邦的会议而写的论文。当时我并没有很认真地拜读这篇大作，因为对于李友邦、台共以及边陲部资本主义问题，我都很陌生，几乎没有任何知识。直到后来读到李友邦在《台湾先锋》杂志（1940年4月创刊）发表的一系列文章，方才领悟陈映真先生专文讨论李友邦的用心。

陈映真多年来一直试图准确把握台湾社会的性质和形态，他认为，只有“明确把握我们社会在一定历史发展阶段中所存在的各种矛盾的核心和性质”，才能“进一步找到克服扬弃这些矛盾，使我们的社会取得进一步发展的理论和实践的方向与力量”。这篇文章似乎是第一次使用“中心部资本主义VS边陲部资本主义”的分析架构来把东亚地区的日本、朝鲜、台湾的社会性质和形态进行解剖的尝试。陈映真发现李友邦的“殖民政策”分析和台共两个纲领中关于台湾作为“殖民地”社会的性质的分析，

① 陈映真：《父亲》，见散文集《父亲》，洪范书局，2004，第142～143页。

② 陈映真：《父亲》，见散文集《父亲》，第144页。

竟早已跟晚近世界体系论及依附理论中对殖民地构成的分析有所暗合。文章还运用丢布瑞和雷依的边陲部资本主义发展“三阶段论”（发生—成立—否定）来分析日本（中心部资本主义）对边陲部资本主义之朝鲜、台湾的殖民地统治的过程。

如果说，日据时期台湾、朝鲜的殖民地化是来自日本帝国主义的压力，那么，战后貌似获得解放（光复）的台湾、朝鲜，是否已经摆脱了这种殖民地社会的性质呢？抑或是在另外一种新的国际关系和帝国主义统治压力下，转变为另外一种殖民地社会的形态？文章没有在这方面加以申论，但它所使用的分析方法，亦可以提供新的观察视野。战后东亚地区的最大变化，是中心部资本主义代表的美国，使战败国日本变为“边陲”，主导了这个地区对抗以苏联为首的社会主义阵营的冷战。日本原有的体制、统治集团和统治结构，在没有得到彻底清算的条件下，进入冷战的国际体系之中；台湾和朝鲜则陷入新一轮的民族分裂状态之中。

战后日本的问题，根据佐伯启思的分析，可以表征为两个方面。首先是言论的“二重化”，即通行的言论被二重化为“正式的言论”和“非正式的言论”，“所谓非正式的言论，就是指在社会上没有达到可正当化的言论”。所谓“正当化的言论”，就是符合战后体制的政治正确的言论，如“民主主义”“个人的自由”“和平主义”，以及“人权主义”和“人道主义”等；而诸如“国家主义”“日本主义”“权威主义”“家族主义”等则没有获得正当性。其次是包括伦理观在内的社会精神气质已经崩溃，形成了伦理上的无力状态。[①] 佐伯启思的分析，也适用于台湾、韩国的情况。简言之，就是在美苏两霸的领导下开启了世界性两大阵营（资本主义和社会主义）的冷战，作为美国的扈从国家或新型殖民地内部的所有的社会矛盾、思想意识形态的矛盾等，都源于此。

1995 年 11 月 11 日，陈映真给香港《明报月刊》传真了一篇文章《盲人瞎马的闹剧与悲剧》[②]，这是一篇国际视野极为宽广的文献，极为深刻地分析了位于东亚地缘政治之中的台湾在当时乃至现在的政治生态及其历史

① 佐伯启思：《国家·国民·公共性》，收入日本佐佐木毅主编《公共哲学》丛书第 5 卷《国家·人·公共性》中译本，人民出版社，2009，第 162 页。

② 陈映真的《盲人瞎马的闹剧与悲剧》后来可能没有发表，此处根据他留给我的手稿原稿。

与意识形态成因。在文章中，陈映真主要针对1995年底和1996年初的两次重大选举做了详尽的政治分析。首先他提出了“台湾政治的全面保守化”的判断。指出当时李登辉领导的国民党，民进党和新党三党表面上“尖锐对立，竞争激烈，但在实质上三党的思想、政治光谱极为相近。三党的斗争，不是阶级、哲学、政治的斗争，而是赤裸裸的政权争夺的斗争”；“独立论、一中一台/两个中国论和反共统一论，皆属于反统一，即分离论而不是统一论的范畴”。这一分析，不仅适用于台湾，也适用于1990年代以来东亚地区乃至世界性的所谓“民主国家”“去政治化”趋向；其次，他对台湾的“国际合法性”焦虑及其与“内在合法性”虚构之间的关系做了剖析，指出“台湾朝野主流政治企图以重新争取与中国分离的台湾之国际合法性”的目的，乃在于“重建新的统治之内在合法性”，而它之所以必定遭受到重大的挫折，“并不仅仅是因为台湾在军力、国际外交上的弱质，而是因为台湾问题不是一个自来独立的国家，如今面临被别的大国强欲‘拼吞’的问题，而是历经百年耻辱的中国，坚决保卫自己领土主权的完整的内政问题”。再次，他分析了台湾“脱中国”化的内因与外因。外因是帝国主义的干涉和国际冷战形势，内因有二，一是政治上的：“1949年到1953年的反共肃清，摧毁了台湾自日据以来艰苦发展的反帝爱国主义势力。与一切殖民地/半殖民地一样，台湾的民族/民主运动由左翼领导，台湾左翼政治、哲学、社会科学与文化艺术运动在韩战后的台湾冷战/内战结构形成过程中遭到残酷摧残。相应于这个变化，台湾在日统期间反共亲日的一派，不但没有受到历史的清算，反而在冷战·内战结构中与国府野合而壮大，至今荣华富贵，忠奸事（是）非完全颠倒。在台湾左翼的毁灭后，美援和留学体制长期培养亲美反共精英，至于今日而占领台湾各领域的制高点。李登辉政权登台后，以国家政权的力量利用台独民粹主义夺取政权，巩固政权，纵容和发展了台独。”二是经济上的：“1950年到1988年，两岸经济断绝，台湾经济编入美日台循环而积累，与中国民族经济体脱离。四十年台湾经济的‘脱中国’发展，规定了思想、政治、意识形态的‘脱中国’化。”

在这篇文章中，陈映真也分析了1988年以后两岸形势的变化，特别是“横跨两岸的中国民族经济体”迅猛形成、“美国经济开始它漫长的衰退与没落的进程”之后对台湾政治·意识形态产生的巨大影响。最后，他特别强调了“台湾的智慧”，即在台湾日据时代以来，台湾人民为争取祖国统一而表现出来的各种政治、文化上的抗争，早已“充分注意到殖民地化五十年台湾的历史特殊性”，而“依具体条件”来制定统一中国的政纲，然而，“与台湾现当代史剥离的今日朝野三党，被历史收夺了解决当面困局的能力”，因此他们的“选举”（实质上的“政权争夺战”），就“难免是一场盲人瞎马的闹剧与悲剧”了。今天重读这篇手稿，再来回顾1996年以来台湾政治、意识形态所发生的闹剧式和悲剧式的变化，无不一一验证了陈映真先知般的批判性预见和洞察力。

1996年6月10日，陈映真在《联合报》“读书人”副刊发表评论《张大春的转向论——撒谎的信徒，背离之路》。这篇文章首次使用了日本二三十年代特有的“转向”现象来分析国家暴力对人的极度伤害的问题。陈映真批评张大春《撒谎的信徒》中对“转向”进行批判时，“没有对作为转向论的前提条件——纠结了内战与世界冷战双重构造，以反共国家安全体制为形式的国家恐怖（State terrorism）暴力加以严肃的凝视”，这就使国家暴力和迫害者得以免罪，而受到伤害的人，反而要承受更大的道德压力。

鹤见俊辅论日本20世纪30年代的“转向”问题时，为“转向”这一概念做了界定，认为“转向”主要的意义在于，“在国家权力之下造成思想的转变”，因此，它包含两个层面，第一个层面，是“国家强制力的运用”，第二个层面，是“个人或团体在面对压力时，他或他们自己所选择的反应。对这种现象来说，强制力的作用和自发性，是两个不可或缺的层面”①。鹤见俊辅除了重点研究左翼的共产党人转向的现象之外，还特别指出：

> 研究“转向”时，那些从稳健的自由主义，转为狂热的法西斯主义者，有时候很难引起注意。从我的观点看来，这种变化在日本战时思想史的研究上，具有不可忽略的重要意义，应该视为“转向”加以

① 鹤见俊辅：《战时期日本の精神史》中文版，邱振瑞译，行人出版社，2008，第28页。

研究。①

这就是说，“转向”既是国家强制力的影响的结果，也是个人选择的问题。

关于转向，陈映真一方面批评张大春放过了对国家暴力的追究，而只追究在国家恐怖主义压力下个人因软弱而转向的道德责任；另一方面，陈映真自己坚持以一己之力和尊严，来对抗国家的恐怖主义。他在《父亲》一文也提及父亲暗示他宁可坐够刑期的牢，也不能转向，以个人对于信仰的坚持，来反对国家暴力的压迫和酷虐。陈映真提到1969年夏天，他的父亲陈炎兴先生在一次探视中，提到外面有一本杂志刊载了陈映真的事，并请求政府“从宽”处理。“接见都在严格的监听下，父亲语焉不详，事后我也把这件事忘了。一九七五年我释放回来，一次闲谈中，父亲说起当时有某杂志以寥寥数语要求‘从宽’处理一位‘本省籍年轻作家’（大意）云云。父亲没有说明何以他要在监听下设法让我知道，但我忽然明白，父亲担心的是因而被迫‘转向’，成为一个令人不齿‘堕落干’吧。父亲对他囹圄中的孩子的祈祷是明白的：作为‘上帝的孩子’和‘中国的孩子’，父亲希望我以洁白的良心，坐完囚系的日子……”②

陈映真写道：

“父亲注意改革运动的道德性质，还表现在不止一次地说到所谓‘堕落干’（日音 darakan）的问题。三〇年代的日本迅速奔向了军国主义。在法西斯酷烈的政治压力下，不少日本的左翼各派知识分子、文化人和党的干部，纷纷公开宣言背弃自己的思想，而‘转向’（思想、政治上的投降）之风，把当年被穷人和青年们奉为导师的革命家纷纷扫下神坛，灰飞烟灭。人民遂斥之为‘堕落干部’，又因日本语中的省略，谑而称为‘堕落干’。父亲说，青年时代的自己，就看到过自己心仪的左派文化人大剌剌地宣告转向，而受到沉重的打击。在

① 鹤见俊辅：《战时期日本の精神史》中文版，邱振瑞译，行人出版社，2008，第30页。
② 陈映真：《父亲》，见散文集《父亲》，第146页。

父亲看来，政治高压下容有不得已之处。但有一些理直气壮的‘堕落干’，较之一个向来的‘反动派’恐怕是更其不堪了。”①

陈映真是在1968年入狱之后，蹲在囚室的角落细想，“才逐渐明白父亲对眼看着不能回头地走向险路的儿子，是怀着怎样的忧虑，强忍着失去孩子的恐惧和痛苦，百般叮咛：追求世上的正义，不能忘记人原有的软弱，不能失去灵魂的洁白，像矢内原忠雄那样，变革实践和真实的宗教信仰非但没有矛盾，甚且互相丰富——切莫因倾向于变革而舍弃了信仰……”②

陈映真写父亲去监狱探视时，神态安详，“没有一句责难怪罪的话，却要我牢记我在狱中生活的三重自我定位：‘首先，你是上帝的孩子。其次，你是中国的孩子。最后，你才是我的孩子。’”③

四　思想者的宿命

据说，特洛伊国王普里阿摩斯的女儿卡桑德拉（Cassandra）被阿波罗赐予预知命运的能力，当了太阳神殿的女祭司，但因为不服从阿波罗的非分之想，又遭到阿波罗诅咒，让她的预言百发百中，却偏偏都没人相信。卡桑德拉预言了阿伽门农的死亡，特洛伊的陷落，这些不吉利的预言无一不引起人们的反感。这个被人所遗弃的女先知，一辈子都生活在无力于阻挡悲剧发生的痛苦、孤独和沮丧之中。

陈映真当然不是卡桑德拉。但他的自我反省的个性，对历史、现实和未来的认真而严肃的思考，并不激越的浪漫而忧郁的风格，几乎将战后台湾的各种历史的负担都承担于一身，并有意像鲁迅一般“肩住了黑暗的闸门”，放下一代的人到宽阔光明的地方去的志愿，还具有为台湾人民寻求自由之道的梦想。然而，他被刑囚十余年，被放逐到火烧岛，他的声音被听到，却不被理解。他的确在他的小说中像先知般“预言”了“无何有之乡”的幻灭（《乡村的教师》），“预言”了道德在充满了谎言的历史中的

① 陈映真：《父亲》，见散文集《父亲》，第144页。

② 陈映真：《父亲》，第145页。

③ 陈映真：《父亲》，第146页。

腐败（《文书》）；他也“预言”了在罪性的历史中人自我救赎的可能性（《将军族》《夜行货车》）……然而，这些“预言”却使他仿佛生活于一个“不合时宜”的时代和社会之中，因为有人听到，却没人理睬。究竟是他生错了时代，还是这个忙乱的20世纪的意识形态单一化的社会，无暇也无法了解他的“预言”，甚或不屑于理会他的那些“异端”思想？

2002年，陈映真因长年患“突发性心房颤动”而接受专业医师的意见，做了一次名叫“射频消融”的心脏内科手术，因手术出现意外，到鬼门关上走了一遭。两年后，他写了一篇散文《生死》，记述了这次死里逃生的经验。我们都知道，陈映真在小说里早已多次描写过死亡，但这一次，是他本人亲身体验了坠入死亡之深渊之后，又奇迹般地重回阳世的经验，在面临生死攸关的时刻，他最深刻的自我认识是什么？他对人对己，对这个世界的最根本的认识是什么？《生死》这篇最个人化的散文，可能为我们提供了答案。这是打开有些神秘的陈映真的性格、思想与文学创作神秘之锁的一把钥匙。

《生死》的开始，是一段自我解剖：

> 出于思想和现实间的绝望性的矛盾，从写小说的青年期开始，死亡就成为经常出现的母题。但在现实生活中，我却从来不曾有忧悒至于嗜死的片刻，反而是一个迟钝于逆境、基本上乐观、又不惮于孤独的人。①

他明确地说，他是一个“迟钝于逆境、基本上乐观、又不惮于孤独的人”。这篇散文详细描写了他病危到休克的经过，陈映真没有看到自己的灵魂在空中飘荡的情景，长达数十日的意识空白，“没有痛苦，但觉如在暗室中最深沉、甚至舒适的酣睡”②。是伴随着他二十多年的陈丽娜女士，奋不顾身，竭尽全力，把他从死亡线上硬生生地拖了出来。死里逃生的陈映真，第一次在散文中这样写道：

---

① 陈映真：《生死》，见陈映真散文集《父亲》，洪范书店，2004，第191页。

② 陈映真：《生死》，第192～193页。

> 呼吸停止、心脏停止搏动，是不是就是死亡？我为什么没有经验过一般人都会读过的、从死里还阳的人的体验：在黑暗中看见远远的、仿佛隧道彼端的光亮的去处；看到被哭泣的亲友围绕着自己的尸体……为什么我的生死的界限只是暗室中深沉的酣睡？如果在心导管室的抢救失效，我的生命是否就如灯灭一般归于乌有。而如果有上帝，他让我从死荫的幽谷中走出，有什么用意和目的？①

这个问题让陈映真感到疑惑，而让我觉得这是深入他的思想的一个入口。他写道：

> 于是在哲学上信从了历史唯物主义的自己，在病房中开始生涩地在每晚入睡前向“上帝”诉说。我认罪！我赞美、感谢；我思想着基督走向各个他的十字架的漫长苦路时所受的百般凌虐、拷打和羞辱，而那无罪者所受的鞭打和蹧蹋，却无不是为我的一身重罪的代赎……让我这软弱卑污的罪人活下来的你的旨意是什么？鲁钝的我毕竟不能明白……我固执地追问。
>
> 然而回答我的总是一片无边的静默。没有“圣灵”的火热。没有回答。②

当外界纷纷扰扰，世事变幻无常，人们在躁郁中希图变革，在绝望中寻找希望时，我们希望听到他熟悉的声音，但他却似乎在沉默着。他自己也在质问说：“如果有上帝，他让我从死荫的幽谷中走出，有什么用意和目的？”“让我这软弱卑污的罪人活下来的你的旨意是什么？鲁钝的我竟不能明白……我固执地追问。”但回答他的，“总是一片无边的静默。没有‘圣灵’的火热。没有回答”。他是否因为这“无边的静默”而感到孤独？

他批判教会，因为当教会组织作为“社会机制”（institution）时，它经常沦为资本主义殖民扩张中的共犯，成为压迫、掠夺、杀戮历史的同

① 陈映真：《生死》，第198页。

② 陈映真：《生死》，第198～199页。

谋，从重商主义到“自由竞争”资本主义、一直到垄断资本主义时代，西方不同阶段向非西方世界贪婪、残酷的侵略，它都留下了难以抹杀的劣迹。但教会不等于“上帝”，陈映真在生死攸关的时刻，似乎对上帝的存在有些疑虑，但他仍认真地祷告说：“主，我如此驽钝，如何让你再拥我入你怀抱？”

尽管得到的是“无垠的沉默”，但他从来不曾放弃心目中的耶稣。耶稣不是穿着华美服装的教士，而是“叫有权柄的失位；叫卑贱的升高；饥饿的得美食；叫富足的空手回去”的耶稣。“耶稣为世人的罪被钉十字架，但是在形式上，是为一个反抗和批判罗马殖民体制，以及与这殖民体制相勾结的犹太圣殿统制体制，从而当作政治犯而遭到磔刑。在死前的片刻，耶稣犹以贫困、穷苦和受尽逼迫的生民为念。”①

记得 1991 年底，我曾给陈先生一张贺年卡，上面抄写了韩愈的《学诸进士作精卫衔石填海》：

> 鸟有偿冤者，终年抱寸诚。口衔山石细，心望海波平。
> 渺渺功难见，区区命已轻。人皆讥造次，我独赏专精。
> 岂计休无日，惟应尽此生，何惭刺客传　不著报雠名。

后来收到陈先生 1992 年 1 月 3 日的回函，其中说：“我甚爱韩愈咏精卫诗，惊为知己。”多年来，陈先生以精卫鸟“口衔山石细，心望海波平”的精诚，往来于海峡两岸。思考和解决统独问题，其实只是他意图建立一个从帝国和殖民地的束缚状态下获得解放的、更为人道、更为广阔、更为合理、更具有社会公平和正义的众生平等自由的人间社会的总体目标的一部分议题。1979 年台湾面临与美国断交的“危机”，陈映真曾写了一篇短文。与当时电视、收音机、各种传播媒体上的眼泪、怒声，甚至于血旗、血书等群情激愤的状态不同，陈映真冷静地指出，与美国断交恰是台湾重新反省在长期的殖民状态下形成的“民族性格的卑屈化、猥琐化和奴才

① 陈映真：《台湾长老教会的歧路》，原载 1978 年 6 月《夏潮》第 4 卷第 6 期，《陈映真作品集》第 11 卷，人间出版社，1988，第 62 页。

化”的好时机，这种民族性格，“差不多是二次大战以后，在美国支配下的第三世界各国、各民族普遍而严重的精神疾患”。而断交事件，“正好是决然摆脱美国对我们精神上的支配的最好的契机”，“应该对这三十年来美国式教育、文化、消费观念、文学价值等等在我们文化、社会等各方面生活中所造成之影响，提出深刻的反省和检讨——不是为了责备那些三十年来执行无原则的亲美文化、教育诸政策的人，而是在这个总结中，找到有益的教训，使中国在走向独立、自由的奋斗中，永不再犯同样的错误”①。在这样的历史关头，陈映真仍然不失其两岸中国的视野，他指出，“近年来，要求政治民主、社会公平、人权受保障、思想和言论有更多自由的呼声，在海峡两岸的中国人中，成为越来越普遍、越来越强大的声音”，而这是“长久等待了各种发展条件，经过无数中国人的牺牲奋斗，终于汇集了起来的、历史性的声音”。两岸中国人，有力量在使中国“更自由、更民主、更公平、更有人权的共同愿望上，精诚团结，进行切切实实的改革”②。

① 陈映真：《断交后的随想》，原载1979年1月《中华杂志》，参见《陈映真作品集》第8卷，第23页。

② 同上，第23～24页。

第四编　域外与本土深度互动

中国历史的"向量"

孙　歌

继2011年生活·读书·新知三联书店出版了沟口雄三著作集前四本之后，经过译者们的共同努力，后四本的翻译已经面世，沟口先生一生著述的主要代表性文字得以相对完整地呈现给中国读者。这个翻译的过程，对于我个人而言，也是一个深入的自我训练过程。在沟口先生的思想世界中谨慎地前行，使我获得了中国历史世界多姿多彩的、有生命力的思想投影；当这些鲜活流动的投影在沟口先生感性而思辨的论述中逐渐形成一个动态结构的时候，我真实地体会到了在历史中寻找原理、探寻历史动力这项思想工作的魅力。

对于沟口而言，中国历史的结构显然是一个错综复杂的动态关系之网。他透过中国思想史所提供的基本言说，试图考察的是这些言说背后相互纠结着的历史要素之间的制约关系①；而中国传统社会士大夫阶层与政

---

① 关于这一点，沟口曾经在《关于历史叙述的意图与客观性问题》（《中国的冲击》，东京大学出版会，2004，生活·读书·新知三联书店，2011）中进行过正面的论述。他强调，历史不是静态的和与主体无涉的风景，而是有着内在动力与脉络的有机生命体。他比喻说：历史学家并不能满足于在岸边钓鱼，而是要跳到历史这个海洋中与鲜活的鱼群一起游弋，从而观察鱼群的"生态"。这个比喻逼真地道出了他对于历史结构的理解：沟口要寻找的并不是单个的鱼或者鱼群本身，而是富有生命的鱼群的"生态"。生态作为一种机制是不可视的，因为它必须透过实体之间的关系来呈现。同时生态又是无法静止的，它必须通过动态的变化才能被认知。

治体制的密切关系，使得中国思想史具备了强烈的现实政治性格。身处文化逻辑迥异的日本，沟口一直有一个挥之不去的基本关怀：为什么中国在建立现代主权国家的时候最后选择了社会主义，而日本却走上了资本主义道路？这其中的历史理由究竟是什么？

从早年写作《中国前近代思想的曲折与展开》时开始，沟口就表现出了思想史大家所共有的思考特征：他反复讨论和追究一些具体问题，细致地把它们从当时的某些共识中甄别出来；这些问题单独看去似乎并无振聋发聩之处，而且沟口从来不以发掘珍稀史料为己任，他使用的多数是最普通的史料，甚至不惮援引例如二十四史这样的史学界视为“二级史料”的文献；但是，当这些单独看来并无特殊之处的问题点依托着对于史料细致准确的钩沉聚集为一个相互呼应的结构之后，沟口显示了他思考的独创性。那些单独看来只是一些具体结论的问题，日后均成为这个解释结构的“关节点”；反过来说，只有把握住沟口的结构意识，他所试图推进的那些具体问题才能获得真正的意义。即使他在晚年来不及完整地完成这个结构就过早地离开人世，我们也仍然可以沿着这些关节点所指示的方向思考和推进这个结构性的假说。

这个结构性假说，可以简单地归纳为一个有关“天下与生民”的动态历史机制。中国历史演进的脉络中，无论是传统的王朝与黎民百姓，还是现代的国家与民族社会，都被这个天下—生民的结构所潜在地制约和左右。从西欧历史的视野出发所观察到的中国式“近代”的挫折，遮蔽了“天下”与“生民”这两个无法归纳为主义的维度，也肢解了中国在近代历史转型期所特有的转化方式所内含的历史逻辑，因而也遮蔽了我们贴近中国历史去解释今日中国社会的途径。沟口提供了一种可能——摘掉来自西欧的有色眼镜，排除美化或丑化中国历史的意识形态干扰，追问那个本真的问题：左右着中国历史在重重“偶然性”中曲折前行的，究竟是什么样的“向量”？

一　“自然”与“作为”的契合

作为中国思想史家，沟口雄三已经为中国学人所了解。但是他的思想史研究所具有的哲学内涵，对我们而言却有些陌生。或许就连沟口本人也会拒绝这一说法：他的思想史研究，创造了对于中国哲学史的独特理解；但是他或许不会拒绝另外一个说法：他的思想史研究，若没有对于中国哲学史的沉潜则将无法进行。

其实这两种说法不过是互为表里、互为因果的同一件事情：一个真正的思想史家，必定具有对于哲学观念的深度理解能力；但是与此同时，这种思想史家的哲学理解，却必定只有在一个动态的历史脉络中才能呈现，因此，它排斥所有的静态逻辑推论，它一定要求哲学观念在时代精神风土中鲜活地流转和变动。于是思想史家的哲学思考给我们提供了迥异于哲学家论述的问题群，并为这些问题群注入了鲜活的历史生命。中国哲学的思想史解读，或曰历史脉络中的哲学思考，是沟口留给我们的一笔重要的思想与学术遗产。

在创造力处于旺盛状态的1980年代到1990年代前半期，沟口写作了一系列与中国哲学史关键概念有关的论文。这部分讨论在沟口生前尚未结集，原因是他认为还有一些需要做的研究没有完成，而已经发表的论文中尚存在他不满意之处，需要进一步打磨加工。遗憾的是，这个计划永远无法完成了，我们只能从现有的文字中谨慎地寻找和建构沟口思索的轨迹。这部未完成著作中的部分论文，在他身后由岩波书店结集出版①。中文译本②在此基础上又进一步补充了相关内容。这本论文集在沟口思想史研究中具有特殊的位置：它提供了沟口对于中国长时段历史构想的结构，也暗示了沟口思想史的基本轮廓。

对于中国传统思想中的“天”“理”“气”“道”“自然”“心”等一系列概念，无论中国还是日本，哲学研究界都有自己的处理方式，沟口的思考与此并不完全重合。虽然他同样对于概念有着精细的边界意识，但是显然，他更关注的是这一系列哲学概念在其形成与传承的过程中与不断变动的历史脉络之间的互动纠结关系。沟口决不信任概念之间在用语上的类似性，他总是在观念与观念史、观念与同时代史这双重关系中考察概念

① 伊东贵之编辑注释《中国思想的精髓 Ⅰ》，岩波书店，2011。

② 沟口雄三：《中国的思维世界》，生活·读书·新知三联书店，2014。

的内涵。在前一重关系中，他注目于概念在传承过程中所发生的流变，考察同一个概念在观念史的演变中产生的新的意义，以及它与其他概念之间关系的变化；在后一重关系中，他敏感地追踪着每一个具有生命的概念在它所产生的时代中的定位，并在时代关系中讨论概念的内涵。这两重关系的结合，构成沟口对于哲学概念的思想史追问：为什么在中国传统社会中会产生这样的观念系统？这样的观念系统与中国历史的机理究竟是什么关系？

在早年沟口尚不拒绝使用“近代”视角考察中国近代历史的时候，他注意到了一个现象：中国的“天”观念高于王朝统治的权威性，它自古以来就构成对王朝正当性的制约，这不仅使得中国民间社会对于王朝兴亡和天下兴亡采取不同的态度，而且使得历代皇帝即使以“天子”自称，也无法逃避江山易主、王朝易姓的命运。天的权威性不仅在于它赋予皇帝以天子的现实权威，同时也在于它通过社会通行的天谴观念以及天谴事应模式对天子的责任进行监督乃至惩罚。值得注意的是，至少在宋代以后，中国社会的天谴观念发生了实质性的变化，从天人相关走向了天人合一，而且其重心从天转移向了人，在这种情况下，如果中国人愿意，完全可以继续向前推进，最终走向天人分离，如同欧洲中世纪神人分离那样，建立独立于天的、自足的人间世俗世界。但是，中国历史没有进行这样的选择，在确立了宋代的“天理观”、完成了把认知的重心从天转移到人这一过程之后，中国历史通过天谴修德、天理修德的方式，重新建立了天与人合一的政治体系。其结果，在明代以后，“天”仅仅是作为人的秩序能力的先天性而内在化于人了。但是问题的要点在于，这种以人为重点的天人合一并未导致中国人脱离天的束缚，而是相反，这种内在化于人的天具有不可替代的重要功能：它不但打破了王朝统治的自足性，使得地上的王国不能成为它自己存在的根据，同时也把历史上天谴事应论仅仅要求皇帝履行的道德责任推及整个统治系统，扩大了对于王朝政治运作体系的整体道德压力。天人合一，无论是利用它以强化皇帝权力的正当性，还是反过来达到监督皇权的目的，这种看似对立的立场其实都借助了同一个基本事实：中国传统社会不承认皇权的绝对权威性，只有天或者天理，才是最高的权威；无论是通过确立天的权威性来维持统治还是反过来监督施政乃至推翻统治，这两者遵循的是同一个逻辑。联想到“顺天者昌，逆天者亡”“替天行道”等中国百姓耳熟能详的说法，我们可以理解，这个天人合一的哲学理念，绝非仅仅是士大夫关起门来自家消费的奢侈品，它是具有深厚社会基础的思想结晶，是植根于中国历史之中的现实政治智慧。

在沟口的中国思想史结构中，天理观念和天道观念占有重要的位置。他认为，中国人在世俗政权之外安排了从“天”到“天理”这样一个制掣机制，体现的是中国传统社会基本的政治理念，这就是对于政治的道德要求。政治与道德的关系是西方政治学中的一个难题，基于世俗政权与神权分离这一历史现实，西方世界得以相对分离地对待政治与道德的纠结关系，这种处理方式固然精细化了对于政治本身“必要恶”的认知，也推进了关于如何通过抑制政治中的恶而在现实操作中尽可能地“向善”这一政治学内部的伦理思考，但是不可否认，这种政治与道德的分离为强权政治提供了更大的合法空间。而在中国，这个分离是不具有正当性的。至少在思想上，中国社会对于政治的这种道德诉求有着极为重要的意义，它使得人们可以对于政治直接提出道德要求，而不必要在政治内部把道德诉求转化为“最小限度的恶”。换言之，在认识论层面上，中国社会对于政治的要求是向善的，它体现为对于“天下为公”的向往。

但是问题至此才刚刚开始。沟口并不满足于仅仅为中国思想史打造一个观念框架，他的思想史结构是历史性的，而不是观念性的。因此他继续追问的是，“天”的载体究竟是什么？换言之，天理通过什么、怎样得到体现？

对于天观本身的演变，沟口在学理上把朱熹的论述视为转折性的关键点，对此后文还将提及；而关于天理的载体，沟口则注目于明末的时代变动所带来的思想飞跃。他指出：“原本在宋学中，所谓生于天理之中，意味着克服人的气质之欲归一于本然之性亦即天所与的道德律，而到了明末，气质之欲则被看作是人之本然，生干天理之中就是遵循和谐的条理正确地发挥这种本然。”[1]

在早年研读李卓吾的时期，沟口就注意到，在明末思想中，人欲与天

① 沟口雄三：《天人合一中的中国独特性》，参见《中国的思维世界》。

理的关系发生了逆转，天理与人情结合成为“天理人情”，意味着人欲获得了承认。这种人欲指的固然是人“穿衣吃饭”等自然的欲望，但是明末思想史的论述却并非直观地肯定这种自然欲望。即使在李卓吾激进的论述中，人欲也只有在去除了“人意”与“作为”之后才能呈现为本然，吕坤则更直接地把这种本然表述为“拂其人欲自然之私，而顺其天理自然之公”（《呻吟语》卷5）。但是无论具体表述上有何种差异，就天理不能脱离人欲而空谈这一点来说，明末已经形成了显著的趋势。

但是沟口无法认同，因此就把这种对人欲的肯定视为“个性解放”的思路。他在《中国前近代思想的曲折与展开》中已经通过李卓吾对此进行了充分的讨论，指出明末对于人欲的肯定并不是西方意义上的对于“个体权利”的肯定；而在他关于天理观等哲学概念的分析中，他推进了这个讨论，进一步分析了这种天人合一中“人”的意义。

在《中国的自然》一文中，沟口梳理了自然一词从中国古代开始产生之后演变的历史，提出了一个耐人寻味的看法：“自宋代以降，自然概念与人间的道德性（即本然之性）变得不可分割，可以说这正是当时中国的自然与日本的自然相比很显著的特质。”中国的自然不仅存在于人类之外，它也包含了人间世界。而这种以自然为媒介的人间世界，并非仅仅止于表述人的情感和审美意识的程度；而日本的自然正是停留在这个程度：由于日本人意识中的自然是外在于人的，它充其量不过是人类移情的对象，不可能与人间世界发生融合，故无法想象这个概念可以承载人类“当为”的标准；而中国的自然，由于与天理、道等概念相结合，遂成为社会秩序的重要媒介。正是在此意义上，中文的“自然”承载了日语的自然一词所不具备的思想能量。天理自然、自然之道等概念显示了这样的特征：“这个自然观念，由于包含了道德这一社会性要素，导致了自然规律的社会化，亦即法则性、条理性被社会秩序这一层面重新组合，‘自然’就以当为之名被人为所论证，其结果，无论是否情愿，导致了天的自然向人的自然转换。[①]”

那么，这一自然的道德内涵有可能带来何种社会效果呢？沟口指出了

① 沟口雄三：《中国的自然》，参见《中国的思维世界》。

一个饶有兴味的问题：“正是由于自然这一契机的存在，就不再需要理性和契约这样的媒介了；由此，产生了自然法意义上的调和·自然概念。”①这也就是说，中国前近代社会没有产生西方意义上的现代性要素，并不是因为它的历史停滞，而是因为它有自己的逻辑，这个逻辑很难套用西方的现代性理论加以解释，它的关键环节也是西方现代性理论无法把握的。这个关键环节，就是以自然为媒介而追求的“调和·平等”。沟口借助于明末吕坤的论述指出：“人欲的自然不能被无条件地承认，是因为欲与欲之间存在‘不均’，并由此产生争端。因此，就不能不用‘分’加以协调，这里的‘分’就是条理。”②当然，吕坤的这个“分”决非主张平等的权利，而是以阶级身份或经济力量为前提的、各守其分的秩序观念；明末时期对于社会欲望进行调和这一基本课题，一直到了清末民初才有可能发展为以平等为诉求的社会潮流，不过这个潮流并非突然出现，它实际上是一步步积累起来的结果。例如戴震就曾表述了与吕坤并不相同的天观，把“分”的调和推进为“平”的调和。但是，中国前近代思想史上的种种对立、扬弃并没有妨碍它的原理向着特定方向发展，而这个基本的方向就是，即使在局部产生了道德与政治的分离或者天人的对立，在整体上，中国的前近代思想仍然一直指向“公”的政治原理，它并没有以个私作为基础发展西方意义上的契约或者法，而是始终把“仁”和“公”作为社会秩序的基本原理。这个在不平等现实中追求调和的政治理想，是以“天”为核心的理念必然催生的结果，而特别值得注意的是，这个天观念即使在通过理等观念为媒介转换成了内在于人间世界的秩序准则之后，也仍然具有超越各种人为秩序（例如法律）的“终极权威”特征——这就是中国社会的道德诉求高于法律秩序的内在逻辑。为此，可以说既是原因又是结果，中国社会在不同的时代以不同的方式，代代传承了天的观念，并且通过理、道、自然等概念与天的结合，使天不断地通过这些媒介内在于人的世界，形成了对于“万物一体之仁”的追求。

沟口指出：“在宋代的中国，尽管自然领域与政治领域发生了分化，

① 沟口雄三：《中国的自然观》，参见《中国的思维世界》。

② 同上。

但是天却并未从中独立出来，不是不能独立，而是有意识地不让它独立出来。这里面存在着一个对于世界认识的选择问题。如果按照希腊哲学的说法，这选择意味着不同的理解方式：世界的本质是在生命、灵魂、心灵中，还是在物质、肉体中？是在物中还是在'善'中?"①

这种带有乌托邦色彩的政治意识形态当然并不能直接等同于现实，但是不戴西方有色眼镜的沟口却在中国历史混沌的现实中发现了一个基本的事实，这就是从早年的天谴论引发皇帝的恐惧修省到宋以后的天理修德为官僚体系施加的压力，都使得中国的为政者对于民可能"覆舟"的危险性不得不心存畏惧，所以才有了下面这个被沟口引用的说法：

> 耶稣会士也认识到，中国的君臣关系不能按照欧洲的征服者与被征服者、即主人与奴隶的关系来理解，这一点特别引起法国一般知识阶层的瞩目。在中国，成为君主的第一个资格是不能有君主对国民的优越感，只有不那样自信满满，君主才能被国民赋予国家的统治权。因此，君主常常反省是否还拥有这个资格，谨慎自己不要有傲慢、刻薄的暴君行为。②

后藤描述的17世纪法国知识分子对于中国的这个理想化理解，或许抓到了中国传统社会的一个根本之点：假如我们不拘泥于这段话的字面意义，那么，民为水君为舟的比喻就变得非常重要了：历代君王向天表示自己的敬畏，而当"天"随着历史进程而不断内在化于人的世界时，它不再是不可企及的外在之物，于是，天转换为内在的道德压力，而它的载体不是别的，正是被王朝统治着的"民"。只不过，中国社会并不是通过后藤所描绘的那种西方化的"直接民主"形态完成政治过程的，天理，作为一个重要的转换媒介，使得民与君、民与官的紧张关系退到了后台，而"恐惧修省"则成为前台上重要的政治姿态，它间接地体现着民与君的关系。

或许可以举出很多例子论证这一王朝政治姿态的欺骗性，不过在此我

---

① 沟口雄三：《中国的天·下》，参见《中国的思维世界》。

② 后藤末雄：《中国思想的法国西渐》2，第三篇，三，平凡社。转引自沟口雄三《中国的天·下》。

们需要进行一个谨慎的区分：恐惧修省的思想史意义并不主要在于它本身的现实有效性，而在于它暗示了中国传统政治结构的基本特征。天谴论在天谴事应说消失之后，一直存活到了清末，而直到今天，中国民间舆论在对一些政治性事件进行判断的时候，仍然会出现有关“天意”的说法。这种无形的舆论压力对于中国政治的实际效果，往往胜过人为设定的制度所造成的结果，因此，恐惧修省的政治意义，就在于它是一种王朝与官僚体制在制度之外应对紧急事务的方式。这种制度之外的政治姿态，间接对应的正是民意这种非制度性因而难以掌控的潜在政治压力，在传统社会，这种压力绝非是主体性的“民间社会”的直接诉求，而是一种以“天”为媒介的潜在社会共识。

以朱子学为转折点的中国儒家思想，在经世方面翻开了以道德修养为政治原点的新篇章，而作为思想原理，朱子完成了中国思想的“天”观念从外在绝对权威向内在法则的过渡，它不再是不可企及的彼岸世界，而是内在于此岸各个事物之中的、被分有的法则。以天观为核心，朱子学展开了一系列的概念，形成了有着内在关联的概念群，可以说，中国哲学的任何一个概念都必须置于这个概念群的关系中发展、扬弃、变形，才能具有历史意义，而在这个由一代代思想家传承与修正的思维图谱中，以“天”为中心的概念群形成了有机的制衡关系，制约了中国历史上从前近代到近代的思想走向。

沟口在数篇论文中都对丸山真男的《日本政治思想史研究》提出了异议。丸山该书有关朱子学、徂徕学的部分以“自然”与“作为”（即人主体性地改变现实）作为关键词，讨论了二者在这个问题上的差异，并把问题进一步推进到了自然的前近代特征与“作为”的近代特征这一理论层面。丸山敏锐地抓住了朱子学把人间世界的秩序与天的自然之理结合起来的特征，但是却把这个特征引向了服从超越性的绝对权威的论述；在这个方向上，中国的朱子学整体上被理解为通过强调自然与道德的连续性而主张人的秩序依附于天（即自然）的秩序。这一依靠逻辑建构的表象也就被视为典型的“前近代”停滞的历史表象。沟口对此提出的异议是：朱子把天分为主宰之天、自然之天、理法之天三个层面，可以称之为超越性绝对权威的仅仅限于主宰之天，而这个主宰之天的历史功能恰恰是天谴论的功能，北宋时期已然确立的“天即理”的命题，实际上已经排除了天所具有的外在主宰性的部分，即对立于人间世界的高高在上的权威和超越的、绝对的侧面。

沟口这一异议具有重要的价值。这不仅在于他以社会史的视野揭示了朱子学的能动性，赋予被简化为僵化意识形态的朱子学以历史的清新能量；更在于他的讨论揭示了丸山这位杰出的政治思想史家为了改造日本的现代思想而建立的思维逻辑并不适用于解释中国思想史。在丸山设定的“自然”与“作为”相互对立的框架里，无法容纳中国思想有关自然与作为关系的特定内涵；中国儒学的核心就在于自然与作为是高度结合而不是对立的。这种结合从北宋二程子那里开始就初现端倪，朱子学则巧妙地将“作为”不动声色地融入“自然”。这个使得自然转化为内在于“作为”的思想理路，经历了历代思想家的激烈论争，最终形成了以和谐为目标的“万物一体之仁”的社会共识。然而这个万物一体绝不是静态被动的对于绝对权威的服从，而是强调“人人”都可以满足自己欲望的动态和谐状态；它首先意味着对于“专私”的否定。在中国思想史中，正如“人为”一词在汉语里往往具有贬义一样，不与自然结合的“作为”，在价值上无法居于高位。这个微妙的分寸感与中国社会关于公平正义的理念直接相关——自然作为一种和谐的平等诉求，它要求各种出于主体意愿的“作为”必须照顾到其他的“人人”亦即社会的诉求，因此随心所欲的个体欲望并非直接等于自然（对此沟口在关于李卓吾的讨论中有精彩的分析），而一旦自然与作为相互对立，整个中国思想史的精华将被肢解。为此，沟口沿着另一个思路展开了不同的历史叙事。在他的视野里，丸山意义上的“自然”与“作为”无法构成中国思想史的关键词，为了说明这个无法用丸山的图式进行说明的思想轨迹，沟口必须重新确立关键词。他建立了一个新的概念系统：天、理、天理、理气、道、心、诚、公·私、自然（沟口的自然与丸山的自然具有不同的含义）；它们的相互勾连有效地限定了天和理的边界，一个有声有色的思想世界在沟口的笔下展开。

二　追寻形而下之理

在沟口有关哲学概念的论述中，最为独特的或许是《中国的心》。这篇论文与他的阳明学研究直接相关，而且从开篇就引入关于“诚”的讨论来看，这种谋篇布局的方式显然是以对于中日阳明学之间差异的辨析为重点的。在他一系列关于“两种阳明学”的讨论中（参见《李卓吾·两种阳明学》），这篇《中国的心》都提供了思考路径，因此，这篇论文似乎应该与他关于阳明学的研究结合起来理解。

沟口认为，“心”在中国思想史中的定位，绝不能等同于欧洲哲学史上唯心论中“精神”或者“心灵”所占的位置，即它不能仅仅被视为独立于物体的精神；中国哲学面对的中心课题，并非是主观与客观的关系，而是自我的内部如何呈现理法的问题。

沟口指出，在中国哲学史中，“心”虽然在六朝和唐代由于佛教的缘故得到了宇宙论式的发展，但是在宋代以后，朱子学统合儒释道三家形成体系，心的这种体系性就限定在了佛教领域之内，它的泛宇宙性并没有构成与理学相对的另一个体系，反之，它在后来的思想史中被天理和理气的系统所吸纳和改造，成为一个旁支。这样的“心”，沟口为它规定了三个基本特征：（1）环宇宙性的特点，（2）虚灵、活泼性，（3）带有本体论性质。就第一个特征而言，心的环宇宙性并不仅仅在于它不受到客观物质世界的限制、可以浮想联翩遨游宇宙；而是在于它有一种与宇宙万物交流的功能，是天地之生意的发用状态。通过心的这种环宇宙功能，人与万物之间才具有了建立“一体之仁”的基础，这恐怕同时也构成了沟口研究阳明学时所强调的阳明心学与乡村变革之间关系的理论基础吧。就第二个特征而言，心的虚灵与活泼是体与用的关系，沟口进一步把它转化为心与气的关系，并通过对宋代以后思想史中相关论述的解读指出：虚灵与活泼这一心的特性，并非是个人的禀赋，而是只有依靠与“天地之气”的流通才能产生，且具有气中之理的特征。关于第三个特征，即心的本体论性质，指的是以某种形式呈现的与宇宙的理法合一的心，所谓本体，绝非某种固定不变的实体，它只不过是内在于各个事物的、被分有的法则而已。日本的心的概念，正是由于在上述这第三个特质上与中国的心不同，即日本的心并不关涉作为法则的事物之“条理”，本体论特征比较淡薄，所以，它的环宇宙性与虚灵、活泼性就向着迥异于中国的方向展开。这一点，集中地体现在日本的阳明学理解之中。

阳明学对日本人而言比朱子学更容易感到亲近，这当然首先因为“心即理”的命题为日本知识分子提供了更切肤的想象空间。沟口认为，日本对阳明学的理解主要是把它与朱子学对立起来，强调它是“内心精神上的自立”“打破既有规范秩序的跃动着良知”的学问；这种认识把阳明学定义为确立内心主体性的学问。如果再考虑到日本的“自然”是外在于人的，那么可以理解，这种“内心主体性”虽然可以无限地活用心的功能，却正如沟口指出的那样，它最终没有形成真实的社会运动，而是止步于个人与天在精神上的合一。在《李卓吾——一个正统的异端》中，沟口对于日本的阳明学有这样的分析：日本把“心即天”的心理解为不掺杂任何意念、私欲的澄明的心，“天”换言之就是真实无妄的诚。而根据这样一种对“心”的理解，“心即理”就是以“诚”——心的至上状态为“理”，换言之，就是把除却了一切邪念、造作、私欲的、无限澄明的心的状态看做“理”即至高的状态。在《两种阳明学》中，他通过对大盐中斋的分析指出：“中斋之所以为无善无恶说所吸引是因为他将‘无’解读为完全纯粹无妄，亦即虚灵，而虚灵正是他的‘心即天’的思想。”正是通过这种日本化解读，使得阳明学在日本被抽象为一般性的内心精神的内发性、能动性、主动性等特征，并将这种一般特性视为阳明学的本质。于是，按照日本的理解，阳明学的功能在于个体独自性地建立与天的合一关系，这种合一也就是“诚”的状态。这种诚的状态，特征在于是个体精神趋向于天的合一，是以精神的纯粹性为前提的，它不具备人与人之间横向的融合与贯通，因此也不可能形成现实的社会运动。沟口认为这种理解扭曲了中国的阳明学，因为经过这样的抽象之后，阳明学失掉了它的灵魂。为了强调中国与日本两种阳明学的这一根本差别，沟口甚至断言，日本没有阳明学，它应该使用另一个名称，因为世间根本就不存在两种阳明学。

沟口认为：阳明学的真意在于呼应明代中叶的时代课题。随着里甲制在这个时期的动摇，中国历史上出现了划时代的转折，乡绅地主阶级的兴起对于原有的君·官对民的统治形式提出了挑战，专制皇权需要通过乡村中的乡绅阶层才能进入基层社会，而以皇权和地主阶级权力的矛盾为首的各种力学关系引发的矛盾也在这个时期表面化了。“心即理”的命题，正是通过主体之心来担负起寻求应对历史现实的现实之理的责任，在这一意义上是主动与能动的，但这种主动性与能动性是为了探索和确立具有现实功能之“理”的，绝非一般性的泛泛而论。换言之，不可以对阳明学进行无“理”的理解。与日本的阳明学对于“诚”的强调相对，中国的阳明学更注重的则是形而下之“理”，而理所具有的现实指向性，正是所谓“儒教的大众化”。

关于阳明学何以对抗朱子学，沟口给出了社会史的解释：朱子强调宇宙万物都是法则性的存在，这个朱子学的核心思想在明代中叶已经是一个不言自明的前提。因此朱子学为证明法则性而花费诸多手段（居敬、穷理）的方法论，在阳明看来只不过是浪费时间；同时，朱子学的格物穷理，针对的是上层社会的君臣，试图通过君臣合乎条理的修养影响政治，并完成自上而下教化民众的事业；到了阳明的时代，这种自上而下的乐观主义已经暴露了它脱离现实的弊端，且由于体制化而成为思想的桎梏；阳明对抗的，与其说是朱子定理的内涵，毋宁说是这种贯彻理的自上而下的方式；从他起草的《南赣乡约》与朱子的《劝谕榜》和明太祖的《六谕》在内容上高度重合这一事实看，他所追求的秩序观念和教化内容与后者并无二致。不过阳明的“心即理”，是从大众的角度自下而上地推进这个进程，因此“满街皆是圣人”就把承担新的道德意识形态的主体从上层的统治者那里转移至市井和乡村中的中坚阶层，即绅的阶层。正是由于这一主体的转移，也致使阳明学在内涵上相对于朱子学的“定”而显示出多样与流动性。尽管“心即理”（致良知、事上磨炼、知行合一）、“万物一体之仁”打开了朱子学向下层社会封闭的大门，同时也使得阳明学的“心”担负起比朱子学的“格物”更为艰难的解决现实课题的责任，但是沟口认为，阳明学并未创造出新的秩序观念，在意识形态上，阳明学在面对新的时代思潮时推进和转化了朱子学提出的基本课题，即如何使天理转变为人间政治的核心；它打破了朱子学在朱子身后所累积起来的僵化教条的体制化枷锁，在事实上是以激烈的批判态度完成了对于朱子学精髓的传承。

沟口有关阳明学的研究数量并不多，但是却有着很重的分量。当朱子学被视为教条僵化的封建意识形态，阳明学被视为反抗外在权威的能动性和主体性学说时，这种对立由于依赖了静态的视角，便微妙地偏离了思想史的轨迹。值得注意的是，当沟口把日本的阳明学引入讨论视野的时候，我们获得一个参照，得以发现中国的阳明学与日本的阳明学并不同质，却与中国的朱子学具有不可视的同一性。日本的阳明学由于强调的是个人朝向天的同一，不具备“满街皆是圣人”这种横向连接的功能，故无法成为具有社会运动形态的思想；而中国的阳明学所具有的这种横向连带的社会特征，既与明代中叶的历史要求直接相关，也与中国思想史的基本母题无法分离。

在《两种阳明学》中，沟口指出：“‘天即理’先天地普遍内在于每个人之中。人与人作为先天的天和理的普遍的共有者横向地相互连为一体，因此，天人合一同时也是人人环而为一，天是每一个人横向相连的通道，如果说这是‘贯穿’的话，天横向贯穿于每一个人，而贯穿的条理也就是理之条理。”

可以说，从“天即理”到“心即理”，中国的儒学在历史脉络中完成了一个有序的转换，把外在于人间世界的终极性道德标准转换为内在于人的现实秩序准则，把由统治阶级独揽的意识形态特权转换为下层精英主体性承担的政治理念。在这样一个转换过程中，天人分离并未发生，也不可能发生，新的天人合一所提出的，正是一个中国式的政治治理课题：在这个竞争激烈矛盾丛生的广袤土地上，什么样的治理模式才是行之有效的？历代思想家思考的看似玄虚的命题，正是以这个极为现实的课题意识为前提的。而思想家们之间在观念上的激烈对抗，由于同样发生在这个天人合一的政治框架之内，历史并未因为种种思想交锋而断裂，对此，所谓近代意义上的个人价值之类的观念很难成为基本的评价标准，则是不言而喻的。

在从天即理向心即理转换的延长线上，有一个重要的关节点，即明末李卓吾的思想。

沟口在李卓吾那里发现了中国的“道”。这是一种接近于信仰的信念，它鼓舞着李卓吾终生进行不懈的追求。而这种追求的精神，也正是把李卓吾和吉田松阴连接起来的契机。

李卓吾与松阴，在毕生追求“绝假纯真”的姿态上，具有惊人的类似性；甚至下狱的经验和耿直的性格，也有着共通性；不过，关于真的理解，他们却并不相同。这一点在他们关于“童心”的论述上就有所呈现：“松阴所说的童心的‘真’，是未受到后天污染的先天的清纯之心，更准确地说是正义之心，因此必须是恶恶善善之心。”[①] 而李卓吾的童心虽然也是相对于假而言的真，却是以人与生俱来的欲望为前提的，对于李卓吾而言，就连善善恶恶之心也难免被视为后天之“假”，即所谓“道统”观念的表现。他所主张的赤裸裸的欲望，绝非“清纯”可以形容，它是一种拒绝现有道统观念的意识形态，是以这种拒绝为前提的对于“人欲”的张扬（关于李卓吾并非主张无节制的纵欲这个问题，《中国前近代思想的曲折与展开》一书有细致的甄别，在此不赘述）。如果说李卓吾与吉田松阴有什么一致之处的话，正如沟口指出的，这种一致之处在于“松阴和李卓吾都一贯否定他们所生活的社会的既存秩序关系，在否定的坚决程度上两者是有共通之处的”[②]。

正是对于欲望所表现的这种思想立场，使李卓吾在明末以最为激烈的方式推进了阳明学“心即理”与“无善无恶”的思想课题，把它转化为“形而下之理”，并且通过“真空”这一理论契机使其与穿衣吃饭、与人的物质欲和占有欲发生了真实的关系。虽然在政治观念上，李卓吾与谋求地主阶层权力的东林派人士的立场并不一致，他试图维护和强化的是自上而下的王朝统治秩序，但是在历史脉动的大方向上，李卓吾对于既定社会秩序的否定和他不断求道的姿态，却具有思想先觉者的意义。按照沟口的分析，朱子学由于把道德本性视为人的本质，在原理上实现了人与人之间的平等，但是在论述上却把这种道德本性的实现（亦即成为圣人）限制在了统治集团内部；阳明学继承了把道德本性视为人的本质这一前提，但是却扩展了它可以实现的范围，把更广泛的阶层纳入其中；而李卓吾则把欲望提到了人的本质的高度。他认为，生存的欲望才是人的本质。对于生存欲望的肯定，也就是对于“人人”的个别多样性存在的肯定，因为欲望因人而异，所以李卓吾认为需要追求和确立“千变万化活泼泼之理”；道德规范因此不能不是可以灵活运用的、具有现实性的原理。李卓吾的“童心说”和“绝假纯真”，由此与阳明学的母题密不可分，这也是理解“中国

---

① 沟口雄三：《李卓吾——一个正统的异端》，参见沟口雄三《李卓吾·两种阳明学》，生活·读书·新知三联书店，2014。

② 沟口雄三：《李卓吾——一个正统的异端》，参见沟口雄三《李卓吾·两种阳明学》，生活·读书·新知三联书店，2014。

原理”的重要线索。沟口花费大量篇幅论证“两种阳明学”的区别，在社会史的视野里提供了重新思考“人欲”的思想契机，是非常值得玩味的。值得关注的是，即使在李卓吾如此激进的童心说和无善无恶论中，也没有发育出西方意义上的个人主义观念来，相反，“万物一体之仁”所体现的中国式共和思想，并没有给个人的神圣权利预留充分的发育空间，但是也并非意味着抹杀欲望的个别多样性。这个微妙的分寸感对于理解中国的历史逻辑和今天的社会现实，都具有非常重要的认识论价值。它意味着不能把西方的个人权利形而上地绝对化，不能望文生义地把中国思想史中对于个人欲望的强调附会为对于个人权利的强调；在西方以个人权利和契约关系为基础的政治社会遭遇到种种困境的时候，重新思考和把握中国思想中“千变万化活泼泼之理”，也并不意味着传统社会已经预留了取代西方的现成思想方案；中国思想的原理，因为它特有的形而下之理的特征，需要我们调整自己的视角与分析工具才能够发现和建构，而无论是模仿西方还是否定西方，都无法有效地完成这个工作。沟口思想史研究的原创性，就在于它并不介意与西方现代性理论的对应关系，从而才得以有效地捕捉到了这个形而下之理的灵魂，并在形而下的层面坚守住了这个千变万化之理。这种理论性与经验性的合一，开启了一个新的窗口，让我们得以用新的目光重新审视中国原理跃动着的生命，虽然为了对其进行有效地表述与传承，还有着艰苦而未知的跋涉之途，但是毕竟，沟口作为开路人中的一位，已经让我们遥望到了未来的前景。

三　被分有的法则：中国历史的基体

通史写作在沟口著述中占有一定的位置，这与他的长时段历史眼光有直接的关系。他不仅多次参与合作研究并在其中承担以明清时期为主的写作，而且即使在他某些单篇论文中，都贯穿了史的眼光，借以讨论中国思想观念曲折的演变轨迹。

《新儒学史》和《中国的思想》构成了沟口通史写作中的主要部分，此外还有他在晚年执笔的《中国思想史》中的后两章，堪称他通史写作的代表之作。这些作品有一个共同的特征，就是对思想史的解释贯彻了动态的视角，并且力求在历史脉络中追问思想与社会现实的关系。因此，沟口在《中国思想史》后记中甚至直接称自己的研究为“社会史研究”。沟口的大部分通史式讨论都是以明清时期为主的，但是他的视野却从孔孟的时代一直延续到民国时期乃至中国当代。在这样一个长时段的历史视野中，沟口并没有使用平铺直叙的惯常通史写作方式，他的历史眼光始终追随着历史的“动力”。换言之，他只是追踪那些在历史延展和变动过程中处于“关节点”上的事件和思想，并且通过这些关节点，探讨潜藏在其中的那些催生了事件与思想的向量[①]。沟口认为，在漫长的中国历史中，确实存在着这种向量，它具有一定的方向性，且曲折地规定着历史的轨迹；但是这规定并非直观意义上的静态封闭的制约，而是体现为不断变动和纠结的各种表象之间所形成的“合力”。正是在这个意义上，沟口为我们提供了思想史研究的一个极具魅力的范例，尽管他对于自己的这种研究方式进行的抽象解说——例如“基体论”或者“动力论”——并不能有效传达他具体研究的魅力所在，但是如果我们有能力不纠缠于表面上的语词表述，而是深入他的具体研究中去，那么，一个有声有色的动态思想世界就会展现在我们的面前。

在沟口的中国前近代思想史研究中构成核心命题的，可以说是他特有的关于朱子学和阳明学承续关系的讨论。在这个承续关系向前和向后的追溯与延长线上，沟口讨论了唐代以后的历史变迁过程中天理观念的变化、周敦颐及二程子的贡献；讨论了明末清初时期围绕着儒教向民间渗透过程产生的一系列思想命题，以及这些命题之间的紧张关系。在如此纷乱杂陈的思想网络中，沟口关注的并不仅仅是这些思想观点之间的对立所具有的意义，他更关注这些观点的对立纠葛所透射出的那个历史的向量；正是这个向量，对于各种思想观念形成了历史的选择，使得诸如李卓吾那样的生前死后都不被理解甚至遭到詈骂的思想家得以跨越时空活在历史里，也使得王安石那样犀利果敢的改革家不得不屈居历史的边缘。也正是这个向量，提供了必要的现实根据，以解释各种思想流派在历史潮流中沉浮起落

---

① “向量”的德文为Vektor，原为物理学名词，指具有大小和方向的量；在此转义为左右事物发展方向和态势的力量。

的逻辑；提供了必要的想象力，以通过某些思想观念的消失而观察它们如何因在现实中已然达成共识而不再需要强调。

朱子学在中国哲学史上已成为一个定点，这也使得人们有意无意地把北宋的哲学思想作为朱子学的前史加以定位，从而多是从南宋的朱子学出发反过来回顾北宋的思想。这意味着朱子学潜在地成为某种制约性的标准，例如周敦颐、二程子的思想多被与朱子学联系起来作为“前史”而认知，而与朱子学缺少直接关联的思想人物，例如王安石，则被与朱子学割裂开来讨论。但是在沟口这里，尽管朱子学完成了思想上集大成的功能，使得儒释道三家的思想核心得以形成相互关联的格局，但是在历史的脉络里，朱子学并不能后设地制约前面的思想史。因此，沟口强调北宋时期独立的思想价值，反对把它仅仅视为“前史”，亦即反对因为强调朱子学的逻辑而忽略北宋时期内在的思想理路。

《新儒学史》一反道学通史的写作方式，不是从周敦颐，而是从王安石开始。沟口指出：由于道学通史的一贯思路，推崇《周礼》的王安石因与重视《春秋》和《四书》的朱子不相一致，故被道学通史的后设思路所冷落；但是王安石在北宋时期致力于借助《周礼》确立中央集权的官僚体制，这一历史贡献却是不应该被低估的。事实上，正是王安石所推进的官僚体制的确立与科举经义的统一，为后来的朱子学成为士大夫之学创造了可行性。正是王安石而不是与他对立并在日后被朱子所推崇的二程子，锻造了士大夫阶层这个体制性的“容器”，为其后容纳与他的学说针锋相对的朱子学准备了必要的硬件条件，而他自己的新学也因此不得不退到了历史的边缘。

沟口对于王安石的讨论突破了仅仅从哲学角度思考儒学史的学术习惯。他本人虽然没有展开有关制度史的研究，也没有充分进行社会史的分析，但是显然，他是自觉地把中国思想史的逻辑置于这样的视野中进行考察的。而他对于王安石“锻造容器且在日后容纳与自己对立的体制之学”这一极为敏锐的洞察，则暗示了中国历史的向量所具有的复杂性格：中央集权的官僚体制并没有把王安石的新法之学作为自己的意识形态，而是在后来逐渐地使朱子学发展为体制之学，这意味着中央集权的体制在形成的时期就将体制与民间错综地勾连在一起；当日后阳明学进一步发展了朱子学道德主义的治世学说之后，儒教向民间的渗透使得乡村社会开始形成新的共同体秩序；但是，这种乡里空间的确立并没有改变中央集权的形态，相反，在种种紧张的力学关系中，中国的传统社会维持了“集权”与“分权”（用这两个概念表述中国的王朝与乡村的关系并不准确，对此下文还会进行分析；在此姑且暂时借用它们最一般的意义）同时并存且互相缠绕的特殊政治形态。正是在此意义上，沟口从王安石而不是周敦颐开始叙述北宋以来的儒学史，不能不说是独具慧眼的。中国近世所呈现的历史逻辑，正如沟口在《中国的天》中所指出的那样，在具备了天人分离条件的时候再度完成了新的天人合一，而这个把重心从天转移到人的新的思想过程，却一直保留着天的权威性。与这个思想过程同步的，是中央集权的官僚体制不断强化、而地方精英主体性介入地方政治的能力也不断增强的历史过程；王朝·官僚系统与乡治系统的关系交错杂糅，边界并不确定，这个复杂的紧张互动关系正是解读中国儒学史的关键所在。虽然哲学概念并不直接与现实对应，但是毫无疑问，概念决不能离开它所赖以生存的社会历史脉络而天马行空。正是在这个意义上，沟口对于中国思想史结构进行了细致的历史梳理，从而对于很多已经形成了共识的哲学史和思想史结论提出了质疑。

例如，中国哲学史一向把陆象山与王阳明相提并论，称为“陆王心学”，因为二者都提出了“心即理”的命题；而王阳明对于朱子学的挑战众所周知，因此阳明学被视为对立于朱子学的学问。但是沟口指出：不能仅仅依靠概念表面上的类似性就进行归类，也不能仅仅看到表面上的对立就割断其内在连接的脉络，而是要细致地甄别这些概念各自所处的语境和它们各自针对的问题，在进行这样的考察之后，沟口得出了与通行说法相反的结论：陆象山的“心即理”强调的是作为终极意义上的理所具有的唯一性，类似于华严的“万理归一理”；而王阳明的“心即理”强调的是个别多样的理，它存在于个别事物之中，因此是对于作为“一”的定理的批判。在这个意义上，毋宁说阳明的理与象山的理是对立的；虽然陆王心学都强调心是理的载体，都否定格物穷理，但是这种表面上的类似性并不能掩盖它们在实质上的对立。而表面上批判了朱子学的阳明学，在促使儒教向民间渗透这一道德本位的治世原点上，却比其他学说更为有效地继承和扩展了朱子学的核心理念。沟口指出：“对王阳明来讲，宇宙万物为法则性的存在这一朱子思想的核心，已经是一个不言自明的前提。因此朱子学为证明其法则性存在而花费诸多手段（居敬、穷理）的方法论是浪费时间。他所面临的课题不是证明已经自明的理的存在，而是让人人能自觉其理、实得其理，向更广泛的层面渗透，以乡约以及其他方式作为媒介，使之在乡村社会中发挥实际的作用。这个努力作为课题，是朱子所致力的事业——理的世界的确立——的正统的继承发展。”①

朱子学成为“体制之学”这件事情本身，在沟口的历史视野中也是需要重新讨论的复杂动态过程。他多次指出，在朱子生前，他的学问并没有获得真正的官方地位，在他晚年，朱子学甚至遭到官方的压制；而在他身后，即使到元代恢复科举时把朱子学纳入考试科目，也并不意味着朱子学真正成为官方意识形态，在这个时期朱子学依然主要是民间的学问。朱子学成为僵化教条的“道学”且受到强烈抵制，是在明代以后，而即使是“道学”这个说法，在朱子的时代也并非僵化保守的代名词，而是激进刚直的经世态度。因此，把朱子的著述置于他所在的时代进行解读，不用后设的标准去衡量朱子的思想，可以看到一个不同于已有“道学先生”的朱子，他作为一个集大成的思想家，在中国思想史上所具有的创造性贡献，恰恰是通过后世的批判才得以传承。而这个贡献，首先在于朱子学所创立的天观为天赋予了三重性格（苍苍之天、主宰之天、理之天；《朱子语类》卷一），使得自古以来外在于人间世界的主宰之天获得了转化为内在于人的主体能动性的可能；这个可能性经由阳明学和明末思想家的批判性继承，真正具备了现实的形态，这就是由乡村富民阶层所主导的乡治秩序。而正是从这一视角出发，沟口断言，王阳明虽然批判了朱子学的理观中教条化了的部分，却没有建构出新的理观；阳明学没有具体创造出新的意识形态，而是扩展了朱子学的秩序意识形态。这一点，只要比较一下《赣南乡约》与《六谕》以及《劝谕榜》，其间的相似形便可一目了然。而这个秩序观念，最后发展到清末，终于形成了现代中国特有的“天下大同”的理念。

---

① 沟口雄三：《中国的心》，参见《中国的思维世界》。

阳明学在明末清初不再是思想界的热点，心即理、致良知作为话题只是偶然被提及。但是这个“阳明学的退潮”对于沟口而言，却成为一个“事件”，他以自己一贯的思想史思路得出了一个饶有兴味的看法：明末以东林派为首展开的对于阳明学左派无善无恶论者的激烈批判，表面上看确实在学派史意义上对阳明学起到了颠覆作用，但是从历史走向来看，恰恰是东林派有效地推进了阳明学儒教大众化的路线，而进入清代，儒教向民众日常生活渗透，并转化为“礼教”，变为日常性的礼仪。可以说，阳明学基本命题在思想界不再持续成为主导性论述，是因为它基本上完成了自己的历史任务，正如朱子学的格物穷理在明代中叶失去了必要性一样，阳明学也同样在进入了礼教渗透到民众生活的清代之后，它的“心即理”等命题已经不再需要强调。但是，无论是朱子学还是阳明学，它的经世目标和政治理念却并未失传，经由一代代思想者的实践，它以多姿多彩的方式幻化为每个时代的不同诉求，但是其核心内容，即认为政治应该以道德原理为本、认为道德上的“善”作为人的本质可以被所有人追求和实现，这些理念至今仍然存活在中国的社会生活中。

沟口经常强调“长时段历史”的观念，这并非仅仅意味着他放长了历史时间的跨度。之所以需要长时段来分析历史，是因为只有这样才能在历史曲折迂回的走向中发现那个最基本的“向量”，这也是沟口经常说的“历史的动力”或者“基体”。简单地叠加历史事件、在形式上拉长时间跨度，都不能构成长时段历史分析，只有通过不同时代的表象挖掘那个最基本的、因而是连续性的历史走向，长时间的历史跨度才具有分析的功能。有趣的是，当沟口进行这样的分析时，他不得不对已有的很多定论提出挑战。例如，他指出清朝考证学的渊源并非始于明末清初顾炎武等人的音韵学，而是被考证学所否定的看似“主观随意”的阳明学。这是因为，正是阳明学所力主的六经皆为史这种打破权威绝对性的精神和对于性情之自然的推崇，为日后的考证学所必需的客观精神打下了认识论的基础。显然，沟口并没有把考证学理解为一种学术方式，而是把它视为一种对现实政治态度的追问：是服从自上而下的“条理”，还是坚持创造适合于现实的多样化秩序？是依靠绝对权威来控制社会，还是从民众的主体出发去能动地改造社会？

沟口始终把社会史的视角作为自己的思想史前提，有着他深刻的学理基础。如果不准确把握中国社会在历史进程中的微妙走向，那么明清之后的中国思想观念很容易被折合成西方的现代思想关键词。当理论天马行空的时候，历史的表象很容易被塞进似是而非的关键词中，而那个最为潜移默化的“向量”，也就在不知不觉中被分割和扭曲了。沟口不止一次地强调，黄宗羲并不是中国的卢梭，他反对皇帝的专私却不反对皇权，谋求的是乡村富民阶层“万人之私”的合法性，而不是推翻皇权。在黄宗羲之后没有再出现同样的思想人物，是因为他提出的政治诉求在清朝后来的发展过程中基本得到实现，乡村的富民阶层在乡治方面拥有了发展空间，[①] 所以历史不再需要第二个黄宗羲。沟口对黄宗羲的这个定位体现了他对中国历史内在逻辑的尊重。早年他从李卓吾出发进行思想史研究的时候，就对把李卓吾定位为近代意义上的个性解放先驱这一说法提出质疑，这一质疑体现的是同样的思路，这个思路贯穿了他一生的著述活动。只有在他的长时段历史视野中理解他为什么如此执著于这个思路，才能明白沟口追求的并不是“反西方中心论”这种简明易懂的立场，而是有效地寻找中国历史脉动的那个“向量”。毫无疑问，内在于中国历史脉动中的这个左右着历史运动基本方向的向量，在套用西方的思想框架时必定会被视为杂质或者障碍，在这种情况下，中国思想史不可能具备自己的理路，更不可能具有自己的有机生命力，而仅仅是支离破碎地满足西方现代理论框架要求的一堆论据而已。沟口敏锐地意识到了这个中国思想史研究中最大的困境，他一生不妥协地甚至稍显过激地对于各种形态的挪用进行抨击，就是因为对于史料的沉潜让他清醒地看到，中国历史的逻辑无论用西方的历史视角还是反西方的历史视角都无法有效地阐释，它的逻辑只有在将西方思想相对

---

① 对于这个问题，沟口有一篇讲演稿进行了详细的甄别。他指出，清朝初期对于主张地方分权的封建论、郡县论采取严厉的镇压态度，乡村富民阶层无法实现在政治上的自治，所以清朝前期盛行的封建论等在其后很快消失；但是作为王朝行政系统的末端，乡里空间的社会公益事务却逐渐由地方精英承担，在整个清朝，这种地方精英的力量不断扩大，逐渐形成了不依赖中央支持的独立社会空间。这种事实上的地方分权由于并不采取与中央集权体制对抗的政治分权形式，而是以社会公益事业为主导，所以与朝廷基本不构成冲突（参见沟口雄三《中国民权思想的特色》，《近代中国史研究通讯》第9号，台湾中央研究院近代史研究所出版，1990年3月）。由此可以推断，并不以推翻皇权为旨归的黄宗羲所追求的主要目标，正是由这种实质上的乡治所实现的。

化之后才能完整地浮现。

通史的写作，在传达沟口思想史研究的结构性方面具有重要的功能。值得注目的是，他的通史写作，即使是观念史，也具有强烈的社会史意识，而这种社会史的视野不仅没有削弱他对观念讨论的强度，反倒增强了他运用中国思想史观念的力度。在沟口的通史里，中国思想的基本概念获得了鲜活流转的生命，它们不再被以表面上的类似性归类，而是以那个历史向量的深度脉动为依据进行传承和发展；在他笔下，思想论战不再仅仅是为打倒论敌而进行的较量，它同时肩负了开启历史流动之窗的媒介功能。沟口坚信中国历史有它发展的基体，这个基体论在日本受到诟病，或许与日本思想中缺少对本体论的认识有关。借用沟口对于本体论的定义来理解，这个问题再明显不过：“所谓本体，只不过是内在于各个事物的、被分有的法则而已。而说日本本体论的认识是‘淡薄’的，也就是在说日本缺少这种理法的世界观。”① 换言之，中国思想提供的理法的世界观，也就是中国历史的“基体”，正是在中国历史沿革过程中不断被“分有”的内在法则，这个法则绝非静态的实体，而是在一次次思想交锋中被转换形态加以传承的社会共识。恰恰是这个“被分有的法则”，构成了历史的向量。沟口依照这个历史向量重新选择和评估了中国思想史中的人物与学说，在动态的思想视野里提出了根本性的问题：中国并没有发展出与西方近代意义上的市民社会类似的独立社会空间，但同时它的中央集权也不能有效地深入乡村社会的底层去，这个政治统合机制，究竟有什么样的内在机理、有什么样的关键环节？在近代以来的历史过程中，不断开放不断变革着的中国，究竟是否真的失掉了它的传统，成为一个全然不同的世界？那个作为理法的世界观的“基体”，演变到了今天究竟构成了怎样的法则？

这个依靠通史的眼光才得以呈现出来的历史轨迹，使得沟口最终把目光投向了王朝解体之后的现代中国乃至当代中国，他跨越了很多表象上的断层，试图谨慎地逼近历史内在的机理。随着思考的延展，他以思想史家特有的敏锐，定格了一个重要的历史瞬间，这个瞬间就是辛亥革命。他关于辛亥革命的独特论述，虽然仅来得及在晚年完成最初的论文，在某种意

① 沟口雄三：《中国的心》，参见《中国的思维世界》。

义上却是他一生求索的结晶。如果把沟口著作集作为一个整体来阅读，那么，辛亥革命以及他尚未来得及讨论的1949年的建国革命，都将是展现中国历史基体的最多彩的瞬间。透过这些重要的历史关节点，中国历史的基体在沟口笔下呈现为一个完整的动态过程，它的起承转合给我们提供了理解今日中国的有效途径。

四　乡里空间与乡治运动

在沟口一生丰富的学术活动中，有一个根本性的问题意识，这就是中国为什么选择了社会主义制度，而日本却选择了资本主义制度？换成沟口更喜欢的用语，或许准确的说法应该是：为什么中国社会倾向于把大于体制的相互扶助作为社会的一般性原理，而日本社会则倾向于在自上而下的体制之中进行竞争？

在沉潜于李卓吾的同时，沟口也细致地研究了李卓吾的对立面东林派在明末的思想与实践。这种双线式的思考路径使得他的明末思想图谱富有立体感，在东林派对李卓吾的讨伐中提炼出无法用思想对立所穷尽的社会史命题。

《所谓东林派人士》是沟口早年的另一部力作。在这部著作里，他对学界东林派研究中的某些定论提出了种种质疑，例如东林派代表中小地主的利益、对民众有同情心、在政治上对抗宦官政治、在思想与学理上反对无善无恶论等。沟口认为，这些定论仅仅抓住了问题的某一部分表象，却既不能有效解释东林派的矛盾，也无法回答东林派人士与时代的关系这一根本性的问题：就前者而言，东林派何以在同情弱小者的同时坚决镇压奴变？何以在反矿税等斗争中参与民变，却又对反抗大乡绅的民变采取镇压措施？就后者而言，在明末剧烈变动的历史时期里，东林派的作为是否因为他们中的中坚力量对李卓吾的迫害而可以被归类为“封建专制”？沟口把上述问题在转折期的社会史视野里重新定位，提示了下面的假说。

在明末里甲制开始解体的时期，王土与民土的对立成为尖锐的矛盾。东林派代表了当时乡村地主中希望强化地主阶级整体利益的一派，他们通过向朝廷争取乡村治理的自主性，通过并非分权（清初的封建论等言论遭到镇压之后，分权的政治要求基本上不可能实现，所以乡治并不具有在政治上分权的性质）的自治努力，达成了乡里空间的确立。在以善堂善会等相互扶助机制为基础的乡村生活中，民与王朝（国家）的关系并非是单纯对抗的；毋宁说，中国历史走到近代，已然形成了官、绅、民之间复杂的互动关系，而乡村生活的运作，是以乡绅阶层为中间力量推动的。乡约和礼仪作为乡里空间的秩序机制，比来自外部的行政和律法更具有现实的约束力。随着战乱与社会流动的加剧，这种以宗族为基础的地缘社会也组织了地方的武装即团练，这些军阀的前身作为地方武装，既可以参与剿灭太平天国，也可以促成清朝的毁灭，并在辛亥革命时期起到过复杂的作用。在不得不打开国门面向现代世界的过程中，在中国近代历史中始终贯穿了“天下”与“生民”的逻辑，乡村社会的这种特性，以辛亥革命为媒介，型塑了其后的现代国家，也打造了对于“社会主义”的需求。

作为前近代中国思想史研究的大家，沟口对于清末民初之际的研究比重不大，而对于民国时期的研究则更为有限。但是，他对于中国历史的认识，却是一个完整的结构，这个结构当然也包含了当代中国的历史。在沟口看来，新中国在辛亥革命之后花费了三十八年的时间才得以成立，这个时间的长度说明了中国在历史转型期所承载的重负——这是一个在列强威逼之下完成转型的艰难过程；而日本从甲午战争到侵华战争之所以可能得逞，其实质是这个特定转型时期的“乘人之危”之举。沟口不仅对于日本这个不光彩的侵略行为有严厉的批判，更从历史学家的角度对日本内部军国主义的思潮发出过警告：日本社会对中国的傲慢自大态度，是以中国特定历史时期为前提的，这个时期日本乘人之危的所作所为是可耻的，何来夸耀的资本！而当这个历史时期已经结束，亦即当中国历史的转型已经完成之际，日本不可能再重走当年的军国主义老路，也不可能以东亚大国自居，日本应该找到自己的合适位置，合乎实际地成为一个“小国”。[①] 沟口二十年前的警告，今天显现了比当时更为真切的现实感，这或许正是他历史眼光的最好体现。

① 沟口雄三：《小日本与二十一世纪》，《中国研究》1996 年第 96 卷第 1 期，中国研究月刊杂志社。

清末民初的辛亥革命是中国社会发生巨大转变的节点。通常这个“资产阶级革命”被视为不彻底的革命，同时在历史脉络中被定位为中国现代历史的起点。但是，在沟口这里，这个定位被进行了调整。对于沟口来说，辛亥革命是自16世纪后期开始的儒教向民间渗透这一漫长历史过程的一个到达点，它完整地执行了自己所担负的历史功能；辛亥革命在种种挫折和失败当中依然充分地展现了这三百多年间中国社会积累起来的那个向量：以乡里空间的乡治活动作为基础，结构了以省为单位的政治、经济、军事力量，在省独立的口号之下，以乡村地主为主体的地方势力并不以取代清王朝而是以脱离清王朝作为自己的政治目标，东部和南部各省实现了独立。与以往历史上的情况不同，辛亥革命的动力并非来自叛军，而是以各省的“团练”为主体的地方武装力量。诚然，这个“中央缺席”的革命时期只是一个短暂的历史瞬间，然而沟口却注目于这一短暂的历史瞬间所具有的特定意义。他指出：“辛亥革命的历史特质之一，……在于它采取了各省独立这一形态；而所谓‘独立’，换言之就是省的权力从清朝的统治体制中脱离，也就是由于省的脱离而致使中央集权的王朝体制瓦解。这瓦解造成的空白必须填补，于是在革命之后，各种各样的国家构想在中国大陆上交错杂陈。”①

或许正是在这个短暂而混沌的瞬间，中国历史显示了它不同于欧洲历史的特定逻辑。这个逻辑在明末清初之际已然形成了社会共识，在整个清代依靠礼教等社会秩序、通过“万物一体之仁”等意识形态，逐渐地聚集起地方社会以自己的主体之力实现“乡治”的基础。乡治并非西方意义上的地方自治，它不是一个针对王朝体制的对立政治形态，它与王朝和官僚体系的关系毋宁说是不确定的甚至有时是互动配合的；它不是一个以政治权力为旨归的运动，它的核心是对于乡里空间经济生活本身的运营。在王朝体制并不能有效保障乡村生活的情况下，乡里空间的乡治运动以士绅地主为主导、以乡约为纽带，利用善堂、善会等义举推动公益事业，并逐渐形成了以团练为主的地方武装力量。当历史学家注目于清朝政府的腐败无

① 沟口雄三：《中国思想史》（第四章　动荡的清末民初时期），参见沟口雄三《中国的历史脉动》，生活·读书·新知三联书店，2014。

能和黑暗专制之时，这个乡里空间在中国大陆相当具有影响力的区域中渐臻成熟的过程却被忽略了。正是在这一意义上，沟口不能认可把清朝描绘成黑暗的腐朽的历史时期，它正是乡里空间走向成熟的母胎，孕育了中国现代社会的基本形态。

历史学界对于乡里空间和乡治运动的功能不够强调，自有它的道理。自清末开始，中国的有识之士就在亡国灭种的危机意识推动下发出了否定传统的启蒙之声，礼教的黑暗部分在五四时期被放大到了极限的程度。乡里空间的乡治运动，在辛亥革命之后随着军阀混战和后来的抗日战争，也“隐形”到了救亡运动之后。意识形态上的中国论述与乡村现实生活之间，失掉了传统社会那种密切的关联性，这个错位本身即反映了一种历史的真实：在直观意义上依靠传统社会的乡治秩序，已经无法应付现代社会剧烈变动的现实，帝国主义的入侵与建立独立主权国家的必要性，已经迫使中国的知识精英和政治精英放弃传统的意识形态，改用另外的话语系统。

但是，话语系统的改变并不意味着历史现实的改变。正是在这个意义上，沟口的思想史研究提出了一个严肃的认识论挑战：是否可以仅仅依靠一个时代的主流话语判断那个时代的基本状况？在《另一个五四》《礼教与中国革命》等论文中，如何区别五四时期知识分子基于危机意识所生产的叙事和现实之间的错位关系等命题已经被沟口明确地提出，而在收入中文版《中国的历史脉动》中的《辛亥革命新论》和《动荡的清末民初》中，他正面强调了这个问题。礼教秩序所包含的“吃人”的侧面是历史的真实，但是礼教秩序所具有的相互扶助功能也同样是历史真实。问题在于，即使在现代动荡的战争时期，这种吃人与互助的侧面也是以各种方式纠结缠绕在一起的；如果我们记起沟口所说的那个关于本体的定义——内在于各个事物的、被分有的法则——并且谨慎地对于事物的表象进行分析，那么，很容易观察到一个基本的事实：在进入20世纪之后，甚至在乡里空间在形态上已经被破坏的今天，中国传统社会中的那个基本的向量也依然没有消亡。它只不过改变了形态，也吸纳了传统社会缺少的某些现代要素，但是它依然左右着中国社会的基本走向。这个向量，就是关于共同富裕和劝善惩恶的诉求。

沟口有一个耐人寻味的观察：在被视为对传统进行了彻底破坏的文化大革命时期，中国社会恰恰把礼教社会的伦理规范发挥到了极致。所谓集体胜于个人、红胜于专、人治胜于法制、公胜于私等价值判断，正是儒教伦理规范的极端表现，只不过这些伦理规范的内容被换成了现代革命话语而已，价值判断本身却没有改变；按照沟口的这个思路继续推论，那么当改革开放遭遇了种种困境之时，儒学的复兴就并不是件突兀之事，而当代中国对于和谐社会、相互扶助机制、家庭伦理等的强调，难道不是乡里空间曾经赖以维系的意识形态的现代版本么？

沟口对于辛亥革命那个特定瞬间的关注，因此便获得了思想史的意义。历史并不总是直接显现它自身，只是在一些危机饱和的瞬间，它突然呈现内在于它的那个向量，并暗示了其后的走向。当辛亥革命告一段落，中国革命进入下一个阶段的时候，人们很容易忽略这个瞬间与其后的历史之间表面上的落差，并因此合理地把现代中国思想接轨到西方现代的社会思想论述中去；而从这个瞬间出发的沟口，却在总结了自己长时段历史研究的基础上，给出了一个不同的思路。

沟口在辛亥革命前后的文献中，特别赋予了孙中山的《三民主义》以重要的位置。他在多篇论文中都强调同一个观点：《三民主义》直接承续了中国传统社会的政治理念，把“大道之行也，天下为公”作为自己的政治目标。孙中山的民生主义强调的是四万万人的丰衣足食，提倡的是公天下的原理，他甚至说民生主义就是社会主义、共产主义，也就是孔子所希望的大同主义。同样，孙中山的民族主义主张的是抑强扶弱，压富济贫，专为世界上的弱小者伸张公道打不平；孙中山认为中华民族的真精神就在于用公理战胜强权，成一个大同之治，它的基础在于传统固有的道德和平精神。更加耐人寻味的是孙中山的民权主义思想。他认为中国的民权不等于西方的个人权利，它的核心是平等，而不是自由。何以见得？因为中国自古代封建制度被破坏之后，专制淫威就不能达到普通百姓那里，人民对政府、对皇帝只有纳粮这件事，除此之外，只要人民不侵犯皇位，就不会受到干涉。因此，与欧洲从中世纪的专制体制中产生出对自由的渴望相对，中国民众并没有感到自由的匮乏，但是却深知贫穷的痛苦。因此他们不关心自由，只关心发财。孙中山认为五四时期闹学潮的青年学生没有搞清楚中国的基本现实：“中国自古以来，虽无自由之名，而确有自由之实，且极其充分，不必再去多求了。”① 但是，这样的自由并不等于政治权利，它不仅是非政治的，而且于国家争取自由的事业有害。中国民众的这种“一盘散沙”的自由状态，从清末开始就受到启蒙思想家和活动家的抨击，孙中山的民权主义思想集中体现了这个认识。他认为中国所缺少的不是个人的自由，而是民族的自由，为了改变人民一盘散沙的状态，必须如同向散沙中注入混凝土一般地注入民族主义，结果自然是人民的自由受到限制，而国家可以获得完全的自由。当国家获得了自由之后，才有可能实现孙中山所追求的民权政治，即以“四权”为政权（政权即由四万万民众所掌握的监管政治的权力）、以“五权”为治权（治权即由政府机构执行民众的政治意志）的政治形态。诚然，孙中山对政权与治权的设想有明显的乌托邦性质，但是值得注意的是，这个乌托邦却具有重要的现实认知功能：孙中山在中国的现实政治极度混乱的时刻，依然清醒地依靠这一政治构想有效地指出了西方民主政治的不彻底性。时至今日，不能不承认，孙中山对于西方民主政治的分析仍然没有过时，假如没有他关于政权与治权的设计，对于民主政治的分析将是不到位的。

《三民主义》作为一个连续对公众进行的讲演，是一个极为深入浅出的文本。从这个文本的行文中可以观察到一个重要的特征，就是在20年代初期的中国，面对民众的政治演说利用的是传统的儒学道德观念。这不仅说明了受众的价值取向，而且极为形象地表现了中国传统思想在转型为现代理念时的基本特征。孙中山不仅把来自法国大革命的自由、平等、博爱对应性地用来说明了民族、民权和民生（这个对应本身已经打破了直接挪用西方观念的可能，使这些概念转化为不同的含义），而且更重要的是，他表现出了一个政治家在使用概念时的历史眼光。孙中山抓住了一个核心问题，那就是中国传统社会中王朝统治的模式并不是全面的专制，而是把专制限制于保证纳粮和不推翻王朝统治这两个方面；换言之，传统社会的专制并不到达社会生活的层面。人民所受之苦，因此主要不是不自由之

---

① 孙中山：《三民主义·民权主义》第二讲，《孙中山文集》上，团结出版社，1997，第157页。

苦，而是贫穷之苦。事实上，这正是乡里空间得以发生和发展的条件，也是民众反贪官不反皇帝的心理基础。孙中山在论述民权的时候，跳过了一个关键的环节，这就是如何把中国民众这种自由但却缺乏政治能力的散沙状态转化为他所期待的由四万万人通过四种权力而控制的、处在五权分立的“治权”之上的“政权”；显然，这不是国家获得了自由、民族得到了解放之后就会自然生成的状态。但是，比起这个当时无法完成的思想任务来，更为重要的是，即使在那个尚未完成建国事业的历史阶段，孙中山也已经透彻地指出了中国历史演进的独特状态，这就是中央集权（或曰不充分集权的专制）与地方分权（或曰非分权的自治）的错位结构。这个结构之所以错位，是由于这种“中央”和“地方”的关系既不是直接对抗的，也不是有序结合的，它是一个充满了不确定空间的流动性结构。正如沟口所反复论证的那样，在宋代以来新的天人合一意识形态的整合之下，天谴的道德压力对于王朝及其庞大的官僚系统形成了某种震慑；随着里甲制在事实上开始瓦解和一条鞭法的施行，到了明末，随着皇帝权力与地主制统治的现实之间的矛盾与对立，以及大小地主之间、地主与佃户、奴仆之间矛盾的表面化，再加上工商业的兴起，原有的君·官一民的一元化意识形态已经无法应对多样化的矛盾了。[①] 到了清朝中叶，地丁银制的确立进一步巩固了乡村地主的权利，相对于中央集权—地方分权的对立方式，乡绅等地方精英游动于官—民之间的不确定形态使得乡村社会拥有了自行处理各种公共事务的能力，作为对应新的社会矛盾的历史选择，乡村精英的主体性运作逐渐扩展为基层社会的“乡治”。乡治是一种并非分权的分权、并非自治的自治，它以处理中央集权官僚系统无法处理的公共福利性事务为目标，却不把推翻中央集权或者对抗中央集权作为自己的任务。如果考虑到孙中山所强调的中国民众不关心自由而关心发财的基本状况，乡治以公共福利事业为主，以保全地方安全为要，它的这一原则便可以得到充分的解释了；而沟口何以如此关注辛亥革命之后那个“中央缺席”的历史瞬间，也因此获得了历史逻辑的有效支持。

沟口的中国思想史研究，就是在这个特定的中国政治结构中获得了现

① 沟口雄三：《两种阳明学》，参见《李卓吾·两种阳明学》。

实意义。从朱子学的存天理、灭人欲和格物致知，到阳明学的心即理、致良知；从李卓吾的童心说，到东林派的反无善无恶论；从黄宗羲的自私自利论到顾炎武的天下兴亡匹夫有责，中国思想史蜿蜒曲折地通向了“万物一体之仁”的理念。历代中国思想家面对这个逐渐形成的不充分集权的独裁与非分权的乡治之间的错位关系，面对这个无法用集权与分权表达的特定政治结构，才形成了中国思想迥异于欧洲思想的特定发展脉络。中国的民众在非政治的自由状态中执着于天理的政治伦理性格，逐渐形成了不同于西欧也不同于日本的道德性政治意识，在这种政治意识的引导下，内在于人伦世界的道德意识——天理——总是高于具有人为性质的体制或法律，这个为中国民众分有的法则，至今仍然以潜移默化的方式活在中国社会之中。

或许沟口从中国思想史的走向中读出的信息过于乐观，他自己似乎也意识到了这个问题。他说：“不仅是戴震的时代，即使是进入了民国的二十世纪，超越人为的理高于人为的法，以及对‘理天’的如此乐观主义的传统也许会令人吃惊，但是对‘理天’的这种乐观主义与初期马克思主义者对所谓的‘历史的必然’的乐观主义基本是同质的。这一点恐怕是不容置疑的。天在这里，是人民的理的天性中前定和谐的条理，它的先天的至善性，它的超越人为的性质作为历史的必然为人们带来了对未来的信任。”①

然而沟口思想史的遗憾却并不是他也有所警惕的乐观主义，而是他在晚年进入清末民初的思想史研究之后，仅仅来得及提出一个粗略的设想，来不及如同早年研读李卓吾、分析朱子学与阳明学、东林派的关系那样力透纸背地展开分析。因此他关于辛亥革命的研究以及对于当代中国的展望，不免失之于粗略简单，同时也因此忽略了天人合一的政治观在当代社会中的复杂变形乃至调整其在整个政治系统中比重的可能性。中国在19世纪之后受到外来侵略而不得不被动地向现代世界开放，这个基本事实决定了中国不再可能仅仅依靠传统社会的政治、经济秩序和意识形态维持社会的运作，它不得不把很多外部的压力纳入王朝内部；同时，辛亥革命之后

① 沟口雄三：《天人合一中的中国特性》，参见《中国的思维世界》。

历史的走向，也决定了中国需要探索不同于传统社会的发展途径。但是我认为沟口所指出的那个基本的向量依然是准确的，而且是关键性的。在中国学界走出了向西方思想鹦鹉学舌的阶段之后，历史人类学学者们所进行的大量田野调查，有说服力地证实了沟口的假说在方向上是准确的。中国的乡里空间仅仅在形态上趋于瓦解，但是中国的乡治运动却在不同的多元性空间（不仅在城市空间，甚至在体制空间）里以“历史元素”的形态获得再生。假如克服直观意义上的类似性比较，那么，有个紧迫的课题就会逼到我们的面前：各种形态的“乡治”元素，在今天的中国社会如何才能作为“正能量”发生作用？从北宋到南宋时期就开始困扰着中国思想家的道德如何成为政治原点的棘手课题，至今仍然没有找到有效的解决方案，但是，显然仅仅依靠引进外来的制度、甚至仅仅依靠各种制度操作，是无法解决这个问题的，而且这种状况未必意味着中国“落后”，对它的分析要求缜密的思辨能力与丰富的历史想象力。沟口先生不会再为我们提供新的解释了，他只是留下了一笔并非直观的思想遗产。解读这笔遗产，找到新的思考进路，这已经不是沟口的课题，而是我们的责任。

三岛由纪夫的当代价值

——兼析日本“战后派文学”

杨　槐

阅读日本战后的文学作品，有助于我们了解今天的日本。文以载道，当一个时代从历史中走过，文学深刻生动地揭示了其中隐藏的历史嬗变、文化基因，记录了它们活动的轨迹及其演化的时空背景。

时至19世纪，巴尔扎克、托尔斯泰等文学泰斗相继产生，当时，人们提出了什么是文学和文学作品表达什么思想的问题。今天，让被称为有巴尔扎克、托尔斯泰思想或写作技法的人，拿起笔来就能写出像《人间喜剧》《战争与和平》《复活》那样的名著，实在是不能想象的事情，更难用先贤姓氏来命名概括划分什么作品或思想。

追溯文学史，不仅是巴尔扎克和托尔斯泰，包括所有的作家，比之把他们的作品归属于这种或那种的思想、风格，更需要充分明确作者扎根于他们所在时代的事实。一切精神产品，离不开其诞生的具体条件，深入了解发生过的重大历史事件和各种事物，每一个作家、作品才能获得价值意义。评析日本战后文学及其代表性作家三岛由纪夫，亦应如此。

一　“战后派文学”的滥觞

世界反法西斯战争的胜利及日本战败投降对日本政治、社会文化产生深刻的影响。战后，在美国占领当局主持下，日本政治、经济和教育等方面实行“民主化”改革，“日本国民……永远放弃作为国家主权发动的战争，武力威胁或使用武力作为解决国际争端的手段”①。发展资产阶级民主，实行宗教和信仰自由，废除国家神道，实现政教分离，鼓励建立民主政党等；军事上彻底解除日本的武装，实行非军事化，不允许日本保存陆海空军，并彻底消除法西斯军国主义分子的影响；明确了“日本军事力量现存的经济基础必须予以摧毁并不允许重新复活”②。

1946年，美国占领军发布文件，对积极参加侵略战争的人进行审查并追究责任，包括“通过文笔、言论，积极地鼓吹好战国家主义的代表人物”。日本一些进步刊物和文学组织积极响应，发表文章，猛烈抨击日本发动的侵略战争，要求文学界进行反思，揭发积极支持侵略战争的文学者并追究他们的战争责任，声称“将以纯粹文学的方法，一个也不放过地追究、声讨那些厚颜无耻的、亵渎文学的战争责任者，并和读者一起，把他们在文学上的生命埋葬掉”③。

但这样的批判反省侵略战争的势头很快被扭转了。美国基于国家利益及全球战略的考虑，提出“不能把日本昭和天皇作为战犯逮捕”④。与华盛顿相呼应的远东国际军事法庭以表决的形式作出了裁决：凡涉及日本天皇的各类起诉，均不予受理，对天皇不予起诉。6月18日，远东审判首席检察官基南宣布对天皇不以战犯论处，远东审判日本辩护团一致通过决议：“不追究天皇及皇室。”

保留天皇制的决定，非但无法彻底清算日本的战争责任，而且扼杀了文学界的批判清算运动，未能对日本军国主义的存在根据、理论基础和思想文化进行深刻的批判和彻底的改造，对战后世界格局的演变也产生了重要的影响。当时许多战争罪犯免于战争罪的追究，有的甚至再入政坛，当上了首相高官，对一贯配合侵略战争、为虎作伥的日本文坛的追究也被迫停止。

---

① 参见1946年制定的日本宪法第九条。

② 参见《投降后初期美国对日方针》《投降后初期对盟国最高司令官占领及管理日本的基本指令》。

③ 发表于日本《文学时标》创刊号。

④ 参见麦克阿瑟给总统杜鲁门的报告。

追究日本文坛的战争责任变为对左翼作家的批判，战前的无产阶级文学和战后的左翼民主主义文学再次被否定，左翼作家仍然受到压制。有进步意义的社会题材作品明显减少，而一批右翼作家得以继续从事鼓吹日本军国主义的写作。

与此同时，战后日本文坛新一代作家登场了，和赤裸裸地鼓吹侵略战争的老牌右翼作家不同，他们的作品多以战争为背景，大量地表现、描写战争给日本，特别是对日本人身心造成的伤害，最具代表性的是所谓的“原爆文学”①。这些作品往往孤立地描写日本人受到原子弹及其后遗症的危害与折磨，被害者的意识非常强烈，而对侵略战争给其他国家人民造成的苦难，甚少同情和表现。反抗美国对日本的占领及实行的民主改革，不满日本战败投降的既定事实，诋毁战后建立的和平秩序，借文学挟怨生事，发泄对日本投降的悲哀和愤懑，形成了以“无赖派”②“太阳族”③等特定风格的“反抗战后”的文学潮流，被称为“战后派文学”。

“战后派文学”具有现实主义的倾向，在探索政治与文学的关系方面，试图走出一条新路，对以往旧的传统采取批判的态度，严厉批评战前的作家屈从于战争，表示同战前的文学决裂，主张提高和加强近代意识和自我个性，追求自由主义精神。尽管其在一定程度上揭露了侵略战争的残酷和对人的无情摧残，但这样的思想倾向和“巧言偏词”写作方式却使他们自身难免堕落为颓废派的命运。

三岛由纪夫、石原慎太郎等战后的右翼文学作家，他们对以武士道为精神寄托的日本军国主义怀有无限的追思，对日本的战败抱着一种深深的幻灭和绝望感，写作了大量反映消极、焦虑、自我、愤世为内容的作品，宣泄战败的悲哀和对战后社会体制的不满、反抗情绪，为侵略战争翻案推波助澜。其高度情感化、政治化的写作使“战后派文学”由一种文学的流

---

① 1945年8月，美国为加速日本的投降，在日本的广岛和长崎投下了两颗原子弹。原子弹的爆炸夺去了近30万人的生命。

② 无赖派指的是1946年到1948年活跃于日本文坛的一个重要作家流派。无赖派作家有着反抗权威的意识，对生活采取自嘲、自虐的态度，专写病态、阴郁的东西，呈现出一种自我嘲讽和否定一切的颓废倾向。

③ “太阳族”的核心思想就是对一切进行反抗并加以全面否定，用感性代替理性的思索。作品重点表现青春情爱、放荡不羁以及打架斗殴等越轨犯罪行为。

派，逐渐演变成一种政治工具，以右倾化的文学创作对日本社会进行了畸形和扭曲的引导。

美国对日本右翼思潮的默许支持及日本狭隘历史观、极端民族主义思潮的泛滥，使战后日本文坛不可能出现像雷马克①的《西线无战事》、毕加索的《格尔尼卡》② 那样对战争具有深刻认识和世界影响力的文学和艺术作品。“战后派文学”对诸如人性、生命、战争、世界发展等重大问题，缺少宏观的战略思维，不能指出日本文化发展的正确道路。

“战后派文学”是日本战后特殊年代的产物，是日本现代文学的一个重要阶段，反映了日本战后动荡混乱的社会现实和人们迷惘的心理，其独特的文学观念和艺术手法对战后日本文学的发展和社会思潮产生了深远的影响。

二 深藏的魑魅

历史是现实的组成部分，过去总是不断地再生，融入、弥漫于今日当中。文学表达什么思想，文学作品的主题、结构，甚至技巧和形式等，都不会凭空出现，而是有着深刻的历史积淀及现实的需要。作家与实际生活之间的关系，比葡萄和葡萄酒的关系更为密切。

日本武士推崇樱花，认为樱花最美的时刻并非盛开，而是凋零之际，漫山遍野的樱花没有一朵留恋枝头的凄然之美，在片刻的耀眼中达到美丽的顶峰，这被崇尚为日本武士的最高精神境界。过去日本人把樱花当成武士的花，把武士当成花一样的男人。从江户时代起，观赏樱花渐渐成为一种民间的传统，每年三四月间，一般平民百姓都会携带着酒食、便当等到樱花树下赏花。

日本武家文化常把鲤鱼比作武士，认为鲤鱼有坚毅不屈的品质，性格

① 德国小说家，1929 年出版的《西线无战事》是描写第一次世界大战最著名和最有代表性的作品。

② 《格尔尼卡》是毕加索 1937 年创作的布面油画，表现的是 1937 年德国空军疯狂轰炸西班牙小城格尔尼卡的暴行，被誉为反对残酷战争的伟大宣言和社会现实主义里程碑式的作品。

雄健沉稳，一旦被放在砧板上就不再挣扎，具有泰然自若、临危不惧的风度，就是受了刀伤也能坚强忍受，直到死去也一动不动，所以鲤鱼在日本也被称为“武士鱼”，每年的端午节和男孩节合并为一天，称“鲤日”。这一天，有男孩的家庭都在房顶或院内立起旗杆，升起鲤鱼旗，给男孩买武士偶，希望男孩长大后和武士一样强壮勇敢。

把武士和樱花、鲤鱼联系在一起，是传统武士道的文化表达。武士道既是日本武士的人生观和世界观，又囊括了武士应尽的义务和职责。作为日本独特的意识形态，武士道和天皇有着深刻的历史渊源，是日本民族性格、心理的深刻积淀，是形成日本民族精神的重要内容之一。

从镰仓幕府起，中经南北朝、室町、战国、织丰，至江户时代，在这600多年的历史中，日本武士道沿着从崇尚主从情谊，重术尚武向重塑武士的伦理，崇尚君臣之义，修圣人之道的轨迹演变，但明治维新以后，武士道发生了重要的质变。为适应近代侵略战争的需要，日本军国主义对传统武士道、儒学的伦理纲常的“忠”“义”等内涵予以改造，变身为对外发动侵略战争重要的精神支柱和“皇国史观”① 的理论基础，“八纮一宇”② 成为大和民族的历史使命，使与法西斯结合的军国主义武士道上升为日本国家的意识形态。日本在第二次世界大战中的侵略扩张、野蛮屠杀的滔天罪行为这样的意识形态增加了强烈反人类、反文明的邪恶内容，战后，又成了滋孽复活军国主义和日本社会右倾化的思想渊薮。

三岛由纪夫对这样的历史观怀有强烈的向往之情，把保卫天皇奉为人生的信条。1945年8月15日，裕仁天皇发布投降诏书，公开否认了天皇神格和对天皇的崇拜。曾经高高在上的神不过是一个普通人，这让三岛由纪夫不能接受，他写道：“听了天皇的停战诏书，很多人都泣不成声。”“日本战败对我意味着什么？……那不是一种解放，绝不是。”③ “对我来说，最适合的日常生活是世界的日益破灭……”“我感到最难以生存、最不正常的环境就是和平”“只有把平常对死亡、危机和世界末日的想象转

---

① “皇国史观”，即军国主义历史观。

② “八纮一宇”即“征服世间的四面八方，置诸于一个屋顶之下”的使命，即世界一家，日本天皇是世界的最高君主。

③ 参见三岛由纪夫1956年完成的代表作《金阁寺》。

化为义务的瞬间，才是最辉煌夺目的”[①]。在这样的思想倾向下，他的作品大多以倒错、嗜血、复仇、死亡等变态心理为描写内容，用文学表达对战后现实的仇视情绪。到了20世纪60年代，对恢复天皇制的渴望与痛苦使他的作品表现出一种可怕的价值倾斜。1961年，三岛由纪夫完成了小说《忧国》，并自编自导了同名电影，讲述的是一位忠于天皇的日本上尉政变失败后切腹自杀的故事。

三岛由纪夫完成了《丰饶之海》的创作后，深感靠文人的一支笔涂涂抹抹，终是纸上谈兵，而斩将搴旗、捭阖局势，武士刀比文笔更锋利。1968年10月5日，三岛由纪夫迈出了他人生的重要一步，成立了一个小型右翼军事团体楯会，其宗旨是：保存日本传统的武士道精神，保卫天皇。

1970年11月25日，三岛由纪夫按照日本武士的做法，剃须沐浴，穿上日本传统兜裆布及楯会制服，并在额头系上了写着“七生报国”字样的额带，随后，他带领四名楯会成员进入东京自卫队东部方面军总监部，胁迫自卫队士官听他的演说。三岛由纪夫说：“武装力量才是日本的灵魂，作为日本人，我们的根本价值正在受到威胁。天皇在日本的位置也得不到扶正……我们看到战后日本被经济繁荣夺去了魂魄，人们忘记了国家的大义，推动国民的精神，舍本求末，万事只姑息眼前!”

三岛由纪夫呼吁反对否定日本拥有军队的宪法体制，让自卫队成为真正的军队，保卫天皇和日本的传统，但台下一片哗然，士官纷纷轰他下台。三岛由纪夫按照既定的计划，退入室内，以日本的传统切腹仪式自杀。

不了解以天皇、武士及樱花、鲤鱼为日本文化象征的西方人，很难明白把自杀视为光荣行为的日本人。三岛由纪夫不像海明威那样在家里用枪结束生命，而是公开向士兵宣讲，然后像角斗士那样用刀结束生命。在复杂的日本传统中，把武士看成是言扬行举，不阿谀取容、奇技淫巧、忸怩作态的勇士，他们的使命是拯救、勇敢、奉献。一般日本大众在心里对这些进行绝望战斗的武士寄予同情，把他们所谓舍生取义的行为当成可以享受的精神财富和效仿的榜样。

---

① 参见《太阳与铁》。

三岛由纪夫并非取悦一时的自戕及他苦心孤诣创作与青春、爱情、命运相联系的血腥、悖德、叛逆的作品如烈火烹油，给当时的日本以极大的视觉、情感冲击，使一些复活日本军国主义的右翼分子得到某种病态的满足和鼓励，也使许多日本人对侵略战争的历史认知更加混乱迷茫。

三岛由纪夫靠吮吸天皇和武士道的乳汁长大，其文学理念和政治主张得到大文学家川端康成、大政治家佐藤荣作、中曾根等人的支持，在法西斯武士道精神和战后日本政界、文坛右倾思潮的催化下，加快了走向死亡的脚步，最终完成了由文人到军国主义者的蜕变。与此同时，日本在思想文化层面上，非但未能清算侵略战争的恶果，反而向极端民族主义的畸变跨出了一大步。

三　向古典主义扩展

三岛由纪夫的《春雪》《潮骚》《美德的饥渴》《爱的蹒跚》《野兽的游戏》等作品，尽管题材情节各有不同，但思想风格一体贯通，言文表达不露雕琢痕迹，其缜密文思及表现技法堪比战后日本文坛上的槃槃大材，无怪乎川端康成赞扬说“三岛由纪夫具有三百年左右才出现一个的作家的素质”。

三岛由纪夫深受大和民族传统文化的浸润，在艺术构思和表现手法上，对古典文学有着特殊的审美传承，在发展唯美主义文学方面有了新的进展。《丰饶之海》的构思受到平安王朝后期女作家菅原孝标女《浜松中纳言物语》的启发，浸染了《更级日记》的遗风；《春雪》洋溢着《源氏物语》的古典抒情美，颇得紫式部“王朝文学”的精妙。三岛由纪夫受森鸥外的教益匪浅，同时又吸取了泉镜花的淡雅兼古、婉约抒情的古典主义风格。三岛由纪夫笔下的那种错综复杂的古典美，深藏着对古典传统中神秘、精巧、柔和、抒情、轻松风格的理解和运用，符合日本传统美的整体品位。

三岛由纪夫注重吸收外来文学的手法与技巧，王尔德的经典之作给他的写作以重要影响；《春雪》《志贺寺上人之恋》描写压抑的情欲，带有浓厚的弗洛伊德色彩；把古希腊故事《达芬尼斯和克洛娅》原型移入《潮骚》，希腊古典主义是其创作的源头活水；《美德的蹒跚》从欧式生活中借鉴材料，师其意而不泥其迹，用一流的文学技法，巧妙地提炼出日本人“优雅的灵魂”。

三岛由纪夫融通东西方之美，把日本独特的审美意识向更宽广的领域扩展，在弘扬古典传统，借鉴西方经典的同时，别出机杼，创造出优雅华贵的“新高雅主义”① 风格及技法，形成了不谬于西方经典，不戾于日本古典的唯美主义写作风格，在日本战后文坛独成风景。

《春雪》是三岛由纪夫对西方经典文学形式加入时代和民族内容的一部作品，描写了19世纪20年代贵族社会的生活。作品立足于传统日本式的故事情节，完美地展现了日本的古典美学“感物兴叹”的特点，穿插了日本式的对话、比喻和大段的心理独白，实现了日本传统美学精神与西方文学表现技巧的有机结合。三岛由纪夫认为《春雪》是王朝式的恋爱小说，作品中人物流露出的那种柔弱、纤细气质如同春雪一样清娴美丽而又短暂易逝，古典式的抒情描写沁人心脾，文字表达极具上流社会的含蓄、优雅。

主角松枝同聪子的爱情是贵族传统伦理道德罗网下的牺牲品，聪子背着精神重负遁入空门，松枝也在蹉跎岁月中告别了这个倾斜而美丽的世界。三岛由纪夫描写他们的爱情时，经常以雪景烘托，乱琼碎玉，虚实结合，空蒙恍惚，造成真景实地的幻觉，给情感的世界染上了一片苍茫与悲凉，文字中凝结生与死、历史与现存、瞬间与永恒，淋漓尽致地抒发了日本人的精神世界和古典美。

享誉西方并获第一届新潮文学奖的《潮骚》，出现了不同于以往作品风格的质朴韵味和健康气息，一扫自然主义文学运动开始以来日本私小说的扭曲风格。

家境贫寒的青年渔民新治、渔家女初江与富家子弟安夫之间的情感线索贯穿故事始终。初江的父亲照爷为了考察两个青年人，安排新治与安夫共同去冲绳运货，在暴风骤雨中，新治挺身而出，拯救了渔船和船员。作品着意地渲染男人勇气力量媲美女人贤良慧丽的传统道德观念，特别是对

① 或译为“形式美主义”，也称为“新古典主义”“新帕拉蒂奥主义”“新复古主义”。

自然景色和风情等环境特色的描写，以大自然独一无二的伟岸和摄魂夺魄的场面为衬托，既牵连人物命运又紧扣情节。强烈戏剧冲突中自然流露的抒情，衍化成繁复的美，人物形象呈现出充盈的生命状态，叹为观止的心情被不断激发出来。《潮骚》洋溢着叙事诗般的强烈感染力，伴随着小说场景中出现各种珍贵的精神气质，让读者浮想联翩，陶醉其中，深切地感受到日本古典文化所带来的欢愉和战栗。三岛由纪夫把这样一个爱情故事看作汹涌而来的时代潮声，特为这部歌颂青春之恋的小说定名《潮骚》，寄予了他的社会理想和深刻用心。

爱情是人类永恒不变的主题，也是文学创作经久不衰的题材。三岛由纪夫以理性精神和不畏习俗的坚定意志，以唯美主义的写作给战后人们的情感生活打上鲜明的时代烙印。“节子出身高贵、举止优雅，与理论、学术、演说和文学这类高于官能的东西从来无缘，因此，她的一生，注定要在官能的海洋里漂浮了，被这样的女人所爱的男人是幸福的。”《美德的蹒跚》以此话题铺开线索情节，把读者带入小说的场景之中。节子在倒错、扭曲婚外恋的情感生活中，官能的迷乱癫狂刺激，并未给自己带来心灵的慰藉和解放，她所爱的两个“幸福的男人”并未使她幸福，反而将她推向悖德的深渊。

《美德的蹒跚》在整体布局上，注意局部的展开和细致入微的刻画，无论从内心感情的铺垫、展开，还是细节的运用，都有着韵味深长的意境和情趣。作者用精致的艺术技巧和机械式心理分析的手法，创造了一个“世界上稀少的灵魂”，从一个有悖道德的伦理故事提炼出一个极具人工美的世界。作品的亮点有时不在情节的主线上，但从中能体验那种类似即兴小曲的轻松愉快。《美德的蹒跚》是用细腻的唯美手法，把古典主义风格带入悖德的世界而创作出的一部深得唯美旨趣的非凡之作，在日本战后文坛上堪称戛戛独造。

四　开拓唯美的悲剧风格

日本战后社会发展塑造了三岛由纪夫特殊的人生经历，也造就了他的历史观和文学创作，他的作品描写了人性，又散发着浓重的血腥气，具有深受日本军国主义毒害的法西斯意识，是日本战后文坛右倾文学的缩影。三岛由纪夫以文学切入日本战后的社会生活，去表达、追求文学之外的“抱负”和狭隘的民族主义世界观，他把古典抒情与残酷颓废的写作风格结合起来，在丑和恶中塑造美，在美中揭示丑和恶，以怪异为背景，极力表现病态的人工美，他用这种悖异的唯美技法，在解决过去与今天、情节与思维、表象与本质等文学的基本关系问题方面，特立独行，不循常例，推动了唯美主义的发展。

具有八百年武士传统的日本，两千多年来，第一次被外国人占领统治，被迫放弃了自古以来的武士传统，成为没有军队的“非正常国家”，曾经孔武勇敢的日本武士和“皇军”被迫成为半导体收音机、电视机、汽车等商品讨价还价的推销员，美国人甚至把日本人视为彬彬有礼、善于发展生产的美国第51个州的居民，他们在日本列岛建立军事基地、推行美式资本主义制度给日本人带来了许多痛苦，使其精神上蒙受了巨大的创伤。

三岛由纪夫深受刺激，此时的他如牛负重，在政治与文学之间左冲右突，试图找到一个平衡点和出口。他认为日本社会已经崩溃，日本精神在现实生活中遭到毁灭，日本成了美国的殖民地，已经没有了独立的价值观。三岛由纪夫蔑视西方文化，拒绝接受对日本精神有害的西方人性主义，试图在战后的废墟上重新探索、揭示世界和人的存在意义。

巨大的社会矛盾、对立的事物充斥着战后日本社会的方方面面，文化的人为断裂、断层产生了一系列深刻的悲剧性题材，酿成了三岛由纪夫喜好丑恶与危险的美学倾向，向往死亡和暴力，关注变异的情感人性。三岛由纪夫追求认知、描写这些矛盾，力图从中寻找奇特的感受和角度，提炼出他推崇的所谓日本优雅灵魂。20世纪60年代以后，三岛由纪夫在文学创作上，抛弃了西方的理性主义和希腊文化传统，转而拥抱阴暗、充满死亡气息的极端狭隘民族主义的价值审美观，他提出日本精神只能从日本文化中发现，而正统文化的唯一源泉在天皇那里，这时的三岛由纪夫实际上已经不认为自己首先是一名作家了。

这样的平衡点和出口终于被三岛由纪夫找到了，他认为，能深刻揭示人生的莫过于悲剧，悲剧代表了反抗精神，是深藏的古典主义。如果没有悲剧的揭露与批判，社会就会沉沦。因此，除了《潮骚》这一特例之外，三岛由纪夫的作品大都没有离开悲剧的主题，他十分用心地刻画悲剧的形象，始终痴迷于从悲剧中炮制壮烈、深沉的日本精神，因而，无论是在语言运用，还是在人物描写方面，在大部分环节上打破了现代小说的常规，文字、结构和故事情节乍看起来相当一般，可朴实的后面却言文深刻，酝酿着巧妙的谋划，潜藏着批判现实的挑战和揭露社会的意图。《假面的告白》和《爱的饥渴》就是这样的作品。

《假面的告白》讲述的是性生理异常者赤裸裸的性启示与自我分析的故事，其中的人物没有生活原型，完全是想象和创造出来的。在浓墨重彩的抒情描写中，隐藏着作者试图进行一次彻底坦白的强烈愿望，这是一部极具叛逆性的作品，被誉为“揭开了20世纪文学史新的一页”①。主人公的成长经历及倒错的两性心理，反映了战后青年人的忧伤、困惑。作品给爱情点染上残酷诗意，在悲剧现实与艺术创造的张力中，深蕴着以虚带实的日本写意风格，呈现出一片神秘的想象空间。

三岛由纪夫偏爱表达悲哀之情的题材，他在《假面的告白》中塑造了一个悲剧的角色“我”，而导致“我”祸灾连连的，不是别的什么人，就是“我”自己。“我”心里的无边苦海就是“悲剧”的根源，“我”就是由心中的悲痛走到生活悲剧中去的，而且只有靠假面的表演才能解构这种深刻复杂的悲痛。作者对“我”的内心世界进行了精彩的分析，成功地塑造了一个既对感情怀疑和恐慌，又对爱无比热望的悲剧角色，其浪漫的美感与独特的解析手法赋予了这部作品一种特殊的魅力。

在三岛由纪夫的笔下，情感因素所占的比重显然比纯粹的文学技法更多，爱情、美好、理想与仇恨、畸形、死亡结伴而行，结局以幻灭为归宿，意义因死亡而赋值，对人生、情感的追求异化了生活的本义。三岛由纪夫对生死的认知正像樱花的盛开、凋落一样，死是生的出发点，于是他的小说通过写生生死死的轮回来寻找人生归宿和价值。三岛由纪夫说过：“在日本，美不意味着人的复活，而带着否定生存的宗教性。”《爱的饥渴》表现了这样的主题，书中主人公悦子挣脱了社会环境和世俗的羁绊，追求爱情，却不断违反道德伦理，最终毁灭了她所爱的男人。“爱”是这部小

① 日本作家花田清辉语。

说的主线，把悦子同她所“爱”过的三个男性联结起来，是诸种感情的中心矛盾。那么《爱的饥渴》中所表达的“爱”是什么呢？弗洛姆说过：“对人与人之间融为一体的渴求，是令人兴奋最强有力的奋斗动力。它是最基本的激情，它是一种保存人类种族、家庭、社会的力量。不能实现它意味着愚蠢或毁灭……没有爱，人类便不能存在。”①悦子对三个男人的爱没有使自己成为被爱，当爱的泡沫破灭时，她无法体验真实的自我和生存的意义，爱的绝望和崩溃使她成为凶残的女人。三岛由纪夫把爱和死、丑与美进行奇妙的嫁接，创作出悦子这样的女性形象，虽然有时令人难以接受，但其情节、人物心理活动实在是太新鲜了，以至于我们在阅读这部小说时竟忘记了三岛由纪夫个人的写作特点。

在日本战败和迅速走进现代化的过程中，日本传统文化受到强烈的冲击，天皇、武士道及以传统的忠贞、信实、勇敢为核心的农业社会的道德标准被西方的个人主义、自由主义、利己主义冲击取代，人们在物质的高度繁荣之中，丢失了人生和爱的意义，丧失了精神寄托和对自我身份的认同，这就出现了《爱的饥渴》所反映出的矛盾，一边是不停追问，一边却永远没有答案。尼采说过：知道为何活着的人，什么都能忍受。在这个世界上能让人在最恶劣的环境中坚持下来的，莫过于对生命意义的认识。人作为人，不知如何为人，找不到生活的意义，失去了生命的原动力，从这个角度来说，悦子的饥渴既是爱的饥渴，也是对生存意义认知的饥渴。悦子这个反抗命运又注定失败的悲剧性人物，上演了一场更深意义上的人间悲剧。这样的悲剧主题，暗喻了战后日本社会大众思潮的茫然迷乱。

在《爱的饥渴》写作过程中，三岛由纪夫用纯熟的文学手法把握住作品人物之间紧张对峙的关系，在漫长和无聊的岁月中，把世俗的生活从坚固如铁的山石上凿下来，打磨出来的竟是一块块晶莹温润的美玉，以柔克刚被表现成悲剧般的惨烈，凝聚着高超的表现手法和意外的谋略。当类似冰寒于水、青出于蓝这样的自然现象屡屡被三岛由纪夫赋予文学解说时，说《爱的饥渴》不落战后文学写作的窠臼，绝非谬奖。

三岛由纪夫以文学表达历史、政治上的诉求，不仅体现出战后日本右

① 弗洛姆：《爱的艺术》，安徽文艺出版社，1986，第15页。

翼特有的政治文化观念和审美趋向，也直接地体现了他个人的思想追求和气质。面对着日本社会传统的温润和战后暴戾习性的双重属性，三岛由纪夫从战后社会的客观景象、人物特点和关系场景入手，掺杂综合，加入主观意见和唯美主义技巧，从战后的角度和立场寻求文学与政治、社会生活关系的新路子，摆脱了战前自然主义、私小说的传统，把个人思想、身体体验与社会动荡变化联系起来，力图通过人的内心世界去刻画日本战后社会和日本人的生活，确有其深刻和过人之处。三岛由纪夫把汹涌的战后历史、社会现实与微小的人物命运结合起来，从而使一系列战败后日本社会众生相的对比呈现出来，诸如巨大体量的战争与渺小的身影、沸腾的大海与岑寂的心灵，庞杂的城市和简陋的农村、繁冗的社会运动与质朴无华的生命体验等；把对日本文化传统感恩式的呼唤、对日本武士精神毁灭与对美军占领下的柔弱无力的感受都交织在一起，创作了同战后日本社会相适应的一种文化氛围、时代格调和人物形象；让作品的思想情绪贴近日本传统、思想心态，把一个个倒错、畸形的事件、故事，变为修辞形式优美的小说和完整的艺术作品。

作品和作家的世界观是分不开的，但又不是一回事，忠于现实生活的作家有时可以违背自己的偏见，反映若干具有本质性的时代特征，而在这些表现扭曲人性与动荡社会的作品中，偏好现代主义、表现主义、意识流、荒诞的表现形式又有着明显的价值取向。三岛由纪夫在臆造的极端狭隘民族主义的艺术世界里，用“破损的道具”① 精心组织和表现其颓废美学的“抱负”，特别是与爱情、与生活、与美的形式结合时，充满着迷梦般的绚丽画面，使蕴藏着极其复杂和矛盾因素的作品蒙上一层薄薄的面纱，这也许是今天人们看三岛由纪夫的作品，既被其中令人战栗的美所打动，又感觉怪异晦涩，有时甚至难以理解的原因之一吧！

日本历史上曾有过这样的武士，他们崇文爱美，其文笔之锋利如同手中的日本刀。三岛由纪夫以他的作品和人生选择对战后日本社会进行引导，其残酷及血腥的表达可比历史上的那些武士，他用率性的文笔和华丽的武士刀给日本文化意识留下了沉重的创伤，造成严重后果，就连日本人也

---

① 《假面的告白》的主角“我”使用的面具。

不知道是应该赞扬，还是诅咒，但从日本战后文学和三岛由纪夫的作品阅读中，我们发现，在当今复杂的世界上，日本已经存在着许多重大问题了。

作家应当成为民族和时代的优秀儿女，三岛由纪夫具有卓越的艺术才华，他的文学成就得到世界的公认，但支撑其世界观的日本右翼文化胸藏柴棘，缺少关怀世界的眼光，不能彻底批判发动侵略战争的军国主义和狭隘民族主义思想体系，只能病民蛊国，而无法砥砺日本的光明之途，就连三岛由纪夫本人，也深受荼毒，成为军国主义思想的殉道品。

往昔已逝，来者可追。我们今天回溯日本战后文学和审视三岛由纪夫的作品，目的是引起对历史、民族、世界命运的认真思考和自省，文学应不断地纯净哺育儿女的乳汁，清除其中病态的基因，减少逆历史潮流而动的殉葬品，培植出一批批优秀的人物，去推动社会发展与美化世界，实现人类世界的和谐。战争给世界和日本带来过巨大的灾难，同时，也出现反省、改造、创新民族文化，推动日本走向辉煌之途的重大机遇。我们希望日本多出优秀的政治家、文学家、艺术家和各种优秀人物，以正确的思想和杰出的作品来丰富世界文化宝库，同时也希望不再出现三岛由纪夫那种由于极端狭隘的民族主义倾向而产生的悲剧性人物，不再出现历史上那些惨烈的战争悲剧。尊重和维护历史的真实性和严肃性，捍卫人类的尊严与良知，这是热爱和平与善良的人们的愿望。

文学是人们的现实活动与思想、情感、艺术创造的集中体现，充满了各种情感，最终流淌出的是智慧和理性。我们从文学中看见了历史，也找到了未来的目标。从文学和历史中汲取智慧启迪，获得和平与开创未来的精神力量，和平使人类获得崇高和尊严，文学使我们变得更加伟大。今天，文学不断地对人的本质进行探寻追问，仍然是人类认识世界、表达进步思想的最佳形式，仍然是人类文明共识的汇合凝聚。读者心中自有宝镜，对照现实和先哲名著，其审视的对象就不限于三岛由纪夫和日本战后文学了。

图书在版编目(CIP)数据

中国文学的现代转型与中国经验研究/中国社会科学院文学研究所编. —北京:社会科学文献出版社,2016.1
(中国社会科学院文学研究所学术专辑)
ISBN 978-7-5097-8328-3

Ⅰ.①中… Ⅱ.①中… Ⅲ.①中国文学-现代文学-文学研究-文集 ②民间文学-文学研究-中国-文集 Ⅳ.①I206.6-53 ②I207.7-53

中国版本图书馆 CIP 数据核字(2015)第 261534 号

·中国社会科学院文学研究所学术专辑·
中国文学的现代转型与中国经验研究

编　　者 / 中国社会科学院文学研究所

出 版 人 / 谢寿光
项目统筹 / 宋月华　张倩郢
责任编辑 / 张倩郢

出　　版 / 社会科学文献出版社·人文分社(010)59367215
地址:北京市北三环中路甲 29 号院华龙大厦　邮编:100029
网址:www.ssap.com.cn
发　　行 / 市场营销中心(010)59367081　59367090
读者服务中心(010)59367028
印　　装 / 三河市尚艺印装有限公司

规　　格 / 开 本:787mm×1092mm　1/16
印 张:27.75　字 数:436 千字
版　　次 / 2016 年 1 月第 1 版　2016 年 1 月第 1 次印刷
书　　号 / ISBN 978-7-5097-8328-3
定　　价 / 128.00 元